奥 威 尔 作 品 全 集

George Orwell

奥威尔散杂文全集

奥威尔书评全集

Collected Literary Reviews of George Orwell

（下）

[英]乔治·奥威尔 著　陈超 译

上海译文出版社

下册目录(1945—1949)

评赫伯特·里德的《千色衣：散文节选》①

　　这本篇幅中等的书所收录的散文和评论涵盖了无政府主义、战争书籍、图卢兹-洛特雷克②、保罗·克利③、埃里克·吉尔、哈维洛克·埃里斯④、散文风格、阿拉伯的劳伦斯、杰拉德·曼利·霍普金斯、社会现实主义、乔治·塞恩斯伯里⑤、魏尔伦⑥、司汤达、华兹华斯的《序曲》、马洛的《浮士德博士》、中国绘画、萨尔瓦多·达利、克尔凯郭尔⑦和亨利·詹姆斯⑧。我所列举的内容大概占赫伯特·里德谈论的题材的四分之一——显然，这么一本书是无法用一千字或一千五百字就加以概括。我希望主要对一个

---

① 刊于 1945 年《诗歌季报》冬季刊。赫伯特·爱德华·里德(Herbert Edward Read，1893—1968)，英国思想家、批判家，代表作有《艺术与工业》、《通过艺术进行教育》等。

② 亨利·德·图卢兹-洛特雷克(Henri Marie Raymond de Toulouse-Lautrec-Monfa，1864—1901)，法国画家。

③ 保罗·克利(Paul Klee，1879—1940)，德裔瑞士画家。

④ 亨利·哈维洛克·埃里斯(Henry Havelock Ellis，1859—1939)，英国作家，性学先驱，代表作有《男人与女人》、《新的精神》等。

⑤ 乔治·爱德华·贝特曼·塞恩斯伯里(George Edward Bateman Saintsbury，1845—1933)，英国作家及文学史专家，代表作有《英国文学简史》、《法国文学简史》等。

⑥ 保罗·马利·魏尔伦(Paul-Marie Verlaine，1844—1896)，法国诗人，代表作有《月光曲》、《忧郁诗篇》等。

⑦ 索伦·奥贝·克尔凯郭尔(Soren Aabye Kierkegaard，1813—1855)，丹麦神学家、哲学家，存在主义前驱，代表作有《恐惧与战栗》、《非此即彼》等。

⑧ 亨利·詹姆斯(Henry James，1843—1916)，英国作家，曾在美国出生成长，为美国与英国文化沟通作出很大贡献，代表作有《美国人》、《大使》、《黛西·米勒》等。

问题进行探讨——里德的政治信仰和他的审美理论之间的矛盾。但题材的多样性本身就值得关注。即使你认为里德只是一个美术作品的批评家，他的兴趣和共鸣的范围依然非常广泛，而且他开放的思想对他作为一个作家来说既是优点也是缺点。

里德是一个无政府主义者，而且是那种毫不妥协的无政府主义者。他承认现在无法实现理想化的社会，但他拒绝接受形而下的世界或放弃人可以变得完美这个信仰。而且他接纳了机器时代，并从美学的基础上为机器的产品辩护。在这本书的几篇散文里，特别是《艺术与闭关自守》和那篇关于埃里克·吉尔的文章，他几乎没有进行正面回答，但基本上他坚持认为无政府主义社会与高度的技术发展是不相悖的：

> 无政府主义暗示着全面的对权威的去中心化，以及全面的生活简化。像现代都市这样的非人性化的实体将会消失。但无政府主义并不必然意味着回归手工艺和户外厕所。无政府主义与电力，无政府主义与空中教堂，无政府主义与劳动分工，无政府主义与工业效率之间并没有矛盾，因为功能团体会为了共同的利益而工作，不是为了其他人的利润或共同毁灭，对效率的渴求将成为幸福生活的尺度。

最后那句话的模糊含义回避了一个重大的问题：自由和组织如何进行调和？如果你考虑到合理性的话，你会得出这么一个结论：无政府主义意味着低水平的生活。它不一定意味着吃不上饱饭或过着痛苦的生活，但它不可能享受到那种现在被认为是美好的，进步的，由空调、镀金铬盘和机器主宰的生活。比方说，制造飞机的过程非常复杂，只有在有计划的集权化社会中才能制造出来，其它有代表性的机器也是一样。除非人的本性发生了不可预料的变化，自由和效率一定是互相排斥的。里德并不承认这一点，而且他没有完全承认机器已经扼杀了创造性的本能和降低了审美意识。事实上，在赞美机器和大规模生产的物品并否认手工制品的成就时，他似乎得到了一种乖张的快乐：

> 新的美学必须以现代文明的新的因素为基础——大规模机器生产。这种生产方式包含了某种与广为接受的美学观念相冲突的特征——这些特征通常用"标准化"一词进行概括。标准化本身并不是一个美学意义上的问题。如果一个事物是美丽的，你去复制它并不会抹杀它的美……标准化机器产品是完美的复制品，如果有一个是美的，那么所有的产品都是美的……我们或许会承认某些形式的个人表达并不适合作为标准化的物品进行机械复制，但我要说的是艺术家的创作意愿应该适应新的形势。我们注意到现代艺术（抽象艺术、非代表性艺术或建构主义艺术）仍然是创作它的艺术家的非常个人化的表达，它是机器艺术的典范。像这样的艺术品被复制并不会抹杀它们的艺术性。

乍一看这个观点很有道理，而反对它的意见似乎是多愁善感和附庸风雅的艺术。但是，举几个具体的例子对它进行考验。"如果一个事物是美丽的，你去复制它并不会抹杀它的美……"我猜想《艾达的眉梢》很美（如果你不喜欢这首诗，你可以找别的诗代替）。你愿意听它被一连高声朗诵上五千遍吗？到最后它还会是一首美妙的诗吗？恰恰相反，它将会是最令人生厌的词语的组合。任何形状、任何声音、任何颜色、任何味道，经历了太多的重复都会变得讨厌，因为重复造成了感官的疲劳，而美必须通过感官去感受。里德总是把美说成是类似于柏拉图式的独立存在的绝对实体，不依赖人的理解和欣赏。如果你接受这一观点，你就必须认为一幅画的价值存在于这幅画本身，而与创造它的方式无关。它可以通过机器创造出来，也可以像超现实主义的画作那样，以无心挥洒的方式创造出来。但书籍呢？或许将来可以用机器写书，而且很容易想象诗歌可以通过偶然的方式进行创作——譬如说，利用类似万花筒的设备。如果它们是"好诗"，我不知道里德如何能够提出反对。对于一个无政府主义者来说，这是一个尴尬的处境。

但是，里德对于机器的接受并不是一以贯之的。在这本书里，我们发现他在赞美现代汽车的设计美，又发现他指出工业化国家的群众因为"让人累得半死的劳动和死气沉沉的环境"而产生了"精神疾病"。我们发现他认同保罗·克利和本杰明·尼克尔森[1]，而且认同拉斯金和沃尔特·德拉梅尔。我们发现他在说"就我个人而言，我反对宏大的艺术"，然后我们发现他在赞美金字塔。事实上，任何被他评论过的人都知道，里德是一个太大度的批判家。正如我之前所指出的，他的好感非常宽泛，或许太宽泛了。他唯一强烈反对的事物只有保守主义，或者更确切地说，经院主义。他总是站在年轻人的一方反对老人。他喜欢抽象画和流线型的茶壶，因为美学保守派不喜欢它们，他喜欢无政府主义

---

① 本杰明·尼克尔森(Benjamin "Ben" Nicholson, 1894—1982)，英国画家。

因为政治保守派，包括那些正统的左翼人士不喜欢它。他陷入了一个悖论，一直无法解决。

里德作为不受待见的事物的普及者与拥戴者所作出的贡献再怎么称赞也不为过。我猜想我们这个时代没有人在鼓励年轻的诗人和让英国的公众了解欧洲的艺术演变方面作出过比他更大的贡献。没有人像他一样有勇气站出来在过去十年里直言反对亲俄的狂热情绪。但不管怎样，泛滥的同情心会招致惩罚。对于任何艺术家来说，即使是一个批评家，过分地想要"与时俱进"或许是一个错误。这并不表示你得接受文学和艺术在四十年前就已经结束这个正统学术派的结论。显然，年轻人和中年人应该尝试着互相理解。但是，你也应该意识到一个人的审美判断只能在非常明确的年代中才有完全的活力。不承认这一点就等于将一个人生于某个特定的时代的优势抛弃掉。在现在活着的人当中有两条非常明显的划分界线。一条在于是否能够记得 1914 年以前的情况，另一条在于 1933 年是否已经成年。不去考虑别的事情，谁更有可能对现在的情况有更贴近真实的看法，一个二十岁的人还是一个五十岁的人？你无法作出判断，得留给后世去决定。每一代人都认为自己比前一代人更聪明，比后一代人更睿智。这是一个幻觉，你应该认识到这一点，但你也应该坚持自己的世界观，即使代价是被认为是老古董，因为这个世界观来自于年轻一代人不曾有的经历，放弃这个世界观就相当于扼杀你的思想根源。

如果我对里德进行一个简单的考验——"他有多少作品能够成为传世之作？"——我发现他的评论作品并没有像他关于童年的文章和几首诗那样给我留下深刻的印象。这个时候我记得特别清楚的是一篇描写用子弹模具制作铅弹的文章——他说做这件事的快乐不在于做出有用的子弹，而在于崭新的铅弹银光闪闪的美——还有一首在战争早期所写的诗《相反的经历》。在这些相似的作品里，里德只是在讲述他的经历，他没有尝试当一个思想开放或与时俱进或世界大同或具有公众思想的人。里德在政治上是一个无政府主义者，在审美理论上是欧化主义者，但他是一个约克郡人——一个非常土气低俗的社区的成员，他们打心眼里相信世界上的其他人都比不上自己。我认为他的最佳作品来自于他的约克郡特征。我并没有贬斥他的文艺批评活动。它们起到了教化的作用，不承认这一点就是忘恩负义。但是，与他的自传、他的一些诗歌和政治宣传的篇章相比，他那些纯粹的批评作品让人觉得很散漫平淡，这源自于他太过于思想开放，太过于好心眼，太过于斯文，太过于想要与现代思想并肩，与所有的运动与时俱进，而不是表达强烈的爱与憎，尽管这些情绪一定存在于他的思想中，和任何作家一样强烈。

莱纳德·梅里克的
《佩姬·哈珀的立场》序文[①]

莱纳德·梅里克于 1939 年逝世，在他的后半生，他创作并出版的作品只有短篇小说。除了一本如今已经被遗忘的早期作品《紫色的沼泽》之外，他的长篇小说都属于 1900 年至 1914 年那段时期，大概有十几本，整体水平都很高，不过很容易挑出比其它作品更有重版意义的六部作品，但很难将选择缩减到只出版一卷本的数目。

梅里克的特点是，虽然他绝不是一位"高雅"作家，但他的故事几乎都以某一门艺术为背景。在他的长篇小说中，仅有的例外是《沃德林一家》—— 一则以提克伯恩诉讼为蓝本的骗局故事——和《一个人的观点》，后者在部分程度上算是例外，因为主角是一位律师。他所描写的其他人物基本上都是小说家、诗人、画家，而最具特色的是演员。如果非要说他有哪一点值得缅怀的话，那就是他对舞台生活非常令人信服而且不加渲染的描写。而这一点，或许证明了为什么会是《佩姬·哈珀的立场》重版而不是《辛西娅》或《沃德林一家》重版，后两者也同样是一本好书，

[①] 成文于 1945 年。埃尔与斯博提斯伍德出版社原定会出版《佩姬·哈珀的立场》，由奥威尔撰写序文，但这本书最后未能出版。莱纳德·梅里克（Leonard Merrick，1864—1939），英国作家，代表作有《我本善良》、《凡夫俗子》。

虽然手法有所不同。

尽管几乎所有梅里克的作品都是关于作家或画家的，它们却可以被清楚地分为两类。其中一类是他不幸最为人所知的，也就是他的巴黎系列作品，大部分是短篇小说集，例如《林荫道上的椅子》。这些故事描写了梅里克并没有切身经验而且是否存在并不肯定的波希米亚主义。它们所尝试表达的是《特利比》式的气氛，顶不济是威廉·约翰·洛克①的《阿利斯泰·普约尔》。而在《辛西娅》的几个章节里，梅里克描写了自己在巴黎的历险记，那是另一个故事。风光描写消失了，取而代之的是他非常了解的可怕的事情：斯文人的破落潦倒。梅里克描写死要面子的破落户的小说是最值得重视的作品，其中最好的几部除了已经提过的那些故事之外，还有《我本善良》、《演员的经理》、《林奇家族》和《优雅的伴侣》。《追寻青春的康拉德》——梅里克最成功的作品之一——一部分内容描写的是舞台生活，但与其他故事不同的是，贫穷不是一个重要的主题。

金钱总是一个令人心醉神迷的题材，只要描写的金额并不是太多。可怕的忍饥挨饿并不有趣，金额数以十亿英镑计的交易也并不有趣，但一个失业的演员典当自己的怀表而且不知道下星期能否把表赎回来——这是有趣的故事。但是，梅里克的作品并不只是在描写谋生的艰辛。他的主题其实是一个敏感而诚实的人在被迫与以商业为标准的人打交道时的屈辱。《佩姬·哈珀》的主人公克里斯朵夫·塔桑写了一部大获成功的情节剧，而他倾注了心

---

① 威廉·约翰·洛克(William John Locke，1863—1930)，英国作家，代表作有《爱在何方》、《白鸽》等。

血的喜剧作品则辗转于经纪人之间，变得皱皱巴巴。这是一个有趣的细节——让人想起过去三四十年来文人的处境——塔桑的五幕情节剧得到的稿酬只有区区十五英镑！但在社会意义上，稿酬微薄并没有他被孤立这个事实那么意义重大。

直到几乎为时已晚的时候，他根本没有机会和处境与自己相似的人接触。比起那个买下他的情节剧的演员经理，他那个愚笨而势利的母亲和他那个"做啤酒花买卖的"有钱的舅舅更不能理解他的观点。他傻乎乎地订婚了，纯粹是因为他很孤独。

他第一次和佩姬·哈珀见面时大约二十一岁，他或许并不知道——他从来没有机会去了解——世界上其实有既漂亮又聪明的女人。

在他靠自己的努力成名之前，他在社会上没有容身之处。他的家庭所代表的那个商业世界和那个由巡回表演公司构成的庸俗潦倒的世界都对他报以敌意，幸运的是，这两个世界都没有永远将他吞没。

梅里克并不是一个有意识的或过分明显的"主旨明确"的作家。他反对痛斥英语文明的重商主义和庸俗，但认为它们就像英国的气候一样无法改变。他甚至没有对那个时代许多被接受的价值理念提出质疑。

具体而言，他处处认为"绅士"要比"俗人"优越，"上流口音"要比"伦敦土腔"优越。在他的大部分作品里都有如果在今天会被视为"势利心态"的描写。事实上，梅里克并不是一个势利的作家——如果他是这种人的话，或许他会去写有钱人或贵族，而不是专注于描写破落的阶层了——但他太过诚恳，没有去掩饰自己本能上的偏好。他强烈认为良好的举止和精致的品位很重要，而贫穷最可怕的地方之一是得对庸俗不堪的人唯命是从。《佩姬·哈珀》里有一段优美的小场景展现了一个受过教育的男人在一家低级的巡回演出公司必须忍受的奴颜婢膝的处境。在一次排练的时候，剧本里有"威胁"（menace）这个词语，那个不学无术的剧院经理坚持说这个词得念"韦泻"（manace）："什么——你怎么念来着？'威胁'？见鬼了！那个读法是现存的，完全是现存的①。"显然，他很高兴自己会用"现存"这个词，他似乎相信这个词是"过时"的学术说法。他找来塔桑，然后问道："难道'威胁'这种读法不是现存的吗？""必须是。"塔桑回答。

和梅里克的大部分作品一样，《佩姬·哈珀》（唯一的例外是《我本善良》）有一个"快乐结局"，但自始至终它都在暗示体面和拥有思想是沉重的负担。《辛西娅》是一个关于小说家的故事，诚实与面包黄油之间的冲突甚至更加痛苦。

拿《辛西娅》和乔治·基辛的《新格拉布街》相提并论似乎并不会太离谱，它的主题是许多作家已经探讨过的。梅里克能够做到的而其他人似乎做不到的特别之处在于他能重现低级剧院生活的气氛：油墨和鱼与薯条的味道、肮脏卑鄙的勾心斗角、辛苦的周日旅行、拖着行李箱在陌生的小镇穿街走巷、由"老妈子"料理的"职业人士"招待所、狭小的卧室、摇摇晃晃的洗手盆和床底下脏兮兮的白色夜壶（梅里克真的提到过夜壶吗？或许没有，但你似乎会想象到它）、穿着鞋底磨穿的靴子在斯特朗大街徘徊，那里是经纪人的办事处所在；穿着艳俗的长裙的女人坐在街上等候着轮到自己上场，绝望地收集剪报，巡回演出进行到一半时经

---

① 不学无术的剧院经理显然是把现存（extant）与消亡（extinct）弄混淆了。

理卷款跑路了。

虽然梅里克成为了一名很成功的短篇小说作家，特别是到了他的晚年，但他的长篇小说在英国一直"没有销路"。1918年前后，霍德与斯托顿出版社统一出版了他的作品，由赫伯特·乔治·威尔斯、吉尔伯特·基思·切斯特顿、威廉·狄恩·霍威斯[1]和其他知名作家撰序。他们都很推崇他，觉得他未得到应有的名声。

《佩姬·哈珀》的序文由亚瑟·皮纳罗爵士[2]撰写。但这套统一版和先前的作品一样并没有获得成功——这个情况令人感到困惑，因为贯穿梅里克的一生，他的作品在美国一直卖得不错。

对他的作品不受欢迎的浅显解释是他选择了描写艺术家，而正如他本人所说的，公众更感兴趣的是政治家或商人。而且他的作品的美国统一版由达顿出版社出版，这家出版社还出版了所谓的"灰色"或"阴暗"或"过于贴近现实"的作品的限量版。确实，梅里克的大部分作品并不是振奋人心的故事。它们笔触轻松，而且为了保持喜剧色彩，它们通常会有一个"快乐结局"，但它们的基调是苦涩的。不过，这并不能清楚地解释为什么梅里克在美国更受欢迎。美国公众应该并不比英国公众更支持艺术家并与社会作对。而且梅里克也没有向美国读者作出让步，因为他的大部分作品的题材和气氛都带有强烈的英国色彩。

或许在美国人的眼中，那种英伦范儿带有异国风情的吸引

---

① 威廉·狄恩·霍威斯（William Dean Howells，1837—1920），美国作家、批评家，曾担任著名文学刊物《大西洋月刊》的编辑，代表作有《每天都是圣诞节》、《塞拉斯·西帕姆发迹史》等。

② 亚瑟·温·皮纳罗（Sir Arthur Wing Pinero，1855—1934），英国演员、剧作家，代表作有《亚马逊人》、《公主与蝴蝶》等。

力，而且梅里克所描写的那种贫穷和失败并不是美国人所害怕的。

不管怎样，梅里克一贯拒绝看到并不存在的慰藉，他不受待见或许与此有关。或许重要的是，《追寻青春的康拉德》的主人公是一个有钱人，而那是他最为成功的作品。如今，对贫穷的恐惧不再那么有压迫力，而对积极向上的故事的需求不再那么强烈，或许他能受到应有的欢迎。

评康拉德·海登的《元首》[①]

大约八年前，刚刚出版《元首》的同一家出版社出版了一本关于希特勒的大部头作品，起了个骇人听闻的书名叫《棋子希特勒》。它的主题是当时普遍为人所接受的观点：希特勒只是一个无足轻重的人，是德国工业巨头的傀儡。

后来的事件证明这个观点是错的，海登先生这本详实的长篇作品很有可读性，尝试解释那些极其复杂的原因——思想、宗教、经济和政治上的原因——为什么一个半癫狂的人能够掌控一个大国，并让数千万人丧命。

海登先生以1934年6月的大清洗作为结束，他指出这个事件并不是一个随意的终止点，因为这一暴行标志着新的历史阶段，而这个历史阶段还没有结束。

故事从希特勒出生之前开始。确切地说，是从1864年一份如今已经被遗忘的抨击拿破仑三世的非法宣传册开始的。

过了不久，沙皇的秘密警察得到了这份宣传册，从中捏造出那部臭名昭著的伪作《锡安长老会纪要》。他们的目的是以种种犹太人的阴谋恐吓沙皇，然后促使他以暴力手段镇压俄国革命。

[①] 刊于1945年1月4日《曼彻斯特晚报》。康拉德·海登(Konrad Heiden，1901—1966)，德国犹太裔记者、历史学家，对德国魏玛共和时期和纳粹时期的历史有深入研究，代表作有《国家社会主义的历史》、《第三帝国的崛起》等。

种族主义者罗森堡[①]来自俄国的波罗的海地区，革命期间在莫斯科上学，逃到德国的时候随身带了一份《锡安长老会纪要》，希特勒正是从这份文件中归纳出反犹主义思想，它成为希特勒高度重视的欺骗手段和政治工具。

海登先生详细地描述了希特勒的早年历史，以一位名为汉尼斯克[②]的画家的描述填补了《我的奋斗》的空白，他在维也纳和希特勒一起挨过几年穷日子。

根据海登先生的研究，似乎《我的奋斗》的自传部分是可信的。即使根据希特勒本人的描述，直到1914年战争爆发之前，他一直是个彻头彻尾的失败者，从来没有干成过什么事情。他的性格特征就是懒惰，没有能力结交朋友，对不能让他过上体面生活的社会充满仇恨，还喜欢画画。（值得注意的是，许多独裁者都是落魄的艺术家——亨利八世和弗里德里克大帝都写一些蹩脚的散文，拿破仑和墨索里尼尽写一些没有人会排演的戏剧。）

那场战争是希特勒的天赐良机。他享受着战争的每一刻，这似乎是真的，虽然很多人总是否认希特勒战功卓著，曾因作战英勇而被受勋。他说当战争结束时他哭了，从那时开始，恢复战争的气氛成了他的主要目标。

在1918年乱糟糟的德国，像希特勒这种品性的男人自然会步入风云诡谲的政坛。他加入了德国工人党——国家社会主义党的

---

① 阿尔弗雷德·厄尼斯特·罗森堡（Alfred Ernst Rosenberg, 1893—1946），德国纳粹党核心成员之一，是纳粹主义意识形态的主要奠基人之一。
② 莱因霍尔德·汉尼斯克（Reinhold Hanisch, 1884—1937），奥地利人，曾于1910年与希特勒一同共事生活，希特勒掌权后发表了若干篇关于希特勒早年生平的文章。

前身——当时只有六个会员，全副家当就只有一个文件箱和一个用作收银箱的雪茄盒。

那些被遣散的帝国国防军的军官计划重建德国军队，反对凡尔赛条约，正在寻找一个能掩护他们的目标的政党，德国工人党假把式的社会主义纲领对他们来说似乎可以加以利用。

因此，希特勒从一开始就有了靠山，但一段时间之后，当他已经控制一股不可忽视的政治势力时，那些工业巨头才开始大手笔地资助他。

作为一个政治家，他有三个优点。第一点是他完全没有怜悯或爱心，也不受人性的束缚。第二点是他对自己充满无限的信心，鄙视其他任何人。第三点是他充满魄力和感染力的声音，几分钟内就能让任何听众忘记他那查尔斯·卓别林式的长相。

几年后，他以三寸不烂之舌挑起一场可怕的运动，在一个又一个演讲台上滔滔不绝地讲述着反犹、反资、反布尔什维克和反法言论——这些对无业工人、破败的中产阶级和渴望另一场战争的军官们来说都非常有吸引力。

但是，要取得最高权力则是另一回事，多年来国家社会主义党的历史起起落落。大体上说，当局势不好时，希特勒成了政坛明星；当局势好转时，他的地位就每况愈下。在景气的二十年代，道威斯计划①实施期间，英国和美国经济复苏，俄国的新经济政策和国家社会主义党似乎就要销声匿迹了。

---

① 道威斯计划(the Dawes Plan)：为缓解德国因凡尔赛条约赔款而承受的巨大财政压力和解除法国与比利时对德国鲁尔区的军事占领，由美国人查尔斯·盖茨·道威斯(Charles Gates Dowes)主持该计划，协助德国的战后赔款，从1924年至1929年生效。

接着大萧条来临了，希特勒平步青云。我们不知道那时候是否有机会挫败他，但不管怎样，事实就是他在德国的真正敌人——共产党和社会民主党一直在内讧，而不是联手对付共同的敌人。

希特勒以鹬蚌相争渔翁得利之计将他们都消灭了，最后将自己党内的左翼分子屠戮殆尽，巩固自己的地位。接下来的故事我们都非常清楚了。

这本书除了介绍希特勒之外，还介绍了关于其他人的有用的背景信息——特别是赫斯、戈林、罗姆和休斯顿·张伯伦①，那个古怪的英国叛徒，他是泛日耳曼运动的创始人之一。这本书很有价值，因为它既没有贬低希特勒，也没有抬高他。也就是说，它没有从狭隘的经济角度去帮他开脱，也没有假惺惺地说只要他一死，世界的主要问题就能解决。下面是海登先生的原话：

> 希特勒能够奴役本国的人民，因为他能为他们提供就连传统宗教也再无法提供的慰藉——对超越狭隘的个人利益的存在意义的信仰。当人们意识到自己与邪恶为伍，但感觉与其在没有更宏大的意义的状态下空虚地生存下去，倒不如选择邪恶时，真正的堕落就开始了。

当今的问题是找到那个更宏大的意义和被物质世界矮化的生命的尊严。这个问题没有得到解决之前，消灭纳粹主义只不过是让世界的动荡不安少了一个迹象而已。

---

① 休斯顿·斯图亚特·张伯伦（Houston Stewart Chamberlain，1855—1927），英裔德国作家，其作品《十九世纪的基础》是泛日耳曼主义的重要作品之一。

评莱纳德·阿尔弗雷德·乔治·斯特朗 《如何成为作家》（生平文集第二卷）①

据说严苛的宗教秩序不鼓励接纳改变宗教信仰的人，莱纳德·阿尔弗雷德·乔治·斯特朗先生也遵循同样的原则。他本人是一位成功的小说家、短篇作家和广播剧作家，在新闻学院里当过老师。他开篇明义就说这个职业不好做。和其他职业一样，它需要经过学习，而且有干不完的工作，而且你不能指望能够挣大钱。

事实上，斯特朗先生说他自己奋斗了十五年才让写书成为他谋生的主要手段，他寄出去的头四十份手稿有三十九份被寄了回来。

大部分关于"如何成为一名作家"的书（这类书不计其数）都毫无价值，因为它们是由视写书为挣钱手段的人所写的。以这种方式去写书，则事事皆错。

首先，写书不是一份能挣大钱的职业（收入能与普通乡村医生相当的小说家已经算是非常成功了），即使是最低层次的写作也必须是为写作而写作。

其次，即使从商业角度考虑，大部分自封的新闻老师也是最

---

① 刊于 1945 年 1 月 11 日《曼彻斯特晚报》。莱纳德·阿尔弗雷德·乔治·斯特朗（Leonard Alfred George Strong, 1896—1958），英国作家、诗人，代表作有《最后的敌人》、《缺席者》等。

糟糕的导师，因为他们没办法将自己的指导付诸实践。如果他们真的懂得如何靠撰写新闻挣钱，他们干吗不自己去挣，而要把秘密兜售给别人呢？

但是，斯特朗先生是一个例外，他的意见很值得听取。他是一个成功的作家，而且很能干，能够兼职教授新闻课程。

他知道文学既是生意同时也是艺术，但与大部分导师不同的是，他能理解创作的本质，意识到即使是在记者这个行业混也需要诚恳和能力。他以不同的方式一再强调："不要歪曲想法，即使从挣钱的角度去考虑这也是没有好处的。"

他早年的时候有一位好心的朋友告诉他："先写人们想要看的，然后等你有了名气，再去写你想要写的。"

斯特朗先生补充说："我不接受这个意见，我觉得它很糟糕，到了今天我更加无法接受……我自己的经验就是一定要诚恳。有一次，时间不是很长，那时候我的处境很艰难，我绝望地想写一些我觉得大众想要看的内容。结果我一败涂地，写出来的那些东西根本没有人想看……虚伪无法弥补才华。诚恳的作家，无论他的才华有多么浅薄，也要比不诚恳的作家有更大的机会取得成功。"

在这段和其他类似的段落里，斯特朗先生并不只是单指艺术上的虚伪。如今许多记者承受着沉重的政治压力。有的话题基本上是不可提及的，对"快乐结局"的推崇与呈现社会美好一面的渴望是密不可分的。

那些受雇于新闻学院的通讯记者导师总是警告学生"不愉快"或"有争议"的作品是卖不出去的。斯特朗先生对这些伪顾问的评价是"告诉他们该去哪儿去哪儿"。

但是，这并不是说他鄙视或无视写作的商业性一面。

首先，每一个作家，无论他的才华有多么出众，都必须学会写出有可读性的内容。他必须通过练笔和实习学会编排材料和明确无误地表达出自己的意思。

斯特朗先生强调，或许过度强调了一个道理：在短篇小说或简短的文章里，最好"只专注于一点，不要言及其他"。

此外，作者必须学会配合编辑和出版社的愿望，只要不涉及思想诚实。他必须在文章篇幅太长时将它缩短，而且意识到不能以相同的风格为日报、周刊评论和技术性的杂志写作。

他必须研究市场，譬如说，不要犯"将写橄榄球的文章投给女性杂志或将关于白老鼠的文章投给游艇杂志"的错误。

像这么愚蠢的事情每天都会发生，许多本有希望出版的小说被扔进垃圾桶里，因为作者投错了出版社，然后被退稿后就灰心丧气。

斯特朗先生针对小说、文章和短篇给了一些有用的意见，并建议刚刚崭露头角的作家不要鄙视讲师这份吃力不讨好而且薪水微薄的工作。

但是，他不鼓励刚入行的人去尝试写戏剧或电影的剧本。他认为由一个新人担纲剧本创作可谓万中无一。

出版社发行一本书只需花几百英镑，而一部舞台剧则需耗资数万英镑，经理自然会倾向于和已经有名气的作家合作。

电影业就更难进了。事实上，那几家规模最大的电影公司的惯例是，所有未约稿的剧本统统不予理睬。

广播是新人有望发挥的领域。它有别于普通的写作，需要学习特定的技巧，但广播稿的需求很大，相对不是那么歧视新人。

最后斯特朗先生介绍了文学作品经纪(对于写书的作家很有帮助,但对于自由撰稿的记者来说就不是那么有帮助了)、新闻学院、出版社和合约等内容,内容都很诚恳。

这是一本很有用的书。如果你没有才华,没有哪本书能够教会你写作,但至少你能够学会如何使用朴素的语言,如何避免不必要的技术性错误,如何推销你的作品和如何避开不计其数的在文坛招摇撞骗的恶棍。

斯特朗先生从来不会忽视谋生的需要,但他的建议很有价值,因为他知道挣钱的渴望并不是任何作品值得一读的作家的根本动机。

评帕里努鲁斯的《不得安宁的坟墓：世界的循环》[1]

　　"帕里努鲁斯"一看就知道是某个知名文学评论家的化名，但即使不知道他是谁，你也能猜测出这本书的作者大概40岁，身材略胖，在欧洲大陆住过很长的时间，没有从事过真正的工作。他的书类似于日记或日志，夹杂着出自帕斯卡、老子、拉罗什富科[2]等人的言论，其基调是精致而悲观的享乐主义。作者说，他的前世是"一个西瓜、一只龙虾、一只狐猴、一瓶红酒和亚里斯提卜[3]"，还说他生活过的年代包括古罗马的奥古斯都时期，"然后是从1660年至1740年的巴黎和伦敦，最后是1770年到1850年……在荷兰别墅度过午后，在切斯·玛格尼餐厅吃饭。"

　　"帕里努鲁斯"有古典教育背景，对宗教持怀疑态度，喜欢旅行休闲，住的是别墅，吃饭讲究礼仪；自然而然地，在他思考现代世界时，他没有热情，甚至有时候带着贵族的鄙夷，但也带着自责和作为旧世界的最后产物的自省。他是一个幽灵，就像公元400年那些文质彬彬的异教徒。这本书几乎每一页都展示了资本

---

① 刊于1945年1月14日《观察者报》。帕里努鲁斯（Palinurus），古罗马神话中英雄埃涅阿斯的船只的舵手，后成为领航员或向导的代名词。

② 弗朗索瓦·拉罗什富科（François La Rochefoucauld，1613—1680），法国作家，代表作有《回忆录》、《箴言集》等。

③ 亚里斯提卜（Aristippus，公元前435—公元前356），古希腊哲学家，昔兰尼学派创始人，曾师从苏格拉底，其哲学主张是生命的意义在于适应环境并追求快乐。

主义民主的特殊产物的特征，一种由非劳动收入引起的自卑情结。作者既想要舒适和特权，又因为这个想法而羞惭。他觉得自己有权利得到这些，但确切地觉得它们肯定会消失。不久之后，那些暴民就会发动起义，将剥削他们的人统统消灭，但这么做也将文明摧毁：

> 英国的人民是可爱的：他们慷慨、得体、忍让、务实，而且不愚昧。但可悲的是，他们的人数太多了，而且他们没有目标。他们被劝导当奴隶，并繁衍生殖，但他们的人数多得不愿意再充当奴隶。有一天，这些数目惊人的群众将会掌握权力，因为除此之外别无出路。但是，他们既不想要权力，也没有做好行使权力的准备。他们只会以新的方式厌倦。迟早英国的人民会变成共产主义者，然后由共产主义接管。只有某种形式的共产主义才是工人阶级信奉的宗教，因此它的到来将是不可避免的，就像以前基督教的到来不可避免一样。忠于自由主义的人将遭受和历史上那些"善良的异教徒"同样的命运，被统统消灭。

这本书由始至终以不同形式反反复复地重复着这一点。蜂巢社会即将来临，个体将被蹂躏，不复存在，未来将是充斥着假日营地、V型飞弹和秘密警察的世界。但是，"帕里努鲁斯"与情况和他相似的同时代的人的区别在于，他并没有默许这一过程。他拒绝离开个人主义这艘正在沉没的船。对"人类只有通过参与有组织的集体生活才能获得圆满"这番话，他说了七次"不"。但是，他看不到摆脱蜂巢社会的出路。他看到，或者说，他自以为看到能将秩序和自由、理性和神话结合在一起的方式，但他并不相信文明会转到这一方向。最后，他没有什么可以依赖，只能孤独地进行抗争，就像最后一头猛犸，或像浮士德那样，试图在海伦的怀抱中忘记诅咒。

这个观点是极权主义和科学的畸变的产物，或许正在逐渐普及，仅凭这一点，这本零碎杂乱的书就是一本很有价值的文献。它来自于觉得自己没有权利存在的食利阶层的绝望呐喊，但食利者们依然觉得自己要比无产阶级更加优雅。它的错误在于以为集体社会将会摧毁个体的人性。英国共产主义者或"同路人"也是这么想的，并以受虐心态的狂热放弃了自己的思想诚实。"帕里努鲁斯"拒绝投降，但和其他人一样，他接受了"共产主义"的价值观。

这两种情况的内在机制都是一样的。他们都以为社会主义或共产主义的目标就是将人类变成昆虫。他们知道自己享有特权，如果他们抵制社会主义，他们的动机一定值得怀疑。因此，他们无法看到更深的层面。他们没有想到，当前存在的所谓的集体主义体制只是想要消灭个体，因为它们并不是真正的集体主义，而且根本没有平等可言——因为，事实上，它们是新的特权阶级的伪装。如果你能明白这一点，你就能心安理得地去反抗将人变成昆虫的安排。当然，如果你是不劳而获的人，要明白这一点或大声地说出这一点会比较困难。

评哈罗德·约翰·马辛汉姆编撰的《自然秩序：关于回归农事的文集》[①]

你不需要是一个中世纪主义者才会感觉到现代世界有很严重的问题。在任何大城镇里，只需要朝最近的窗外看一眼就能够说服最乐观积极的人科学进步并非只带来幸福。

但是，大部分观察家满足于认为我们现在的弊病的病因是过时的经济体系，它无法消费所有制造出来的商品，不可避免地会导致对市场的争夺和帝国主义战争。

有思想的人中鲜有会同意机器文明本身是敌人的。大部分人会说，合理地利用机器能够让我们从艰苦的劳动中得到解放——但恰恰相反，目前的情况是浓烟污染了郊野，V型飞弹炸毁了城镇。

自从工业革命早期开始就已经有一个相反的思想流派——包括诸如科贝特[②]、拉斯金和切斯特顿等人——拒绝接受如果机器产品能够更平均地得到分配的话，机器将成为人类的朋友这个想法。根据这个思想流派的看法，创造性的劳动对于人类来说在精神上是必要的。

[①] 刊于1945年1月25日《曼彻斯特晚报》。哈罗德·约翰·马辛汉姆（Harold John Massingham, 1888—1952），英国作家，代表作有《赞美英格兰》、《黄金年代》等。

[②] 威廉·科贝特（William Cobbett, 1763—1835），英国作家，代表作有《乡村经济》、《乡村之旅》等。

没有人会支持彻底放弃机器进步，但他们说真正的人类生活——个体快乐和国际和平——只能以手工劳动和共同财富的平均分配作为基础。

这本书通过一系列作家的文章有力地重申了这个观点，他们当中有的人就在从事农业。

哈罗德·约翰·马辛汉姆先生在序文中花了很多篇幅对"农事"加以定义，并发现它的意义远远不只是耕种土地。

"如果我们对'农事'这个词进行深入了解，我们可以试着对它进行定义，即有爱的经营。它意味着人是万物之灵，但以对待家庭的态度去对待大自然。没有什么能比现代科学所宣扬的'征服自然'更加偏离这个理念，它不仅背离了自然规律，而且是一个荒谬的说法。"

"现代世俗主义将人类贬低为彻底的世俗动物，没有超越个体的命运。与此同时，它把这头不完整的动物抬高到大自然的征服者的地位——这是一个极其幼稚的想法——而有爱的经营确切地定义了人在大自然中的地位，并尊重自然法则，认为人是万物之灵，但和万物一样，臣服于造物主。"

马辛汉姆先生还写了一篇文章，讲述了强调性质的工作方式很难与大规模生产进行结合，或根本不可能结合。

《新闻纪实报》的农业通讯记者伊斯特布鲁克[①]先生、《新英语周刊》的编辑菲利普·梅尔里特[②]先生、菲利普·奥伊勒[③]先生、

[①] 伊斯特布鲁克（L F Easterbrook），情况不详。
[②] 菲利普·梅尔里特（Philip Mairet, 1886—1975），英国作家、记者，代表作有《贵族与阶级统治的意义》、《边境》等。
[③] 菲利普·奥伊勒（Philip Oyler, 1880—1973），英国诗人、作家，代表作有《慷慨的大地》等。

霍华德·琼斯①先生和其他人讲述了均衡农业的重要性和从自给自足的角度让英国实现粮食自给的必要性。

诺斯伯恩②勋爵探讨了合理的农业种植方式与国民健康之间的关系。罗尔夫·加德纳③先生针对目前英国重新造林的方式写了一篇富于启迪意义的高度批判性的文章。

霍斯金④先生描写了农业机械化的可能性和局限性。还有几篇文章探讨了类似的主题，还有一份有用的书目。

没有哪个有思想的人会否认马辛汉姆先生和他的同仁们说的话很有道理。

战争迫使我们必须规划船只的使用。结果就是本土农业遭到压迫，为从加拿大、澳大利亚、阿根廷等国家的进口粮食让道，这些进口粮食是英国出口工业制品或资本的回报，而且国内外都有强大的势力阻止英国的农业复兴，只有破除这些因素，英国的农业才能获得发展。

与此同时，英国的人口正逐渐被赶出土地，而在农产品国家，大量的土地因为推行"单一农业"而变成了风沙侵蚀区。

这本书的许多作者坚持认为机器文明引发了比经济稳定更深层次的问题，这是很正确的。大家都知道，按照自己的时间以自己的方式去从事一件需要技巧的工作并为它感到自豪要好过每天在传送带旁边一遍又一遍地拧紧同样的螺丝钉八个小时。

---

① 霍华德·琼斯(C Howard Jones)，情况不详。
② 诺斯伯恩勋爵(Lord Northbourne，1896—1982)，英国贵族、作家，代表作有《凝望大地》、《现代世界的宗教》等。
③ 亨利·罗尔夫·加德纳(Henry Rolf Gardiner，1902—1971)，英国作家，代表作有《没有尽头的世界》、《英国与德国》等。
④ 霍斯金(J E Hosking)，情况不详。

马辛汉姆先生指出，为机器文明辩护的理由——机械劳动只需要占据一天几个小时，而得到的闲暇可以用来进行创造性的活动——或许是一个谬论。人是工作的动物，他的工作是生活的主导因素，那些从事摧残灵魂的工作的人在闲暇时倾向于寻求机械性的、大规模生产的娱乐（电影和广播）。

这一点从来没有得到为机器文明辩护、拥戴社会主义或大规模资本主义的人言之成理的回应，而这本书的作者们提出这一点是很正确的。

但是，他们并没有面对我们可以看到的事实：第一，机器与机器文明已经存在，而且不可能被摆脱。

这些作家没有明确承认绝大多数现代人倾向于机器文明。他们不想回到农村生活，他们想要远离农村生活——这一点在真正的农业国家如印度比在英国更加明显。

第二，机器文明是无法逃避的，因为在现代世界里，任何工业不发达的国家在军事上都会陷于无助。农业国一定会被某个工业更发达的国家统治和剥削。

由于民族主义非常盛行，任何国家都会努力维护自身的独立，愿意为战舰、大炮、飞机和制造这些东西的复杂工业机器付出代价。

这些都是目前无法逃避的事实，与马辛汉姆先生和他的同仁所提出的世界观相抵触。他们或许在倡导美好的前景，但它不会实现，至少在目前无法实现。但这并不是说像这样的书就毫无意义。

恰恰相反，它们是对即使在轰炸中也仍然盛行的乐观主义的有益纠正。而且有必要提醒那些鄙视历史、拒绝相信乡村要比工业城镇更加优越的人一直在发生的土壤流失和森林破坏等严重的问题。

　　这本书的插画作家是托马斯·亨内尔①，画得很不错。

---

① 托马斯·亨内尔(Thomas Hennell, 1903—1945)，英国插画家、作家，代表作有《农场的变迁》、《英国的匠人》等。

评亨利·伍德·内文森的《视觉与记忆》[①]

在这本书的序文里——这是一本横跨 30 年的散文集——吉尔伯特·穆雷[②]教授指出亨利·伍德·内文森是一位不同寻常的记者，一部分原因是他并不具备在这个职业获得成功通常所需要的品质。"他太温和，对暴力和残忍过于反感，被卷入战争和压迫太深。无论世界上哪个地方发生这样的事情，内文森总是会发出怒吼。"他还补充说内文森是一个"敏锐的学者"和捍卫失败的事业的斗士。在这本书的几乎每一篇文章中都可以看到这两个品质，以及他总是出现在炮火连天的地方。

大部分文章探讨的是文学话题，但有趣的是，即使在他的最刺激的冒险里内文森仍然保持着一个文明人的思想。我们发现他在 1897 年志愿与希腊人共同抗击土耳其人，在品都斯山脉过着十分艰苦的生活，但他以清醒的目光看着他那些希腊非正规军同志，从未忘记他正跨越的这片土地的古典联系。经过三天的行军，他爬到关隘的顶部俯瞰大海，立刻想起了亚克兴角海战[③]和狄

---

① 刊于 1945 年 1 月 28 日《观察者报》。亨利·伍德·内文森（Henry Woodd Nevinson，1856—1941），英国战地记者，代表作有《负轭前行》、《告别弗里特街》等。

② 乔治·吉尔伯特·穆雷（George Gilbert Murray，1866—1957），英国古典学家，精研古希腊文化，代表作有《古希腊文学解析》、《古希腊研究》等。

③ 亚克兴角海战（the Battle of Actium），奠定古罗马帝国的决定性战役，公元前 31 年屋大维战胜政敌马克·安东尼与埃及女王克里奥佩特拉的联军。

奥多拉皇后①。三年后我们发现他与罗伯茨的胜军一起挺进比勒陀利亚，他从布隆方丹开始追随这支部队一直到约翰内斯堡，"以死马的臭味和秃鹫的踪迹作为引导"。在比勒陀利亚他看着米字旗升起和部队行军在司令面前经过，然后他注意到附近的一座房子里"某个战败者正在弹奏贝多芬"。他知道在胜利者和失败者都被遗忘后这首乐曲仍将被缅怀。在中非：

> 一个土著野人拿着铜块砸中了我的一个脚夫，其他脚夫要求我将他处死。我反对死刑，但我让那个男人站在一个圆圈中间，举起步枪瞄准他的心脏，他那种黑黝黝的脸吓得发青。突然间，有三个脚夫朝我跑来，抬起我的步枪，哀求我不要开枪。我松了口气，因为我知道那支步枪的枪膛塞住了，根本开不了火。

内文森喜欢加入细微的描写，就像步枪的枪膛塞住了，这让他似乎显得没有男子气概。但正是"反对死刑"和习惯性地陷入必须杀人的处境将他与普通的记者区别开来。

内文森的思想从未远离古典时代，对他影响最大的两位现代作家是歌德和马修·阿诺德。这本书最好的内容或许是虚构的马可·奥勒留②与一个基督教圣徒的会面。而且他怀有令人意想不

---

① 狄奥多拉皇后（Theodora, 500—548），拜占庭皇帝查士丁尼一世的妻子，协助夫君执政，镇压尼卡暴动，维护拜占庭帝国的稳定和繁荣。

② 马可·奥勒留·安东尼·奥古斯都（Marcus Aurelius Antonius Augustus，121—180），古罗马皇帝，斯多葛学派学者，曾于166年派遣使者出使中国汉朝，代表作有《沉思录》。

到的热情。这本书里有一段写得很精彩的对威廉·巴特勒·叶芝[①]的追思和为布莱克的画作的热烈辩护，在写这篇文章的时候(1913)一定是基于独立的判断。但是，一年后内文森写了一篇同样热情洋溢的为未来主义诗人马里内蒂[②]辩护的文章，后来马里内蒂成了法西斯政权的御用诗人。在这篇文章里，内文森甚至引用了几页马里内蒂庸俗的、离经叛道的言论和对血腥暴行的美化，这些内容体现了无疑存在于内文森的本性中的乖张特征。他支持任何不受欢迎的事情——而马里内蒂在1914年就是一个不受待见的诗人。正如穆雷教授所说的："他是一个激烈的党争者，对另一面拥有非凡的理解力。"当他所支持的失败的事业最后获得胜利时，他就对它失去了兴趣。

内文森于1941年底逝世，享年85岁。穆雷教授和这本书的编辑伊芙琳·夏普[③]小姐都说老迈无助的他无法承受看到一场比他年轻时所经历的那场战争规模更大、目的更明确的战争爆发。不过，他似乎一直保持着思想的活力，最后一篇文章是他临终前一个月写的。即使之前你没有听说他的名字，这本书将会表明他是一个非凡的人。他是一个勇敢、斯文而且思想诚实的人——随着我们渐渐远离十九世纪，像这样的人越来越稀罕了。这本书里有几张好照片，而且装帧和印刷要比如今大部分书籍好一些。

---

① 威廉·巴特勒·叶芝(William Butler Yeats, 1865—1939)，爱尔兰诗人、剧作家，1923年诺贝尔文学奖得主，代表作有《当你老了》、《钟楼》、《旋梯》等。

② 菲利伯·托马索·埃米利奥·马里内蒂(Filippo Tommaso Emilio Marinetti, 1876—1944)，意大利诗人、编辑，未来主义诗派运动的创始人，代表作有《未来主义者马法卡：一部非洲小说》、《教皇的飞机》等。

③ 伊芙琳·珍·夏普(Evelyn Jane Sharp, 1869—1955)，英国女权活动家，代表作有《伦敦的孩子》、《未完成的历险》等。

评罗德斯·法默的《上海收获》、诺曼·道格拉斯的《沙漠中的清泉》[①]

　　罗德斯·法默先生在书的最后——这本书记录了他作为战地记者从 1937 年 7 月到 1939 年底的经历——加入了写于 1944 年的结语。它的最后一句话是："中国拒绝向日本投降在世界史上与英国在 1940 年拒绝向德国投降一样具有决定性的意义。"他给出了这番话的理由，指出要不是中国坚定不屈地抗击日本侵略并拖住了日本的军队长达五年之久，日本人或许将能够征服澳大利亚和印度，甚至能够和德国在埃及附近会师，这对于英国和苏联来说将会带来灾难性的后果。

　　他的结束语是一个目前迫切需要的强有力的呼吁，现在和以后我们都会记得中国在这场战争中所起到的重要作用和她的深重苦难。这本书的主要内容阐明并强调了他的主旨。

　　这是一本匆忙写成的书，在许多小节上无疑不是很准确，但每一页都写得很生动。1937 年澳洲记者法默先生去上海度假。他并没有强烈的抗日情绪——事实上，他是一艘日本小货船上唯一的乘客，而且和那些军官相处得很好。但他一到上海事情就开始了。

---

① 刊于 1945 年 2 月 2 日《曼彻斯特晚报》。罗德斯·法默（Rhodes Farmer），情况不详。

日本人所说的"支那事件"突然间演变为全面战争，炸弹像雨点一般降落在公共租界周边毫无保护的华人居住区。法默先生近距离地目睹了战斗，接受了《华北日报》的一个职位。后来他成为中国情报部门的编辑顾问，翻译了大部分蒋介石大元帅的战争发言，并编辑和监督了宋美龄第一本书的出版。

中国军队败出上海之后，中国的防线在几个月内几乎彻底崩溃，首都南京被迅速攻占。那里发生了现代历史中最惨绝人寰的屠杀。现场的观察家相信日本人至少屠杀了 2 万战俘和 3 万平民，许多人被活活烧死或拿来当训练拼刺刀的靶子。

法默先生刊登了一幅日本士兵拿戴着镣铐的中国囚犯当刺刀靶的照片。这幅照片颇有历史价值。它刊登在 1941 年底的《画报》里，被许多人怀疑是伪作。但是，法默先生解释了这幅照片和其他照片是如何辗转落到他手里的。这些照片展示了日本士兵做出的虐待、砍头等暴行。这些士兵有时候会去上海的租界冲洗相片，通过中国的地下情报工作，这些照片被送到了中国的情报部门。

早在 1938 年法默先生就在几份美国杂志上刊登了这些照片，正如他所说的，"如果那些受害者是西方人而不是卑贱的中国人，它们将会震惊整个世界。"

法默先生去过许多没有被日本人占领的地方，虽然中国时局混乱、发展落后、缺乏工业资源、人民由于毫无防御的城市遭受狂轰滥炸而流离失所、军队装备非常落后，他最深刻的印象却是中国是不可战胜的。但他坚持认为，去年日本发起新的攻势为中国带来的苦难要比西方国家所想象的更加惨重，而华南机场的损失使得最终征服日本的道路变得更加漫长。

他指出，如果将输送给苏联和欧洲抵抗运动的武器和物资输送给中国，情况或许会大有改观。事实上，从1940年开始中国就没有得到武器供应，"空运到中国的物资比经过滇缅公路输送的更多"这番话根本与事实不符。（顺便提一下，滇缅公路已经重新开放也是不符合事实的言论，直到攻占仰光之前，它都是无法使用的。）

法默先生的总结是："中国是四巨头同盟中的悲剧角落，而四巨头中，只有斯大林、丘吉尔和罗斯福有真正的话语权。"

法默先生非常钦佩蒋介石和宋美龄，在暧昧的政治分歧引发了一部分媒体对蒋介石的反对之时，他对他们的赞扬很有意义。这本书里有许多相片，有的颇具纪念价值。

《沙漠里的清泉》被归为游记文学，或许在读完法默先生所记述的战争苦难之后，读一读他的书会感觉好一些。

1911年前后，诺曼·道格拉斯先生在突尼斯南部漫游，并在加夫萨古城呆了几个星期。古罗马人经常到这里来泡具有治疗作用的泉水，而比那还要早几千年，旧石器时代的人类留下了丰富的石筑遗迹。

之后他去了更南边的绿洲和盐沼，那里是撒哈拉沙漠的低地，据说曾是消失的湖泊的湖床。道格拉斯先生的游记带有一种特别的闲适的魅力，讲述了阿拉伯人、殖民的法国人、燧石工具、古罗马的遗迹、枣椰树、矿藏、阿拉伯的草药、毒蛇、鞋子和突尼斯的其他风土人情。

读过《旧巴拉布里亚》和《塞壬之地》的人都知道道格拉斯先生是最引人入胜的游记作家之一。企鹅丛书出版这本没有另外两本名气那么大而且早已绝版的书是一件很有意义的事情。

评霍尔多·拉克尼斯的《独立的人》，安德森·汤普森从冰岛文的译本[①]

当你阅读一本外国译著时，最困难的事情是确定它是否符合真实的情景。经过翻译后精妙的意思就不复存在，你总是会把一个玩笑错认为是严肃的宣言，或把一段滑稽的描写错认为是现实生活的真实写照。

譬如说，狄更斯在一些欧洲国家并不被认为是一位幽默作家，而是一位严肃的社会历史作家。

《汤姆叔叔的小屋》在法国享有令人惊讶的崇高声望，它那富于张力的故事令人击节赞叹，却没有人注意到英语读者能够感受到的略显荒谬的气氛。

当你阅读《独立的人》这本冰岛小说时，你必须记住这一点。它无疑是一本优秀的作品——事实上，在过去几年来不得不忍受那些自称为小说的书后，能够读到这么一本书实在是很开心的事情。

但是，它真的是一本小说吗？——还是说它只是在描写带有讽刺笔触的田园风光？它讲述了一个关于冰岛农民的故事，他们是最穷苦的农民，靠牧羊为生，从出生到进坟墓都负债累累，总

---

① 刊于 1945 年 2 月 8 日《曼彻斯特晚报》。霍尔多·拉克尼斯（Halldór Laxness, 1902—1998），冰岛作家，代表作有《圣山之下》、《冰岛的钟声》等。安德森·汤普森（Anderson Thompson），情况不详。

是在冬天死于饥荒——但在何种程度上它贴近现实是一个很难回答的问题。

故事的主人公——萨莫豪斯的比亚图（就像苏格兰高地的农民一样，这些农民以他们的农场为姓）——是一个佃农，在为一座大庄园干了 18 年的活儿之后，几经努力建立起自己的农场。

他买到的那片荒地据说闹鬼，那是源自古老的维京时代的迷信，比亚图的生活就是漫长的灾难史，以破产而告终，包括几任妻子和好几个孩子的死去。

但是，比亚图是一个不平凡的人，而且不会轻易被打垮。他甚至不肯依照当地的风俗向那个恶鬼献上祭品，或许它就是不幸的根源。冒着寒冬的风暴走 20 英里路，或骑着一头野驯鹿游过一条布满冰块的河流，对他来说就像是家常便饭。

比亚图的一生对两件事情感兴趣——牧羊和写诗。所有的冰岛农民似乎都是诗人或能够欣赏诗歌，而且他们的品味不像你所想象的那样只是欣赏简单的歌曲和民谣——他们还能欣赏非常典雅深奥而且韵律复杂的诗作。比亚图本人几乎一直都在写这种诗。

但他对绵羊更感兴趣。无论是结婚、葬礼、受洗还是地方理事会开会，谈话的主题很快就会转到羊身上，最吸引人的话题是羊身上的各种虫子。

比亚图的第一任妻子临产前一两天，他去山里找一头丢失的绵羊，其实它被饿坏的妻子偷偷吃掉了。回到家里时，他发现妻子已经死了，牧羊犬在为新生的孩子保暖。比亚图去邻居那里寻求帮助，但即使发生了这样的事情，他们仍谈起了羊，而且他在宣布消息之前还背诵了一两首诗。

这个新生的孩子并不是他的亲生骨肉，这本书的大部分内容讲述的是他与这个女孩的复杂关系。

对于一个英国读者来说，这本书最有趣的一点就是揭示了赤贫的农民生活，而无知和迷信使得情况更加糟糕。一切都取决于让羊群活着过冬——春天迟来或在北方冬天短暂的白昼没办法收集到足够的干草都意味着灾难甚至饥荒。比亚图多年来甚至连奶牛都养不起。一个接一个的孩子因为没奶喝而夭折，但给奶牛准备饲料意味着最重要的羊就没有足够的饲料。

男女老少都一起睡在小茅屋里，腌鱼是主要的食物，破旧的衣服和身上长虱子被视为天经地义的事情。

这本书的书名源于比亚图心中那个自己当家作主和不欠别人债务的愿望。多年来他一直不肯加入农民的合作社，因为他觉得这么做侵犯了他的独立。

你能隐约察觉得到冰岛的政治模式，它的基础是内陆的农民被海港的商业利益所束缚，他们对世界事件懵懂无知。

经过多年与艰苦环境和低价的对抗，比亚图和数千个像他一样的农民取得了成功，但他们被1914年至1918年那场战争引起的虚假繁荣摧毁了。突然间，所有参战的国家都需要鱼、羊毛、石油和腌羊肉，农民们发现自己可以将农产品卖出前所未闻的高价，甚至能够开始偿还债务。

他们不知道这样的环境不会一直持续下去，不明智地进行商业扩张，而战后的萧条使得冰岛比以前更加不景气。最后，政府被迫卖掉这个岛国唯一的财富：它的渔场。

比亚图被毁灭了，因为他冒失地决定建造一座真正的房子，有坚固的墙壁、锡皮屋顶和玻璃窗户，代替他那座茅屋。结果这座房子很冷而且很不舒服，建造成本耗尽了他的财富。

在最后一页，他在 60 岁的时候只剩下一小块田地，那是他岳母的财产。

这是一本不寻常的书。或许冰岛那些牧羊的农民的生活并不像书里所描写的那么悲惨；或许他们没有那么原始，也没有那么富于诗情画意，和我们更加相似；或许里面所描写的情景与现实的关系就像托马斯·哈代的小说与当代英国乡村的关系。

但这本书"创造了属于自己的天地"，没有哪个读过这本书的人会忘记它。

它再一次表明这个可悲的事实：如今当你读到一本好的小说时，它通常是一本译著。

评卡莱尔·帕克·哈斯金斯的 《论蚂蚁与人类》 [①]

在身体结构上，蚂蚁和人类几乎完全不一样，但在行为上，它们和人类的活动则颇有相似之处，而且它们的社会结构比我们的社会结构要更有效率，不仅能够作为类比的对象，而且是我们检讨自身社会的客观参照。哈斯金斯的书顺带介绍了蚂蚁的许多习性，但他的主要目标是确定蚂蚁与人类之间是否真的有相似之处。我们能够像所罗门王所说的那样"去察看蚂蚁" [②]并从中受益吗？蚂蚁的身体构造和社会进化真的有助于指明我们自己发展的方向吗？

他的书中有着许多奇怪的，甚至是——从那些憎恨昆虫的普通人的角度看——很恐怖的事情。他不经意提到的有些事实比人类社会的任何事实更加奇怪——奇怪之处在于蚂蚁的制度要更加多样化，更加高度发达。比方说，人类驯化了大约五十种畜类和禽类，蚂蚁已经驯化了三千种昆虫。另外，蚂蚁有着极其不同的分工，不仅存在着有性和无性的蚂蚁，而且最骇人听闻的是，它们有着不同的尺寸。有时候，在同一个巢穴里，蚁后或兵蚁的体

---

① 刊于 1945 年 5 月 5 日《观察者报》。卡莱尔·帕克·哈斯金斯（Caryl Parker Haskins, 1908—2001），美国生物学家、作家，代表作有《论蚂蚁与人类》、《论人类与社会》等。
② 此句出自《圣经·箴言》，全句是："懒惰人啊，你去察看蚂蚁的动作，就可得智慧。"

格要比普通工蚁大几百倍。它们之间的体格对比就像是一只狗和一只耗子之间的区别，彼此友好地合作，每种蚂蚁都是为了履行自己的职责而完美设计的。因此，那些出了名的"樵蚁"依靠培育一种霉菌而生存，用咀嚼过的树叶作为堆肥。切割和搬运树叶由体格更加庞大的蚂蚁去做，但庄稼地则由体格细小的"微蚁"在照顾。

还有贮存粮食的蚂蚁，它们的规模如此庞大，有时候会引起人类对它们采取消灭行动。有食肉的蚂蚁、制造奴隶的蚂蚁——这或许是最令人惊讶的习性——还有适应力极强的蚂蚁，它们似乎能在很短的时间内改变自己的生活习惯，取代了地球上许多地区那些相对保守的物种。但是，蚂蚁可怕的效率与它们对于寄生虫的忍耐形成了奇怪的反差。除了许多种蚂蚁豢养当作"奶牛"的蚜虫之外，还有其他昆虫在蚂蚁巢穴内靠打劫为生，而这些寄生虫显然是被当成宠物豢养，因为它们能够散发出怡人的气味。有时候，这些昆虫的数目如此之多，整个巢穴的生态都被打乱，最后它们和蚂蚁一起死翘翘了。

哈斯金斯博士没有明确地总结说我们是否能够通过观察蚂蚁去预测我们自己的发展，但他倾向于认为，就蚂蚁而言，极权体制要比民主体制更加优越。越原始越失败的蚂蚁，其社会结构通常就越民主，而那些更加高度发达的蚁种组织得当的巢穴与法西斯主义有许多共同之处。但正如他贯穿始终一直承认的，确实，在个体特征上，蚂蚁和我们是如此不同，能否进行类比仍尚未可知。蚂蚁生活的世界和我们的世界差异太大，很难相信它们拥有我们所理解的意识。每一只蚂蚁被孵出来之后就已经知道它需要知道的事情。它们不会去尝试独立的活动，而是重复着有时候已经重复了数百万年的模式。有时候，它们所展现的愚蠢几乎让人难以置信。以寄生类蚂蚁斩首穴臭蚁的习性为例：

　　　　进入殖民目标的蚁穴后不久，这个蚁种的蚁后就会寻找该蚁群的蚁后，后者的体格要比它们庞大得多。斩首穴臭蚁的蚁后爬到原来的蚁后的背上，接下来的几天从上方将这些蚁后的头给锯断。之后，这些假冒者就被蚁穴中的工蚁接受了。

　　人类政治也有同样的事情发生，但它们不会那么轻易地被容忍，而且我们会觉得即使比起那些最具天赋的蚂蚁，我们对自己的命运也有着更多的控制权。但是，当你想到它们是那么勇敢，繁殖力那么强盛，它们能够在几乎任何气候下生活，能够几乎以任何东西为食，而且最重要的是，对自己的同类有着无可置疑的忠诚时，你会不禁心想，幸好蚂蚁的个头都很小。

评威廉·珀西瓦尔·克罗齐的《命运在大笑》、乔治·贝克的《山上哭泣的希拉斯》[1]

　　历史小说——或许包括大部分描写古典时期历史的小说——引发了以英语进行创作的小说家很难解决的问题。

　　一个难题就是让那些角色接地气，而不是让人觉得他们只是被安排在古代背景的现代人。

　　由于现代英语的俚语，这个难题在对话中显得尤为突出。下面是从《命运在大笑》中随机节选的一段对话：

　　"如果他是一个哲学家，"卢修斯悄悄对梅特拉说道，"他是那种可笑的类型，但他可无法被提比略接受。"

　　"他就是从提比略那里过来度假的，"梅特拉回答道，"盖乌斯和德鲁希拉也是——她很可爱，不是吗？——这就是为什么他们都那么开心。听他们在说什么。"

　　"我喜欢你的裙子，罗莉娅。"德鲁希拉说道，"这里没有哪件衣服能比它更漂亮。"

　　"我可以告诉你，"盖乌斯说道，"如果那些乡下人看到你这么穿，他们会吓一跳的——顺便说一下，这么做可不难，罗莉娅。你最好不要让皇帝知道，这几天他心情糟得很。"

---

　　[1] 刊于 1945 年 6 月 7 日《曼彻斯特晚报》。威廉·珀西瓦尔·克罗齐（William Percival Crozier，1879—1944），英国记者、作家，代表作有《命运在大笑》、《比拉多通信录》等。乔治·贝克（George Baker），情况不详。

你会相信这些就是公元40年的古罗马人所说的话吗？不，你不会相信，而且你的本能感觉是古罗马人应该更加高贵威严，而这是有理由的，因为这些人所说的话应该不像我们的话那么低俗。

另一方面，旧式的历史小说，譬如哈里森·艾恩斯沃①的作品，所有的角色都用第二人称单数，并且随心所欲地说出"呸"和"去"这样的话也好不到哪里去。

正是语言的这一特征使得法语重新建构的古代生活——譬如说，福楼拜的《萨朗波》或安纳托尔·法郎士的《白石》——要比英国的作品更加真实可信。法语的口语和书面语要更加接近，而且更容易让对话听起来更加高贵一些，而不会显得很假。

虽然《命运在大笑》展示了博学的内容——或许用"暗示"会比较公平，因为这些并没有硬塞给读者——里面大部分角色给人的印象是他们属于我们这个时代。

它讲述了一户古罗马家庭在帝国早期动荡之中的沉浮，以宫廷权斗作为背景。阴险而富有才干的提比略被有虐待倾向的卡里古拉所取代，他又被城府深沉的克劳狄取而代之，后者装疯卖傻逃避了刺杀……而将会成为下一任皇帝的尼禄还只是一个小男孩。

帝位的更替并没有遵循任何法则，每一次都是通过政变实现的。直到旧的皇帝死去之前，你永远不会知道谁会是新的皇帝，而新任皇帝总是通过屠杀政敌和排除异己开始自己的统治。

---

① 威廉·哈里森·艾恩斯沃(William Harrison Ainsworth，1805—1882)，英国作家，代表作有《温莎古堡》、《兰卡夏的女巫》等。

要事先就找出皇位的继承人——为了达到这个目的总是求助于卜师术士——成功与失败的差别体现在是当上一个行省的总督还是掉脑袋。

故事的中心人物是梅特拉，一个年轻的大家闺秀，她冒险嫁给了自己喜欢的男人，拒绝了一个有权有势的富有追求者。她的父亲普利乌利斯·安东尼乌斯是一个和蔼的老元老，喜爱古希腊的诗歌。

他有一个希腊奴隶，名叫伯利克里——有钱的罗马人都喜欢豢养一个博学的奴隶——他总是能够引经论典，而且很像佩尔汉·格伦豪斯·沃德豪斯笔下的吉弗斯。

在这段时期古罗马帝国变得越来越倾向于军事专制，元老院根本无所作为，而且贵族阶层面临一个放高利贷和投机者的新世界，只能以拒绝参与公共生活的方式保全尊严。

这本书里有思想的角色都担心罗马文明将会发生灾难性的改变，而且他们认为有着严格家庭纽带和严苛宗教要求的旧时纯朴的共和国要比穷奢极欲的帝国更加美好。

但旧的生活赖以建立的信念已经不能恢复了，而且从东方涌入了新的宗教填补空白，其中就有基督教。这无疑就是当时所发生的事情，但很难不让人觉得克罗齐先生从他的角色中解读出了二十世纪的思想。

他们都太了解他们生活其中的历史进程，而且只有少数几个人性情残忍，而事实上，残忍的心态在古代是很普遍的。

确实，梅特拉曾经下过鞭刑的命令，但在大部分内容中，她的思想很像费边社的成员。她对奴隶很人道，不相信占卜师的话，支持男女平等，反对侵略战争，而且讨厌角斗表演。

但是，关于古罗马小说的一大诱惑，让某个人成为基督徒并殉教的诱惑被抵制了。书里提到了新的宗教，心地善良的犹太行省总督本丢·比拉多出现了几次——这番心理描写在当时无疑是正确的——但没有读者会感兴趣。

《山上哭泣的希拉斯》要轻松得多，它描写的时代似乎是特洛伊沦陷前的一代人，混杂着众所周知的神话和不合情理的冒险。

两个主角是赫拉克勒斯和希拉斯，还有许多熟悉的名字出现，但他们是不是兰普里埃①的《古典辞典》里面所记载的那些人物则不得而知。这本书的对话也很现代，效果有时候比《命运在大笑》还要糟糕。

---

① 约翰·兰普里埃(John Lempriere, 1765—1824)，英国学者，精通词源学与神学，曾编撰过古典作品词源。

评萨缪尔·巴特勒的《埃瑞璜》①

　　关于萨缪尔·巴特勒出版于 1870 年前后的《埃瑞璜》，任何人首先会注意到的是，它的书名很傻气。如果你把它写下来：Erewhon, E.R.E.W.H.O.N.，它只不过是把"nowhere"（乌有之乡）这个单词打乱了重新排列而已。这个书名很糟糕，因为你乍一眼不知道它应该怎么读。一个更老练的作家知道人们不喜欢去图书馆借一本书名不知道怎么念的书，是绝对不会选这个书名的。这并非是无足轻重的事情，稍后我会解释。但是，这个书名让你对它的内容有所了解。它的意思是"乌有之乡"，内容是关于一个并不存在的乌托邦。萨缪尔·巴特勒一生大部分时间生活在英国，但年轻时在新西兰住过几年，他把故事的背景设在了新西兰，当时那里的大部分土地还没有被开发。在故事里，男主角走过了千山万水，无意间来到一个拥有高度文明的国度，那里的人和我们很相似。他们好客地接待了他——他惊讶地发现他们似乎很看得起他，因为他长着金发和健康的肤色——很快他就学会了他们的语言，和他们一起生活了几年。这本书的大部分内容是关于他们的信仰和习俗——无消说，许多与巴特勒时代的英国的信仰和习俗很相似。

　　所有的乌托邦作品都是在进行讽刺或表达某个寓意。显然，

_____

　　① 于 1945 年 6 月 8 日播放于英国广播公司"本土节目"。

如果你虚构出一个想象中的国家的制度，你的目的是影射某个现实中存在的国家，或许就是你自己的国家。埃瑞璜国也不例外。当然，虽然它无法与像《格列佛游记》这样的作品相提并论，但它仍是最具原创性和最深刻的英语乌托邦作品之一。它嘲讽了维多利亚时期的英国社会，但那是好性子的嘲讽，而且巴特勒的建设性大于破坏性。他最猛烈抨击的对象是伪善这个我们的民族劣根性，而在当时这一点尤为突出。譬如说，他嘲讽了传统的宗教。在埃瑞璜国有奇特的机构，名为音乐银行。它们很像普普通通的银行，有一排排的柜台，出纳员们端坐在黄铜围栏后面。但那里的气氛很庄严，而且一直播放着音乐。人们不时会去音乐银行里填表取钱，但它并不是普通意义上的钱，而是出了银行就毫无价值的钱。每个人都声称比起普通的钱，自己更看重这种特殊的钱，但没有人会去用它。事实上，要是你说要拿这种钱买东西的话，商店老板会非常生气。当然，你明白这象征着什么。音乐银行就是教堂，而那些毫无价值的钱代表了信仰，很多人只是在星期天去做表面功夫，但他们并不容许信仰影响他们的日常生活。

这是非常浅显的讽刺，许多十九世纪的英国作家都写得出来。但埃瑞璜国的人民最古怪的一点是他们对待疾病的态度。我讲过这本书的主人公刚来到埃瑞璜国时，他发现那里的人很钦羡他，因为他有一副好体魄和健康的肤色。不久之后他偶感风寒，但和他所想象的不一样，没有人表示慰问或同情，他发现每个人都非常震惊，而且似乎认为如果他真的感冒了，他应该默不作声。他发现埃瑞璜国的人都特别英俊美貌，而且看上去很健康。基本上没有人生病，至少没有人会承认病了。另一方面，他惊诧地发现那里的人会毫无廉耻地承认我们认为于德有亏的事情。

譬如讲，有人会说："昨天我从商店柜台上偷了一双袜子。"语气之轻松就好像我们在说"我昨天头疼"一样。一个鼻子通红的人会努力向每个人解释那是因为他喝酒了，而心地不好的人会在他的背后说那或许是由消化不良引起的。每个人都认为这是天经地义的事情，并反映在埃瑞璜国的法律条文中。任何被发现患病的人都会遭到指控，甚至可能会被判处长期监禁，而另一方面，寻常意义上的犯罪当然被视为不好的事情，但并不被认为是丑事。结果，每一个生病的症状都会被费尽心机地隐瞒。事实上，在埃瑞璜国，犯罪就是生病，而生病就是犯罪。

巴特勒这么写是想表达什么呢？大体上，他的意思是——在部分程度上这确实就是他的用意——道德上的邪恶其实就像疾病一样，是由于遗传和早年教育的错误而造成的不幸。虽然你当然得尽可能去改造犯人和保护社会不遭到罪犯的侵害，但你不应该去责备他们，就像你不应该去责备一个残疾人那样。犯罪只不过是像天花或伤寒那样的问题，只有彻底铲除它的根源才能杜绝犯罪，而不是去谴责和迫害个体。这番话到了现在已经不是什么惊人之语，但在巴特勒的时代似乎很骇人听闻。我们现在意识到应该归因于恶劣环境的罪行，在我们的祖父那一辈被归结为人类就是那么坏。譬如说，在十九世纪的英国酗酒非常严重。大部分原因其实是当时绝大多数人的生活条件实在是不堪忍受：他们拥挤地蜗居在恶劣的贫民窟，他们的工作时间长得我们现在认为不可能会出现，他们几乎没有机会进行娱乐，许多人甚至不识字。在这样的条件下，自然而然地，数以百万计的人在有钱的时候就会去买醉。如今在我们看来这一因果关系非常浅显，但直到萨缪尔·巴特勒和其他像他那样的有识之士提出来之前，并不为人所知。但当他将犯罪和疾病相提并论时，他还另有深意，与他本人有着更深切的联系。如果你要完全理解巴特勒这部作品的全部含义，你就必须理解这一点。埃瑞璜国的人不仅会因为生病而遭受迫害，而且还会遭受各种不幸。譬如说，如果张三坑了李四一笔钱，被关进监狱的是被骗的李四，而不是行骗的张三。这似乎是一个荒诞不经的想法，但它与一个关于人性本质的理论是紧密相关的，那就是巴特勒另一部名作《众生之路》的基础。巴特勒对进化论很感兴趣，耗费了大量的时间和精力与查尔斯·达尔文进行争辩。他相信进化只是发生在个别人身上，而且他们会为所取得的进步付出代价。他认为，在任何时候，任何物种的最佳代表，人或动物，并不是那些正在进化的个体，而是那些已经进化到死胡同的个体。在下周我会对《众生之路》进行探讨。巴特勒最推崇的人不是或许能将人类提升到新高度的罕见的天才，而是那些健康纯朴的平庸之人，那些在目前的条件下没有遭受不幸且能够享受生活的人。无疑，巴特勒对头脑简单、成功健康的普通人的推崇过于夸张了，一部分原因是他自己根本不是那种人。他是另一种人，那种才华横溢却无法适应社会的人，他能够缔造新的思想，却不能在自己的生活中获得成功。他不够世故，而且他知道这一点。在这个谈话节目的开头，我指出《埃瑞璜》这个书名起得不好，一定会影响这本书的销售。直到这本书出版之后，巴特勒才意识到这个问题，而这种小错误在他的一生中屡见不鲜。他没有销售的概念，没有商业意识，终其一生，他并未靠他的作品谋生，有的只是毫无回报的损失。除了《埃瑞璜》之外，没有一部作品的销量超过几百部，而且直到死后才奠定了他的名声。幸运的是，他有一笔微薄的收入能够赖以生存，但即使如此，由于不明智的投资和被一个本不应该信任的朋友欺骗，他蒙受了非常惨重的损失。他自己的生活展现了他在《埃瑞璜》和别的作品中所表明的一点：能够为社会贡献智慧的人往往并不幸运或快乐。几年后巴特勒写了《重返埃瑞璜》，对才华与世故之间的区别有更多想要倾诉的内容，而在他的《札记》里，他对这个问题反复进行了探讨。（顺带一提，如果你想读萨缪尔·巴特勒的《札记》，可以试着去找找出版于 1920 年前后的那个版本，它有几个更新的版本，但许多最好的篇章都没有收入。）但是，在《埃瑞璜》里，还有一个非常重要的理念，并一直影响着人们的思想，虽然有被强加入书中之嫌。埃瑞璜国的人除了对犯罪和疾病有独特的态度之外，他们还有另一个特征令主人公感到非常惊讶，那就是他们对机器的仇视——或许仇视不是很贴切，应该说猜忌。主人公发现他们过着舒适的生活，但机械效率很低。譬如说，他们没有火车或手表。有一天，他碰巧去博物馆，惊讶地发现那里保存着许多欧洲正在使用的机器——他们保存这些东西只是当它们是稀奇古怪的物品。以前他们一度掌握并使用这些机器，但他们有意抛弃了机器。经过一番询问，他了解到法律禁止使用任何发明于某个规定的日期之后的机器。机器进步被刻意中断了。

这么做的理由有一段长文进行解释，巴特勒在成书前几年在新西兰的一份报纸上发表了它的主要内容。埃瑞璜国的人认为机器是人性的敌人。如果你由得机器发展到超越某个临界点的话，它将能够摧毁文明，并可能彻底灭绝人类。如今这似乎并不是什么革命性的思想。现在我们都充分地意识到由得机器进步继续下去而不由某个国际权威组织对它加以控制并停下来去思考它将把我们引向何方的话，将会有非常可怕的危险。我们意识到这一点是因为我们已经知道原子弹和战争所造成的可怕的毁灭。但是，在巴特勒写《埃瑞璜》的时候，确实需要高度的想象力才能看到机器既有用处又会带来危险。我们要记住，那时候火车还是新鲜事物，几乎没有人能够想象飞机，而战争的武器几乎仍然和一个世纪前没什么两样。巴特勒并不是太在意未来战争可能会造成的破坏，他担心的是机器将会剥夺人类的创造力，并将他变成没有技能的劳动者，甚至变成寄生虫。他意识到，机器很有可能发展到人类再也不需要使用手脚的地步。一切事情，甚至就连擤鼻涕或梳头发，都可以由某样机器帮我们完成。但说到底，如果一切事情都由机器帮你做了，你会过着怎样的生活呢？——你的生活还会有什么目标或意义呢？《埃瑞璜》的这部分内容需要仔细地去阅读，因为巴特勒夸大了情况，让人觉得他只是在开玩笑。但他的玩笑并不能抹杀他所阐明的真相。除非得到精心的控制，否则机器将会成为人类生活的敌人。而且为了控制机器，我们甚至不得不作出埃瑞璜国的人所做的匪夷所思的事情，那就是：故意中止机器发明。据我所知，萨缪尔·巴特勒是第一个指出机器进步所蕴含的危险的人，而且他是在危险并不存在的时候指出的，在当时确实需要想象力的启发。他所说的许多内容如今似乎很平淡无奇，但那只是因为他的思想影响了无数其他的人，一直传到我们。无疑，你听说过那个去看《哈姆雷特》上演然后离开的老太太所说的话："我才不爱看呢，里面尽是引用别人的话。"萨缪尔·巴特勒和别的思想家的情况也是一样。他们的思想被普遍传播，如此深入全面，他们并没有因为这些思想而成名。

《埃瑞璜》算不上是一部伟大作品。除了他在新西兰写的那本后来出版的书信集之外，它是巴特勒的第一本书，是一个没有经验的作家的作品。内容编排很糟糕，而且正如我所指出的，使用改写名字的手法——书里所有的名字都是英国的名字的改写——读起来很费劲。而且，和许多其他作家一样，巴特勒并没有完全想好自己究竟是在写一部纯粹的讽刺作品还是在提出有建设性的意见。这本书讲述了一个并不能让人信服的故事，结局颇为荒谬。大体上，它是一部散文式的作品，要是巴特勒将它写成杂文的话，或许会更加成功。但它仍然是一本很有启迪意义的作品，是这一类英语作品中经受住了时间考验的书籍之一。萨缪尔·巴特勒生于1835年，卒于1902年，他著书并不算多，时至今日只有大约五本值得认真对待。我推荐《埃瑞璜》这本书——但我不会推荐它的续篇《重访埃瑞璜》——或许我更推荐的是《札记》，内容非常有趣，而且以简短的形式表达了巴特勒的大部分心声。但他的最佳作品，即使他所有其他的作品都被遗忘但他仍会因为这本书被记住的作品，是他的自传性小说《众生之路》，下周我将向你们介绍这本书。

评雅克·马里坦的《基督教与民主》[①]

马里坦先生的书一直都不好读，他这本最新作品有很多如今法国文学非常普遍的云里雾里的抽象章节，经过翻译后仍然很难懂。下面是两个随机挑选的句子：

> 民主是一个悖论和一个拉扯着人类忘恩负义而备受创伤的本质的挑战，激起它最初的渴望，并保留着尊严。
>
> 对于人类的邪恶来说，没有什么比将宗教与对种族、家庭或阶级、集体仇恨、对氏族的热情和政治假象，更加容易以并不虔诚但更加简单的方式弥补了个体纪律的活力。

这两句话以及遍布于这本书里的几百句其他类似的话自有其含义，但你不仅得从废话连篇的内容中进行挖掘，而且还得根据这本书的基调以及已知的马里坦先生本人的思想脉络进行推断。这本书里有许多章节读起来就像是一个不好战的政客在进行演讲，你一早就知道他的立场，但你很难去证明它。一个隐身的内容审查员在书页上盘旋，要瞒骗过他总是需要避免使用专有名词，并将抽象的词语换成具体的词语。

---

① 刊于 1945 年 6 月 10 日《观察者报》。雅克·马里坦（Jacques Maritain，1882—1973），法国天主教神学家，复兴中世纪基督教神父托马斯·阿奎那的神学理念，是《人权普世宣言》的起草人之一。

马里坦先生所说的内容是民主和基督教并非不可调和——事实上，它们彼此依存。基督教的生活不能存在于不公正的社会，而以世俗主义为激励的民主总是会演变成为奴隶社会。而且，基督教的社会并不一定会是一个贫穷的社会。工人阶级渴望政治上获得平等，而且要求有更高的工资和更好的工作条件，这是合理的。正是这种渴望所遭受的不必要的挫折导致了共产主义无神论的兴起。总而言之，基督教与物质进步是不相悖的。

在我们听来这番话像是需要慎重说出口的言论，但马里坦先生这么写是有原因的。首先，这些文章写于1942年中，当时轴心国仍然似乎有望赢下战争，而且贝当政权不仅仍然掌握权力，还得到了法国境外的天主教会的鼎力支持。其次，马里坦先生所代表的基督教社会主义直到不久前才开始兴起，而且在教会中属于另类。马里坦先生的写作对象主要是天主教徒同仁，而且他很清楚天主教会与反动势力之间的联系。在十九世纪末他说道："工人阶级以否定基督教寻求救赎，而基督教的保守势力则以否定当前公义与慈爱以寻求救赎。"情况到了现在并没有改善，虽然轴心国势力的战败让情况看上去似乎有所好转。当你想起几年前红衣主教们和天主教卫道士们对法西斯主义的歌功颂德，马里坦先生以抚慰人心但含糊的语言掩饰他对基督教式社会主义的呼吁也就不足为奇了。

他并不介意承认他是一个孤家寡人。他有多么孤独，从西班牙内战时期他是极少数头脑保持清醒并拒绝为法西斯主义进行宣传的地位显赫的天主教徒就知道了。而且他高声呼吁民主和社会公平是基督教的应有之义，它们也一直是教会的领袖所倡导的内容，但很难相信他所针对的读者会有所触动。事实上，信奉天主教的人文主义者是罕有的动物，就像一头患白化病的大象，而且情况一直都会是这样。人文主义认为人是万物的尺度，而基督教的教义则认为这个世界只是来世的参考。在理论上它能够自圆其说，但当具体的问题出现时它总是站不住脚。马里坦先生知道群众脱离反动的教会是不可避免的，希望改变这个情况，但不是以法西斯主义让群众保持愚昧，而是号召富人进行忏悔。他不愿意承认或没有明确表达宗教信仰总是逃避忏悔的精神手段。

　　与此同时，最主要的问题依然存在。物质进步对于希望摆脱从事辛苦劳动的人类来说是必需的，但要实现它却要付出可怕的代价。对于生命的宗教态度一定会再度兴起，但对于西方世界而言唯一的宗教却有越来越多的人不愿意接受。马里坦先生所说的公义的社会只能建立在基督教的原则之上，但这种思想已经过时了。在说出这样的话之前，你应该想到世界上只有四分之一的人口信奉基督教，而且这个比例正在不停地缩小，而且印度人和中国人并不比我们更糟糕。马里坦先生在荒野中发出呼吁，而且声音含糊不清。但是，考虑到他所针对的读者和他或许面临的压力，在这个时候写出这么一本书一定需要相当大的勇气。

评乔治·萨瓦的《配得起英雄的土地》、列奥尼德·格罗斯曼的《一个诗人的死亡》^①

　　《配得起英雄的土地》如今的用法带有讽刺意味，乔治·萨瓦先生的主旨是上一场战争的英雄得到了非常糟糕的待遇，而且这一次情况也可能好不到哪里去。

　　他的指责大体上是成立的，遗憾的是，他选择了一个不是很有代表性的例子。

　　故事的开头讲述了一个被严重烧伤的战斗机飞行员——失明并丧失说话能力、脊椎骨折、全身包着石膏，只能靠挪动一只包着绷带的手与外部世界交流——躺在一所棚屋医院的病床上，坚定地拒绝死去。在取得鲜有匹敌的英勇战绩之后，他被击落在熊熊燃烧的烈火中，他因九天的杰出英勇表现而获得维多利亚十字勋章，他成为公众名人，不计其数的完全不认识的女人写信向他求婚。这本书的大部分内容是他的回忆，并描述了他不大符合情理的出身。

　　这个年轻的飞行员名叫雷蒙德·马斯特斯，他的父亲是上一

---

① 刊于 1945 年 6 月 14 日《曼彻斯特晚报》。乔治·萨瓦（George Sava，1903—1996），俄裔英国作家，代表作有《天堂的窄门》、《逃亡的医生》等。"配得起英雄的土地"是英国首相劳合·乔治在 1918 年 11 月 24 日在伍尔弗汉普顿的演说中对归国将士的承诺，他的原话是："我们的任务是什么？让英国成为配得起英雄的国家。"但战后的萧条和政府的冷漠使得这番承诺成了空言。列奥尼德·格罗斯曼（Leonid Grossman，1888—1965），俄国文学评论家，代表作有《普希金》、《陀思妥耶夫斯基》等。

场战争制造的被抛弃的人之一，有着辉煌的作战记录，而且被授予杰出服务勋章和十字勋章，但中了氯毒气，由于无法证实这件事，领不到赔偿金。因此雷蒙德在非常穷苦的环境里长大，他的父亲和大部分退休军官一样，花光了积蓄，然后冒失地开了一间修车厂，后来又去当挣佣金的销售人员，接着失业了。

最后他在一间小工厂里当看更，几年后由于氯毒气的后遗症死了。雷蒙德的母亲一开始是一个过着"优裕生活"的女孩，"享受着冬天跳舞夏天开网球派对的单调生活"，后来沦为清洁女工。雷蒙德在贫民窟长大，却学会了上流社会的口音。他天生就拥有摆弄机械的才华，人生有很好的起点，去了一间汽车制造厂当学徒——但他娶了老板的女儿，丢掉了工作，她是个一无是处的女孩，刚结婚就抛弃了他。

战争爆发后雷蒙德加入了皇家空军，服役四年，战功累累，直到他被击落。在最后一页，他无法忍受另一场毫无意义的战争将在二十年后爆发这个想法，摔下病床了结了自己的生命。

这个故事里有太多的内容很随意主观，几乎没有真实性可言。确实，上一场战争有许多英雄被零星的遣散费打发了，没有机会过上体面的生活，但实际上有多少军官的妻子会沦为清洁女工呢？而且——虽然这种事情时有发生——一个出身中产阶级的男孩子在伦敦东区的贫民窟长大，因为他的口音"不一样"而几乎天天打架，这种情况是否有典型意义呢？有多少汽车厂的学徒能够娶到老板的女儿呢？

这本书想要成为一部社会史，但像这样的事情有违它的宗旨，而且作为一个故事它有点摇摆不定。书里有一个毫无意义的事件：雷蒙德的母亲受够了饱受战争摧残的丈夫，突然与一个年轻的农夫跑到郊区过了两夜，那个农夫在战争期间几乎成功地勾引到那时候还是地主女儿的她。这次偷情对故事并没有影响，因为书里强调一年后出生的雷蒙德并不是那个农夫的儿子。萨瓦先生写过很多本书，但就像护封上告诉我们的，这是他的第一本小说，或许他低估了写小说的难度。

《一个诗人的死亡》是一本生动而且相当可信的历史小说，作者以一位真实人物的虚拟回忆，讲述了俄国著名诗人和作家普希金之死，他在上个世纪三十年代的一场决斗中被杀，年仅 37 岁。这本回忆录似乎是德阿齐亚克子爵撰写的，他是圣彼得堡的法国大使馆的武弁，也是那个杀了普希金的法国青年乔治·德安特斯的表兄。德阿齐亚克是普希金的崇拜者，在这场决斗中不情愿地站在了表弟一方；后来，了解到这一事件的内情后，他完整地把它记录下来，将手稿交给了普罗斯佩·梅里美。

作者的主题是：普希金的英年早逝并不是一场没有意义的灾难，而是一场政治谋杀。普希金的思想与拜伦很相近，被认为是激进分子，甚至几乎被当成了革命党。他在欧洲的声望使得他遭到思想反动的沙皇的忌恨。因此，沙皇的支持者和刚从法国被放逐、同样反动透顶的查理十世的支持者们酝酿了这场除掉他的阴谋。那个参与决斗的青年其实是无辜的，只是被设计与普希金发生争吵，因为他们知道他的枪法很准。

这就是真相吗？或许你必须非常了解那个时代的历史才能给出权威的答案，但它或许是真的。碍事的人总是以相似的方式被除掉，进步与反动之间的斗争在当时就像现在一样如火如荼地进行。普希金属于进步的阵营，但和拜伦一样，他的身份很可疑。

另一方面，普希金出了名的喜欢和人争吵，至少曾经卷入过另一场决斗。

那时候像这样的事情很普遍，另一位几乎同样出名的诗人莱蒙托夫[①]在几年后也以同样的方式丧命。但这是一则生动的故事，只有几处地方流于平淡——有时候格罗斯曼会以当代马克思主义者的口吻谈起"历史的力量不可避免的碰撞"和"劳苦大众的愿望"——但成功地呈现了那个时代的精神。虽然你不知道原文写得怎么样，但埃迪丝·波恩[②]小姐的译文非常优秀。

---

① 米哈伊尔·尤里耶维奇·莱蒙托夫(Mikhail Yuryevich Lermontov, 1814—1841)，俄国诗人、作家，代表作有《当代英雄》、《面具》等。
② 埃迪丝·波恩(Edith Bone, 1889—1975)，匈牙利裔英国女记者、翻译家，曾翻译大量俄国文学作品。

评萨缪尔·巴特勒的《众生之路》[①]

萨缪尔·巴特勒的小说《众生之路》是他所写的十几本书中唯一的小说,在他逝世后几年才出版。这是他本人的愿望,因为这是一本自传体的小说,讲述了许多关于家族历史的内容,他希望等到书中的当事人都死去后才出版这本书是情有可原的。但我并不是想说《众生之路》是一本描写丑闻的作品,或是一本直接取材于生活的平铺直叙的作品。事实上,它与巴特勒的生活的关系就像是《大卫·科波菲尔》与狄更斯的生活的关系。也就是说,它并没有讲述实际发生的事情,甚至里面的真实事件也被修改和重新编排以适应故事的形式。它讲述了一个乡村牧师的儿子厄尼斯特·庞迪菲克斯的童年和长大后的生活。但故事并不是以厄尼斯特作为开始,而是从上两代人开始,厄尼斯特本人直到第十七章才出场,因为巴特勒比与他同一时代的大部分人更清楚人类并不仅仅是个体。一个人在很大程度上是由环境塑造的,没有人能够彻底摆脱发生在童年早期的事情。在某种程度上,你的性格取决于你的父母对待你的方式,而他们的性格又取决于他们的父母对待他们的方式。当然,你不能将这个过程追溯太远,但你如果对一个人的父母或祖父母只字不提的话,你就无法真正揭示一个人的历史,这或许是真的。巴特勒写《众生之路》的目的是

---

① 1945 年 6 月 15 日英国广播公司谈话节目。

研究亲子关系，并揭露当时的教育方式的愚昧。庞迪菲克斯家族是十八世纪末暴富的英国家庭之一，那时候世界贸易正在扩张，而英国正从一个二流国家跃升为世界霸主。厄尼斯特·庞迪菲克斯的曾祖父是一个乡下木匠。他的祖父乔治·庞迪菲克斯到伦敦经商并发了财。他的父亲西奥博尔德·庞迪菲克斯是乔治的小儿子，上过一所剑桥的学院，当了牧师。对于这个故事来说，重要的是他对这个职业并没有真正的热情。他不想当牧师，他甚至并不是真的相信他口头信奉的教义——如果他知道如何去分析自己的情感的话。

　　他只是被迫去从事一份不适合自己的工作，因为他无力反抗父亲，而那时候有钱的家庭总是会让一个儿子进教会。同样地，当西奥博尔德结婚时，这并非出于他的本意。就像他被困在教会里一样，迫于父母的压力，而且他身边的社会也给他施加了太大的压力，他娶了一个他并不喜欢的女人。被欺负的人一有机会的话就去欺负别人。西奥博尔德成为一家之主后，他以父亲曾经欺压他的方式去欺压自己的孩子。厄尼斯特的童年并不快乐，但还不至于太糟糕，因为他和父亲家里的仆人交上了朋友，而且有一个很睿智的姨妈在生时一直保护他。但他还是遭到欺负殴打——甚至在他还是一个小孩子的时候就因为没有正确地拼读字母表而挨打——吃甘汞与泻盐，接受填鸭式的希腊文与拉丁文教育，直到十二岁的时候他的个性几乎被消磨殆尽。这时候他被送去了一所公学，书里给它起的名字是罗弗巴洛公学。厄尼斯特在学校里勉强能够立足，但他并不适应校园生活。他是一个很糟糕的学生，个头瘦小，不擅长体育，虽然他很聪明，但他似乎不会运用头脑。至于学校的正课——拉丁文、希腊文等等，他只是浅试辄止，根本学不进去。他知道懒散是坏事，但出于本能他一直懒散下去。他得到的教训是如果你喜欢做某件事，那它一定是错事，而任何不开心的事情——譬如说拉丁文语法或泻盐——肯定对你有好处。他接受了这一点，因为他从来没有听到它被质疑过，但他总是不能将它付诸行动。巴特勒为厄尼斯特安排了一个内在的自我，但他只是隐约察觉到他的存在。这个自我警告他不要将时间浪费在没有意义的学习上，不要当一个他的校长称之为好孩子的人。"你还不够强大，"——我在引用巴特勒的原话，这是厄尼斯特的无意识的自我在说话——"无法照顾你的身心成长和你的功课；而且，拉丁文和希腊文都是废话，你对它们的了解越多，你就会发现它们越发可憎。你喜欢的那些好人要么根本不懂拉丁文和希腊文，要么他们一早就把它们给忘了……除非你发现自己因为不懂某件事情而感到不开心，发现自己有机会去运用某门知识或预见到你将很快有机会去运用它，越快越好，否则什么都不要学。但在那个时刻到来之前，你应该把时间用在身体的成长上，这些对你来说要比拉丁文和希腊文更有用，如果你现在不好好长身体，将来就没有机会了。"

"好人"——巴特勒喜欢用这个词——是那些中庸、健康、理性的人，他们能够在世界上生存，而且温厚和善，但并不一定很聪明，而且不会一本正经。厄尼斯特打心眼里崇拜这些人，但他并不知道自己如何去实现这一点。

十四岁的时候他的生活开始有所好转，而且他的健康改善了，因为他的姨妈搬到学校附近住，并鼓励他发挥天赋才华，给予了他更大的自信。但一年后他的姨妈去世了，而且无意间他的谎言被父母揭穿，遭受了比以往更糟糕的镇压。

他在剑桥要比读公学时更开心，但他似乎仍然没有生活的目标，而且不知道怎么去运用自己的才华。他的父亲已经决定厄尼斯特必须也去当牧师。事实上厄尼斯特并不想要走这条路，比起西奥博尔德当年，他更清楚地知道自己内心的不情愿。他作了轻微的争执想要摆脱，但很快就被父亲镇压了。二十一岁时他继承了五千英镑，但即便是那个时候，他的思想仍然很幼稚，没有意识到他能够依靠这笔钱的利息谋生，从而摆脱他的父亲。他无精打采地准备当一个牧师，但没有进行积极的反抗，而且他经历了几次强烈但很短暂的宗教虔诚冲动。他还没有得到重要的教训，那就是：知道自己喜欢什么和不喜欢什么。

除了让自己违背本性被安排进教会之外，厄尼斯特还傻乎乎地让一个牧师同僚——他原本应该一眼就察觉出他不是好人——骗了他那五千英镑。但当他真的被指定为牧师，似乎从此得一辈子从事他并不适合的职业时，一桩事故拯救了他。这件事发生在普通人身上或许会是一场可怕的灾难，但在厄尼斯特的身上却是因祸得福。

由于不谙世故，他犯下了刑事罪行。那不是什么严重的罪行，真正的坏人是不会做出这种事情的，但他被判刑监禁六个月。顺便提一下，这桩罪行并不是基于巴特勒的生平。当然，这件事让他当不成牧师，但奇怪的是，正是从这时开始他才真正地成长起来。他的服刑是他平生第一次得到真正的教育。出狱之后他彻底摆脱父母获得了独立，并与他们的准则或生活方式决裂。

但是，他并没有学会智慧——或许我应该说他没有学会巴特勒心目中的智慧。譬如说，他还不了解金钱的重要，而巴特勒对此深有体会。巴特勒说："金钱损失"——他以相当长的篇幅阐述了这一点——"对于那些能够理解人生的各种损失的人来说是最难以忍受的。"厄尼斯特已经不再接受所谓的体面这种荒唐的事情,但现在他走向了另一个极端,在结局揭晓之前他犯了一个更大的错误,那就是傻乎乎地结婚了。在监狱里他学会了裁缝的手艺,出狱后他尝试——当然,现在他得重新开始生活——到一间裁缝店里找工作。正在努力找工作的时候,他遇到了一个名叫埃伦的女仆,八年前她被他的父母解雇了。埃伦比他大三岁,性情温顺,而且长得很漂亮,但显然不是一个靠谱的人。她向他提议,找工作对于一个没有经验的人来说几乎是不可能的事情,与其这么做,倒不如用剩下的钱去开一间二手衣服店。这是个好主意,厄尼斯特立刻着手进行,不幸的是,他还想娶埃伦,很快他就得偿所愿,和她生活了几年,生了两个孩子。一开始的时候厄尼斯特经营那间二手衣服店很开心,比他在公学和剑桥更加开心,但他的婚姻仍然是错误的,而这个错误他原本应该知道自己是不应该犯的。埃伦原来是一个酒鬼,将存货和家具统统变卖拿去换酒喝,让他几乎破产。得知这一事实后厄尼斯特情绪很低落,如果再和埃伦住上一两年他或许会彻底绝望,但他摆脱了她,这是他的人生转折点,现在他犯下了所有的错误,终于成长起来。

两年后他得知从小一直照顾他的阿莉希娅姨妈将所有的财产都留给了他,条件是直到他二十八岁之前他不能知道这件事也不能继承这笔钱。不消说,他的亲人自从他坐牢之后将他视为路人,现在他有钱了,他们立刻原谅了他。厄尼斯特的后半生都在写书,他的文学之路与巴特勒很相似。至于他的两个孩子,他让他们寄居在一位驳船船长的家里,虽然为他们提供一切所需的金钱，但并没有为他们提供正规的教育。他不和他们接触，他们会更加开心，因为他说，所有的父亲都会镇压孩子，而他自己如果和孩子们见面太多的话，也会像父亲对待自己那样去对待自己的孩子。

这就是书中的结局。你会看到这是一个很糟糕的结局，至少比起这本书的其它内容不是那么符合情理。这是巴特勒对待人生的态度，并尝试在这本书里进行表述。但巴特勒需要表达什么呢？有两件事情。首先是他的思想，在他其它非小说的作品中总是以不同的形式出现，那就是进化或进步只有通过经历苦难或犯错的个体才能实现，在任何时刻，完美的个体是再也无法获得进步的人。厄尼斯特·庞迪菲克斯属于那种能够进步的人，他不是天资聪颖的人，他犯过严重的错误，差点毁了一生，但他能够成长。在这本书里与他形成对照的是一个名为陶恩利的年轻人，厄尼斯特在剑桥和他相识，他拥有厄尼斯特所缺乏的每一个品质。他相貌英俊，身体健壮，有运动天赋，而且很受欢迎——是那种天生的成功人士，而且拥有他所需要的一切知识，却不会被好奇心所困扰。厄尼斯特很佩服陶恩利，深知自己永远比不上他。最后虽然仍很钦佩他，但厄尼斯特说他不想再见到陶恩利，不再和像他那样的人来往。这一次他超过了陶恩利：他吃过苦头，犯过错误，从错误中吸取教训，获得了更为深刻的智慧，这比天资聪颖更加宝贵。

我所探讨的这个不令人满意的结局源自于巴特勒对政治的冷漠。和他的其它作品一样，他在《众生之路》中暗示过上好生活的一个条件是继承足够多的金钱。他似乎没有意识到这只能在某种社会里实现，而且只能发生在少数人身上。事实上，虽然他尝试去改变人的思想和行为，但他似乎认为他所了解的十九世纪中晚期的社会将永远存在。在那个社会里，单是依靠遗产而生活——享受生活，不用工作挣钱——被视为正常甚至体面的行为，而且巴特勒接受了这种事情。如果他有政治立场的话，他是一个保守派。厄尼斯特最后踏上了创作之路，但那些被视为最体面的人物——陶恩利、阿莉希娅·庞迪菲克斯和讲述这个故事的欧弗顿先生——都不用工作而且不觉得需要工作。正是这种不用承担责任或做事的感觉使得这本书的结局没有其它内容那么优秀。厄尼斯特最后过的那种舒服的、不用承担责任的生活——甚至不用承担养育自己的孩子的责任——似乎让他所经历的斗争显得毫无价值。但巴特勒还嘲讽了宗教的伪善和维多利亚时期中产阶级的虚伪和残暴。虽然它的文风很温和，但《众生之路》是对父权的致命一击。书籍能够影响公众意见，如果父母与孩子的关系如今变得比一百年前更加和谐宽容，我认为萨缪尔·巴特勒作出了一定的贡献。

这本书有很高的社会史价值，是人们所说的时代篇章，特别是描写巴特勒上学和在剑桥的经历的那些内容，写得颇为详细深入。

我并不喜欢列举什么百大作品或二十大最佳作品，但如果你必须列出十二本最好的英文小说，我认为应该包括《众生之路》，虽然它有我所提到的那些缺点，有时候会偏离主题，把小说写成散文，而且回避了某些主题——譬如说，它没有描写一场恋爱。巴特勒没有尝试去唤起读者的感情，没有辞藻华丽的篇章，而且没有深刻的心理描写。

这是一本好书，因为它忠实地呈现了父亲与儿子的关系。它能够做到这一点是因为巴特勒是独立的观察者，而且最重要的是他很勇敢，说出别人知道但不敢说的事情。最后，他的文法简洁清晰，能够用短词的地方绝不用长词，这使他成为过去百年来最好的英语作家，并使他的作品成为传世之作，即使书中的理念似乎已经不再重要。

评肯尼斯·雷丁的《彼岸》、
薇琪·鲍姆的《哭木》[①]

作为一个书评家不应该摆出高人一等的傲慢姿态,但是,如果他没有时不时地指出如今书籍的整体水平之低到了难以置信的地步,那是对公众的失职。

过去一两年来,英国文学,特别是小说,可以说水平屡创新低。无疑,最主要的原因是战争,因为情况到处都几乎一样。不仅是法西斯国家,而且那些刚刚从法西斯主义中解放出来的国家,无论是秘密出版还是在解放后出版的书都非常少,而里面没有几本是有价值的。

在苏联,文学创作成果依然丰硕——根据哈钦森先生源源不断的译本进行判断——着重的是数量而不是质量。只有在有闲暇、有宁静的心灵和有充足的纸张的美国,文学水平在战争年间才没有滑坡。

就英国而言,现在出版的大部分小说在和平年代都没有出版的价值,因此,当你看到某本书被称赞为"好书"或"优秀读物"时,你得记住平均水准下降这个事实。

因此,按照当前的标准,《彼岸》是一本相对不错的书——也

---

① 刊于 1945 年 6 月 21 日《曼彻斯特晚报》。肯尼斯·雷丁(Kenneth Reddin),情况不详。薇琪·鲍姆(Vicki Baum, 1888—1960),奥地利女作家,代表作有《舞蹈间隙》、《上海酒店》等。

就是说，它不至于是一部文笔不通的作品。它讲述了一个故事，而且构思和文笔都很精致。

这也是一本傻帽而且琐碎的书——说得不好听是很琐碎无聊，讲述了一个根本不可能发生的、"造化弄人"的逃避主义主题，读者根本不应该严肃地去对待它。

它的主人公是一个名叫格列弗·谢尔斯的年轻人，他的理想是在南太平洋生活，最好是在拉拉汤加岛。格列弗继承了一笔每周三英镑左右的收入，但显然他需要有更高的收入——大概一年再挣上四百英镑左右——如果他想要实现梦想的话。但是，他想出了一个捞钱的好办法。他会去救一个遭遇事故的有钱人，而那些有钱人会立刻给他几千英镑作为答谢。格列弗怀着这个想法几年来就坐在圣史蒂芬绿地的公共长椅上，他认为这里可能会有某个意外发生。然后，他换了个地方，一连几个月每天站在北不列颠商业保险公司的门口。

与此同时，他认识了一位英裔爱尔兰女孩，有经验的读者立刻就会知道她将会成为他的妻子。后来，期待已久的事故终于发生了，格列弗有条件出发去太平洋了。但最后由于出了另一桩事故，他没有去成。他留在了英国，和那个英裔爱尔兰女孩结了婚。每一位老练的读者都会预料到这个结局。

这种故事如果用伊夫林·沃式的幻想文风去写的话或许会取得成功，但是，当它以现实生活写照的形式加以呈现时，就只会让人觉得很讨厌。显然，作者希望我们相信男主人公不仅存在于生活中，而且是一个很值得尊敬、特别聪明的人。那个"恋爱故事"写得很严肃，甚至有几段假惺惺的感伤描写，有时候还偏离主题去讲述政治。结果就是，你会猜想作者是在故意挥霍才华还是因为无话可说而故作惊人之语。但是，这本小说要比近期出版的大部分作品水平更高——这就是我们沦落的境地。

薇琪·鲍姆小姐的小说以橡胶为主题——说它的主题是橡胶其实是对它的贬低——对于那些愿意去读 500 页印得密密麻麻的文字的人来说，里面有很多可以引用的信息。譬如说，野生橡胶树的原生地是巴西，后来才被引进到东印度群岛，你知道吗？

或许你知道，但你可能不知道在十八世纪时生活在森林地区的印度人就已经知道橡胶的性质，并用它制作防水的袋子和节日庆典时用来互相喷水的小喷水筒。和奎宁一样，橡胶是由一个耶稣会的传教士引进到欧洲的，据说还有人进贡了一双橡胶靴子给腓特烈大帝。奇怪的是，橡胶受到重视是因为它的防水性质而不是因为它的绝缘性质。它最初的大规模应用是制作橡胶套鞋。

薇琪·鲍姆小姐从工资低廉的劳工在丛林里从橡胶树上收集树脂开始讲起，到种子被带到东印度群岛，以苦力为基础的大种植园在东印度群岛、马来西亚和锡兰纷纷建立，到合成橡胶的发展，直到橡胶树回到原产地巴西。

为了让美国能够获得亚洲之外的橡胶供应，亨利·福特和其他人在亚马逊河流域开辟了种植园，之前让亚洲成为更适宜的种植地的劳动力难题和树病有望被克服。有关橡胶的各个历史事件被串成情节，但为什么这么一本书会被包装成一本小说就不得而知了。顺带提一下，书名是印第安人为橡胶树起的名字，"哭"指的是切开树皮后流下的白色乳液。

评约瑟夫·康拉德的《种水仙的黑人》、《台风》、《影线》、《弄潮儿》[①]

据说一位作家的创作高峰期是十五年左右，按照人人丛书重版的《康拉德短篇小说》里的书目，康拉德的创作高峰期是 1902 年到 1915 年，似乎证实了这一点。在那几年，他不仅写出了《间谍》、《机遇》和《胜利》，还写出了一系列精彩的短篇和中篇，如《青年》、《走投无路》、《福克》和《黑暗之心》。而且，只有在这个时期，他的作品才不以海洋作为主题。

现在重版的故事里（企鹅图书出了四本），只有《台风》这一本体现了他的最佳水平。他的名字与海洋和太平洋东部群岛泥泞的岛屿"浪漫"联系在一起。在纸张短缺的时期无疑应该选择他的那些更加生动别致的作品重版。但是，即使这是不可避免的，它仍是一件不幸的事情。譬如说，《马拉塔的庄园主》占据了《弄潮儿》接近一半的篇幅，但它并不值得重版。这只是展现了通俗的戏剧风格，而那却是康拉德尊贵高尚的情感的反面。

另一方面，录入同一卷书里的《伙伴》是一个非常好的故事，虽然康拉德用第三人称直接讲述这个故事时显得很别扭。《种水仙的黑人》里面有几处非常精彩的描写，奇怪的是，让人记忆最深刻的却是几个无关主旨的段落——康拉德跳出主题，谈起了

---

① 刊于 1945 年 6 月 24 日《观察者报》。

他的那些反动的政治和社会思想。曾经当过水手的作家乔治·盖拉特[1]在几年前出版的一篇深刻的散文里指出，整个故事或许可以追溯到康拉德在担任海军军官时与某个刺头海员之间的矛盾。《影线》是一个挺好的故事，和康拉德所写的十来篇其他故事差不多同一水平。当然，《台风》很有重版的价值，但你不禁会为它没有和《机遇》、《间谍》以及其他类似题材的短篇一起重版感到遗憾。

康拉德的魅力几乎都来自于他是一个欧陆人而不是英国人。这在他的写作风格中体现得最为明显。甚至就连他最好的作品，或许特别是他最好的作品，都带有译本的味道。据说有很多年他得将自己的所思所想从波兰文译为法文，然后再从法文译为英文。当他写出"他的病羊般的脸"或将形容词放在名词后面时（"那就是命运，独特的和他们自己的"），这种文风至少可以追溯到法文。但康拉德的浪漫主义，他对宏大姿态和孤独的普罗米修斯与命运进行斗争的热爱，也体现了非英语的色彩。他有着一位欧洲贵族的思想，他相信"英国绅士"的存在，而当时这种人已经绝迹两代人了。结果，他总是创造出适合冒险而且能够去欣赏冒险的角色，而现实中这种人是不可能出现的。譬如说《吉姆爷》的内容大体上是荒谬的，虽然描写沉船的一幕非常精彩。《走投无路》是体现康拉德个人情感的高贵风范产生了真正打动人心的效果的一个例子，但或许一个英国人不会去写它。要像康拉德那样崇拜英国人，你必须是一个外国人，带着新奇的目光看待英国人，并对他们产生了一点误解。

---

① 乔治·盖拉特（George Garratt），情况不详。

康拉德从他的欧陆背景获得的另一个好处是对政治的勾心斗角的深入了解。他总是表达对无政府主义者和虚无主义者的恐惧，但也对他们抱以同情，因为他是一个波兰人——或许在内政上是一个反动派，但反对俄国和德国。他最具色彩的描写或许是关于海洋的，但他最成熟的作品是在描写陆地。

评约瑟夫·康拉德的《种水仙的黑人》、《台风》与《影线》、理查德·丘奇与米尔奇德·波兹曼的《我们这个时代的诗歌：1900—1942》[①]

人人丛书重版康拉德的三个短篇刚好碰上企鹅出版社重版《弄潮儿》和其他短篇，真是太巧了。

和几乎其他每一位作家一样，康拉德的作品大部分都绝版了。能够以低廉的价格再买到他的一些作品是一件开心的事情。但是，现在这个选集是不是最好的选集则是另外一个问题。大部分康拉德的崇拜者会说"是的"，但少数喜欢康拉德描写陆地的作品的人会回答"不是"。

康拉德有两个突出的特征。一方面，他是一个撰写海洋和冒险故事的作家，有时候会写在文明边缘的蛮荒之地进行的非常戏剧性的冒险。在小说家进行创作的时候，他通常会倾向于专门经营一种特殊的地域色彩，并在读者的心目中与某些地方联系在一起。读者们觉得康拉德"属于"印度洋和马来群岛，就像阿诺

---

① 刊于 1945 年 6 月 28 日《曼彻斯特晚报》。理查德·托马斯·丘奇（Richard Thomas Church，1893—1972），英国作家、诗人，代表作有《生命的洪流》、《孤独的人》等。米尔奇德·波兹曼（Mildred M Bozman），情况不详。

德·本涅特"属于"瓷都五镇①，威廉·魏马克·雅各布"属于"沃平，托马斯·哈代"属于"韦塞克斯，而巴利"属于"苏格兰一样。

但是，康拉德的题材不是那么明显的渊源是他的欧洲大陆出身。虽然他年纪轻轻就出海了，并最终加入了英国国籍，但他生来是一个波兰人，属于拥有土地的小贵族阶层。他继承了反俄反德的传统——事实上，他的父亲就被沙皇流放到西伯利亚去了。

他对欧洲历史的了解或许是一位拥有同样的才华的英国作家所无法企及的，而且他能够深入地理解政治勾心斗角的气氛。在政治上他是反动派，而且从来不会进行伪装，但他也是被压迫的民族的一员，理解为什么人们会去扔炸弹，即使他并不赞成这些活动。

这一点体现于几则关于俄国和波兰主题的短篇小说，但最淋漓尽致的体现是那部张力十足但被低估的小说《间谍》——我很希望《间谍》能在不久的将来重版，还有《机遇》——除了几段一流的关于海洋的描写之外，那段关于一个欺诈成性的放高利贷者的描写也特别令人难忘。

现在重版的三个短篇都在描写海洋。无须赘言，《台风》是这类英文作品中最好的故事之一，讲述了一艘船在中国海域挣扎求存，而那个冥顽而愚蠢的船长使得热带风暴的戏剧性进一步增强。南山号的船长马克·胡沃证实了康拉德曾经说过的话：冒险并不一定会发生在热爱冒险的人身上，而是发生在依照责任感行

---

① 瓷都五镇：指英国中部的康舒妥、伯斯勒姆、汉利、斯托克与芬顿五个盛产陶土与陶瓷制品的城镇。阿诺德·本涅特是汉利人。

事的正派的普通人身上。

《种水仙的黑人》也讲述了类似的故事，但它是在康拉德的创作生涯早期写成的（他出版的第三部作品），故事以他当一个普通海员时从澳大利亚到英国的一趟旅途经历为基础，内容更加复杂，而且没有那么成功。

《影线》讲述了一艘船在一片死寂中想要艰辛地行驶到暹罗湾上，所有的船员都被疟疾折磨得半死不活。

它的前任船长在船只因为无风而无法行驶的时候就死掉了，那些迷信的船员相信他的幽灵在船上出没。事实上，那个已故的船长所做的事情，是将船上所有的奎宁都卖掉了，发了一笔不义之财。

人人丛书的版本收录了康拉德的作品参考书目，还有一篇简短但很有意义的序文。顺带提一句，似乎还没有关于康拉德生平的确切的传记，也没有对他的作品详尽的批判性研究。现在是时候去满足这两个需要了。

《我们这个时代的诗歌：1900—1942》不可避免地包含了许多垃圾，但三先令的售价很值，而且值得放在家里收藏。在 310 页的篇幅里，它收录了 700 多首诗歌，按照时间从生于 1840 年的托马斯·哈代到生于 1922 年，才 21 岁就死于战斗的西德尼·凯斯[①]。

这类选集的目的是求全而不是求精，有时候它所选择的诗歌并不能让人满意。譬如说，托马斯·斯特恩斯·艾略特先生最好的作品只有《空虚的人》入选。但是，诗集的编撰者无法随心所

---

① 西德尼·亚瑟·基尔沃斯·凯斯（Sidney Arthur Kilworth Keyes, 1922—1943），英国诗人，代表作有《残忍的冬至》、《铁桂冠》。

欲，因为为了照顾到多样性，他们只能专注于短诗。

而且它过分重视乔治亚时代的诗人，代价就是忽略了在1920年后开始崭露头角的不那么传统的诗人。

譬如说，威廉·亨利·戴维斯有十五首诗入选，沃尔特·德拉梅尔有十四首，爱德华·托马斯[1]有十一首，鲁伯特·布鲁克有七首，艾略特只有四首，威斯坦·休·奥登只有三首，塞西尔·戴伊·刘易斯[2]有六首，路易斯·麦克尼斯只有两首。

但是，或许编纂者的品位就倾向于乔治亚主义，但他们的思想非常开放。你可以在这本书里找到在战争年间才出现的非常年轻的作家——像亚历克斯·康福特[3]、罗伊·弗勒[4]、特伦斯·罗杰斯·提勒[5]、迪伦·玛莱斯·托马斯[6]和乔治·巴克——与拉迪亚·吉卜林、爱德华·香克斯、罗伯特·尼克尔斯[7]和西格弗里·萨松等人在一起。

这本选集只收录了1900年后的诗歌，但将我们带回了十九世

---

[1] 菲利普·爱德华·托马斯(Philip Edward Thomas, 1878—1917)，威尔士诗人、作家，代表作有《美丽的威尔士》、《英格兰之心》等。

[2] 塞西尔·戴伊·刘易斯(Cecil Day Lewis, 1904—1972)，爱尔兰诗人，曾翻译古罗马诗人维吉尔的作品，代表作有《从羽毛到坚铁》、《天马座与其他诗集》等。

[3] 亚历克斯·康福特(Alex Comfort, 1920—2000)，英国科学家、医生、和平主义者，代表作有《性的乐趣》、《和平与抵抗》等。

[4] 罗伊·布罗德本特·弗勒(Roy Broadbent Fuller, 1912—1991)，英国作家、诗人，代表作有《失落的季节》、《想象中的谋杀》等。

[5] 特伦斯·罗杰斯·提勒(Terence Rogers Tiller, 1916—1987)，英国诗人，代表作有《内心的禽兽》、《但丁》等。

[6] 迪伦·玛莱斯·托马斯(Dylan Marlais Thomas, 1914—1953)，威尔士诗人，代表作有《夜疯狂》、《死亡没有疆界》等。

[7] 罗伯特·马里斯·鲍耶·尼克尔斯(Robert Malise Bowyer Nichols, 1893—1944)，英国作家、诗人，代表作有《祈祷》、《斯芬克斯的微笑》等。

纪九十年代，弗朗西斯·汤普森、爱丽丝·梅内尔[1]和约翰·戴维森[2]都有作品入选。威廉·巴特勒·叶芝收录的作品最多，有十七首诗入选。这本书的编排还有待改进，因为它是根据题材进行安排的——对于诗歌来说这并不是一个令人满意的方式。如果它以编年体的方式进行编排的话会比较好。不过，它有很全面的索引，你不仅可以找到每一位作者的出生日期，还有诗歌出版的书名和出版社的名字。

---

① 爱丽丝·克里斯蒂娜·格特鲁德·梅内尔（Alice Christiana Gertrude Meynell, 1847—1922），英国女作家、诗人，代表作有《精神之花》、《伦敦印象》等。

② 约翰·戴维森（John Davidson, 1857—1909），苏格兰诗人，代表作有《北墙》、《圣乔治的日子》等。

为沃德豪斯辩护[①]

1940 年初夏德军快速挺进比利时，除了夺取资源外，还俘虏了佩尔汉姆·格伦威尔·沃德豪斯先生，在战争初期他一直生活在勒图凯的别墅里，似乎直到最后一刻才知道自己的情况十分危险。他被带进看守所时，据说他说过这么一番话："经过这件事后，我或许应该写一本严肃的书。"当时他被软禁起来，根据他后来所说，他似乎得到了相当友好的礼遇，住在附近的德国军官经常"登门拜访，过来洗澡或举行派对"。

一年多后，在 1941 年 6 月 25 日，有消息说沃德豪斯被释放了，就住在柏林的阿德隆酒店。第二天，公众惊讶地得悉他同意在德国电台进行一些"无关政治"的广播节目。这些报道节目的全文现在已经很难找到了，但 6 月 26 日至 7 月 2 日间，沃德豪斯似乎做了五次广播，然后德国人又中断了他的节目。6 月 26 日的第一次广播并不是在纳粹电台上进行的，而是以访问哥伦比亚广播公司的代表哈利·弗拉内利的方式进行，那时候哥伦比亚广播在柏林还有通讯记者。沃德豪斯还在《周六晚报》上发表了一篇文章，是他还在看守所里时写的。

那篇文章和那几次广播主要讲述的是沃德豪斯遭到软禁的经

---

① 刊于 1945 年 7 月《风车》。佩尔汉姆·格伦威尔·沃德豪斯（Pelham Grenville Wodehouse, 1881—1975），英国作家，代表作有《杰弗斯与伍斯特系列》、《要我是你》、《布兰丁斯城堡》等。

历，但它们也包括了对这场战争只言片语的评论。下面是几段公允的节选：

"我对政治从来不感兴趣。我很难酝酿起任何好战的情绪。当我就要对某个国家感到有好战的情绪时，我就会遇到一个正派人。我们一起出去，好斗的想法和情绪就消失了。"

"不久前他们看了一眼我们的列队行进，得出了正确的想法。至少他们把我们送进了当地的疯人院。我在那儿呆了42个星期。软禁还是蛮不错的。它让你去不了沙龙，让你能专心读书。被软禁的最大麻烦是你得有很长一段时间不能回家。当我与妻子重逢时，我最好得带一封介绍信比较妥当。"

"在战前的时候，我总是为身为英国人感到有些自豪，但现在我已经在这个关押英国人的地方住了几个月，我心里有点踌躇了……我要求德国人所做的唯一让步就是要他们给我一块面包和让大门口那位佩枪的绅士看着别处，其他的事情我就不管了。作为回报，我准备交出印度和一套我签名的书，并透露在取暖器上面烤土豆片的秘方。这个提议到星期三就作废哦。"

上面引用的第一个选段激起了极大的公愤。沃德豪斯还因为写下了"无论英国赢得战争与否"这句话（在与弗拉内利的访谈中）而遭到责备，而且在另一次广播中他描述了和他一起被拘禁的比利时囚犯肮脏的习惯，让他更不讨好。德国人录下了这次广播，重播了几遍。他们似乎对监督他的言论漫不经心，不仅允许他拿集中营的种种不便开玩笑，还让他说出"关押在特罗斯特集中营的囚犯们都衷心相信英国将获得最终胜利"这样的话。然而，这些谈话的大体意思是，他并没有遭到虐待，而且心里并没有恨意。

这些报道在英国立刻引起公愤。议会里展开质询，报刊里刊登了愤怒的社论，几位作家寄去了一连串信件，几乎所有的信件都表达了不满。不过，有一两个人建议不要妄下结论，有几封信为沃德豪斯求情，说他可能并没有意识到自己在做什么。7月15日，英国广播公司的本土频道播放了《每日镜报》的"卡桑德拉"的一篇极度激烈的后评，指控沃德豪斯"卖国"。后评大量使用了诸如"卖国贼"和"崇拜元首"这样的话。最严重的罪名是沃德豪斯同意为德国人进行政治宣传，换得自己逃脱集中营的苦海。

"卡桑德拉"的后评引起了相当程度的抗议，但大体上它似乎加深了公众对沃德豪斯的反感。结果之一就是，很多间图书馆撤走了沃德豪斯的书，不予出借。以下是一篇典型的报道："在听到《每日镜报》的专栏记者卡桑德拉发表的广播24小时后，波特丹（北爱尔兰）城市委员会查封了公共图书馆里沃德豪斯的作品。爱德华·麦坎恩先生说卡桑德拉的广播为这件事情定了性。沃德豪斯的作品幽默不再。"（《每日镜报》）

此外，英国广播电台封杀了沃德豪斯作词的歌曲，几年后封杀仍在继续。到了1944年12月，国会里仍有人要求以叛国罪审判沃德豪斯。

俗话说得好：脏水泼得多，不沾身也难。往沃德豪斯身上泼脏水的方式很是特别。沃德豪斯的谈话节目（并非任何人都记得他在节目中说过些什么）给人留下的印象是，他不仅是一个卖国贼，而且还是法西斯主义的同路人。当时甚至有媒体还刊登了几封信，宣称他作品里有"法西斯主义倾向"，这一指控此后一再重复。接下来我会尝试着分析那几部作品的精神氛围，但重要的是，要知道1941年的事件对于沃德豪斯来说只不过是愚蠢的举动。真正有趣的问题是，为什么他会这么傻。当弗拉内利和沃德豪斯（已被释放，但仍然受到监视）在 1941 年 6 月于阿德隆酒店见面时，他立刻知道他和一个政治白痴在打交道，在准备他们的广播访谈时，他不得不警告他不要说一些会招致不幸的话，其中之一就是稍有反俄意味的话。事实上，"无论英国是赢是输"倒是通过了。访谈过后，沃德豪斯告诉弗拉内利说他准备在纳粹电台做广播节目，显然没有意识到这么做有什么特别的含义。弗拉内利的评论（哈利·弗拉内利的《柏林任务》）是：

> 到了这个时候，这场沃德豪斯阴谋昭然若揭。这是纳粹战时宣传最成功的表演之一，第一次利用了人性……普拉克（戈培尔的副手）去过格莱维茨附近的战俘营看望沃德豪斯，发现这位作家完全没有政治意识，于是产生了一个想法。他对沃德豪斯说，如果他对自己的经历写几篇广播稿的话，他就可以获释。广播内容不会受到审查，他还可以亲自进行广播。普拉克提出这么一个建议，表明他很了解他的对象。他知道沃德豪斯在所写的故事中都在拿英国人开涮，很少以其他方式写作，仍然生活在他所描写的那个时代里，对纳粹主义及其一切含义没有任何认识。沃德豪斯就是他笔下的伯尔蒂·伍斯特①。

沃德豪斯与普拉克达成了事实上的交易似乎只是弗拉内利自

---

① 伯尔蒂·伍斯特（Bertie Wooster）是沃德豪斯的系列作品《杰弗斯》中的人物，是个悠闲而无能的公子哥儿，总是遇到尴尬的情况，靠忠心而能干的仆人杰弗斯解决问题。

己的解释。其约定或许不是那么明确，而从广播的内容本身判断，沃德豪斯进行广播的主要想法是与他的读者保持联系和——喜剧家最突出的热情——博他们一笑。显然，它们不是埃兹拉·庞德或约翰·埃默里①那一类人的卖国言论。或许他不是一个能理解卖国的本质的人。弗拉内利似乎警告过沃德豪斯进行广播并非明智之举，但言辞并不强硬。他补充说，沃德豪斯（虽然在一则报道中他自称是英国人）似乎认为自己是美国公民。他以为自己已经归化了，但从未填写任何必要的文件。他甚至对弗拉内利说出了这么一番话："我们并没有在和德国打仗。"

我面前有一份沃德豪斯的书目。里面列出了将近50本作品，但肯定是不完整的。我应该老实地承认，沃德豪斯有很多本作品我没有读过——大约有四分之一或三分之一。事实上，要通读一位受欢迎的作家的全部作品不是件容易的事情，他的作品通常是以廉价书的形式出版。但从1911年以来我一直在密切跟读他的作品，那时候我才8岁，很熟悉它那种奇怪的精神氛围——当然，这种风格并非完全没有变化，但自1925年来鲜有更改。在上文我所引用的弗拉内利的书中章节里，有两句话会立刻引起沃德豪斯的读者的关注。其中一个印象是，沃德豪斯"仍然生活在他所描写的那个时代里"，另一个印象是纳粹的政治宣传部利用了他，因为他"拿英国人开涮"。第二点是因为误会而产生的，待会儿我会对其进行探讨。但弗拉内利的其它评论说得很对，其中包含了理解沃德豪斯的行为的一部分线索。

---

① 约翰·埃默里（John Amery, 1912—1945），英国法西斯分子，在二战时与德国纳粹分子勾结，出卖英军情报和从事纳粹宣传，因叛国罪而被处决。

人们经常忘记了沃德豪斯的小说中那些名气比较大的作品是在多久之前写的。在我们的想象中,他总是代表了二十世纪二十年代和三十年代的愚蠢,但事实上他最为人所牢记的场景和人物都是在 1925 年以前写的。史密斯①首次出现于 1909 年,被早期校园故事的其他人物角色掩盖了。住着巴克斯特和埃姆沃斯公爵的布兰丁斯城堡是 1915 年写的。杰弗斯—伍斯特系列始于 1919 年,而杰弗斯和伍斯特在早些时候已经短暂地出现过了。厄克里奇②出现于 1924 年。当你通览从 1902 年至今沃德豪斯的书目的话,你会看到三个特征非常明显的阶段。第一个阶段是校园故事时期,包括了《金球拍》、《波特亨特一家》等作品,其巅峰作品是《迈克》(1909)。《史密斯进城》出版于次年,也属于这个时期的作品,但与校园生活并没有直接的联系。接下来是美国故事阶段。从 1913 年至 1920 年,沃德豪斯似乎生活在美国,有一段时期在习语和思想上有美国化的迹象。《笨拙的人》(1917)的一些故事似乎影响了欧·亨利。这段时期所写的其他作品使用了美国方言(比方说,用"高球喝法"代替"威士忌掺苏打"),而这些词语英国人通常是不会用的。不过,这段时期几乎所有的作品——《史密斯》、《新闻记者》、《小金块》、《阿尔奇的轻率之举》、《皮卡迪利的吉姆》和其他作品——其效果取决于英国与美国的礼仪区别。英国人物出现在美国背景中,或反过来,美国人物出现在英国背景中。他写了一些纯粹的英国故事,但几乎没有纯粹的美

---

① 鲁伯特·史密斯(Rupert Psmith)是出现在沃德豪斯几部作品中的角色,机智而健谈,总是能够顺利渡过险关。他将 Smith 这个名字改为"Psmith"(字母 P 不发音),以示与别的名为"史密斯"的人的不同。
② 斯坦利·厄克里奇(Stanley Ukridge),沃德豪斯笔下的人物,为人贪婪,不放过任何可能牟利的机会。

国故事。第三个阶段或许可以称其为"乡村别墅时期"。到了二十年代早期沃德豪斯一定挣了不少钱，他笔下的人物的社会地位也相应提高了，不过厄克里奇的故事是例外。如今的典型环境是一座乡村别墅、一间豪华的单身公寓或一家昂贵的高尔夫俱乐部。早期学童的运动狂热渐渐淡出，板球和足球被高尔夫球替代，滑稽和闹剧的成分更加突出。无疑，许多后期的作品，例如《夏日的雷电》都是轻喜剧，而不是纯粹的闹剧，但在《史密斯》、《新闻记者》、《小金块》、《比尔驾到》、《笨拙的人》和一些校园故事中偶尔会发现的展现道德热诚的尝试再也没有了。迈克·杰克逊变成了伯尔蒂·伍斯特。然而，这并不是会让人惊诧的蜕变。沃德豪斯最引人注目的事情之一是，他没有进步。像写于本世纪初的《金球拍》和《圣奥斯汀的传说》已经有了那为人所熟悉的氛围。他后期的作品有多大程度上是在进行公式化写作可以从一件事情上看出来：在他被囚禁之前的 16 年里，他一直住在好莱坞和勒图克，而他仍继续在写关于英国生活的故事。

现在已经很难找到未删节的《迈克》这本书了，它应该是最好的英语"轻松"校园故事之一。虽然它的故事大部分是闹剧，但它们并不是对公学体制的嘲讽，而《金球拍》、《波特亨特一家》更加不是。沃德豪斯在达威奇公学接受教育，然后在一家银行工作，通过写非常低俗的新闻文章逐渐走上小说创造之路。显然，多年来他一直"念念不忘"他的母校，厌恶毫无浪漫气息的工作和围绕在他身边的下层中产阶级的生活环境。在他的早期故事中，公学生活的"魅力"（球类比赛、高年级学生使唤低年级学生、围炉喝茶等等）被极尽渲染，"重在参与"的道德规范几乎被照单全收。沃德豪斯笔下那所虚构的公立学校利金公学是一所比达威奇公学更时髦的学校，你会觉得从《金球拍》（1904）到《迈克》（1908），利金公学变得越来越昂贵，并且离伦敦越来越远。最能揭露沃德豪斯早期心理层面的作品是《史密斯进城》。迈克·杰克逊的父亲突然间败了身家，和沃德豪斯本人一样，迈克在十八岁的时候不得不在一家银行里从事一份工资微薄的下层工作。史密斯也在干类似的工作，不过并非出于经济窘迫。这本书和《记者史密斯》（1915）的不寻常之处在于，它们展现了一定程度的政治意识。这个时期的史密斯自称社会主义者——在他的心目中，无疑也是在沃德豪斯的心目中，这不过意味着忽略阶级差别——有一回，两个男生参加了克拉汉姆公园的露天集会，然后和一个上了年纪的社会主义演讲者回家喝茶，那人的寒酸陋室描写得相当准确形象。但这本书最显著的特征是迈克没办法摆脱校园气氛。他上班工作，没有装出一丝热情。他最大的愿望不是像别人所希望的找一份更有趣更有意义的工作，而是去打板球。当他得给自己找个地方住时，他选择了在达威奇住下来，因为在那里他可以住在学校旁边，能听到球拍击中球时清脆悦耳的声音。本书的高潮出现于迈克得到机会在郡级比赛里上场，他抛弃了工作，为的就是能参加比赛。重要的是，在这一点上沃德豪斯对迈克抱以同情：事实上，他认为迈克就是自己的写照，因为十分明显，迈克与沃德豪斯的关系就像是于连·索雷尔与司汤达的关系。但他创造了许多在本质上相似的主人公。在这一时期和下一时期的作品中，有整整一系列的年轻人，对他们来说，生命中有比赛和"健身锻炼"就足够了。沃德豪斯似乎没办法想象出一份体面的工作。重要的事情是自己要有钱，如果做不到，那就找一份闲职。《新鲜事儿》（1915）的主人公摆脱了低下的记者工作，给一个消化不良的百万富翁当体能训练指导员——这被认为在道德上和经济上都上了一个台阶。

第三期的作品没有自我陶醉，也没有严肃的插曲，但隐含的道德和社会背景的变化并不像乍一眼看上去的那么大。如果你把伯尔蒂·伍斯特和迈克进行比较，甚至和最早期的校园故事中那些玩橄榄球的模范生进行比较的话，你会看到两者之间唯一真正的区别在于伯尔蒂更有钱一些，更懒惰一些。他的理想几乎和其他人一样，只不过他无法践行这些理想。《阿尔奇的轻率之举》(1921)里面的阿尔奇·莫法姆是介于伯尔蒂和早期主人公之间的中间类型，他是个蠢蛋，却是个老实人，为人热心，热爱体育，很有勇气。由始至终沃德豪斯都认为公学的行为准则是天经地义的事情，不同的是，在他更加成熟的后期，他喜欢展现他的人物违背或违心地遵守这一行为准则：

"伯尔蒂！你不会让好伙伴失望吧？"

"不，我会的。"

"但咱们可有同窗之谊啊，伯尔蒂。"

"我才不在乎呢。"

"咱们的母校呢，伯尔蒂，母校！"

"噢，哎——真见鬼！"

伯尔蒂是慵懒的堂吉诃德，没有与风车战斗的愿望，但当事关荣誉的时候他是不会拒绝的。大部分沃德豪斯寄予同情的人都是寄生虫，有些人就是纯粹的白痴，但只有极少数人可以被称为是不道德的人。就连厄克里奇也是一个有梦想的人，而不是彻头彻尾的坏蛋。沃德豪斯的角色里最道德败坏或不道德的人物是杰弗斯，他的作用是为了衬托伯尔蒂·伍斯特品格高贵的形象，或许是象征在英国广为传播的认为聪明和狡诈是同一回事这个信念。沃德豪斯对传统道德的坚持可以从这个事实看出来：在他书里没有任何一处地方能找到有关性的笑话。对一个闹剧作家来说这是一个重大的牺牲。不仅书里没有下流的笑话，而且几乎没有任何妥协原则的情景：通奸的主题几乎完全没有。当然，大部分长篇作品里有"爱情描写"，但那总是轻喜剧的水平，恋爱的故事总是一团乱麻，而且像田园诗一般浪漫，一直在谈恋爱谈恋爱，但正如俗话所说的，到最后"不了了之"。有趣的是，沃德豪斯本质上是一位闹剧作家，居然能和伊安·赫伊（参阅《皮普》等）不止一次合作。伊安·赫伊是一位半严肃半诙谐的作家，而且是最傻帽的"清白做人"英国传统的吹鼓手。

在《新鲜事儿》中，沃德豪斯发现了英国贵族阶级的喜剧潜力，于是就有了一连串的滑稽但——极少数例子除外——实际上并不可鄙的男爵、公爵和诸如此类的人物。这产生了奇怪的效果，使得沃德豪斯在英国境外被认为是一位嘲讽英国社会、思想深刻的讽刺作家。因此弗拉内利说沃德豪斯"拿英国人开涮"这样的话。或许这就是他留给德国读者甚至美国读者的印象。在柏林播放了那些广播后，我和一位为沃德豪斯热心辩护的年轻的印度民族主义者对此进行了探讨。他理所当然地认为沃德豪斯投靠了敌人，而在他眼中，这是正确之举。但让我感兴趣的是，我发现他认为沃德豪斯是一位反英国的作家，对揭露英国贵族的本质作出了贡献。这是一个错误，但英国人可不会犯下这个错误。这是一个很好的例子，表明外国读者在阅读文学作品，尤其是幽默作品时，无法领略其微妙之处。因为沃德豪斯很明显不是一个反对英国的作家，也不是一个反对上层阶级的作家。相反，从他的作品中始终可以察觉得到一种无害的老式势利心态。就像一个睿智的天主教徒能明白波德莱尔或詹姆斯·乔伊斯的亵渎言论对天主教信仰并不会造成严重破坏一样，一位英国读者能够看到，沃德豪斯创造了像"第十二任德里弗斯伯爵希尔德布兰德·斯宾塞·波因斯·德·巴罗·约翰·汉尼塞德·康姆比-克伦比"这么一个人物，但他并没有在抨击社会等级制度。事实上，一个真心鄙视贵族称号的人是不会如此热衷于写这些东西的。沃德豪斯对待英国社会的态度和他对待公校道德准则的态度是一样的——以温和的玩笑掩盖不假思索的接受。埃姆沃斯伯爵很可笑，因为一位伯爵应该有更多的尊严，而伯尔蒂·伍斯特无助地依赖杰弗斯之所以好笑的一部分原因是，仆人不应该比主人更强势。美国读者可能会把这两个角色及其他类似的角色误认为是带着敌意的讽刺手法，因为他们本来就讨厌英国人，而这些人物符合他们对于没落贵族先入为主的看法。伯尔蒂·伍斯特和他的鞋罩与手杖是传统舞台上的英国人，但正如任何英国读者都可以看出的那样，沃德豪斯的本意是想把他当成一个可爱的角色，他真正的罪是将英国上层阶级美化成比他们实际上好得多的人物。自始至终，他的作品总是在回避某些问题。几乎毫无例外，他笔下那些有钱的年轻人个个谦逊随和，而不是贪得无厌之人；史密斯奠定了他们的基调，他保持着自己作为上流阶级的外表，但管每个人都叫"同志"，消弭了阶级地位的鸿沟。

但伯尔蒂·伍斯特还有很重要的一点：他的落伍。伯尔蒂是在 1917 年前后构思的人物，实际上属于比那更加久远的时代。他是 1914 年以前的"纨绔子弟"，是类似于《菲尔伯特家族的吉尔伯特》或《摄政王宫里鲁莽的雷吉》这些歌曲所描写的人物。沃德豪斯喜欢描写的那种生活，那种"俱乐部会员"或"城里人"的生活，那种优雅的年轻人整个早上在皮卡迪利流连，腋下夹着一根手杖，纽扣孔里插着一朵康乃馨的生活，到了二十年代已经几乎销声匿迹了。有意思的是，沃德豪斯在 1936 年还能出版一本名为《穿着鞋罩的年轻人》的书。那时候还有谁穿着鞋罩呢？早在十年前它们就已经过时了。但传统的"纨绔子弟"，"皮卡迪利的花花公子"就应该穿着鞋罩，就像哑剧中的中国人就应该拖着一根辫子一样。一位幽默作家不一定非得跟上时代。沃德豪斯挖到了一两口富矿，于是就定期对其进行挖掘，而在他被关押前的十六年间他从未踏足英国，以此进行创作无疑会更加方便。他笔下的英国社会风情画是在 1914 年之前形成的，那是一幅天真的，传统的，归根结底令人觉得羡慕的图画。他从来没有真正地被美国归化。正如我所指出的，在中期阶段的作品中的确出现了自然而然的美国元素，但沃德豪斯仍是地道的英国人，觉得美国俚语是一种好笑而有点让人吃惊的新鲜玩意儿。他喜欢在沃尔杜街英语①中插入一句俚语或生硬的事实（"厄克里奇发出一声空洞的哀号，向我借了五先令，然后消失在夜色中"）和类似"小菜一碟"或"敲他的狗头"这样的表达，都是为了这个目的而借用的。但这一招早在他和美国有任何接触前就已经形成了，而且他断章取义地引用别人作品的把戏也是英国作家常用的手法，可以追溯到

---

① 沃尔杜街(Wardour Street)，伦敦的一条街道，曾经是集中贩卖假古董的地段。沃尔杜街英语指的是古腔古调的伪文言英语。

菲尔丁那里。正如约翰·海伍德①先生指出的②，沃德豪斯的英国文学功底非常深厚，对莎士比亚尤其熟悉。显然，他的作品不是针对知识分子群体，而是针对接受过传统教育的人。例如，当他描写某个人长叹一声，"就像普罗米修斯在那只兀鹰飞落下来准备饱餐一顿时一样发出长叹"，他是在设想他的读者会对希腊神话有所了解。他早期所钦佩的作家或许有巴里·佩恩、杰罗姆③、雅各布斯④、吉卜林和安斯泰，比起那些节奏明快的美国幽默作家像林戈尔德·拉德纳⑤或达蒙·鲁尼安⑥，他与前者的风格更加接近。在与弗拉内利的电台采访节目中，沃德豪斯表示他不知道"他所描写的那种人和那样的英国在战后是否还会继续存在"，没有意识到他们已经是鬼魂了。"他仍然活在他所描写的时代里"，弗拉内利说道，或许指的就是二十年代。但那个年代事实上是爱德华时代，如果真有伯尔蒂·伍斯特这么一个人，在 1915 年的时候他就被杀死了。

如果我对沃德豪斯的精神分析可以被认可的话，那认为他在 1941 年有意识地帮助纳粹宣传机器这一看法就不能成立了，甚至

---

① 约翰·戴维·海伍德(John Davy Hayward, 1905—1965)，英国作家、编辑，代表作有《查尔斯二世》、《斯威夫特作品编撰集》等。

② 原注：《评佩尔汉姆·格伦威尔·沃德豪斯》，作者约翰·海伍德(1942年"星期六图书出版社")。我相信这是唯一一部讨论沃德豪斯作品的长篇书评。

③ 杰罗姆·克拉普卡·杰罗姆(Jerome Klapka Jerome, 1859—1927)，英国作家，代表作有《三人同舟》、《朝圣者日记》等。

④ 威廉·魏马克·雅各布斯(William Wymark Jacobs, 1863—1943)，英国作者，擅于撰写幽默故事，代表作有《驳船上的女士》、《水手的绳结》等。

⑤ 林戈尔德·威尔默·拉德纳(Ringgold Wilmer Lardner, 1885—1933)，美国作家、专栏作家，代表作有《大都会》、《理发》等。

⑥ 阿尔弗雷德·达蒙·鲁尼安(Alfred Damon Runyon, 1880—1946)，美国作家、新闻记者，代表作有《杀人这桩小事》、《盖伊斯与多尔丝》等。

是荒唐可笑的。或许他是受到了早日获释这一承诺的诱惑而进行广播（他原定的释放时间要晚几个月，接近他 60 岁的生日），但他不可能意识到他所做的事情会有损英国的利益。正如我所尝试说明的，他的道德观一直是一位公学学生的道德观，根据公学的规矩，战争时期的叛国行为是最不可原谅的罪行。但是，他怎么可能不知道他所做的事情会对德国人的宣传有很大的助益，而且会为自己招致猛烈的批评呢？要回答这一问题，你必须考虑两件事。首先，沃德豪斯完全没有政治意识——这从他出版的作品中可见端倪。说他的作品中有"法西斯主义倾向"简直是一派胡言，那里面根本没有半丁点儿 1918 年后的各种政治倾向。他的作品里始终有一种对阶级差异这一问题不安的意识，在不同的时期里零星提及社会主义，内容很无知，但并非完全不友好。在《傻瓜的心》（1926）里有一则关于一位俄国小说家的很可笑的故事，似乎是受当时苏联正如火如荼进行着的党派斗争的启发。但里面对苏联体制的描写都是一些无关紧要的琐事，考虑到创作的时间，并没有露骨的敌意。这就是从他的作品中所能发觉的政治意识所能达到的程度。据我所知，他从未在哪里使用过"法西斯主义"或"纳粹主义"这样的字眼。在左翼圈子里，事实上，在任何一个"开明的"圈子里，在纳粹的电台进行广播，与纳粹打任何形式的交道，在战前和战时都是骇人听闻的事情。但这是一种近十年来在与法西斯主义进行意识形态斗争时形成的思维定式。你应该记住，大部分英国人直到 1940 年的时候仍对那场斗争麻木无知。阿比西尼亚、西班牙、中国、奥地利、捷克斯洛伐克——那一长串的罪行和侵略只是在他们的脑海里掠过或隐隐约约有所意识，因为外国人之间的争吵"不关我们的事"。从英国平民将"法西斯主义"视为纯粹是意大利人搞出来的东西，而当这个词用于描述德国时他们竟然大惑不解，就可以知道他们是多么无知。沃德豪斯的作品中没有任何地方表明比起他的读者群体，他的了解更丰富或对政治更感兴趣。

还有一件事情你必须记住，那就是沃德豪斯刚好是在战争最绝望的阶段被俘的。如今我们忘记了这些事情，但直到那时候，公众对战争的情绪依然很淡漠。几乎没有战斗发生，张伯伦政府不得民心，著名的宣传工作者如劳合·乔治和萧伯纳在暗示我们应该尽快妥协以达成和平，全国各地的工会和工党支部正在通过反战决议。当然，后来事情发生了变化。军队几经艰辛从敦刻尔克撤退，法国沦陷了，英国孤军奋战，炸弹如雨点般落在伦敦，戈培尔宣布英国将被"夷为堕落与贫穷之地"。到了1941年中，英国人民知道了他们所面对的情况，知道自己要对付的是前所未有的凶残的敌人。但沃德豪斯已经在集中营里被关押了一年，俘虏他的人似乎给了他相当的优待。他错过了战争的转折点，到了1941年他的反应仍然就好像在1939年一样。在这一件事情上并非只有他一个人是这样。在这个时期里，德国人好几次将俘虏的英国士兵带到话筒前面，有几个人说出了至少和沃德豪斯一样失策的话。然而，他们并没有引起关注。就连像约翰·埃默里[①]这么一个彻头彻尾的卖国贼后来引起的愤慨也比不上沃德豪斯。

但是，这是为什么？为什么一个年迈的小说家说了一些傻气但是没有危害的话会引起这么一场轩然大波？你必须在宣传战的

---

① 约翰·埃默里（John Amery，1912—1945），英国法西斯分子，在二战时与德国纳粹分子勾结，出卖英军情报和从事纳粹宣传，因叛国罪而被处决。

航脏需要中寻找或许成立的答案。

关于沃德豪斯的广播，有一点显然是至关重要的——那就是日期。沃德豪斯是在入侵苏联的两三天前获释的，当时纳粹党的高层一定已经知道入侵行动蓄势待发。尽可能长地阻止美国参战极其必要——事实上，当时德国人对美国的态度确实比以前变得更加怀柔。德国人根本不敢幻想一己对抗俄国、英国和美国的同盟，但如果他们能迅速解决俄国——他们大概就是这么打算的——美国人可能就永远不会插足了。释放沃德豪斯只是一个小小的行动，但对于美国的孤立主义者们来说不失为一点小贿赂。他在美国很有名气，在讨厌英国的美国人中，作为一个取笑傻冒英国人的鞋罩和单片眼镜的讽刺作家，他很受欢迎——或者说，德国人是这么算计的。他坐在话筒跟前，可以相信他多多少少能挫败英国的威望，而他的获释将表明德国人都是好人，知道如何大度地对待他们的敌人。这或许就是他们的算计，虽然事实上沃德豪斯的广播节目仅仅持续了一个星期，这表明他并没有满足他们的期望。

而在英国这一边，类似的但完全相反的算计也在进行。敦刻尔克撤退之后的两年间，英国的士气大部分依赖于这么一种感觉：这场战争不仅是保卫民主的战争，而且平民大众必须依靠自己的力量去争取胜利。上层阶级因为他们的绥靖政策和1940年的一系列败仗而声名狼藉，社会地位趋于平等的过程似乎开始发生。爱国主义和左翼情绪在民众的心目中是联系在一起的，许多有才干的记者致力于使这种联系变得更加紧密。普雷斯利在1940年的报道和《每日镜报》的"卡桑德拉"专栏文章就是当时盛行的煽动性政治宣传的好例子。在这种气氛中，沃德豪斯成为了理想的替罪羊，因为大家都觉得有钱人阴险狡诈，而沃德豪斯——正如"卡桑德拉"在广播中不遗余力地指出的那样——就是一个有钱人。但他是那种可以进行攻讦而不会造成不良后果的有钱人，也不会对社会结构造成任何破坏。谴责沃德豪斯不像谴责例如比弗布鲁克这样的人。他只是个小说家，无论他挣多少钱，他都不是有产阶级。就算他的收入达到一年 5 万英镑，他也只是徒有百万富翁的外表。他是个碰巧发了财的圈外人——通常来说财富总是很短暂——就像德比赛马奖金的得主。因此，沃德豪斯的言行失检成了进行宣传的好借口，有机会"揭露"一个有钱的寄生虫，却又不招致对那些真正有害的寄生虫的关注。

在当时绝望的境地中，对沃德豪斯的所作所为表示愤慨是情有可原的，但在三四年后仍继续对他进行谴责——而且还要让人认为他是个丧心病狂的卖国贼——就不可原谅了。在这场战争中，没有什么事情能比当前对卖国贼和英奸进行追查更加让人觉得在道德上很恶心。往最好里说，它就是贼喊抓贼的勾当。在法国，各种各样的小耗子——警官、卖文为生的记者、和德国兵上床的女人——都被抓捕了，而大老鼠毫无例外都逃走了。在英国，对英奸发表最激烈的演说的都是那些 1938 年奉行绥靖政策的保守党人和 1940 年鼓吹绥靖政策的共产党人。我竭力想说明的就是，可怜的沃德豪斯——正是因为成功和侨居国外让他在精神上仍停留在爱德华时代——成为了一场宣传试验中的标本。我认为现在是时候让这件事情结束了。如果埃兹拉·庞德被美国当局逮捕并枪决，那将奠定他数百年的诗人名声。即使在沃德豪斯身上，如果我们把他逼得只能逃到美国并放弃自己的英国公民身份，我们应该为自己感到无比羞愧。与此同时，如果我们真的要惩罚那些在关键时刻败坏国民士气的人，国内还有其他罪人更值得追查。

评奥诺雷·德·巴尔扎克的《九个故事：一百个滑稽故事选集》，普拉默、斯卡特、科拉斯的译本，布兰特插图[①]

　　《一百个滑稽故事》有了新的译本，它通常被归入拉伯雷式的文学，而事实上，有时候人们谈论起它的时候就把它当作拉伯雷作品的延伸。巴尔扎克本人在前言中盖棺论定地说"我们尊敬的导师……智慧与幽默的王子"，而且有好几处在模仿拉伯雷的文风。但是，这些相似都只是流于表面，而引用拉伯雷的主要动机或许是让色情描写显得体面一些。

　　这本选集里有九个故事，其中七个似乎源自于薄迦丘或维庸的叙事诗。它们描写的是通奸和欺骗债主的主题。《失忆的教务长》是一个很有想象力的故事。《默顿的快乐牧师的布道》在直接模仿拉伯雷，在气氛渲染上做得很成功，但作为一个故事似乎没有什么意思，而穿插书中的几处评论表明巴尔扎克认为拉伯雷主要是一位幽默作家。《妖女》要比其他故事篇幅更长一些，而且性质不大一样。它的主题是宗教法庭对一个人们相信是恶魔化身的年轻女人进行审讯、虐待和最终执行火刑。这个故事有很多机会进行色情描写，而巴尔扎克也充分地利用了这些机会，但是，他

----

　　① 刊于 1945 年 7 月 8 日《观察者报》。普拉默、斯卡特、科拉斯（J Plummer、R Scutt、J P Collas），情况不详。布兰特（R A Brandt），情况不详。

的主要目的似乎是对偏执和迷信进行人道主义抗议。这个故事的气氛和隐含的道德思想让人想起安纳托尔·法郎士的《科纳德神父》系列故事中的一些篇章。

很难不觉得在几乎所有这些故事中，巴尔扎克只是沉溺于肮脏的描写，以怀古作为掩饰，让它看上去体面。在十九世纪的法国，拉伯雷或许被认为是一个色情作家，这就是他在十九世纪英国的名声。我们都记得执事长格兰特里将他的作品"藏在桌子下面的一个暗格里"①。在勃朗宁的一首名诗里，《拉伯雷小集》是一个单身汉寝室里五花八门的东西的一部分。直到今天，印制粗劣的平装厄克特译本连同《家庭女教师莫萍》和《亚里士多德全集》一起销售。但出于某种原因，人们一直在说拉伯雷那些诲淫诲盗的作品是"健康而自然的"，完全不像斯特恩②或皮特尼乌斯③的作品。"拉伯雷式"这个词总是用于表示某种市侩的庸俗，只是为了达到幽默的效果，并不会败坏道德。事实上，拉伯雷总是被当作一个标杆用于衡量像斯温伯恩④、乔治·摩尔⑤或戴维·赫伯特·劳伦斯这样的作家。他的作品中有的章节极为病态恶

---

① 出自安东尼·特罗洛普的《执事长》。执事长格兰特里关上书房的门，从暗格里拿出一本《拉伯雷文集》，读着那些"巴汝奇机智的恶作剧"消磨上午的时光。

② 劳伦斯·斯特恩(Laurence Sterne, 1713—1768)，爱尔兰作家、牧师，代表作有《项狄传》、《法国与意大利的伤感之旅》。

③ 皮特尼乌斯·阿比忒(Petrenius Arbiter, 27—66)，古罗马暴君尼禄的奸臣，据说是讽刺小说《萨提利孔》(the Satyricon)的作者。

④ 阿尔杰农·查尔斯·斯温伯恩(Algernon Charles Swinburne, 1837—1909)，英国诗人，对回旋诗体进行了创新发展，曾获六次诺贝尔文学奖提名，但未能获奖。代表作有《回旋诗百首》、《阿尔杰农·查尔斯·斯温伯恩诗集》等。

⑤ 乔治·奥古斯都·摩尔(George Augustus Moore，1852—1933)，爱尔兰作家，代表作有《伊斯帖·沃特斯》、《异教徒之诗》等。

心，但因为大家都公认他是"健康的"作家，清教徒们也就能够去阅读他的作品。果不其然，他的影响在不应该出现的地方出现了，譬如说，查尔斯·金斯利的《水做的女子》。巴尔扎克声称自己是拉伯雷的信徒，事实上，他是在说他的动机是无害的，因此可以被当作是对薄迦丘或《魔法全书》的模仿。

问题是，当你读着像《德亚兹城堡是如何建成的》或《僧侣阿玛多》这样的故事时，你会觉得在巴尔扎克和薄迦丘之间横亘着宗教改革的时代。巴尔扎克在序文里解释（他补充了"遗憾地"这个词）他删掉了那些不宜刊印的文字。结果就是，几乎由始至终充斥着难以忍受的俏皮：几乎每一个段落都在描写读者们心领神会的内容，却又只能以拐弯抹角的方式提及。在编撰《十日谈》时，没有什么是不能写的，但这些故事是几乎已经被视为异端的文明的产物。薄迦丘的故事里总是有俏皮的描写，但大体上它们并不是以哗众取宠为目的。宗教的地位以如今不会采取的最暴烈的方式得到了巩固。在巴尔扎克之前已经过了几个世纪的清教徒主义，他无法像薄迦丘那么天真。他清楚地知道自己是多么淘气，以聪明的、看似清白的譬喻表达不宜刊印的意思。结果就是令人倒胃口的、做作的插科打诨。巴尔扎克的许多小说如今都找不到了，将纸张浪费在这本并不成功的次要作品上似乎很可惜。

评皮埃尔·梅洛德的《英国人的方式》、约翰·基南的《印度的钢人》、托马斯·曼的《一家之主约瑟夫》①

在现在这种时候，当叙利亚的问题仍是法国报刊的头条新闻时，我们很高兴地得知还有法国人喜欢我们。但事实上，虽然梅洛德先生的书很友善，甚至过于友善，但它让我们更真切地了解到当代法国人对待英国的态度，而不是你会从泡酒吧的人那里听到的话。几乎所有近期去过法国的人都同意亲英情绪从未如此强烈，现在正是两个国家达成更紧密的伙伴关系的最佳时机。

梅洛德先生的书针对的是英国公众而不是法国公众。它最根本的宗旨是呼吁英法合作，以及达成合作所需的共识。

它还对英国文明、英国的特征、英国政党的结构和特点、英国作为欧洲一部分同时又是欧洲之外一个庞大帝国的中心这个特殊的地位所决定的政策和战略进行了分析。过去十四五年来梅洛德先生一直住在英国，对我们的国家非常了解。在这场战争的大部分时间里，他是一个小而精干的法国广播小队的一员，他们成功地让英国广播公司成为被占领的法国最受信任的节目来源。

或许这本书最有价值的部分是它对两次战争之间英国的外交

---

① 刊于 1945 年 7 月 12 日《曼彻斯特晚报》。皮埃尔·梅洛德（Pierre Maillaud），情况不详。约翰·基南（John L Keenan），情况不详。

政策的分析。在政治上他是自由派，他最欣赏英国的品质是它对少数派的尊重和能够在避免流血且不背弃传统的情况下实现深刻的变革。但是，他能以外国人的超脱看到这些品质源自英国孤立的地位，而这也导致了无知和自大。

英国在1930年到1940年之间的外交政策没有什么值得骄傲的，梅洛德先生并没有放过这一点。他正确地指出阶级情感在保守党的绥靖政策中所起的作用，但他也强调——这番话如今已经不受欢迎——英国工人阶级的和平主义，还有左翼政党不切实际的思想同样也有罪责，他们要求制订积极的外交政策，却又不愿意以足够规模的军队作为后盾。

重要的是有尽可能多的外国批评家指出这一点，因为很少有人意识到工党反对征兵制在欧洲所造成的灾难性的后果。但梅洛德先生看到的不仅仅是表面，他看到问题的一部分原因是英国几乎所有阶层都有仇外情绪。英吉利海峡给予了他们安全，也让他们有意无意之间对外国人抱以轻蔑——梅洛德先生补充说，特别是那些"最吵闹和头发最黑的人"——这导致对外国事务的漠不关心和对危险的迟钝反应。

绥靖政策一部分原因是群众的冷漠。要是他们关注欧洲的话，他们更同情的是德国人而不是法国人。但是，还有一部分原因是英国政府需要考虑到各个自治领，它们并不愿意卷入欧洲的纷争。

梅洛德先生还指出了一个事实，表明他是一位非常敏锐的观察者。英国与美国的特殊关系，以及它对英国政策的全方位影响，都是很明显的，但很少有欧洲人意识到澳洲和加拿大并不只是白厅治下的行省，英国在确定欧洲行动时必须考虑到那些国家的民意。

梅洛德先生以紧急呼吁作为这本书的结尾，要求英国放弃德黑兰协议所暗示的政策（这本书应该写于 1944 年初），并记得它是欧洲的一部分，它的主要利益是在欧洲。他在 1940 年说道：所有的欧洲人都认为英国是西方文明的守护者。但是，如果英国认同"四巨头"政策，让自己与俄国和美国站在同一阵线，对弱小国家的命运不闻不问，它或许将会失去这个特殊的地位。

他希望看到一个西欧各国组成的联邦——这是一个很有吸引力的计划，但比起这本书在撰写的时候，它实现的希望更加渺茫了。但是，迈向它的第一步是英国和法国之间能有更好的相互理解，而这本书至少能够对实现这一点起到帮助。

《印度的钢人》对得起护封上说的"一本不同寻常的书"这句话。事实上，一本关于印度的书很难摆脱熟悉的气氛和题材，虽然里面写了很多喝威士忌酒的场面，而不是去写老虎。它讲述了在贾姆谢德布尔建造规模宏大的塔塔钢铁厂的故事，基南先生在那里当了二十五年的鼓风炉工程师。在上一场战争爆发前不久，塔塔家族，帕西人商圈中特别思想开明和积极进取的家族（顺便提一下，萨卡拉瓦拉先生多年来一直是巴特西的共产党议员，就是这个家族的子弟）认定在印度产钢是可行的，并着手开始动工，虽然遭到英国人的反对和阻挠。塔塔钢铁厂如今成为了大英帝国规模最大的钢铁厂。

就像其他印度工业遭到了英国商界的阻碍一样——他们担心会引来竞争——塔塔只能去美国购买机器和聘请专家。但是，在第一次世界大战时，这些额外的钢产量对于协约国非常重要，因此在这场战争里，阻挠印度工业化的短视政策大部分被废除了。

基南先生的文笔草率马虎，而且对印度政治的评论很肤浅。他真正感兴趣的是炼钢和炼钢工人，当他在描写这一主题时，他的文字总是很有可读性。

《一家之主约瑟夫》是托马斯·曼对《创世记》的长篇改写的第四卷，也是最后一卷。它有 447 页，托马斯·曼的信徒会一字不漏地去读，但普通读者或许会问，将《圣经》十五个简短的章节的内容写成这么厚厚一本书，到底有什么意义。

评霍斯·安东尼奥·阿古雷的《以血肉铸就自由》、《个人的风景：放逐者的选集》[1]

西班牙内战催生了许多奇怪的故事，但这场战争中所发生的事情没有几件能比巴斯克共和国总统的历险更加离奇。

1937 年初巴斯克共和国惨遭得到意大利大规模援助的佛朗哥军队的入侵。从一开始它就被切断与其他地方的共和军的联系，而"不干涉政策"加上佛朗哥的海上优势，使得它根本不可能得到食物和武器。但是，海外的保守党对巴斯克共和国的仇视程度并没有像对西班牙共和政府那么深，因此阿古雷先生与他的共事者们能够以流亡政府的身份呆在巴黎。

这个政府甚至还有国民，因为巴斯克共和国有百分之五的人口（约 20 万人）成为难民。阿古雷先生运气很好，活着逃离西班牙，但他真正的冒险直到 1940 年 5 月德国侵略后才开始，当时他身处比利时。

他与家人无法返回法国，虽然他们亲眼目睹敦刻尔克撤退，但他们没办法登上船只。他们在布鲁塞尔匿藏了一段时间，面临着被盖世太保认出来的致命危险。

第三共和国为阿古雷先生提供庇护，但佛朗哥悬赏他的人

---

① 刊于 1945 年 7 月 19 日《曼彻斯特晚报》。霍斯·安东尼奥·阿古雷（José Antonio Aguirre, 1904—1960），西班牙政治家，巴斯克共和国自治政府首任总统。

头，如果他落入德国人或维希政府的手中肯定就没命了。他会像加泰罗尼亚共和国的总统孔帕尼斯①一样被移交给佛朗哥，然后被枪毙。与此同时，通往中立国或同盟国的道路似乎都被封锁了。

然后阿古雷先生想到最好的方式就是借道德国。显然，巴斯克信奉一则格言，说的是当你看见一群人朝一个方向去的时候，你应该反其道而行，他正是按照这个准则去做的。

他蓄了一把大胡子，给自己改了名字叫"阿尔瓦雷斯博士"，是巴拿马公民，而他的妻子假扮成一个委内瑞拉寡妇，名叫"格拉夫人"。她起这个名字是因为如果他们的孩子不小心说出他们的真名，可以被当成口误。通过各个南美领事馆的朋友的帮助，他们很容易就弄到了伪造文件，经过一番周折和盘问，他们获得了进入德国的许可令。

阿古雷先生在德国呆了六个月，还有闲暇写日记，并成功带了出来。当时正值德国在希腊和巴尔干各国取得胜利，但即使在当时，战争带来的沉重的经济压力正逐渐明显，而且英国正逐步加强空袭。

盖世太保在文件上盖章后，阿古雷先生和妻子都没有遭到当局的刁难。最大的危险是那几个孩子，他们总是会说起巴斯克语。

德国入侵苏联前不久，全家人来到了瑞典，从那里乘船去里约热内卢，伪造的文件做得天衣无缝。

这本书写得不是很好，但除了有趣的德国插曲之外，它的价

---

① 路易斯·孔帕尼斯（Lluís Companys，1882—1940），西班牙政治家，曾担任加泰罗尼亚自治政府总统。

值在于它表明了一个信奉天主教的民主人士的思想。过去二十年来，大家都觉得一个天主教信徒一定是亲法西斯分子，而在西班牙内战期间，几乎所有国家的天主教报刊都在不遗余力地加深这一印象。

几乎没有人注意到巴斯克共和国是坚定的反佛朗哥政权，与此同时也是西班牙境内最信奉天主教的地区。正如阿古雷先生所指出的，巴斯克共和国是欧洲最古老的民主政体，极左或极右的思想从未在那里立足。这本书大概有三分之一的篇幅用于分析这场世界大战的问题，并表达了对于未来民主世界的诚恳但或许过于乐观的信仰。

《个人的风景》由罗宾·菲登①、特伦斯·提勒②、劳伦斯·德雷尔③、休·戈登·波特斯④等人在开罗编写而成。它并没有宣称代表任何学派，入选文章的共同特征是思乡之情，其中一篇文章是关于《芬尼根守灵夜》的，但并不会令人感到惊讶的是，还有一篇文章对莎士比亚的十四行诗进行了探讨（顺便提一下，最后一篇署名文章的作者格温·威廉姆斯⑤先生提出了一个有趣的理

---

① 亨利·罗宾·罗密尔利·菲登（Henry Robin Romilly Fedden，1908—1977），英国登山家、作家，代表作有《十字军的城堡》、《迷人的群山》等。
② 特伦斯·罗杰斯·提勒（Terence Rogers Tiller，1916—1987），英国诗人，代表作有《内心的禽兽》、《但丁》等。
③ 劳伦斯·乔治·德雷尔（Lawrence George Durrell，1912—1990），英国作家、诗人，代表作有《黑皮书》、《爱尔兰的浮士德》等。
④ 休·戈登·波特斯（Hugh Gordon Porteus，1906—1993），英国评论家，代表作有《温德汉姆·刘易斯》、《中国艺术的背景》等。
⑤ 戴维·格温·威廉姆斯（David Gwyn Williams，1904—1990），威尔士诗人、学者，代表作有《威尔士诗歌》、《威尔士文学介绍》等。

论，认为十四行诗里的《黑女士》或许是一个黑人女子）。

罗宾·菲登先生的序文解释了这本选集是如何编撰的，并分析了当代埃及古怪而且很不友好的文化氛围。

中东战役的一个有价值的文化成果似乎是让英国的读者了解到了当代的希腊文学作品。在战前希腊与英国的作家之间就已经有了接触，但这场战争使得接触更加频繁。这本选集里有几个希腊诗人的作品的译本，还有一篇关于亚历山大港的诗人康斯坦丁·卡瓦菲[①]的文章，卡瓦菲死于1933年，我们有许多人或许从来没有听说过他的名字。

我们有许多人也没有听说过埃利·帕帕迪米特里乌斯[②]，但从这本书里的译文看，我们应该去了解他。介绍得最多的英国诗人是特伦斯·提勒、基思·道格拉斯[③]和劳伦斯·乔治·德雷尔。要说这本选集里没有不足为道的文章是不真实的，但它是迄今为止那些服役的作家写出的最有希望和最有趣的作品集。

---

① 康斯坦丁·卡瓦菲(Constantine Cavafy, 1863—1933)，希腊诗人，代表作有《伊萨卡》、《峥嵘岁月》等。
② 埃利·帕帕迪米特里乌斯(Elie Papadimitriou)，情况不详。
③ 基思·道格拉斯(Keith Douglas, 1920—1944)，英国诗人，在诺曼底登陆作战中牺牲，代表作有《阿拉曼到祖拉姆》。

评埃里克·卡勒的《人的尺度》[1]

正如它的名字所暗示的，这本分量十足的书（640 页，有 30 页是参考书目）探讨了人文主义的问题，而且它还尝试对自青铜时代以来的世界历史进行总结。作者本人是一个并不坚定的——或者说是不安的人文主义者。他看到宗教信仰由于人类的解放而逐渐消亡，而且他接受进步和进化的原则，否定在任何时代都有所谓不变的"人的本质"。事实上，在这本书中最有趣的章节里，他反对马克思和其他类似的思想家，认为我们现在认为几乎是本能的动机其实是直到不久前才发挥作用的：

> 一些当代经济学家和社会学家试图证明早在古巴比伦就有资本主义萌芽。但他们所发现的并不是资本主义。资本主义并不等同于财富和动产，并不等于与挣钱和借钱，甚至并不等同于投资生产。所有这些都不是资本主义，因为所有这些都服从于一个生命原则，而不是为了经济上的目标。它或许是为了一个人文的目的，一个人道的宗旨，让人类能够去享受。

这段文字的背景是最早一批真正的资本家富格尔家族的小

---

① 刊于 1945 年 7 月 22 日《观察者报》。埃里克·卡勒（Erich Kahler，1885—1970），德国历史学家，代表作有《人的尺度》、《高塔与深渊》等。

传。他们是哈布斯堡王朝的财库和控制者，但他们与意大利的富商不同，他们只会用金钱去创造更多的金钱。在另一个内容很相似的章节里，卡勒先生解释为什么在古代物理科学未能发展。他认为原因不在于智力缺陷或技术落后，而是因为思维习惯不同：

> 拜占庭的数学家与建筑家安特米乌斯……甚至清楚地知道蒸汽压力的技术应用。他本来可以轻松地发明蒸汽机，但他只是运用他的知识弄出了一场人工地震当作一场玩笑吓唬他的朋友……前提条件是我们这个时代的技术与工业飞速进步在于当代的思想观念，而阻止古人形成这一观念的因素是宗教……宗教是技术和经济的大敌。

贯穿这本书的始末，卡勒先生认为人类历史的各个时代被当时的人的思想所塑造和主宰，而不是像现在更时髦的观点认为的，思想只是外部条件的反映。它的结论是，世道的改善必须先有思想上的改变，单是提高机械效率并不能改变什么。就连让每个人都能吃上饱饭这个简单的问题没有"思想上的深刻改变"也是无法解决的。

但在书中的结尾，卡勒先生似乎认为人类只有在经历了外部的苦难之后才能吸取经验。他说："依靠纯粹的思想并不能创建一个理性的社会，苦难会将人的思想扭曲——而那番苦难会有多么深重，接下来的几代人将会知道。人的理念，新的人道主义的指导，将会是推动现在的世界进行深刻改变的根本因素。"

当然，这本书的后半部分探讨了极权主义的崛起。有几篇探讨这一问题的章节思维陷入了扭曲，因为它是写于 1941 年和 1942

年，当时德国仍未呈现败象。事实上，由始至终它倾向于把当代世界的所有罪恶都推到了德国身上，并将原因追溯到阿米尼乌斯的时代。

但大体上这本书更像是历史作品而不是政治宣传，人文主义者的难题到最终并没有得到解答。只要超自然的信仰依然存在，人类就会遭到狡猾的牧师和寡头统治阶级的压迫，而技术进步这个实现公平社会的前提就无法实现。另一方面，当人们不再崇拜上帝时，他们就会去崇拜个人，造成灾难性的结果。人文主义者必须决定是否需要进行再教育和"心的改变"，还是说不可逾越的第一步是消灭贫穷。卡勒先生在这两个立场之间徘徊，但倾向于第一个立场。这本书最好的部分是纯粹描写历史的部分，展现了渊博深厚的学识。

好笑，但并不低俗①

十九世纪的前七十五年是英国幽默作品的伟大年代——它们并不机智，也没有讽刺意味，纯粹只是幽默。

那段时期诞生了狄更斯的大量滑稽作品、萨克雷杰出的滑稽剧和短篇小说如《要命的靴子》和《到蒂明斯家略进晚餐》、苏迪斯的《汉德利十字架》、刘易斯·卡罗的《爱丽丝漫游仙境》、道格拉斯·杰罗尔德②的《考德尔夫人的垂帘讲演》和托马斯·巴勒姆③、托马斯·胡德④、爱德华·利尔、亚瑟·休·克拉夫、查尔斯·斯图亚特·卡尔弗利和其他作家所写的诙谐诗。另外两部杰出的幽默作品——安斯泰的《反之亦然》和格罗史密斯父子⑤的《小人物日记》成书于我所提到的时期之外。但不管怎样，直到 1860 年前后，漫画家仍然存在，看看克鲁克襄⑥给狄更斯画的插画、利奇给苏迪斯画的插画和萨克雷为自己的作品画的插画就知道了。

---

① 刊于 1945 年 7 月 28 日《领袖杂志》。
② 道格拉斯·威廉·杰罗尔德(Douglas William Jerrold, 1803—1857)，英国作家、剧作家，代表作有《一根羽毛的故事》、《金钱堆成的人》。
③ 托马斯·巴勒姆(Thomas Barham)：情况不详。
④ 指汤姆·胡德(Tom Hood, 1835—1874)，英国幽默作家，曾任《潘趣》杂志的编辑，代表作有《金子的心》、《船长的孩子》等。
⑤ 乔治·格罗史密斯(George Grossmith, 1847—1912)，英国喜剧演员、作家。小乔治·格罗史密斯(George Grossmith, Jr, 1874—1935)，英国喜剧演员、剧作家，父子的代表作有《小人物日记》、《海滩上的宝贝》等。
⑥ 乔治·克鲁克襄(George Cruikshank, 1792—1878)，英国漫画家，与狄更斯是好友，为他的作品创作了许多插画。

我不是想夸张地说，在我们这个世纪里英国没有诞生任何有价值的幽默作品。比方说，我们有巴里·佩恩①、雅各布斯、斯蒂芬·李科克②、沃德豪斯、心情较为轻松的威尔斯、伊夫林·沃和希莱尔·贝洛克——他是一位讽刺作家而不是幽默作家。但是，我们不仅没有写出达到《匹克威克外传》这一高度的幽默作品，而且或许更重要的是，过去几十年来一直没有一本称得上一流的幽默期刊读物。人们一直批评《潘趣》"和以前不一样了"，不过这番话在当下或许并不公允，因为《潘趣》比十年前更好笑了，但比起九十年前，它确实没有那么好笑。

滑稽诗已经完全失去了它的活力——这个世纪没有诞生任何有价值的英语打油诗，贝洛克先生的诗和切斯特顿的一两首诗除外——而一幅不仅是因为它所展现的笑话好笑，而且本身的笔触也好笑的漫画也极为罕见。

这些大体上都得到了承认。如果你想要开怀大笑，去音乐厅或看场迪士尼电影会更靠谱，或调到汤米·汉德利③的节目，或买几张唐纳德·麦吉尔的明信片，而不是去看书或看杂志。大家都承认美国滑稽作家和漫画家比我们的作家和漫画家更出色。当下我们根本没有人能和詹姆斯·瑟博④或达蒙·鲁尼安相提并论。

① 巴里·埃里克·奥德尔·佩恩（Barry Eric Odell Pain，1864—1928），英国作家、记者、诗人，擅长创作幽默故事，代表作有《百重门》、《看不见的影子》等。
② 斯蒂芬·李科克（Stephen Leacock，1869—1944），加拿大作家，作品以幽默风趣著称，代表作有《幽默随笔》、《小镇艳阳录》等。
③ 托马斯·雷吉纳德·汉德利（Thomas Reginald Handley，1892—1949），英国喜剧演员，以主持英国广播电台的《原来又是他》节目而出名。
④ 詹姆斯·格罗夫·瑟博（James Grover Thurber，1894—1961），美国作家、记者、卡通画家，长期担任《纽约客》专栏作家，代表作有《男人、女人和狗》、《了不起的O》等。

我们不知道开怀大笑是如何产生的，或为了什么生物功能而服务，但我们大体上知道是什么引至开怀大笑。

当一件事情不合常规时，它就是好笑的——只要它不伤人或令人害怕。每一个笑话都是一场小小的革命。如果你只能以一句话去修饰幽默，或许你可以将其定义为"让尊严坐在大头钉上"。无论是什么摧毁了尊严，将强权者从他们的宝座上拉下来，最好摔上一跤，这就很好笑。摔得越重，玩笑就越成功。朝一个主教扔奶油蛋糕比朝一个牧师扔奶油蛋糕更过瘾。我觉得，记住这一原则，你就能开始认识到英国的幽默文学在这个世纪出了什么岔子。

如今几乎所有的英国幽默作家都太斯文，太善良，太刻意地走下里巴人路线了。沃德豪斯的小说，或赫伯特的诗歌，似乎都是写给发达的股票经纪看的，供他们在某个郊区高尔夫球场的休息室消磨时间。他们这些人一心想的就是担心会身陷丑闻，道德上、宗教上、政治上或思想上都是如此。我们这个时代大部分最优秀的幽默作家——贝洛克、切斯特顿、"提摩西·夏伊"[1]和最近冒出来的"比奇康莫"[2]——都在为天主教辩护，也就是说，他们都有着严肃的目的，而且愿意使用下三滥的手段。这并不是出于巧合。现代英语幽默的傻蛋传统、避免描写暴行和害怕思想可以用"好笑，但并不低俗"这句话加以概括。在这个语境里，"低俗"通常意味着"淫秽"。我们得承认，最好的笑话不一定得是下流的笑话。例如，爱德华·利尔和刘易斯·卡罗从未写过这一类

---

[1] 提摩西·夏伊(Timothy Shy)是英国作家多米尼克·贝文·温德汉姆·刘易斯(Dominic Bevan Wyndham Lewis, 1891—1969)，在《新闻纪实报》上的笔名。

[2] 比奇康莫(Beachcomber)，1919年至1975年《每日快报》的专栏《顺便说一句》集体创作的笔名。

笑话，而狄更斯和萨克雷写的也不多。

　　大体上，维多利亚早期的作家避免拿性开玩笑，虽然有几个是例外，如苏迪斯、马里亚特和巴勒姆，他们仍然保留着十八世纪的低俗。但问题的关键是，现代对于所谓"干净的笑话"的强调其实是不愿触及任何严肃或有争议的题材的体现。说到底，淫秽是一种颠覆。乔叟的《米勒的故事》是道德层面的反叛，就像《格列佛游记》是政治层面的反叛一样。事情的真相是，你要描写那些富人、有权有势的人和自鸣得意的人不愿意提及的话题，你才能成为难忘的幽默作家。

　　上面我提到了几位十九世纪最优秀的幽默作家，但如果你去考察早期的英国幽默作家的话，这一点就更加明显了——例如乔叟、莎士比亚、斯威夫特和流浪汉小说家斯莫利特、菲尔丁和斯特恩。如果你将外国作家考虑在内，包括古代的和现代的作家，那就更了不得：例如阿里斯托芬、伏尔泰、拉伯雷、薄迦丘和塞万提斯。所有这些作家都很残忍和低俗。那些人物被裹在毛毯里扔掉，他们砸穿了黄瓜棚架，他们躲在洗衣篮里，他们抢劫、撒谎、行骗，在每一次可能丢脸的时候都会出洋相。所有伟大的幽默作家都愿意去攻击作为社会基础的信仰和美德。薄迦丘将地狱与炼狱视作无稽之谈，斯威夫特嘲笑人类的尊严，莎士比亚让福斯塔夫在战斗中发表一则演讲为懦弱辩护。至于婚姻的神圣，在基督教社会里一千年来有大部分时间它是幽默的主要题材。

　　所有这些都不是说幽默的本质是不道德或反社会的。一个笑话顶多是对美德暂时性的反叛，其目的不是要贬低人类，而是让他知道他已经堕落了。极其淫秽下流的玩笑能和非常严肃的道德标准结合在一起，就像在莎士比亚的作品里一样。有些幽默作家，如狄更斯，怀有直接的政治目的。其他作家，如乔叟和拉伯雷，接受了社会的败坏，认为那是不可避免的。但没有哪位达到一定高度的幽默作家曾经说过社会是美好的。

幽默是对人性的揭露，只有在与人类有关的情况下它才有趣。比方说，动物只有在它们是对我们自己的拟人化戏仿时才有趣。一块石头本身不会有趣，但如果它打中了一个人的眼睛或被雕成人的模样，那它就是有趣的。

但有比扔奶油蛋糕更加微妙的揭露方式。还有纯粹幻想的幽默，嘲讽人类自诩不仅是有尊严的生物，还是理性的生物。刘易斯·卡罗的幽默的主要方式是嘲笑逻辑，爱德华·利尔则喜欢和常理玩恶作剧。当红桃皇后说"我见过的山丘，你所看到的那座山丘和它一比，就变成山谷了"时，她和斯威夫特或伏尔泰一样是在以自己的方式向社会的基础发起抨击。在利尔的幽默诗《向咏吉—邦吉—波求爱》中，幽默的诗篇总是在于营造一个梦幻的世界，那个世界和真实的世界很相似，以此剥夺了后者的尊严。但它更经常依赖反高潮的手法——即一开始用高雅的语言去写，然后突然间直转而下，重重地摔个跟头。例如：卡尔弗利的这几行诗：

> 曾经，我是一个快乐的孩子，终日
> 在绿色的草坪上欢乐地歌唱，
> 心满意足地穿着
> 一套有点紧身的小蓝衣。

这首诗最开始的两句会让人觉得这将是一首关于童年的美好的抒情诗。贝洛克先生在《现代旅行者》中对非洲的祈祷：

噢，非洲，神秘的土地，

被许多沙子包围，

尽是草原和树木……

遥远的俄菲乐土，有黄金的矿藏，

那是尊贵的老所罗门王的财产，

向北驶向丕林岛，

带走了所有的黄金，

留下了许多洞穴。

布雷特·哈特的续篇《致玛乌德·穆勒》，有这么两句话：

但在他们结合的日子，

玛乌德的哥哥喝得酩酊大醉。

用的是同一种手法，而伏尔泰的嘲讽之作《圣女》和拜伦的许多散文则以不同的方式做到这一点。

这个世纪的英文诙谐诗——看看欧文·希曼[1]、亨利·格拉汉姆[2]、艾伦·帕特里克·赫伯特[3]、艾伦·亚历山大·米尔

---

① 欧文·希曼(Owen Seaman，1861—1936)，英国作家、编辑，长期担任《潘趣》杂志的编辑，代表作有《海湾的战斗》。
② 乔斯林·亨利·克莱夫·格拉汉姆(Jocelyn Henry Clive Graham，1874—1936)，英国作家、记者，代表作有《我们嘲笑的世界》、《快乐的家庭》等。
③ 艾伦·帕特里克·赫伯特(Alan Patrick Herbert，1890—1971)，英国作家，代表作有《秘密的战斗》、《泰晤士河》等。

恩①和其他人的作品——大部分都是劣作，不仅缺少想象力，而且没有思想。那些作者都处心积虑地避免阳春白雪——即使他们用韵文诗写作，也处心积虑地避免做诗人。而维多利亚时代早期的诙谐诗里到处都有诗歌的影子。它们往往是技艺精湛的韵文诗，有时候甚至讲究用典，"晦涩难懂"。巴拉姆曾写道：

> 你背后的双臀肌受了伤，
>
> 布劳迪·杰克，
>
> 你的美第奇②曾经受过伤，
>
> 你的爱神在多处地方受过伤，
>
> 我想大概有二十处，
>
> 如果没有更多，
>
> 她的手指和脚趾都掉在地上。

他是在展现大部分严肃的诗人都会尊敬的艺术品位。或者引用卡尔弗利的《烟草颂》：

> 你，当恐惧来袭时，
>
> 你将它们驱走，将骑手
>
> 鞍后坐着的那黑色的忧愁

---

① 艾伦·亚历山大·米尔恩（Alan Alexander Milne，1882—1956），英国作家，缔造了童话形象小熊维尼，代表作有《小熊维尼》、《爱在伦敦》。
② 指皮耶罗·迪·科西莫·德·美第奇（Piero di Cosimo de' Medici，1416—1469），常被称作痛风者，掌控佛罗伦萨，热心艺术，曾赞助许多艺术家。

拉下马，①

甜美啊，你在微光初现的清晨，

甜美啊，当他们收走了午饭的杯盘时，而在一天快过去的时候，

你最是甜美！

看得出卡尔弗利并不害怕运用深奥的拉丁典故以引起读者的注意。他不是在为下里巴人写作——特别是他的《啤酒诵》——而且擅长反高潮的诗，因为他愿意向真正的诗靠拢，并认为他的读者应该有充分的知识。

看起来，要想写出好笑的东西来，你就非得低俗不可——这里所说的低俗是以我们这个时代大部分英语幽默作品所针对的读者的标准而言的，因为不仅性是"低俗的"，死亡、生孩子和贫穷也是。最好的歌舞厅幽默作品就是拿后面那三个开涮。尊重思想和强烈的政治情感，如果不是真的低俗，也被视为品位很可疑。当你的主要目的是取悦那些优裕的阶级时，你不可能做到真正的好笑：它意味着忽略太多的东西。事实上，要做到好笑，你必须严肃对待。过去至少四十年来的《潘趣》给人的印象是，它在试着让人感觉心里踏实，而不是要逗笑。它所隐含的信息是，一切都好得不能再好了，没有什么事情会发生真正的改变。这绝对不是它创刊时的信念。

---

① 此句衍生自一个拉丁典故："黑色的忧愁坐在骑手的鞍后"（*Post equitem sedet atra cura*），出自古罗马诗人贺拉斯的诗句。

评萨缪尔子爵的《回忆录》、克里斯朵夫·伊舍伍德的《告别柏林》、弗吉尼亚·伍尔夫的《一个人自己的房间》、查普曼·科恩的《托马斯·佩恩》[①]

萨缪尔勋爵是一个理性的人，而理性的人并不总是会让人觉得激动。那些读过他的乌托邦作品(《未知的土地》，大概出版于三年前)的人会记得它描写了一个如此美妙、方方面面都没有疏漏的社会，但没有哪一个正常人能够住上半个月而受得了。

因此，如果他的回忆录的价值就只在于准确地记录了历史事件，可以用于检验当代历史的疑点，这并不会令人感到惊讶。

萨缪尔勋爵生于一个富裕的银行世家，父母希望他能从事法律。但他从小就决定投身政治。1889年的码头大罢工，威廉·布什[②]的《在最黑暗的英国》，代表他的哥哥为怀特查佩尔的郡议会

---

① 刊于1945年8月2日《曼彻斯特晚报》。赫伯特·路易斯·萨缪尔
(Herbert Louis Samuel, 1870—1963)，英国自由党政治家，曾担任内政大
臣、邮政总长等职务。克里斯朵夫·伊舍伍德(Christopher Isherwood,
1904—1986)，英国作家，代表作有《在前线》、《诺里斯先生换乘火车》、
《告别柏林》等。弗吉尼亚·伍尔夫(Virginia Woolf, 1882—1941)，英国女
作家，代表作有《日日夜夜》、《年华》等。查普曼·科恩(Chapman
Cohen, 1868—1954)，英国作家、学者，代表作有《自由思考文集》、《有
神论与无神论》等。托马斯·佩恩(Thomas Paine, 1737—1809)，英/美作
家、思想家、革命家，代表作有《论常识》、《理性的时代》、《人权》等，
其思想对美国独立革命有深刻影响。
② 威廉·布什(William Booth, 1829—1912)，英国卫理公会牧师，于1878年
创建救世军慈善机构。

选举进行的工作，这些事情使他意识到数百万英国人糟糕的生活条件，从那时起，他就坚定地支持自由党，因为直到 1900 年，那是唯一的左翼政党。

在牛津大学的时候，他积极参与地区政治，遭受压迫的牛津郡农场工人第一次成立工会就有他的一部分功劳。

那时候这种活动不像今天那么风行，萨缪尔先生（那时候还不是勋爵）的家门有时候都快被吵闹的大学生给拍烂了，而来自伦敦的名人就在他的房间里会面。从牛津大学毕业后他被选为南牛津郡自由党的候选人，但未能赢得议席，直到 1902 年才进入议会。

这本书最有趣的部分是讲述 1914 年到 1916 年的那几章。在战前和战争期间，萨缪尔勋爵在阿斯奎斯的政府里任职，能够对格雷[①]、霍尔丹、基奇纳[②]和劳合·乔治这些人作出权威性的判断，并讲述 1916 年底政府剧变的内情。

劳合·乔治继任首相后，他希望萨缪尔勋爵继续担任内政大臣，而萨缪尔勋爵拒绝了，因为他不仅反对新政府的人员构成，而且反对让阿斯奎斯倒台的不择手段的媒体报道。

他还补充写道劳合·乔治自认为是为了国家真正的利益而行动，但其实是为了让自己攫取权力。这一部分的内容大部分是萨缪尔勋爵当时写的日记，对于纠正劳合·乔治本人多年之后所写的记录中的谬误很有价值。

---

① 乔治·格雷·阿斯顿（George Grey Aston，1861—1938），英国海军军官、情报部官员，代表作有《新旧战争的启示》、《政治家与市民的战争研究》等。

② 赫伯特·基奇纳伯爵（Earl Herbert Kitchener，1850—1916），爱尔兰裔英国陆军元帅，曾指挥英军在苏丹、印度、布尔等地镇压殖民地反抗，一战时被委任为国防部长，1916 年经海路至俄国时所在军舰被德军鱼雷炸中身亡。

其它部分的回忆内容很拖沓，不过萨缪尔勋爵认识自 1890 年之后的每一个大人物，而且了解许多人的轶事趣闻。

只有当他谈论自己亲身了解的政治事件时，他才写出最好的内容，在这本书的结尾有几段关于慕尼黑会议、重整军备和外交政策的结构精当的描写。

硬要说克里斯朵夫·伊舍伍德先生编撰的以《告别柏林》为书名的那册简笔故事集与那本简短的杰作《诺里斯先生换乘火车》水平相当是荒唐的。它们描写的是同一题材，因此这些故事的一部分魅力甚至就来自对于后者的回忆。

但它们仍然是对一个走向衰落的社会非常精彩的描写。在一篇简短的序文里，伊舍伍德先生解释他最初的目的是写一篇关于希特勒上台前的柏林的长篇小说——它原本的名字是《迷失》——这些故事原本是它的一部分内容。它们当中最精彩的是《诺瓦克一家人》，描写了沦落到贫困线上的一户德国工人阶级家庭，并描写了冬天一座肺结核疗养院凄楚的情景。

读着像这样的故事，你感到惊讶的不是希特勒能够上台，而是为什么他没有早几年上台。这本书的结局是纳粹党的胜利和伊舍伍德先生离开柏林。

施罗德太太（他的女房东）根本无可救药……向她解释或谈论政治根本没有意义。她已经在适应了，无论哪一个新的政权成立她都会这么做。今天早晨我甚至听见她对门卫的老婆满怀敬意地谈起"元首"。如果有人提醒她在去年十一月的选举时她投票给了共产党，她会激烈地否定这一点，并虔诚地……成千上万像施罗德太太这样的人正在让自己适应形势。

自从伊舍伍德先生的上一本小说问世至今，已经过去很久了，大部分时间他一直在加州追随杰拉德·赫德先生[①]。这些短文的重版提醒了我们他曾经是一位很优秀的作家，并让许多人希望他能够抛弃好莱坞回到欧洲，再看一看柏林。

弗吉尼亚·伍尔夫的这本书是一篇很长的散文，探讨了与男人相比阻碍女人写出第一流的作品的原因。她相信的主要原因在书名里已经有所暗示。她认为如果一个作家要写出自己最好的作品，他需要一年有 500 英镑和属于自己的房间，而比起男人，能够享受到这些条件的女人要少得多。

但是，还有其他不便——伍尔夫小姐构思出了威廉·莎士比亚的妹妹[②]，她的才华不在哥哥之下，但社会根本没有给她发挥才华的机会。这本书有时候过度渲染了女性所碰到的阻碍，但几乎每一个男性读者都能够带着优越感去阅读。

《托马斯·佩恩》是这位伟大的英国激进主义者的小传（他是英国人，但美国人总是会忘记这件事）。他支持美国的殖民者和法国的革命党人，并参与起草了《独立宣言》。

[①] 亨利·菲茨·杰拉德·赫德（Henry Fitz Gerald Heard，1889—1971），英国历史学家、教育家、哲学家，代表作有《人类的五个时代》、《第三种道德》等。

[②] 莎士比亚有四个妹妹，但三个早夭，第二个妹妹名叫琼。莎士比亚在遗嘱中为她提供了很好的照料，她比莎士比亚多活了三十年。

评爱德华·萨克维尔-韦斯特的《拯救》限量版，由亨利·莫尔绘制插画[①]

电台节目是用来听的，不是用来读的。萨克维尔先生为《拯救》所写的序文（或"导言"，因为他喜欢这么说）比这出剧本身更值得一读。这出广播剧确实有几个章节很有阅读的价值，而且关于"音效"和消音的指引有技术上的趣味性，但是，任何没有听过实际播出的人会从"导言"里获益更多，它严肃地探讨了此前还没有进行过讨论的广播剧的可能性和尚未解决的难题。

《拯救》分两部分播出，每一部分用时二十五分钟，是《奥德赛》最后几章的戏剧化版本，进行了很多改动以赋予它情节剧的效果。有几段插曲是诗歌，还有几段插曲用日常俚语写成，它用的是高度风格化的语言，游走于诗歌的边缘，而且一直有音乐在伴奏。第一幕描写了佩内洛普遭到追求者的逼迫，第二幕的高潮是奥德修斯获得胜利。它最大程度地遵循严格的戏剧体裁，沉闷的旁白被取消了，他的位置由诗人斐弥俄斯和雅典娜女神代替，他们在剧情中会进行必要的解释。

你得听一听这出广播剧才会知道它的播出效果如何，但即使

---

① 刊于 1945 年 8 月 5 日《观察者报》。爱德华·查尔斯·萨克维尔-韦斯特（Edward Charles Sackville-West, 1901—1965），英国作家，代表作有《辛普森的一生》、《留声机》等。亨利·斯宾塞·莫尔（Henry Spencer Moore, 1898—1986），英国雕塑家、画家。

你在阅读文本时，你也会提出一两点反对意见。首先，《奥德赛》适不适合被改编成舞台剧。作为一种人们所不熟悉的艺术形式，或许选择听众已经知道的故事会比较明智，但麦克风所体现的一个事实是，有些故事要比其它故事更加具有表现力。比方说，在这部戏里，奥德修斯用他的弓箭将追随者射死就不能很好地呈现。它只能由欧迈俄斯向斐弥俄斯间接地描述。而且，很遗憾的是，像这样一出严肃的作品弥漫着官方宣传的味道，即使只是很轻微地。被追随者们占领的伊萨卡被比拟为被德国人占领的希腊，虽然没有紧紧地扣住这一主题，但在第二幕里明确地提到了。甚至有一处地方似乎将奥德修斯与希腊国王乔治二世等同起来。

在"导言"里，萨克维尔谈论的主要是音乐伴奏的问题，但他还说到了关于广播剧的几个有趣的基本问题。他指出广播剧复兴了独白（在现实舞台上已经没有人能够忍受），而且在时间和空间上比电影更方便。另一方面，任何广播剧如果使用超过两到三个声音，就会让听众觉得很难理解剧情以及到底是谁在和谁说话，这个难题没有得到完全解决。通常的做法是安排一个叙述者，但这会破坏戏剧效果，或使得角色说出解释性的话语，可能使得情节没有那么精彩，而且要让它们听起来可信的话必须写得很有技巧。

但是，这些问题并没有得到深入的研究。基本的原因是，和几乎所有国家一样，英国的电台被垄断了。节目的来源只有一个，那就是英国广播公司，但所有的节目内容，从"漫画"到"希伯特新闻"，都有严格的长度限制。显然，没有多少时间安排给"高雅的"节目，因为大部分听众并不喜欢，而由于英国广播公司是一个半官方的组织，总是会受到爱管闲事的人的干预，他们只要一听到有节目听起来太难懂就会提出抗议。而且还有金钱上的困难。一出广播剧的制作要花很多钱——《拯救》里有三十多个配音，一定得花费好几百英镑——而且它只播出一次，最多两到三次。因此，它不可能进行精心排练——事实上，要让配音演员记住他们的台词是不可能的，而要给创作者一笔钱，足以让他花几个星期或几个月专心写剧本也是不可能的。这些条件都不利于实验性的工作。

与此同时，看到广播剧被印成书是一件令人振奋的事情，而且用的是高质量的纸张。如果它们以印刷品的形式存在，它们将更有可能复兴。如果电台节目能够播放不止一次成为常态，那些剧作家将会更加严肃地对待创作。

它们让人进一步了解印度[①]

企鹅出版社有一本"近期出版或即将出版"的书，是穆尔克·拉杰·安南德[②]的《苦力》，他还创作了《村庄》、《双叶与花蕾》、《剑与镰刀》和其他关于印度生活的小说。

安南德先生是以英语写作的印度作家小群体中的一员。过去二十年来这个群体的出现标志着英印关系的一个重要转折点。这个群体中还有艾哈迈德·阿里[③]、伊科巴·辛[④]、纳拉耶纳·梅农[⑤]和欧亚混血作家塞德里克·多弗[⑥]。

这些作家中有的人选择英语作为创作语言或许是为了能有更大的读者群体，但他们几乎将英语当成了母语，甚至有迹象表明一门独特的英语方言正在形成，就像爱尔兰英语一样。譬如说，艾哈迈德·阿里的《德里的早晨》的文风很精致，但你或许可以不用提示就能猜到它不是出自一个英国人的手笔。

---

① 刊于 1945 年 8 月 9 日《曼彻斯特晚报》。
② 穆尔克·拉杰·安南德(Mulk Raj Anand, 1905—2004)，印度作家，作品多揭露印度等级社会的黑暗，代表作有《印度亲王的私生活》、《七个夏天》等。
③ 艾哈迈德·阿里(Ahmed Ali, 1910—1994)，印度作家、诗人，代表作有《德里的暮光》、《火焰》等。
④ 伊科巴·辛(Iqbal Singh)，情况不详。
⑤ 瓦达克·库鲁帕斯·纳拉耶纳·梅农(Vadakke Kurupath Narayana Menon, 1911—1997)，印度音乐家、舞蹈家，曾担任英国广播电台音乐指导，代表作有《沟通的革命》、《音乐的语言》等。
⑥ 塞德里克·多弗(Cedric Dover, 1904—1961)，印度作家，代表作有《混血儿》、《地狱的阳光》等。

这些拥有双重出身的作家的优势在于他们能够直接向英国公众介绍印度。那些曾经在印度文学中占据重要地位但其实只占印度人口千分之一不到的"白人老爷"并不是他们的故事的主人公。

除了那些以英语写作的作家之外，还有其他作家——短篇小说作家普雷姆参德[①]就是一例——坚持以印度语创作，但深受欧洲作家如莫泊桑的影响。他们的作品译本英国读者一下子就能读懂。通过这个作家群体，你能了解到村庄和巴扎集市的生活情景，而从任何英国小说家或纯粹的印度作家那里你是无法了解这些的。

在吉卜林之前，英国在印度的统治有时候会催生有趣的文献，例如印度兵变时期的日记，但很少有幻想式的文学作品。

吉卜林似乎是第一位注意到并描写印度独特风情的英国作家。他被指责带有势利而且赤裸裸的帝国主义思想，这是公允的评价；但是，他最好的作品源自于事实上他并不真正属于侨居印度的英国人这个阶层。

他年轻的时候曾是拉合尔一个薪水微薄的报纸副编，《山中传说》和《三个士兵》这些作品的活力就来自于这一时期和他的童年回忆。但是，吉卜林的作品主要描写的是英国治下的印度。就连《金姆》这部讲述一个印度男孩的故事的作品——不是很有说服力——主角也是一个神明一般的英国官员。

在描写印度人时，吉卜林总是无法摆脱纡尊降贵的姿

[①] 曼施·普雷姆姆参德(Munshi Premchand，1880—1936)，印度作家，代表作有《曼陀罗》、《中奖》等。

态，而在涉及政治问题时就蜕变为麻木不仁。弗罗拉·安妮·斯蒂尔①的才华远远比不上吉卜林，现在几乎被遗忘了，但她更加严肃地尝试去理解印度人的思想。

吉卜林之后的下一部里程碑式的作品是爱德华·摩根·福斯特出版于1924年的《印度之行》。这本书仍然是，而且或许将是出自英国作家之手的印度题材作品中最好的一部。它是在机缘巧合之下写出来的，因为福斯特先生的经历不是在英国统治下的印度，而是一个印度的小邦。但是，思想的改变体现了英国的变迁。

对白人的优越性的信仰已经不复存在，人们不再认为印度人是古怪的封建体制的遗民，甚至不再是遭受蹂躏的受害者，而是一个纯粹的个体。这本书的力量在于，虽然在政治意义上福斯特与印度人站在同一阵营反对英国人，但他并不觉得一定要表现他们在道德上或思想上的优越性。

几乎所有的角色，英国人和印度人，虽然遭到帝国主义的侵蚀，但仍有正派的思想，值得同情。

福斯特之后关于印度的"复杂深刻"的作品变得更加普遍，例子有爱德华·汤普森②的《印度一日》、约翰·斯图亚特·科里斯③的《缅甸的审判》④和一部非常"轻松"但展现了没有肤色意

---

① 弗罗拉·安妮·斯蒂尔(Flora Annie Steel, 1847—1929)，英国女作家，代表作有《五河之地》、《旁遮普的传说》。
② 爱德华·汤普森(Edward Thompson)，情况不详。
③ 约翰·斯图亚特·科里斯(John Stewart Collis, 1900—1984)，英国作家，代表作有《光明的道路》、《脚踏实地》等。
④ 奥威尔的笔误。《缅甸的审判》的作者是莫里斯·斯图亚特·科里斯(Maurice Stewart Collis, 1889—1973)，英国作家，曾担任驻缅甸行政官，代表作有《黑暗之门》、《三界之主》等。

识的小说——乔·兰道夫·阿克利①的《印度假日》——而这在几年前是不可能发生的。

如果当代文学作品将流传下去的话，《印度之行》会是一部传世小说，但它的主题使得它被当成了一本社会纪实作品。它描写了在帝国主义体制下印度人与英国人不可能建立真正的友谊。在那个时候（这本书的构思或许是在1913年）这个主题几乎被强加在任何要去描写印度的诚实的作家的身上。然而，在不远的将来，或许我们将会看到关于印度的写法不同的小说。

福斯特所描述的紧张关系不会再持续很久了。不用再过几年印度将会获得独立，与此同时，数十万名英国士兵来到印度，已经建立起了新的接触——他们不是以前那些目不识丁的雇佣兵，而是接受了良好教育的应征入伍的士兵。或许下一批印度小说将会以他们的经历作为基础。

与此同时，我们可以从那个以英语进行创作的印度作家小群体那里了解到关于印度的大部分事情。对于英国公众来说他们并不是太出名，而且他们几乎没得到英国政府的扶持，因为英国政府从来没有意识到英语作为欧洲与亚洲之间的纽带的重要性。在某种程度上，他们当中最有趣的人是《混血儿》的作者塞德里克·多弗，他是少数几个让外界了解到规模虽小但很重要的欧亚混血儿群体的作家之一。

事实上，我记得的关于这个题材的其他书籍还有彼得·布伦戴尔②的作品——《波尼奥的波德先生》等——它们是非常"轻

---

① 乔·兰道夫·阿克利(Joe Randolph Ackerley, 1896—1967)，英国作家，代表作有《战俘》、《父亲与我》等。
② 彼得·布伦戴尔(Peter Blundell)，情况不详。

松"的作品，但信息量很大。如果企鹅丛书能够在出版《苦力》之后出版福斯特和艾哈迈德·阿里描写旧德里的文集，将有助于改善英印关系。

评克里夫·斯特普尔斯·刘易斯的《那股残暴的力量》、纳里娜·舒特的《交杯酒》①

大体上，小说最好不要去描写奇迹。但是，有许多描写鬼怪、魔法、千里眼、天使、美人鱼等等的小说是有价值的作品。

克里夫·斯特普尔斯·刘易斯先生的《那股残暴的力量》可以被归入此列——但奇怪的是，如果将它的魔法内容去掉的话，它会是更好的作品，因为在本质上它是一个犯罪故事，而且那些离奇的事件虽然在结尾部分更加频繁地出现，但并不是故事的必不可少的部分。

它的故事梗概和气氛都有点像吉尔伯特·基思·切斯特顿的《曾经是星期四的男人》。

作为作家，刘易斯先生或许借鉴了切斯特顿，而且和他一样对现代机器文明感到恐惧（顺便说一下，这本书的书名取自一首关于巴别塔的诗），一样坚信基督教会的"永恒真理"，反对科学唯物主义或虚无主义。

他的这本书描写了一个理性人的小群体对抗几乎征服了整个世界的梦魇。一个由疯狂科学家组成的公司——或者说，他们并不是疯了，只是消灭了自己的人性，全无善恶之分——阴谋征服

---

① 刊于 1945 年 8 月 16 日《曼彻斯特晚报》。纳里娜·舒特（Nerina Shute，1908—2004），英国女作家、记者，代表作有《维多利亚时代的爱情故事》、《热烈的友谊》等。

英国，然后是整个地球，然后是其他星球，直到他们控制了整个宇宙。

所有多余无益的生活都必须被消灭，所有的自然力量都会被驯服，群众将沦为奴隶，统治阶层的科学家会对他们进行活体解剖。这些科学家甚至获得了不朽的生命。简而言之，人类征服了天堂，推翻了上帝，甚至自己成为了上帝。

这么一场阴谋并非完全不可能的事情。事实上，在一颗原子弹——已经被称为"过时"的原子弹——刚刚将大约三十万人炸得粉碎的时候，这个故事听起来已经是老生常谈了。我们这个时代有许多人确实在梦想着拥有他笔下某些角色的可怕力量，而如今这些噩梦即将成为现实。

他对国家实验协调中心以及它遍布世界各地的机构的描写——它的私人军队、它的秘密行刑室、它那个由一个被称为"头儿"的人掌控的内部人员小圈子——都是令人兴奋的侦探题材。

只有非常老练的读者才能在发现是"头儿"不慎泄露秘密的时候不感到兴奋。如果刘易斯先生能够成功地一直保持这个水准的话，我会毫无保留地推荐这本书。不幸的是，超自然的力量总是介入，而且毫无节制，令人感到困惑。那些科学家在尝试寻找已经被埋葬了 1 500 年的古代凯尔特魔法师梅林的身体——他并没有死，只是处于神游状态——希望能够从他身上了解到基督时代之前的魔法的秘密。

他们被一个几乎很难被称为人类的角色挫败了。之前他在另一个星球上获得了永恒的青春。然后还有一个拥有千里眼的女人、几个幽灵和其他来自外太空的超人，有几个的名字在刘易斯先生之前的作品中出现过，读起来让人觉得很无聊。这本书的结局如此荒唐无稽，甚至并不让人感到恐怖，虽然有许多血腥的描写。

很多描写是围绕着科学家与恶灵的接触这个剧情进行的，虽然这个事实只有最内部的小圈子才知道。刘易斯先生似乎相信善灵与恶灵的存在。他有理由坚持自己的信仰，但它们削弱了他的故事，不仅是因为它们让读者感到不合情理，而且提前决定了结局。当你了解到是上帝在与魔鬼对抗时，你就知道哪一方会获胜。与邪恶进行斗争的戏剧性的魅力在于你没有超自然力量的帮助。不过，按照如今小说的水准，这本书值得一读。

《交杯酒》是那种价值与作者的意图并不一致的书。它的护封写着"一个古怪而叛逆的年轻女人的自传"，这番话清楚地表明了整本书那种自恋的氛围。作者喜欢以第三人称叫自己的姓——"舒特做了什么什么事情"和"舒特又做了什么什么事情"——这个习惯叫人想起一个戴着粉红色发夹的小女孩在镜子前面搔首弄姿，还问道："我可爱吗？"

但是，从社会学的角度看，这本书的价值在于它类似于《乱世春秋》的后记，罗列了从1930年以来的各种时尚的愚蠢和荒唐。虽然她主要依靠写影评和为化妆品写广告词挣钱，舒特小姐还有时间浮光掠影地对几乎每一样东西做一点了解，从苏维埃共产主义到基督教民主、试婚、莫斯利的新党、道德重整运动、天体主义、共产主义、芭蕾舞狂热、超现实主义、共同财富党和许多其它话题都草草提及，还点缀着对几位著名作家的简短的评论，有几个人的名字都写错了。它的结局是快乐的，舒特小姐几经辛苦终于争取到离婚，开始一场新的婚姻，并坚信经过这场战争，英国获得了新生。

这是一本傻帽而且肤浅的书，但如果你想要知道比弗布鲁克怎么吃午餐，或一个电影明星应该有多少件貂皮大衣，或坎特伯雷大主教对温莎公爵的评论，舒特小姐都能够告诉你。

评莱昂内尔·詹姆斯的《被遗忘的天才：
圣科伦巴公学与拉德利公学的瑟维尔》[①]

　　如果弗洛伊德没有为人类作出别的贡献，至少他打破了人们在早餐饭桌上谈论梦境的习惯。心理学知识的传播揭露了很多本被视为纯洁的思想。瑟维尔博士[②]是两所公学的创始人，并担任其中一所的校长。如果他在今天撰写回忆录的话，很难相信他还会信口说出像"时至今日，拉德利的鞭笞室带给我最美好、最有感触、最神圣的印象"这样的话。并不是说这番话透露了关于瑟维尔的真相——鞭笞是十九世纪中期的通常做法，但他似乎很少这么做。但是，它确实表明他并不完全了解自己，而这正是许多维多利亚时代的伟人的优点和缺点。

　　威廉·瑟维尔是都柏林附近的圣科伦巴公学的创始人，后来又创建了拉德利公学，并从 1853 年到 1861 年担任校长。如果现在他被遗忘了，那么这本书并无助于改变这种情况，因为书中的大部分内容是难懂的文件，但作者有充分的理由认为瑟维尔对英国公学的现状所作出的贡献比起阿诺德[③]可谓有过之而无不及。

---

① 刊于 1945 年 8 月 19 日《观察者报》。西里尔·莱昂内尔·罗伯特·詹姆斯（Cyril Lionel Robert James，1901—1989），英国记者、作家，代表作有《辩证主义：论黑格尔、马克思与列宁》、《国家资本主义与世界革命》等。
② 威廉·瑟维尔（William Sewell，1804—1874），英国教育家。
③ 托马斯·阿诺德（Dr. Thomas Arnold，1795—1842），英国教育家、历史学家，曾担任著名的拉格比公学校长及牛津大学特级客座教授。

他是圣公会高教会派的信徒和坚定的保守党人，热烈地坚信"出身的重要"，但他也是一个富于远见卓识的教育理论家，甚至在为贵族子弟规划学校时能够想到"创建并维系为穷人服务的类似的学校"。创建圣科伦巴公学的初衷就是为了培养英裔爱尔兰贵族，他们应该是忠于皇室的清教徒。瑟维尔意识到语言的差异是爱尔兰的麻烦的根源之一，创造性地将凯尔特语列为必修课。他在拉德利公学的活动影响更为广泛。

在十九世纪初期，各所公学情况都非常糟糕，那是它们能否延续下去的生死关头。即使是最有名的公学，那些男生身陷其中的混乱、肮脏和恶习以及缺乏照管简直令人难以置信，要不是有无数人证实了这些事实。结果，它们的学生人数迅速减少。詹姆斯先生列举了几个有趣的数字证实这一点。哈罗公学在 1844 年只有 69 名学生，而半个世纪前它有 350 名学生。威斯敏斯特公学的学生人数从 1821 年的 282 人下降到 1841 年的 67 人。伊顿公学有很长一段时间甚至没办法招满 70 名拿国王奖学金的学生，1841 年的 35 个奖学金名额只有两个候选人。与此同时，人口正在增长，新的有产阶层需要有学校让他们的儿子就读，严肃对待教育的大型日校开始出现。如果不是阿诺德、瑟维尔和其他几个人对旧式的公学进行改革的话，或许它们就会自此消亡。

瑟维尔在拉德利公学呆了八年，结局是灾难性的。詹姆斯先生说："没有人会说理财是他的强项。"拜令人吃惊的奢侈所赐，学校一度陷入破产。但与此同时，他留下了自己的烙印，为其它学校树立了典范和影响。他的改革是推行更严格的管理，进一步发展模范生体系，更强调宗教教育和鼓励运动。他的目标是培养统治阶级，而且他是最早意识到需要为新建立的帝国培养行政人才的人。他的政治思想在某些方面很接近迪斯雷利，他的小说《霍克斯通》描写的是浪漫的贵族约翰·曼纳斯勋爵①。

詹姆斯先生努力将瑟维尔塑造成一个值得同情的人物，但并不成功。除了花钱无度之外，他似乎是一个谨慎细心的人，但身边的人都不怎么喜欢他。在温彻斯特公学，他是没有加入那场出名的造反的七个学生之一；年轻时他曾订过婚，但后来解除了婚约，不愿意透露原因。在牛津大学他参加了牛津运动，但在90号传单②引起的风暴中时他精明地置身事外。在牛津大学他的绰号是"小猪"③，虽然是对他的本名的戏仿，但并不表示尊敬或友好。但詹姆斯先生说他是一个重要人物，这是对的。没有他的努力，强制参加的体育活动、模范生体制、鞭笞室或许在英国上流阶层的教育中不会占据那么重要的地位。

---

① 约翰·詹姆斯·罗伯特·曼纳斯（John James Robert Manners，1818—1906），英国政治家，曾担任迪斯雷利内阁的枢密院顾问官及邮政总长。
② 宣传册第90篇（Tract 90）是牛津运动人士在1841年针对英国国教第三十九条发起的宗教宣传，旨在将英国国教定性为天主教而不是基督新教，引起英国国教内部的纷争。
③ 原文是"Suillus"。

评科内伊·楚科夫斯基的《斯人契诃夫》，宝琳·罗丝译本[1]

或许接下来的故事与文人和艺术家的生平有关，还不至于太耳熟能详，失去复述的价值。

十九世纪中期，小丑格里马尔迪[2]是伦敦舞台的一道亮丽风景。有一天，一个无精打采、神情忧郁的男人来到一位医生的问诊室，向医生解释说他受长年忧郁所苦。医生给他做了检查，发现他的身体并没有问题。

"你需要的，"最后他说道，"是能令你振奋的事情。你倒不如试着暂时忘却你的烦恼？听我的建议，今晚就去看格里马尔迪的哑剧表演。"

"我就是格里马尔迪啊。"那个病人回答道。

同样的对比出现在很多作家身上，他们在私人生活中所展现的性格和从他们出版的作品中似乎展现的性格截然不同。俄国剧作家和短篇小说作家安东·契诃夫也是如此——如果楚科夫斯基先生所写的内容可信的话——他是一个与我们原先所想象的决然不同的人。

---

① 刊于 1945 年 8 月 23 日《曼彻斯特晚报》。科内伊·楚科夫斯基（Kornei Chukovsky, 1882—1969），俄国作家、诗人，代表作有《埃波利医生》、《神奇的故事》等。宝琳·罗丝（Pauline Rose），情况不详。
② 约瑟夫·格里马尔迪（Joseph Grimaldi, 1778—1837），英国喜剧演员。

这本小书并不是一本传记。正如目录所表明的，这只是一本对契诃夫的性格的研究。全世界的读者都知道契诃夫作为弱者的记录者，文风精致但缺乏力量。他是第一个摆脱"情节"束缚的短篇小说作家，并写出了依赖气氛和角色而不需要有出人意表的结局的故事。

但他的突出特点是他所描写的人充满了魅力却又毫无作为。他最后一部同时也是最出名的戏剧《樱桃园》展现了一个小地主家庭由于软弱无能而被赶出他们再也没有本事维持的家业。

整部戏剧在哀叹旧式半封建的农业社会的消逝，结局中斧头砍伐树干发出的吭当吭当声给人留下了深刻印象。虽然他的许多作品内容诙谐甚至傻气，但契诃夫仍会让读者觉得他是一个感伤的天才。

但楚科夫斯基先生还说，契诃夫其实并不是这样的人。

契诃夫不仅友善慷慨，而且积极进取，这些我们可以从他的作品中推断出来，但他还是一个有着钢铁般意志的男人，拥有几乎超人般的能量。楚科夫斯基先生的书列举了契诃夫投身其中的许多活动，当你记起契诃夫在并不算老的年纪就死于肺结核时，这些活动之多令人感到钦佩，而且他不仅以行医为业，还写出了大量作品。

他游历过整个世界，对城镇规划很感兴趣，他创建了四所学校和一座图书馆，捐赠了 2 000 本书。从他的学生岁月开始，他就养活了一大家子，在霍乱流行的瘟疫中他巡视了 25 个村庄，他协助组织了全俄人口普查，扶助了多位贫困潦倒的作家，不仅给他们送钱，还帮他们改写故事。除此之外，他还活跃地从事社交活动，而且乐善好施。

但他最突出却并不最为人所熟知的事迹，是他到库页岛研究监狱里囚徒的生活条件。

来到库页岛之后，契诃夫不仅详细研究了劳改营的情况，还独立对全岛进行了人口普查。

但他就此次行程所写的书并没有带给他多少名气。沙皇时代的俄国的氛围对这类揭露文学并不是非常友好。

在书中的最后，楚科夫斯基先生表明自己对契诃夫的性格的看法与几乎每个人的想法都不一样。他说道："我能够引用数百页关于契诃夫的文章和书籍的内容，说他'软弱'、'被动'、'没有个性'、'不积极'、'优柔寡断'、'惰怠'、'衰弱'、'无能'、'呆滞'。"

确实，他对这些描述作出了有效的回应，但你一直会觉得契诃夫的道德热诚和社会意识被描写得过于突出。或许楚科夫斯基先生的一部分目的是恢复契诃夫的本来面目，就像过去十年来，许多俄国革命前的著名人物已经恢复了本来面目那样。

这本书最后提到了斯大林元帅和伟大的卫国战争，楚科夫斯基先生甚至小心翼翼地坚称契诃夫虽然生于亚速夫海附近并喜欢说自己是"古格尔人"（乌克兰人），但他是血统纯正的俄罗斯人，而且有典型的俄国品味和习惯。不过，这是一本能让人产生共鸣的书，在主旨上能自圆其说，而且能够帮助许多读者带着更多的了解去阅读契诃夫的作品。

评伊芙林·安德森夫人的《锤子还是铁砧? 德国工人阶级运动的故事》、朱里奥斯·布朗瑟尔的《追寻千年》[①]

这两本书虽然宗旨不同,但在内容上互相补充。安德森夫人的书是德国左翼运动简史,重点在于 1918 年之后的事件。《追寻千年》不那么强调历史,带有更强烈的自传色彩,作者是一位奥地利人。

他在奥地利的社会主义运动中扮演着重要角色,直至许士尼格[②]政府在 1935 年将他驱逐出境,但他对从 1905 年至上一场战争结束的那段时期尤为感兴趣。从这两本书中你能勾勒出导致希特勒崛起的一长串错误和灾难的清晰图景。

在一战之前和二十年代的大部分时间里,德国的工人运动是世界上最蔚为壮观的。最终它被镇压了,但正如安德森夫人的描写所表明的,它真正的失败原因在早前就已经埋下,它在战后掌握了权力,却未能贯彻必要的改革。安德森夫人认为问题的根源在于,早在 1914 年前,工人运动内部就已经貌合神离。

---

① 刊于 1945 年 8 月 30 日《曼彻斯特晚报》。伊芙林·安德森夫人(Evelyn Anderson, 1909—1977),德裔英国女记者,其作品《锤子还是铁砧? 德国工人阶级运动的故事》由奥威尔的太太艾琳担任编辑。朱里奥斯·布朗瑟尔(Julius Braunthal, 1891—1972),奥地利作者、政治活动家,代表作有《国际主义史》。

② 科特·许士尼格(Kurt Schuschnigg, 1897—1977),奥地利政治家,曾于 1934 年至 1938 年担任奥地利总理。

德国的社会主义民主派的大部分人是"改革派"，他们的领导人习惯于通过争取议席进行斗争，并不愿意采取激进的行动。

而像卡尔·李卜克内西和罗莎·卢森堡这些激进派人物更加了解世界政治，但脱离了群众，而且低估了工联主义的重要性。

但是，罗莎·卢森堡热诚地信奉民主，早在1905年她就反对集权思想。她与李卜克内西在1919年初被残忍地杀害了，她的死去标志着可以将德国的社会主义运动团结起来的唯一人选消失了。

结果，右翼人士和左翼人士几乎毫无间断地互相争斗，直到希特勒掌握权力，然后将改革派和革命派一同镇压下去。

安德森夫人以详实的手法和不偏不倚的态度复述了那个可悲的故事。自然而然地，到了结尾这个问题出现了：社会主义者、共产党人和别的左派团体被12年来的纳粹主义白色恐怖彻底摧毁了吗？安德森夫人用四个章节的篇幅描写了地下斗争。这些内容无疑是在欧战胜利日之前写的，当时关于德国的内部情况几乎没有多少真实的数据，但大致的结论已经被证明是正确的。安德森夫人强调同盟国发表的"无条件投降"的条款使得德国境内的抵抗者处境更加艰难——事实上，在战后这成了为广泛共识。

她的结论是：现在德国的整整一代年轻人对纳粹主义已经完全幻灭，但没有明确的政治理念，他们或许会走上任何方向，这取决于他们将会有怎样的领导者。他们的再教育最终取决于能让德国再度走向繁荣的、公正的和平方案，而不是将德国再度逼入誓要复仇的民族主义。

布朗瑟尔先生也强烈地认同这一点，他悲伤地注意到英国工党在战争开始时的决议——"我们不应该接受专断的和平。我们无意去羞辱、摧毁或瓜分德国。对侵略行径的受害者必须作出补偿，但所有报复和惩罚的想法都必须被摒弃"——在过去五年来似乎已经变得声音非常微弱。

布朗瑟尔先生生于1891年，父母是虔诚的正统犹太教信徒，14岁的时候去当书籍装订的学徒。那一年俄国革命失败了，这一事件是他将毕生奉行给社会主义运动的原因之一。

他说在奥地利，特别是在一战之前，社会主义是一种生活方式和道德态度，而不只是一个政治和经济理论。迫害、失败和流放只是加深了他的情感，他认为如果社会主义不意味着对人类大同世界的热诚信仰，那它就毫无意义。从奥地利被驱逐出境后，他在巴勒斯坦待过一段时间，然后来到英国。

他对英国怀有深厚的感情，经过一番困惑之后，他对英国的政治制度心怀敬意。他在书中的结尾热烈地呼吁国际主义世界观的回归，并真挚地说，默许八百万德国人从东普鲁士被驱逐以及类似事件的发生将预示着"社会主义所代表的一切的彻底失败——它将标志着马基雅弗利式的唯物主义在道德上和政治上获得了胜利"。

评乌娜·波普-轩尼诗的
《查尔斯·狄更斯》[①]

关于狄更斯的完美作品，也就是说，一本真实地展现他的生平与作品以及他的作品与他所处的环境之间的关系的书，目前还没有出现，但乌娜·波普-轩尼诗夫人的作品搜罗了许多材料，而且立意公允，使得接下来的纯粹传记类的作品显得没有存在的必要。

大部分关于狄更斯的作品要么是"热情支持"他，要么是"激烈反对"他，根据他是作家还是丈夫的身份而定。从长远来看他的名誉或许被福斯特[②]的《生平》所损害，这本书隐瞒或含糊带过了许多事件，而这些事件在当时一定已经有很多人知晓。结果就是，它造成了某种冲击——事实上，人们觉得被狄更斯欺骗了。公众最终发现这个卫道士至少有一个情妇，与妻子结婚二十二年后分居，对他的几个儿子专横霸道。乌娜夫人的书属于"支持"的一类，但她并没有尝试去掩盖事实，甚至补充了一两个此前没有被揭露的细节。在其它方面，有时候狄更斯因为他在处理金钱事务上的做法、他对待父母和"岳父母"的做法以及他刻意

---

① 刊于 1945 年 9 月 2 日《观察者报》。乌娜·康斯坦丝·波普-轩尼诗（Una Constance Pope-Hennessy, 1876—1949），英国女作家，作品多为传记，代表作有《爱伦坡》、《查尔斯·狄更斯》等。
② 约翰·福斯特（John Forster, 1812—1876），英国传记作家，代表作有《狄更斯的生平》、《斯威夫特的生平》等。

迎合公众的信条而遭到谴责，在这些问题上她的立场是支持他，而且获得了成功。

狄更斯的性格有两个主导事实，那就是他颠沛流离的童年和他年纪轻轻就成为著名作家。乌娜夫人认为他的出身让他对"以代议政府作为掩饰的贵族体制"感到恐惧和不信任，因为他的祖父是一个马夫，父亲在一座乡村别墅的仆人宿舍里长大。但在他童年时发生过一段插曲——那时候他的父亲被关进债务人监狱，而他自己在斯特朗街的鞋油厂上班，狄更斯对这段插曲的态度一部分是势利，但另一部分是悲伤和孤独，觉得他的父母不爱他了。然而，离开鞋油厂十几年后，他已经是一位非常成功的作家，二十五岁之后他再也没有尝过为金钱所苦的滋味。只有一段非常短暂的时期他或许可以被称为"挣扎中的作家"，而且他没有经历普通意义上的进步，一开始先写出几本尖刻的作品，然后获得成功，变得更加"圆润成熟"。大体上，随着他年纪渐长，他的书变得越来越激进。《小杜丽》、《艰难时世》或《远大前程》比起《雾都孤儿》或《尼古拉·尼克贝》并没有更为激烈的个人谴责，但它们所隐含的社会思想却更加悲观。

乌娜夫人作为批评家没有传记作家那么成功，而且她对几本小说的概述对于还没有阅读过的人来说并没有很大的帮助。但是，她充分阐述了狄更斯对生活和社会的态度，并纠正了早期批评家强加在他身上的歪曲的看法。狄更斯不是新天主教徒，不是马克思主义者，不是墙头草式的骗子，也不是保守党人。他是一个激进主义者，不相信贵族统治，也不相信阶级斗争。他的政治思想可以用他自己说过的话进行归纳："大体上，我对人民统治的信仰是无穷小的，而我对被统治的人民的信念是无穷大的。"——

这番话由于英语的含糊，有时候被解读为狄更斯是民主的敌人。无疑，狄更斯的私德从五十年代前后起开始堕落，但这并不能表明他出卖了自己的思想或不再与弱势群体站在同一阵营。有一件事情似乎与这一立场相抵触，那就是他接受了男爵封号，但那是他临终前几个星期的事情，那时候他可能已经神志不清了。

乌娜夫人的描写似乎表明狄更斯的性格的改变是从他久居巴黎开始的，那时候正值法兰西第二帝国辉煌的早年。他交往的社会群体要比以前他所认识的群体更加势利和世故，患了淋巴症的狄更斯夫人作为十个孩子的母亲，一定显得格格不入。而且狄更斯还结交了像威尔基·科林斯①这样的损友，对舞台越来越感兴趣，总是有家不回，与迷人的年轻女子接触交往。和吉辛一样，乌娜夫人认为狄更斯所感受到的兴奋以及他在公开朗诵时与观众的交流带有病态的色彩，而且是他健康恶化的原因。但是，她似乎低估了从一开始就存在于狄更斯身上的病态特征。说到他与埃德加·爱伦坡在1842年的会面时，她说爱伦坡的恐怖故事在当时并不能让狄更斯有所触动，虽然狄更斯在《雾都孤儿》里写过几幕恐怖的情景，而且《匹克威克外传》里面那个疯子的故事几乎就是对爱伦坡的模仿。

---

① 威廉·威尔基·科林斯（William Wilkie Collins，1824—1889），英国作家、剧作家，代表作有《月长石》、《无名氏》等，与狄更斯从青年时期就相识。

评"大众观察"的《英国与它的出生率》[1]

众所周知——但"大众观察"的报告表明有许多人并不知道——英国的人口现在正在急剧下降。战争的后几年出生率有了轻微的提高,但过去半个世纪来的整体趋势是下降,而且达到了,或几乎达到了死亡人数多于出生人数的水平。

"大众观察"所报道的评论表明并不是有很多人知道这意味着什么。他们以为这只是意味着人少了,很多人觉得这是好事,因为它将解决房屋紧缺的问题或减少失业。但事实上它意味着不仅人少了,而且还会持续地减少——并导致灾难性的经济后果——和迅速老龄化的人口。人口统计在某种程度上是不可预测的,因为可能会有什么事件改变趋势,但如果当前的趋势一直持续下去的话,我们知道将会发生什么事情。因此,如果生育率继续像三十年代那样下降的话,到2015年,只需要70年的时间,英国的人口将只有一千万人,其中过半人口年龄大于60岁。

即使生育率没有进一步下降,而是维持现状,人口仍会出现灾难性的下降。到本世纪末,将近三分之一的英国人将会在60岁以上,而只有11%是小孩子。

以这些数字作为背景,"大众观察"开始着手调查出生率下降的原因,或如何改变社会气氛能够再度提高出生率。目前所需要

---

[1] 刊于1945年9月6日《曼彻斯特晚报》。

的增幅并不是很大。如果每户家庭多生一个小孩，人口将再次达到更替水平，但如果在短期内人口没有增加的话，以后就需要有更高的增长率。

但是，"大众观察"的研究表明人们不仅不想要大家庭，而且希望有更小的家庭。两个孩子——这比目前的平均数字要低，而且远远低于更替水平——几乎被普遍视为理想的家庭模式。另一方面，故意不生孩子的婚姻并非普遍现象。

这个调查所揭示的一个事实就是，出生率下降的原因并不是直接的经济考量。最普遍的解释是现在人们"承担不起"生育孩子，但事实上最穷的人群出生率总是最高。全世界都是这样——生活水平最低的国家生孩子总是最快——英国在维多利亚时期人口迅速增长的背景是不堪忍受的贫穷。

生活水平的提高伴随着生育率的下降，一部分原因是有其它诱惑与孩子竞争——电影、广播等等——另一部分原因是人民希望更多地享受生活，女人不愿意从 25 岁起就变成疲惫的黄脸婆。此外，孩子们如今比以前更受重视。每个人都希望给自己的孩子最好的教育和环境。那些有三四个孩子的家庭免不了会有疏忽漠视。

总的来说，反对大家庭的社会压力是很大的，生了 10 个孩子的母亲会被没有生孩子的大龄女士怜悯或嘲笑。

因此，"大众观察"指出，靠补贴产妇能否取得成效仍不清楚。某些细微的改善，像育婴医院更及时和周到的服务会有所帮助，但家庭补贴、日托、看护、免费尿片服务等或许会加剧出生率的下降。

所有这一类社会服务会直接或间接提高生活水平，迄今为止生活水平的提高都导致生育率的下降。人们越习惯舒适和休闲，他们就越不愿意让自己的身边围绕着成群的孩子。另一方面，经济的稳定，从摆脱失业的意义上说，对于大家庭是有利的：目前的房屋紧缺是许多家庭不生孩子的直接原因。

"大众观察"的结论是，这种情况只能在未来恢复信念后才能得到解决。如果人们认为把孩子带到这个世上是对孩子好的话，他们就更有可能去养育一个大家庭——如果他们相信1970年的生活要比现在更美好。

事实上，这一信念目前并不存在。恰恰相反，人们普遍认为失业将会回来，甚至都认为另一场世界大战将在下一代人身上发生，有一些人猜疑努力提高生育率其实是为了制造"炮灰"。值得注意的是，宗教信徒，无论是天主教徒还是新教徒，都要比非信徒的生育率高一些。

这份调查或许是在大选前进行的，或许过度强调了存在于英国的政治冷漠和对未来的偏激。但它的主要结论是访问了数百位中产阶级和工人阶级的女士后得出的，很难去回避它。

人们组织小家庭是因为他们没有能够超越享受舒适和社会尊严的人生目标，单纯让他们得到经济上的好处并无法改变这一趋势。与此同时，辅助措施包括迅速的房屋重建和减少婴儿的死亡率，而最重要的是，要对公众舆论进行教育。

正如"大众观察"所说的，几十年内我们的人口的下降和老龄化对于我们来说是所有问题中最为紧迫的。人们越早意识到事情演变的方向，越早停止相信人口减少意味着失业率的降低，情况就会越有利。这是一本让人不安的书，但是，如果你能找到这本书，至少读一读前面的几个章节。

评萨吉塔利尔斯的《箭袋的选择》 [①]

没有人能够每个星期都保持最佳状态，萨吉塔利尔斯的几首诗（她以这个笔名在《新政治家报》和其他报刊如《论坛报》和《时代与潮流》上出现）要比别的诗好一些，但她是我们这个时代唯一的政治诗人，将诗歌的技巧和理智的评论结合在一起。奇怪的是，当她模仿流行于维多利亚时代但现在已经绝迹的诗歌时，她能写出最好的作品——不是模仿某位作者或流派，而是有个人风格的作品，例如：

> 那是一个宁静的夜晚，
>
> 老威廉的手表不走了，
>
> 他正在对着沙包的洞穴前，
>
> 擦亮他的长枪。
>
> 战争的孤儿薇芙琳，
>
> 正在身边的草坪上打扫。
>
> 她在一堆废物里翻寻，
>
> 找到了一个生锈的铁罐，

[①] 刊于 1945 年 9 月 7 日《论坛报》。萨吉塔利尔斯（Sagittarius）是奥尔塔·卡金（Olta Katzin, 1896—1987）的笔名，Sagittarius 的本义是射手座。

高兴地叫嚷着：

"就用这个来装急救品吧！"

但他回答道："不，小姑娘，

我会用它做一个手雷。"

　　还有一首诗写的是伊诺努总统[①]，模仿的是厄尼斯特·道森，叠句是"我以自己的方式忠于盟友"，气氛非常欢乐。还有一首诗，模仿的是威廉·艾灵汉姆[②]，描写的是斯科特委员会的乡村管制计划：

上至那规划的山峰，

下至那指定的溪谷，

教育委员会

正派出它的人员——

系着绿色皮带的顽童，

在校园里乱跑。

年轻的群体和他们的领袖，

正在破坏规矩。

由细则规定的山坡，

围着石楠的篱笆，

爱人与情侣，

---

① 伊斯梅特·伊诺努(Ismet Inonu, 1884—1973)，土耳其军人，曾于1923—1924年和1925—1937年担任土耳其首相，1938年至1950年担任总统。
② 威廉·艾灵汉姆(William Allingham, 1824—1889)，爱尔兰诗人、作家，代表作有《日记集》、《爱尔兰诗歌》等。

正并肩而行。

相形之下，那些更加严肃的诗歌有时候太过刻意，而且加入了外国的名字和语句，总是很难取得成功。很遗憾的是，这些诗歌没有以时间顺序进行排列，但即便如此，把它们从 1935 年到 1945 年进行排列，它们就是对政治事件的完整记录。这本书的一个小小的吸引人的地方是读者可以自己玩一个游戏，尝试找出哪首诗写于哪一个年代。

评麦卡尼的《法国厨师协会》[1]

麦卡尼先生的小册子不经意间揭露了几乎任何一家餐馆或酒店的厨房门后的肮脏、拥挤、欺凌和辛劳，但是，大体上它是对闪电式罢工的技巧的一份非常专业的研究。在一战之前，他和其他人促成了厨房工人联合工会的成立（组织没有永久性的领导，而且这些职位都是没有酬劳的），并与已经存在的服务员工会达成了协议。然后他们准备好了举行第一次罢工，方式是在晚餐进行到一半时突然停止工作，成功与否取决于隐秘性、纪律和精确的时机把握。

还差五分钟到六点半，晚餐进行得很顺利，吸引了那些脑满肠肥的寄生虫一般的客人前来"就餐"。他们坐了下来，由笑容可掬点头哈腰的服务员招待，却招来他们的轻蔑。六点三十分，开胃菜上了，然后上了汤，然后上了鱼。正菜到了，而时间也到了。七点钟，一个陌生人走进就餐室，用一条白手帕抹了抹额头——这是秘密会议上决定的暗号。服务员们像雕像那样僵住了，只有一、两个还在伺候人。厨房收到了"风声"，大家都立刻不干活……客人们喊叫着要领班过

---

[1] 刊于 1945 年 9 月 8 日《自由——以无政府主义的形式》。麦卡尼（W McCartney），情况不详。

来，上帝啊，天哪，谁肯来伺候他们啊！神圣的就餐室在它悠久的历史里从未见过这么一幕。客人们吃到一半的时候被遗忘了，他们都是绅士，却开始骂骂咧咧。他们开始离开酒店，却不得不自己去找帽子和大衣，自己叫马车或出租车。这让我想起了刚才看到的伦敦街头那些饥肠辘辘的愤怒的人，但那些人是要挨棍子的。

此次打击的方式不是很光明正大，但立刻产生了效果。经理发现与自己作对的是一个庞大的工会，之前他根本不知道这个工会的存在而他所有的下属都是它的成员。他在长长一列要求下面签了字，包括为所有的工人交工会费、废除给小费、一周工作四十八小时和每年一周的带薪假期。

其他罢工都取得了成功，虽然有一定程度的破坏罢工的活动存在。运动源起于厨房工人，他们大部分都是外国人，而最喜欢破坏罢工的人是英国人。在 1905 年到 1914 年间有三十八场类似的罢工，都取得了成功。当然，短期的目标是改善工作条件和终止不给工人开工资，他们只能挣小费的恶劣行径。但是，他们的终极目标是彻底消灭谋求利润的餐饮业，并"拥有和控制餐饮业，为工人谋福利而不是为少数无所事事的寄生虫挣钱"。

当然，这场运动不受工会领导人的欢迎，但它获得了成功，直到 1914 年战争爆发前仍保持团结。战争使得餐饮业的人员构成发生了变化，从而瓦解了运动，而且战后的大规模失业催生了大批的破坏罢工者。工作条件被迫回到 1910 年的水平，新的工会成立后，漫不经心的斗争策略导致了悲剧。麦卡尼先生被雇主协会列为危险人物，并逐出餐饮业，最终因为在劳动节游行上发表太过革命的演讲而被逐出总工会。

　　我曾经接触过酒店工作，麦卡尼先生在这个行业呆了五十年，因此，他所说的话不需要得到我的确认。但我要说的是，他所描写的地窖的生活，那种高温、肮脏、吵闹和混乱，和我1929年在巴黎当厨房小工时的经历一模一样。

评布莱恩·梅里曼的《深夜的庭院》，由弗兰克·奥康纳从爱尔兰文翻译[①]

在战争年间我们与爱尔兰有很多接触，奥康纳先生的这本书应该受到欢迎，因为它不经意间让我们了解到当前爱尔兰文学的情况，并向我们介绍了一位不知名的十八世纪诗人。

布莱恩·梅里曼是克莱尔郡的一个乡村学校校长，根据梅里曼先生所说，那个地方在当时"与欧洲的任何地方一样野蛮落后"。后来他去了利默里克，以教数学为生，1805年的时候在籍籍无名中死去。奥康纳先生翻译的那首长诗在某种程度上是幽默的譬喻，主要内容是对梦境的描述。或许最好先对这首诗进行概述，然后再总结奥康纳先生的解释。

诗人写道，有一天他在蕨丛中睡着了，然后童话王国的女王叫醒了他（她长得可不像提坦尼亚[②]，而是一个极其丑陋的巨人）。宫廷正要审判一个年轻的女人。她嫁给了一个老头，在婚礼的当天就生了一个孩子。审判演变成为男人与女人之间的口角，作者同情的是女人。

第一个发言的是一个女孩，愤怒地抱怨说现在的男人都不结

---

① 刊于1945年9月27日《曼彻斯特晚报》。布莱恩·梅里曼（Brian Merriman, 1749—1805），爱尔兰诗人，代表作有《深夜的庭院》等。弗兰克·奥康纳（Frank O'Connor, 1903—1966），爱尔兰作家，代表作有《午夜的法庭》、《孤独的声音》等。
② 提坦尼亚（Titania）是莎士比亚的作品《仲夏夜之梦》中精灵女王的名字。

婚,而且总是喜欢年轻貌美的女人:

> 一个脸色绯红、年轻活泼的男孩,
>
> 带着亲切的微笑,和挺拔的身躯,
>
> 找到了最吸引人的财富,
>
> 充满了迷人的魅力。
>
> 有位焦躁的老女仆,双脚踩在粪便中,
>
> 虔诚的表情和歹毒的言语,
>
> 恶毒而嫉妒,唠唠叨叨,哼哼唧唧
>
> 哭哭啼啼,机关算尽——
>
> 她的灵魂来到了地狱,一头粗俗的母猪,
>
> 长着一双罗圈腿,和杂草般的乱发,
>
> 这天早上她来到祭坛,
>
> 心中满怀希望!
>
> 难道就没有男人爱我吗?
>
> 我不是身材丰满声如银铃吗?
>
> 我的嘴唇在等候热吻,我的皓齿在灿烂微笑,
>
> 花瓣般的肌肤和闪闪发亮的额头。

　　她继续畅所欲言地描述自己的迷人之处,最后还提到了关于当时爱尔兰人很爱用的春药的有趣信息。接着是那个被妻子背叛的老头发言。他激烈地嘲讽婚姻和自己的妻子,并宣称爱尔兰人完全被野种取代会更好。第一个发言的女孩为那个与人私通的妻子辩护,并斥责神职人员的独身是女孩子们嫁不出去的主要原因之一。她说牧师们总是包养情妇,如果他们必须结婚的话情况会

变得好一些。童话王国的女王作出了判决，宣判故意不结婚的男人将接受惩罚。那个诗人已经 30 岁了，但仍然独身，被判处鞭刑，但正好从梦境中醒来。

你应该如何去理解这首奇怪的而且有几处地方很下流隐晦的诗呢？奥康纳先生说它是由一个拥有欧洲大陆的观念并被卢梭的思想所影响的人作出的对爱尔兰的清教徒主义和圣职主义的抨击。虽然以凯尔特语进行创作，但他模仿的是当时的英文诗歌，根据奥康纳先生所说，他是第一个摆脱抒情主义的爱尔兰诗人。

奥康纳先生说在梅里曼之前，"爱尔兰的戏剧、散文、批评或叙事诗都一无是处，有思想的爱尔兰文学并不存在。梅里曼希望写出爱尔兰人从来没有想到过的作品，一部结构平衡的、以时代题材为主题的作品，每一个细节都服从于中心主题。这首诗就像利默里克的海关大楼一样充满古典风格，幸运的是，作品委员会没有对它下手。"

因为你读的是译本，所以很难知道这个判断在严格的文学意义上是否成立。奥康纳先生所使用的欢畅的格律并没有体现出古典诗歌的流畅。

他说"《午夜的法庭》的宗教背景是新教主义"，这番话或许是对都柏林的天主教主义的有感而发。神职人员的独身不是新教的制度，但也不是性的解放——而这首诗呼吁的正是性的解放。发表言论的男人和女人虽然从不同的角度对这个问题进行阐述，但两人都是在抨击清教徒主义，而除了爱尔兰之外，这种主义在奉行天主教的国家并没有在奉行新教的国家那么盛行。

但奥康纳先生说这首诗体现了伏尔泰和卢梭以不同的方式进行阐述的"启蒙"和对"人性"的推崇，他或许是对的。在梅里曼进行创作的时候，它即将在法国大革命中找到政治表达。

奥康纳说梅里曼"在十八世纪的爱尔兰乡村所写的内容即使是叶芝本人在二十世纪说英语的都柏林也得想一想再去写"，我们或许可以猜到他能够幸免是因为他是一位无名诗人。

在《午夜的法庭》之后梅里曼再也没有新的作品，而是去了利默里克教数学，或许他希望在新教徒的地区找到志趣相投的思想。如果是这样的话，他失望了，而且他对清教徒主义和圣职主义的抨击以失败告终，特别是在他所选择的城市。正如奥康纳先生所说：

> 这里是爱尔兰清教徒主义最盛行的地方。在夕阳中倚在桥上，看着在克莱尔的青山间蜿蜒的河流，很久很久以前老迈的梅里曼曾经来过这里，你可以听到格里高利合唱团唱着《我盼望死者复生》，回到他曾经走过的街道，回想在利默里克没有其他事情值得期待。

介绍杰克·伦敦的《热爱生命》和其他故事[①]

　　娜德斯达·克鲁普斯卡娅在她的《回忆列宁》这本小书里讲述道，在列宁病逝之前，她总是在傍晚大声地读书给他听。

　　在他去世两天前，我在傍晚为他朗读了杰克·伦敦的《热爱生命》——它仍然放在他的房间的桌子上。那是一篇非常精彩的故事，在从来没有人类踏足的冰雪荒原上，一个就快饿死的病人挣扎着要到一条大河的港口那里。他的力气正在消失，他走不动了，只能挪着步子，一条狼就在他身边游走——它也快饿死了。人狼之间展开了一场搏斗，那个男人赢了。半死不活，半疯半癫，他来到了目的地。这个故事让伊里奇（列宁）很振奋。第二天，他叫我再读杰克·伦敦的作品给他听。

　　克鲁普斯卡娅接着读下去，但是，下一个故事却"浸透着资产阶级的道德观"，"伊里奇微笑着挥了挥手，示意不要读下去"。杰克·伦敦的这两篇故事就是她读给他听的最后的作品。

　　《热爱生命》这个故事要比克鲁普斯卡娅在小结里面所讲述的

―――――――――――

① 定稿于 1945 年 10 月。

更加残酷，因为它的结局是，那个男人吃掉了那条狼，死死地咬住它的喉咙，吮吸它的鲜血。正是类似这样的主题，赋予了杰克·伦敦无法抵挡的魅力，在列宁的临终床头被阅读本身就是对伦敦的作品的褒扬。他是个擅长描写残忍的作家——事实上，他的主题就是大自然或当代生活的残酷。他还是一个特别丰富多变的作家，许多作品是在懈怠而匆忙的情况下写就的。克鲁普斯卡娅或许说的对，他的身上或许有一种叫做"资产阶级情怀"的气质——一种与民主和社会主义的信念格格不入的气质。

过去二十年来，杰克·伦敦的短篇小说不知为何被遗忘了——你可以从它们完全停印这件事了解到它们彻底被遗忘了。就大众读者而言，他的许多关于动物的书籍还被记得，特别是《森森白牙》和《野性的呼唤》——这些作品迎合了盎格鲁-撒克逊人对于动物的情怀——到了1933年后，他因为《铁蹄》这部写于1907年的作品而声誉渐隆，从某种意义上说，这是一本关于法西斯主义的预言。《铁蹄》并不是一部好作品，大体上它的预言并没有实现。它的时间和地理很滑稽，伦敦犯了那时候常见的错误，认为革命会在高度工业化的国家率先发生。不过，在几点上伦敦说对了，而几乎所有作出预言的人都错了，而他之所以是对的，是因为他与生俱来的气质，使他成为一个优秀的短篇小说作家和一个不是太可靠的社会主义者。

伦敦想象美国爆发了无产阶级革命，然后被资产阶级发起反击并镇压下去，或者说，在部分程度上镇压下去了。随后，在漫长的时间里，社会由一小撮暴君统治，他们被称为"寡头统治集团"，手下是一帮被称为"雇佣兵"的类似于盖世太保的打手。伦敦所能想象的就是反对独裁制度的地下斗争。他以令人惊讶的准确性预见到了某些细节，比方说，极权社会的独特恐怖、一个人被怀疑是政权的敌人就会平白无故地消失。但这本书最值得注意的地方是，它认为资本主义不会因其"内在矛盾"而毁灭，占有财产的阶层能将自己凝聚成一个庞大的集团，甚至演变成一种扭曲的社会主义，牺牲它的许多特权以保持它的优越地位。伦敦对"寡头统治集团"的思想进行分析的那部分章节非常有趣：

> （该书虚构的作者写道）作为一个阶层，他们相信是他们独自支撑着文明。他们认为，如果他们被削弱了，那头巨兽就会以其滴着黏液的血盆大口将一切美好、快乐、奇妙的事物吞噬。没有了他们社会将会陷入无政府状态，人类将回到几经痛苦才摆脱的原始的黑暗……总而言之，凭借着他们的不懈斗争和自我牺牲，他们靠着一己之力屹立在脆弱的人类和那头吞噬一切的巨兽之间。他们对这件事坚信不疑。
>
> 我想再三强调整个寡头统治集团高度的正义感。这就是铁蹄的力量，许多同志不愿意或很晚才意识到这一点。许多人将铁蹄的力量归结于其奖惩制度。这是错的。天堂和地狱或许是一个宗教的狂热的主要因素，但对于大多数信徒来说，天堂和地狱就对应着正义与谬误。热爱正义，渴望正义，对任何不正义的事物感到不悦——简而言之，正义的行为才是宗教的根本因素。而寡头统治制度也是如此……寡头统治集团的巨大驱动力是他们坚信自己是正义一方的信念。

从这些和其它类似的章节可以看出伦敦对于统治阶级的本质的理解非常深刻——那就是，一个统治阶级如果要生存下去的话所必须拥有的特征。根据传统的左派观点，"资本家"只是一个没有人情味的恶棍，没有尊严或勇气，一心想的就是往口袋里塞钱。伦敦知道这个观点是错误的。但你或许会问，为什么一个忙于奔波、多愁善感、在某些方面很幼稚的作家对这一方面的了解要比身边的社会主义者更加深入呢？

答案当然就是，杰克·伦敦之所以能预见到法西斯主义，是因为自己就有法西斯分子的气质——或者说，那是一种突出的、残酷无情的气质和几乎无法克服的崇尚强者贬斥弱者的倾向。他本能地知道那些美国商人在自己的财产有危险的时候会进行抗争，因为设身处地，他自己就会进行抗争。他是个冒险家和实干家，没有几个作家像他这样。他出身贫寒，但由于他的领袖气质和强健体格，十六岁的时候就摆脱了贫穷。年轻的时候他和牡蛎捕捞者、淘金人、流浪汉和拳击手混在一起，崇拜强者。另一方面，他从来没有忘记童年时的悲惨，保持了对于受剥削阶级的忠诚。他的大半辈子都花在为社会主义运动奔波和讲课上，当他名成利就时，他能乔装打扮成一个美国水手，到伦敦贫民窟最穷困的地方进行考察，并写成一本仍然具有社会意义的书（《深渊中的人》）。他的世界观是民主的，因为他痛恨剥削和世袭特权，而且他和靠着双手劳动的人在一起时感觉最自在，但他本能地倾向于接受天生体现了力量、美和才华的贵族统治。从《铁蹄》里的众多评述可以看出，在思想上，他知道社会主义应该意味着柔弱的人继承了世界，但这并不符合他的性格。在他的许多作品中，他的性格中的一个特征压倒了其他特征，而当它们互相配合的时候，就像它们在他的几个短篇里所体现的那样，他就能发挥出最好的水平。

杰克·伦敦的一大主题是大自然的残酷。生命是一场野蛮的斗争，胜利与正义无关。在他最好的短篇小说里，令人惊讶的是，他不予置评，一心只沉浸于斗争中，感受着它的残酷。或许他最好的作品是《我为鱼肉》。两个窃贼偷到了一大批珠宝，每个人都想着把对方弄死，然后独吞，于是同时用士的宁把对方毒死了。故事的结尾是，两人都倒毙在地上，书中几乎没有评论，当然也没有"道德说教"。在杰克·伦敦眼中，它只是生命的一个片段，这种事情正在当今世界上发生，但是，很难相信有哪一个不对残忍着迷的作家会去描写这么一个情节。或以《弗朗西斯·斯派特》这个故事为例。一艘漏水的轮船上饥肠辘辘的船员决定吃人充饥，刚刚鼓起勇气让自己开始这么做，另一艘船就驶入了视野，它是在船舱的仆童被割喉之后而不是之前出现的，这就是杰克·伦敦的风格特征。另一则更典型的故事是《一块牛排》，伦敦对拳击的热爱、对形体力量的膜拜、对社会竞争的卑鄙和残酷的感受，以及他本能地接受成王败寇的这条自然法则，都在文中得到体现。一个年迈的拳击手在进行最后一场比赛，他的对手是一个新手，年纪轻轻，充满活力，但没有经验。老头子几乎就要赢了，但最后他的擂台经验敌不过年轻对手的恢复力。虽然他压制了对手，但他就是没有办法击出那记解决对手的重拳，因为比赛前他已经几个星期没有吃上饱饭了，他的肌肉没办法挥出那致命的一拳。赛后他痛苦地回味着，要是在比赛当天他能好好吃一顿牛排的话，他原本能赢的。

　　那个老人的思绪围绕着这个主题："年轻就是本钱。"刚开始的时候你年轻而强壮，将老人们击倒，挣钱后肆意挥霍；然后你的力量开始减退，轮到你被年轻一辈击倒，然后落得一文不名，这就是拳击手的命运。如果要说伦敦认同一个将人当成角斗士的扭曲社会，对他们的死活不闻不问，这只是低俗而夸张的说法。那块牛排的细节——严格来说并没有必要对其进行描写，因为故事的主旨是那个年轻人终将凭借着自己的年轻而获胜——反反复复地进行着经济上的暗示。但是，伦敦似乎很享受这一整个残酷的过程，但这是对大自然的本质的神秘信仰，并不代表对它的赞同。大自然就是"滴着鲜血的爪牙"。或许残忍是不好的，但残忍是生存的代价。年轻一辈杀死老一辈，强者杀死弱者，这是不变的法则。人类与天斗，与地斗，与人斗，只能靠自己的坚强才能帮助自己挺过来。伦敦或许会说他只是在描写实际生活，而在他最好的短篇小说中他就是这么做的，但是，同样的主题反复出现——斗争、坚强、生存——这表明了他天性的倾向。

伦敦深受"适者生存"的理论的影响。他的作品《在亚当之前》——一则不是很准确但很有可读性的史前故事，在里面猿人、旧石器时代和新石器时代的人一同出现——希望推广达尔文的理论。虽然达尔文的主要思想没有被动摇，但过去二三十年来，思想界对它的阐释已经发生了改变。在十九世纪末，达尔文主义被用来证明自由放任的资本主义、强权政治和对被征服的民族进行剥削的正当性。生命是一场自由竞争，能够生存下来本身就是适者生存的证明。对于成功的商人来说，这个思想带来了安慰，而且很自然地延伸到"优秀"民族和"劣等"民族的概念，虽然这并不非常符合逻辑。到了我们这个时代，我们不再倾向于将生物学的思想用在政治学上，一部分原因是我们目睹了纳粹做出了那种事情，做得如此彻底干脆，造成了可怕的结果。但在伦敦创作的时代，达尔文主义的低俗版本广泛传播，一定很难将其摆脱。他自己甚至有好几次屈服于种族主义的歪理邪说。他曾一度不是很严肃地思考过类似于纳粹种族理论的思想，而"日耳曼神话"的烙印贯穿于他的作品之中。它一方面与他对拳击手的崇拜联系在一起，另一方面与他拟人化的动物观有关联，因为似乎有充分的理由认为对动物夸张的爱通常是与对人类抱以残忍的态度联系在一起的。伦敦是一个有着掠夺者本能和受过十九世纪功利主义教育的社会主义者。基本上，他的故事背景并不是工业化的社会，甚至不是文明世界。大部分故事发生在大牧场或南海的岛屿、轮船、监狱和北极的荒原之上：在那些地方，人要么是孤独的，只能依靠自己的力量和智慧，要么生命本来就是由自然支配的。

但是，伦敦时不时会描写当代的工业社会，大体上，当他进行这一描写时，他的文笔是最好的。除了他的短篇小说之外，还有《深渊中的人》、《路》（一本杰出的小书，描述了伦敦年轻时当流浪汉的经历）和《月亮谷》的某些章节，以混乱的美国工会主义史作为它们的背景。虽然他向往的是远离文明，但伦敦对社会主义运动的文学作品进行过深入的阅读，他的早年生活教会了他如何去了解都市的贫困。11 岁的时候他就在工厂里工作，没有这一段经历的话，他几乎不可能写出像《变节者》这样的故事。在这个故事中，就像在他最好的作品中一样，伦敦并没有进行评论，但毫无疑问他的用意是唤起同情和愤慨。基本上，当他描写更加原始的情景时，他的道德态度就变得模棱两可。比方说，在《向西进发》这个故事中，伦敦同情的是谁？库伦船长还是乔治·多雷迪？你会觉得如果他真的得作出选择的话，他会与前者站在同一阵线——这位船长虽然犯下了两桩命案，但成功地驾船绕过了合恩角。另一方面，像《奇纳格》这样一个故事，虽然它以惯常的毫无怜悯之情的风格去讲述，但任何人都可以看到它的"道德"。伦敦良善的一面是他的社会主义信念，当他描写像对有色民族的剥削、童工和罪犯的待遇这样的主题时这一信念就会发挥影响，但在他描写探险家或动物时则几乎不起作用。或许正是因为这个原因，在他水平比较好的作品中，有很大一部分是在描写都市生活。像《变节者》、《我为鱼肉》、《一块牛排》和《向来如此》等故事，无论它们看上去多么残忍和卑鄙，总是有什么东西让他没有偏离正轨，没有将他天生的冲动引向对残忍的歌颂。"那个东西"就是他的知识，既有理论知识也有实际知识，知道工业资本主义意味着人类的苦难。

杰克·伦敦是一位水准参差不齐的作者。在他短暂而奔波不停的一生，他创作了大量的作品，规定自己每天要写出 1 000 字，而且大体上都做到了。即使是他最好的作品也带有故事讲述精当但文笔不佳的特征。它们的讲述非常精彩，令人击节赞赏，在正确的场合发生了正确的事情，但文笔很糟糕，语句陈旧而平淡，对话内容古怪。他的声誉起伏不定，有很长一段时间他在法国和德国比在英语国家更加受到推崇。希特勒的上台使《铁蹄》摆脱了默默无闻，但在此之前他已经是一个知名的左翼"无产阶级"作家——同类知名的作家还有罗伯特·特雷斯威尔①、特拉文②或

---

① 罗伯特·特雷斯威尔（Robert Tressell，1870—1911，本名罗伯特·克罗克 [Robert Croker]），英国作家，代表作有《穿着破裤子的慈善家》等。
② 特拉文（B. Traven）是某位真名、国籍、生卒时间不详的作者的笔名，代表作有《棉花采摘工人》、《死亡之船：一位美国水手的故事》。

厄普顿·辛克莱尔。马克思主义作家攻击他有"法西斯主义倾向"。毫无疑问，他的身上确实有这些倾向，以至于如果你想象他活到我们这个时代而不是在1915年去世，很难确认他会选择哪一个政治阵营。某些人认为他会选择共产党，某些人认为他会拜倒在纳粹党的种族理论之下，某些人认为他会是某个托派组织或无政府主义政党堂吉诃德式的急先锋。但正如我尝试解释清楚的，如果他是一个政治上可靠的人，或许他根本不会留下任何有意思的作品。与此同时，他的名誉大部分是由《铁蹄》奠定的，而他优秀的短篇小说几乎被遗忘了。这卷合集里收录了十几个最好的短篇，还有几则值得从图书馆的书架和二手书箱那里搜罗来的故事。希望当纸张供应充裕的时候，《路》、《星游者》、《在亚当之前》和《月亮谷》能够重版。杰克·伦敦的大部分作品草率而牵强，但他写出了至少有六部值得刊印的作品，对于一个四十一岁英年早逝的作家来说，这是很了不起的成就。

评克莱顿·波蒂厄斯的《残存的土地》、利奥·基亚切利的《格瓦蒂·比格瓦》[①]

《残存的土地》这本书再一次证明几乎任何东西都可以被写成一部小说。它只是一系列事件，每一个事件都不能被看成是一个有意义的故事，没有引发任何危机，但有几段文笔很好的描写和无关主旨的信息稍作了弥补。

男主角是一位小说家，热爱"郊野"，认为田园生活是最美好和最有意义的生活。糟糕的是，小说家不应该去描写小说家，对"大自然"和"土地"的矫情推崇是现代英国文学的诅咒之一。

但是，波蒂厄斯先生并没有落于窠臼。他很了解农场的工作和经营，而且他不会将土地或农民理想化。

他知道挖萝卜的辛苦和凌晨挤奶的寒冷。他能够解释为什么种一块四英亩的田地会亏本，能够清晰地描写一座普通农场的萧条和混乱。他甚至能栩栩如生地描写捕猎雪貂，注意到野兔总是有绦虫寄生在身体里。

事实上，从这本书里你能了解到许多知识，特别是后半部分，它写到了战争农业委员会和农场与军队争夺人力的斗争。

---

① 刊于 1945 年 10 月 4 日《曼彻斯特晚报》。莱斯利·克莱顿·波蒂厄斯 (Leslie Crichton Porteous, 1901—1991)，英国作家，代表作有《农民的信条》、《土地的召唤》等。利奥·基亚切利 (Leo Kiacheli, 1884—1963)，格鲁吉亚作家，代表作有《格瓦蒂·比格瓦》、《玛雅公主》等。

在书的开头男主人公格兰特·斯科特仍然过着文人的优裕生活，但随着战争的到来，他觉得自己有责任回到农场工作，他是在农场长大的。他先是去了奶场，负责送奶路线。然后他得到去农业委员会工作的机会，很快就接受了这份工作，但他心里觉得很不自在，因为他应该留在土地上。

他描写了委员会的工作：那些红头文件和用意，以及委员会与农场主无休止的斗争。农场主们总是需要更多的帮工，想尽一切办法不让他们的儿子去参军，这些显然都是取自于生活，有些内容非常有趣。

虽然战争期间的生产力有了很大的提高，但波蒂厄斯先生所描绘的英国农业的未来很黯淡。最重要的事实是年轻人离开了土地，他们不愿意忍受乡村生活，即使农业并不是报酬最低的行业，而是报酬最高的行业，他们也觉得它根本无法忍受。

在故事的结尾，如果它能够被称为一则故事的话，格兰特·斯科特仍然相信我们对英国的土地负有责任，但不知道这份责任到以后还会不会有人承担。

当你读到这么一本观察是如此细致准确但文笔是如此糟糕的书时，你会强烈地觉得有必要创造一种受认可的艺术形式去容纳素描和传闻轶事，而不是硬要把它们写成故事。本质上是零碎的内容杂糅而成的书——威廉·亨利·哈德森的几部作品就是这种书——如果要冒充是一本小说的话，就被毁了。

《残存的土地》中真实的一面都是信手写出来的，像送奶路线的描写、与饱受摧残的农场主们的对话、狡猾的逃兵役者、风吹过燕麦田时麦穗的起伏或农舍的地窖里堆成金字塔形状的新制奶酪等等。

作者觉得像这些事物都值得记录，他是对的，但他只是将它们记录下来，没有尝试将它们串成一个故事，按照我们现在的观点，它并不能被称为一本书，因此有很多赘言废话，浪费了作者的天赋。

但是，当作者不去构思情节时，这本书总是值得一读。

过去五年来许多当代俄文作品已经被翻译成英文，但几乎所有的作品都是出自俄国人的手笔，能够读到一本由某个苏维埃小国的国民写的作品是很有趣的事情。《格瓦蒂·比格瓦》这本小说获得了斯大林奖，描写的是格鲁吉亚，先是从格鲁吉亚文翻译成俄文，再从俄文翻译成英文。

格瓦蒂·比格瓦是一个中年丧偶的农民，因为患了疟疾而脾脏肿大，抚养着四个孩子。他有点狡诈，但内心很善良。

他以投机主义的心态对待前不久开始进行（大概是 1936 年左右）的集体化，但并没有心怀不满。他会为集体化的农场工作，有必要的时候他还会卖力地干几天活儿，但他喜欢溜到最近的集市干一点小买卖，有时候还去销赃。

偶然之中他接触到几个比自己更坏的恶棍，他们是当地"富农"的残余分子，他们被剥夺了财产，仍然想要破坏苏维埃政权。

对这些人的恐惧，以及对四个孩子的责任感，促使格瓦蒂·比格瓦翻开了人生新的篇章。最后他挫败了烧毁锯木厂的阴谋，成为一个光荣的英雄。

与当代苏维埃文学一样，这本书在进行道德说教，但它并没有气急败坏地说教，而是有真正的幽默和真实可信的主人公。

你会希望听到更多关于这个苏维埃阳光明媚的遥远角落的故事，过去二十五年来的剧烈变迁并没有让农民们改变他们独特的服饰或失去对历史的骄傲。

评费奥多·陀斯妥耶夫斯基的《卡拉玛佐夫兄弟》和《罪与罚》，康斯坦斯·加内特译本[①]

康斯坦斯·加内特的译本即将重新发行，它们是最早的陀斯妥耶夫斯基译本，直接从俄文翻译成英文，在上一场战争前几年出版。那时候阅读陀斯妥耶夫斯基是非常精彩的体验，带给许多读者的感受应该和前一代人读福楼拜或后一代人读乔伊斯的感受一样——那种感觉就是，这里有一个你一直知道存在的精神国度，但你从来没有想到它会存在于小说的领域里。陀斯妥耶夫斯基几乎所有小说家都更能带给读者这样的感受："他知道我的秘密想法，他写的就是我。"以《罪与罚》的开篇为例，很难想到英语小说里有哪部作品能与之媲美。在开篇中，醉酒的官员马莫拉多夫讲述了他的女儿索尼娅被迫流落街头支撑饿着肚子的全家。

在英国读者的眼中，陀斯妥耶夫斯基的魅力来自于他的异国情调——或许说起他酗酒的目的是为了后来的忏悔时，人们总是说他"很有俄国味儿"——但他最重要的品质是他悲天悯人的情怀。他对所有的角色都抱以同情，甚至是那些可敬的人。他打破了主角—反角对立的模式，加上严格的道德观，创造了新的文风，有一段时间他似乎既是一位伟大的小说家，又是一位伟大的思想家，这并不令人惊讶。

---

① 刊于 1945 年 10 月 7 日《观察者报》。

到了现在，特别是当你通读了长达 800 页的《卡拉玛佐夫兄弟》后，你会看到三十年前并不明显的缺点。你从陀斯妥耶夫斯基身上所得到的印象是你正在看着一系列栩栩如生的图画，只是它们都是黑白素描。从某种意义上说，他的所有角色都是同样的人，没有特例，或许更贴近真实的说法是，他们都不是普通人。牧师、农民、罪犯、警察、妓女、商人、时髦女郎、士兵，所有人似乎都能轻易地在同一个世界里交融；更有甚者，每个人都在告诉别人他的精神状况。有必要将《罪与罚》里面拉斯科尼科夫和警官波尔菲利·佩特洛维奇之间的对话和英国一个神经质的大学生和一位警探之间的对话进行比较。每一位小说家必须面对的巨大障碍——将幻想中的人物和现实中的人放在同一幅画面中——就这么简单地被绕开了。

除了《宗教大法官》这一著名的章节之外，《卡拉玛佐夫兄弟》的剧情发展很缓慢。它的主题似乎与其篇幅并不相符，有三分之一的内容在进行铺垫介绍，里面有一些篇章让人觉得陀斯妥耶夫斯基习惯在厨房角落的桌子上写书，而且不会去修改。《罪与罚》则很不一样。这本书非凡的精神洞察力的一个体现就是你完全认同拉斯科尼科夫的行为，但是，在他犯下谋杀罪之前并没有点明充分的动机。一个聪明而敏感的年轻人会突然间犯下一桩令人厌恶而且几乎没有目的性的罪行，却又让人觉得很可信，原因就是陀斯妥耶夫斯基清楚地了解一个杀人犯的心理。一个更有意识的艺术效果，堪称这本书的神来之笔，是那匹奄奄一息的马的梦境，昭示了拉斯科尼科夫的罪行。

海涅曼出版社有意重新出版康斯坦斯·加内特的全部译本，这套书卖 8 先令 6 便士一本，价格很划算。你可以去找一本书——《死屋》，以小说作为掩饰，描述了陀斯妥耶夫斯基本人在西伯利亚的囚犯经历，里面有一则令人永远无法忘怀的短篇小说《阿库尔卡的丈夫》。

评科尔温·爱德华·弗里亚米的《埃德温与伊琳娜》、伊丽莎白·泰勒的《在利平克特夫人之家》、伊内斯·霍尔登的《泛舟》[①]

几年前詹姆斯·拉弗尔[②]先生写了一本关于时尚史的书，在书里他表明几乎任何事物经过一段时间都会变得优雅，而这段时间有可能会是几十年。

一件服装或一件家具一开始时"风靡一时"，然后过时，然后被认为很丑，然后被认为很滑稽，然后拥有古董的魅力；最后，它甚至可能会以时尚的姿态回归。

有箍衬裙现在被视为一件很有吸引力的服装，虽然或许很不方便。还有那些镶嵌着珠母层的黑漆家具，我们的父亲把它们丢进垃圾堆，现在成了收藏家的宝贝。事实上，维多利亚时代的生活的几乎每一个方面在过去十年或二十年间都经历了价值重估，提起陀螺裤或里顿·斯特拉奇[③]《维多利亚时代名人录》里女王的

[①] 刊于 1945 年 10 月 11 日《曼彻斯特晚报》。科尔温·爱德华·弗里亚米（Colwyn Edward Vulliamy, 1886—1971），英国作家，代表作有《信仰的英雄》、《人与原子》等。伊丽莎白·泰勒（Elizabeth Taylor），情况不详。碧翠丝·伊内斯·利赛特·霍尔登（Beatrice Inez Lisette Holden, 1903—1974），英国女作家，代表作有《返老还童》、《夜班》等。

[②] 詹姆斯·拉弗尔（James Laver, 1899—1975），英国作家、艺术批评家，代表作有《品位与潮流：从法国大革命到今天》、《服装风格》。

[③] 贾尔斯·里顿·斯特拉奇（Giles Lytton Strachey, 1880—1932），英国作家，其传记作品以细腻描写和心理阐述而见长。

丈夫再不会让人哈哈大笑。

这一观点的改变使得像《埃德温与伊琳娜》这样精致的玩笑似乎失去了意义。它讲述了一个关于维多利亚时代生活的故事，大概是发生于 1854 年到 1856 年之间，以日记和书信的形式讲述，自始至终都在暗示我们的爷爷那一辈要比我们更滑稽可笑。对于任何无法接受这一点的人来说，这本书只是在浪费才华。

它的主题是在所谓的"美好社会"里的一桩私奔。一对似乎很般配的傻乎乎的年轻夫妇——丈夫从事绘画，妻子有一搭没一搭地写着一本名为《弗罗里奥·庞松比爵士》的浪漫小说——慢慢地渐行渐远，丈夫爱上了别的女人，妻子被一个文学青年迷住了，最终为了他而私奔。

这是一个很空洞的故事，但在现实生活中它会是一个痛苦的故事。在我们这个时代，勾搭会更快地发生，而结局则会很相似。好笑的地方在于这些事件发生的背景是鬓须、丁尼生的诗歌和当时的时尚，比方说装饰用的玻璃杯，上面用明胶贴着纸花纹。

兰西尔①与十九世纪的其他画家很频繁地出现，还有几首戏仿丁尼生的诗。这本书还进行了其他研究，但里面写得最出彩的是对克里米亚战争的评论，还提到了当时正逐渐普及的缓慢、肮脏、危险的火车。

《在利平克特夫人之家》是另一种方式的才华的浪费。它的文

----

① 埃德温·亨利·兰西尔（Edwin Henry Landseer，1802—1873），英国画家、雕塑家，特拉法尔加广场上的四只石狮便是出自他的手笔。

笔很出众，作者给人的印象是对某件事情怀有强烈的情怀，但很难了解这本书的意义和主旨。它讲述了一个空军军官的妻子——她是故事的主角——来到丈夫驻扎的一个沉闷的小镇和他团聚。他们住进了一间装修好了的房子。

她的侄子和她一起过来，不知怎地加入了当地的共产党。妻子朱莉娅被描写为一个不切实际和爱吵架的女人，总是幻想着不忠。故事的最后，原来她的丈夫已经对她不忠，比起朱莉娅做过的或想要去做的事情，他的行径要更加卑劣。

故事的背景里有神秘的飞行中队指挥官，没有人知道他在和平年代从事什么工作，女房东利平克特夫人也很神秘。朱莉娅的儿子才七岁，却很早熟。或许这本书想讲述什么，但意思却没有点明。

伊内斯·霍尔登是一个水平不稳定的作家，但《泛舟》里的几个故事她写得非常好，比方说《音乐主席》和《一个醉醺醺的叔叔的主题曲》。前者是书中篇幅最长的，描写了一个劳动力市场的上诉委员会是怎么运作的——令人觉得非常可信，无疑是出自亲身的经历。

委员会非常尽责，而且立意公正，但它总是把每一件事情都搞砸了，因为那些养尊处优的人根本无法理解挣工资的人过着怎样的生活。在《糟糕的天气，不是吗？》里描写了相似的没有人情味的政府部门，那是监狱的探访日。但是，这些故事并不只是"社会纪实"。就像霍尔登小姐描写的工厂生活一样，它们有准确的细节和贴近生活的对话，但它们形成了一种模式，有时候一句话会反复出现，就像一首歌曲的副歌。

用这种方式写出来的东西其实只是一则白描——比方说，对一个人的性格或一座房子的气氛的描写——它可以独立成文，并不一定非得伪装成一个有"结局"的故事。

在《一个醉醺醺的叔叔的主题曲》里，反复强调的主旨是那个叔叔总是指责别人酗酒，在他死后，他的遗嘱里还有一个指责，巧妙地将故事兜了回去。

这本书有六七篇故事是以这种手法构建的。有一两篇故事，譬如说《士兵们的合唱》，只是白描。最后是三篇非常简短的以基础英语①写成的故事(这些故事的意义在于语言学的探究，但有一篇本身是很好的故事)。

---

① 基础英语：由英国语言学家查尔斯·凯伊·奥格登(Charles Kay Ogden，1889—1957)在1920年至1930年间发明的语言，只有850个单词。

评贺蒙·欧尔德编撰的《言论自由》①

我从未亲眼见过一只北极熊戴着拳击手套试图捡起一个水银珠子，但我想象那一幕情景一定和一场所谓的"座谈会"很相似。"座谈会"（它的字面意义是酒宴，但这个词义在很久以前就不再使用了）是一个观点各异的小圈子进行研讨会，或就同一个主题发表一系列的谈话。大体上说，在电台上进行的座谈会内容最为含糊缥缈，但是，一年前在由笔会俱乐部②主办的座谈会上发表的谈话现在以《言论自由》一书集结出版，其特别之处就在于它们根本没有对所谓的主题进行探讨。事实上，关于笔会座谈会的主题似乎至少有两派不同的理念。

书封告诉我们，座谈会的主题是纪念米尔顿的《论出版自由》③出版三百周年。我们都记得《论出版自由》是一本写于1644年的捍卫出版自由的小册子，而这本谈话集起名为《言论自由》，因此，如果你以为谈话集的主题就是言论自由，这是情有可原

---

① 刊于1945年10月12日《论坛报》。贺蒙·欧尔德（Hermon Ould, 1886—1951），英国作家，代表作有《从日出到日落》、《黑处女》等。

② 笔会（PEN），是"诗人、散文家与小说家"（*Poets，Essayists and Novelists*）三个单词的首字母缩写，与英语单词"pen"（笔）拼写相同。该协会于1921年由英国女作家凯瑟琳·艾米·道森·斯科特（Catherine Amy Dawson Scott, 1865—1921）创建，首任主席是英国作家约翰·高斯华绥（John Galsworthy, 1867—1933），第一批会员包括萧伯纳、威尔斯等著名作家。

③ 《论出版自由》（Areopagitica）是1644年英国作家约翰·米尔顿在英国国会发表的演说。

的。但根本不是这样！贺蒙·欧尔德先生在序言中写道，这次座谈会的目的是"提供一个平台，对当前最重要的问题——人类的未来中精神与经济价值的地位——进行思考并不受限制地发表观点和看法"。很难理解这和《论出版自由》有什么相干——事实上，那三四十个演讲者中有一半根本没有提到米尔顿。

剩下的人中，有十几个人提到了自由的问题，而有几个人隐晦地提到了这一点。关于这个国家当前出版情况的阐述如此之少，可以用区区几行字进行总结。爱德华·摩根·福斯特先生在他的开场白中对新闻部和文化委员会进行了非常温和的批评。艾弗·伊文斯①先生指出，赋予媒体真正的自由会招致极大的危险。约翰·博尔顿·桑德森·霍尔丹教授探讨了内容审查制度对广播和电影的影响，并提到了对《工人日报》的镇压。约翰·兰德尔·贝克先生表示英国的媒体受到内容审查，得益的是俄国的政治宣传，像"公民自由权利全国委员会"这样的机构已经被倾向于极权主义的人从内部占领了。赫伯特·里德先生认为米尔顿要求出版不受审查限制的呼声仍然有其意义。穆尔克·拉杰·安南德先生对印度的出版审查制度大加谴责。哈罗德·拉斯基先生承认在战争期间英国媒体享有比意料之中更大的自由。金斯利·马丁②先生指出为了捍卫自由，你必须剥夺那些一有机会就会摧毁自

---

① 本杰明·艾弗·伊文斯(Benjamin Ifor Evans, 1899—1982)，英国历史学家，代表作有《英国文学的价值与传统》、《传统与浪漫主义：英国诗歌研究》等。

② 巴兹尔·金斯利·马丁(Basil Kingsley Martin, 1897—1969)，英国记者，长期担任《新政治家报》的编辑，代表作有《王室与制度》、《君主制的魔力》等。

由的人的自由。埃里克·克雷格①先生对涉及到淫秽文学的法律进行了批判。在将近两百页印得密密麻麻的谈话集里，这些就是与米尔顿所提出的问题有关的内容了。

此次座谈会几乎所有的发言人以及听众中相当大一部分人都在直接从事写作。考虑到我们所生活的年代和过去十五年来发生在作家和记者身上的那些事情，难道你不期盼与会之人的指控能更激烈一些，更清晰一些吗？有几个话题没有被提及，或几乎未被提及——英国媒体的高度集中所有权，以及它由此而拥有的对任何新闻报道进行肆意压制的权力；谁是英国广播公司的真正的控制者；电影公司和新闻部等部门如何收买年轻作家；英国驻外国的通讯记者如何被逼撒谎或隐瞒真相；出版业的文学评论的腐败问题；不受欢迎的主题遭受半官方的压力而无法出版；极权主义思想在英国知识分子中的传播。你可以将这一清单继续延长下去，但它的影响现在威胁到了我们所理解的思想自由。除了约翰·贝克先生、艾弗·伊文斯先生和霍尔丹教授的演讲之外，几乎没有一个问题被明确地提起。

谁会想到，一个有三十多位文学界人士参加的聚会，居然没有一个人能明确地说出版的自由意味着批评和反对的自由，因此，在苏联没有文学的自由，除非你赋予这个名词完全不同于弥尔顿以及从他的时代到我们这个时代的意义。如果在苏联有出版的自由，那么这里就没有自由；因此，一切关于"捍卫我们艰辛得来的自由"的言论都毫无意义，难道这不是明摆着的事情吗？

---

① 乔治·埃里克·克雷格（George Alec Craig, 1897—1973），英国诗人、作家，代表作有《英国禁书录》、《在一切自由之上》等。

然而，几乎没有一个演讲者能指出这一点，也没有一个演讲者能朝比弗布鲁克或罗瑟米尔早就该被踹的屁股踹上一脚。

这个座谈会要放在四十年前举行或许会很热烈，如果放在某本不出名的期刊上，由那些没有什么可以失去的人进行讨论的话，或许也会很热烈，但它被两个截然不同但互相制约的影响扼杀了。其中一个影响是迈向中央集权的、反民主的计划体制的大体趋势，在这个体制里，作家或记者将成为不起眼的小官僚。另一个影响是极权主义宣传的压力。有多少靠写作为生的人能承担得起得罪新闻部、英国广播公司、文化委员会、出版业巨头、电影公司老板、大出版公司和各大报纸编辑的代价？但是，如果你要为出版的自由发言，你就只能得罪这些人。多少人拥有——在1944年的夏末拥有——对苏俄进行批评的勇气？因此，为了纪念米尔顿捍卫自由的伟大篇章，你有了这本语焉不详、装模作样的书，在里面，应该得到捍卫的自由没有得到明确的定义——事实上，你甚至不知道它在谈论什么主题。大体上说，这是一本让人觉得很消沉的书。

评瑞斯·戴维斯的《故事选集》 [①]

目前英国只有几位成功的短篇小说作家，而瑞斯·戴维斯先生就是其中之一。他的文章为许多沉闷的杂志带来了轻松，要对他进行深入的批评似乎是忘恩负义之举。

但是，对他这本书的故事的探讨再一次表明这个题材过去二十年来所经历的困难——那就是，写出有事件、有情节发展的真正的故事，还要兼具可读性且贴近真实生活。

戴维斯先生的故事的题材就可以充分体现这一点。他这本书有十个故事，只有两个故事有失他的正常水准，另外八个故事和他的大部分作品一样，描写的是他的家乡威尔士。

第一个故事描写了一具尸体在下葬前死而复生，让她的姐妹们很不高兴，因为她们已经为她的葬礼花了很多钱。

第二个故事写的是一个济贫院的老女人拒绝使用新安装的马桶的故事。

第三个故事写的是一个年轻的矿工从来没有见过自己的老婆脱光衣服。

第四个故事写的是一户威尔士家庭在父亲就快病死在楼上的时候为了他的财产争执不休。

---

① 刊于 1945 年 10 月 18 日《曼彻斯特晚报》。瑞斯·戴维斯（Rhys Davies，1901—1978），威尔士作家，代表作有《兔子的足迹》、《枯萎的根》等。

第五个故事写的是一个古怪的老女仆坚持带她的奶牛一起上教堂。

第六个故事写的是一个保险经纪最近的生活有所改善，每顿饭都吃上了比较嫩的肉，其实是因为他的妻子与肉店老板私通。

第七个故事写的是一个有绘画天分的侏儒奸杀了一个无情对待他的女孩。

第八个故事写的是一个傻乎乎的诗人，他的妻子把他赢得诗歌大奖的橡木奖座当成柴火劈掉了。

显然，以这种方式进行总结即使对最短篇的小说也是不公平的，但这些简短的总结或许能够让你对弥漫于瑞斯·戴维斯先生几乎所有作品中的气氛有所了解。他的主题几乎都是古怪的题材——有时候很幽默，有时候很阴森，大体的倾向是回避日常事件和平凡的角色。

作为一个故事作家，比起莫泊桑，瑞斯·戴维斯先生与汉斯·安徒生更加接近。他的故事并没有描写超自然的现象，但它们总是描写不合情理的事情，有些作品其实是散文诗。说到底，短篇小说作家能够摆脱困境的方式之一，就是通过牺牲真实性保全形式和风格。

每一位编辑和出版商都知道，如今想要忠实描写生活的短篇小说的内容几乎都平淡枯燥。一个孤独的女人坐在房间里等待着电话铃响，但它从来都没有响过。把这个故事勉强写成两三千字，就是现代短篇小说的情况。

似乎这一时期的文明使得想象富于戏剧性并真的有可能发生的事件变得非常困难。在一本长篇小说里，角色刻画能够弥补剧情的不足，但在短篇小说里，你基本上必须在平淡和古怪之间作出选择。显然，瑞斯·戴维斯先生是写古怪故事的行家里手。

说到底，这些事情要多久才会发生一回呢：一个死去的女人被放进棺材后会坐起身？有多少人会牵牛去教堂？这些荒诞不经的事情就像坚果壳上的雕刻，可以是优秀的艺术品，但它们与日常生活无关，而且立意正在于此。

这本书最长的故事《阿丰》，就是那个写有绘画天分的侏儒的故事，它有可能在现实中发生，但在讲述时作者将它变成了诗歌，而真实的细节则被忽略了。那个牵牛上教堂的故事以不同的方式体现了瑞斯·戴维斯先生回避平凡内容的本能。这个故事的要点是大家得忍受那个老女人的缺点，因为她会捐款给教会，这笔钱很重要，不能没了。

一代人之前，杰克·伦敦、赫伯特·乔治·威尔斯、戴维·赫伯特·劳伦斯等人能够写出情节丰满又峰回路转而且贴近日常生活的故事。但这已经成为不可能的事情，最真实的故事也像是在胡思乱想。遗憾的是，由于刻意想写出异想天开的内容，他的题材不可避免地陷入狭隘。

评肯尼斯·梅兰比的《人类白老鼠》^①

医学已经能够治疗像伤寒和黑死病这类可怕的疾病，但对某些小的病痛仍然束手无策。

冻疮和寻常的感冒仍然像我们的父辈那时候一样神秘，虽然一两年前听说晕船已经有得治了，但现在还是没有药。另一个一直让医生感到困扰的小病是疥疮，大家都叫它"痒痒"。

虽然疥疮不会要人命，但和所有的皮肤病一样，它很痛苦，而且很讨厌，而且没办法快点好，让人心里很不爽。

众所周知，它的病因是在皮肤下繁衍的一种螨虫，但关于它的传播方式的了解并不多，而且很难阻止它的传播。梅兰比医生这本朴实的小书描写了治疗疥疮的实验，在战争年间情况很是特殊。

在战争初期，梅兰比医生在调查学生的头虱问题，惊讶地发现疥疮蔓延得很快，并设法得到卫生部的资助对这个问题进行调查研究。从 1926 年起疥疮变得越来越普遍（发病率的上升与战争并没有关系），并引起军队效率的显著下降。

他的第一个想法是拿马作为试验品，但显然研究疾病在人身上的情况会更加理想，于是他想到或许他能够在基于良知而拒服

---

① 刊于 1945 年 10 月 25 日《曼彻斯特晚报》。肯尼斯·梅兰比（Kenneth Mellanby, 1908—1993），英国生态学家，代表作有《滴滴涕的故事》、《耕种与野生》等。

兵役的人中找到愿意配合试验的志愿者。

即使那些拒绝参加任何形式的兵役服务的人也会觉得参与这类研究是合乎情理的事情，因为它能造福人类，而且并不会助长战争。在梅兰比医生看来，基于良知而拒绝兵役的人的优势在于他们不会在试验进行到一半的时候被征召入伍或被命令从事其他工作。

他很容易就找到了四十多个合适的志愿者，他们被安置在谢菲尔德的一座大房子里，满怀热情地忍受他们被要求的痛苦而且难受的事情。

当然，试验要让大部分人染上疥疮，有时候会让这个病一直持续下去，引起难以忍受的症状、失眠和腐烂感染。最后，此前不为人知的几个重要事实终于揭晓了。

一个事实是疥疮由亲密的人际接触进行传播，而不是像之前所想象的那样由被污染的衣服或被褥传播。另一个事实是疥疮螨虫的孵化期很长。另一个事实是士兵得疥疮总是发生在放假期间，而不是被他的同志传染的。

结果就是，当时正在军队里使用的预防措施——用高温给衣服和被褥"消毒"——是在浪费燃料和劳动力。要阻止这个疾病的传播，必须让整户家庭接受治疗，包括那些看上去没有被感染的人。

如何治疗疥疮已经知道了，但当时的治疗方式非常夸张，把病人都给吓跑了。梅兰比医生形象地对它进行了描述。

首先病人全身上下擦了肥皂，然后在他能承受的最热的水里泡二十分钟，然后用硬毛刷猛刷身体，然后涂上硫黄药膏。这么做基本上能够保证治愈，但非常痛苦和累人，总是会让病人晕厥过去。将全身上下涂满苯甲酸苄酯乳液这个比较温和的权宜之计也有同样的疗效。

除了与疥疮有关的试验之外，那群基于良知而拒服兵役的人还配合参与了其他试验。大部分是饮食治疗试验，有一个研究的是口渴对海难幸存者的影响，包括三四天不喝水。

在这本书的结尾梅兰比先生指出，拿人类当小白鼠的好处或许还有很多，一开始的时候志愿者或许还会是基于良知而拒服兵役的人。他说，如果在和平时期征兵制依然推行的话，或许会有很多志愿者。其他人或许愿意短期内担任志愿者，甚至有些人为了献身科学，愿意一辈子从事这种工作。

梅兰比医生本人并不是基于良心而拒服兵役的人，而且他对强制服役似乎并没有强烈的"赞同"或"反对"的想法。

他的工作让他接触到许多基于良心而拒服兵役的人，他觉得他们当中有相当一部分人是有进取心的人，他们并非不愿意抛头颅洒热血，而是不愿意服从权威。但他相信大部分人是诚实的人，虽然和平主义或许可以被归为几个不同的动机，怯懦却是很少出现的情况。那些参加他的试验的人几乎毫无例外都是意志坚定、可靠和理性的人。

虽然文字粗浅，这是一本有趣的书，而且在 96 页的内容中触及了一些颇有争议性的问题。在序言中梅兰比医生为独立科学研究者而呼吁，反对由国家控制的团队研究，许多人认为后者是好事。如今的国家全面规划总是会对这个问题进行讨论，而梅兰比医生对疥疮的自发试验没有得到官方的干涉，有力地证明和艺术家一样，科学家应该保持独立的身份。

评肖恩·奥卡西的《窗户下面的鼓》 [①]

威廉·巴特勒·叶芝曾经说过，一只狗可不会去赞美它的虱子，但这番话与爱尔兰民族主义作家在这个国家所享受到的特别待遇有点抵触。考虑到英国与爱尔兰的关系史的演变，会有以抨击英国作为毕生事业的爱尔兰人并不会让人觉得奇怪，但值得注意的是，他们能够向英国公众寻求支持，有时候甚至就像肖恩·奥卡西先生一样，喜欢生活在这个他们一心痛恨的国家。

这本书是奥卡西先生的自传的第三卷，它似乎描写的是 1910 年到 1916 年这段时期。要是你能从大段大段矫揉造作的文字里挖掘出它的创作主旨，它还是蛮有价值，也蛮有趣的。奥卡西先生是一户贫穷的新教徒家庭的小儿子，当过几年苦工，在那段时间密切参与民族主义运动和许多与之联系在一起的文化运动。他的几个哥哥和姐姐死于赤贫，这让他极其痛恨英国人对爱尔兰的占领。他给拉尔金[②]、康纳利[③]、玛姬维丝伯爵夫人[④]和其他先锋政

---

① 刊于 1945 年 10 月 28 日《观察者报》。肖恩·奥卡西(Sean O'Casey, 1880—1964)，爱尔兰剧作家、社会主义者，代表作有《一个枪手的故事》、《出发吧》等。

② 詹姆斯·拉尔金(James Larkin, 1876—1947)，爱尔兰工会领袖、社会主义活动家。

③ 詹姆斯·康纳利(James Connolly, 1868—1916)，爱尔兰共和党人、社会主义活动家，因组织 1916 年爱尔兰"复活节起义"被英国政府逮捕并处决。

④ 康斯坦丝·乔治妮·玛姬维丝(Constance Georgine Markievicz, 1868—1927)，爱尔兰女政治家、女权主义者，曾担任英国议会都柏林代表议员。

治人物当过助手，而且他近距离见证了1916年的复活节起义。但书中对这次起义的描写非常模糊，很难确认事实或年表。整本书都是以第三人称的视角出发（"肖恩做了这件事"和"肖恩做了那件事"），营造出了令人难以忍受的自我陶醉效果，有很大一部分是在简单地模仿《芬尼根守灵夜》的风格，有点像简版的乔伊斯。这种手法有时候会营造出幽默的效果，但对于记叙文来说则一无是处。

不过，奥卡西先生的出色之处在于，他将浪漫的民族主义与共产主义结合在一起。这本书基本上没有提到英国，没有仇视或轻蔑的态度。另一方面，几乎每一页都有像这样的章节：

> 侯里汉家的凯瑟琳①赤着脚，正在放声歌唱，因为她本已几乎消失的自尊又回来了。穿着褴褛的外衣，披散着头发，她歌唱着，将头发上面的灰尘掸掉，抹平衣服上比较大的褶子。她正在
>
> 为投身战场的好男儿而歌唱，
>
> 他们的身心做好了准备，
>
> 吹着军号和横笛，高举旗帜前进，
>
> 为了祖国不惜战死沙场。

又或者：

> 凯瑟琳，侯里汉家的女儿，如今能稳稳当当地走路了。

---

① "侯里汉家的凯瑟琳"（Kathleen Ni Houlihan）是爱尔兰文学作品中爱尔兰民族主义的拟人化形象。

她胖嘟嘟的脸颊血色红润。她听得见人们心里的喃喃自语。爱她的人就在她的身边，因为事情变了，完全变了，"一位大美人诞生了。"

如果你将这些相似的章节中的"侯里汉家的凯瑟琳"（顺便提一下，每一章都会提到侯里汉家的凯瑟琳的样貌好几次）换成"大不列颠"，一眼就可以看穿它是在夸大其词。但为什么最极端的沙文主义和种族主义出自一个爱尔兰人的手笔，我们就必须抱以宽容呢？为什么像"无论对错，我的祖国"这样的话用在英国身上就应该加以谴责，而用在爱尔兰身上（或在印度身上）就是可敬的呢？因为这种传统无疑确实存在，而英国的"开明"派能接纳哪怕最肆无忌惮的民族主义，只要它不是英国人的民族主义就行。如果你在合适的地方插入某些国家的名字，像《大不列颠颂》或《英格兰的水手们》这样的诗歌就会被认真对待。正如你所看到的，今天法国或俄国许多描写战争的诗人得到了推崇。

谈到爱尔兰，最根本的原因或许是英格兰问心有愧。英国人几个世纪来的暴政和剥削似乎没有得到宽恕，很难去反对爱尔兰的民族主义。特别是奥卡西先生的这本书结尾所描写的那次事件，二三十个原本应该被当成战俘处理的起义者被当场处决，这是一个错误，也是一桩罪行。因此，关于这件事无论怎么说都无可辩驳，而叶芝关于这个主题的诗，可以作为奥卡西先生的这本书的主题曲，只能被不加批判地被接受为一首好诗。事实上，它并不在叶芝的好作品之列。但当一个英国人意识到自己的国家在这件事情上和许多事情上犯下了过错，他又能说些什么呢？因此，文学上的评判受到了政治同情的歪曲，而像奥卡西这样的作家几乎没有人提出批评。我们的态度似乎得加以修正，因为没有理由让克伦威尔的屠杀使得我们将一本糟糕或无关紧要的作品吹捧为一部佳作。

评霍华德·克鲁斯的《死地》、《朱塞佩·马志尼文选》，由甘古里教授编辑并作序；《审判琼斯与胡尔腾》，由卡尔·埃里克·贝克霍夫·罗伯茨编辑并作序①

1914 年至 1918 年的那场战争结束后过了 6 到 8 年才诞生了几本一流的小说，1939 年到 1945 年的这场战争似乎也会遵循同样的模式。

今后我们或许会看到像 1925 年到 1930 年间涌现的优秀战争作品，但到目前为止似乎还没有能正确看待战争的作品。最好的作品——像《人间渣滓》这样的"报告文学"或像《阿达诺的钟声》这样的传闻轶事，或像阿伦·刘易斯②和麦克拉伦-罗斯所写的反映孤独和无聊的短篇小说——要么不够分量，要么内容凌乱。

《死地》是迄今为止最好的英国战争书籍之一，它与《阿达诺的钟声》属于同一类作品，也就是说，它以真实的军旅背景讲述

---

① 刊于 1945 年 11 月 1 日《曼彻斯特晚报》。霍华德·克鲁斯（Howard Clewes，1912—1988），英国作家、剧作家，代表作有《逃脱者》、《漫长的回忆》等。纳根德拉纳斯·甘古里（Nagendranath Gangulee，1889—1954），意大利学者、作家，代表作有《不朽的证言》、《纳粹德国的精神与面孔》等。卡尔·埃里克·贝克霍夫·罗伯茨（Carl Eric Bechhofer Roberts，1894—1949），英国作家，代表作有《美国著名审判》、《通灵术的真相》。

② 阿伦·刘易斯（Alun Lewis，1915—1944），威尔士诗人，代表作有《致我的妻子》、《在绿色的树上》。

了一个很不合情理的故事，虽然态度冷静并且有许多贴近现实的细节，但没能摆脱奇谈的色彩。但是，它所蕴含的战争观和对发生战争的解释非常清醒。

在英国一个不知名的小海港——可能是在约克夏或诺森伯兰——一艘老蒸汽船正抛锚停泊，船长和一个工程师在船上，如果德军发动侵略的话，这艘船将被炸沉堵住港口。

它已经停泊在那里八个月了，总是冒着蒸汽。船长一辈子都在海上漂泊，相信船是用来航行的，而不是拿来沉掉，几乎想要发动兵变。那个工程师的精神似乎不是很正常，几个月前在当地的酒吧里张贴了一份宣言后就把自己反锁在引擎室里。

故事描写了军方对船长施压，要求他服从命令，允许他的船被装上压舱物。最后，他不胜其扰，把船开进水雷区，把船给炸毁。书里有许多旁枝末节，但这就是故事的梗概。

这种事情是可能发生的——有无数与他们不理解的强大力量进行抗争的个体以同样愚蠢而可悲的方式遭到毁灭——但其他角色对船长的同情在一定程度上戕害了这个故事。

书里告诉我们几乎每一个人都支持船长，就连那些应该希望看到以沉船封锁港口的军官也是这样，只有那个副官是例外，他是一个牢骚满腹的旧式毕灵普分子，希望把这件事情给办成。在港口把船弄沉这件事被视为荒唐之举，船长有权力进行抵制。但是，当时是否真会有人这么想值得怀疑——那时候是 1941 年。

现在我们知道德国的侵略不会发生，但有大概一年的时间我们时时刻刻都在准备抵御入侵，那一整段时间防备措施要比克鲁斯先生所暗示的更加严肃。克鲁斯先生还写了另外一部小说，他能够写出一本比这更好的作品，或许以后他能够写得出来，他今后的作品值得期待。

马志尼①或许是十九世纪最伟大的自由派民族主义者。他的一生都在为意大利的解放和团结而努力，但他并没有陷入被统治的民族往往陷入的那种狭隘的种族主义思想，也没有幻想报复和征服。他希望意大利不仅获得独立，还能够成为摆脱宗教的共和国，而且他也希望欧洲其他受到压迫的国家获得自由。

虽然他反对马克思对历史的经济诠释，但他知道单是摆脱外国统治而没有解放无产者是没有意义的。他想象中的欧洲是一个社会主义共和国的联邦体制，奉行基督教的道德法则和信仰，但不向教皇效忠。

马志尼的作品有许多内容时至今日仍有意义，但他与其他人所从事的活动在一定程度上徒劳无功，因为那时候他们没有意识到民族主义本质上是反动力量。

当民族主义意味着被压迫的民族反抗奥地利、俄国和日耳曼帝国时，它是进步的同义词，但当被压迫的民族获得自由时，他们总是建立起让自己当压迫者的体制。在马志尼与他的追随者的时代之后民族主义露出狰狞的面目，一部分罪名被扣在了他们头上。

他的书中有一些内容带有非常强烈的现代色彩——"让年轻人充当群众暴动的先锋，你不知道这些年轻人的身上蕴含着多么强大的力量，他们的声音对于群众有多么神奇的蛊惑力……年轻

---

① 朱塞佩·马志尼（Giuseppe Mazzini，1805—1872），意大利思想家、作家，意大利统一运动的先驱，青年意大利党创始人之一，代表作有《论民族》、《反人类的战争》等。

人在运动中生存，胸怀热情和信仰。为他们安排崇高的任务，让他们置身于竞争和歌颂的熊熊烈火中，在他们中间传播热烈的话语，激励人心的话语，对他们说祖国、荣誉、权力和美好的回忆。"

墨索里尼对年轻人说的就是这些，结果我们都看到了。民族主义的烈火如今在亚洲正熊熊燃烧，这本书的编辑甘古里博士就是意大利人，在序言中提到马志尼的作品在民族主义情绪高涨的意大利学生中享有崇高的威望。

忠实的庭审记录总是很有可读性，不仅是因为罪行很有趣，而且是因为它反映了群众的日常生活。但"裂下颌谋杀案"在年初引起了骚动，是一桩特别卑劣无趣的罪行。

一个美国逃兵和一个跳脱衣舞的 18 岁女孩在犯了几宗严重的抢劫案之后劫杀了一个的士司机。这件案子的有趣之处在于，它表明电影和廉价小说的影响力为犯罪行为蒙上了光环。但法庭审讯并没有戏剧性可言，大部分读者通过贝克霍夫·罗伯茨先生在前言中的结案陈词就能够对它了解得差不多了。

评赫伯特·乔治·威尔斯的《思想的尽头》①

威尔斯先生在序文中解释说他的新书《思想的尽头》将会代替去年出版的散文集《42年至44年》，那本书是匆忙拼凑而成的，因为那时候他觉得自己命不久矣。

现在这本书（只有34页）对一系列散文、回忆录、宣传文章作了最后的定论，作者通过实验、讨论和材料组织，对生命和时间的本质进行探讨。就其本质而言，他并没有什么要补充，而且永远不会有什么要补充。

事实上很难理解威尔斯先生能够对他当前的那番话再加以补充，因为那番话其实是在说——如果他的推理是正确的话——这个星球上的生命现在将步入终结。

"这个世界，"他写道，"走到了它的尽头，到最后，我们所谓的生命将会结束，这是无可避免的。"到底这意味着所有的生命抑或只是人类的生命无法完全肯定，但不管怎样，智人注定会毁灭。

一系列事件使得这位睿智的观察者意识到人类的故事已经步入终结；"智人"，他一直这么称呼自己，这一当前的形态已经没有前途了。命运已经不再眷顾他们，他们必须让位给更能适应渐渐逼近人类的命运的物种。

---

① 刊于1945年11月8日《曼彻斯特晚报》。

你无法再写出比这番话更决定性的内容了。但是，过了不久，威尔斯先生似乎暗示说继承人类的物种或许是人科动物。少数能够适应的人类如果能够蜕变成其他物种，或许能够生存下来：这一新的物种将会拥有完全不同的特征，或许它将是人科的新物种，甚至是人种的直接延续，但它肯定不会是人类。人类别无出路，只会大起大落。适应或是毁灭，一如既往，现在和以往任何时候一样，这就是大自然无情的命令。

换句话说，生存的代价就是剧烈地进化，演变出不是人类的物种。但是，这本书的最后一句话再次宣称生命本身将步入"无可避免的终结"，因此似乎在最后的死亡的痛苦里有没有几只进化的人科物种已经无关紧要了。

事实上，虽然这本书篇幅很短，而且似乎没有写完，但它的内容前后矛盾。当然，它所提出的问题很有趣——到了这个时候，你没办法不去理会人类即将灭亡的宣言。或许人类真的会灭亡。威尔斯先生并没有给出认为生命本身将步入终结的原因，但就人类而言，或许他认为原因是现代武器的威力和我们完全无法构建出一个能够控制它们的社会和政治组织体系。

有趣的是，他是在原子弹发明之前写出这本书的——而在几年前的《解放世界》里他本人就预见到了原子弹。

确实，人类必须要么立刻改弦更张，要么看到文明被炸成碎片——或许正如威尔斯先生所说的，大部分人类教而不善，必要的改变只能通过被选择的少数人的进化演变而发生。

但是，你一定会问——这些少数人从何而来？我们自己是这个星球上唯一的人科物种，而人种之间并没有显著的差异——经历剧烈的进化演变并诞生出"不是人类"的物种不大可能在几代人里发生。因此，似乎那种必要的新物种还未曾出现，生命就已经终结了。但一丝淡淡的怀疑——并非完全出自一厢情愿——总是会自发浮现。

我们真的没救了吗？如果最糟糕的情况发生，一场原子弹雨降临在世界每一个大城市的上空，那一定就是结局吗？机器文明的终结——是的，但或许并不是人类文明的终结。我们得记住，人类在最近几个世纪中数目增加了许多，欧洲的人口大约是古罗马时期的十倍，北美的人口是哥伦布时期的百倍。你可以消灭掉95％的人类，而世界上的人口仍要比石器时代的人口多。那些幸存者将回到蛮荒，但他们或许仍将保留使用金属的知识——不管怎样，要等很长一段时间他们才会再有机会摆弄原子弹。

硬要说这是威尔斯先生的一部比较优秀的作品会是违心之论。

事实上，它根本算不上是一本书，只是一系列没有关联的短文，或许是在病痛的间隙很费力才写出来的。但是，它拥有威尔斯先生的作品总是拥有的那种魅力——吸引读者的关注和逼迫他们进行思考和争辩的魅力。它所提出的论点或许有点牵强附会，甚至或许有点荒唐，但拥有某种庄严的色彩。

它让人想起了威尔斯先生所缔造的、属于他自己的那个冷却的星辰和厮杀搏斗的恐龙的世界。威尔斯先生79岁了，他或许认为自己时日无多。不管怎样，在写这本书的时候，他一直在构思另一本书，并会将其命名为《君主制和争权夺利的帝国主义的衰亡》。让我们希望他能把它写出来。与此同时，虽然这本书内容前后矛盾，但花上一个小时去读一读还是很值得的。

评萧乾编撰的《千弦琴》[①]

　　萧乾先生没有担任任何职务，而且没有直接的政治目的，但过去几年来他出版的作品对改善英中关系作出了贡献。他现在这本书是一本很有趣的选集，一部分内容是中国文学和民间传说的译文，一部分内容是欧洲作家对中国的生活和文化的理解。入选的中文素材大部分来自传记或自传，还有诗歌、格言、童话和民间幽默故事。欧洲作家探讨了从哲学到昆虫学的广泛题材，时间跨度从约翰·曼德维尔爵士[②]到威廉·燕卜荪[③]。

　　萧先生的目的主要是展现从马可·波罗时代以来欧洲人对于中国的不同的态度。大约从十七世纪末起，中国进入了欧洲人的视野，在《鲁宾孙漂流记》里遭到恶意抨击，书中引用了它的部分章节。笛福曾经写过一篇支持中国的文章，但从《鲁宾孙漂流记》中你得到的印象是，他对有这么一个辽阔强大、拥有高度文明却又不信奉基督教的国家的存在感到愤怒和害怕。但是，斯普雷格·艾伦[④]先生的文章表明，中国在十八世纪大体上得到了正面

---

① 刊于 1945 年 11 月 11 日《观察者报》。

② 约翰·曼德维尔(John Mandeville)是十四世纪法文作品《约翰·曼德维尔游记》的主人公。

③ 威廉·燕卜荪(William Empson, 1906—1984)，英国诗人、批判家，代表作有《七种含糊的意义》、《论文艺复兴文学》等。

④ 比弗利·斯普雷格·艾伦(Beverly Sprague Allen, 1881—1935)，美国学者，纽约大学英文系教授，代表作有《英国文学的〈圣经〉与古典背景》、《英国品味的潮流》等。

的宣传，事实上，好得令卫斯理①和约翰逊博士②提出了抗议。

中国人邪恶而滑稽的形象是后来才产生的，或许与鸦片战争及商业渗透不无联系。萧先生引用了德·昆西的一篇带着敌意的文章、约翰·斯图亚特·米尔③的几则轻蔑的评价和兰姆④的《论烤猪》，它们是盛气凌人的调侃，而这正是近百年来的普遍态度。里顿·斯特拉奇⑤在论述戈登的文章里对中国文学的态度与兰姆很接近。另一方面，罗尔斯·狄金森⑥的《来自约翰·支那人的信件》，里面对中国感性的赞美其实是隐晦的侮辱。直到几年前中国人才被当成是人，或许"支那人"这个词的消失标志着思想的改变。

艾琳·鲍尔⑦小姐写了一篇关于马可·波罗的有趣的文章，亚瑟·魏理⑧写了关于中国文学的两篇文章，还有许多关于乐器、瓷器、园林、蝴蝶、短吻鳄等事物的内容。在零碎的游记中，马

---

① 应指约翰·卫斯理（John Wesley，1703—1791），英国神学家，卫斯理公会创始人，代表作有《圣经新约注》、《原罪的教条》等。

② 应指萨缪尔·约翰逊（Samuel Johnson，1709—1784），英国作家，曾编撰出第一本现代意义的英文文字典，为英国普及文字教育作出了杰出贡献。

③ 约翰·斯图亚特·米尔（John Stuart Mill，1806—1873），英国哲学家、政治经济学家，代表作有《人口问题》、《战争的支出》等。

④ 查尔斯·兰姆（Charles Lamb，1775—1834），英国作家，代表作有《伊利亚随笔集》、《尤利西斯历险记》等。

⑤ 贾尔斯·里顿·斯特拉奇（Giles Lytton Strachey，1880—1932），英国作家，其传记作品以细腻描写及心理阐述而见长，代表作有《维多利亚女王》、《维多利亚时代的伟人》等。

⑥ 古斯沃兹·罗尔斯·狄金森（Goldsworthy Lowes Dickinson，1862—1932），英国政治学家、哲学家，代表作有《宗教与不朽》、《欧洲的君主制》等。

⑦ 艾琳·埃德娜·鲍尔（Eileen Edna Power，1889—1940），英国历史学家，代表作有《剑桥欧洲经济史》、《中世纪的女性》等。

⑧ 亚瑟·戴维·魏理（Arthur David Waley，1889—1966），英国东方学家、翻译家，曾翻译许多中国与日本的古典作品，包括《诗经》、《源氏物语》等。

戛尔尼勋爵①在 1793 年的热河之行的记述非常生动，很有可读性。

中文译文的大部分内容被编排在《中国妇女的演变》和《中国男人的演变》两个标题下。内容从三世纪到二十世纪四十年代。里面有一篇孙中山先生在 1896 年的自述《伦敦蒙难记》。最有趣的故事是十八世纪末画家沈复的婚姻故事，那时候中国安定繁荣，"男子皆斯文，女子尽妇功"。其他节选展现了个人与家庭的冲突，以及来自婆婆的糟糕的影响。一首三世纪的诗歌，翻译得很有技巧，里面的比喻暗示都翻译得很到位，描述了一对青年夫妇成为封建孝道的牺牲品。从后来那些作者离经叛道的态度你能够体会到与家庭体制进行斗争是多么艰难。

中国的格言虽然不无像"骑虎难下"这样的金句，但大体上它们让人感到失望，许多内容其实是训诫。它们没有欧洲格言那么贴地气，其宗旨总是激励向上的态度。这本书还选录了几首歌曲、展现中国瓷器艺术的带有落款和符号的盘子，还有一篇讲述从新石器时代起中国文化的发展脉络的文章。这是一本零散的书，在学术价值上不能令人满意，但你可以走马观花地阅读，并从中获益。

---

① 乔治·马戛尔尼(George Macartney，1737—1806)，英国外交家，曾于 1793 年出使中国，觐见乾隆皇帝。

评伊利安·柯南·道尔的《真实的柯南·道尔》，胡伯特·高夫将军作序[①]

　　已故的亚瑟·柯南·道尔爵士不是一位伟大的作家。事实上，他甚至不是一位你会严肃对待的作家。但是，他做到了我们这个时代其他人没能做到的事情：他创造了一个能够摆脱原著的人物形象，成为全世界家喻户晓的名字。

　　虽然神探福尔摩斯的故事是他最杰出的成就，他的其它作品却涵盖了非常广泛的题材。他详实准确地记载了关于布尔战争和1914年至1918年那场战争的历史，写了几篇生动而文献详实的历史浪漫作品、一本优秀的拳击小说和当医生时的回忆录，还有许多冒险故事，并花费多年的时间进行精神研究。

　　显然，他是一个思想不同寻常的人，能够了解到关于他的私人生活和家庭历史的新事迹是一件有趣的事情。

　　这本书由他的儿子执笔，并不是一本传记，而是对赫斯凯茨·皮尔森先生[②]最近出版的传记的"回应"，带有这些作品常有的愤恨之情。你会猜到柯南·道尔被塑造成一个接近完美的人，而他的一些活动——譬如说，他对招魂术的信奉——被他的儿子

[①] 刊于1945年11月15日《曼彻斯特晚报》。胡伯特·高夫（Hubert Gough，1870—1963），英国军人，曾担任英国陆军中将。

[②] 爱德华·赫斯凯茨·吉本斯·皮尔森（Edward Hesketh Gibbons Pearson，1887—1964），英国剧场导演、作家，曾撰写莎士比亚、狄更斯、萧伯纳等文化名人的传记。

作了低调处理。

但是，你可以从这篇23页的文章里发掘到许多事实，至少有一则信息会被全世界的夏洛克·福尔摩斯的拥趸所重视。

柯南·道尔是爱尔兰裔出身，从小是天主教信徒，但后来背离了信仰，这段经历似乎并没有对他的思想造成影响。他先是当了医生，根据早年的挣扎经历写出了《红灯的周围》里那些精彩的故事，还有一本以日记形式写成的书，现在已经很难找到但很有价值。他的儿子刻意强调他的祖先是名门望族，而且他从小接受的是"完全封建"的教育。

童年时他就已经是纹章学的专家（他的一个叔叔碰巧是"英国王室爵位花纹"的设计师）。无疑，他早年的阅读在一部分程度上造就了他能写出历史浪漫作品的才华。他是个性情暴烈的人，为人慷慨大度，而且做事极为周密。

有一次他砸烂了儿子的烟斗，因为他犯了在女人面前吸烟的过失。还有一次他脱下自己的鞋子送给了一个流浪汉。70岁的时候他还拿着一把雨伞与侮辱他的人决斗。众所周知，他花了好几年的时间为释放蒙受冤屈的奥斯卡·斯拉特[①]奔走，拒绝因他为这件事所写的文章领取稿酬。根据他的儿子所说，他宁愿牺牲贵族身份也不愿意放弃捍卫招魂术的公共身份。

柯南·道尔是一个魁梧强壮的男人，精力充沛、思想活跃，擅长很多运动，特别是拳击。

有一个故事——即使没有真的发生也很像是真有其事——说

[①] 奥斯卡·约瑟夫·斯拉特(Oscar Joseph Slater，1872—1948)，德裔犹太人，因逃避兵役来到英国，于1896年与1897年被控告伤人罪名，但后被判无罪释放。

是有一位老迈的拳击手在临终时聆听一位好心的探访者向他朗诵道尔的《罗德尼·斯通》。听到高潮处这个垂死的大块头老人激动得坐起身高喊道："上帝啊，他把他搞定了。"据说这件事让柯南·道尔很开心，比他从任何书评家那里听到赞誉更开心。

道尔工作非常勤勉，在写《白衣军团》之前他花了一年的时间阅读了65部关于十四世纪的参考文献。而且，虽然他性情大大咧咧，但他对细节观察入微。他的儿子说夏洛克·福尔摩斯其实是他的自画像，而不是像许多人所想的那样，以道尔在学医的时候师从的约瑟夫·贝尔医生为原型。

道尔似乎在创作时就像福尔摩斯一样穿着晨衣，但里面没有写他是不是把烟草放在一只波斯拖鞋里。他的儿子透露了一件迄今为止还没有公布的令人惊讶的事情：华生医生的构思要比福尔摩斯还早。《血字的研究》有一份不是打印的手稿（它的原名是《黑暗天使》），里面并没有福尔摩斯。希望当纸张供应更充足的时候这份手稿能够被出版，看看华生如何独力破案会是很有意思的事情。

遗憾的是，虽然这篇文章提到了道尔作为一位招魂术的信徒的活动，但只是语焉不详地含糊带过。谈到这个问题的时候他的儿子为他辩护，努力想为他父亲洗清轻信的恶名。

"我的父亲开始他的研究，"他说道，"坚定地反对关于来生的信仰，他花了三十三年的时间进行研究，然后才作出最后的判断——这一点非常重要。"或许是这样，但事实上道尔有时候轻易地受到蒙骗，就像那宗关于精灵的声名狼藉的事件①，而且他还

---

① 1920年，道尔受科丁利的两个少女的蒙骗，她们谎称在花园里拍到了精灵的相片。当事人之一埃尔希·赖特在1983年承认那是一场骗局。

为那些显然是在装神弄鬼的灵媒辩护。他是一个知识广博而且思想敏锐的人，在这个问题上的盲点是一个很有趣的精神研究问题，任何对道尔的严肃探究应该对此作出解释。

道尔丰富多彩的生活可以从他的书桌上的小物件得到体现。他的儿子列举了布尔战争的勋章、毛瑟枪的子弹、古希腊硬币、一把德国狙击枪的达姆弹、一颗鱼龙的牙齿、一个铁十字架、几尊古埃及的小雕像、一大块鲸鱼肚子里的结晶石、古罗马的玻璃碎片和陶片，还有一枚摧毁庞贝古城的岩浆里的硬币。

显然，他是一个可亲的人，而且就算他没有写出《神探福尔摩斯》也是一个有趣的人。但他需要有一本信息详实的传记，既不盛气凌人，也不像现在这篇文章一样太虔诚恭敬。

评戴维·赫伯特·劳伦斯的《普鲁士军官》①

评论不应该包括个人的回忆和怀念，但或许有必要提一提我是怎么最早读到戴维·赫伯特·劳伦斯的作品，因为我是先读到他的书，再听说有这么一位作家，那时候给我留下深刻印象的品质或许就是最重要的品质。

1919 年的时候，我有事去校长的书房，在那里找不到他，于是拿起书桌上一本蓝色封面的杂志。那时候我 16 岁，沉醉于乔治亚时代的诗歌。我心目中的好诗会是鲁伯特·布鲁克的《格兰切斯特》。我一翻开杂志，就被一首描述一个女人站在厨房里，看着丈夫经过田地朝她走来的诗歌彻底吸引住了。他一边走一边从猎兽的套子里掏出一只兔子，把它给宰了。然后他走了进来，把死兔子扔在桌子上，双手仍沾着兔毛，臭烘烘的，一把将那个女人搂住。从某种意义上说，她恨着他，但她彻底被他迷倒了。比起性接触，劳伦斯对"自然的美"有着更深的感触，但他能像水龙头一样收放自如，令我印象深刻，尤其是这两句诗（描写一朵花）：

> 于是她袒露光洁的胸脯，
> 为她的爱人哺育蜜汁。

---

① 刊于 1945 年 11 月 16 日《论坛报》。

但我没有去注意作者的名字，甚至没有去注意那本杂志的名字，它应该是《英语评论》。

四五年后，我仍然没有听说过劳伦斯。我得到了一本短篇小说集，企鹅出版社现在重印了它。《普鲁士军官》和《肉中刺》让我印象非常深刻。打动我的不是劳伦斯对军事纪律的恐惧和仇恨，因为他明白了它的本质。不知道为什么，我知道他没有当过兵，但他能让自己进入军队的氛围，在那个故事里，是德国的军队。我猜想他是在某个卫戍小镇看到几个德国士兵在走动，然后构思出了这支军队。从另一篇故事《白袜子》（也在这本短篇集里面，但我想我是后来才读到它的），我推理出如果女人时不时嘴里被塞进一只袜子的话，她们在道德上就会更加规矩。

显然，劳伦斯的魅力并不止于此，但我认为这些最初的冲击让我为他勾勒出了一幅大致上真实的画面。他本质上是一位抒情诗人，一位漫无纪律的"自然"的（即辽阔的大地）崇拜者，这是他最主要的特征，但比起他对于性的沉迷，这一点很少有人注意到。除此之外，他拥有或似乎拥有理解与他决然迥异的人的能力，像农夫、猎场看守人、神职人员和士兵——你或许还可以加上矿工，因为虽然劳伦斯本人 13 岁时曾经在矿井下工作过，但显然他并不是一个典型的矿工。他写故事就像是写抒情诗，只需要看着一个陌生的、无法理解的人，然后就能突然间体验到一个内在生命的极富想象力的视野，然后写出作品。

这个视野到底多真实有待争议。就像十九世纪的一些俄国作家将所有的角色都塑造得内心同样敏感那样，劳伦斯以此摆脱了纠缠着小说家的问题——在他的故事里，所有的人物，就连那些他抱以敌意的人物，似乎都在经历着同样的感情，每个人都可以与其他人接触交流，而我们所知道的阶级壁垒几乎被消弭了。但是，他似乎总是拥有非凡的能力，通过想象领悟到凭借观察不可能了解到的事情。在他的一部作品里，他写道你开枪打一只野生动物和开枪打靶是不一样的。你不会看着准星，而是在本能的驱使下瞄准了整个身体，似乎就是你的意志在推动着子弹前进。这是很真实的描写，但我认为劳伦斯从未开枪射击过一只野生动物。或想一想《英格兰，我的英格兰》结尾部分的死亡一幕（不幸的是，它不在现在这本选集里）。劳伦斯从未置身于他所描写的那些情景中，他只是以个人的视角去了解一个士兵在战火之下的感受。或许他的描写是忠实于现实经历的，或许不是，但至少在情感上是真实的，因此让人觉得很有说服力。

大体上说，劳伦斯的标准长度的小说几乎都很难读完。他的缺点在短篇小说里不是那么要紧，因为一则短篇可以完全用于进行抒情表达，但一本长篇小说则得考虑到合理性，不得不以冷血的态度去谋篇布局。在以《普鲁士军官》命名的这本短篇集里，有一则极为出色、篇幅较长的故事，名叫《牧师的女儿》。一个中产阶级出身的圣公会牧师被贬到一个采矿的村子，他和一家人只有微薄的俸禄，几乎就要饿死了。而且他一无是处，那些矿工根本不需要他，对他毫无怜悯。他们是典型的家道中落的中产阶级家庭，孩子们长大以后自以为在社会地位上高人一等，一直戴着这思想上的镣铐。那个老问题出现了：两个女儿怎么出嫁呢？大女儿有机会嫁给一位经济稍微宽裕些的神职人员。他是个矮子，而且患有暗疾，而且是一个完全没有人性的家伙，不像一个男人，却像是一个早熟而让人讨厌的小孩。按照家里大多数人的标准，她做了正确的事情：嫁给了一位绅士。小女儿的活力没有被势利所侵蚀，她将家族的名誉抛到一边，嫁给了一个健康的年轻矿工。

可以看到，这个故事与《查泰莱夫人的情人》很相似。但在我看来，它比那本小说更精彩更有说服力，因为单凭想象力的冲动就足以撑起这个故事。或许劳伦斯在哪儿看到过一位牧师的女儿，吃不饱饭，受尽压迫，弹奏着管风琴，消磨她的青春，突然间看到自己的出路，来到更有温情的工人阶级的世界里，那里有很多人可以当她的丈夫。对于一则短篇小说来说，这是一个很合适的题材，但一旦被延伸到一本小说的长度，它就提出了劳伦斯所无力解决的难题。在这本书的另一则故事《春天的阴影》中，一个猎场看守人被描写成一只充满野性的动物，是那些多愁善感的知识分子的对立形象。这样的角色在劳伦斯的作品中一再出现，我想他们出现在短篇里时更加令人信服，因为在短篇里面我们无须对他们了解很多，而在长篇小说（譬如说《查泰莱夫人的情人》或《骑马出走的女人》）里，要使其与情节相吻合，他们必须有复杂的思想才显得可信，而这破坏了他们的自然天性。另一篇故事《菊花香》描写了一个矿工在一场矿井事故中死去。他是一个酒鬼，直到他死的那一刻，他的妻子一心想的就是如何摆脱他。但当她为他的尸体擦身时，她似乎是第一次感到他是那么英俊。这就是劳伦斯的能力，在故事的第一段里就展现了他的视觉描述能力。但你不能将这么一个故事写成一本标准长度的小说，没有其它更加平淡的元素，也无法将这些故事写成一部系列作品。

这本书不能算是劳伦斯的短篇小说最好的选集，企鹅出版社可能会接着重印《英格兰，我的英格兰》。里面除了同名的故事以外，还有《芬妮和安妮》、《马贩的女儿》以及《福克斯一家》。最后这则故事或许是劳伦斯的最佳作品，但它有一种不同寻常的特征，围绕着一个每个人都有可能会想到的想法而展开，因此你可以想象要是同样一则故事由托尔斯泰、莫泊桑、亨利·詹姆斯或埃德加·华莱士①去讲述会是什么样。目前这本选集至少有六篇第一流的故事，只有一篇(《一块彩色玻璃的碎片》)确实写得不好。

---

① 理查德·霍拉西奥·埃德加·华莱士（Richard Horatio Edgar Wallace，1875—1932），英国作家，作品多涉及犯罪心理小说，代表作有《四个公正的人》、《神探里德》、《金刚》等。

评罗伯特·路易斯·史蒂文森的《小说与故事》，维克多·索顿·普里切特选编并作序[①]

当你看到文选、节选或选集时，很难不提出抱怨。你会忍不住说，为什么像甲这么一部优秀作品被忽略了，而像乙这么一部显然是二流的作品会被选进去呢？像史蒂文森这样的作家的文集更会引起激烈的争议。关于他有两个相反甚至敌对的思想派别，一方认为他是一个严肃的小说家，另一方则认为他是怪诞大师。

这本选集——大部分内容很有价值——包括了《自杀俱乐部》、《斯洛恩·杰尼特》、《与驴同行》、《绑架》、《法尔萨海滩》、《巴伦特雷的主人》和《赫米斯顿堰》。看得出普里切特先生更加认同史蒂文森的严肃作品，虽然在序文中他分析了史蒂文森作为小说家和思考者的几个严重的缺点。他只选了一部幽默作品(很难去定义这些作品，或许高雅的惊悚作品会是贴切的名称)，而这部作品《自杀俱乐部》只是《新阿拉伯一千零一夜》的一部分内容。《金银岛》没有被选入，理由是它是少年作品，而《化身博士》没有被选入是因为"它最近刚刚再版了"——在这个没有书可读的年代是一个很不能令人满意的理由。除了《法尔萨海滩》之外，《海岛之夜娱乐记》没有其他内容入选。但是，任

---

① 刊于 1945 年 11 月 18 日《观察者报》。维克多·索顿·普里切特(Victor Sawdon Pritchett, 1900—1997)，英国作家、评论家，代表作有《生命由你做主》、《西班牙的风暴》等。

何史蒂文森的选集都应该包括《瓶中的魔鬼》，还有幻想色彩较淡但更加恐怖的《掘墓者》。另一方面，《与驴同行》是否应该被归为小说和故事仍有疑问。

普里切特先生认为史蒂文森主要是一位小说家，认为当他描写自己的家乡苏格兰时总是能够写出最好的作品。他说史蒂文森拥有杰出的叙事才华，并承认他的一些创作手法让人感到不悦，虽然他觉得它们还可以忍受。他还承认史蒂文森的思想很狭隘，并且带有清教主义的痕迹。这些意见都是正确的。但他没有说，正是这些品质的结合使得史蒂文森成为一个半滑稽的情节剧作家，使得他的文风令人厌烦，而且在严肃说教的时候让人无法苟同。史蒂文森关于维庸的文章写得很糟，由始至终都充斥着糟糕的文笔和虚伪的愤慨。他的文字空洞而吃力，有一种性情上的孤高，却又没有任何明确的宗教信仰去充实它。他似乎总是在对读者说："看看我有多辛苦！"累积的效应就是任何希望他写得简洁一些的人读起来都会觉得很费劲。

在他的怪诞作品中，史蒂文森倾向于以更加简洁的方式进行创作，但当他描写的是像马尔萨斯先生和弗罗利泽王子这样的人物时则有一种巴洛克风格的魅力。而那些恐怖的题材回应了他本性中深层次的需要，释放了他的想象力并暂时纠正了他的道德倾向。《瓶中的魔鬼》和《化身博士》都没有明确的道德说教，而这就是它们的魅力的一部分。

史蒂文森的更加正统的信徒会很高兴看到《绑架》和《巴伦特雷的主人》被放在同一卷书里。异端们会因为《新阿拉伯一千零一夜》没有被全本刊印而感到遗憾。但他们也会对《法尔萨海滩》被选入而高兴，这部作品不仅有着像《提洛尔的竖琴》的诗情画意的笔触，而且带有一种史蒂文森很少能做到的狡黠的气质。《赫米斯顿堰》有一些描写被宣判绞刑的法国人的零星片段很值得一读。普里切特先生猜想这本书会有怎样的结局，并总结说如果史蒂文森写完它的话，他或许会把它写砸。有一个更重要的问题，它的答案能够在很大程度上揭露清教主义的本质，那就是史蒂文森是否崇拜他所描写的那些讨厌的恶棍。普里切特先生决定这本书必须体现"纯粹的史蒂文森的风格"，坚决不把几本合著的作品包括在内，这让人觉得遗憾，因为任何史蒂文森的作品选集都应该包括《退潮》，一个激烈而狰狞的故事，他的叙事才华和暧昧的道德态度都得到了淋漓尽致的体现。

评詹姆斯·哈吉斯特准将的《告别第 12 号集中营》、伊夫林·伦奇爵士的《不朽的年代》、阿尔伯特·兰卡斯特·劳埃德编选的《玉米棒子：美国流行与传统诗歌》①

几乎所有的监狱故事都很有可读性，而当它们描述越狱时更是如此。即使是最平淡的越狱也有它充满魅力的时刻，你总是会去同情那个逃犯，即使他只是一个普通的犯人，被囚禁是理所应当的。

《告别第 12 号集中营》的内容很平淡。詹姆斯·哈吉斯特是新西兰人，在这场战争和上一场战争中拥有辉煌的战斗履历。

经历了希腊和克里特岛战役后，1941 年底他在托布鲁克附近因为参与了一场以失败告终的军事进攻而被俘虏，由潜水艇押送到意大利，同行的还有其他几位高级军官，他们也是在同一时候被俘虏的。

早在离开非洲之前，事实上，在被俘虏了一两个小时后，他就开始想着逃跑。他和其他军官作了一系列的尝试，但总是以失

---

① 刊于 1945 年 11 月 22 日《曼彻斯特晚报》。詹姆斯·哈吉斯特（James Hargest，1891—1944），新西兰军人，曾参与第一次及第二次世界大战。约翰·伊夫林·莱斯利·伦奇（John Evelyn Leslie Wrench，1882—1966），英国政治家，曾担任爱尔兰国土部长、枢密院大臣等职务。阿尔伯特·兰卡斯特·劳埃德（Albert Lancaster Lloyd，1908—1982），英国歌手、民歌收集者。

败告终，因为还没等他们做好准备就被转移到了另一座战俘营。

他被押送到佛罗伦萨附近的温希利亚塔堡的时候机会终于来了。那里囚禁着几位英国将军。虽然被搜查了无数遍，但他想方设法保住了一个指南针和一些钱，大概一年后，经过几个月的艰辛劳动，他和五位将军逃跑了。四个在一两天后又被俘房，但詹姆斯·哈吉斯特安全抵达瑞士，从那里借道法国和西班牙来到直布罗陀。

经过几次未能成功的翻墙逃跑的尝试之后，他们意识到唯一的希望是挖地道。意大利人把城堡设为监狱时用砌墙将其加固，而在没有用到的地方有一座小教堂，显然是用来藏匿挖出来的泥土的理想地点。

要进教堂他们必须在通风井的侧面凿出一个洞，再用看上去很像墙壁的胶合板盖住洞口作为掩饰。

进了小教堂后，他们挖了一条 10 英尺深的垂直的地道，然后沿水平方向朝外墙挖去。由于下面的土层大部分是岩石，而他们的工具只有冰刀、小刀和几根铁撬，他们每星期的挖掘进度只有几英尺。

到了 1943 年初，他们挖通了外墙，而且挖出了一条通往地面的通道。现在是时候等候一个月黑风高的夜晚了，运气好的话，墙上的岗哨可能不会看见他们。合适的夜晚终于来临了。

囚犯们在床上放了假人，打破最后一层泥土，爬到地面上，用一块木板盖住洞口，上面撒上泥土和松针。

那些逃脱后又被俘房的人里有知名的德·维阿特将军[1]，纳

---

① 亚德里安·保罗·吉斯兰·德·维阿特（Adrian Paul Ghislain Carton de Wiart，1880—1963），英国军人，曾担任英国陆军中将，曾于 1943 年 10 月作为丘吉尔的私人代表出使中国。

维克战役①和其他战役的英雄。

詹姆斯·哈吉斯特一到瑞士就向警察自首，很快就被瑞士政府释放。

以翻越铁丝网被严重扎伤作为代价，他设法越过了法国边境，然后抵抗运动组织为他提供庇护，接下来的行程基本上都很顺利。

他对维希政府和当时几乎公开听命于纳粹党的西班牙佛朗哥政府的观察内容很有趣。

这是一本不矫揉造作的书，讲述越狱细节的中间那几个章节很有可读性。

伊夫林·伦奇爵士经常旅行，比詹姆斯·哈吉斯特去过更多的地方，但目的地都更加和平安宁。他的书以日记为蓝本，从1937年开始讲述，但主要描写的是战争那几年。

1940年时他到奉行中立的美国进行巡回演讲，原本准备只呆四个月——但他去了墨西哥、新西兰、澳大利亚、马来亚、印度和巴勒斯坦，最后到1944年才回国。

他有机会观察到在1940年的秋天孤立主义与亲英情绪之间的斗争，而且在1942年的艰难时期他和几乎每一位印度政治领袖都交谈过，当时轴心国似乎将取得胜利，日本很有可能会入侵印度。

或许印度的插曲是这本书里最有趣的内容。伊夫林爵士坚信

---

① 纳维克战役(the Battles of Narvik)发生于1940年4月9日至6月8日，围绕挪威纳维克市进行。

给予印度自治领的地位是解决印度问题的最佳方式，而且他有理由对印度国大党在危机时刻的态度感到愤怒。

或许这导致他高估了穆斯林联盟的重要性和当英国人离开时爆发内战的危险。

但他和甘地有私交，而且曾经对他做过几次友好的访问，这是他的优势。

他离开的时候不再像十年前召开圆桌会议的时候那么肯定地认为甘地是一位圣人了。

在谈论巴勒斯坦的章节里，他公平地阐述了双方的理由，认为问题有望得到和平解决。

这是一本匆忙写成的书，如果篇幅只有一半的话会更好一些，但研究当代历史的学者可以从中挖掘出一些有价值的内容。

《玉米棒子：美国流行与传统诗歌》贵得离谱（一本 60 页的平装书卖 3 先令 6 便士），但能够得到像《弗朗基与琼尼》或《大糖山》等一知半解的歌曲的全本是一件高兴的事情。

这类歌曲没有作者，一代代地传承下来，没有哪两个版本的内容是一样的。有几首歌特别古老，看到它们仍然被作词是一件有趣的事情，选集里还有几首歌唱的是希特勒和罗斯福。

劳埃德先生撰写了一篇很有意义的序文，提出了与大部分人的想法相反的意见，认为电台或许能够让民间的诗歌流传下去。

评诺曼·科林斯的《伦敦属于我》①

有一些作家的文学师承是非常清晰的，就好像《圣经·旧约》里的那一章节，整篇都是"某某某传某某某"。塞万提斯传斯莫利特，斯莫利特传狄更斯，狄更斯传沃波尔（当然，还有其他几位小说家），沃波尔传普雷斯利②，而普雷斯利传诺曼·科林斯先生，他的《伦敦属于我》一书应该是最近几年来英国出版的最厚重的小说之一了。

除了分量够重之外，它并非一无是处。事实上，科林斯先生要比他的两位前辈更好一些，特别是与普雷斯利先生相比，他的优点在于没有强烈的乐观主义。但这两卷书的读者会立刻察觉到它们与普雷斯利的《天使之路》大体上很相似。

《伦敦属于我》是那种庞杂的书，同时讲述好几个故事，并尝试通过刻画碰巧生活在同一个地区的人们的命运展现伦敦生活的一个截面。

这两卷书的用意是营造幽默的气氛，而且有太多的插科打诨。两卷书都有意无意地以小说应该效仿狄更斯而不是福楼拜这个理论为依据——也就是说，小说应该写得很长、没有结构、事

---

① 刊于 1945 年 11 月 29 日《曼彻斯特晚报》。诺曼·科林斯(Norman Collins, 1907—1982)，英国作家，代表作有《黑象牙》、《总督夫人》等。

② 约翰·布伊顿·普雷斯利(John Boynton Priestley, 1894—1984)，英国作家、剧作家、广播员，作品诙谐而具有批判精神，倾向社会主义。

件丰富且充斥着离奇古怪的角色。

科林斯先生描写的第一个地方是伦敦南部的扬琴街 10 号，在肯宁顿椭圆球场附近。

那是一座"公寓"房，有五户人家和女房东。或许最重要的人物是乔瑟先生，他 65 岁，以前是市政厅的文员，每周领 2 英镑的退休金，有一个很能干却很霸道的妻子和两个成年的孩子。

还有布恩太太，她的儿子珀西在修车厂工作，是个吊儿郎当的人。还有普迪先生，一个年迈的鳏夫，一辈子的兴趣就是吃。还有康妮，在夜总会的衣帽存放间上班。还有灵媒斯科尔斯先生和女房东维萨德太太，她有点吝啬，却对灵媒感兴趣，最后迷恋上了斯科尔斯先生。

从这些角色略带幻想气质的名字，你可以提前预料到这本书的基调。它所描写的时间是从 1938 年末到 1941 年初。

两件大事是一宗谋杀——或许可以被列为过失杀人——和一场背信弃义。处理贼车是珀西·布恩上班时的家常便饭，最后他自己偷了一辆车，在开车逃脱时撞死了一个和他纠缠不休的女孩，但并非出于故意。

和"浴室女尸案"的约瑟夫·史密斯一样，他的审判刚好碰上战争打响，还有几个角色在为战争进行准备，而珀西被定罪后请求宽大处理。

科林斯先生对那宗谋杀和审判的描写最为精彩。他了解律师的收费和庭审程序的不公，而且他竭力营造一种印象，那就是：虽然珀西的所作所为极其残忍无情，但他并不应该承担被指控的罪责。

那个灵媒斯科尔斯先生是一个漂泊不定、一无是处的人，会算命、看相和占星，什么事情都搞砸了。他给自己起了一个很唬人的名字，叫科里托教授。奇怪的是，他时不时会真的有灵力，但似乎对他来说这是一件不开心而且烦恼的事情。

他一直希望能够找到一个愿意支持他的女人。他轻松地征服了维萨德太太。但是，几乎同一时候，他遇到了一个更有魅力的女人，一个伦敦上流社会的寡妇，体格壮硕但很有钱。在三次宣称会与维萨德太太结婚后，他抛弃了她，然后被指控背弃婚姻。

他得到了应有的惩罚，被关进了马恩岛。原来他的名字真的是科里托，而且他是意大利人。他得到了报应。

这些故事和其他故事同时发生，被编排成简短的章节，从一个角色写到另一个角色。事件很简短，而这正是这类书籍和它们所模仿的维多利亚时代的三卷本小说之间的不同。

在狄更斯最具风格的小说里也会有几个情节同时进行，有时候几乎独立进行，但每个故事都很长，能够好好地讲述故事，而且人物的丰满和支线情节的复杂并不能完全归结于狄更斯的旺盛创造力。

那时候将一本小说按月出版是司空见惯的事情，要留住订阅月刊的读者，就得不停地制造悬念，总得有事情发生。

因此，在角色之间跳跃、每一个事件都带来新的问题、得等上一个月才会揭晓悬念是出版业的惯用手法。在那些不是按月出版的小说里，狄更斯更倾向于讲述单独一个故事。

如今还有没有人真的有心情像狄更斯那样漫不经心地进行大部头的创作很值得怀疑。科林斯先生的书有 30 万字——相当于四本普通小说。它写出了伦敦的广袤，而且事件从胸腔膜积水手术到一家夜总会遭到轰炸，从一场重量级拳击比赛到 1940 年的大轰炸。

　　它用了许多已经消亡的词语，而且或许是匆忙写成的。但心理描写和大部分描写谋杀的章节都写得很棒。这本书的编排能够让人跳着读，因此它可以被列为今年出版的少数值得一读的作品之一。

评让-保罗·萨特的《禁闭》、皮特·乌斯蒂诺夫的《班伯里的鼻子》、亚瑟·科斯勒的《黄昏酒吧》①

这三部戏剧，一部是由一位知名的小说家写出的毫无价值的失望作品，另一部是一个才华横溢的年轻演员所写的多愁善感的古装剧，第三部是一位哲学家写的难以捉摸的幻想剧，三部戏剧都罔顾合理性和时间空间法则，或许这么做蕴含着深刻的意义。如果是这样的话，我无法体会到这个意义，但我猜想，或许可以说许多人现在倾向于描写虚幻的世界或遥远的历史，因为他们无法面对实际存在的问题。我会先对萨特的戏剧进行总结，然后让读者作出自己的结论。这或许不会是无益之举，因为我们可以肯定还会再看到萨特的作品，而且很快他的这部作品和其它作品将会被翻译成英文。他是少数几个在德国占领时期崭露头角的法国作家之一，除了是一位小说家和剧作家之外，他还是存在主义哲学的领军人物。通常和他联系在一起的作家是加缪②，他也是一位剧作家，而且曾经担任过几年《战斗报》的编辑，那是抵抗势力办得最出色的报纸。或许读者愿意对萨特这部最成功的戏剧作深

---

① 刊于 1945 年 11 月 30 日《论坛报》。皮特·乌斯蒂诺夫（Peter Ustinov，1921—2004），英国演员、剧作家，代表演出作有《斯巴达克斯》、《尼罗河上的惨案》等。

② 阿尔贝·加缪（Albert Camus，1913—1960），法国哲学家、作家，代表作有《鼠疫》、《西绪福斯神话》等。

入的了解，原因就是我们都希望自己跟得上时代的潮流。

这部戏里只有四个角色——事实上只有三个——而读者在读完一两页之后就知道情节发生于地狱。地狱似乎是一间闷热的客厅，装饰是丑陋的法兰西第二共和国的风格。房间里没有窗户或镜子，门被反锁了，门铃不会响。对家具细节的描写是为了增强无聊和空虚的感觉：譬如说，房间里有一把裁纸刀，却没有书或纸张。当三个遭到诅咒的灵魂意识到他们将永远呆在这个房间里，没有能力改变自己的命运时，气氛达到了高潮。

这三个人是伊内斯，曾经在邮局当文员；埃丝特尔，一个来自于时尚圈的女孩；还有加尔辛，一个记者。他们在生时从未见过面，慢慢地明白他们之所以被安排在一起，是因为他们的脾气正好相克。当他们意识到自己的处境后，他们根本无力得到进步。他们一心只想着他们离开的那个世界，当人们碰巧说起他们的时候甚至能够看到和听到那个世界。

他们遭受诅咒的原因一点一滴地被揭晓。伊内斯是三个人中最愤世嫉俗，或许是最有思想的人，而且是一个同性恋者。她要为另一个女人的自杀负责，而且要为后者的丈夫的死承担间接责任。埃丝特尔第一次出现的时候装出一副无辜的样子，但后来才知道她有一个私生子，而且因为孩子的父亲自杀身亡，她把孩子活活淹死。加尔辛的情况要更加复杂一些。他是一个信奉和平主义的记者，因为他的祖国在进行战争，他却一直在从事和平主义活动而被枪毙。因此，他似乎是一位英雄和烈士。他自己知道他遭受诅咒是因为他对妻子作出的残酷行为。多年来他一直在故意折磨她，享受着这个过程，"因为那是如此轻松惬意"。但他真正的秘密是，他其实是一个伪和平主义者。当战争爆发时，他忘记了自己的原则，逃避了兵役，在被枪毙时他的表现非常懦弱。当然，这并不是说这三个人是因为犯了谋杀或通奸的罪行而遭到诅咒，但正是因为这些行为，他们变成了无可救药的堕落者。

这三个人的性格构成了一个稳固的三角力场，使得任何新的模式都不可能出现。那个同性恋者伊内斯在追求埃丝特尔。埃丝特尔美丽的外表掩盖了丑陋的性格，她在追求加尔辛。加尔辛对她非常粗暴，而且根本不假装爱她，却准备好了接受她，但伊内斯一直在冷眼旁观和嘲笑她，使他没办法接受埃丝特尔。肉欲、嫉妒、仇恨和悔恨一直循环重演，就像一个音乐盒的曲调，暗示着这个毫无意义的重复将会永远持续下去。我尽自己的最大努力翻译了结尾：

加尔辛："不行，她老是看着，我没办法和你做爱。"

埃丝特尔："好吧！她不会再看下去了！"（她从桌上拿起那把裁纸刀，朝伊内斯冲了过去，狠狠地捅了她几刀。）

伊内斯（和她扭打着，大笑着）："你在干什么？你疯了吗？你知道我已经死了。"

埃丝特尔："死了？"（她放下那把裁纸刀，停了下来。伊内斯拿起刀子拼命地往自己身上捅。）

伊内斯："死了！死了！死了！这把刀，毒药、绳子——没用的。死了就是死了，难道你还不明白？我们会永远在一起。"（她大笑着。）

埃丝特尔（发出哈哈大笑）："永远！太可笑了，不是吗？永远！"

加尔辛（看着她们，也大笑着。）

（他们倒在沙发上。不再哈哈大笑，沉默着看着对方。加尔辛站起身。）

（落幕。）

问题是，这到底是想表达什么呢？虽然要对外文作品作判断不是一件容易的事情，但我很肯定这是一部很有张力的戏剧，文笔洗练，而且心理描写准确到位。对于活着的人来说它是否有意义则不是很清楚。它是一幅可信的幽灵的图景，那些幽灵无法得到进步。但据我们所知，幽灵并不存在，而人一直到死都在演变，或发生变化。真的是这样吗？萨特想表达的或许是活死人这么一种状态，如果一个人扼杀了内心的善良的话，他将无法摆脱活死人的状态。虽然没有"来生"，但会遭受类似于这部戏里的诅咒。当一个人沦落到这个境地时，他就会一遍又一遍地重复同样的行为模式。这就是从这出戏里我所能得出的道德上或政治上或心理学上的全部意义。否则，它只是一部冷漠而富于技巧的戏剧，就像是棋盘上的一系列棋步。你必须记住，这出戏是在德国占领时期在巴黎上演的，那时候，当一个作家想要保住气节，又希望作品能够出版时，就只能选择远离现实生活的题材。

皮特·乌斯蒂诺夫是一个杰出的演员，而且如果他坚持写自己所擅长的离奇古怪的主题的话，将会成为一流的剧作家。他展现了滑稽剧和哑剧巨大的潜在可能性。他的这出戏虽然无疑在舞台上很成功，但如果不是以特殊的手法赋予其生机的话，会显得很空洞。故事围绕着一户"郊区"家庭展开，他们是常见的吉卜林式家庭，军人世家，以猎狐为乐。故事采取的是倒叙的手法。我们看到他们在 1943 年最终潦倒，然后一直往前追溯，直到 1884

年，家庭传统扭曲了每一代人。最开始的时候，每一个角色几乎都是他后来的结局的反面：那个年轻的诗人成了毕灵普分子，那个无神论者成了牧师，那个愤世嫉俗的人成了理想主义者。这个故事让人觉得很可信，但如果以正常的顺序去讲述的话，似乎就没有讲述的价值了。

戏剧不是亚瑟·科斯勒的强项。他在几年前写了这出戏，匈牙利警察没收了它，最近他又把它重写出来。两个来自另一个星球的旅行者来到地球，并宣布人类将被灭绝，除非在截止时间之前他们能够证明世界上的幸福要大于不幸。地球上的人绝望地想要快乐起来，但并没有取得成功。最后，他们的命运悬而未决，甚至不知道那两个天外来客是不是骗子。书中没有明确的结论，一部分原因是亚瑟·科斯勒和我们一样，没办法想象如果快乐是可以争取的话会是什么情形。剧中的对话很一般，而且大体上这出戏表明了有想法和把这个想法写成一部戏剧之间的差距。

评西里尔·弗农·康纳利的《荒废的乐园》[1]

康纳利先生所指的乐园是已经失去的二十世纪三十年代的世界（他所说的事情有一些或许与二十年代更吻合），那时候文学作品还没有被政治渗透，而且你能够怀着善意装疯卖傻。这本书里重印的那些文章写于 1927 年到 1944 年间，文风虽然并没有太大的变化，但随着时间的流逝，确实变得越来越严肃，而且不再是纯粹的文学创作。在早期的文章里有关于乔伊斯、纪德、斯威夫特、斯特恩和切斯特菲尔德[2]的评论，而在后期的文章里，有关于精神分析、西班牙内战时的巴塞罗那、已故的纳伯沃斯勋爵[3]的早逝，还有一篇写于 1943 年的精彩文章，回顾 1843 年所取得的成就。

里面有康纳利先生作为一个小说评论家回顾自己短暂而不平静的生涯的一些旧文，包括一篇名为《迦特书》的对奥尔德斯·赫胥黎的拙劣模仿。他说："像大多数评论家一样，由于我无法坚守道德，我进了这个行业……我并不鄙视评论……但我希望自己是一位更好的评论家——我没有进行乐观的描写，因为我得为那

---

① 刊于 1945 年 12 月 2 日《观察者报》。西里尔·弗农·康纳利（Cyril Vernon Connolly，1903—1974），英国作家、书评家，代表作有《石潭》、《承诺的敌人》等。

② 菲利普·多莫·斯坦霍普（Philip Dormer Stanhope，1694—1773），封号切斯特菲尔德伯爵（Earl of Chesterfield），英国政治家、作家，代表作有《致儿家书》等。

③ 纳伯沃斯（Lord Knebworth），情况不详。

么多糟糕的作品写书评。"但是，他确实对一些糟糕的作品说出了自己的心声，当时他定期为一份周刊撰稿。下面是一篇名为《小说评论九十年》的文章的节选：

> 小说评论是白人刊物的坟墓。它就像是在无法忍受的热带气候下修筑桥梁……每清空一小块地方都会让人精疲力竭，而一夜之间丛林就会加倍侵蚀回来……丛林里令人感到厌恶的一幕是评论家回归原始。他不再与丛林进行斗争，而是向它屈服，不停地从一朵鲜花跑到另一朵鲜花，每一朵花都让他惊叹道："大自然的杰作！"

这段话之后是几篇更加严肃的关于当代英国小说的文章，后面是对爱德华·摩根·福斯特和萨默塞特·毛姆的作品的理解。康纳利先生对英国小说的一些论断可谓一针见血。他说英国僵化的阶级体制限制了几乎每个人的体验范围，它是导致小说在整体上题材单薄贫乏的罪魁祸首，并间接导致了目前英语的衰微，这大体上是正确的。但是，在这个阶段，康纳利先生的文学批评作品的特征是对美国文学不加批判的崇拜。他说："美国的小说家，海明威、哈米特①、福克纳、菲茨杰拉德、奥哈拉②，凭借着本能为他们那个时代的读者进行创作，和读者分享同样的经历……英国的小说似乎总是为地位更高的人或地位较低的人而写的，为年

---

① 萨缪尔·达希尔·哈米特(Samuel Dashiell Hammett, 1894—1961)，美国作家，代表作有《玻璃钥匙》、《马耳他猎鹰》等。
② 约翰·亨利·奥哈拉(John Henry O'Hara, 1905—1970)，美国作家，代表作有《活下去的希望》、《天堂之盼》等。

老一些的人或年轻一些的人所写的，或者为异性所写的。"

这么说太武断了。首先，因为他只摘录了几位英国作家的作品进行笼统的批评，所以康纳利先生实际上是拿最好的美国小说和最差的英国小说进行比较。总之，他所崇拜的激烈的美国小说意味着在大部分情况下那些角色脱离了普通人所生活的环境。而且那种伪简洁的文风——"and"这个单词就像被霰弹打中的松鸡那样遍布全文——并不比康纳利先生所鄙薄的"官样文章"好到哪里去。

有几篇关于小说和小说评论的文章带着仇英情绪，读这本书的一个有趣之处就是见证康纳利先生对祖国的情感的起伏。他与英国的关系就像是一场婚姻，哭闹过，砸过东西，然后是精疲力竭的和解，但迟早会以上法庭离婚作为结束。1929年他否定英国，1940年他很崇拜英国，但到了1943年他发现法国在最重要的事情上更加优越。西班牙或许是他最热爱的国家。他的一些见解肤浅而有失公允，而且带着过于浓厚的"文明存在的目的就是为了创造艺术品"这一论断的色彩。但是，他没有被斯文的享乐主义影响，这使他成为一位很有可读性的作家。这是一本理智而且很有意思的作品，在高蹈的思想和低劣的文笔成为普遍现象的时候更是应该受到欢迎。

评莱纳德·罗素编撰的《周末读物》[①]

所有热爱《宝石》和《磁石》的人——这两份报纸有数以万计的拥趸，遍布英国和各个自治领——会很高兴看到弗兰克·理查德[②]又回到工作岗位上，并在今年的《周末读物》里写了一篇很长的自传文章。

我们希望过去五年来因为纸张紧缺而与其它刊物合并的《宝石》和《磁石》能够在不久之后重新发行。

弗兰克·理查德——这是他在《磁石》里的笔名，而在《宝石》里他是马丁·克里福德——是格雷弗莱尔斯学校和圣吉姆学校这两所虚构的公学的缔造者，从 1909 年到 1940 年他每周撰写关于这两所学校的故事，每年的创作量大概是 150 万字。

没有哪个童年时读过这两份刊物的人会忘记鲍勃·切利和格雷弗莱尔斯公学出名的五人帮，或圣吉姆公学的汤姆·梅利和尊贵的亚瑟·奥古斯都·达西，但理查德先生最杰出的贡献无疑是胖墩比利·班特。

通过班特——他那副庞大的圆滚滚的体格、他的眼镜、他永无休止的对食物的渴求、他永远没有寄到的邮政汇款——理查德

---

① 刊于 1945 年 12 月 6 日《曼彻斯特晚报》。莱纳德·罗素（Leonard Russell），情况不详。
② 弗兰克·理查德（Frank Richard）是英国作家查尔斯·哈罗德·汉密尔顿（Charles Harold Hamilton，1876—1961）的笔名。

先生取得了绝大多数幻想作家所无法取得的成就：他创造了一个超越了其读者群体的形象。

我知道有一个拦阻气球的操作员为它起了比利·班特这个绰号，还有一座农场给一头长势很好的肉猪也起了这个名字。

或许那个拦阻气球的操作员或那座农场的人并不知道这个名字的由来。这就是名气，在他那篇有趣的文章里，理查德先生讲述了他是如何做到这一点的。

但是，他还花了一两段的篇幅对我提出了批评，我必须作出回应。几年前我在一份月刊里发表了一篇关于《宝石》和《磁石》的文章①，理查德先生在次月就热烈地回应了我。我误以为弗兰克·理查德的故事是一帮三流作家共同创作的产物，这似乎引起了埋怨。在《周末读物》里，他又提到了这一点：

> 告诉公众《磁石》是以一种很容易模仿的文风专门写成的有什么意义？我的稿件相当受欢迎，数不清有多少可怜的模仿者尝试过模仿它——但没有一个成功过。
>
> 布丁好不好吃要吃过才知道——他们不停地被追讨稿件，超出了所能应付的负荷，许多人尝试过，但最终都被累垮了。乔治在自己的领域是一位非常优秀的作家——但在这件事情上，他根本不知道自己在写些什么。

在重印那篇文章时我改正了原先的错误，但是，如果这篇文章会被理查德先生看到，我希望解释我是如何犯下这个错误的。

---

① 指刊于 1940 年 3 月 11 日《地平线》的文章。

事实上，我觉得一个人根本不可能花三十年的时间每个星期定期写一则长篇故事——更别说两三个类似的故事了。

理查德先生在这段时间大概写了 4 500 万字。作为一个工作很努力，每年写 15 万字的记者，我觉得这根本不可想象。但是，现在我从几个渠道了解到，这确实是真事。

顺便提一下，我还知道有一位漫画家 29 年来每周工作 6 天，毫无间断地作画。

理查德先生补充说他的一个理想是写一部关于宗教的作品。我期待读到这本书。与此同时，祝他好运，希望很快《宝石》和《磁石》能够重新发行①。谁会不愿意再次听到鲍勃·切利快活的"你好，你好，你好啊"或看到某场悲剧发生在格西的高礼帽上呢?

不管怎样，自从这两份报纸停刊后，五年来社会气氛已经发生了变化。如果我是理查德先生的话，我会在我的故事里加进一点左翼意识形态，甚至把主角们转到一所更加"进步"的学校。

把圣吉姆公学变成一所男女同校的学校怎么样? 或者说，让比利·班特和五人帮去达廷顿市政厅?

当然，理查德先生的文章不是《周末读物》的全部内容，里面还有许多意想不到的东西。

阿尔弗雷德·莱斯利·卢维思②写了一篇关于万灵学院的文章，史蒂芬·斯宾德写了一篇长文解释创作一首诗的几个阶段。

---

① 《宝石》与《磁石》都没有复刊。
② 阿尔弗雷德·莱斯利·卢维思(Alfred Leslie Rowse, 1903—1997)，英国历史学家、作家，代表作有《英国历史的精神》、《历史的作用》等。

有一篇文章探讨了意大利犯罪学家隆布罗索①，作者也是一个犯罪学家，西塞利·维罗妮卡·韦奇伍德②小姐写了一篇关于尤金妮亚皇后的研究，诺拉·霍尔特③和朱利安·麦克拉伦-罗斯创作了短篇小说，厄尼斯特·纽曼④写了一篇关于历史学家的错误的文章，等等等等。

有两篇文章因为内容不同寻常而引人注目，分别是朱利安·西蒙斯⑤和弗雷德·贝森⑥先生的作品。贝森先生是一个二手书商，与小说家和剧作家萨默塞特·毛姆是多年的相识，在这本书里写了关于他的回忆录。

朱利安·西蒙斯是已故的阿方斯·詹姆斯·阿尔伯特·西蒙斯⑦的弟弟，提供了一些迄今为止还没有发表的、令人惊诧的信息，是关于神秘的科尔沃勋爵⑧——《哈德良七世》的作者的。阿方斯·詹姆斯·阿尔伯特·西蒙斯对他做了深入的研究。

---

① 切萨尔·隆布罗索(Cesare Lombroso, 1835—1909)，意大利医生、犯罪学家，其犯罪理论认为犯罪具有遗传性，可以通过人类学、精神病学和社会心理学加以判断并予以防止。

② 西塞利·维罗妮卡·韦奇伍德(Cicely Veronica Wedgwood, 1910—1997)，英国女作家，代表作有《奥利弗·克伦威尔》、《三十年战争》等。

③ 诺拉·霍尔特(Norah Hoult, 1898—1984)，爱尔兰女作家，代表作有《父与女》、《神圣的爱尔兰》等。

④ 厄尼斯特·纽曼(Ernest Newman, 1868—1959)，英国音乐批评家、作家，代表作有《无意识的贝多芬》、《瓦格纳的研究》等。

⑤ 朱利安·古斯塔夫·西蒙斯(Julian Gustave Symons, 1912—1994)，英国作家、诗人，代表作有《杀了自己的男人》、《谋杀！谋杀！》等。

⑥ 弗雷德·贝森(Fred Bason)，情况不详。

⑦ 阿方斯·詹姆斯·阿尔伯特·西蒙斯(Alphonse James Albert Symons, 1900—1941)，英国作家，代表作有《寻找科尔沃》、《九十年代诗歌选》等。

⑧ 弗雷德里克·威廉·罗尔夫(Frederick William Rolfe, 1860—1913)，封号为科尔沃男爵(Baron Corvo)，英国作家、摄影师，当时被视为怪人，代表作有《渡渡鸟告诉我的故事》、《威尼斯札记》等。

楼尔①画了12幅滑稽肖像画——有伯特兰·罗素、安奈林·比万②、托马斯·斯特恩斯·艾略特、威廉·毕福理奇爵士等人——书里有两部分用于展示照片。其中一个部分有几幅非常漂亮的合成照片，展示了家具和其他用具。

另一个部分展示了50年前的英国风貌。你可以看到穿着猎鹿装的凯尔·哈迪③、戴着高礼帽的威尔士王子（爱德华七世）、蓄着中等长度胡须的萧伯纳、第一批穿着短裙的女人学着骑固定轮的单车、穿着花格子衬衣的奥伯利·比亚兹莱④和许多演员、政客、科学家等人物的照片。

还有一组照片展示了芭蕾舞的演变。在书中的另一部分，奥利弗·库克⑤小姐用彩色图片展示了英国与法国绘画之间的联系。

这本书的护封破破烂烂，很不像样，但除此之外，拿来当圣诞节礼物还是不错的。

---

① 亚历山大·塞西尔·楼尔（David Alexander Cecil Low, 1891—1963），新西兰漫画家，长期定居英国进行创作。
② 安奈林·比万（Aneurin Bevan, 1897—1960），威尔士工党政治家，曾在二战后担任艾德礼政府的卫生部长，推行全民免费医疗，长期担任南威尔士众议员。
③ 詹姆斯·凯尔·哈迪（James Keir Hardie, 1856—1915），苏格兰政治家，独立工党领导人。
④ 奥伯利·比亚兹莱（Aubrey Beardsley, 1872—1898），英国插画艺术家，创办杂志《黄皮书》，其作品为二三十年代的中国文坛所重视。鲁迅对他的评论可参阅《集外集拾遗》。
⑤ 奥利弗·库克（Olive Cook, 1912—2002），英国女画家。

评弗朗兹·卡尔·韦斯科夫的《行刑队》、顿萨尼勋爵的《塞壬的觉醒》[①]

《行刑队》的广告是"全新形式的战争小说"，这或许有点夸张了，但它确实是一本不同寻常的作品。它描写了战争，但没有描写战斗，它的描述重点是心理问题。那是关于敌占区的故事——大部分情节发生于布拉格——从一个德国人的视角进行讲述。

这本书据说是根据真人真事写成的，但最离奇的一点是它的讲述方式。

故事的讲述者是一个年轻的德国士兵，负伤后被俄国人俘虏，向医院的一个护士讲述他的经历，那个护士把它们记录下来。

之前他写了一本日记，但丢失了，因此他尝试以这种方式去代替它。奇怪的是，居然有医院能够让护士在战争时期去做这种事情，而且开头的忏悔不是非常可信：

> 你怎能意识到一个德国国防军的士兵根本不能拥有一个

---

① 刊于 1945 年 12 月 13 日《曼彻斯特晚报》。弗朗兹·卡尔·韦斯科夫 (Franz Carl Weiskopf，1900—1955)，捷克作家，代表作有《行刑队》、《不屈的巴尔干民族》。顿萨尼男爵爱德华·约翰·莫尔顿·普兰克特(Edward John Moreton Plunkett, Baron of Dunsany, 1878—1957)，英国作家，代表作有《时间与神明》、《做梦者的故事》等。

朋友，能够和他开诚布公地谈话，不用偷偷摸摸地暗示和拐弯抹角呢？他们把我们逼成这样，都是因为他们的监视、羞辱和施暴。他们逼得我们只敢低声嘀咕着心里的念头……

很难想象会有人这么说话，也很难相信受到这么严密监视的人敢冒险写日记，还记录了自己的秘密思想。但这种夸张的自我憎恨的基调到后来减弱了，故事的大部分内容都是平铺直叙，只是偶尔会有一段小结或插入一两段话，让读者了解当时的政治和军事形势。

大体上这是一个凌乱的故事。那个讲述故事的年轻人名叫汉斯·霍勒，是苏台德地区的德国人。他在南斯拉夫负了伤，在1941年的冬天被派遣驻守捷克斯洛伐克。

他的连队里什么人都有，但大部分都是体面人。他们更关心享受而不是压迫捷克人，一开始的时候他们很讨厌处决破坏者这份工作。

但是，随着战争的持续，那些没有死掉的士兵陷入了崩溃——因为一个接一个的士兵被调派到惨烈的俄国战场。

一个士兵自杀了，另一个成为盖世太保的密探，其他人因为犯罪或莫须有的罪名而被枪毙。所有人渐渐因为劫掠和"报复"而变得性情凶残，甚至在没有受战火侵袭的德国，家庭生活也因为战争的压力而分崩离析。

汉斯被迫与一个就快生孩子的女人结婚，但他知道那并不是自己的孩子。结婚后他就爱上了她的妹妹。而她还是个孩子，而且因为曾经进了希特勒青年团而染上了性病。

汉斯越来越觉得自己生活在一个梦魇里。最后的打击来临了：他看到一张通缉海报，上面那张脸赫然就是一个他在战前谈过恋爱但后来好几年没有联系的捷克女孩。海报上还写着："通缉——生死勿论"。

三件事情逐渐地摧毁了他的意志。一件是捷克人平静而轻蔑的仇恨，对这个民族施暴或时不时加以怀柔根本不起作用。另一件事情是永无休止的战争和每一户家庭逐渐增加的死亡人数。

还有一件事情——虽然只是偶尔起作用，但造成了戏剧性的效果——是他发现德国的新闻并没有报道真相。其隐含的意思是它需要军事上的失利以激起德国人民的愧疚感——无疑这是非常真实的。

这本书的结局是骇人听闻但或许贴近真实的对俄国战役惨剧的描写。

有几处地方，特别是开头和结尾，这本书流于庸俗的政治宣传，而且在精神描写上并不真实，但它是一本水平还不错的当代战争小说。

顿萨尼勋爵的书或许是用好素材的反面教材。它是一本回忆录，涵盖了从 1930 年到 1942 年的事件，但随意地堆在一起，几乎不堪卒读。

那时候顿萨尼勋爵经历了许多事情，特别是最后三年，但他并不满足于讲述他的主要经历。恰恰相反，每一页都堆砌着琐碎的细节和他所写的应景诗。对于他的这个爱好有一个例子值得一提。

南斯拉夫与希特勒达成协议时，正在希腊的顿萨尼爵士写了一首表示谴责的诗，在希腊的广播电台上朗诵。第二天，在国王发动政变后，他又写了另一首诗，歌颂南斯拉夫人的英勇，这首诗也在电台上播放了。

到了1940年底，顿萨尼勋爵被派遣出使希腊。他必须先乘船到开普敦，然后飞去埃及，乘船到尼罗河上游，那里有成群的河马，而岸上的鳄鱼正虎视眈眈。

刚到希腊不久德国人又逼着他离开了，他乘坐一艘挨过轰炸、挤满了人的轮船再次穿过地中海，乘客们上船前就知道上面的救生船只够让女人用。

回家的路上他探访了非洲的许多地方，甚至去了摩德河的战场，布尔战争时他曾经在那里打过仗。大体上这是一个跌宕起伏的故事，遗憾的是，它没有被写成一本更好的书。

评威廉·鲍耶·哈尼的《科学与创造性艺术》①

过去几年来，有一些作家尝试调和科学家和艺术家之间的矛盾，但从未取得令人满意的效果。这个争议因为各种嫉妒和误解而变得模糊不清，而且从一开始就被现代人根本无法停止崇拜科学却又无法想象一个真正科学的文明这个事实所戕害。哈尼先生从几个方面对这个问题发起了抨击。但是，虽然时不时会有精辟的见解，但他似乎自相矛盾，并最终屈服于一开始抨击的科学态度。

这本书的第一篇同时也是最长的一篇文章旨在表明人的本性有相当大的非理性特征，是科学无法解释的。艺术的存在，特别是那些最"没有用处"的艺术——诗歌和音乐——证明了这一点。艺术没有生物性的功能，没办法用生存斗争的理论进行满意的解释。最重要的是，艺术作品是不能人工合成制作的。要用弗洛伊德或马克思的理论去搪塞解释艺术冲动是很容易的事情，但这并不能让我们更加深入地理解好的艺术作品与糟糕的艺术作品之间的区别。这一区别只能通过本能进行感知，而唯一有效的考验是艺术作品能否流传于世。换句话说，审美是超越逻辑的，科学家没办法去解释它或控制它，因此削弱了他要当人类的立法者

---

① 刊于 1945 年 12 月 16 日《观察者报》。威廉·鲍耶·哈尼（William Bowyer Honey, 1889—1956），英国作家、学者，代表作有《科学与创造性的艺术》、《欧洲陶瓷艺术》等。

的说服力。大部分会被诗歌、音乐或雕塑艺术感动的人都会认同这一点。但遗憾的是，这篇文章大部分内容针对的是康拉德·哈尔·沃丁顿①博士，但很难责备他有科学至上的傲慢态度或庸俗思想。

第二篇文章的名字叫《科学与伦理》，哈尼先生在文中的立场更不牢固。他说伦理价值和审美价值一样是非理性的，无法以进化过程的产物作为解释：

> 就像智力一样，活力是可以获得奖励的，而道德价值则是斗争生存的障碍。大自然青睐的是狡诈和阴险，而不是信任或公平，它青睐的是侵略性和占有性的自我实现，而不是对我们的同胞的无私、热情和爱，它青睐的是掠夺性的竞争和对我们的敌人的无情毁灭，而不是忍耐和无私的奉献。如果某一个价值标准无法形成进化上的优势，那么它是否真的有价值可言值得怀疑。

很难相信这是真的。即使在动物世界里，群居和温顺的动物总是最成功的动物。绵羊要比狼更长命。在人类身上，几乎每一个"美好的"品质都是能让人生活在集体中的品质，或某个更早时期的具有利他功能的态度的传承，比如对嫉妒的抵制。在书中的这个部分，哈尼先生的解释并不能令人满意，而且他似乎过分强调了物质与精神的对立。

---

① 康拉德·哈尔·沃丁顿（Conrad Hal Waddington，1905—1975），英国生物学家、哲学家，代表作有《科学的态度》、《思想的工具》等。

最后一篇文章名为《新社会秩序下的科学与艺术》。"新社会秩序"这个说法并没有什么新意：我们将生活在一个理性的、有规划的世界，没有浪费，没有剥削，没有混乱，没有贫穷，没有严重的不平等——总而言之，我们都想要甚至可以得到的世界，如果原子弹没有先把我们炸得粉碎。但是，与此同时，"国家本身并不是最终的目的"，只要不公开造反，人们可以享有最彻底的思想自由。

或许思想自由很有希望在一个高度组织化的社会里存在，但是，更重要的是，在这个背景中，如果机器像哈尼先生所设想的那样获得彻底的胜利，艺术冲动将被扼杀，或发生改变。他可以鄙视那些将过去理想化的人，但是，他似乎没有看到消灭了日常劳动中的创造性元素后，机器已经改变了艺术家的地位。在一个彻底机器化的时代，艺术要么不再是个体的活动，要么必须切断与实用性的联系。假定机器将一直存在下去，或许某种形式的艺术将会存在。它将以什么方式存在，问题正在于此，而哈尼先生就此停笔。最后这篇文章的观点与第一篇文章的观点之间的矛盾是很难调和的。这是一本不了了之的书，有几处地方根本不堪卒读，但它引出了几个好话题。

评威廉·拉塞尔的三幕剧《地窖》 [①]

最近有许多部戏剧出书了。比方说：爱德华·查尔斯·萨克维尔-韦斯特的广播剧《拯救》、亚瑟·科斯勒的不是很成功的幻想剧《黄昏的酒吧》和一部更加贴近工人阶级的戏剧《班伯利的鼻子》，作者是彼得·乌斯蒂诺夫，它已经在舞台上公演。在战争年间声名鹊起的法国作家之一让-保罗·萨特的很有张力的戏剧《禁闭》最近在英国也出版了法文版，而且或许很快就会出英文版。

有趣的是，虽然戏剧主要是针对舞台而写的，但以书本的形式出版后却和一般的小说一样很有可读性。萧伯纳总是会为他的戏剧配上细致的舞台介绍，基本上把它们变成了小说，然后出书。詹姆斯·巴利爵士的《令人羡慕的克莱顿》也是这样出书的。

这么做是否必要或是不是好事值得怀疑。萧伯纳戏剧的舞台介绍有很多内容是演员无法表现的，读完之后总是会有什么东西被遗漏了的感觉。或许以制作人能够运用的形式去出版一部戏剧会比较好。

《罗伯特·该隐》在一年前出版，描写了美国南部各州的肤色

---

① 刊于 1945 年 12 月 20 日《曼彻斯特晚报》。威廉·拉塞尔（William Russell），情况不详。

问题，威廉·拉塞尔或许会因为这部不同寻常的小说而被记住。在他这部戏剧里，肤色问题也是重要的内容，但不是中心主题。戏里只有五个角色，所有的剧情都在同一个地方展开：那五个人躲避警察的一座空房子的地窖。他们刚从一场监狱暴动中逃出来，等着一个同犯开一辆卡车接他们到安全的地方，但那个人一直没有来。

在监狱暴动中，他们中间有一个人杀死了一个狱卒，还有另一个名叫约翰逊的黑人受了重伤。他的身体里有一颗子弹，痛苦万分而且脱水很严重。最后，他们都知道如果不去寻求救助的话，约翰逊会死掉的。

这时候几个人的性格暴露无遗。泰德是一个黑帮混混，阿尔奇是一个银行职员，心地温和而且深思熟虑。西德尼就是那个打死狱卒的人，是一个放荡的恶棍。还有一个年轻人莱斯利总是随遇而安，最后一个人就是约翰逊，来自美国南方的黑人。他悲哀地意识到像他这样的人并不被看成是真正的人。

这出戏的中心事件是泰德与阿尔奇之间的斗争。泰德看不起黑人，骂他们是"黑鬼"，想让约翰逊就这么死掉。这帮逃犯要是去寻求帮助的话，一定会暴露自己的行踪。

西德尼当然和泰德在同一阵营。莱斯利一开始支持阿尔奇，但后来被泰德说服了。最重要的事情是，他们当中唯一心存善念的人阿尔奇其实是一个懦夫。

当第三天的黎明来临时，约翰逊在地窖的角落里奄奄一息。四个幸存者爬出栅栏没命地逃跑。他们牺牲了约翰逊，却没有给自己带来什么好处。

它所隐含的意义——没有明确地加以表达——就是：如果约

翰逊不是一个黑人的话，他们所有人，包括阿尔奇，或许会愿意冒险去救他。阿尔奇最后的念头是虽然他们逃脱了真实的监狱，但他们仍将是性格和成长经历的囚徒。

这出戏有不少缺点，但很有可读性，而且要比《罗伯特·该隐》更加成熟。联合剧院或别的某个剧院或许会举行试演。

无厘头诗歌：论鲁道夫·路易斯·梅格罗兹编撰的《利尔文集》①

据说许多语言都没有无厘头诗歌，即使在英语中，无厘头诗歌也不是很多。大部分的形式是儿歌和民间诗歌的片段，其中有一些刚开始时严格来说并非是无厘头，但后来它们本来的意义被遗忘了。比方说，关于玛洁莉·道尔的打油诗：

> 跷跷板，玛洁莉·道尔，
>
> 多宾得有个新主人，
>
> 一天只有一便士，
>
> 因为他根本跑不快。

或我小时候在牛津郡学会的另一个版本：

> 跷跷板，玛洁莉·道尔，
>
> 卖了她的床，躺在干草上，
>
> 她真是一个傻姑娘，
>
> 卖了她的床，躺在泥土上。

---

① 刊于 1945 年 12 月 21 日《论坛报》。鲁道夫·路易斯·梅格罗兹（Rodolphe Louis Mégroz, 1891—1968），英国作家、诗人、评论家，代表作有《与约瑟夫·康拉德的对话》、《莎士比亚评述》等。

或许真的曾经有一个人名叫玛洁莉·道尔，甚至或许真的有一个人名叫多宾，不知怎地被编入了故事中。当莎士比亚让埃德加在《李尔王》里引用"小雄鸡坐在高墩上"①和类似的只言片语时，他是在写一些无厘头的东西，但无疑这些片段来自于被遗忘的民谣，曾经有过含义。你几乎是在无意识中引用的典型的民间诗歌片段并不一定都是无厘头，而是带有韵律的对某件司空见惯的事情的评论，比如说"一便士，两便士，热辣辣的十字架包子"或"波利放上水壶吧，我们都来喝茶吧"。这些看似轻佻的押韵诗句事实上表达了深刻而悲观的生命观和农民看透生死的智慧。例如：

> 所罗门·格兰迪，
>
> 周一出生，
>
> 周二受洗，
>
> 周三结婚，
>
> 周四染疾，
>
> 周五病重，
>
> 周六死掉，
>
> 周日下葬，
>
> 这就是所罗门·格兰迪的下场。

这是一则悲伤的故事，却阐述了你我共同的命运。

---

① "小雄鸡坐在高墩上"一句出自莎士比亚《李尔王》（朱生豪译文），原文是："Pillicock sat on Pillicock Hill"。

在超现实主义明确地侵入无意识前，除了那些没有意义的歌曲叠句之外，无厘头诗歌似乎并不普遍。这使爱德华·利尔拥有了特殊的地位。鲁道夫·路易斯·梅格罗兹最近对他的无厘头诗歌进行编辑，在战争爆发的一两年前，他还编辑了一本由企鹅出版社发行的诗集。利尔是最早描写纯粹的虚幻的作家之一，内容有幻想的国度和新造的词语，并不是以讽刺挖苦为目的。他的诗歌并非都是无厘头，有的是通过歪曲逻辑而营造效果，但其蕴含的情感都是一样的，悲伤而不怨毒。它们表达了一种亲切的疯癫，对一切弱小而荒唐的事物抱以同情。平心而论，利尔可以被称为五行打油诗的鼻祖，虽然以几乎相同的体裁写成的诗歌在更早的作家那里也可以找到。关于他的五行打油诗有一点有时候被视为缺陷——第一句和最后一句总是用同一个韵脚——但这也是其魅力之一。只是稍加改动增加了它不刻意为之的效果，如果故意语出惊人或许就会破坏这一效果。例如：

> 曾经有一位小姐来自葡萄牙，
>
> 她很想去航海，
>
> 她爬到一棵树上，
>
> 端详着海洋，
>
> 却宣布她永远不会离开葡萄牙。

在利尔之后，几乎没有一首五行诗内容有趣，可以被刊登出来，值得加以引用。不过，他写得最好的是几首稍长一些的诗如《猫头鹰和猫咪》或《永吉-邦吉-波的求爱》：

在科罗曼德的海岸，

那里有初生的南瓜在摇摆，

在树林的里面，

住着永吉-邦吉-波。

有两张凳子，和半支蜡烛

一个旧水壶，没有了手把，

这些就是他的家当。

在树林的里面，

这些就是他的家当。

永吉-邦吉-波的家当，

永吉-邦吉-波的家当。

后来出现了一位养杜金肉鸡的姑娘，接着描写了一段没有结局的爱情。梅格罗兹先生认为，它或许反映了利尔自己的生平，情况或许就是这样。他终生未婚，而且很容易猜出他的性生活很有问题。无疑，一个精神学家能从他的画作和不断出现的某些生造的词语如"三齿叉"中找到各种含义。他的健康状况很糟糕，而且作为一户有二十一个孩子的家庭中的老么，从很小的时候开始他一定就品尝到了烦恼和艰辛的滋味。显然，他郁郁寡欢，而且天性孤僻，虽然他有几个好朋友。

奥尔德斯·赫胥黎称赞利尔的幻想是自由的宣言，指出《他们》这首五行诗代表了理性、守法和沉闷的美德。"他们"是现实主义者，是务实的人，是戴着高礼帽的冷静的市民，他们总是热情地阻止你做出任何值得去做的事情。例如：

怀特黑文有一个老人，

他与一只乌鸦跳起了四对方舞，

但他们说："这太荒唐了，

竟然和这只鸟跳舞！"

于是他们打死了那个怀特黑文的老人。

　　因为一个人和一只乌鸦跳四对方舞而将他杀死正是"他们"会做出的事情。赫伯特·里德也称赞过利尔，并认为他的诗要比刘易斯·卡罗尔的诗更好，更加具有纯粹的梦幻色彩。至于我的看法，我要说的是，我发现当利尔最不武断时，不插科打诨或歪曲逻辑时，他所写的东西最有趣。当他放任自己的幻想时，就像他所幻想的那些名字，或像《家庭烹饪的三张收据》所写的那样，他是个傻气而让人厌烦的作家。《没有脚趾的波普》被逻辑的幽灵所困扰，我觉得是里面的某种感觉让它很有趣。我们或许记得，波普去布里斯托运河钓鱼：

所有的水手和将军齐声高喊，

当他们看到他越走越远，

"他去钓鱼了，为了姨妈乔比斯卡

那只长着红胡须的三叉猫！"

　　这首诗有趣的地方在于拿将军开涮的调调。那句胡说八道的话——那只长着红胡须的三叉猫！——只是让人觉得尴尬。波普在水里的时候，某只不明怪物过来将他的脚趾头咬掉了。等到他回到家里时，他的姨妈说道：

这件事众所皆知，

没有了脚趾的波普更开心。

这句话也很有趣，你甚至可以说带有政治寓意。因为对专制政府的批判就蕴含于"没有了脚趾的波普更开心"这句话里。那首著名的五行诗也是一样：

曾经有一个老头住在贝辛，

他的思想真是古怪，

他买了一匹骏马，

飞奔离去，

离开了人们，离开了贝辛。

这并不是胡说八道。最有意思的就是对住在贝辛的人温和而含蓄的批判，那些人又是"他们"那些值得尊敬的人，思想正确、憎恨艺术的大多数人。

和利尔同一时代的作家中最接近他的是刘易斯·卡罗尔，但是，他没有那么异想天开——而且我觉得要更有趣。从那时之后，正如梅格罗兹先生在序文中指出的，利尔一直很有影响力，但很难相信他写的都是好诗。现在那些傻乎乎的、异想天开的儿童书籍或许在部分程度上是受他的影响。不管怎样，刻意去写无厘头的诗这个想法虽然在利尔身上获得成功，但让人觉得很困惑。或许最好的无厘头的诗是在集体创作的情况下慢慢地、不经意间产生的，而不是出自个别作者的手笔。另一方面，作为漫画插画家，利尔的影响力应该是正面的。比方说，詹姆斯·瑟博①一定借鉴了利尔的插画。作为一本信息详实的介绍，这本书会是挺好的圣诞节礼物。

---

① 詹姆斯·格罗夫·瑟博（James Grover Thurber，1894—1961），美国作家、记者、卡通画家，长期担任《纽约客》专栏作家，代表作有《男人、女人和狗》、《了不起的O》等。

对詹姆斯·伯恩汉姆的反思[①]

詹姆斯·伯恩汉姆的作品《管理革命》出版时在美国与英国引起了强烈反响，它的主题已经被深入探讨过，基本上不需要再对其进行详细的阐述。我对这本书的小结如下：

资本主义正在消失，但社会主义将不会取代它。当前正在崛起的是一种新型的中央集权计划社会，既不是资本主义，也不能用任何为人所接受的民主概念去描述它。这个新社会的统治者将是那些实际掌握了生产资料的人，即商业行政人员、技术人员、官僚和军人，按照伯恩汉姆所说，以"管理者"的名义勾结在一起。这些人将消灭旧的资产阶级，镇压工人阶级，构建组织严密的社会，并将所有的权力和经济特权掌握在手中。私有产权将被消灭，但公有制并不会确立。新型的"管理式"社会不是几个独立的小国，而是围绕着欧洲、亚洲和美洲的工业中心成立的超级大国。这些超级大国将为了地球上尚未被占领的地区而彼此之间展开战争，但或许没有能力彻底征服对方。每个社会的内部都是等级森严的体系，最顶端是富有才华的贵族阶层，最底层是半奴隶的群众。

在他的下一部作品《马基雅弗利的信徒》中，伯恩汉姆阐述

---

① 1946 年由社会主义书社出版。詹姆斯·伯恩汉姆(James Burnham, 1905—1987)，美国政治思想家，托洛茨基运动的美国领导人之一，代表作有《管理革命》和《马基雅弗利的信徒》。

并修正了原来的言论。该书的大部分内容讲述了马基雅弗利的理论和他的现代信徒莫斯卡[①]、米歇尔斯[②]和帕累托[③]，并为其进行令人疑惑的辩护。伯恩汉姆还把工团主义作家乔治斯·索雷尔[④]归入他们的行列。伯恩汉姆主要想表达的是，根本不曾存在过什么民主社会，而根据我们的理解，这一社会永远不会出现。究其本质，社会是寡头政治体制，执政者的权力总是依靠暴力和欺诈这两种手段去维持。伯恩汉姆没有否认"善的"动机或许在私人生活中起作用，但他认为政治就是权力的斗争，除此无它。所有的历史变迁归根结底就是一个统治阶级取代另一个统治阶级的过程。所有关于民主、自由、平等、友爱的言论，所有的革命运动，所有对乌托邦或"无阶级社会"或"地上天国"的想象都是谎言(不一定是有意识的谎言)，掩盖了某个正在为权力拼杀的新阶级的野心。英国清教徒、雅各宾派、布尔什维克党都只是一群群争权夺利之徒，利用了群众的热情，为自己掌权铺平道路。有时候权力可以不靠暴力维持，但欺诈是必需的手段，因为群众必须加以利用，但如果群众知道自己只是一小撮人达成目标的工具，他们是不会配合的。在每一次大型的革命斗争中，群众被"四海之内皆兄弟"的美梦所诱导，但一旦新的统治阶级牢牢掌握了权

[①] 盖塔诺·莫斯卡(Gaetano Mosca, 1858—1941)，意大利政治学家，崇尚精英主义理论，与威尔弗里多·帕累托和罗伯特·米歇尔斯并称为精英主义学派的代表人物。

[②] 罗伯特·米歇尔斯(Robert Michels, 1876—1936)，德国社会学家，崇尚精英主义理论，在意大利从事法西斯主义活动，精英主义学派的代表人物。

[③] 威尔弗里多·帕累托(Vilfredo Pareto, 1848—1923)，意大利社会学家、经济学家和哲学家，拥戴墨索里尼的法西斯统治，精英主义学派的代表人物。

[④] 乔治斯·索雷尔(Georges Sorel, 1847—1922)，法国哲学家和工团主义理论倡导者，其观念更偏向于反精英主义。

力，他们就会重新沦为奴隶。这就是伯恩汉姆眼中的政治史的全部内容。

第二本书不同于第一本书的地方在于，它声称如果能更诚恳地面对现实的话，整个过程可以或多或少地道德化。《马基雅弗利的信徒》的副标题是《自由的捍卫者》。马基雅弗利和他的追随者教导说，在政治领域里根本没有面子可言。伯恩汉姆声称，这样能使政治变得更加明智，更少压迫。意识到自己的真正目的是保住权力的统治阶级也会知道，要是它能创造共同的福祉，避免成为僵化的继承制贵族阶级，保住权力的希望会更大一些。伯恩汉姆强调了帕累托的"精英循环"理论。如果统治阶级希望保住权力，它就必须不停地从下层阶级中接纳合适的新人，这样一来，最有能力的人可以总是屹立于权力之巅，让新的渴望权力的反抗阶级不至于形成。而这样一种情形，伯恩汉姆认为，在一个仍然保留着民主习惯的社会里是最有可能出现的——也就是说，在一个反对派依然存在，出版和工会等团体也能保持独立的社会里。无疑，在这一点上伯恩汉姆与他早期的意见相左。《管理革命》写于1940年，它理所当然地认为"奉行新型管理"的德国在各个方面都要比资本主义民主国家如法国或英国更加高效。而在1942年写成的第二本作品中，伯恩汉姆承认如果德国允许言论自由的话，或许它原本可以避免几个严重的战略错误。但是，他并没有放弃主要的观点：资本主义已经日落西山，社会主义只是空想。要是我们能够理解要解决的问题到底是什么，或许我们可以在部分程度上引导管理的革命，但无论我们喜不喜欢，革命正在发生。两本作品，尤其是第一本，都流露出确凿无疑的对书中所探讨的政治残忍和邪恶的喜爱之情。虽然他强调他只是在列举事实，并不是在表明他自己的倾向，但明显看得出伯恩汉姆对权力感到心醉神迷。他支持德国，因为德国似乎正在赢得这场战争。他的一篇近期文章《列宁的继承人》在 1945 年初刊登于《党派评论》，这篇文章表明他支持的是苏联。《列宁的继承人》在美国的左翼团体中引起了轩然大波，但还没有在英国出版，我将在本文的后面对其进行探讨。

我们可以看到，伯恩汉姆的理论严格来说并没有新鲜内容可言。之前已经有许多作家预见到了一种新社会的出现，它既不是资本主义，也不是社会主义，而是可能以奴隶制为基础，但是大部分作家与伯恩汉姆的不同之处在于，他们不认为这一发展趋势是不可避免的。一个好的例子就是希莱尔·贝洛克出版于 1911 年的作品《奴役社会》。《奴役社会》的文笔很枯燥，而它所提出的解决之道（回归小国寡民的农业社会）从很多方面来说都是不可能实现的，但是，它确实以非凡的预见能力揭示了自 1930 年以来正在发生的事情。切斯特顿预言民主和私有财产将会消亡，一个可以被称为"资本主义"或"共产主义"的奴隶社会将会兴起，但他的系统性要相对差一些。杰克·伦敦在《铁蹄》（1909）中预言了法西斯主义的几个重要特征。还有像威尔斯的《沉睡者醒来》（1900）、扎米亚京①的《我们》（1923）和奥尔德斯·赫胥黎的《美丽新世界》（1930），这几本书都描写了想象中的未来世界，资本主义的特殊问题得到了解决，但并没有带来自由、平等或真正的快乐。事实上，一个中央集权的计划社会将演变成为寡头政治或独

---

① 叶甫格尼·伊万诺维奇·扎米亚京（Yevgeny Ivanovich Zamyatin，1884—1937），俄国作家，因在作品中对苏联政府进行批判而遭到流放，代表作有《我们》、《岛民》、《上帝遗忘的洞穴》等。

裁体制是非常明显的事情。正统的保守派无法看清这一点，因为他们认为社会主义"行不通"，而资本主义的消亡将意味着混乱和无政府状态，这让他们心里觉得很不踏实。正统的社会主义者无法看清这一点，因为他们希望自己能赶快掌权，因此，他们觉得当资本主义消亡时，社会主义将会取而代之。结果，他们没能预见到法西斯主义的崛起，也没能在这件事已经发生后作出正确的预测。但是，工业主义必将以寡头垄断而告终，而寡头垄断必然意味着暴政，这一理念并不是什么值得大惊小怪的事情。

伯恩汉姆与大部分思想家的不同之处在于，他尝试准确地勾勒出"管理的革命"在世界范围内发生的进程，并认为极权主义是不可阻挡的发展趋势，因此绝不能与之对抗，但这个过程或许可以被加以引导。根据伯恩汉姆在1940年所写的内容，"管理主义"在苏联取得了最完善的发展，而德国的发展也不遑多让，并在美国开始出现。他将罗斯福新政形容为"原始的管理主义"，但这股潮流在各地都是一样的，或几乎没有任何区别。自由放任的资本主义总是会被计划和国家干预所取代，纯粹的所有者被技术人员和官僚褫夺了权力，但社会主义——以前被称为社会主义的那一套社会体系——并没有出现的苗头：

> 有些人试图为马克思主义辩护，说它"根本没有机会"。这根本不是事实。马克思主义和马克思主义政党有过许多次机会。在俄国，马克思主义政党执政了。在短短的时间里，它背弃了马克思主义，虽然没有在口头上这么说，但付诸了行动。第一次世界大战临近结束的那几个月和接下来的那几年，大部分欧洲国家遭遇了社会危机，为马克思主义

政党大开方便之门，但无一例外，他们都无法获得并保住权力。在许多国家——德国、丹麦、挪威、瑞典、奥地利、英国、澳大利亚、新西兰、西班牙、法国——改革派马克思主义政党组建了政府，但都没有引入社会主义或采取迈向社会主义的措施……这些政党在实际行动中一遇到历史的考验——已经有过许多次历史的考验——就要么辜负了社会主义，要么干脆背弃社会主义，这是社会主义者最恶毒的敌人或最热烈的朋友所不能抹杀的事实。

当然，伯恩汉姆没有否认新的"管理型"政体就像俄国和纳粹德国的政权那样可以标榜为社会主义政权。他只是在说，它们不会是马克思、列宁、凯伊·哈迪①或威廉·莫里斯所接受的那个意义上的社会主义——事实上，它们与 1930 年之前任何形式的社会主义都根本不是一回事。直到不久前，社会主义还曾经被认为在政治上奉行民主，在社会上推行平等，并信奉国际主义。这种事情根本没有迹象发生，一个据说曾经发生了无产阶级革命的大国，已经与以前旧日想象中的那个以人类大同为目标的自由平等的社会渐行渐远。从革命伊始，自由和代议机构就几乎毫无间断地被侵蚀和扼杀。而不平等的情况日益严重，民族主义和军国主义越来越强大。但与此同时，伯恩汉姆坚持认为资本主义已经一去不复返，"管理主义"正在壮大发展。根据伯恩汉姆的看法，它正在世界各地发生，但其具体情况因为国情不同而各有不同。

---

① 詹姆斯·凯伊·哈迪（James Keir Hardie, 1856—1915），英国工人运动领袖，是英国独立工党的创始人之一，曾担任英国下议院议员。

伯恩汉姆的理论对当前所发生的事情貌似很有解释力，至少他的理论要比其它理论对苏联过去十五年来所发生的事情更有解释力。显然，苏联并不是社会主义国家，硬要称之为社会主义国家的话，除非你赋予"社会主义"这个词语与任何其它语境下的解释都不相同的意义。另一方面，那些关于俄国政权会回归资本主义的预测都是一派胡言，现在看来是根本不会发生的事情。伯恩汉姆声称俄国"管理主义"的发展与纳粹德国相比不遑多让，这或许夸大其词了，但俄国的发展方向确实是远离原来的资本主义体制，向计划经济和寡头统治相结合的体制迈进。在俄国，资本家先是被消灭，然后工人再遭到镇压。在德国，工人先遭到镇压，而消灭资本家则刚刚开始，把纳粹主义称为"纯粹的资本主义"，在此基础上对其进行揣测，总是会被事实打耳光。伯恩汉姆最离谱的错误，似乎是相信"管理主义"正在美国兴起。在这个广袤的国家，资本主义仍方兴未艾。但假如你思考世界大势，他的结论是很难抵制的。甚至在美国，对自由放任的资本主义的普遍信念也未必能经受得住下一次严重的经济危机的冲击。对伯恩汉姆的反对意见指出，他赋予了"经营者"太过分的重要性，从狭义上说，"经营者"指的是厂长、计划制订者和技术人员——这似乎在说即使是在苏联，真正掌权的是这些人，而不是共产党的各个书记。但是，这只是枝末细节上的错误，在《马基雅弗利的信徒》中得到了部分修正。真正的问题不在于接下来的五十年里往我们身上踩上一脚的那些人会被称为"经营者"、"官僚"、还是"政客"；真正的问题是，现在看来注定会毁灭的资本主义到底会演变成寡头统治还是真正的民主？

但有趣的是，当你探究伯恩汉姆根据他的基本理论所做出的预测时，你会发现在所有可以被验证的事情上，它们都已经被证伪了。许多人已经指出了这一点。但是，有必要对伯恩汉姆的预测的细节进行探究，因为它们构成了一种与当前事件的关联模式，揭示了在我看来是当代政治思维中一个非常重要的缺陷。

首先，伯恩汉姆在1940年时认为德国的胜利是顺理成章的事情。英国被描述为"分崩离析"，展现了"在历史的时代变迁中颓败式微的文化所独有的所有特征"，而德国在1940年对欧洲的征服和吞并被称为"无可挽回"。伯恩汉姆写道："无论英国和哪个欧洲国家结盟，都没有希望征服欧洲大陆。"就算德国输掉了这场战争，它也不会被解体或回归到魏玛共和国时的状态，它将一直是大一统的欧洲的核心。未来世界的三个超级大国分庭抗礼的版图业已大体上确定了。"这三个超级大国的核心，无论它们将来叫什么名字，是曾经存在过的三个国家：日本、德国和美国。"

伯恩汉姆还坚持认为德国在英国被打败之前不会进攻苏联。1941年5—6月刊的《党派评论》发表了他的作品的浓缩版，可能是在该作品之后写成的，在里面他写道：

> 俄国的情况和德国相类似，管理主义的第三个问题——与其它奉行管理主义的社会争夺统治权的斗争——将是留给今后的问题。首先要做的是，向资本主义的世界体系发出致命的一击，并将其彻底摧毁，这意味着首先摧毁大英帝国的根基（它是资本主义的世界体系的命脉），以直接的方式和以毁灭欧洲政治结构的间接方式同时进行，而后者是大英帝国的重要支撑。这是对苏德同盟的基本解释，也是唯一的正确之道。德国和俄国之间未来的冲突将会是"管理主义的正式

冲突"，在奉行管理主义的国家之间爆发世界大战之前，首先要做的是终结资本主义秩序。认为纳粹主义是"腐朽的资本主义"这一想法……根本无法合理地解释苏德同盟。根据这一理论，德国和俄国必有一战，而不是正在发生的德国与大英帝国之间你死我活的战争。德国和俄国之间的战争是未来的管理主义的战争，而不是以前和现在的摧毁资本主义的战争。

然而，对俄国的进攻将会在以后发生，而俄国肯定，或几乎可以肯定，会被击败。"我们完全有理由相信……俄国将分崩离析，西边的领土会并入西欧，而东边的领土会并入亚洲。"这番话出自于《管理革命》。在上面引用的文章里（或许是六个月后写出来的），作者更加斩钉截铁地指出："俄国的弱点表明，俄国不可能维持长久的统治，它将分裂为东西两部分。"在英国版本（塘鹅出版社出版）的一则补注（似乎是 1941 年底写的）里，伯恩汉姆指出，"分裂的过程"似乎已经发生了。他说道："这场战争是俄国的西部领土被并入欧洲超级大国的过程的一部分。"

把这么多的论点整理后，我们得出了以下的预言：

一、 德国必定会赢得这场战争。

二、 俄国和日本一定能生存下来，成为超级大国，并成为所在地区的核心力量。

三、 德国会等到英国战败之后才进攻苏联。

四、 苏联必定会战败。

但是，除了这些之外，伯恩汉姆还做过其他预测。1944 年夏天，在《党派评论》的一篇短文里，他认为苏联将会和日本联手，帮助日本避免全面的溃败，而美国的共产党将被安排在东线发动怠工破坏运动。最后，到了1944年和1945年的冬天，在同一本刊物里，他说"不久前还注定会分崩离析"的俄国即将征服整个欧亚大陆。这篇文章在美国的知识分子圈子里引起了激烈的争议，但在英国并没有重印。这里我必须对其进行一番讲述，因为它的写作手法和感情基调十分特别，对它们进行研究能让你更接近伯恩汉姆的理论真正的基础。

这篇文章的标题是《列宁的继承人》，旨在表明斯大林是俄国革命真正合法的捍卫者，他并没有"背叛"革命伊始所制订的纲领，而是将其贯彻到底。托洛茨基派总是声称斯大林是一个投机分子，将俄国革命引向歧途，为其一己之私服务，如果列宁没有逝世或托洛茨基仍然掌握权力的话，俄国将会有一番新气象，而这篇文章的观点则更容易为人所接受。事实上，没有理由相信俄国发展的主要脉络会有什么不同。早在1923年之前，种子就已经播下了。列宁由于过早逝世而获得了更崇高的声望。[①]要是他继续活下去的话，要么会像托洛茨基一样被驱逐出党，要么会像斯大林那样以同样的手段保住自己的权力。因此，伯恩汉姆这篇文章的标题看上去似乎是一篇讲道理的文章，让读者以为他会以事实来证明自己的观点。

然而，这篇文章只是对此主题作了蜻蜓点水式的探讨。显

---

① 原注：很难想象有任何一位政治家活到了八十岁时仍被视为一位成功人士。我们所说的"伟大的"政治家通常都是那些在其政策还没来得及生效时就死去的人物。要是克伦威尔多活上几年的话，他或许会失去权力，那样的话，现在我们会认为他是个失败者。如果贝当在1930年就死去的话，法国人会尊崇他是爱国英雄。拿破仑曾说过，当他策马跨进莫斯科时，要是一颗炮弹碰巧击中了他，他将成为历史中最伟大的人。

然，要是有人真的想表明列宁和斯大林的政策有一脉相承的关系，他会先概括出列宁的政策的纲领，然后解释在哪些方面斯大林的政策与其相类似。伯恩汉姆并没有这么做。除了草草一两句话之外，他对列宁的政策几乎只字未提，在长达十二页的文章里列宁的名字只出现了五次。前七页除去标题根本没有出现列宁的名字。文章的真正目的是烘托出斯大林巍峨高大的形象，将他捧上神坛，而布尔什维克主义则是一股席卷全球的不可阻挡的势力，直到它扩张到欧亚大陆最遥远的疆域。伯恩汉姆一再强调斯大林是"一位伟人"，以此作为自己的观点的证言——或许斯大林的确是个伟人，但这与主题根本不相干。此外，虽然他确实在斯大林的聪明才智上举出了几则让人信服的论证，但显然，在他的心目中，"伟大"是与铁腕密不可分地联系在一起的。

伯恩汉姆将斯大林与半神化的英雄，像摩西或阿育王相提并论，他们是时代的体现，配得上他们并没有亲手缔造的丰功伟绩。写到苏联的外交政策和设想的目标时，他写下了这么一段更加难以揣测的文字：

> 苏联的霸权以欧亚大陆的中心地带为核心，就像新柏拉图主义的"真实**本质**"那样以辐射的方式向外部扩张。西至欧洲、南至近东、东至中国，从大西洋沿岸、黄海、中国海、地中海到波斯湾，尽在其掌握。就像无差别的"真实**本质**"的传播过程经过**意识**、**灵魂**和**物质**，然后回归自身一样，苏联的霸权从极权主义的核心政权开始，一路向外扩张，**吞并**波罗的海、比萨拉比亚、布科维纳、波兰东部，**统治**芬兰、法国、土耳其、伊朗、中国的中部和南部地区，直到消失于

外层物质空间，远远超越欧亚大陆的边境，以**绥靖和渗透**（英国和美国）暂时蛰伏。

这一段文字里的那些没有必要的黑体字是为了催眠读者，我想这么说并不夸张。伯恩汉姆试图勾勒出一幅可怕的、无法抵挡的力量的图画，把渗透这一普通的政治行动写成"**渗透**"，以此增强其整体的气势。这篇文章应该全篇通读。虽然它不是那种一般的亲俄分子所能接受的歌功颂德的文章，虽然伯恩汉姆本人或许会声称他严格地恪守客观，但事实上他是在对苏联表示臣服效忠，甚至是在作践自己。与此同时，这篇文章让我们了解到他的另一个预言：苏联将征服整个欧亚大陆，甚至更广袤的地区。你必须记住，伯恩汉姆的基本理论包含着一个仍有待考察的判断，那就是：无论发生其他什么事情，奉行"管理主义"的社会必将获得胜利。

伯恩汉姆先前预测德国会取得战争的胜利，以其为核心整合欧洲，这个预测被修正了，包括其主旨和某些重要的细节。伯恩汉姆一直坚持认为"管理主义"不仅要比资本主义民主体制和马克思社会主义更有效率，而且更为群众所接受。他说民主和民族自决的口号不再对群众有吸引力，而"管理主义"可以唤起热情，制订理性的战争目标，在各地成立第五纵队，鼓舞士兵狂热的斗志，强调德国人的"狂热"与英国人和法国人的"冷漠"或"冷淡"形成了鲜明的对比。纳粹主义被视为横扫欧洲革命的力量，其理念像"瘟疫"一样广泛传播。纳粹的第五纵队"无法被消灭"，德国人民和其他欧洲人民希望建立新秩序，而民主国家没办法提出解决方案。总之，民主国家只有"比德国在管理的道路上走得更远",才能战胜德国。

　　所有这些话所蕴含的道理就是,那些欧洲小国在战前那几年由于混乱和萧条而意气消沉,迅速陷入崩溃,原本它们并不至于落到这般田地。如果德国人能够兑现一部分承诺的话,或许他们已经接受了新秩序。但德国统治的真实情况立刻激起世所罕见的仇恨和愤怒。1941年初之后,战争已经几乎不需要一个积极的目的,因为干掉德国佬已经名正言顺。斗志以及它与民族团结之间的关系是虚无缥缈的问题,可以随心所欲地操纵证据去证明几乎任何事情。但如果你去计算战俘与伤亡的比例和卖国行为的数量,极权主义国家相比之下要比民主国家更加糟糕。在战争期间,似乎有数十万俄国人投靠了德国,但在战前德国人和意大利人投靠同盟国的人数似乎也差不多,卖国的美国人或英国人却似乎只有几十个。为了举例证明"资本主义意识形态"毫无作为以赢得支持,伯恩汉姆引用了"英国在招募志愿军方面彻底失败(整个大英帝国都是如此),而美国也是一样"。从这句话你可能会猜想极权主义国家的军队都是志愿军。事实上,极权主义国家从来没有考虑过征募志愿军去实现任何军事目的,纵观历史,没有哪一支庞大的军队是通过志愿征募的方式组建起来的。[①]没有必要去援引伯恩汉姆罗列的相似的理由。重要的是,他认为德国一定会赢得宣传上的战争和军事上的战争,至少在欧洲,而这个预测并没有被事实所证明。

————————

① 原注:1914年至1918年那场战争的初期,英国征募了一百万志愿军,一定创造了一项世界纪录,但它所施加的压力非常大,能否把它称为志愿征募实在是很可疑。即使是"意识形态色彩"最浓厚的战争在很大程度上也是由受到强迫的士兵在打仗。在英国内战、拿破仑战争、美国内战、西班牙内战等战争中,交战双方仰仗的是征兵制或受压迫的士兵。

可以看得出，伯恩汉姆的预测在可以对其进行验证的时候不仅总是错的，而且有时候一厢情愿地自相矛盾。而后面这一点很重要。政治预测经常会出现错误，因为它们总是基于一厢情愿，但它们能够反映出症结所在，尤其是当它们出现急剧改变的时候。而揭示真相的因素总是它们被提出时的日期。通过内部渠道尽可能准确地考证伯恩汉姆的作品，然后对同一时间的历史事件进行关注，我们发现了下面的这些关联：

在《管理革命》中，伯恩汉姆预言德国将获得胜利，苏德战争将在英国被打败后才会发生，然后俄国将会被击败。这本书的大部分内容写于 1940 年的下半年——是时德国在西欧势如破竹，对英国展开狂轰滥炸，而俄国与德国关系颇为密切，至少在表面上有奉行绥靖主义的想法。

在该书的英文版中，伯恩汉姆增加了补注，认为苏联已经被击败了，行将分崩离析。这本书在 1942 年春出版，或许是在 1941 年底成书的，当时德军正进逼莫斯科的郊区。对俄国会与日本联手对抗美国的预测是在 1944 年初写的，结论是新的日俄条约将会缔结。1944 年冬天，他预言俄国将征服世界，当时俄国人在东欧迅速推进，而西边的盟军仍然被困在意大利和法国北部。

看得出来，在每一个历史的节点上，伯恩汉姆所做的预测是正在进行的事情的延续。这种倾向并不像含糊或夸张那样只是一个坏习惯，可以通过思考而加以改正。这是一种严重的精神疾病，一部分根源是怯懦，另一部分根源是对权力的崇拜，而后者和前者是分不开的。

假如 1940 年你在英国参加盖洛普投票，问题是"德国将赢得这场战争吗？"你会发现非常奇怪的是，聪明人——我们就假定是智商高于120的人——回答"是的"的百分比要比回答"不是"的高得多。在1942年中段，同样的事情也会发生。这一次数字的对比不会那么鲜明，但如果你问的是"德国将攻占亚历山大港吗？"或"日本人守得住他们掠夺到的土地吗？"那么知识分子群体会明显地倾向于作出肯定的回答。而每一次，那些不是那么聪明的人更有可能会作出正确的选择。

要是你只是从表面上去思考这些事情，你或许会认为高智商与糟糕的军事判断总是会凑到一块儿。但事情并非这么简单。英国的知识分子大体上要比人民群众更加倾向于失败主义——他们当中有些人在战争显然将取得胜利的时候仍然是失败主义者——一部分原因是他们更能想象接下来的战争中那些沉闷无聊的年头。因为他们的想象力更加丰富，所以他们的士气更加低落，结束战争最快的方式就是输掉它。如果一个人觉得一场漫长的战争的前景让他无法忍受，那么他相信根本不可能取得胜利也就顺理成章了。但是，事情并不只是这样。还有许多知识分子对英国感情淡漠，这使得他们很难不与敌国站在同一阵营。而归根结底，那是一种崇拜——虽然只有少数人是有意识地崇拜——对纳粹政权的权力、活力和凶残的崇拜。翻看左翼出版物和罗列1935年至1945年所有对纳粹主义抱以敌意的文献会是一件很繁重但很有意义的事情。我能肯定你会发现它们在1937年至1938年和1944年至1945年达到了高峰，而在1939年至1942年显著减少——那段时间正值德国似乎就要取得胜利。你还会发现，1940年鼓吹妥协和平和1945年同意将德国解体的都是同一帮人。如果你研究英国知识分子对苏联的反应，你也会发现真心追求进步的热情与对于权力和残忍的崇拜交织在一起。如果说亲俄的动机只是出于权力崇拜的话并不公平，但它确实是动机之一，而在知识分子身上，它或许是最强烈的动机。

对权力的膜拜会干扰政治上的判断，因为它会让人觉得当前的趋势会继续下去，几乎是无法避免的。现在得势的一方似乎总是战无不胜。如果日本人征服了南亚，他们将永远占领南亚；如果德国人攻占了托布鲁克，那他们肯定将占领开罗；如果俄国人杀到了柏林，不久以后他们就将杀入伦敦；等等等等。这一思维定式还会让人相信事情将比现实发生得更加迅速，更加彻底，更加具有毁灭性。他们以为帝国的兴衰或文化和宗教的消亡就像地震那样说来就来，而刚刚开始的进程在他们口中似乎已经就要结束了。伯恩汉姆的作品充斥着末日毁灭的意象。国家、政府、阶级、社会体制在他的笔下总是在扩张、萎缩、腐朽、解体、倾覆、对抗、崩溃、僵化，而且基本上都在以一种不稳定的戏剧性方式在演变。历史变迁是缓慢的，任何一个时代总是包含着上个时代留下来的东西，但伯恩汉姆从来没有考虑到这些。这种思维方式注定会得出错误的预测，因为即使它猜对了历史事件的发展方向，也会算错它的节奏。在五年的时间里，伯恩汉姆预言了德国将统治俄国，又预言俄国将统治德国。每一次作出预言时，他都遵循着同样的本能——对当时的征服者俯首帖耳，认定当时的趋势不可逆转的本能。记住这一点，你就能以更广阔的视野去批评他的理论。

我所指出的错误并没有推翻伯恩汉姆的理论，但它们或许能帮助我们了解为什么他会信奉这一理论。关于这一点，你不能忘记伯恩汉姆是一个美国人。每一个政治理论都带有某种宗教色彩，而每一个国家和文化都有其独特的偏见和愚昧的地方。看待有一些问题的视角几乎可以肯定会因为观察者所处地理位置的不同而不同。伯恩汉姆把共产主义和法西斯主义看成是同一回事，并同时接受了这两者——至少并不认为需要同这两者作你死我活的斗争——这就是一种典型的美国态度，而对于一个英国人或西欧人来说，是几乎不可能产生这一态度的。认为共产主义和法西斯主义是一丘之貉的英国作家认为二者都是恐怖的，必须与之进行殊死搏斗。而那些相信共产主义和法西斯主义水火不容的英国人会认为自己应该选择其中的一个阵营。①这一观念的差异形成的原因很简单，照样是和一厢情愿联系在一起的。如果极权主义获得胜利，其地缘政治的梦想得以实现，英国将不再是一个强权国家，整个西欧将被某一个大国吞并。面对这么一个前景，英国人很难做到无动于衷。要么他不希望英国步入毁灭——如果是这样的话，他得构建理论去证明自己的想法——要么，作为一个少数派的知识分子，他认定自己的国家已经无可救药，会将自己的一片忠心献给某个外国强权。美国人就不用作出这番选择。无论发生什么事情，美国都会作为一个强权继续存在，在美国人的眼中，欧洲是被俄国还是德国支配并没有太大的区别。大部分美国人在考虑这个问题时希望看到世界被两到三个超级大国所瓜分，这些超级大国扩张到了自然疆域的边界，彼此之间进行经济贸易，完全不受意识形态对立的影响。这么一幅世界图景符合美国人为了自身的利益对国土规模的推崇和为达成功可以不择手段的态度，而且也迎合了极为盛行的反英情绪。在现实中，英国和美

---

① 原注：我能想到的唯一的例外是萧伯纳，早在几年前他就宣称共产主义和纳粹主义其实是一样的，两者他都表示认可。但是，萧伯纳毕竟不是英国人，或许他不认为自己的命运与英国的命运休戚相关。

国曾两度被迫联手对抗德国，或许很快就得被迫联手对抗俄国，但主观上大部分美国人喜欢德国或俄国甚于喜欢英国，而在俄国和德国之间，他们喜欢的是现在强大的一方。[①]因此，伯恩汉姆的世界观总是明显流露出美帝主义倾向或孤立主义倾向也就不足为奇了。这是"硬派"或"现实"的世界观，符合美国式的一厢情愿。伯恩汉姆在他的前两本作品中几乎赤裸裸的对纳粹行事手段的崇拜似乎会让几乎每一个英国读者感到错愕，但归根结底这建立在大西洋要远比英吉利海峡辽阔这一事实之上。

正如我前面所说的，伯恩汉姆对当前和不久之前的情况所说的话中正确的内容多于错误的内容。过去五十年里，整体的大趋势几乎可以肯定是在走向寡头政治。工业和金融势力空前集中，个体资本家或股东的重要性逐步下降，由科学家、技术人员和官僚所组成的新的"管理阶层"开始崛起，无产阶级无力抗衡中央极权国家，小国越来越任由大国欺凌，代议机构逐渐败坏，以警察恐怖主义为基础的一党专政开始出现，公民投票弄虚作假，等等等等。所有这些似乎都在直指同一方向。伯恩汉姆看到了这一趋势，认为这是不可抵挡的，就像一只被大蟒蛇吓坏了的小白兔，认为大蟒蛇就是世界上最强壮的动物。当你看深一层后，你会发现他的所有理念建立在两个设想之上。这两个设想在第一本书里被视作理所当然，而在第二本书里进行了一部分阐述。它们是：

---

① 原注：1945年秋，在驻德美军中进行的意见调查表明，51%的美军认为"希特勒在1939年之前做了不少好事"。这就是历经五年的反希特勒宣传后的结果。上述这一结果并不能表明美国人倾向于德国，但很难相信会有51%的美国士兵倾向于英国。

一、 在所有的时代里，政治总是相同的。

二、 政治行为有别于其他行为。

首先我们探讨第二点。在《马基雅弗利的信徒》中，伯恩汉姆坚称政治就只是争权夺利。每一次重要的社会运动，每一场战争，每一次革命，每一个政治计划，无论多么富有启迪意义和理想化，背后都是某个希望攫取权力的利益团体的野心在作祟。权力从来不受伦理或宗教的制约，能制约它的只有别的权力。最接近可能的利他行为是统治阶级意识到如果能推行善治的话，自己或许能更长久地保住权力。但奇怪的是，这些总结只适用于政治行为，对于其它类型的行为并不适用。对于日常生活，伯恩汉姆看到并承认不能以利益动机去衡量人类的每一个行为。显然，人类有并非出于自私的本能。因此，人在作为个体时可以依照道德行事，但在集中行动时却变得不讲道德。但即使是这个结论也只是适用于地位较高的群体。人民群众似乎对自由和四海之内皆兄弟的世界怀着模糊的向往，很容易受到渴望获得权力的个人或少数群体的操纵。因此，历史由一系列的骗局所构成，人民群众先是受到对乌托邦世界的许诺的劝诱而发动起义，然后，当他们没有了利用价值后，新的统治者又重新对他们进行奴役。

因此，政治活动是一种特殊的行为，其特征就是不择手段，只有一小撮人会去做这种事情，特别是心怀不满的群体，在现有的社会形态下，他们的本领无法得到自由地发挥。人民群众总是对政治漠不关心——而这就是第二点与第一点的纽带。因此，人类实际上被划分为两个阶级：孜孜谋求一己私利的伪善的少数人和没有头脑的民众，后者的命运总是被领导或被驱使——你能用踢打的方式将一头猪赶回猪圈，也能够用一根棍子在泔水桶里搅拌把它给哄回去，采取什么做法视当时的情况而定。这一美妙的模式将会永远继续下去。个体或许可以在两个阶层之间流动，某个阶级或许会摧毁其它的阶级，并占据统治地位，但人类分为统治者和被统治者这一模式是不会改变的。人与人的能力、欲望和需求是不一样的。寡头统治是铁的法则，即使在民主有技术手段可以实现的时候也是如此。

奇怪的是，在滔滔不绝地论述权力斗争时，伯恩汉姆从未停下来思考为什么人想要获得权力。他似乎认为对权力的渴求虽然只在相对少数人身上占支配地位，却是一种不需要加以解释的自然本能，就像对食物的渴望一样。他还认为社会划分为不同的阶级在任何时代都是为同一目的服务。这实际上是忽视了数百年的历史。当伯恩汉姆的师傅马基雅弗利在写作时，阶级分化不仅不可避免，而且应该这么做。只要生产方式仍然处于原始落后的状态，绝大多数人都必须进行繁重的体力劳动，只有少数人才能摆脱辛劳，否则文明将无以为继，更遑论取得进步。但自从机器时代到来后，整个模式已经被改变了。阶级分化的理由，假如它真的存在的话，已经不再成立，因为再没有技术上的理由让普通老百姓继续充当苦力。的确，苦工仍然存在，阶级差别或许正以新的形式卷土重来，个体自由每况愈下，但这些情况如今在技术上是可以避免的，它们应该有某个心理上的原因，但伯恩汉姆并没有尝试进行揭示。他应该提出但从来没有提出的问题是：为什么在人对人的压迫不再有必要的时候，对赤裸裸的权力的渴求现在成为了人类的一大动机？至于这个那个"人类的本性"或"无法改变的法则"使得社会主义无法实现，那只是用历史去揣测未来。伯恩汉姆争辩说事实上自由平等的社会从未存在过，也永远不可能存在。以同样的方式，你可以在1900年争辩说飞机不可能出现，或在1850年说汽车不可能出现。

机器已经改变了人与人之间的关系，马基雅弗利的学说也已经因此而过时——这一看法是不言自明的。如果伯恩汉姆无法接受这一点，我想那只是因为他自己的权力本能让他拒绝接受马基雅弗利那充满压迫、欺骗和暴政的世界或将步入终结的这一建言。重要的是，记得我在前面所说的话：伯恩汉姆的理论只是一个变体——美国式的变体，这个变体很有趣，因为它极为详尽——是风靡知识分子圈子的权力崇拜的变体。在英国，更加普遍的变体是共产主义。如果你去研究那些对俄国政权的本质有所了解的亲俄派，你会发现他们大体上属于伯恩汉姆所写的"管理阶层"。他们不是狭义上的经理，而是科学家、技术人员、教师、新闻从业人员、广播员、官僚、职业政客，大体上是那些感觉自己被一个仍然带有贵族色彩的体制压迫的中间阶层，渴望获得更多的权力和声望。这些人看着苏联。他们看到，或以为自己看到，苏联的体制消灭了上流阶级，驯服了工人阶级，将不受制约的权力交给和他们自己相似的人。直到这时，才有许多英国知识分子开始对它感兴趣。虽然英国的亲俄派知识分子会批判伯恩汉姆，其实他说出了他们的秘密愿望：摧毁旧式的奉行平等的社会主义，迎接一个等级森严的社会，而知识分子终于可以手持钢鞭将人打。伯恩汉姆至少诚实地说社会主义不会到来，而其他人只会说社会主义即将到来，而其实那是挂羊头卖狗肉的"社会主义"，与真正的社会主义根本不可同日而语。但他的理论虽然貌似客观，却只是在一厢情愿地自圆其说，没有强有力的理由认为它向我们揭示了未来，或者说，是不久的未来。它只是告诉我们那些头脑更清醒、野心也更大的阶级成员希望生活在什么样的"管理式"社会里。

幸运的是，那些"管理者"并没有如伯恩汉姆所想象的强大到不可战胜的地步。奇怪的是，在《管理革命》里，他总是对民主国家在军事和社会方面所享有的优势视而不见。在每一点上他都在硬生生地摆出证据，目的是证明希特勒的癫狂政权的力量、活力和长治久安。德国在迅速扩张，而"领土的迅速扩张不是衰败的迹象……而是日新月异的迹象"。德国成功地挑起了战争，而"有能力制造战争从来都不是腐朽的迹象，而是它的对立面的体现"。德国还"鼓舞了数百万人狂热的忠诚，而这也是一个衰亡的国家所没有的特征"。就连提及纳粹政权的凶残和狡诈时他也带着赞许，因为"新生的、年轻的、崛起的社会秩序与旧的秩序相比，更有可能利用大规模的谎言、恐怖和迫害"。但是，就在短短五年内，这个新生的、年轻的、崛起的社会秩序就将自己轰得粉碎，套用伯恩汉姆喜欢的那个词，变得"没落腐朽"了。这种事情之所以会发生，原因很大程度上就出在伯恩汉姆所膜拜的"管理式"（即非民主）的结构上。导致德国迅速溃败的原因，是前所未闻的军事上的愚蠢，在英国还没战败而美国显然已经蓄势待发的时候就进攻苏联。这种程度的错误只有在公意没有影响力的国家才会出现。只要民众的呼声能得到反映，像这种不要在同一时间与你所有的敌人作战的基本错误是不大可能会出现的。

但不管怎样，从一开始你就应该已经看出这场纳粹主义运动是不会有什么好结果的。事实上，只要德国人在获胜，伯恩汉姆就似乎认为纳粹的行事方式没什么不妥。他说这种行事方式之所以看上去很邪恶，只是因为它们是新鲜事物：

没有哪一条历史法则规定文明和"正义"就会获得胜利。历史上这样一个问题永远存在：**谁的**文明，**谁的**正义。一个正在崛起的社会阶级和一个新的社会秩序必须突破旧的道德规范，正如他们必须突破旧的经济和政治制度一样。自然而然地，在旧的阶级眼中，他们都是邪恶之人。如果他们获得胜利，假以时日，他们也会培养起文明和道德。

这暗示着对与错取决于当前统治阶级的意志。它忽视了如果人类社会要团结在一起的话，有些行为守则是必须遵守的。因此，伯恩汉姆没能看到纳粹政权的罪行和愚昧只会以某种方式通向毁灭。他转而崇拜斯大林主义，也是出于这番错误。但现在要指出俄国政权将以什么样的方式走向自我毁灭仍为时过早。如果要我作出预测，我会说过去十五年来的俄国政策如果延续下去的话——当然，内政外交政策是同一事物的表里两面——只会引发一场核战争，让希特勒的侵略战争显得像一场茶话会。但不管怎样，俄国政权要么将自行走向民主化，要么将走向灭亡。伯恩汉姆梦想的那个不可战胜、长治久安的庞大帝国似乎是不会建立的，即使被建立起来，它也不会长久，因为奴隶制不再是人类社会的稳定基础。

没有人能总是作出肯定性的预测，但有时候我们应该可以作出否定性的预测。没有人能预见到凡尔赛条约的确切后果，但数百万有识之士有能力也确实预见到其后果会很严重。许多人预见到当前强加给欧洲的战后方案也将会带来严重的后果，但与上一回相比，这一次人数就没那么多了。而要做到不去崇拜希特勒并不是一件需要费煞苦心去思考的事情。

但在部分程度上这需要经过一番道德挣扎。伯恩汉姆这样富有才华的人一度崇拜纳粹主义，认为它将有能力缔造一个可行持久的社会秩序，这表明现在所谓的"现实主义"理念对人们的现实感知力造成了多么大的破坏。

价值 3 英镑 13 便士的快乐[①]

在十二月底或一月初，书评家们通常都会"回顾"并列出过去一年来他们所评论的优秀作品的清单。

但是，即使是最阳光的乐观主义者也不会否认 1945 年是一个书籍的荒年。我认为，列出我没有作过评论但在这一年读过并特别喜欢的书籍清单或许有更有意义——事实上，这些书我非常喜欢，愿意对每个人说"一定要去读这本书"。

除了企鹅出版社和鹈鹕出版社之外，还有十几本书是我在这一年借阅或买二手的。没有一本书是新近出版的，但除了两本之外，所有的书出版的时间不早于 20 年前，几乎所有的书都可以从任何一间好的公共图书馆借阅到，或可以在二手书店找到。每一本书我都标明了出版社和出版时间。

　　安托尼亚·怀特[②]的优秀小说——《五月飞霜》（德斯蒙德·哈姆斯沃出版社，1933 年）

这本书很尖酸刻薄，但我相信它大体上真实地反映了在一座摩登的教会学校里的生活。它会让人心生疑问，到底对天主教会

---

① 刊于 1946 年 1 月 3 日《曼彻斯特晚报》。
② 安托尼亚·怀特（Antonia White，1899—1980），英国女作家，代表作有《五月飞霜》、《迷路的旅人》等。

应该是抱以崇敬还是警惕。里面的修女心思城府之深令人惊讶，一如她们的狭隘思想，而且她们的教育方式夹杂着精深的思想和微妙的精神虐待。

休·金斯米尔的《清教徒主义之后》（达克沃斯出版社，1929 年）

里面有四篇关于主持牧师法拉①、萨缪尔·巴特勒、弗兰克·哈里斯②和威廉·托马斯·斯泰德③的好文章，而关于萨缪尔·巴特勒的那一篇尤其出色。

《如何撰写短篇小说》，作者林·拉德纳④（查托与温度斯出版社，1926 年）

不知何故，林·拉德纳，美国最诙谐的短篇小说作家之一——我认为足可以与达蒙·鲁尼安相提并论，只是风格略有不同——已经有一段时间没有在英国再版了。这本书收录了他的十篇故事（最精彩的是《冠军》与《有人喜欢吃冷食》）。不过，你可以在另一本合集《集结号》里找到更多他的故事，那本书大概出

---

① 弗雷德里克·威廉·法拉（Frederick William Farrar，1831—1903），英国圣公会牧师，曾任职坎特伯雷大教堂主持牧师。
② 弗兰克·哈里斯（Frank Harris，1855—1931），英国作家、编辑，代表作有《莎士比亚与他的悲剧》、《吾生与吾爱》等。
③ 威廉·托马斯·斯泰德（William Thomas Stead，1849—1912），英国著名报人，对新闻舆论监督政府作出杰出贡献，于 1912 年死于泰坦尼克号船难。
④ 林戈尔德·威尔默·拉德纳（Ringgold Wilmer Lardner，1885—1933），美国作家，代表作有《大都会》、《理发》等。

版于同一时期。

彼得·德鲁克的《工业人的未来》（海曼出版社，1943年）

德鲁克是美国人，属于悲观保守的社会学家的行列。他不相信所有的乌托邦，声称只有"多元社会"才能捍卫我们的自由权利。但无论你多么不认同他的观点，他总是能激发思考。

娜德斯达·克鲁普斯卡娅的《回忆列宁》（劳伦斯与维萨特出版社，删节版，1942年）

克鲁普斯卡娅是列宁的妻子，这本书是现有的关于列宁的作品中最友善质朴的。它让读者了解到列宁喜欢狗，喜欢打猎，文学品味很简单，它还告诉读者关于他的政治斗争事件，和他被放逐英国和西伯利亚的岁月。

《兰贝斯的丽莎》，作者是威廉·索姆瑟·毛姆（海曼出版社，作品合集）

这本书是毛姆先生的第一部小说，描写了十九世纪九十年代的贫民窟的生活——那时候每一座大城镇都有大片大片的区域很肮脏危险，其贫穷程度是我们现在难以想象的。毛姆先生的第一份工作是医生，这则简短的故事，开头是围着手摇风琴的载歌载舞，结局是产褥上的早夭，取材于他早年的经历。

《野蛮的朝圣》，作者凯瑟琳·卡斯维尔[1]（查托与温度斯出版社，1932 年）

这是关于戴维·赫伯特·劳伦斯的传记中最具同情和理解态度的作品，由一位与他差不多是同一时代并相知多年的作家执笔。

格拉汉姆·格林编撰的《母校》（乔纳森·开普出版社，1934 年）

由 18 位人士讲述求学岁月的经历，探讨的学校包括伊顿公学、圣保罗学校、格雷萨姆公学、贝达勒斯公学、萨尔福德的一所市政学校、科特林文法学校和三所女校。

《英国的弥赛亚》，作者罗纳德·马修斯[2]（梅修恩出版社，1936 年）

这本书详实而且很有可读性地记载了从十七世纪到二十世纪在英国出现的众多宗教疯子，如乔安娜·绍斯科特[3]、詹姆斯·内勒[4]等人。

---

[1] 凯瑟琳·卡斯维尔（Catherine Carswell，1879—1946），苏格兰女作家、记者，代表作有《罗伯特·伯恩斯传记》、《野蛮的朝圣者》等。

[2] 罗纳德·马修斯（Ronald Matthews），情况不详。

[3] 乔安娜·绍斯科特（Joanna Southcott，1750—1814），英国一位自称是天启降临时的女先知的女信徒。

[4] 詹姆斯·内勒（James Nayler，1616—1660），英国贵格会信徒，因在 1656 年效仿耶稣基督骑驴进城的举动而遭到亵渎神明的指控并被监禁，于 1659 年出狱，不久便因健康恶化而亡故。

《穷街僻巷的故事》和《贾戈的孩子》，作者亚瑟·莫里森①（梅修恩出版社，1906年和1911年出版）

在我的清单里，只有这两本书可能会比较难找到。亚瑟·莫里森是一个不同凡响的作家。上世纪九十年代和本世纪初他似乎很受欢迎，然后沉寂了三十年——他刚刚在1945年逝世。现在他又开始引起关注，有几本作品将会再版。它们是极具张力、感人至深的维多利亚时代晚期贫民窟骇人听闻的生活故事。我特别推荐《贾戈的孩子》这本书。

《凯撒的生平》，作者古雷莫·费雷罗②（艾伦与昂温出版社，1933年出版）

这本书我还没有读完，但已经读得相当深入，知道费雷罗还写了《罗马帝国的伟大与衰亡》这本书，是历史学家中的翘楚。他拥有非常难得的品质——对历史的经济基础的了解，而且能够把握文风和人物性格，写出生动的文字。

在1945年我购买的企鹅读物和鹈鹕读物中，我特别推荐詹姆斯·伯恩汉姆的《管理革命》、《铁蹄》（杰克·伦敦写于1909年的关于法西斯主义的预言）、乔治·格罗史密斯与韦登·格罗史密

---

① 亚瑟·莫里斯·宾斯泰德（Arthur Morris Binstead，1861—1914），英国作家，代表作有《高尔的随笔》、《投手》等。
② 古雷莫·费雷罗（Guglielmo Ferrero，1871—1942），意大利史学家，代表作有《罗马帝国的伟大与衰亡》、《新世界与旧世界之间》等。

斯①的《一个小人物的日记》和爱伦·坡的《离奇与想象的故事》。最后这本书并不是令人很满意的选集，但每一本爱伦·坡的作品选集都会漏掉一些好作品，是时候出版他的平价版作品全集了。

最后是几本帝企鹅丛书，我不是很肯定该系列的出版时间，可能前几年买过其中几本。我对《可吃的青苔》、《有毒的青苔》、《英国贝类》、《英国鱼类》这几本书特别予以好评，最后那本书要比其它几本更有价值。

上面提到的书里面有一本是借的，但其余的我都是买的。还有一则或许有点意思的金钱上的小注。上面提到的这么多本书全部加起来的价格是 3 英镑 13 先令，比起从中所得到的那么多个小时的快乐，这个价格并不算高。

---

① 乔治·格罗史密斯（George Grossmith，1847—1912），英国喜剧演员、作家。韦登·格罗史密斯（Weedon Grossmith，1854—1919），英国喜剧演员、作家。

评叶甫盖尼·扎米亚京的《我们》①

　　在听说扎米亚京的《我们》好几年后，我终于入手了一本。在如今这个焚书的时代，这本书可算是文学上的一朵奇葩。我查阅了格列伯·斯特鲁夫②的《苏俄文学25年》，发现这本书的历史是这样的：

　　1937年扎米亚京于巴黎逝世，他是一位俄国小说家和评论家，在俄国革命前后出版过几本作品。《我们》写于1923年，虽然它并没有描写俄国的情况，与当时的政治没有直接的联系——它讲述的是公元26世纪的事情——但该书被拒绝出版，理由是其意识形态不合要求。一份手稿被送出了俄国，以英文译本、法文译本和捷克文译本出版，但从未出过俄文版。英文译本在美国出版，我还没有拿到这个版本，但法文译本（书名是：法文的《我们》）倒是能找到，最后我借到了一本。在我看来，这不算是第一流的作品，但它确实是一本不同寻常的书，我很奇怪为什么英国出版社没有眼光再版这本书。

　　任何人注意到《我们》的第一件事情是——我相信这一点从未被指出来——奥尔德斯·赫胥黎的《美丽新世界》肯定在部分程度上受其影响。两本书都写到了原始的人性反抗理想化和机械

----

① 刊于1946年1月4日《论坛报》。
② 格列伯·彼得洛维奇·斯特鲁夫（Gleb Petrovich Struve, 1898—1985），俄国诗人与文学史家，向英语世界翻译介绍了许多俄国作品。

化的、没有痛苦的世界，两个故事讲述的都是设定于六百年后的事情。两本书的氛围很相似，描述的都是相同的社会，不过赫胥黎的作品政治意识少一些，受近代生物学和精神学理论的影响更大一些。

在扎米亚京的想象中，到了 26 世纪，乌托邦的居民已经完全失去了个体性，只是以数字为身份。他们生活在玻璃房子里（这一描写是在电视发明之前），让被称为"守护者"的警察能更加方便地监视他们。他们都穿着一模一样的制服，一个人通常会被称为"某某数字"或"某制（制服）"。他们吃的是合成食物，通常的娱乐是四个人一组进行游行，而众一国的国歌在高音喇叭中播放。在规定的时段他们可以有一个小时在他们的玻璃公寓里放下窗帘（称之为"性爱时刻"）。当然，婚姻没有了，但性生活似乎并没有完全陷入混乱。为了做爱，每个人都有一本定量手册或粉红的票据，由与他一起度过"性爱时刻"的伴侣签署票据的存根。众一国由一个名叫"恩主"的人物统治，每年由全体人口以不记名投票的方式选举产生。这个国家的指导原则是幸福和自由是水火不容的。伊甸园里的亚当很幸福，但他傻乎乎地要求自由，于是被驱逐到蛮荒之地。现在，众一国把人类的自由剥夺，重新缔造了人类的幸福。

至此它与《美丽新世界》惊人地相似，但尽管扎米亚京的作品结构略有瑕疵——它的情节过于薄弱散漫，很难进行总结——它的政治观点却是《美丽新世界》所缺少的。在赫胥黎的作品中，"人性"的问题已经解决了，因为它的设定是，通过产前处理、药物和催眠暗示，个体可以随心所欲地从任何方面进行专门化处理。培育一个顶尖的科学工作者就像制造一件东西那么简单，原始本能的残余，比方说母性或对自由的向往，都可以被轻松地解决掉。与此同时，为什么社会会演变出书中所描写的那种缜密的阶级分层则没有给出明确的理由。它的目标不是进行经济上的剥削，而欺凌和统治的欲望似乎也不是内在的动机。没有对权力的渴望，没有虐待，没有任何方面的困难。那些顶层的统治者没有强烈的愿望要保住地位，尽管每个人都快乐而空虚，生活变得如此没有意义，但很难相信这么一个社会能持续下去。

大体上，扎米亚京的作品与我们的情况更加贴近。"守护者"受过教育，而且很警觉，许多远古的人性本能仍然存在。故事的讲述者 D-503 虽然是个很有天分的工程师，却是个可怜守旧的人，类似于乌托邦里的"伦敦市的比利·布朗"①，总是为自己返祖本能的发作而感到恐慌。他爱上了 I-330（这当然是犯罪行为），而她是一个地下反抗组织的成员，并且一度成功地引诱他一起造反。叛乱发生时，恩主的敌人似乎数目相当庞大，这些人除了图谋颠覆国家之外，甚至在放下窗帘的时候沉溺于抽烟喝酒等恶习。D-503 最终没有因为自己的一时糊涂而被处死，官方宣布他们已经发现了近来这些动乱的原因：某些人受到一种名为想象力的疾病的侵袭。医治想象力的精神中心成立了，这种疾病可以用 X 光进行治疗。D-503 做了手术，从此可以轻松自在地做他知道应该做的事情了——他把同伙招供给了警察，怀着平静的心情看着 I-330 被关在玻璃大钟里受压缩空气的折磨：

----

① "伦敦市的比利·布朗"（Billy Brown of London Town）是漫画家戴维·兰登（David Langdon）在二战时为伦敦交通局创作的漫画形象。

她看着我，用力地抓着椅子的扶手，一直看着我，直到她的眼睛彻底闭上。接着她被拖了出来，借助电极的刺激她立刻恢复了清醒，然后又被关进气钟里。这重复了三遍，但她仍然一言不发。

其他和这个女人一起被抓来的人更加诚实，许多人经过第一次折磨后就开始招供。明天他们将被送上"恩主的机器"。

恩主的机器就是断头台。在扎米亚京的乌托邦国度里有很多死刑。他们在恩主的面前行刑，向公众开放，由官方诗人高唱着胜利的颂歌。当然，断头台不是陈旧粗糙的设备，要先进得多，能将受刑者彻底消灭，在须臾之间就把他化成一股青烟和一摊清水。事实上，行刑是以人作为祭品，而场景的描写刻意流露出远古奴隶社会时代残忍的色彩。正是这一出于本能的对专制主义非理性一面的把握——以生人为祭品、为残忍而残忍、将领袖摆上神坛的盲目崇拜——使得扎米亚京的作品比赫胥黎的作品高出一个境界。

不难理解为什么这本书被拒绝出版。以下是 D‒503 和 I‒330 之间的对话（我作了一点删节），其内容足以让蓝铅笔①开始动笔了：

"你在筹划的是一场革命，你知道吗？"

"是的，就是革命，这怎么就荒唐了？"

---

① 蓝铅笔（blue pencil），以前英文编辑以蓝铅笔标注需要更改的文字，后来成为内容审查制度的代名词。

"因为不会再有革命了。我们的革命是最后一场革命，不会再有革命了。每个人都知道这一点。"

"我亲爱的，你是一位数学家，告诉我，最后的数字是什么？"

"你在说什么？什么最后的数字？"

"嗯，那就最大的数字吧！"

"但这太荒唐了，数字的数目是无限的，怎么会有最后的数字？"

"那怎么会有最后的革命呢？"

还有其他相似的章节。不过，或许扎米亚京根本不是在故意讽刺苏联当局。他是在列宁死去的时候写出这本书的，他不可能知道斯大林的手段，而且1923年俄国的情况并不会让任何人因为觉得生活正变得太安全舒适而心生厌恶。扎米亚京似乎没有针对某一个国家，而是影射整个工业文明。我还没有读过他的其它作品，但从格列伯·斯特鲁夫那里我了解到他曾在英国住过几年，针对英国式的生活写过几篇言辞激烈的讽刺文章。从《我们》一书明显可以看出他有强烈的尚古主义倾向，1906年他被沙皇政府逮捕入狱，1922年他被布尔什维克党人逮捕，关进了同一间监狱的同一条过道，他有理由憎恨他所生活的政治体制，但他的作品并没有一味宣泄不满。事实上，它是对"机器"这个人类鲁莽地放出来却无法收进去的魔鬼的研究。这本书如果在英国出版的话值得找来读一读。

评道格拉斯·古德林的
《二十世纪二十年代》[①]

　　二十世纪二十年代已经过去很久了，描写那个时代的平心静气而且细致深入的作品具有了历史价值，即使内容只是个人的回忆。二十年代是一个有趣的时代，那时候的政治犯罪与政治错误导致了极权主义的兴起和第二次世界大战的爆发，但那时候也经历过短暂的繁荣，个人自由蓬勃兴起，艺术受到严肃的对待，这种事情在我们这辈子是不大可能会重现的。任何二十年代末生活在巴黎并认识福特·马多斯·福特、哈罗德·门罗[②]、戴维·赫伯特·劳伦斯和西特韦尔家族的人都应该能够写出一本有趣的书。

　　不幸的是，古德林先生并不满足于写一本时代的纪实历史或填补众多他认识的名人的传记的空白。这本书的内容没有依照时间顺序，而是一系列关于大罢工、"新道德"、国联、里维埃拉的生活等题材的散文，而且他总是会随时发表与主题似乎没有关联的长篇大论。他斥责的两个主要对象是保守党和美国，不愿意放过任何机会对他们进行谩骂，使得文章总是跑题。

---

① 刊于 1946 年 1 月 6 日《观察者报》。道格拉斯·古德林（Douglas Goldring，1887—1960），英国记者、作家，代表作有《荣誉》、《民族与土地》等。
② 哈罗德·爱德华·门罗（Harold Edward Monro，1879—1932），英国诗人，代表作有《黎明之子》、《青年的武装》等。

这本书最有价值的部分是对 1917 年俱乐部①的描写，在上一场战争的后半段它成为了众多非正统思潮的集结阵地。去那里的人形形色色，有拉姆西·麦克唐纳②、亨利·伍德·内文森③、赫伯特·乔治·威尔斯、奥尔德斯·赫胥黎、弗朗西斯·比雷尔④、克里蒙特·艾德礼和埃德蒙德·迪恩·莫雷尔⑤。古德林先生与莫雷尔相识多年，介绍了这位富于英雄色彩但已经几乎被遗忘的人的一些趣事。1917 年俱乐部的首任主席是拉姆西·麦克唐纳，而按照古德林先生的说法，他是最无趣的人。古德林先生还说他对麦克唐纳的话从来就不当回事儿——从 1931 年起就有很多人说过类似的话，你会很纳闷麦克唐纳是怎么成为工党的领导人和首相的。

古德林先生的这本书的一部分问题在于他的某些观点自从 1920 年后就已经改变了，而且他过于热切地想要抹杀这一点——而且他现在认为是错误的观点其实在当时是正确的。他似乎赞成 1917 年的妥协和平方案，当战争结束时，曾激烈地反对将会种下仇恨的和谈，此次和谈的主题是吞并和赔偿，并将"战争罪"的

---

① 1917 年俱乐部(the 1917 Club)，由社会主义者莱昂纳德·伍尔夫(Leonard Woolf)创建的社会主义者俱乐部，主要参与者有拉姆西·麦克唐纳、奥尔德斯·赫胥黎、赫伯特·乔治·威尔斯等人，聚会地点位于伦敦杰拉德街 4 号。

② 詹姆斯·拉姆西·麦克唐纳(James Ramsay MacDonald，1866—1937)，英国工党政治家，英国首位工党首相，于 1929—1931 年，1931—1935 年组阁。

③ 亨利·伍德·内文森(Henry Woodd Nevinson，1856—1941)，英国战地记者，代表作有《负轭前行》、《告别弗里特街》等。

④ 弗朗西斯·弗雷德里克·比雷尔(Francis Frederick Locker Birrell，1889—1935)，英国作家，代表作有《对话录》、《格莱斯顿》等。

⑤ 埃德蒙德·迪恩·莫雷尔(Edmund Dene Morel，1873—1924)，英国记者、作家，代表作有《战争的真相》、《黑人的负担》等。

帽子扣在德国的头上。

到了现在，他赞同吞并、赔偿和严厉惩治战犯，甚至认为凡尔赛条约并不像当时认为的那么糟糕。数以千计的英国知识分子经历了类似的演变，但1920年的正统左翼思想与今天的左翼思想是不相容的，只能通过歪曲事实才能实现。古德林先生的办法是将过去和现在的弊端都推给保守党和"宗派主义"思想。保守党扼杀了魏玛共和国，助长了希特勒的气焰，打压了国际主义，并将自己的阶级利益凌驾于国家利益之上。这无疑是部分真相，或许甚至是四分之三的真相，但时至今日没有必要再去说了，而且它回避了保守党的内政外交政策得到了英国群众的支持，直到它们结出了无法忍受的恶果为止这个事实。

古德林先生论述美国的章节名为《美国那些事》，是赤裸裸的反美情绪的爆发，但它对英国人民与美国人民之间缺乏接触和英国书籍基本上在美国市场绝迹这两件事作了有价值的评论。《艺术与文学》这一章节提及了几份几乎被遗忘的杂志的名字，但那些批评文章都很肤浅，即使当古德林先生评论的是他应该理解的与他同一时代的作家时也是如此。这是一本凌乱而且不令人满意的书，甚至连索引也没有。

评史蒂芬·巴格纳尔的《弹坑边上》、马尔科姆·詹姆斯的《沙漠之子》[①]

有一个广为流传的信念——很难对它进行验证——那就是，快淹死的人在死前的几秒钟会看到过去的一生。

《弹坑边上》的出版商说其他形式的死亡或许也会带来同样的体验，这本书以这个理论作为起点。事实上，它的内容只是一个临终的人支离破碎的记忆，它的开始和结束都很模糊。

一个大概 28 岁的年轻人无助地躺在一个炮弹坑里——或许那是炸弹坑：他不知道那到底是炮弹还是炸弹炸出来的。我们不知道他参加的是哪场战役，他也不记得他受伤的情形。他甚至不知道他的哪个部位受伤了，但他知道自己的双腿不听使唤了。

大部分时间他在努力回忆或从身边的情形推测他到底是掉在弹坑里了还是被担架员放在这里的，他们还会不会回来接他。他渐渐意识到他们是不会回来了，而且他就要死了，但我们一直不知道他是不是真的快死了。其余的内容，在失去意识和疼痛轮流发作的间隙，就是他的回忆。

他并不是以先后顺序唤起这些回忆的，但从中我们能够构建起他的生平历史。直到战争爆发之前，它并不是一段煽动人心的

---

① 刊于 1946 年 1 月 10 日《曼彻斯特晚报》。史蒂芬·巴格纳尔（Stephen Bagnall），情况不详。马尔科姆·詹姆斯（Malcolm James），情况不详。

历史。

他是一个热爱音乐的年轻人，而且有文学理想，但在父母的迫使下——或许进行了并不是非常激烈的反抗——从事一份单调的工作，但我们对它的了解并不多。但他在静躺的时候真正思考的是他与三个深深爱着的人的关系，以及他时断时续的挣扎，想找到一个不会与他的思想起冲突的宗教信仰。

他谈过两次普通意义上的恋爱，而且有过似乎完美无瑕的友谊，因为它已经被埋葬在久远的过去，而且不可能再续前缘。他爱过的一个女孩其实是一个坏女人，但另一个女孩对他造成了最深切的伤痛。

他一生最爱的女孩是伊丽莎白，她比他年轻九岁，他第一次见到她的时候她才八岁，两人再次见面时，她十六岁。

她告诉他，自从第一次见到他之后，她就悄悄地崇拜他。他像父亲一般呵护她，而回报却是收到这么一封信，开头是：

> 最亲爱的西蒙，我真的不知道该怎么告诉你我想说的话，但或许我最好还是长话短说。你曾经告诉过我，如果有一天我遇到一个人，我爱他胜过爱你，我得告诉你，你会理解。事情是这样的……

在这件事情上很难去同情西蒙，他太有绅士风度了，为自己带来了痛苦。他一辈子的麻烦就是被道德感压得喘不过气来，无法得到任何明确的哲学的慰藉，而他的审美情感无法以持续的创造性活动进行表达。

除了讲述他的个人关系之外，这本书还讲述了他的宗教困境。他认为英国国教已经僵死，而且虽然他很尊崇天主教会，但它的政治记录在他看来打上了邪教的烙印。他没办法爱他的敌人——他绝对没办法爱上希特勒——而且他对上帝的信仰存有疑惑。

直到最后，他的力气渐渐流失，他的疑惑似乎逐渐消除：

> 所有的紧张和压力都突然中断并渐渐消失，他躺在那儿，口干舌燥、精疲力竭，头脑却十分清醒。他已经变得更加成熟、睿智和平静。他希望找一个人倾诉。之前他从来没有告诉过别人，总是矜持地说"或许下周吧"或"等我四十岁的时候再说吧"。他不知道为什么他活了这么久，却在蹉跎光阴。但他不会再浪费任何时间。他开始祈祷。

这就是书的结尾。它是一件小事，而且或许过多地描写了西蒙对自己无可指摘的一生的悔恨，它在这个狭隘的题材上成功了，而且文笔很洗练。

大概在1941年底，当战争的形势最为严峻时，西部沙漠成立了特别空中部队，目标是执行长途轰炸，打击敌人的补给。马尔科姆·詹姆斯上尉在1942年和1943年担任这支部队的医疗官，《沙漠之子》讲述了他的冒险经历。

特别空中部队通常打击的目标是敌人的机场。小规模的部队或通过空中降落或以开吉普车横穿沙漠的方式对孤立的机场发起突袭，用"黏性炸弹"摧毁地面的飞机。他们只能依靠自己制订作战策略，而且一开始的时候几乎没有得到高层的鼓励支持。

詹姆斯上尉不得不在一堆红头文件中杀出一条路才能得到他需要的医药。这支部队甚至得经过漫长的争取才得到一架飞机练习跳伞。

突袭并不总是获得成功，沙漠的条件非常恶劣，伤亡情况很严重。如果有一处岩洞作为救助站詹姆斯上尉就已经觉得很幸运了——更常见的情况是在烈日和苍蝇乱飞的情况下进行救助，而敌人的飞机飞得很低，白色的绷带可能会引起他们的注意。

詹姆斯上尉在开罗住过一两回，他对那些穿着帅气制服的"基地士兵"心怀不满，他们对待胡子拉碴、肮脏邋遢的特别空中部队的态度很冷漠。这本书或许最有趣的内容是对跳伞训练的细心描述，每一个细节都让人很揪心，你会觉得经过前面的折磨，最后从飞机上一跃而下几乎是一种解脱。

评凯瑟琳·曼斯菲尔德的《故事集》[①]

　　凯瑟琳·曼斯菲尔德去世的时候年仅 34 岁，或许更重要的是，她一直知道自己会早逝。这个念头一定影响了她的创作态度，无疑是她一直进行短篇小说创作而不是进行长篇创作的原因，她或许没办法在有生之年写完。这本故事集里有两则篇幅较长的故事：《序曲》和《港湾》，似乎是一本长篇小说的片段，还有几篇文章其实应该算是素描而不是故事，缺点是结局生硬突兀，如果它们只是一本长篇的片段，或许可以写得相当成功。

　　凯瑟琳·曼斯菲尔德的作品总是被说成"内容单薄"，不会成为传世之作。事实上，她相当多产——大约有 60 篇长短不一的故事，不算少年读物——她最好的故事没有"时代背景"，而且角色的刻画相当精细。在《已故上校的女儿》中，那两个枯萎的老处女在那个护士的照顾下备受折磨，她曾在她们的父亲临终前照顾他，对黄油"非常在意"：

　　　　约瑟芬无法忍下去了，"我觉得那些又不是什么奢侈的东西。"她说道。

　　　　"怎么了？"安德鲁斯护士问道，透过眼镜目光灼灼地打

---

① 刊于 1946 年 1 月 13 日《观察者报》。凯瑟琳·曼斯菲尔德（Katherine Mansfield, 1888—1923），新西兰女作家，代表作有《花园酒会》、《幸福》等。

量着她，"没有人可以吃过量的黄油——难道不是吗？"

"按铃吧。"约瑟芬嚷道。她不知道自己该如何回应。

年轻气盛的凯特，那个被施了魔法的公主，走进来看这两个老女人想要做什么。她把她们那两位不知道是什么仿品的盘子一下子给收走，扔下一杯白生生的惊呆了的牛奶冻。

还有许多其他章节写得一样好。拿"惊呆了"形容一杯牛奶冻，用"非常在意黄油"总结一个中产阶级女人的一生，正是凯瑟琳·曼斯菲尔德的文笔的美妙之处。她的故事题材或基调经不住时间的考验。她总是在描写无助的步入腐朽的人，或想要从生命中得到些什么却不知道究竟想要什么的孩子和年轻人。她不会去描写那些有明确的目的而且正在付诸行动的人。由始至终她的作品暗示着敏感是一个优秀的品质，她的几篇最好的故事，如《婚姻模式》只是记录了精神上的小小挫折或堕入庸俗。不可避免地，她所描写的灾难比起二十年前似乎没有那么要紧了，而且她的作品里几乎没有社会批判——就连隐晦的批判也没有——这是一个引人注目的特征。所有的情节都以个体和微不足道的行为堕落为中心。与这密切相关的理念是，如果可能的话，一个人不应该长大——这就像是在耍小性子，正如《幼稚与天真》里所体现的。

对于敏锐情感的强调在凯瑟琳·曼斯菲尔德那个时代的作家里很普遍，无疑，她本身深受契诃夫的影响。但命不久矣的想法或许是她的创作题材很狭隘的原因，并使得她容易着墨过多——不是写出辞藻华丽的篇章，而是刻意经营文字以营造效果。从某种程度上说，她的作品的缺点在于里面没有平淡的章节，每一段文字都显得很紧凑。到最后，当她放弃了恢复健康的希望时，她曾一度中断写作；她说她想要再次进行写作，但"以不一样的方式去写——要更加平和稳重"。她所说的这些"不一样"的作品一直没有写出来，但我们或许可以猜测它们的篇幅会更长，题材更广泛，而且不那么紧凑。

这本选集里有几篇还没有写完的故事，还有故事的梗概，有一两篇本身就是艺术精品。但将名为《德国养老金》的系列故事也收录进去似乎对凯瑟琳·曼斯菲尔德并不公平，那是她在 19 岁时写的，后来不愿意接受这部作品。正如米德尔顿·默里①先生在序文中介绍的，她有好几次拒绝再版这本书，但最后在他的坚持下同意了，前提是她要补充一篇序文。这篇序文她一直没有写出来，你会觉得这就已经足够成为不去再版这部作品的理由。但是，这些早期的故事要比她对它们的评价好得多。这本书制作精美，而且按照目前的标准，花十五先令很划算。

---

① 约翰·米德尔顿·默里(John Middleton Murry, 1889—1957)，英国作家，代表作有《致未知的神明》、《济慈与莎士比亚》、《耶稣的生平》等。

评马克·艾布拉姆斯的《英国人民的情况，1911 年至 1945 年》^①

数据本身并没有生动的可读性，但艾布拉姆斯先生的这本小书比较式的数字占据了几乎与正文同样多的篇幅，描绘了过去一代人的时间里关于英国发展的有趣而令人信服的图景。

这个研究是为费边社准备的，时间跨度是从 1911 年到 1945 年，这并不是随意确定的，在这段时间里发生了一系列事情，艾布拉姆斯先生称之为爱德华改革，他认为现在这个改革已经结束了。

爱德华改革始于本世纪初，包括像通过国家保险法案、引入养老金和开始大规模进行房屋重建等措施。

它的目标是改善穷苦阶层的状况，但不去触动当前的财产所有制，它所遵循的方式是重新分配国民财富，而不是增加国民总财富。那场战争启动了一系列新的进程，艾布拉姆斯先生的主要目的是将 1938 年的情况与 1911 年的情况进行对比。即使没有他的解释，他所给出的数据也清楚地表明这些年来国民生活的变化趋势。

---

① 刊于 1946 年 1 月 17 日《曼彻斯特晚报》。马克·亚历山大·艾布拉姆斯（Mark Alexander Abrams, 1906—1994），英国社会科学家，被誉为"英国社会调查和市场研究之父"，代表作有《英国人口的情况》、《社会调查与社会行动》等。

如果你要用一句话对发展进行总结，你或许可以说英国已经成为一个城市化的国家。首先，人口一直在稳定地从苏格兰、威尔士和英格兰北部等旧工业区转移到伦敦和周边各郡。

在伦敦和几乎每一个大城镇，趋势是离开市中心，到郊区新建的相对方便的住宅区。以前的支柱产业像棉花和煤炭逐渐衰落，与之相应的是新型轻工业的发展，大部分产业坐落于英格兰南部。

生育率在令人惊讶地降低，随之而来的是家庭规模的缩小。虽然实际增加的财富并不是很多，但工人阶级的生活水平，特别当你把工时的缩减考虑在内时，有了显著的提高。艾布拉姆斯先生称，1938年英国的人均生活水平比1911年提高了20%。

除了工人阶级生活水平的整体提高之外，两次战争之间那几年的发展形成了十九世纪从未存在过的新兴阶级。这个阶级由领取工资的白领工人构成，他们无法被明确地归为资产阶级或无产阶级，而艾布拉姆斯先生认为这一阶级划分方法已经过时了。

除了通过税收形式平均分配收入之外——目前，理论上一个百万富翁的年收入也比4 000英镑高不了多少——越来越多的人通过营建合作社成为房产的拥有者，这已经成为一种趋势。

这些营建社直到1924年前后才大规模地兴起。如今英国有将近四百万人拥有他们自己的房产——在人口中所占的比例和一个欧洲国家拥有土地的农民一样大。

大体上的情形是生活水平的提高和阶级差异的消失，但这并非都是好事。首先，经济体系一直没办法消除大规模的失业，也无法让相当一部分人——确切地说是百分之十的人口——摆脱赤贫。一直存在于大城镇的骇人听闻的拥挤和肮脏的生活条件直到前几年才略有改善，因为人口并没有急剧增长，而战前五年兴建了许多新的房屋。

但营养不良的问题一直很严重，约有 20% 的工人阶级的孩子所生活的家庭没办法满足英国医疗协会规定的膳食最低要求。在两次战争之间一直有一两百万人失业，福利水准很低，一户失业家庭不可避免地会遭受营养不良。

另外一个同样令人感到不安的现象是这一时期生育率的下降。导致这一现象的一部分原因是生活水平的提高和对孩子需要付出更多的照顾，父母们不愿意生一大群孩子，他们一生下来就只能过苦日子。

迄今为止生育率的下降对家庭来说似乎是好事，因为工资和居住空间没有分摊给那么多人，但它意味着消费者和年轻工人的减少，这将对未来的工业造成严重的影响。战争年间生育率在稳定增长，但这是否代表了趋势的真正改变还无法肯定。

在 1938 年国民的"实际"收入比 1911 年提高了 20%。战争的破坏和浪费的劳动使得生活水平几乎倒退到 1911 年的水平。这本身就足以表明我们所面临的任务之艰巨。

艾布拉姆斯先生的书完成于大选之前，他的总结是："时至今日，显然爱德华改革的方式即使被推到其极限，单靠其本身并不足以完成所有的目标。我们一直没有制定全面的经济政策，提供全面就业并显著提高英国工业的生产力。"

在他描写选举之后的后记里，他似乎对工党政府满怀希望，相信它能做到之前六届政府不能做到的事情，我们或许可以相信他是对的。这本书有一段有趣的引文，将1913年的生活与今天的生活进行比较，乔治·道格拉斯·霍华德·科尔①为它写了一篇短序。

---

① 乔治·道格拉斯·霍华德·科尔(George Douglas Howard Cole, 1889—1959)，自由派社会主义者，费边社的成员，支持"社会合作化运动"。

评乔治·米拉的《长角的鸽子》①

上一场战争创造了一系列"越狱"文学，虽然它们内容各异——米拉先生的书比起普通的书有着三倍的暴力和感官描写——但它们的共同特征似乎使得对这个题材的作品进行总结成为可能。首先，战俘似乎比普通囚犯更想越狱，而且有更好的机会这么做，虽然他们所面临的不利条件是被关押在陌生而带着敌意的国度。其次，军官们似乎比"普通士兵"更加频繁地越狱。第三点，第一次尝试越狱总是以失败告终，最后总是出于事先没有预料到的情况而成事，比方说跳火车。

1942 年秋米拉先生在利比亚被隆美尔的部队俘虏，移交给了意大利人，意大利退出战争后被押送到德国。他在 1944 年初越狱，一路经法国和西班牙来到英国，然后被派回法国参加抵抗运动（在他早前的作品《玛基斯》中描写了这段经历），到了 1945 年春天担任《每日邮报》的通讯记者，负责报道原先他逃脱的德国地区的新闻。

这个故事夹杂着国内的复杂局势，或许在这类作品中不作描写会比较好，但最引人入胜的部分是对他先前几次未能成功的尝试的描述，以及轴心国的颓势尚未明朗的时候意大利集中营的条

① 刊于 1946 年 1 月 27 日《观察者报》。乔治·雷德·米拉（George Reid Millar, 1910—2005），苏格兰记者、作家，代表作有《抵抗之路》、《长角的鸽子》等。

件。那里有着各种肮脏、寄生虫、饥饿、悲哀的惨状，而且米拉先生认为战俘们在北非的转运站被刻意饿成稻草人，再被带到意大利作为英国"衰败"的证明。他本人在被俘后也得了痢疾和营养不良，但来到意大利的帕多瓦后，伙食有所改善，他开始恢复气力，为越狱进行准备。

越狱最常见的方式是挖地道。战俘们，尤其是被俘虏的军官们能够挖地道，因为他们有很多空闲时间，如果他们被囚禁在一座要塞里，那里通常有一个地窖用于匿藏挖出来的泥土。接下来的便是所有这类故事的相同内容：使用土制工具在地底拼命地挖，外面的同伴在关键时刻吸引注意力，把毛毯或制服改成平民的服饰，用墨水或红酒染色，越狱的当晚把假人放在床上。但这些尝试鲜有成功的机会。

另一个方法是虚张声势或行贿。米拉先生和两位同志曾胆大包天地穿着意大利士兵的制服，想直接走出大门，但因为运气不好而事败。他们又被俘虏，还被痛揍了一顿，然后被关进惩戒营。他们继续挖地道，意大利投降后德国人占领了这座集中营。米拉先生和其他人试图藏在集中营里，希望在其他战俘被转移后逃出去。去德国的途中，有几个战俘跳下火车，大部分人被卫兵枪杀。米拉先生的逃脱方式也是跳火车，但那时候纳粹政权开始崩溃，逃脱的战俘能够从地下组织那里获得帮助。

这本书的后半部分记载了他横穿法国和西班牙，最后来到巴塞罗那的英国大使馆的旅程。或许这本书描写了太多的细节，但它的许多内容具有历史价值，而且优点是没有强烈的政治倾向与色彩。米拉先生注意到，在慕尼黑掩护过他并竭尽所能破坏德国战争机器的法国流民是贝当的支持者，他们认为贝当政权是一个好政权。他还绘声绘色地描写了俄国囚犯爬上集中营的铁丝网，弄得自己双手鲜血淋漓，为的是能到关押英国囚犯的集中营吃上一顿果酱面包，他们用唱歌作为报酬。虽然有几处地方写得很拖沓和以自我为中心，就题材而言，它是迄今为止最好的战争作品。

评科尔姆·布罗甘的
《晚餐桌上的民主主义者》①

自恋是小说家的正常动机，包括最好的小说家也是一样。在危机时刻表现坚定果敢，打抱不平，叱咤风云，当一个万人迷，手持钢鞭将私敌打等等——这些事情在纸上比在现实生活中更容易实现，很少有小说里面没有化身为英雄、圣人或烈士的作者。在以对话为主的小说里这一点尤为突出，布罗甘先生的书就属于这一类。布罗甘先生并没有模仿切斯特顿，但显然受到他的影响，书中的主角是一个布朗神父式的人物，在辩论中压倒对方，身边总是会出现傻瓜和恶棍，他们的用处是衬托他的妙语连珠。

故事情节——或这本书里的一系列讨论——发生于一座私人旅店。故事中的"我"说自己是一个民主党人，而且似乎是一个天主教徒，与他坐在同一张晚餐桌子上的人有：一个犹太共产党人、一个有着先进思想的校长、一个印度民族主义者、一个商人、一个诗人和旅店女老板。前面三个人是彻头彻尾的丑角，而那个商人则时不时展现出理性的光芒。那个诗人是一个神秘的角色，有时候会与故事的讲述者站在同一阵营，而旅店女老板是典型的切斯特顿式人物，毫无逻辑思想可言，却拥有超越男性的智

---

① 刊于 1946 年 2 月 10 日《观察者报》。科尔姆·布罗甘（Colm Brogan，1902—1977），苏格兰记者、作家，代表作有《英国社会主义五十年：1900—1950》、《教育的革命》等。

慧。讨论围绕着自由企业与国有控制以及延长离校年龄等问题而展开，有经验的读者能够提前就知道每一个辩论者会说出什么样的话。

但是，当你拿这本书与十或二十年前的类似作品进行比较时，你会感叹保守主义的倒退——广义的保守主义。布罗甘先生在为资本主义辩护，殚精竭虑地想表明英国如果推行"自由"经济，将比推行工业国有化更有机会重新占领市场。他没有像切斯特顿那样伪称回到中世纪是可能实现的，而且很多人渴望这么做。他甚至为大规模生产辩护，愿意接受社会保险，但他反对将其强制推行。他反对统一的教育体制和提高离校年龄，但另一方面，他希望能将更多钱用在幼儿园上，而且他没有说出不久之前类似的思想家会说出的话：父母有权决定让不让孩子接受教育。事实上，这本书在负隅顽抗——为过去进行辩护，但心里清楚地知道没有多少东西值得去辩护了。

但是，那些对话遵循着同样的模式。那个共产党人是一个坏心眼的恶棍，几乎每句话都会扯到苏俄。那个校长只会夸夸其谈。那个印度人尽说一些不着边际的积极言论和自怨自艾，就连那个商人——他很清楚自己的主张——也被坎特伯雷主持牧师的布道所感染。至于故事的讲述者，他是智慧、学识、思想、理性和胸怀宽广的典范，如果他最终无法说服其他人接受他的观点，那是因为他们的头脑已经被现代教育的愚昧侵蚀了。

所有这类作品的问题是为没有真正具有可行性的方案而发牢骚。布罗甘先生或许意识到回归自由放任的资本主义体制已经不可能了，就像切斯特顿已经意识到回归小农所有制是不可能的事情。或许他也意识到告诉人们义务教育、强制性社会保险、投资控制和劳动引导将会导致奴隶制是没有意义的，因为即使真的会变成这样，广大群众宁愿当奴隶也不想要过上别的生活。

世界正朝他不喜欢的方向迈进，但他想象不出它还能朝哪个方向迈进。因此，他采取了以防守为主的策略，指出"先进"思想的荒谬和恐怖——而这并不是非常困难的事情。但靠这些手段并没有办法让那些意见相左的人对共产主义、女权主义、无神论、和平主义或其它布罗甘先生不喜欢的主义进行反思。

文字与亨利·米勒[①]

很遗憾没有哪家出版社有勇气再版《北回归线》。大概一年后他就可以通过出版一部名为《狱中见闻》或别的什么书挽回损失，与此同时，在这本禁书的完整版被刽子手或其他人销毁之前让公众接触到它。究其本质，《北回归线》一定是当代最罕有的书籍之一——虽然据说它的盗版两三年前就已经在美国发行了——就连《黑色的春天》也一书难求。亨利·米勒的零星片段到处都在刊登，而那些有价值的部分却仍然没办法读到。要写他的书评，你只能依赖记忆，而由于读书评的人或许从来没有机会去读那些书，整个过程就像是带一个盲人去看烟火表演。

这本选集包括了那则短篇小说——或者说只是一则短篇的梗概——《麦克斯》、那篇优秀的自传素描《从纽黑文到迪耶普》、被蓝铅笔删改了很多的出自《黑色的春天》的三个章节、一出超现实主义电影的场景和几篇批判性的散文和片段。这本书以一则传记收尾，或许在主要情节上真有其事，它的结尾是这样的：

> 我希望读我的作品的人越来越少，我对群众的生活没有兴趣，对当前政府的意图也没有兴趣。我希望，而且相信整个文明世界在接下来的一百年里将会毁灭。我相信人类能够

① 刊于 1946 年 2 月 22 日《论坛报》。

存活下去，而且一定会过上更美好、更宏伟的"没有文明"的生活。

拿《从纽黑文到迪耶普》和米勒与迈克尔·法兰克尔合著的工于文字的《哈姆雷特》的章节进行比较，你就能了解到米勒能写出什么和写不出什么。《从纽黑文到迪耶普》是一篇真挚而感人的作品。它记录了1935年米勒去英国的不成功的经历。那些移民官员察觉到他是个穷鬼，立刻将他关进治安法庭的牢房里，第二天就经英吉利海峡遭返回去，整件事情极其愚昧和令人厌恶。整件事情中唯一闪烁出人性光芒的人是那个看守米勒过夜的头脑简单的警察。刊载了这篇散文的那本书于1938年出版，我记得是在慕尼黑会议之后读到的，我心里觉得虽然慕尼黑协议并不是什么光彩的事情，但这件小事更让我对自己的国家感到羞愧——不是因为纽黑文的那些英国官员的行径要比各个地方的官员更加卑劣，而是因为整件事情让人感到很悲哀。一个艺术家得仰仗几个官僚的恩惠，而且他们对付他时的那种恶意、狡猾和愚昧让人怀疑民主、出版自由等制度到底有什么意义。

《从纽黑文到迪耶普》和《北回归线》很相似。米勒大概过了四十年颠沛流离的不体面的生活，他有两项杰出的天赋，或许都可以追溯到同一起源。一个天赋是他完全没有平常人的羞耻心，另一个天赋是能够写出直白、华丽和富于韵律感的散文，过去二十年来英国很少见到这样的作品。另一方面，他没有自律的能力，没有责任感，或许没有多少想象力，只会空想。因此，他最适合当一位自传体作家，当他过往的生活素材干涸时，他也就江郎才尽了。

写完《黑色的春天》之后，很多人认为米勒会蜕变为一个庸俗的作家，事实上，后来他所写的东西有很多的内容就好像在敲大鼓一样——从空洞中发出的噪音。任何人只要读一读这本书里的两篇文章《死亡的宇宙》（关于普鲁斯特和乔伊斯的书评）和《致每一个地方的超现实主义者的公开信》就明白了。在长达70页的篇幅里，他所写的内容如此贫乏，却又说得很气势磅礴。那个引人注目但事实上几乎没有意义的短语"死亡的宇宙"带有鲜明的特征。米勒的一个手段就是总是使用启示录式的语言，每一页都写着像"宇宙—逻辑的变迁"、"月光的魅力"、"星际的空间"或类似于"我所运行的轨道带着我渐渐远离孕育我的死去的太阳"这样的句子。评论乔伊斯的那篇文章的第二句话是："自陀斯妥耶夫斯基之后，文学的发展都是在死亡的另一边进行的。"当你去琢磨这句话时，就知道它根本就是一句废话！这种文章的关键词是"死亡"、"生命"、"诞生"、"太阳"、"月亮"、"子宫"、"宇宙"和"天灾"，并肆意滥用最陈腐平凡的语言使其听起来很独特生动，而根本没有意义的内容则被蒙上了神秘深奥的色彩。就连这本书的标题《宇宙哲学的眼睛》也没有切实的含义，但听起来像是那么一回事。

当你从这些华而不实的语言中发掘出含义时，你会发现米勒的大部分想法其实很平庸，而且总是有反动色彩。它们归根结底是虚无寂灭主义。他声言对政治不感兴趣——在这本书的开篇他宣称自己变成了"上帝"，对"世事毫无兴趣"——但事实上他总是在发表政治言论，包括不值一哂的种族言论，什么"法国人的灵魂"、"德国人的灵魂"等等。他是个极端的和平主义者，却又渴望暴力，前提是发生在别的地方就行了。他认为生命是精彩的，却希望在不久之后就将一切炸得粉碎，并大谈什么"伟人"和"贵族的灵魂"。他拒绝探讨法西斯主义和共产主义之间的区别，因为"社会是由个体组成的"。如今这已经成为一种熟悉的态度，如果顺着它的逻辑延伸下去，将会是一个很体面的态度，它意味着在战争、革命、法西斯主义或其它事情面前逆来顺受。事实上，那些说着和亨利一样的话的人总是会小心翼翼地留在资产阶级民主社会里，拿它当保护伞，却又不愿意为它负责任。另一方面，当必须作出真正的选择时，寂灭主义者的态度从来不曾存在。说到底，米勒的世界观只是不承认对任何人的义务的个人主义——不对社会负任何责任——甚至认为不需要有一以贯之的思想。他的后期作品有许多内容只是以更铿锵动听的文字去阐述这一点而已。

如果米勒只是一个被驱逐的人和浪子，与警察、房东太太、妻子、债主、编辑这些人相处不欢，他那些不负责任的态度并不会造成危害——事实上，作为像《北回归线》这么一本书的基础，那是最好的态度。《北回归线》的杰出之处是它没有道德可言。但如果你描写的是上帝、宇宙、战争、革命、希特勒、马克思主义和"犹太人"，那么米勒标志性的思想诚实并不足够。要么你得真心置身于政治之外，要么你必须意识到政治是关于可能性的科学。在米勒后期的作品中处处都有不加修饰的自传描写——《从纽黑文到迪耶普》就是一例，就连不堪卒读的《哈姆雷特》这本书也有一些相应的章节——然后那套老把戏再次出现。米勒的真正天赋是他能够描写底层的生活，但或许他需要不幸去刺激他将其发挥。但是，似乎过去五六年来他在加利福尼亚的生活并不是一直都很幸福，或许有那么一天他不会再写那些关于死亡和宇宙的空洞的句子，而是回头去写他真正适合写的东西。但他必须不再"担任上帝"，因为上帝只写过一本书，那就是《圣经·旧约》。

　　与此同时，这本选集会让新的读者对米勒的作品产生比较靠谱的印象。但既然《黑色的春天》可以将其中三章在印满星号后刊印，很遗憾《北回归线》不能以同样的方式出版，它的部分内容并不是那么淫秽不堪，要让它能够被刊印其实也不难，只是偶尔有几行省略号罢了。

评弗利尼薇德·丁尼生·杰西的《缅甸故事》、理查德兹的《缅甸宣传第七期：对缅甸人的理解》、哈利·马歇尔的《缅甸宣传第八期：缅甸的克伦邦人》[①]

　　直到十一世纪之前，缅甸的历史都是传说，而直到十八世纪中期之前，它的历史一直是一个谜团，当时缅甸人终于征服了这个国家的原住民得楞人。丁尼生·杰西小姐的书并不是一部编年纪事史，跳过了早期的历史，专注于现代缅甸历史的转折点——1885 年吞并上缅甸。她认为当时英国人犯下的错误是没有建立起一个合理和受欢迎的政权，因此，它要为 1942 年的政权崩溃承担起一部分责任。

　　英国人在缅甸的所作所为或许并不像丁尼生·杰西小姐所描写的那样无可指摘，但可以肯定的是，即使英国人没有剥夺缅甸人的独立，其他强权大国也会这么做，或许会是法国人。缅甸在地理位置上是一个孤立的国家，几个世纪来，缅甸对外边的世界一无所知。想到 1820 年前后，缅甸派遣了一支军队准备侵略印度，他们得到的命令是将印度总督用铁链绑回来，如果有必要的

---

　　① 刊于 1946 年 2 月 24 日《观察者报》。弗利尼薇德·丁尼生·杰西
（Fryniwyd Tennyson Jesse, 1888—1958），英国女犯罪学家、作家，代表作
有《从别针里窥视西洋镜》、《拉克夫人》等。理查德兹（C. J. Richards），
情况不详。哈利·马歇尔（Harry I. Marshall），情况不详。

话，还想远征攻克伦敦，你会觉得好笑。下缅甸被吞并后，上缅甸迟早将步其后尘，但即使如此，醉醺醺的锡袍王和他的妻子苏帕娅拉还是犯下了每一个可能会犯的错误。英国和印度的贸易商被百般羞辱，而锡袍对自己的臣民还时不时展开屠杀——他登上王位的庆祝就是将他的兄弟统统处死，大概杀了80人——就连英国的反帝国主义者也感到不齿。当侵略最终发生时，锡袍的正规军不战而溃，但游击队仍坚持长达数年的抗争。

丁尼生·杰西小姐认为废除君主制是一大败笔。锡袍必须被罢黜，但应该扶植另一个亲王登基。结果，缅甸人习惯了几个世纪的权威被摧毁了，而这个国家赖以建立的道德基础——僧侣阶层的权威——也被间接削弱了。旧的秩序土崩瓦解，缅甸接受了一套陌生的法律、行政和教育体系，但它一直无法扎根。结果，暴力犯罪泛滥横行，僧侣阶层涉足政治，大学培养出的是失业的知识分子，他们成为民族主义运动的核心力量，整个基层行政阶层的腐败无可救药。与此同时，缅甸在方方面面仍是一个落后的国家，基本上所有的大型贸易都掌握在英国人、印度人或中国人的手里。就连军队也主要是从非缅甸人的群体里招募的。自然而然地，不满情绪逐渐积累，虽然日本侵略者或许没有得到非常活跃的支持，但就缅甸人而言，他们对于英国政权根本没有忠诚可言。

许多对缅甸持同情态度的观察者会认同丁尼生·杰西小姐的观点，无疑，它们蕴含了一部分真相。但是，她在暗示如果当时鼓励缅甸非常缓慢地从中世纪苏醒过来会比较好，而最重要的是，我们本应该尽力保持佛教的完整和纯洁。她的潜台词是如果我们不冒失地将西方的制度强加于缅甸之上的话，反英民族主义运动或许就不会兴起。这个看法似乎很可疑。民族主义意识——而在这种情况下产生的只会是反英民族主义——不管怎样一定会以某种形式兴起，而日本人对缅甸许下的帮助它走向现代化的承诺使其宣传很有吸引力。丁尼生·杰西小姐似乎低估了亚洲民族主义和肤色意识的重要性。她认为在1942年的战役中缅甸的第五纵队只有5 000人，这一定是严重的低估。这本书是很有意义的普及性读物，前提是读者必须意识到她是从所谓的帝国主义仁政的角度去写的，虽然她对缅甸人抱以同情，但对英国人过于宽容。

缅甸宣传的第八期是关于缅甸最大的少数民族克伦邦人的信息详实但文风幼稚的研究报告，主要的信息来源是皈依基督教的当地人。第七期是一本立意良好的对于缅甸人国民性的阐述，但很难相信会有缅甸人会喜欢去读这本书。你会觉得里面所描写的那些人充满魅力但并不可靠。现在不应该再使用"缅人"这个带有些许贬低色彩的名称，而是应该使用"缅甸人"这个名称，难道不是吗？

评理查德·赖特的《黑孩子》、詹姆斯·奥尔德里奇的《群众》、阿尔伯特·马尔茨的《弓箭》①

美国的肤色问题并非无法解决，但即使进行最深入的改革，它也不可能在一代人的时间里得到解决。问题的关键不是白人的傲慢，而是黑人自己所形成的思想态度，理查德·赖特先生的《黑孩子》正是围绕着这一事实而展开描写。

《黑孩子》讲述了美国南方某个州一个黑人的童年故事。他过着赤贫的生活，但它所描写的生活条件并不比欧洲的贫民窟差——或许比起英国的贫民窟也糟糕不到哪里去。

问题的根源不是黑人没有衣服穿或没有饭吃，而是他意识到自己没有权利。作者在一个几乎全是黑人的社区里长大——这本书是直白的自传——逐渐意识到所谓的白人的独立存在。

一开始的时候他对黑人与白人的区别感到很困惑，因为他的祖母有着白人的样貌，虽然她其实是黑人。他逐渐意识到"他们"直接或间接地控制了他的行为的每一个细节，所有的反叛都

---

① 刊于 1946 年 2 月 28 日。理查德·纳撒尼尔·赖特（Richard Nathaniel Wright, 1908—1960），非洲裔美国作家，代表作有《黑孩子》、《土著之子》等。哈罗德·爱德华·詹姆斯·奥尔德里奇（Harold Edward James Aldridge, 1918—？），英国记者、作家，代表作有《海鹰》、《最后的放逐者》等。阿尔伯特·马尔茨（Albert Maltz, 1908—1985），美国作家、剧作家，代表作有《弓箭》、《海军陆战队的荣誉》等。

是徒劳，因为"他们"无所不能。法律不能提供保护，如果一个黑人违背了潜规则——譬如说，如果他去接近一个白人妇女，或"放肆无礼"，或只是被怀疑怀有不正当的思想——他就会被杀死，而且总是有人就这么死掉。没有人能为他们争取公道，因为警察和法官都是白人。

黑人能不能接受教育很大程度上取决于父母的经济条件。南方的许多黑人甚至大字不识一个。

但即使是接受过良好教育的黑人也被以恐吓的方式排除在技术工种或薪水优厚的职业之外。最重要的是，每一个黑人从早年就学会忍气吞声，隐藏自己的真实情感，迎合白人的虚荣心。最可怕的事情是绝大部分黑人接受了自己的处境。无论他们多么仇视白人——事实上，几乎所有的黑人都仇视白人，即使是那些心地善良的人也是如此——他们知道只有展现出奴颜婢膝的姿态才能生存下来。

黑人会互相告发，勾结白人对付自己人，刻意插科打诨或装疯卖傻以得到白人视他们为"传统老黑"的宽容对待。在理查德工作过的一个地方，他被白人怂恿和另一个黑人孩子打架，赌注是五美元。

这两个孩子素来无冤无仇，但打架的一幕能取悦白人，于是他们就朝对方大打出手。

与白人进行正当交往是不可能的事情。理查德遇到一个北方白人，他的态度与南方人很不一样，把他当做白人对待，即便如此，理查德觉得他的友善一定是伪装出来的。反犹主义在黑人中很普遍，就连小孩子也被教导要朝犹太人破口大骂。这是一个他们向白人种族的成员进行报复的机会。

要摆脱这种处境只有两条路。一条路是攒够钱跑到北方去，另一条路是宗教。理查德的老一辈的亲人都很虔诚，而他自己在十五岁的时候也得到了"救赎"，但那种效果很快就消失了。

最后，通过干入室盗窃的勾当，他攒够了去孟菲斯的车费，然后找到一份薪水还算优厚的工作干了一段时间，出发去芝加哥准备开始新的生活。这本书是肤色问题文学的有价值的补充。它所描写的时期大概是 1910 年到 1930 年，我们或许可以希望数十万有色人种士兵到欧洲后能够让这本书里所描述的问题有所改善。

《群众》和《弓箭》都是战争小说。《群众》不是非常成功地模仿了海明威，描写了一个工作不详的年轻人能够随意地周游世界，去过赫尔辛基、阿拉曼、斯大林格勒、新加坡、莫尔兹比港和其他正在发生重大事件的地方。

《弓箭》是一本更加严肃的作品，有一个很好的主旨。在一座伪装的德国兵工厂，一个工人被逮到向每晚从头顶飞过的英国轰炸机打信号，这些轰炸机一直没有轰炸这座工厂。他被党卫军的巡逻队开枪打中了肠子而昏迷不醒。如果他的信号没被看到的话，不出二十四小时这座工厂可能就会遭到轰炸。与此同时，工厂的经理和盖世太保都想知道为什么他要打信号。

他是因为一时的冲动而这么做吗？或许他是英国情报部门的间谍？还是说地下反纳粹组织已经混入了这座工厂？如果是这样的话，谁是他的同党呢？盖世太保必须立刻查明内情，这样在轰炸开始时才能够应付有组织的破坏行动。但那个人一直昏迷不醒，即使他醒过来也不知道他能不能清楚地说话。

这个故事对这个受伤的男人的动机进行了抽丝剥茧的解析，描写了医生与别人对他的救治，那个医生是路德派的牧师，曾经和他同在一座集中营，也在工厂里上班。里面的时间大概过了不到十二小时。这是一本很有可读性的书，但有一个小小的批评：这本书的封面印了一个"卍"字徽。希特勒掌权已经十二年了，一家大型出版社的主管应该知道那个"卐"字徽的旋转方向是哪一边。

评雅克·巴尊的《我们这些教书的》 [①]

教育是一个重大的课题，雅克·巴尊先生的这本书很有分量——如果印刷的字体再大点的话会很厚重。

这是一本漫谈，有些内容纯粹只是探讨美国的问题，但任何对教育感兴趣的人，甚至想要知道为什么现代的孩子似乎写不出一手好字的人，都能在几乎每一章中找到启发。

巴尊先生描写的是美国，在那里受过大学教育的人要比英国多得多，而他重点强调的就是大学生。

他探讨了当前历史、数学、语言、文学和科学的教育方式，并对诸如智力测验（他认为那是最荒唐无稽的事情）、研讨组、师生关系、对老师施压不让他们说出"颠覆性"的言论等话题有很多话想说。

他所说的许多内容与教育实践的细节有关。譬如说，为什么在战争时期能够很快让被挑选出来执行特别任务的军官学会像俄语或日语这种困难的语言，而一个学生花五到十年的时间学一门像法语这样简单的语言，到最后连话都不会说。

"没有数学头脑"这种事情真的存在吗？还是说人们只是被教授数学的方式吓坏了？音乐天赋真的是天生的吗？还是后天可以

---

① 刊于 1946 年 3 月 7 日《曼彻斯特晚报》。雅克·马丁·巴尊（Jacques Martin Barzun，1907—2012），法裔美国作家，代表作有《我们所传承的文化》、《论人的自由》等。

掌握的？应该鼓励孩子们去读好书还是由得他们想读什么就读什么呢？等等等等。

但是，虽然他漫无次序地从一个话题跳到另一个话题，我们还是能够了解到巴尊先生的主旨，尽管它并没有被非常明确地阐明，那就是对现代教育的专业分化趋势和过分强调知识而戕害求知热情与文化修养的抗议。

巴尊先生对目前的科学教育的方式提出了尖锐的批评，它的目标并不是培养科学态度，而是向学生填鸭式地灌输大量的事实，而他们在今后或许根本用不着，而且或许会阻碍他将头脑运用于更加广泛的领域。

他的整体评价是："科学老师或许造就了最多的思想落后、反智呆板的学生。大体上，'攻读理科'的学生构成了现代社会两大人群——思想单一的专家和科学白痴。"

美国的弊端的一部分原因是教育机构之外的商业世界的要求和公众的态度，他们被误导了，以为纯粹的科学只是由有用的知识构成。一个拥有理科学位的年轻人更有机会找到工作，而纯科学现在是许多大学的主导科目，贬低像文学甚至历史这些科目成为一种趋势，认为它们毫无用处而且不切实际。

古典语言几乎被完全消灭了。哈佛大学的一位院长曾说一个拥有理科学士学位的人"并不保证了解任何科学，但保证不懂拉丁语。"

巴尊先生曾在另一本书中指出学拉丁语是有好处的，并指出现在它成了一门被禁的语言，提到它的时候总是语焉不详。

伴随着对专业知识的青睐的是文化和语言的没落。巴尊先生举了几个学术圈与师生交流的文本作为例子，下面是其中一例：

在我所提出的研究里，我希望描述和评估这些领域的代表性的课程，记录我眼中的高等教育对人际关系和群际关系愈发重视的趋势，并以这种方式引起对实践中的杰出贡献的关注。

之所以有人会写出这样的文字，一部分原因是科学用语入侵了日常的语言，一部分原因是"长词比短词更优雅"这个广为流传的看法。事实上，虽然拉丁语和希腊语失去了学校课程的主导地位，但它们仍牢牢地控制着英语。

巴尊先生还对图书馆的使用以及几乎所有公立图书馆对学生的不合作态度这个话题发表了颇有价值的评论。有多少图书馆可以让学生安静地学习呢？有哪一间图书馆可以让学生"在书架间流连徘徊，并捕捉住一个想法"呢？

他说大部分美国大学的图书馆很担心书本会被偷走，而他们应该认为学生偷书是一个好的迹象，如果损失在合理范围之内的话。巴尊先生还对指导年轻人读书提出了建议——不只是读什么书，还有如何精读和略读。顺便提一句，这一章表明美国人买书比我们还要小气，平时只有百分之一的纸张用于印书。

这本书的最后几章并没有探讨狭义的教育，而是探讨整体的思想生活。里面有关于脑力工作者需要安宁、欧洲演讲者在美国放浪形骸的举止、填鸭式的没有意义的教学以及非正统思想者缺乏鼓励等现象的评论。虽然它主要是在描述美国，但这本书很有意义，几乎每一页都有一些有趣的内容。

评马克·宾尼的《慈善》①

马克·宾尼先生的这本书是否应该被称为一部小说值得商榷，虽然它的创作形式的确是小说。或许就像纪实电影一样，它正确的名字是纪实小说。它是对战争时期矿场条件的调查，重点讲述了矿工与矿场主之间错综复杂、世代相传的斗争。

1944年，弗朗西斯·约翰逊——一个燃料部的劳工关系官员来到一个产矿小村庄，并住进了一位矿工的小屋的一个房间。他受到矿工们的款待，可以自由进出俱乐部和福利部门，熟悉当地的风俗，甚至尝试着时不时到采矿面干一天的活儿——对于任何不是生来从事这个行业的人来说真是非常勇敢的行动。

宾尼先生忠实地描述了狭窄的地下世界，在那里，戴维矿灯微弱的光线无法穿透煤灰的厚霾，而工作的前奏"通勤"意味着在四到五英尺高的狭道走上一两英里——甚至可能是三英里或更长。他没有充分地强调矿工的辛苦：他的男主人公来到采矿面后仍然有足够的力量去干一点儿活。他描写了许多种矿洞，包括那些没有支柱，只有一条石梯贯穿山脉的旧矿洞。但这只是背景描写，这座典型的矿业村庄的历史在最后一章单独进行介绍。这本书的主题是整个采矿业的愤恨气氛，以及矿工自身的思想所起的

---

① 刊于1946年3月10日《观察者报》。马克·宾尼（Mark Benney，1910—1973），英国作家、社会活动家，代表作有《下等人》、《慈善》等。

作用。

　　由于那是战争时期，矿区的麻烦不是生产过剩和失业，而是生产不足和旷工现象。有三件事对约翰逊留下了深刻的印象。第一件事情是英国的煤矿业极其落后，工作条件在短时间内无法改善到让人能够忍受的地步，除非将煤矿国有化，否则根本无法对其加以现代化改造。第二件事情是煤矿业的境况之所以那么糟糕，是因为煤矿主贪婪而短视，他们精于将煤矿卖出高价，将矿工当牲口使唤，只要这么做不会有事。第三件事情是矿工们在漫长的斗争中所形成的思想使得任何大规模的改善只能有策略地进行。

　　刚开始调查的时候他就惊讶地发现，和矿工们打交道时他们其实也不是很老实。比方说，他们会要求更高的报酬，并谎称这是为了改善安全措施。又或者，他们会揪住早已不复存在的弊端不放——例如，他发现他们相信1944年仍得付采矿许可费，而早在1938年采矿许可费就已经国有化了。而且矿工们不信任陌生人，对技术革新持仇视态度，并且愿意忍耐可怕的虐待——例如，他们得花钱为自己买矿灯——如果这被认为是天经地义的传统的话。但是，随着他逐渐了解情况，他意识到矿工们从几个世纪的经验和传统中学到的唯一安全的策略就是总和煤矿主唱反调，如果政府代替了煤矿主，就和政府唱反调。

　　这一态度几乎固化成了一种本能。矿工们深知他们所享受的每一个好处——组织的权利、开办合作社、安全规定、在井口洗澡——都是靠他们自己努力反对痛苦的压迫而争取到的。在萧条的矿业村庄如果有一座像样的建筑，那通常都是矿工们自己出钱修建的。矿区与世隔绝，每个人都知道别人挣多少钱，社区里总是进行集体活动，并带有军事化的特征。

在结尾部分，弗朗西斯·约翰逊因为一个鲁莽的行为而被解雇。在离开之前他提交了一份报告，里面包括了一些建议，无疑就是宾尼先生本人的想法。他认为当务之急是组织一个训练有素且独立的观察者团队对矿业动荡的原因进行调查。在结尾处他指出，无论如何不能再让煤矿主把持煤矿业，但矿工们也没有能力运作煤矿业，必须由政府接管，并提早对它将面临的反对意见作好充分的认识。因此，了解生活在联系紧密的小社区、从事艰苦危险的低报酬职业的那些人的思想尤为重要。这是一本很有可读性而且内容详实的作品。

经典书评:《英烈传》[1]

　　如果有人要撰写一部世界史,是记录你能了解到的真实事件比较好呢,还是虚构出一切比较好呢? 答案并不像它看上去的那样不言自明。任何为大时代撰写历史的人一定想将历史事件套进一个模式中,至少想找出这么一个模式;因此,合理的自洽理论,甚至是本能的对可能性的把握,或许要比堆积如山的文献更有意义。一部依靠想象而构建的历史或许无法准确地描述任何一个历史事件,但它或许要比单纯地罗列没有错误的名字和日期更加接近真相的本质。

　　温伍德·里德[2]的那部古怪而且不受重视的杰作《英烈传》会带给你这种强烈的感觉。当然,里德不是单靠想象写出历史。确实,在某种程度上,他是在重申实证知识的价值,反对传统和权威,因为他的主旨是抨击当时的宗教信仰,而他的方式是坚持已知的事实,包括《圣经·新约》的文本,而那些正统的信徒则宁愿遗忘这本书。他从不同领域的专家那里大段大段地引用内容,在他的序文中他提到了部分信息来源,坦白地表明"这本书里几乎没有什么内容可以说是我的。我不仅从其他作家那里引用事实和理念,而且引用文字甚至段落"。但是,这本书是一部很有想象

　　① 刊于 1946 年 3 月 15 日《论坛报》。
　　② 威廉·温伍德·里德(William Winwood Reade,1838—1875),英国历史学家、探险家,代表作有《英烈传》、《荒岛求生》等。

力的作品，并不仅仅是事件的记录。或许他并没有先入为主地认定历史有模式可循，但通过阅读和游历，他认为自己找到了这个模式，而一旦这个模式被发现，细节就会随之填补完整。这本书就好像是一个愿景，或一部史诗，受进步理念的鼓舞。人类就是普罗米修斯，他偷到火种，因此遭到残酷的惩罚，但最后他会将众神赶出天堂，由理性进行统治。

虽然《英烈传》的文笔晓畅且富于感染力，但它并不是一本编排得当的书。它被随随便便地分为四个主要部分，以战争、宗教、自由和思想为标题，认为从这四个方面就能对人类的发展进行大致的总结。第四部分对前面已经提到过的内容进行了概述。当然，它带有偏见，或许任何世界史都一定会是如此。对于一个欧洲人来说，"世界"只是意味着地中海和大西洋沿岸，印度或中国并没有被纳入里德的考虑范围，英国、俄国或南美也不在考虑之列。在他眼里，世界的中心是埃及和中东国家，在描写古代奴隶帝国和闪米特宗教的崛起时，他发挥了最佳的水平，以这段典型的文字为例：

> 直到面临毁灭之时，罗马一直依靠资本而生存。只有工业才是财富的源泉，而罗马却没有任何工业。奥斯蒂亚大道挤满了手推车和赶骡子的人，运来了丝绸、东方的香料、小亚细亚的大理石、阿特拉斯山的木材、非洲和埃及的谷物，而运出来的只有一车车的粪便。这就是他们的回报。

这段文字里的反讽、自负才学的姿态，对经济的重要程度的强调，以及生动的描写——我想你能明白里德受到普遍欢迎的原因。人们觉得他们是从一位了解所有的史实，却又不是教授身份的人那里了解到历史——他不是上流阶层和教会阶层的食客。里德与那些干巴巴的"经济史学家"完全不同。历史浪漫的、欢庆的一面，鼓足风帆的腓尼基桨帆船、古罗马士兵的铜盾、骑士、城堡、巡游、铿锵的名字——恺撒、亚历山大、汉尼拔、尼布甲尼撒、查理曼——这些都出现在他的作品中，但带着新的倾向，似乎他一直在说："看看这些，谜团全都解开了。"这本书的一个突出特征就是它对时间的精妙把握。历史变得生动了：大时代用一段话就加以总结，从埃及人过渡到波斯人，从波斯人过渡到希腊人，从希腊人到罗马人，从野蛮时代过渡到封建时代，从封建时代到资本主义时代，具体到让你似乎就在看一幅全景画一样，它的本质暴露无遗，却又带着自己的色彩，并保留着许多细节。

在《思想者图书馆》版本的序文中，约翰·麦金农·罗布森[①]先生指出《英烈传》是一部了不起的作品：

> 它立刻影响了两代读者，虽然面对文学界和新闻出版界的轻蔑或敌意，没有得到文学界只言片语的赞誉，也没有出版社为它做宣传，但从出版的那一年起它就脱颖而出，出版六十多年来，它一直卖得很火，一版接一版地发行，直到现在。

这本书不是正史。里德针对的读者是那些思想开放的人，那

---

① 约翰·麦金农·罗布森(John Mackinnon Robertson，1856—1933)，作家、记者，代表作有《十九世纪的自由思想》、《历史上的耶稣》等。

些不怕了解真相的人，但这本书很流行，几乎从第一页开始就在批判资产阶级社会的价值观。你或许会猜想它最深层的吸引力，以及出版界之所以对它抱以敌意，是因为它对基督教的人文主义阐述。在1872年，这本书出版之时，要阐述这一主旨需要勇气，但时隔四五十年后它似乎仍然是一本革命性的书籍。我清楚地记得在我大约十七岁的时候第一次读到这本书时它对我产生的影响。当我读到里德对希伯莱先知的描述时，看到这些话——"他接受这一使命之后，就立意不再洗澡"——我有种深刻的感觉："这个人和我一样。"然后我继续读下去，读到里德对耶稣的性格分析。那是一种奇怪的获得解放的经验。他从来不肯接受耶稣是神的儿子，也没有像当时风行的那样，认为耶稣是一位伟大的道德导师，而是把他描述为一个和任何人一样会堕落的人——一个称得上高贵的人，但有着严重的缺陷，而且只是一长串犹太狂热分子中的普通一员。里德说，直到他死去一个世纪后，众多属于欧西里斯和阿波罗的异教徒的传说才被归到他的身上。

这个解释是真的吗？那时候我不知道，现在也不知道。但至少里德对耶稣生平的描述可能是真实的，而那些校长硬要我接受的耶稣生平的版本则有悖常理。里德是一位解放性的作家，因为他以人与人之间的谈话方式在交流，将历史归纳为可以被理解的模式，而这个模式不需要奇迹。即使他错了，他也是一个成熟的人。

虽然它受到进步观念的鼓舞，虽然它影响了两代左翼运动，你不应该认为《英烈传》是一部社会主义作品。里德深受达尔文的斗争和适者生存理论的影响，在某些方面，他的观点非常反动。他明确地宣传他不信仰社会主义，坚信商业竞争的意义，认为应该提倡帝国主义，似乎认为东方民族天生就是劣等民族。他还怀有一个危险的理念，认为真理有不同的层次，有时候一个错误的信仰如果具有社会价值的话，不应该将其揭穿。但他说过一些很有先见之明的话，而且他清楚地了解除非机器文明高度发达，否则人类大同是无法实现的。大部分社会主义者都会接受他的目标，但无法接受他对当前社会的态度。他向宗教的阵地发起进攻，是社会主义运动不可靠的同盟者。许多工人阶级的读者一定不认同他的某些结论，但觉得这个学者是他们的好朋友——他反对牧师，让历史变得晓畅而生动。

评阿托罗·巴里亚的《冲突》[①]

　　这是阿托罗·巴里亚的自传的第三卷，也是最后一卷，涵盖了 1935 年至 1939 年这段时期，因此大部分内容与内战有关。他的个人奋斗和他第一次婚姻的失败与整体的社会紧张气氛密不可分，而那场战争就是它的一个结果。他在 1937 年底第二次结婚，个人和政治的动机更加紧密地纠缠在一起。这本书始于卡斯蒂尔的一个小村庄，终于巴黎，但它的主要内容是马德里围城。

　　从战争一开始巴里亚先生就在马德里，一直呆在那儿，直到无形但不可抵挡的政治压力在 1938 年的夏天将他逐出西班牙。他目睹了早期的狂热和混乱、军事征用、大屠杀、对这座绝望的城市的轰炸、秩序的逐渐恢复，以及群众、官僚和外国共产党员三方的争斗。他曾在外国媒体内容审查部门担任一个重要职位长达两年，并且曾经主持"马德里之声"的广播节目，它在拉丁美洲相当成功。在战前他是受雇于专利局的工程师，原本可以成为一名作家，却什么也没写出来。他是一个虔诚的天主教徒，却讨厌西班牙的教会。他是一个率性而为的无政府主义者，没有严格的政治派系。但最重要的是，他出身于农民阶层，这让他能够从一个西班牙人的角度对战争进行描述。

　　战争一开始可怕的事情就发生了。巴里亚先生描述了对马德

---

① 刊于 1946 年 3 月 24 日《观察者报》。

里兵营的轰炸、活人从楼上的窗户被扔下去、革命审判、尸体被堆放多日的行刑场。在此之前，当他描写他经常去度周末的小村庄里农民的生活条件和地主的所作所为时，他提到了这些野蛮行径的一部分原因。他在审查部门工作，虽然他意识到这份工作很有意义而且很有必要，一开始的时候却是与红头文件和不可告人的权谋进行斗争。内容审查从未做到滴水不漏，因为大部分使馆对共和国持仇视态度，而记者们被愚蠢的规定激怒——巴里亚先生收到的最早的命令是不能放行"任何没有提到政府军胜利的内容"——他们想尽一切办法进行破坏。后来，当共和国的情况暂时有所改善时，那些编辑进一步进行破坏活动，意大利战俘被巧妙地描述为"民族主义者"，目的是让不干涉主义的谎言延续下去。但到了后来，俄国人收紧了对共和国的控制，在马德里面临危机时逃跑的官僚回来了，巴里亚先生和他的妻子逐渐被逼到了绝境。

到了战争的这个时候，那些在头几个月望风而逃的人开始争权夺利，但除此之外，麻烦的事情还有巴里亚先生的妻子是一个托派分子。应该这么说：她不是一个托派分子，但她是一个与共产党有过矛盾的奥地利社会主义者，因此，在政治警察的眼中，她就是一个托派分子。司空见惯的事情发生了：警察半夜上门、逮捕、复职、再一次逮捕——那种一个陷入分裂的国家奇怪的、梦魇般的气氛，永远无法肯定什么人要为什么事情承担责任，甚至连政府的高层官员都无法保证自己的下属不会被秘密警察抓走。

这本书所揭示的一个问题是，我们几乎没有从西班牙人那里了解到关于西班牙内战的事情。对于西班牙人来说，这场战争并不像那些"反法西斯作家"所说的是一场游戏,那些作家在马德里开会和大吃大喝,而外面就是忍饥挨饿的西班牙人。巴里亚先生只能无助地目睹那些外国共产党员的权谋、英国观光客的滑稽和马德里人民的苦难,并渐渐地意识到这场战争注定会以失利而告终。正如他所说的,法国和英国放弃了西班牙,这实际上意味着保皇派的西班牙政府由德国主宰,而共和派的西班牙由苏联主宰,由于俄国人不能与德国进行公开的战争,西班牙人民只能缓慢地承受轰炸和饥饿,最后投降,早在 1937 年就已经注定会是这个结局。

巴里亚先生逃到法国,那里的外国人愁眉苦脸,街上的人听到慕尼黑协议长舒一口气。最后,在更大规模的战争爆发之前他离开法国前往英国。这是一本非同凡响的书,它的中间部分很有历史价值。

评约翰·布伊顿·普雷斯利的《秘密的梦》、诺拉·霍尔特的《故事集》、弗雷德·厄克特的《故事集》、约翰·布罗菲的《故事集》①

普雷斯利先生的小册子副标题为《论英国、美国和俄国》，有着值得称赞的宗旨——要让这三个强权国家互相理解并更加友好。必须承认，普雷斯利先生选择了一种奇怪的方式去实现这一点。首先，他对每一个国家的夸奖似乎都是它并不拥有的品质。

在谈到法国大革命的著名理念时，他宣称英国人民最重视的理念是自由，美国人最重视的理念是平等，而俄国人最重视的理念是友爱。如果真是这样的话，你只能说这三个民族非常成功地伪装了他们的理念。

英国并没有多少自由可言，而且并不渴望自由。另一方面，这里有很多友爱，如果友爱意味着善意、没有民族主义情绪和能够和平合作的能力。

美国甚至并不伪装是一个平等的国度——譬如说，考虑一下，700万黑人被剥夺了公民权——但它仍比许多国家拥有更多

---

① 刊于 1946 年 3 月 28 日《曼彻斯特晚报》。约翰·布伊顿·普雷斯利(John Boynton Priestley, 1894—1984)，英国作家、剧作家、广播员，作品诙谐而具有批判精神，倾向社会主义。诺拉·霍尔特(Norah Hoult, 1898—1984)，爱尔兰女作家，代表作有《父与女》、《神圣的爱尔兰》等。弗雷德·厄克特(Fred Urquhart, 1912—1995)，苏格兰作家，代表作有《垂死的种马》、《艰苦的比赛》等。约翰·布罗菲(Brophy)，情况不详。

的自由。

在苏联有基本的经济平等，这是别的国家所没有的，但另一方面，人民内务委员会的所作所为和过去十五年来俄国的外交政策似乎都不是倡导友爱的范例。简而言之，这三个国家似乎应该调个个儿。

如果你继续读下去，你会发现普雷斯利先生真正的目的是贬低美国以"歌颂"苏联，并建议说如果我们能够做到更加怀柔，俄国人对我们不会那么猜忌。情况或许就是这样。

确实，过去二十年来，我们让俄国人有理由不喜欢我们。但过去五年来我们也确实做到了前所未有的怀柔，却没有收到任何效果。

你会觉得这篇出自好心的文章或许只会让人觉得困惑。强权大国之间真正的问题并不是错误的宣传方式，而是赤裸裸的经济与战略考量，而普雷斯利先生根本没有提到这些。

《沙漏丛书》出版瑞斯·戴维斯先生的威尔士短篇小说开了个好头，并承诺会保持出版高水平的作品。诺拉·霍尔特小姐的《故事集》中大部分故事之前就以书籍的形式出版过，但已经过去很久了，里面至少有三篇故事能够重温是一件愉快的事情。

弗雷德·厄克特的大部分故事和布罗菲先生的几篇故事是战争年代的产物，是从期刊里找出来的。

作为一位短篇小说作家，厄克特先生有其缺点，但他迟早会写出一本优秀的小说，因为虽然他的故事总是缺乏情节——在长篇小说中这个缺点没有在短篇小说中那么严重——没有几个人能比他更有技巧地处理对话。

让我们对他这篇《囚犯的单车》或——展现他的特殊才华的一个更好的例子——《脏兮兮的亚麻布》进行探讨。

第一个故事的结尾出人意表，但算不上令人错愕，而第二个故事几乎没有情节发展——只是一群女人在公共洗衣房的洗衣盆边吵架和说长道短。

但是，它的内容很吸引人。你在阅读的时候似乎一直听到尖利的苏格兰口音此起彼伏，当两个女人为了一条其实不是她们的裙子应该归谁而吵架时，她们互相责骂的那些话几乎就像诗歌一样美妙。

另一个富于技巧、曾经单独出过书的故事，是《我爱上了一个水手》——一个女店员午后外出的故事，结尾非常哀伤，"我对他的回忆就只有他的照片和恐惧"。其他故事以意大利囚犯、转移阵地的波兰士兵和妇女陆军队为题材。护封上的宣传告诉我们厄克特先生正在写一本以苏格兰为背景的长篇小说，它是一本有鉴别能力的读者将会怀着兴趣去等候的作品。

诺拉·霍尔特小姐处理对话时没有厄克特先生那么有技巧。她的长处是她描写肮脏污秽的题材的能力；由于她坚信每个人都有体面攸关的事情，甚至拥有理想，这样的题材不至于让人觉得讨厌。

这本书的第一个或许也是最好的故事描写了一个已经年华老去的妓女，正拖着流感病后的身躯在伦敦西区招揽客人，但没有客人光顾。

另一个好故事《布里奇特·基尔曼》描写了一个备受欺凌的爱尔兰女仆生命中的一天，被心胸狭隘的主妇呼来喝去，而且她还担心自己已经怀孕了。

《漫长的九年》描述了一个中年妇女逐渐肯定她的情人——她并不是很爱他，但他给她钱，而且他的关注给了她自尊——已经遗弃她了。

这个故事的角色塑造很突出。故事里的三个主要角色几乎没有怎么描写，但你似乎能够感觉得到每个人背后都有一段漫长复杂的历史。

但比起对男人的了解，霍尔特小姐似乎更理解女人和发生在女人身上的勾心斗角，这本书里围绕着男性角色的两个小故事没有其他故事那么成功。

约翰·布罗菲先生的故事与另外两本书相比不在同一档次，但都很有可读性。《西洋镜》是一个精致的小故事，而另两个故事《半克朗》和《一个演员的死》塑造了一定意义上成功的角色。

但是，大部分故事的缺点是两头不到岸。它们并不具备成为奇闻轶事的亮点，而且写得不是很好，不足以单凭其文笔描写而成功。

这个系列还要出另外八本书，有几本是著名作家写的，还有两本书的作者是弗兰克·奥康纳①和玛拉姬·惠特克②，他们本应该是更有名气的作家。

---

① 弗兰克·奥康纳(Frank O'Connor，1903—1966)，爱尔兰作家，代表作有《午夜的法庭》、《孤独的声音》等。
② 玛拉姬·惠特克(Malachi Whitaker，1895—1976)，英国女作家，代表作有《四月的霜冻》、《我也是》等。

评大卫·马修的《行动：决定性的时代》[①]

介绍、选集、文集与评论式的传记总是不可信且带有误导性的，但如果你希望了解信息，它们是很有用的。你无法通读所有的作品，甚至要作大致了解也意味着接受大量的二手或三手信息。一位多年来我一直想要去阅读的作家是十九世纪的天主教历史学家亚克顿[②]，我怀着兴趣阅读了马修博士最新的作品，希望它能够提供一些有用的信息摘要。不幸的是，这本书很特别。它的副标题是《决定性的时代》，认为读者已经了解亚克顿生平的主要事实，而且主要描写的是他年轻时的家庭和教育的影响。因此，它面向的是希望对问题进行深入考察的读者。说到底，亚克顿代表了什么立场？他有着怎样的背景？是一个怎样的人？

我不想伪称我一开始什么都不知道。我对亚克顿略有了解。我知道他是一个学养深厚的人，但他的《自由的历史》没有写完。我知道他从小就是一个天主教徒，而不是后来才皈依天主教，我知道红衣主教曼宁并不喜欢他——这些事情结合在一起，或许意味着他反对教皇至上论。我还知道那句永远不会被忘记的名言"权力导致腐败，绝对的权力导致绝对的腐败，伟人通常都是坏人"被

---

① 刊于 1946 年 3 月 29 日《论坛报》。大卫·马修（David Mathew），情况不详。

② 约翰·爱德华·达尔博格-亚克顿（John Edward Dalberg-Acton, 1834 — 1902），英国历史学家、作家，代表作有《美国内战的历史地位》、《基督教的自由史》等。

认为是他说的，但他其实并没有说——或者说，他说过类似的话，但措辞更加谨慎得当，这就是我所了解的所有内容。

从马修博士的书中摘录来看，虽然这本书很有可读性，而且有几个章节富有想象力，但它并不是一本编排得当的书或成功的阐述作品。作者知道亚克顿出身贵族世家，并一直在介绍无关主旨的社会历史。例如（出自一则对七十年代的生活的描写）：

> 在乡村，油灯是普遍的照明设施，点的是石蜡，在白色球形玻璃罩子里燃烧。白炽灯仍然只有城里的房子才有……在长长的石头走廊的另一头，仆人的宿舍里响起了清脆的铃声。银器闪耀着光芒，盛宴即将开始。当你穿过仆人的宿舍绿色的粗呢门帘时，迎面而来的是金属抛光剂的味道，还有浓烈的啤酒和波特酒的味道……在会客厅里，壁炉的火在熊熊燃烧，卧室里火光在刷了石灰的屋顶闪耀，新床没有挂上帐子，架子上摆着瓷瓶与闪闪发亮的肥皂盘子和海绵托架。

肥皂盘子，甚至关于亚克顿家世的那几章并没能让我们对主旨有进一步了解，所有这些内容所描绘的图景让人感到困惑。虽然亚克顿是一位天主教徒，但他似乎与辉格党的贵族走得更近。他的母亲是法国人，他接受的主要是德国的教育。他出生于1834年，年轻时因为宗教原因而被禁止在英国上大学①。在文化上乃至

---

① 从1581年起，牛津大学要求入读学生必须接受英国教会的第三十九条款才能被录取。从1616年开始，剑桥大学允许不同意这一条款的人接受教育，但不能获得学位。这一条款限制了罗马天主教徒、非国教信徒和犹太人入读牛津和剑桥大学，直至1871年这一条款才被废除。

政治立场上，他支持德国反对法国，但他忠于南日耳曼而不是普鲁士。他是众多博学的评论刊物的编辑，曾经是下院议员，但在那里并不受欢迎。而且他鄙视那些典型的英国政客，譬如帕尔默斯顿①，因为他们思想浅薄，沉迷运动。他对新出现的都市无产者一无所知也不感兴趣，但因为他出身欧洲大陆，他不像英国的贵族那样看不起中产阶级。他成为格莱斯顿的追随者，乃至一位信徒，坚定地支持格莱斯顿的爱尔兰政策和马尤巴战役②的解决方案③。另一方面，他似乎反对公民权的普及。

从所有这些很难得出任何清晰的结论。但是，马修博士无意中对亚克顿的性格和思想作出了许多总结，并引用了很多他自己说过的话，以及其他或许他会认同的内容。他声言亚克顿比和他同一时代的人更清楚地预见到现代民族主义和种族主义的危险，他最突出的力量是能够抓住理念的发展脉络——也就是说，他能够看清某一个理论学说将会导致怎样的结果，以及似乎并没有联系的政治理论其实是互相联系的。下面是几段他引用的话：

> "所有的自由都存在于不让政府的权力侵蚀内在世界的欲望中……自由源自于教会与国家的分离（'分裂'并不贴切）。"——亚克顿

> "由于专制权力而导致的两个体制的分歧最大莫过于一

---

① 帕尔默斯顿勋爵亨利·约翰·滕普（Lord Palmerston Henry John Temple，1784—1865），英国政治家，曾两度担任英国首相。
② 马尤巴战役（the Battle of Majuba），发生于1881年2月27日的南非马尤巴山，是第一次布尔战争的决定性战役，以英军的惨败而告终。
③ 1881年8月，英国与德兰斯瓦人达成协议（《比勒陀利亚协约》），承认布尔人的自治权利。

个要求主权法律的体制与其它体制的矛盾。"——亚克顿

"法国的巨大不幸是它更渴望平等而不是自由。"——托克维尔①

"在世界上所有的国家里，那些能够永远摆脱专制政府的国家正是那些贵族阶层不复存在而且再也无法出现的国家。"——托克维尔

"我相信，一个人对社会自由、民权自由和宗教自由的深切而真挚的热爱必将促使他深切而真挚地痛恨民粹体制，因为它正是此三者的敌人。"——莎夫茨伯里②

"当博尔克③说一个人拥有享受自己的劳动成果的权利时，他拍案而起，并接受革命。"——亚克顿

"一个理解并热爱自由的民族，是不会容忍征兵制的。"——亚克顿。

"革命是改革的大敌，它使得明智而公正的改革不可能实现。"——亚克顿

"几个民族在同一政体下共存是一场考验，也是自由最大的保障。它是民主的工具……民族权利最大的敌人正是现代民族理论，将政府与国家等同起来，就基本上消除了所有民族可以和平共处的主观条件……因此，民族国家的理论，是历史的倒退。"——亚克顿

---

① 亚历西斯·查尔斯·亨利·德·托克维尔（Alexis-Charles-Henri de Tocqueville，1805—1859），法国思想家、历史学家，代表作有《论美国的民主》、《旧制度与大革命》等。
② 莎夫茨伯里伯爵，即安东尼·阿什利·库珀（Anthony Ashley Cooper, Earl of Shaftesbury，1621—1683），英国政治家，辉格党创始人之一。
③ 托马斯·博尔克（Thomas Burke，1886—1945），英国作家，代表作有《莱姆豪斯的夜晚》、《伦敦的间谍》等。

"除了福罗德①之外，我认为（卡莱尔）是最可恶的历史学家。英雄的信条凌驾于法律的信念之上，旗帜压倒了美德，惨剧随之而来……德国人爱他是因为他是他们自己的古典时代的回音。"——亚克顿

"权力导致腐败，绝对的权力导致绝对的腐败。伟人通常都是坏人，即使当他们在发挥影响而不是行使权力时也是如此。"——亚克顿

你会如何看待这种既在倡导自由又在抨击自由的奇怪理论呢？人类应该获得自由，但大部分人应该被剥夺政治权利：国家是必要的恶，要对它抱以怀疑，但唯一能制约国家的事情——政治权力的广泛普及——同样不是好事。显然，如果我们接受关于博尔克的那番话，大部分人甚至不应该拥有经济权利。你必须记住，比起现在，这些言论在当时听起来并没有那么奇怪。上面所引用的莎夫茨伯里勋爵的话，现在读起来像是一段微妙的悖论，但他只是在重复迪斯雷利和数以百计的人的话。马修博士在书里并没有完整地解释亚克顿说的"自由"是什么。从上面我所引用的言论中看，那似乎是老得几乎已经被遗忘的贵族式的自由的概念——它认为，自由和平等是不兼容的；在一个等级分明、"人人各得其所"的社会里，人是最自由的；在一个有很多经历了漫长的演变而不受质疑的权力席位的社会里，专制主义无法得到发展，等等。我能从这本书里得出的结论是：亚克顿的立场——他

---

① 理查德·胡雷尔·福罗德（Richard Hurrell Froude，1803—1836），英国圣公会牧师，牛津运动发起人之一。

是一个社会理论家，而不只是一个历史学家——是一种有道义的封建主义。但是，他对于民族主义的评论——那是在十九世纪中期说的，当时进步和民族自决几乎是同义词——表明他并非一个那么简单的人，等下一个下雨的星期天我找到合适的书目，我会看得更深入一些。

评巴兹尔·亨利·李德尔·哈特的
《战争方式的革命》 [①]

　　李德尔·哈特上尉的这本书写于第一颗原子弹投放之前，但正如他在附录里所说的，这种新型武器的出现只是验证了他的先见之明：技术在战争中逐渐压倒人的因素，还有战争作为一种解决争端的方式的荒唐和愚蠢。

　　这本书有两个主题。其一是战争技术的发展，从长矛到火箭导弹；另一个主题是"有限战争"与"全面战争"在不同时代的更迭。

　　这两个主题相互关联，但某一个时代进行什么样的战争并不完全由当时能够使用的武器所决定。

　　在有的时代，比如远古时代，那时候的武器很原始，但战争以极其残酷和彻底的方式进行。而在其他时代，例如十九世纪中期，那时候人类已经掌握了相当可怕的毁灭力量，却很人道地使用它们。决定性的因素是时代的主流思想，而这取决于强烈的部落式忠诚或强烈的意识形态对立是否存在。

　　李德尔·哈特上尉在技术层面上展示了军队的结构和他们的机动能力与出奇制胜的能力如何受到新发明——火药、机关枪、坦克、轰炸机——以及那个时代的社会关系和整体技术层面的

---

① 刊于 1946 年 4 月 4 日《曼彻斯特晚报》。

影响。

他坚持认为即使到了现在，战争已经实现了完全的机械化，防守的一方仍比进攻的一方占有优势。他还令人信服地主张大规模陆军的时代已经结束了，如果我们继续在和平时期推行征兵制，那将会是一个错误。

他认为火箭弹道武器的潜力一直被低估了。另一方面，他本人似乎贬低了飞机的重要性——他几乎没有提到空军，也没有提到伞兵部队——或许一部分原因是他认为轰炸平民在道德上站不住脚。

至于战争的方式，他的主旨是：当交战双方彼此很熟悉，并且是出于有限的物资争夺目的的话，战争会很人道，或尽可能地人道。当人们相信自己是为了捍卫某个神圣的事业而战时，最野蛮的事情就会发生。

战争并不是逐步变得越来越残忍或越来越克制，而是在不同的世纪里徘徊于残忍和克制之间。因此，在野蛮残忍的"三十年战争"①之后就是十八世纪那些相对比较人道的战争。法国革命的战争有"意识形态"的性质，新的精神体现在根据人民大会的决议对英国部队格杀勿论。十九世纪的大部分战争都能按照公认的规矩进行，而到了我们这个时代，战争又蒙上了十字军的色彩，奉行极其残忍的屠戮。

依照国际公认的规矩对战争进行约束的尝试并非总是以失败

---

① 三十年战争（the Thirty Years' War），指 1618 年至 1648 年在欧洲中部发生的几乎所有欧洲国家都牵涉其中的战争，是欧洲史上最惨烈的战争之一。

告终。李德尔·哈特上尉提到瓦特尔①在 1758 年制订的法则时，引用了意大利史学家费雷罗的一段有趣的话：

> 瓦特尔对激情的作用有着深深的恐惧，他禁止交战双方相信自己在进行正义的事业。如果交战的两个敌国都认为自己是为了捍卫公义在抵抗无法无天的敌人，他们将会互相仇视并进行激烈的战斗，不会作任何妥协。但自 1792 年后，这些睿智的思想被忽视了……仇恨与猜疑刺激着双方阵营的政治考量。渐渐地，一切都受到影响，包括外交及战略，直到交战双方再也不知道自己为了什么而战斗。他们进行战斗，因为他们彼此仇恨，而他们彼此仇恨是因为他们正在进行战斗……

然而，即使在我们这个时代，过去的有些做法也被废止了。大规模屠杀战俘不再是司空见惯的事情。正如李德尔·哈特上尉所指出的，在上一场战争中，针对平民的施暴并没有频繁出现。那些大的罪恶是交战的政府以及他们派出的宪兵队做出的，而不是那些作战的士兵。

但是，有一个新的骇人听闻的罪行出现了——大规模轰炸平民。李德尔·哈特上尉对此有着强烈的不满，而且他反对我们的轰炸政策，这个想法有时候似乎使他的判断出现偏差。

首先，他认为轰炸德国并没有对德国的军事工业造成足够的

---

① 埃默尔·德·瓦特尔（Emer de Vattel，1714—1767），瑞士哲学家、国际法学家，现代国际法奠基人之一，代表作有《万国法》等。

破坏以影响战争的走势，而且它使我们遭受了反轰炸，对我们的军事工业造成了严重破坏。

他还认为事情是我们挑起的，德国的轰炸只是对我们之前的进攻的正当报复，而且德国人多次尝试通过制订共同协议约束轰炸。这是非常站不住脚的言论。战争的肇因——在宣战几小时前所发生的事情——是轰炸华沙，而在几年前，德国人对马德里和巴塞罗那毫无防备的平民展开了狂轰滥炸。

他们尝试与英国达成约束轰炸的共识是因为他们知道美国的工业凌驾于他们之上，而且到最后德国将被炸成一片废墟，而事实的确如此。

但在轰炸波兰人、西班牙人、荷兰人或塞尔维亚人时，他们极其冷血无情。日本人在中国的所作所为也不遑多让。

李德尔·哈特上尉知道阻止战争是不可能的——甚至从某种观点看是不好的，但他认为有可能对战争加以约束。这本书以希望渺茫的探讨作为结束，并呼吁以后英国的军队应该保持较小的规模，由志愿军组成，并由经过科学训练的人员进行指挥。

评格里戈雷·加芬库的
《俄国战役的序幕》[①]

在战争开始之前，当俄国的清洗仍在继续，德国和苏联的报纸以几乎无法刊印的字眼互相抨击对方时，一个俄国朋友如是说道："难道你不觉得这或许意味着德国和俄国将会达成协议吗？"这番话让我大吃一惊。当我询问个中原因时，他的回答是："我注意到当斯大林想要有所行动时，他总是会先谴责他的敌人做了那件事情。现在他说托派分子想要和敌人达成共识，我觉得很有可能这就是他本人的想法。"

有趣的是，这个正确的预测——几乎是我自己听到过的唯一对苏德条约的正确预测——是基于一个不靠谱的性格解读而不是基于切实的政治思考。政治观察家们，右派、左派或中立派，都没能预测到 1939 年的条约——当然，后来伦敦有一半的政治记者声称他们"早就知道了"，但奇怪的是，他们却没有将这件事写下来——因为他们被卷入了意识形态的斗争，接受了共产主义和法西斯主义水火不容的政治宣传。缔约的消息一经宣布，双方从缔约所获得的短期的好处是如此明显，让你在心里纳闷为什么之前你会有别的想法。另一方面，希特勒最终撕毁条约的原因仍有待

---

① 刊于 1946 年 4 月 5 日《论坛报》。格里戈雷·加芬库（Grigore Gafencu, 1892—1957），罗马尼亚政治家、外交家，曾担任罗马尼亚外交部长。

考证，这本书的作者掌握了那段关键时期的事件的第一手资料，是一本让人很着迷的有趣作品。

格里戈雷·加芬库先生曾是罗马尼亚的外交部长，在1940年8月后是驻莫斯科的大使——那时正值俄国人占领了比萨拉比亚——直到苏德战争爆发。在1940年底，他碰巧拿到一份报告，是1811年奥地利驻圣彼得堡大使圣朱利安发给梅特涅①的，里面所描述的情形与1940年的情形出奇地相似。加芬库先生将报告发给了自己的政府，预测德国很快就会进攻俄国。他这本书的大部分内容在寻找那两个时代的共同之处，表明虽然希特勒和拿破仑的俄国战役在某种意义上是愚蠢的赌博，但他们是迫于地缘因素而这么做的。

和拿破仑一样，希特勒如果不能征服英国，他就不能安稳地统治欧洲，而要征服英国，他需要俄国的经济协助以抵消海上禁运的影响。1939年的协议确保了这一点，同时似乎也为双方带来了巨大的军事和政治上的好处。苏联巩固了1914年的边境，而且不用担心遭到进攻。德国巩固了欧洲其它地区，而且在解决英国之前俄国会保持中立。但不幸的是，双方都不信任对方，而理由都很充分。要征服英国，即使能将美国摈除在外，也是一件棘手的事情，会让德国元气大伤。而且希特勒很清楚就在他背后，红军正在日益壮大。另一方面，德国征服了巴尔干各国，这并不是和约的内容，对俄国的安全构成了严重威胁。德国入侵罗马尼亚

---

① 克莱门斯·温泽尔·冯·梅特涅（Klemens Wenzel von Metternich, 1773—1859），奥地利政治家，曾担任奥地利帝国首相及外交大臣等职务，工于政治投机，拿破仑得势时促成奥地利与法国联姻，拿破仑远征俄国失败后积极组建反法同盟，并担任维也纳会议的主席，力图使欧洲回到法国大革命前的封建制度，维护奥地利帝国在欧洲的地位。

后，德国与苏联的关系开始恶化，虽然俄国人到了最后一刻仍在竭力回避战斗，就像他们在 1811 年所采取的行动一样，让英国吃了闭门羹以表忠诚。

最关键的决定因素是食物。"为了征服英国，"加芬库先生说道，"希特勒必须征服欧洲，而要保持欧洲的主宰地位，他必须让欧洲吃上饱饭，而要让欧洲吃上饱饭，他必须成为俄国的主人。"确实，征服俄国或许不能立刻给他带来多少好处。就像科兰古侯爵①恳求拿破仑不要发动俄国战役一样，希特勒的参谋们劝告他，从一个友好的中立国那里得到的好处要大于一个被战争摧毁的国家。事实上，俄国人很及时地提供粮食、石油和原材料。1940 年11 月莫洛托夫②访问柏林之后，两国的经济关系比以往更加紧密。但问题是，俄国的物品输送是自愿的，而且他们换得了工业品，而这些会壮大红军的实力。在某个危急时刻，斯大林可能会露出狰狞的面孔并切断供应。又或者，在经历了漫长的战争后大家都精疲力竭，他或许将利用俄国的经济实力获得欧洲的政治控制权。在希特勒看来，将乌克兰的小麦和高加索的石油掌握在自己手中更加安全，即使这些地区会暂时失去生产力。因此，互不侵犯条约的签署双方被逼着卷入了他们真心希望避免的斗争中。希特勒收买俄国人，使得他们变得更加强大并激起了他们征服的野心。斯大林纵容德国进犯英国，使得德国人迟早需要征服乌克兰。如果你把几个名字改一下，然后换几个日期，这活脱脱就是

---

① 科兰古侯爵阿曼德-奥古斯丁-路易斯(Armand-Augustin-Louis, Marquis de Caulaincourt, 1773—1827)，法国军人，曾担任拿破仑一世的副官。
② 维亚切斯拉夫·米盖尔洛维奇·莫洛托夫(Vyacheslav Mikhailovich Molotov, 1890—1986)，苏联政治家，十月革命领导人物之一，斯大林政权的二号人物，曾担任人民委员会主席、外交部长。

拿破仑的故事一步步在重演。就连侵略的日子——6月22日——也是一样的。

和拿破仑一样，希特勒覆灭的一部分原因是自己声名狼藉。如果苏联、英国和美国都卷入战争，如果他们达成联盟，即使德国得到了日本人的帮助也无法获胜。深思熟虑的德国人一定已经意识到了这一点。因此，问题就变成了迅速征服英国还是迅速征服俄国。然而，无论是哪一个方案，都意味着达成妥协，而这与神圣征服者的虚荣心是相悖的。要将全部力量倾注在进攻英国上面，希特勒就必须保证俄国的友好，而代价就是将东欧拱手相让。另一方面，要解决俄国，他就必须与英美两国达成和平，而要做到这一点就必须同意解放法国、挪威等国，退出与日本的同盟和放弃对非洲的一切要求。换句话说，要想生存，希特勒必须进行妥协，而如果他作出妥协，他就变成了一个无法鼓舞人心的平庸政客。

加芬库先生的故事最突出的特征是直斥政治在道德上的肮脏。诚然，在任何国家的外交政策中，至少是任何大国的外交政策中，诚实、慷慨、感恩乃至道义，如果放宽视野，根本没有存在的意义，有的只是攫取更多的权力和领土的欲望，所有人都认为这是天经地义的本能，就像"食色性也"一样。加芬库先生这本书的大部分内容写于1941年冬天和1942年夏末之间。那时他就已经预见到德国人将不会获得这场战争的胜利，而且俄国人对欧洲也有同样强烈的意图。后来，在1943年补充的附录中，他的心中充满了更多的希望——斯大林在1942年11月宣称联合国的目标是"国家之间的平等，各国的领土不容侵犯，解放被奴役的国家，重建他们的主权，尊重他们建立符合自己意愿的政府"和其他现在读来很讽刺的事情。作为一个小国的国民，加芬库先生知道将小国视为鱼肉的"现实主义"政策将不可避免地导致战争。将欧洲划分出"势力范围"是不可行的，因为只有大西洋才是真正的边境。要么各国必须真心进行合作，这意味着体面地对待小国；要么整个欧洲必须由某一个国家主宰。第一个解决方案或许不会有人去尝试，而第二个解决方案必须加以抵制，另一场规模更大的屠杀似乎是最有可能发生的结果。

评古斯沃兹·罗尔斯·狄金森的《来自中国人的信件和散文》、沃尔特·詹姆斯·特纳的《英国人的国度》[①]

《来自中国人的信件和散文》是如今罗尔斯·狄金森最知名的作品，但和他另外几篇讲述中国的文章相比并不能同日而语，这几篇文章前不久在《千弦琴》中重刊。在《来自中国人的信件和散文》这本选集里，将作为书名的故事与十几年后狄金森先生对中国作出的更加中庸的判断进行比较是一件有趣的事情，那时候他真的探访了中国。《来自中国人的信件和散文》出版于1901年，背后的驱动力是对镇压义和拳运动的野蛮行径的愤慨。《千弦琴》出版于1913年，里面还刊载了两篇关于印度和日本的文章。

虽然他严重地低估了亚洲民族主义的力量，但狄金森后期的观察非常精确。在《来自中国人的信件和散文》中，他所提到的中国文化似乎是一个静止而完美至极的事物，它的最大优点是拒绝机器和重商主义。而到了1913年，他了解到东方国度的古老文化正在迅速瓦解，只有接受工业主义才能让这些国家免遭外国征服。奇怪的是，在这三篇文章中，最富于真知灼见的文章是那篇

---

① 刊于1946年4月7日《观察者报》。古斯沃兹·罗尔斯·狄金森（Goldsworthy Lowes Dickinson, 1862—1932），英国政治学家、哲学家，代表作有《宗教与不朽》、《欧洲的君主制》等。沃尔特·詹姆斯·特纳（Walter James Redfern Turner, 1889—1946），英国作家，代表作有《音乐与生命》、《黑火》等。

关于印度的文章，但狄金森并不喜欢印度，并声称自己不了解它。他对审美标准的骤然降低作了特别精彩的评论，这种情况总是发生在欧洲工业品被引入之后，表明几乎所有东方人在独自生活时所展现的天然完美的品位似乎只不过是僵化的墨守成规的结果。他对推行西方教育的结果，尤其是它在印度推行的结果的阐述也非常深入，而那时候知识分子的失业问题还没有那么严重。

从这些内容转到《来自中国人的信件和散文》令人感到很奇怪，后者总是在一味坚持中国文化的优越性。

这些人没有卑鄙残忍的尔虞我诈。没有人是主子，也没有人是奴才，只有真正的、切实的平等在引导着和维持着他们的交往。他们健康地劳作，充分地休息，坦诚而好客，这些都是气质使然，不受虚无的野心的影响。世界上最美好的自然风光孕育出了他们的美感，既体现于精美的艺术形式，也体现于优雅高贵的言行举止——这些就是我所生活其间的人们的特征……当我回想多年来我观察欧洲平民后得到的印象时，我看到了什么样的人呢？我看到一个脱离了自然的人，却没有被艺术教化。他们接受的是指导，而不是教育，善于吸收，却不善于思考……在宗教上他墨守成规，更重要的是，他的道德和信条一样也是墨守成规：慈善、贞洁、自制、鄙视世俗利益——这些就是他从小被灌输接受的思想。这些都只是空话，因为他从未见过别人践行这些准则，而他自己也从来没有想过要去践行。它们对他有很大的影响，让他成为一个伪君子，却不足以让他知道自己就是一个伪君子。

整篇文章在心理学意义上很有趣，或许可以和卡莱尔、拉弗卡迪奥·赫恩①和其他对想象中的外国有情感寄托的英美作家的作品进行比较。但是，与其他人不同的是，狄金森摆脱了他的忠诚，并意识到所有想要证明这个国家"好"、那个国家"不好"的概括都是不真实的。在这本书的其他文章中，最好的一篇是关于人的不朽的探讨。狄金森谦和而富有说服力地为灵魂不朽的思想进行辩护，而且认为大体上来生是值得期盼的。令人吃惊的是，他在结尾处还说招魂术值得进行严肃的思考。

《英国人的国度》是一本合辑，作者是埃德蒙德·布兰登、约翰·贝耶曼②和其他人，书中的描写让人觉得很惬意，但或许太过于强调田园风光、如诗如画的英国大城镇外的生活。它最好的内容是那些彩图，里面有很多画作，特别是那两幅特纳的水彩画的复制品（其中一幅是艳俗的暮光下的牛津风光），还有一幅是康斯特布尔③的水彩画，以及两幅版画，一幅是1846年的利物浦，另一幅是1817年的道利什。

---

① 帕特里克·拉弗卡迪奥·赫恩（Patrick Lafcadio Hearn, 1850—1904），日语名为小泉八云，旅日美国作家，代表作有：《怪谈录》、《日本与日本人》等。
② 约翰·贝耶曼（John Betjeman, 1906—1984），英国诗人、作家，代表作有《高与低》、《旧钟楼里的新蝙蝠》等。
③ 约翰·康斯特布尔（John Constable, 1776—1837），英国画家。

评理查德·哈里斯·巴哈姆的
《英戈尔兹比故事集》[①]

当《英戈尔兹比的传说》于 1837 年首次出版时，副标题是《欢笑与惊奇》，这个标题恰如其分地强调了它已经被遗忘的一面。这些传说不再像过去那样为人所熟知了，但它们在记忆中只被当成滑稽的诗歌。事实上，它们并不只是滑稽的诗歌。

它们属于浪漫复兴时期的作品，那是赋予苏格兰小说和哥特式议会大厦以灵感的时期，而且它们的魅力绝大部分来自于作者对中世纪的热爱和他对魔法与巫术的深入了解。

它们几乎都是滑稽的诗歌，但至少有一半的主题很恐怖。其中一篇散文题材的故事《已故的亨利·哈里斯生平的孤篇》非常吓人，像是出自埃德加·爱伦·坡的手笔。

或许唯一仍被世人牢记并广为传颂的传说是《兰斯的寒鸦》，描写了一位红衣主教的戒指不见了，他的诅咒降临在一只寒鸦身上。其他同样好甚至更好的故事有《圣顿斯坦的叙事诗》、《掮客的狗》、《内尔·库克》和或许是最好的一则传说《什鲁斯伯里的布罗迪·雅克》，在英国背景下重新讲述了蓝胡子[②]的故事。

[①] 刊于 1946 年 4 月 11 日《曼彻斯特晚报》。理查德·哈里斯·巴哈姆（Richard Harris Barham，1788—1845），英国国教牧师、幽默作家，代表作是志怪杂文《英格尔兹比故事集》。

[②] 蓝胡子（Bluebeard）是法国民间传说中一位凶残的、长着蓝胡子的贵族，残忍地杀害了自己的几任妻子。

巴哈姆因其韵文诗的精巧而得到称颂，在这一点上他比威廉·吉尔伯特[①]更加出色——事实上，比任何其他英国作家都更加出色。

他能将几乎任何市井俚语写成一句诗，为几乎任何词语找到合适的韵脚。勃朗宁用"haunches stir"与"Manchester"押韵，或用"alas mine"与"jasmine"押韵，你会觉得这不合情理而且很别扭，但巴哈姆用"isinglass"与"pies in glass"押韵，或"blockhead if"与"vocative"押韵，或"leveret"与"never ate"押韵，这些组合读起来非常贴合语境且朗朗上口。

有时候，他的作品有优雅的韵律，这不是光凭才华能够做到的，就像：

> 你背后的双臀肌受了伤，
>
> 布劳迪·杰克，
>
> 你的美第奇[②]曾经受过伤，
>
> 你的爱神多处受过伤，
>
> 我想大概有二十处，
>
> 如果没有更多，
>
> 她的手指和脚趾都掉在地上。

或者是：

---

① 威廉·吉尔伯特(William Gilbert, 1804—1890)，英国作家、皇家海军外科医生，作品涉及小说、诗歌、历史、传记、幻想故事等，代表作有《玛格丽特·梅铎丝，法利赛人的传说》、《圣诞节的传说》、《魔镜》等。

② 指皮耶罗·迪·科西莫·德·美第奇(Piero di Cosimo de' Medici, 1416—1469)，常被称作痛风者，掌控佛罗伦萨，热心艺术，曾赞助许多艺术家。

简小姐个头高挑又苗条，

简小姐美丽又动人，

她的主人托马斯爵士长得胖乎乎，

总是气喘吁吁，双目又无神

他戴着一顶宽边帽，

和一双绿色的玳瑁镜，

她却非常喜欢他，

两人相亲又相爱!

但巴哈姆最大的力量是他让人想起了虚伪但充满魅力的中世纪，那里生活着圣人、魔鬼和巫女。当你读到像这句开场白时：

在达戈贝尔特国王的鼎盛时期，

圣人辈出，宵小绝迹。

或者：

圣顿斯坦站在他那座长满青藤的高塔，

蒸馏器、坩埚、器物一应俱全。

你知道你会读到一个生动而且诙谐的好故事。有时候巴哈姆会写出一段模仿中世纪风格的诗，就像这几行家喻户晓的诗句：

弗兰克林的狗蹦蹦又跳跳，

它的名字叫小宾果，

宾是宾果的宾，

果是宾果的果，

他们都管它叫小宾果！

和几乎所有维多利亚时代的幽默作家一样，巴哈姆是一个多愁善感的人，而且钟爱恐怖故事。而且他有一点描写下流题材的倾向——这就与他同时代的人不大一样。许多人指出我们这个时代没有诞生多少有价值的幽默诗，而十九世纪的前七十五年诞生了巴哈姆本人、胡德、卡尔弗利、爱德华·利尔、刘易斯·卡罗尔，你或许可以加上萨克雷，他写过一两首优秀的幽默诗。事实上，如果你列出幽默诗的清单的话，或许应该加上拜伦的《审判日之景象》。

似乎可以肯定，当代滑稽诗歌的问题在于它故作斯文、过分节制和刻意迎合低级趣味——显然，为了营造幽默的效果，你必须避免严肃的话题。

最好的维多利亚时代的作家不是这样。他们不害怕写出病态或多愁善感的作品，也不害怕强迫他们的读者去思考，最好的作品就像卡尔弗利的《烟草颂》或克拉夫的《有钱是多么开心的事情》，他们的诗句既有诗意又很有趣。

巴哈姆是一个博学的古物学家，他认为读者也应该具有丰富的学养，因此毫不犹豫地引用生僻的历史典故并在诗句中插入拉丁文。如果他刻意去迁就读者，保持轻松的文风的话，或许内容就不那么有趣了。

大概有六七篇传说是以散文为体裁。除了《已故的亨利·哈里斯》之外，最好的作品是《塔平顿的幽灵》，它与萨克雷的轻松作品有着同样的气氛，还有《福克斯顿的水蛭》，在里面巴哈姆运用了他对交感巫术的深厚知识。他的许多作品以肯特郡的乡村作为背景，他在那里出生并度过了青春岁月，而在《内尔·库克》里，他记录了一则依然流传的地方传说。

他的一部分作品由克鲁克襄和利奇①配图，1889 年由弗雷德里克·沃恩出版社发行的有二十幅插图的版本有时候可以在一间二手书店买到。

---

① 约翰·利奇(John Leech，1817—1864)，英国漫画家，曾为狄更斯的作品、《潘趣》杂志等作品创作插画。

评辛克莱尔·刘易斯的《卡斯·廷伯雷恩》[①]

    辛克莱尔·刘易斯先生曾经写出可以被严肃对待的书籍——有小说，还有社会纪实——如果你记得《巴比特》、《主街》、《埃尔默·甘特利》和其他作品的话，你会忍不住惊诧于他能够写出这本如此没有目的和如此失败的书。

    故事的背景是格兰德共和邦，一个中西部的城镇，大约有十万人住在那里，时间从 1941 年到 1944 年或 1945 年，不过你几乎无法从书中所发生的事情察觉出当时战争正在进行。

    主人公卡斯·廷伯雷恩是一位法官（在英国他或许会被称为钦命法官），人到中年，刚刚与妻子离婚。他爱上了一个比自己年轻许多的轻浮女子，和她结了婚。她得了糖尿病，生了一个孩子夭折了，与他最好的一个朋友私奔了，差点丧命，痊愈后重回丈夫的身边。这就是故事的主要情节。

    当然，还有其他故事发生。刘易斯先生知道自己的角色是一位社会历史学家，这一点贯穿故事的始终，他用回了老桥段，在故事中添加一些小插曲，与故事没有紧密的关联，目的是让人觉得他正在阅读一个社区的故事，而不是某一个人的故事。

    其中一则插曲——对一起自杀的描写——写得很成功，几乎

[①] 刊于 1946 年 4 月 18 日《曼彻斯特晚报》。辛克莱尔·刘易斯（Sinclair Lewis, 1885—1951），美国作家、剧作家，曾获 1930 年诺贝尔文学奖，代表作有《巴比特》、《主街》等。

称得上是书中唯一有价值的地方，但大部分内容只是突出了整体的漫无意义。

很难觉得卡斯·廷伯雷恩是一个有意义的人物。巴比特，那个积极进取、戴着无框眼镜的商人，在本质上是嘲讽的对象。刘易斯先生对他表示同情，但知道他是一个混蛋，并甘冒天下之大不韪去说出这一点。埃尔默·甘特利是复兴教会的牧师，更是让人痛恨的讽刺形象。

另一方面，卡斯·廷伯雷恩的审美标准和社会活动与其它人并没有什么不同，让我们不觉得他是一个可敬的人。问题在于，刘易斯先生和许多反叛者一样，最后反倒赞扬起他原本谴责的事物来了。

美国资产阶级过着空虚低俗的生活，他们肆意奢侈，粗野而势利，而且毫无目标，现在却被当成了有趣甚至值得尊敬的人物。卡斯·廷伯雷恩的"问题"——与一个比他年轻的女子寻找幸福生活的问题——也被当作一件严肃的事情进行描写，似乎无休止地换妻以寻找完美的"灵魂伴侣"是一个悲剧性的主题，而不是嘲讽的对象。但是，这本书作为社会史还是有价值的，不经意地描绘了战争时期美国上流社会的图画。

在刘易斯先生的早期作品《自由的空气》、《我们的伦恩先生》中，很容易看到他与美国社会的冲突并非不可调和。他攻讦美国同胞，因为他们粗鲁、傻帽、低俗。他隐含的比较标准是几乎每个人都斯文、明智、浪漫的欧洲。但欧洲的情况并非如此，而刘易斯先生迟早会发现这一点。在他了解到真相之后，他跳到了另一个极端，觉得那些"普通人"，那些投票给共和党、有十万美元安全投资、极其庸俗市侩的商人才是值得尊崇的对象，这是再自然不过的事情。

《卡斯·廷伯雷恩》和《道兹沃斯》一样，在本质上是从同情的角度对《巴比特》的改写。但由于这类人根本不值得同情，至少不值得尊崇，任何尝试严肃对待他们的作品一定会给人以一无是处的印象。

由于刘易斯先生不再对任何社会趋势有强烈的感受，他的角色从言谈到行动都很相似，很难将他们区分开来。自从《这里没这种事儿》出版已经过去将近十年了，他的作品呈现出每况愈下的趋势，但这是第一次他写出不堪卒读的作品。

评乔治·伯纳诺斯的《自由的呼吁》^①

当乔治·伯纳诺斯的《致英国人的信件》在 1941 年初成书时，它的译本没有出版，而法语原本也很难找到。现在这本书中加入了《致美国人的信件》和《致欧洲人的信件》，都是在美国参战前不久写成的。

《致英国人的信件》最初是对 1940 年法国战败的直接反应，虽然内容离题，现在比起当时也没有那么激动人心。高屋建瓴的雄辩——对每件事情都发表长篇大论的倾向，铿锵有力但含糊不清——似乎是当前法国作家的通病，伯纳诺斯先生也不例外。事实上，你读完他那篇 80 页慷慨激昂的文章后只会了解到作者一方面是天主教徒，另一方面是贝当元帅的反对者。但是，那本身是一个复杂的立场，必须赞扬伯纳诺斯先生的是，他并没有简单地尝试进行政治宣传，而是解释为什么法国会沦陷和出于好意的人是如何共谋导致它的沉沦。

大体上，《致英国人的信件》是对法国资产阶级的猛烈抨击，这个词取的是它为人所接受的经济含义。资产阶级有商业头脑，知道这场战争没有好处可捞，只会想出绥靖媾和的政策。一有机会，他们就会做出像 1918 年那样的背叛勾当，而 1940 年的时候

---

① 刊于 1946 年 4 月 21 日《观察者报》。乔治·伯纳诺斯（George Bernanos，1888—1948），法国作家，保皇派和天主教徒，代表作有《在撒旦的太阳之下》、《一位乡村牧师的日记》等。

他们确实就这么做了。即使有奇迹出现——比方说，德国军队爆发疫情——战争的局势突然改变，资产阶级还是会以同样的方式利用胜利和失败——它的目的是恢复秩序，捍卫私有财产和镇压群众：

> 资产阶级鄙视群众，但害怕群众……如今法国资产阶级的问题是，他们拥有金钱和权力，能为社区造福，但他们的出身太过卑贱，无法上升到不计报酬进行服务的高度。他们鼓噪着要捍卫宝贵的"价值"，总是天真地使用"我们的"这个词语。他们说的是我们的法律和秩序，我们的财产、我们的公义……因为我坚持写出自己的想法，那些被资产阶级收买的知识分子将我斥为煽动者。事实上，我是旧法兰西人，或者说，就是法兰西人，因为千年的历史不会被一百五十年可悲的摸索所抹杀。现在不再是享受权利的时候——现在是履行义务的时候。这就是法国人民政权的统治原则，我仍然对它效忠。

在斥责法国的资产阶级时，伯纳诺斯先生并没有声称他们只是卑鄙小人。"我们的精英，"他说道，"曾经有原则，他们怀着原则在爬行，就像一具长满了蛆虫的尸体。"但他们失去了自己的传统，变成了——虽然大体上教会势力与反动势力勾结在一起——非基督徒。另一方面，普通群众仍然是爱国的基督徒，虽然他们自己不知道这一点。"群众不再去做弥撒……但在他们的灵魂深处，不经意间有着对一个从未真正存在过的社会的憧憬，他们的祖先等候着令人难以置信的基督降临，等候了一个世纪又一个世纪——真正团结一致的群体，以兄弟情谊作为纽带。"

伯纳诺斯先生的浪漫爱国主义有许多地方可以商榷。他认为1789年是法国现在所遭受的一切苦难的根源，而且他相信群众，却又不相信民主。无疑，法国大革命究其本质是中层资产阶级的胜利，但这场革命确实建立了贝当及其追随者处心积虑想要破坏的原则。事实上，这本书所反映的一个事实就是法国的阶级分化要比英国更加严重。几代人以来，这个国家重要的组成群体拒绝接受他们的政权。伯纳诺斯先生想要看到天主教徒、保皇派和无产阶级站在同一阵营，而共和派、商人和法西斯分子站在另一个阵营——这是不可能出现的情况，只是因为他是一个诚实而好斗的人，对过去充满热爱，才会去相信这种事情。他的政治原则，以及他的结论，或许会更接近贝当的思想，而不是曼德尔或布鲁姆的思想，但他对谎言和暴政的仇恨使得他走向相反的方向——就像在1937年时他的大部分天主教同仁宣称佛朗哥是"十字军战士"，而他没有这么做一样。

阅读这本书时，你一定不能忘记它是在什么时候写的，以及欧洲和美国数以百万计的天主教徒的态度。它所说的许多内容是那时候应该说出的话，遗憾的是，五年前它没有被翻译成英文。

《辩论》社论①

《现代季刊》十二月刊的社论中有一段话对《辩论》进行抨击，似乎认为它在"一以贯之地试图混淆道德问题，抹杀是非对错的区别"。或许重要的一点是，只有《辩论》——而不是《真理》、《碑文报》或《十九世纪与之后》——被共产党人控制的《现代季刊》单独点名并大加斥责。但在回应这一点之前，有必要了解一下《现代季刊》所捍卫的道德准则是什么。

上面所引用的那番话暗示着有所谓的"对"与"错"两个明确的概念，两者有着清晰的区别和相对稳定的性质。没有这一假设，这番话就失去了意义。在那篇社论的下一段，我们发现有这么一番话："伦理的整个基础需要重新思考。"——当然，这意味着对错的区别并不是明显的、不容挑战的，将其摧毁或重新去定义它或许是一个责任。在同一期刊物的后面有一篇名为《信仰与行动》的文章，我们发现约翰·德斯蒙德·伯纳尔②教授其实是在声称几乎任何道德标准在政治的权衡利弊面前都可以被抛弃。毋庸置疑，伯纳尔教授并没有直白地这么说，但如果他所说的话真有什么含义的话，那就是他的意思。下面是他阐述自己的观点的众多段落中的一段，重点在于：

---

① 1946 年 5 月于《辩论》匿名发表。
② 约翰·德斯蒙德·伯纳尔(John Desmond Bernal, 1901—1971)，英国科学家，代表作有《科学与人性》、《没有战争的世界》。

人类已经进入组织与计划的社会，新的社会关系要求道德发生深刻改变。不同价值观的相对重要性将会受到影响。旧的价值或许甚至会被视为恶习，而新的价值将会被确立（原文如此）。当然，许多基本的价值——尊重真理和同志情谊——和人性一样古老，不需要改变，**但那些过分强调个体诚实的价值则需要以社会责任为依归重新定义。**

　　简而言之，这段话的重点含义是：公益精神和道义是互相抵触的，而整段话的意思是我们必须不时地修正是非对错的观念，不仅年年月月需要这么做，如有必要的话，时时刻刻需要这么做。无疑，伯纳尔教授和类似他的思考者一直就在这么做，而且相当活跃。过去五六年来，是非对错在以令人目眩的速度彼此调换，甚至有可能在某个时间的错误行为后来回顾时变成是正确的，反之亦然。因此，1939 年的时候，莫斯科的广播在谴责英国对德国的海上封锁是惨无人道的做法，令老幼妇孺受苦。而到了 1945 年，同一个电台在斥责那些反对将上千万德国农民逐出家园的人是亲纳粹分子。因此，将德国的老幼妇孺饿死从坏事变成了好事，或许原先饿死人的行径随着时间的流逝也变成了好事。我们或许可以认为伯纳尔教授认同莫斯科在那两个情境下所广播的内容。同样地，1945 年时，德国侵略挪威是对没有防备的中立国家卑鄙无耻的偷袭，而在 1940 年那是针对之前英国的进攻非常合情合理的反击。你可以举出几乎无穷无尽的类似的例子。但是，在伯纳尔教授的眼中，显然任何美德都可能会变成恶行，而任何恶行也都可能变成美德，一切取决于当时的政治需要。当他将"尊重真理"作为例外时，或许他只是出于谨慎。整段话在暗示撒谎或许也是美德。但将这番话刊印出来或许没有好处。

在这篇文章稍后的内容里，我们读到："因为在工业和政治领域里，只有集体行为才是唯一有效的行动，因此，它也是唯一符合道德的行为。"这句话隐含的信条是：一个行动——至少在涉及政治和工业的领域——只有在获得成功的时候才是正确之举。认为这番话的意思就是每一个成功的行为都是正当之举并不公允，但这篇文章的基调无疑表明在伯纳尔教授的心目中，权力与美德是密不可分的。正确的行为并不是遵从你的良知或依照传统的道德观行事。正确的行为是依照历史行进的方向去推动历史。而那个方向是什么呢？当然，是所有正派的人所向往的没有阶级的社会。但是，虽然那是我们前进的方向，我们仍需要作出努力才能到达那里。那么，到底应该作出什么努力呢？当然是与苏联紧密配合——而按照任何共产党人必定会作出的诠释，那意味着顺从苏联。下面是伯纳尔教授的结语的一些内容：

> 战争已经获得了胜利，世界将进入艰苦而光荣的恢复和重建时期……由于艰苦战争的需要而成立的联合国同盟组织已经成为愈发重要的防止未来战争的保证，而未来一旦爆发战争，将比我们所经历过的战争更加惨烈。维持这一联盟，保护它不受敌人和更加隐秘的、挑起相互猜忌的煽动者的破坏，需要一直保持警惕和持续地努力达成更加紧密的相互理解……只有在目标一致的情况下，我们才能怀着希望以同志情谊并肩前进。

伯纳尔教授所指的英国与苏联之间的"同志情谊"和"更加

紧密的相互理解"到底是什么呢？他的意思是，譬如说，大批的英国独立观察家应该获准自由地进入苏联的领土并发送不受内容审查的报告回国吗？或苏联的公民可以受鼓励去阅读英国的报纸，收听英国广播公司的节目，以友好的态度去看待英国的体制吗？显然，他并不是这个意思。因此，他想表达的意思是：俄国在英国的宣传应该加强，而对苏联政权的批评者（被阴郁地称为"更加隐秘的、挑起相互猜忌的煽动者"）应该被勒令噤声。在他的这篇文章里，有好几处地方讲述了相同的内容。因此，如果我们概括出他的主旨，我们会得出如下陈述：

除了"尊重真理和同志情谊"之外，没有什么品质可以被明确地界定为好或坏。

任何推动进步的行为都是美好的。

进步意味着朝科学规划的、没有阶级的社会前进。

达成目标的最快捷的途径是与苏联合作。

与苏联合作意味着不去批评斯大林政权。

更简洁的说法是：任何有利于俄国外交政策的事情都是正确的。伯纳尔教授或许不会承认这就是他的意思，但事实其实就是如此，虽然他花了十五页的篇幅去表达。

伯纳尔教授的文章一个特别值得关注的特点是它的文笔既浮夸又马虎。关注这一点并不是学究式的迂腐，因为极权主义的思维习惯与语言的败坏之间的联系是一个还没有得到充分研究的重要话题。和他那个小圈子的所有作家一样，伯纳尔教授在表达不愉快的内容时习惯于使用拉丁语。有必要再去看一看上面所引用的第一段内容中的黑体文字。说"对政党的忠诚意味着泯灭你自己的良知"太直白了；而"那些过分强调个体诚实的价值则需要以社会责任为依归重新定义"基本上说的是同样的意思，但说出来不需要那么大的勇气。这些冗长而含糊的字词表达了他想表达的含义，同时模糊了那番话肮脏的道德意味。在安斯泰的《反之亦然》里有这么一句话："激进的措施要用拉丁文大肆宣扬。"这清楚地揭示了这种写作风格的本质。但对极权主义态度友好的作家还有另外一个不那么受到关注的特征，那就是玩弄句法并写出凌乱不堪或完全不知所云的句子的倾向。我们看到，那段引文中有一句话必须加上"原文如此"以表明是忠实引用。还有其它更加极端的例子。在 1944 年《党派评论》的冬季刊里，美国批评家埃德蒙德·威尔逊[1]对这一主题就《出使莫斯科》作了有趣的评论。

《出使莫斯科》改编自约瑟夫·爱德华·戴维斯[2]的一部作品，他曾在肃反时期担任美国驻莫斯科大使。在这本书里，他对审判反革命分子的正义性表示深切的怀疑，而在电影中（他是剧中的角色之一）他的表现似乎是根本不加怀疑。在拍摄这部影片时，美国与苏联是盟友关系，拍这部电影的目的之一是"渲染"俄国的肃反是完全正当的消灭叛徒的行为。第一个版本甚至有托洛茨基与里宾特洛甫进行秘密谈判的"镜头"。后来这些镜头被剪掉了，或许是照顾犹太人的感受，或许是因为它们与里宾特洛甫和斯大林谈判的真实照片太过于相似。戴维斯认可了这部电影，而这与他早前的言论是自相矛盾的。威尔逊引用了戴维斯的部分内

---

① 埃德蒙德·威尔逊(Edmund Wilson，1895—1972)，美国作家、评论家，代表作有《三重思想家：文学主题十二讲》、《四十年代文学纪实》。

② 约瑟夫·爱德华·戴维斯(Joseph Edward Davies，1876—1958)，美国外交家，曾任美国驻俄国大使、美国驻比利时大使等职务。

容，目的是它们或许有助于了解戴维斯的思想。引用两段话就够了：

> 欧洲的和平，如果它得以维持的话，将遭遇成为独裁者治下的和平的巨大危险，所有的小国都会迅速躲到德国的强大力量的保护下，而情况将会是：即使各方势力能达至平衡，正如两年前我向你们预言的，各国将会"唯希特勒马首是瞻"。

下面是戴维斯先生关于《叶甫盖尼·奥涅金》的主题的评论：

> 歌剧与芭蕾舞剧都是改编自普希金的作品，由伟大的柴可夫斯基创作音乐。《叶甫盖尼·奥涅金》这出歌剧讲述了两个年轻人的友谊因为一场误会和恋爱的争执而破裂的浪漫故事。结局是一场决斗，诗人被杀了。离奇的是，普希金书写了自己的结局。

这段文字让人觉得很困惑，要花上几分钟的时间才能理出它的好几处错误。

下面是伯纳尔教授的话：

> 我们的英国民主长久以来能够在没有强制或流血事件的情况下实现社会稳定，但它没有效率，反应过于迟钝，过分维护自古以来的特权。

这句话里遗漏了什么字眼或语句吗？我们不知道，或许伯纳尔教授也不知道，但总之这句话根本没有意义。奇怪的是，在社论中出现了相似的英语：

> 如果说科学能够让我们学习到什么，科学还必须意识到：如今它遭到了那些担心人类会掌握超出其道德控制之外的力量的人的猛烈抨击。正是这类口若悬河而且自命不凡的思想需要进行无情的批判。

总共八十六个字里出现了一个不当结论、一个无谓重复的语句和两处语法错误。整篇社论的文笔大致就是这个水平。当然，这并不是说造成文风拖沓或词不达意的文笔的原因都是相同的。有时候要怪罪的是"弗洛伊德式的口误"①；有时候是思想水平不足；有时候是出于真实想法对于正统思想是威胁的本能直觉。但接纳极权主义的教条和低劣的英语文笔之间似乎有着直接联系，我们认为有必要指出这一点。

回到《现代季刊》对《辩论》的抨击，我们已经表明了伯纳尔教授传授的信条是只有符合政治需要的事情才是正确的，而那篇社论似乎认可他的看法。那为什么他们同时又指责《辩论》"混淆道德问题"，似乎"对"与"错"是每个体面的人已经知道如何区分的固定的实体呢？原因只会是，他们对思想较为温和的读者的反应有所顾忌，认为他们的真实意图不应该太直白地表露出来。而且，他们声称自己愿意倾听一切观点或尽可能多的观点：

———————————

① 即在无意识中暴露一个人真实动机的口误。

（主编认为）我们需要广泛思考不同意见。思想的自由和大胆的陈述不仅是被允许的，而且被认为是好事。人们不应该因为觉得自己的观点不合正统观念，无论是左派还是右派的正统观念，而不去表明自己的观点。另一方面，如果最神圣的典籍遭到了不智和愚昧的挑衅，断然而有效的回应总是能够加以弥补。

对这番话进行几个考验会是很有意思的事情。譬如说，《现代季刊》会刊登逮捕和处决波兰社会主义领导人厄里奇[①]和埃尔特[②]的完整历史吗？它会再度刊印自1940年以来共产党的"阻止战争"的宣传册吗？它会出版安特·西里加[③]或维克多·谢尔盖[④]的文章吗？它不会的。因此，上面的引文都是假话，目的是让不够老练的读者以为他们胸襟广阔。

《现代季刊》仇视《辩论》的原因并不难猜测。《辩论》受到抨击是因为它倡导的某些道德和思想的价值观如果流传下去的话，在极权主义者的眼中将会构成威胁。这些价值统称为自由主义价值——取"自由主义"这个词的"热爱解放"这个古老的含义。它的根本主旨是捍卫思想和言论的自由，在过去的四百年里，它几经艰苦赢得了胜利。自然而然地，伯纳尔教授和像他一

---

① 亨里克·厄里奇（Henryk Ehrlich，1882—1942），波兰政治活动家，二战期间华沙市政委员会成员。
② 维克多·埃尔特（Victor Alter，1890—1943），波兰政治活动家，曾担任第二共产国际执行委员会成员。
③ 安特·西里加（Ante Ciliga，1898—1992），克罗地亚政治家，南斯拉夫共产党创始人之一。
④ 维克多·谢尔盖（Victor Serge，1890—1947），俄国革命家，因反对斯大林主义而被驱逐出党。

样的人会认为这是比建立某个对立的极权主义体制更过分的冒犯。伯纳尔教授说：

> 自由的、个人主义得几乎像原子一般的哲学始于文艺复兴时期，在法国大革命时期完全成熟。它是"人权"、"自由、平等和博爱"、私有产权、自由企业和自由贸易的哲学。我们知道它已经如此堕落，如此与时代的需求模式脱节，只剩下花言巧语，诚实而愚笨的人更倾向于兽性的法西斯主义，而不是它那不切实际而且一无是处的宗旨。

我们不得不努力适应这种司空见惯、云里雾里的语言和思想的混乱，但如果最后一句话真有意思的话，它的意思是伯纳尔教授认为比起自由主义，法西斯主义要更好一些。或许《现代季刊》的编辑在这一点上和他意见一致。至于针对我们"抹杀是非对错的区别"的那番控诉，它被提出的原因是为我们撰稿的一位作者反对英国报刊报道绞刑架上晃晃悠悠的尸体时令人作呕的沾沾自喜。我们认为我们已经清楚地表明，在《现代季刊》的眼中，我们真正的罪行其实是捍卫是非对错和思想道义的观念，它是过去几个世纪以来一切真正的进步的根源，而没有了它，文明生活或许将无法延续下去。

赫伯特·乔治·威尔斯的真实模式[①]

　　当一个伟人逝世后，他的一生可以被盖棺论定，你能够判断他的哪些成就最为重要、最有可能流传下去，而当他还在生的时候，你总是无法做到。

　　赫伯特·乔治·威尔斯的精力和思想上的好奇一直保持到人生的最后一刻，许多年来，他一直倾向于认为自己是一位宣传人员和哲学家，而不只是一位艺术家。结果，他的晚期创作活动在某种程度上掩盖了他的早期作品的文学才华。

　　威尔斯的原创性和他的作品那种独特风格在部分程度上可以归因于他特别的成长经历。1866 年他生于肯特郡的布隆利，父母虽然贫穷，但严格来说不属于工薪阶层。他的母亲当过女管家，而他的父亲是一个园丁和职业板球运动员，后来成了一间小店铺的业主。

　　这间店铺构成了威尔斯最早的回忆的背景。他自己在 13 岁的时候到一间布料店当学徒，有过悲惨而荒唐的经历，后来他在《吉普斯》中作了描写。但是，他是一个才华横溢而且志向远大的男生，不会久屈在一份他痛恨的工作里。

　　他很有才华，通过了一系列考试，并获得了多份奖学金，很快他就摆脱原来的处境，来到一个决然不同的新环境里。他在南

<hr>

① 刊于 1946 年 8 月 14 日《曼彻斯特晚报》。

肯辛顿的皇家科学学院深造了几年，接着有过短暂的执教经历，然后，年纪轻轻的他就开始靠为杂志撰稿为生。

威尔斯有两大创作来源，一方面是他对友好的滑稽的死要面子的破落家庭的童年回忆，另一方面则是他在南肯辛顿所获得的科学世界观。

他的科学浪漫主义最灿烂的时期是他的早年。《时间机器》是他出版的第二部作品，而《莫洛博士的岛屿》，后人或许会认为是他的杰作之一，是他的第三部作品。《透明人》、《登月第一人》、《世界大战》都是他四十岁之前的作品。还有长长一系列精彩的短篇故事《水晶蛋》、《普拉特纳的故事》、《在深渊中》、《做钻石的人》等等，也都是在这个时间前后创作的。

他曾偏离科学主题——短暂地滑向魔法主题——他写了两篇不是很成功的幻想作品：《海之女》和《奇妙的探访》。

有一种说法是，一位作家的创作力高峰大概可以维持十五年，威尔斯就是这种情况的一个好例子。几乎他的所有最好的作品都是在 1895 年到 1910 年之间写出来的。在那段时间，他没有脱离自己的出身，写出了反映中产下层阶级生活的精彩喜剧作品，如《吉普斯》和《波利先生的生平》，还有《命运之轮》，但后者没有前二者那么成功。所有这些作品的主要背景都是一样的：威尔斯深深热爱的肯特郡的风景，还有那间布料店，虽然他并不喜爱，但再熟悉不过了。在《爱情与鲁雅轩》中，他的两大主题——中产下层阶级的生活和科学的好奇心——成功地结合在了一起。

这本书既诙谐又感人，围绕着带给威尔斯快乐并塑造了他的科学院而展开。与《爱情与鲁雅轩》可以归为一类的还有几个短篇故事,譬如说,《显微镜下失足记》和《温彻尔茜小姐的心》,是英语文学中相同篇幅的作品中最好的故事,但它们从未得到应有的赞誉。

从1905年前后起,威尔斯开始写出更加严肃的小说。作为一位小说作家,他的创作巅峰之作是出版于1911年的《托诺—班盖》。尽管充斥着明显的缺陷,《托诺—班盖》或许是威尔斯所写过的最严肃和诚恳的作品。它讲述了一个很努力的小骗子靠一样毫无价值的专利药品发了大财但最终步入毁灭的故事。

但它的内容并不止这些。威尔斯再一次以他童年时的回忆作为素材,比以往更加成功,他对二十世纪早期的漫无规划贪婪成性的社会的深切厌恶提供了某种驱动力,几乎每一页都能让人察觉。

但是,虽然他写出了许多本小说,虽然他在描写对话和营造氛围方面很有技巧,但威尔斯的"直白"小说并非他的最佳作品。他对自己的角色没有充分的耐心或同理心,而且有几类很重要的人物他实在是无法理解。

《托诺—班盖》之后那一系列更加野心勃勃的小说——《婚姻》、《新马基雅弗利》、《伟大的研究》、《艾萨克·汉南爵士的妻子》等作品可以肯定会被归为失败之作。

而在上一场战争期间和之后创作的多部小说,譬如《琼与彼得》、《看透一切的布里斯特林先生》和《心之秘处》也是。在这几部小说里,威尔斯十分努力地尝试去表达他对当代社会的想法,但大体上它们都不令人信服,而且毫无章法。当他不得不去描写思想和背景与他决然迥异的人物时,他失去了自信的笔触。

在全世界范围内,至少除了英语国度,威尔斯或许被认为是乌托邦世界的创造者。他受过科学训练，他不屈从于社会，自然而然地，他不仅会尝试去构建幻想的世界，而且会详实地预测未来。

《预言》和《现代乌托邦》是他朝这个创作方向所作出的努力。就机器进步而言，威尔斯的预言总是被证明非常准确。

举个例子，在《解放全世界》（1914），他以惊人的准确性预测到了原子弹。但在预测人类社会的演变方向这个问题上，他就没有那么成功了。在他的大部分乌托邦作品里，他的错误在于过于理性。他设想决定演变的主要因素将会是理性的冲动，而且他对当时的政治结构和将其改变的具体方式并不感兴趣。事实上，他对政治细节从未有过耐心，他加入过费边社，但在大吵一架之后很快就退出了。在他的几部乌托邦作品里——譬如说《在彗星上的日子》——他祈求奇迹或一场激变发生，促使新社会的形成。

在其他作品里，如《梦境》、《天神一般的人》，背景设置在遥远的未来或虚无缥缈的世界，没有解释它是如何形成的。

但有一部乌托邦作品与其他作品有着明显的区别，它就是《沉睡者醒来》。在这本书里，威尔斯放弃了所有的乐观精神，预测了一个赤裸裸地以奴役劳动为基础的高度组织化的极权主义社会。在某些方面，它与当代世界正在发生的事情或似乎将会发生的事情极为相似，想象的详实程度准确得惊人。不知为何，威尔斯本人对《沉睡者醒来》的评价并不高，它启发了奥尔德斯·赫胥黎的《美丽新世界》和其他悲观的乌托邦作品，但这一点并没有被广泛认可。威尔斯属于思想自由战胜了维多利亚时代的蒙昧主义的那一代人，他在性格上属于乐观主义者。直到1914年，他或许相信——尽管疑虑重重——人类一定拥有理性的秩序的未来。1914 年至 1918 年的那场战争动摇了他的信心，从那时起，他变得越来越一心想要宣扬世界统一治理的需要。

这一主题经常出现在他早期的作品里，但《历史概要》是他的第一部以"要么团结，要么毁灭"为主题的长篇布道，第一版出版于 1920 年。尽管《历史概要》行文仓促而且有多处地方并不准确，而且带有偏见，但它仍然是一本了不起的书，是少有的撰写人类通史的尝试之一。它与被遗忘的温伍德·里德的《英烈传》属于同一类作品。威尔斯对这本书大为赞赏。

直到逝世之前，威尔斯一直是一位多产的作家，但后期的作品与前期的作品根本不可同日而语。在 1920 年之后他所写的每一本书几乎都是同一主题的变体——世界统一治理和人类思维习惯发生剧变的需要——虽然他继续在写小说，但旧时的魔力已不复存在。

我们这个时代没有哪一个作家，至少没有哪一个英语作家，能像威尔斯这般深刻地影响同时代的人。他是文坛大腕，他在塑造世界图景上作出了如此突出的贡献，无论我们是否认同他的理念，我们总是会忘记他纯粹的文学成就。在他自己的眼中，文学成就是次要的，甚至无足轻重。他的思想和性格有缺陷，但很少有作家能像他那样没有文学的虚荣心。

政治与文学:《格列佛游记》评析①

　　《格列佛游记》至少从三个不同的角度对人性提出抨击或批判,而在这个过程中,格列佛本人内在的性格也必然经历了改变。在第一部里,他是个典型的十八世纪的航海家——勇敢、务实、没有浪漫气质,在开篇关于生平细节的那富于技巧的描写中,他朴实的世界观深深感染了读者,里面写到了他的生平和他的年龄(旅程开始时他年届不惑,有两个孩子),写到了他口袋里的东西,特别是他那副眼镜被描写了好几次。在第二部里,他的性格基本上没有改变,但有时候根据故事情节的需要,他会变成一个白痴,一边吹嘘着"我们高贵的祖国,艺术与武力的国度,让法国人吃尽苦头"等等,一边暴露了他所热爱的国家每一件丢人现眼的事情。到了第三部,他和第一部里的形象基本上是一致的,不过,因为他交往的对象大部分是朝臣和学者,你会感觉他的社会地位提高了。在第四部里他了解到在前面三部里没有提到或只是隐约提到的人类的恐怖,变成一个没有宗教情怀的隐士,只想在某个人烟绝迹的地方生活,在那里他可以全心思考"慧骃"的美德。然而,这些性格上的改变是斯威夫特不得已而为之的,因为格列佛这个角色的主要作用是对比衬托。比方说,在第一部里他似乎是一个理性的人,而在第二部里时不时的像个傻

---

　　① 1946 年 9 月刊于《辩论》。

瓜，因为在两部书里，主要的手法都是一样的，就是将人类想象成身高仅有 6 寸的生物，以此达到滑稽的效果。当格列佛不在扮演小丑的角色时；他的性格还是前后一致的，特别体现于他的机智灵活和他对细节的敏锐观察。当他将布列弗斯库国的战舰拖走，当他割开那只庞大的老鼠的肚皮，当他用耶胡的皮做成一艘不坚固的小船扬帆出海时，他一直是同一个人，文章的风格并没有改变。此外，很难不觉得在格列佛比较狡猾精明的时候，他就是斯威夫特本人——至少有一回，斯威夫特似乎借机发泄他对同时代的社会的私愤。我们都记得，当小人国的王宫起火时，格列佛撒了一泡尿将火势浇灭。他不仅没有因为临急生智而受到嘉奖，反而发现自己因为在王宫里面撒尿而犯下了死罪，而且：

> 有人偷偷告诉我皇后对我的所作所为大为不满，搬到了宫里最边远的角落，决心就算那些宫殿修好了也不回去住。她还忍不住在她最亲信的人面前发誓要报复。

根据乔治·麦考利·特里维廉①教授的看法（《安妮女王治下的英国》），斯威夫特未能平步青云的一部分原因是女王在《木桶奇闻》中遭到诋毁——而斯威夫特或许觉得他写了这本宣传册是在为英国王室歌功颂德，因为它斥责了非国教信徒，更对天主教徒提出责难，而没有触及英国国教。但不管怎样，没有人能够否认《格列佛游记》是一本充满怨恨和悲观的书，特别是在第一部

---

① 乔治·麦考利·特里维廉(George Macaulay Trevelyan，1876—1962)，英国历史学家，代表作有《斯图亚特王朝治下的英国》、《一位历史学家的消遣》等。

和第三部里，它总是流于狭隘的政治党争。促狭小气与宽宏大量、共和主义和专制主义、热爱理性和麻木不仁全都混杂在一起。斯威夫特所特有的对于人的肉身的痛恨在第四部中才出现，但这一新的主题并不让人觉得惊讶。你会觉得所有这些冒险，所有这些心境的变迁，都可能发生在一个人身上，而斯威夫特的政治上的忠诚和他的最终绝望之间的内在联系是这本书最有趣的特征之一。

在政治上，斯威夫特是那种因为当时的进步人士所做的蠢事而不情愿地加入保守党的乖张之人。可以看到，《格列佛游记》的第一部里对人类的伟大进行了流于表面的嘲讽。如果你再看深一层的话就会认识到那是对英国，对统治的辉格党和对英法战争的攻诘，而这件事——无论盟军的动机是多么卑劣——确实将欧洲大陆从一个反动的强权势力手中解救了出来。斯威夫特不是一个拥戴詹姆斯二世①的保皇党，严格来说也不算是一个保守党人，而且他在战争中所宣称的目标只是达成温和的和平条约，而不是英国彻底战败。但是，在他的态度中确实有着背叛祖国的色彩，在第一部的结尾部分得以体现，这妨害了故事的寓意。当格列佛从利立普国（英国）逃到布列弗斯库国（法国）时，一个身高六寸的小人一定是卑劣可鄙的生物这一观念似乎被放弃了。利立普国的国民对格列佛极其苛刻凉薄，布列弗斯库国的国民则非常大方坦率。事实上，该书的这一章结尾的基调与前面的几章那种全方位的幻灭感很不一样。显然，斯威夫特的主旨首先是反对英国。巨

---

① 詹姆斯二世(1633—1701)，1685 年至 1688 年任英格兰、苏格兰及爱尔兰国王。1688 年光荣革命时被剥夺王位，流亡法国。

人国的国王觉得"你的同胞"(即格列佛的同胞们)是"自然界孕育的危害最大的、歹毒的、卑微可憎的寄生虫"。结尾的那篇长文对殖民活动和海外征服进行了谴责,尽管说的是反话,但针对的就是英国。英国人的盟友荷兰人是斯威夫特一本最出名的政治宣传册里抨击的对象,在第三部里也被肆意抨击。当格列佛知道他所发现的那几个国家不可能成为英国王室的殖民地,并心满意足地进行记录时,那段文字似乎是在宣泄私愤:

> 事实上,慧骃似乎并没有为战争好好地进行准备,他们对于战争这门学问完全是门外汉,更无力抵御火器。但是,假如我是总理大臣,我绝对不会下令去侵略他们……想象一下两万匹慧骃冲入一支欧洲军队,搅得他们阵脚大乱,将战车推翻,它们的后蹄猛地一踢就将士兵们的脸踩成肉泥……

考虑到斯威夫特的洗练文笔,"将士兵们的脸踩成肉泥"似乎表明斯威夫特内心暗暗期盼着看到马尔博罗公爵①的无敌大军遭受这一命运。其他地方也有类似的笔调。就连第三部中所提及的那个国家——"大部分国民都是窥私者、告发者、密报者、控告者、起诉者、作证者、起誓者,连同他们那些附属下级,全都以众国务大臣的名号行事,受其节制并食其俸禄"——其国名叫兰登国(Langdon),与英国(England)的区别只有一个字母(这本书的几个早期版本有许多误印之处,或许它原本就是完全的回文构词

---

① 约翰·丘吉尔(John Churchill,1650—1722),马尔博罗公爵,英国军事家、政治家,曾在九年战争和西班牙继位战争中为英国立下赫赫军功。

法）。斯威夫特对人类的反感确实真有其事，但你会觉得他对人类虚有其表的揭露，他对贵族、政客和宠臣等人的控诉大体上是很狭隘的，这是因为他属于一个失败的政党。他谴责不公与压迫，但这并不能证明他有民主倾向。虽然他能力出众，但他的立场和我们今天那些不胜其数、既愚昧又精明的保守党人很接近——譬如说，艾伦·赫尔伯特[①]爵士、乔治·马尔康·杨格教授[②]、埃尔顿勋爵[③]、保守党改革委员会以及从威廉·贺雷尔·马洛克[④]以降的长长一列为天主教辩护的作家，这些人精于对"现代"和"进步"百般嘲笑，因为他们知道自己无力左右事件的进程，所以他们的思想往往更加极端。说到底，像《反对废除基督教的理由》这样的宣传文章就像"提摩西·夏伊"[⑤]对《智囊团》[⑥]进行无害的嘲讽一样，或像罗纳德·诺克斯[⑦]神父指出伯特兰·罗素的谬误一样。人们如此轻易就忘记了——有时候就连虔诚的信徒也会这样——斯威夫特在《木桶的故事》里所说的那些亵渎神明的言

---

① 艾伦·帕特里克·赫尔伯特（Alan Patrick Herbert，1890—1971），英国作家，代表作有《秘密的战斗》、《泰晤士河》等。

② 乔治·马尔康·杨格（George Malcolm Young，1882—1959），英国历史学家，代表作有《时代的写照》等。

③ 戈弗雷·埃尔顿（Godfrey Elton，1892—1973），英国历史学家，代表作有《法国革命理念》等。

④ 威廉·贺雷尔·马洛克（William Hurrell Mallock，1849—1923），英国作家，代表作有《每个人都是自己的诗人》、《新共和国》等。

⑤ 提摩西·夏伊（Timothy Shy）是英国作家多米尼克·贝文·温德汉姆·刘易斯（Dominic Bevan Wyndham Lewis，1891—1969）在《新闻纪实报》上的笔名。

⑥ 《智囊团》（the Brain Trusts），英国广播电台的讨论节目，于1941年1月开始播放，西里尔·乔德是该节目的主持。

⑦ 罗纳德·阿布斯诺特·诺克斯（Ronald Arbuthnott Knox，1888—1957），英国神学家，曾是英国圣公会牧师，后改宗罗马天主教，曾将拉丁文《圣经》重译为英文《圣经》。

论，这一点清楚地表明和政治情感相比，宗教情感是多么脆弱。

但是，斯威夫特的反动思想的主要体现并不是他的政治立场，而是他对科学的态度，更笼统地说，是他对好奇心的态度。《格列佛游记》第三部里所写的著名的拉格多学院无疑是对斯威夫特时代大部分那些所谓的科学家的合乎情理的讽刺。值得注意的是，那些进行研究工作的人被形容为"项目专员"，他们不是在进行无趣的研究，而是在寻找能够节约劳动和产生经济效益的设备。但没有迹象表明斯威夫特认为"纯粹的"科学是值得进行的活动——事实上，贯穿该书的始终有许多相反的迹象。在第二部里面，那些更为严肃的科学家已经被狠狠地教训了一通。当时大人国国王的那些御用"学者"试图解释格列佛为什么个头如此娇小：

> 经过一番激烈争辩后，他们一致认为我只是一个 *Relplum Scalcath*，也就是"天生怪胎"的意思。这个判断与欧洲的现代哲学完全一致，那些教授鄙夷神秘主义的古老遁词——亚里士多德的追随者们只会借此徒劳地掩饰自己的无知——于是想出了这个解决一切困难的妙法，以推动人类知识无法言喻的进步。

如果这只是孤例的话，你或许会认为斯威夫特反对的只是伪科学。但是，在多处地方，他不厌其烦地宣称所有的学术或思想都没有什么实际用途。

> （大人国的）学问很有缺陷，只有伦理、历史、诗歌和数

学，在这些领域他们取得了成功。但是，最后这门学问完全应用于生活中有用的方面，用于改善农业，而所有机械的艺术都不怎么受到尊重。至于理念、实体、抽象概念和先验思想，我根本没办法让他们理解最浅白的概念。

斯威夫特的理想生物慧骃在机器方面的知识如此落后，它们不熟悉金属，从未听说过舟船，确切地说，从未从事过农业耕作（我们了解到它们所赖以生存的燕麦是"自然生长的"），似乎还没有发明轮子。①它们没有字母表，而且显然对现实世界没有多少好奇心。它们不相信除了自己的国家之外还有其他国家的存在，虽然它们了解日月的运动和日食月食的原理，"这就是它们的天文学知识最了不起的进步了。"与之形成对比的是，拉普达飞行岛上的哲学家们一直沉迷于数学思考，在和他们说话之前，你得在他们的耳朵旁边打破一个气球以引起他们的注意。他们将一万颗恒星分门别类，确定了九十三颗彗星的周期，比欧洲的天文学家更早地发现火星有两个卫星——显然，斯威夫特认为所有这些内容都是无趣、荒唐和毫无用途的。正如你或许意料到的，他认为如果科学家有一席之地的话，就只能躲在实验室里，而且科学知识对于政治事务没有任何影响：

> 我觉得完全无法接受的是，我在他们身上观察到的对时事和政治的强烈兴趣，总是在打听公共事件和论断国事，对

---

① 原注：根据里面的描写，无力走动的年迈慧骃用"雪橇"或一种交通工具载着，像拉雪橇那样被拉着走。或许这些雪橇没有轮子。

每一个党派理念进行热烈的争辩。事实上，我发现我所认识的欧洲大部分数学家都有同样的倾向，但我想这两门学科之间根本没有任何相似之处，除非这些人相信，因为最小的圆和最大的圆有着同样的度数，所以规划和管理世界所需要的能力和把玩转动一个地球仪的能力便可以相提并论。

"我想这两门学科之间根本没有任何相似之处。"这句话是不是听起来很熟悉呢？这不就是那些流行的天主教辩护者们的论调吗？当一位科学家就上帝的存在或灵魂的不朽发表意见时，他们就会表示惊诧。他们告诉我们科学家只是某一个领域的专家，为什么要去重视他们的意见呢？其言下之意是，神学就好像化学一样，是一门纯粹的科学，而牧师也是专家，因此他们关于某方面的结论必须得到接受。实际上，斯威夫特同样这么为政治家争辩，但他更过分的做法是，在他的思想中，科学家——纯粹的科学家或专门的研究员——并不是有用的人。即使他没有写出《格列佛游记》的第三部，你也可以从书中的其他部分得出这一结论：与托尔斯泰和布雷克一样，他十分痛恨研究自然过程这个想法。他推崇慧骃的"理性"的原因并不意味着从观察到的事实中得出符合逻辑的推论的能力。虽然他从未对其加以说明，但在大部分语境中，它似乎意味着常识——也就是说，接受显然的道理，鄙夷诡辩和抽象——或清心寡欲和拒绝迷信。大体上，他认为我们已经知道了需要知道的事情，只是我们没有将知识进行正确的运用。比方说，医学是一门没有用的科学，因为如果我们的生活方式更加自然的话，就不会有疾病。然而，斯威夫特既不崇尚简单生活，也不推崇高贵的野人。他喜欢文明和文明的艺术。

他不仅明白良好的礼貌和对话的价值，而且知道学习文学和历史的意义。他也明白农业、航海和建筑需要进行研究，而且推动其进步将会带来好处。但他暗示的目标是一个静态的、没有好奇心的文明——就是他那个时代的世界的写照，只是更加干净一些，理性一些，没有激烈的变动，不去探索未知的领域。虽然他不受谬误思想的影响，但出人意料的是，他推崇过去，特别是古典时代，相信现代人在过去的几百年间经历了急剧的堕落。①在巫师的岛屿上，死者的灵魂可以被随意召唤：

> 我希望能在一间大屋里看到古罗马的元老，在另一间大屋看到当代的议员，作为对比。第一群人里集结了英雄和半神，而第二群人却是小贩、扒手、拦路抢劫的强盗和地痞的乌合之众。

虽然斯威夫特在第三部的这一节里对历史的真实性进行抨击，但当他谈到希腊人和罗马人时，他的批评精神立刻就不复存在。当然，他提到了罗马帝国的堕落，但他对古代世界的几位领袖怀有几乎失去了理性的崇拜：

> 我带着崇敬的心情看到布鲁图斯，在他身上我看到了至善、至勇和至坚的美德。他的面容轮廓流露出对祖国最真切

---

① 原注：斯威夫特所观察到的肉体上的堕落或许在当时是真实的。他将原因归结于梅毒，当时它在欧洲是一种新疾病，或许比现在更加致命。十七世纪时，蒸馏酒精饮品也是新鲜事物，肯定造成了酗酒现象的第一次急剧增加。

的热爱和对人类最普遍的仁慈……我有幸与布鲁图斯进行了深入的交谈，他告诉我，他的先祖朱尼厄斯、苏格拉底、伊巴密农达、小卡托、托马斯·莫尔爵士和他本人总是在一起。这六人是所有时代的六大贤者，再无第七人可以和他们相提并论。

值得注意的是，这六个人中只有一个是基督徒。这是重要的一点。如果你将斯威夫特的悲观主义、他的崇古倾向、他没有好奇心的思想和他对人的身体的恐惧结合在一起，你就会得到笃信宗教的反动分子共有的一种态度，那就是：捍卫社会的不公正秩序的人会宣称这个世界不可能得到根本改善，只有"来世"才是重要的事情。然而，并没有迹象显示斯威夫特有任何宗教信仰，至少没有任何字面意义上的宗教信仰。他似乎并不相信死后会有来生，他对美好的想法与共和主义、热爱自由、勇气、"仁义"（意思就是公益精神）、"理性"和其它异教徒的品质紧密联系在一起。这让人想起了斯威夫特的另一个特征，与他对进步的怀疑和他对人类的仇恨不是很一致。

首先，他也有"建设性"，甚至"进步"的一面。偶尔的前后矛盾几乎是乌托邦作品的活力的一个特征，有时候斯威夫特会在一段本应纯粹嘲讽的文字中插入一句赞赏之辞。因此，他对年轻人的教育问题的看法被嫁接到利立普国人的身上。在这个问题上他们的看法和慧骃的看法有许多共同之处。利立普国也有许多社会和法律制度（比方说，那里有养老金，人们会因为奉公守法而得到嘉奖，也会因为违法而遭受惩罚），斯威夫特愿意看到这些制度在英国普及。在这段文字的中间斯威夫特想起了他的本意是进行嘲讽，并补充道："提到这些和相关的法律，我只是想介绍原先的制度，而不是这些人受人性堕落本能的影响所坠入的其最可耻的败坏。"但因为利立普国应该是英国的写照，而他所提到的法律在英国从未存在过，显然，要提出有建设性的建议对他来说要求太高了。但斯威夫特对狭义上的政治思想的更大贡献在于他的抨击，特别是在第三部中，对现在所谓的极权主义的抨击。他高瞻远瞩地预见到了间谍横行的"警察国家"，老是在追捕异端和审判卖国贼，而这一切的真正目的是平息民众的不满，并将其转化为战争狂热。你必须记住，在这一点上斯威夫特能见微知著，因为他那个时代软弱无能的政府并没有给他提供现实的样板。比方说，政治研究员学校的教授"给我看了一大本如何洞察阴谋诡计的手册"，他宣称你可以通过检验人们的排泄物了解他们的秘密想法：

> 他通过反复的试验，发现人在拉屎的时候是最严肃、最深思熟虑和最意志坚定的。因为在这种时候，当他琢磨着以什么方式去刺杀国王时，他的粪便就会变成绿色，但当他只想到造反或焚毁首都的时候，颜色就会变得很不一样。

据说斯威夫特想出了这位教授和他的理论是受到一桩国家公审的启发，几封在厕所里找到的信件被作为证据，在我们看来，这并不是特别离奇或恶心的事情。在同一章节的后面，我们似乎置身于俄国大清洗中：

> 在特里布尼亚国，当地人称其为兰登国……大部分国民

都是窥私者、告发者、密报者、控告者、起诉者、作证者、起誓者……首先，他们取得内部共识，决定要给那个被指控的人安上什么罪名，然后，他们精心地收集所有用于指控的书信。这些文件被交给一帮设计师，他们非常善于找出单词、音节和字母的神秘含义……当这种办法行不通时，他们还有两个更行之有效的法子，他们当中的博学者将它们称为字母离合法和回文构词法。第一个方法是，他们能将所有的首字母编译成某种政治含义——例如，N 代表阴谋，B 代表骑兵团，L 代表海上舰队。而第二个办法是，他们将有嫌疑的内容的字母进行移位，就能揭发一个不满的党派隐藏极深的阴谋。比方说，如果我在写给朋友的信里面说"我们的兄弟汤姆得了痔疮"①，一个技巧高明的解码员会将构成这句话的相同的字母进行重新组合，变成了："忍耐——计划已经诞生——塔楼"②。这就是回文构词法。

同一间学院的其他教授发明了简化的语言，用机器写书，教育他们的学生将课程刻在一块威化饼上，然后让他们吃下去，或提出将一个人的大脑的一部分切除，然后再移植到另一个人的头里面，以此消灭个性。这些章节的氛围有某种奇怪而熟悉的特征，因为除了戏谑之外，它还揭示了极权主义的目标不仅是确保人们有正确的思想，而且还要让他们不去思考。然后，斯威夫特还描写了统治耶胡部落的领袖，和那些"宠臣"，先是利用他们去

---

① 原文是：*Our Brother Tom has just got the Piles.*
② 原文是：*Resist —a Plot is brought Home —The Tour (Tower).*

做一些卑劣的勾当，然后拿他们当替罪羊，这和我们这个时代的政治模式如出一辙。但是，我们能从这些推导出斯威夫特是反对专制和捍卫思想自由的斗士吗？并不是，你能够察觉到他的观点并不倾向自由。毫无疑问，他痛恨贵族、国王、主教、将军、时髦女性、等级秩序、头衔和表面恭维，但他对民众的观感并不比对他们的统治者好到哪儿去，对日益增进的社会平等不感兴趣，对代议机制也不热心参与。慧骃的社会组织是带有种族色彩的种姓体制，那些从事苦活累活的马与它们的主人颜色不一样，也不会和它进行配种。斯威夫特所崇尚的利立普国的教育体制认为阶级差别是天经地义的事情。最穷苦阶级的孩子不去上学，因为"他们的任务就只是耕种土地……因此，他们的教育对公共事务无关紧要"。他似乎不是特别支持言论和出版自由，虽然他本人的作品得到了容忍。大人国的国王对英国的宗教派别和政治派别之多感到惊讶，认为那些"怀有不利于公众的想法"（在这一语境下，这似乎指的是异端思想）的人，虽然没有必要进行思想改造，但他们不应该让人知道这些思想，因为"如果政府要求做到前者未免失之暴虐，而不强制做到后者则失之软弱"。格列佛离开慧骃国的方式隐晦地揭示了斯威夫特自己的态度。斯威夫特的思想至少断断续续有无政府主义倾向，《格列佛游记》的第四部就是一幅无政府社会的图景，没有通常意义上的法律约束，而是由"理性"进行指引，每个人都自发地接受其约束。慧骃的集体大会"规劝"格列佛的主人将他赶走，他的邻居对其施压，要求他依照裁决行事。理由有两个：其一，这只不同寻常的耶胡的出现可能会扰乱其它部落成员；其二，慧骃与耶胡的友谊"于理性和天性不合，此等事情闻所未闻"。格列佛的主人不肯服从，但无法对

"规劝"（书中说到慧骃从不会被迫去做什么事情，他只是被"规劝"或"建议"）置之不理。这充分体现了无政府主义或和平主义者理想中的社会的极权主义倾向。在一个没有法律的社会里，理论上是没有强迫的，约束行为的唯一仲裁就是公共舆论。但由于群居动物有顺从的强烈天性，公共舆论比任何体制的法律更加不宽容。当人类受"你不得如何如何"的管制时，个体还可以装疯卖傻。当他们受到所谓的"爱"或"理性"约束时，他会时时刻刻受到压力，迫使他的行为和思想与其他人保持一致。我们了解到，慧骃对几乎任何问题都持一致的看法。他们唯一探讨过的问题是如何处置耶胡。除此之外他们在任何问题上都保持一致，因为真理总是不言自明的，不然的话，那就是无法探究或并不重要的内容。他们的语言里显然没有"意见"这个词，在他们的对话中没有"思想分歧"。事实上，他们达到了极权组织的最高阶段，全体顺从一致，达到了不需要警察的程度。斯威夫特对这种事情持认可态度，因为在他的众多禀赋中并不包括好奇和善良的天性。在他看来，拒不服从就是乖张任性。他说："在慧骃中间，理性并不像困扰我们那样是一个麻烦的问题，他们不会围绕着问题的两面进行似是而非的争辩，而是能立刻让你信服，而且必然让你信服，因为他们的理性不会被激情和利益所纠缠、掩盖和玷污。"换句话说，我们已经知道了一切，因此为什么要容忍不同的意见呢？慧骃的极权主义社会里没有自由也没有发展，就是这种情况顺理成章的结果。

我们可以认为斯威夫特是一个反传统的叛逆者，但除了一些次要的问题外，比方说他坚持认为女人应该和男人接受同样的教育，他不能被称为"左派"。他是一个保守的无政府主义者，蔑视权威又不相信自由；他仍然保持着贵族的思想，却又清楚地看到当时存在的贵族制度的腐朽和可鄙。当斯威夫特对有权有钱的人说出富于个人特色的抨击时，正如我之前说过的，你得记住，他自己属于一个不是那么成功的政党，这是出于个人层面的失望。显然，"体制外的人"总是比"体制内的人"更加激进。[①]但斯威夫特最根本的特征是，他无法相信生活——这个世界上的普通人的生活，而不是理性化的、消除了丑恶现象的生活——值得过下去。当然，没有哪个诚实的人会说快乐现在成为了人类的常态，但或许它能够成为常态，所有严肃的政治争论所围绕的正是这个问题。我相信，有一点是一直以来没有被注意到的，那就是：斯威夫特和托尔斯泰有许多相同之处，托尔斯泰也不相信快乐是可以实现的。这两个人的无政府主义思想下都掩盖着专制主义的意识。两人都对科学持仇视的态度，都对反对者缺乏耐心，都没办法了解到自己所不感兴趣的问题的重要性，而且都对生活感到恐惧。只不过在托尔斯泰身上，这种情况来得晚一些，方式有所不同。这两个人的性苦闷不尽相同，但有一点是共通的：两人对性既真心地感到厌恶，又带着病态的痴迷。托尔斯泰是一个洗心革面的浪子，最终的下场是彻底禁欲，并坚持到晚年。斯威夫特应

---

① 原注：在该书的最后，为了体现人类的愚昧和邪恶的体现，斯威夫特指定了"一个律师、一个扒手、一个上校、一个傻瓜、一个贵族、一个赌徒、一个政客、一个皮条客、一个医生、一个作伪证者、一个唆使者、一个检控官、一个叛国者"。在这里你看到那些没有权力的人不负责任的暴力。这张名单里既包括了那些破坏传统道德的人，也包括了遵守道德的人。比方说，当你自发地谴责一位上校时，你又有什么理由去谴责一个叛国者呢？又或者说，如果你要镇压小偷，你就必须立法，而这意味着你必须有律师。但结尾的整段文字所蕴含的仇恨是如此真切，而给出的理由却很不充分，无法令人信服，你会觉得是一己私愤在作祟。

该是性无能，对人的粪便有着夸张的恐惧。显然，贯穿他的作品的始终，他总是不停地思考着这个问题。这种人不会像大部分人那样去享受些微幸福，而出于明显的动机，他们不愿意承认俗世的生活能获得较大的改善。他们在好奇心与宽容心方面的匮乏，也都是出自同一根源。

如果此生是来生的准备，那么斯威夫特的厌恶、怨恨和悲观主义还情有可原。由于他似乎不是很相信"来生"，他就必须构建一个存在于这个世界上的天堂乐土，但和我们所了解的某个天堂乐土很不一样，他所不满的一切——谎言、愚蠢、变动、热情、愉悦、爱与肮脏——从这片乐土中被一扫而空。他所选择的理想动物是马，马粪的味道不是太难闻。慧骃是很乏味的动物——这是得到公认的一点，不需要再多加解释。斯威夫特的才华能将它们描述得很可信，但它们在读者心中所引发的情感只有讨厌。这不是出于看到比人类优越的动物时受到伤害的虚荣心，因为在这两种动物中，慧骃比耶胡更接近人类。格列佛对耶胡的恐惧，以及他自认和它们是同一类动物的观念，在逻辑上是荒谬的。当他第一次看到它们时，他的内心就产生了这种恐惧。他写道："我去过这么多地方，从未见过这么令人生厌的动物，也没有什么能像这种动物那样让我自然而然地觉得反感。"但耶胡和什么动物相比起来令人觉得讨厌呢？不是和慧骃作对比，因为这时格列佛还没有见过慧骃。它只能跟他本人进行对比，也就是说，与一个人进行对比。但后来我们了解到，耶胡就是人类，格列佛无法接受人类社会，因为所有的人都是耶胡。这样的话，为什么他之前没有察觉到他对人类的厌恶呢？事实上，我们了解到，耶胡和人类有着非常大的不同，却又是同一类生物。斯威夫特有点太过于愤怒了，对他的同胞们嚷道："你们是何其肮脏的动物！"但是，要对那些慧骃产生同情是不大可能的事情，不是因为他们在压迫耶胡，而是因为他们是毫无魅力可言的动物。他们没有魅力是因为支配他们的思想的其实是对死的渴望。他们没有爱、友谊、好奇、恐惧、悲伤、愤怒和仇恨——只有对耶胡的厌恶，它们在慧骃社会中的地位就如同犹太人在纳粹德国的地位。他们对马驹或幼马没有爱意，但精心教导他们，完全是出于理性的指引。他们重视"友谊"和"仁慈"，但"这两者并不局限于特别的个体，而且面向整个种族"。他们重视交流，但他们的谈话没有不同的看法，"只交流有意义的事情，以最少和最精确的词语加以表达"。他们奉行严格的生育控制，每对夫妇生两个孩子，然后就禁止行房。他们的婚姻由老一辈人包办，以优生学为原则。他们的语言里面没有"爱"这个字的性含义。当有人死去时，他们的生活照旧进行，不会感到悲痛。他们的目的就是尽可能地像行尸走肉一样生活，同时保留着肉体上的生命。确实，他们有一两个特征严格来说似乎不符合他们自己对于"理性"的含义。他们不仅高度赞扬肉体上的坚强，而且崇尚运动，投身于诗歌创作中。但这些例外并不像它们所看上去的那么随性。斯威夫特强调慧骃的力量或许是为了挑明他们不可能被受其痛恨的人类所征服，而他们喜欢诗歌，因为对于斯威夫特来说，诗歌是科学的对立面，而在他眼中，最没有意义的思想追求就是科学。在第三部中，他说"想象力和发明是拉普达的数学家所全然缺乏的（虽然他们热爱音乐）"。你必须记住，虽然斯威夫特是一位值得尊敬的幽默诗人，他所推崇的却或许是说教式的诗歌。他说：

慧骃的诗歌比任何凡间的诗歌都更加美妙，他们有精彩的譬喻，描写细腻而准确，拥有无与伦比的文采。他们创作了大量的韵文诗，歌颂友谊和仁慈，或赞美赛马及其他运动的胜利者。

呜呼，就连斯威夫特的才华都无法写出一首样板诗，让我们领略慧骃的诗歌才华。但它的内容听起来似乎冷冰冰的（或许是英雄双行体），与"理性"的原则没有严重的冲突。

众所周知，快乐是难以形容的，而展现公正的、秩序井然的社会画卷总是不那么吸引人或令人信服。但是，大部分"美妙的"乌托邦的创造者关心的是展现更加圆满的生活将会是怎样的。斯威夫特却推崇对生活纯粹的弃绝，声称"理性"就是战胜你的本能。慧骃是没有历史的生物，他们一代代地繁衍，过着简朴的生活，其数目精确地保持在同一水平，回避一切激情，从不患病，淡然迎接死亡，以同样的原则教育他们的下一代——这一切都是为了什么？为的是同样的过程能永久地持续下去。当下的生活值得一过，或生活可能被改造得值得一过，或为了未来的美好生活必须作出牺牲等想法，他们统统都没有。慧骃的无聊世界既不相信"来生"，又不能从日常的活动中获得快乐，那就是斯威夫特所能构建出的最美妙的乌托邦。但它的真实用意并不是树立某个值得追求的事物，而是作为抨击人类的另一个理由。和平时一样，这么做的目的是羞辱人类，让他们意识到他们的软弱和可笑，最重要的是，让他们知道自己是臭烘烘的动物。而最根本的动机或许是某种嫉妒——鬼魂对于生人的嫉妒，一个知道自己不可能开心起来的人对另一个（他害怕的正是这一点）他觉得比自己开心一些的人的嫉妒。这一思想在政治上只会走向反动或虚无主义，因为有这种思想的人会想去阻止社会朝某个可能会令他的悲观主义遭受挫败的方向发展。要做到这一点，你可以要么将一切炸成碎片，要么避免社会变革。斯威夫特最终将一切炸成碎片，用的是原子弹发明之前唯一可能的方式——就是说，他发疯了——但是，正如我所试图表明的，他的政治目标大体上是反动的。

从我所写的这些文字，或许你可以认为我持反对斯威夫特的立场，我的目的是驳斥他，甚至贬斥他。站在政治和道德的立场我是反对他的。但是，奇怪的是，他是我最毫无保留地崇拜的作家之一，而《格列佛游记》是一本我似乎不会看厌的书。我八岁时第一次读到这本书——确切地说是差一天到八岁，因为我把原定于第二天八岁生日时给我的这本书偷到手，悄悄地读完了它——从那时起这本书我读了不下六七遍。它的魅力似乎无穷无尽。如果要我列出六本保留下来的书，而其它书都被销毁的话，我一定会把《格列佛游记》列入书目中。这引发了一个问题：认同一位作家的观点和享受他的作品之间是什么样的关系呢？

如果你能做到思想中立的话，你就能**认识**到一个在观点上与你有很大分歧的作家的优点，但**享受**则是另外一回事。假如真有好的艺术和坏的艺术这回事，那么，好与坏就一定蕴含于艺术作品本身——不独立于观察者，却又不依赖于观察者的心情。因此，在某个意义上，一首诗不可能星期一是好诗，到了星期二就变成了劣诗。但如果你以一首诗所唤起的美妙感觉去作判断，那么它可以是成立的，因为美妙或愉悦是一种不受支配的主观感受。即使是最有修养的人，在他醒着的大部分时间里也没有什么审美的情感，而且美感可以被轻而易举地摧毁。当你害怕时，饥饿时，牙痛时，晕船时，《李尔王》在你眼中和《小飞侠》差不了多少。你或许在理智上知道哪本是好书，但那只是你所记住的一个事实，只有当你恢复正常后你才能再度领略《李尔王》的美妙。美学上的判断因为政治或道德上的意见不一而被毁灭——而因为原因并没有那么明显，所以后果更加严重。如果一本书激怒了你、伤害了你或引起你的警惕，那你就无法享受这本书了，无论它有什么样的优点。如果它在你眼中就是一株毒草，有可能以不好的方式影响别人，那么你或许会构建出一套美学理论去证明它没有优点可言。当前的文学评论基本上就是这种在双重标准之间玩捉迷藏的把戏。但是，反之而行的情况是可能发生的：愉悦能够压倒反对意见，即使你清楚地知道自己正在享受一本有害的书。斯威夫特的世界观古怪得令人难以接受，但他仍然是一位极受欢迎的作家，正是这种情况的一个好例子。为什么我们不介意被称为"耶胡"，虽然我们坚信自己并不是耶胡呢？

　　通常人们会说斯威夫特是错的，说他事实上是个疯子，但这是不够的，他是一位"优秀作家"。一本书的文学品质从某种微观的程度上说，是可以与其主题分开的。有的人天生就拥有遣词造句的能力，正如有的人天生就有打猎的"好眼力"一样。总的说来，那是对时机的把握和本能地知道如何进行张弛有道的描写。作为手头的一个例子，看看我在前面所引用的章节，从"在特里布尼亚王国，那里的国民称之为兰登"开始。它的感染力大部分来自于最后一句话："这就是回文构词法"。严格来说，这句话可有可无，因为我们已经看到用回文构词法进行破译的例子，但这句故作严肃的重复让人深刻地体会到了里面所描写的那些勾当之荒唐，你似乎听到斯威夫特本人的声音正在说出这番话。它就像是画龙点睛的一笔。如果斯威夫特的世界观真的有缺陷或令人觉得厌恶的话，那么他的文章的力量、简洁和想象力并不能创作出一系列比历史著作更加可信的虚幻世界。来自许多国家的数百万名读者一定都读过《格列佛游记》，并或多或少了解到该书的反人类暗示，就连觉得第一部和第二部只是故事书的小孩也会觉得将人类想象成只有六英寸高的生物未免有点荒唐。对此的解释一定是斯威夫特的世界观并非全然错误——或许更准确地说，并非一直错误。斯威夫特是一个患病的作家。他一直精神忧郁，就像一个人得了黄疸或流感那样，但仍有精力去写书。我们都知道那种心情，他的作品让我们有所触动。以他最具个人风格的一部作品《春闺风光》为例——你或许还可以加上那首类似的诗《与一位年轻貌美的仙女共赴云雨》。这两首诗所表达的观点和布雷克的那句"神圣的、赤裸的女性"所隐含的观点，哪一个更加准确呢？无疑，布雷克的观点更加接近真实，但谁会在看到无耻地意淫女性的文字时不感觉到某种愉悦呢？斯威夫特看待世界的眼光是扭曲的，拒绝看到人类的生活除了肮脏、愚蠢和邪恶之外还有另一面，但他所描绘的那一面是存在的，那是我们都知道却不愿提及的事情。我们的一部分思想——在任何正常人身上，这一想法占据了主导地位——相信人是高贵的动物，生活值得过下去。但是，我们还有一部分内心至少会时不时地对生存的恐怖感到十分害怕。愉悦与厌恶以最奇妙的方式联系在一起。人的身体是美妙的，同时也令人讨厌和滑稽，到任何一个游泳池就可以验证这一点。性器官是欲望的对象，也是厌恶的对象，有许多语言，即便不是所有的语言，以它们的名称作为骂人的话。肉是美味的，但肉店却让人觉得恶心。事实上，我们所有的食物都来自粪便和腐尸，而这两样东西在所有人看来是最可怕的事物。一个小孩子，当他度过了婴幼儿期但仍然以少不更事的眼光观察世界时，总是会感到惊奇和害怕——害怕鼻涕和口水，害怕人行道上的狗屎、长满了蛆虫的垂死的蟾蜍、大人的汗臭和老人丑陋的秃顶和酒糟鼻。斯威夫特喋喋不休地说着疾病、肮脏和畸形，但他并不是在凭空捏造，他只是将事情暴露出来。正如他所说的，人类的所作所为，特别是政治圈子的行为，确实就像他所描述的那样。不过这里面还有其它重要的因素，但他拒绝承认。我们可以看到，在这个世界上延续生命不可能避免恐惧和痛苦，因此，像斯威夫特这样的悲观主义者会说："如果恐惧和痛苦总是伴随着我们，生活怎么可能得到改善呢？"他的态度本质上是基督徒的态度，只是没有被"来生"收买——但"来生"对信徒的思想影响可能不如"此生是泪水的溪谷而坟墓是安息的场所"这个信念那么强烈。我肯定这是错误的态度，而且这个态度会对行为造成负面影响，但让我们有所触动，因为它让人想起了葬礼时那些悲观的话语和乡村教堂的死尸发出的气味。

许多人总是说，至少那些承认主题的重要性的人总是说，如果一本书表达了明显错误的生命观，它不可能是一本"好书"。我们被告诫说在我们这个时代，任何拥有真正的文学价值的作品都或多或少有"进步"倾向。这忽略了一个事实：贯穿历史始终，进步和反动一直在进行较量，任何一个时期的作品总是从几个不同的观点角度写成的，有的观点要比其它观点更加错误。只要作者承担着宣传的职责，我们能要求他的就是他应该真心相信自己所说的话，以及那不应该是极其白痴的内容。例如，你可以想象现在天主教徒、共产党人、法西斯分子、和平主义者、无政府主义者能写出一本好书，或许老派的自由党人或保守党人也能写出好书，但你无法想象信奉通灵论的人、布克曼的追随者或三 K 党人能写出一本好书。一个作家的观点必须符合理性，精神健康，而且能够持续地进行思考。在此之上，我们对他的要求是要有才华，或者换个说法，要有说服力。斯威夫特算不上拥有智慧，但他拥有极强的观察力，能洞察一个隐藏的真相，将其放大变形。《格列佛游记》的经久不衰表明，如果它的背后拥有信念的力量，一个几乎谈不上理性的世界观也足以催生一部伟大的艺术作品。

评弗朗西斯·阿斯卡姆的《愚风》、弗朗西斯·阿什顿的《挣脱束缚》和斯温·奥朗的《三色旗飘扬》①

　　《愚风》是一本不同寻常的作品。鉴于当前的小说创作艺术处于低潮，它几乎可以称得上是一本值得激动的作品。它拥有讲述一个好故事的奇特品质，而且几乎没有直接提到中心主题，这个主题并不需要这么一个故事加以阐述。

　　或许先对故事进行概述会比较好。

　　战争刚刚结束，一个承担文化使命的英国中年男子来到一个刚刚被解放的国家，该国名叫"莫雷利亚"，但它应该是南斯拉夫或阿尔巴尼亚。

　　他的工作——你会相信英国政府真的会资助这类研究——是收集关于一个刚刚逝世、籍籍无名的莫雷利亚诗人的信息，他死后除了一沓未出版的手稿之外什么也没有留下。

　　原来，那个诗人上学的时候曾经参与了刺杀该国已故国王的行动，直到他发现国王就是他的父亲。与这个浪漫的故事一同讲

---

① 刊于 1946 年 11 月 7 日《曼彻斯特晚报》。弗朗西斯·阿斯卡姆（Francis Askham），原名朱莉亚·考特尼·格林伍德（Julia Courtney Greenwood），具体情况不详。弗朗西斯·阿什顿（Francis Leslie Ashton, 1904—1994），英国作家，代表作有《挣脱束缚》、《啊，那座伟大的城市》等。斯温·奥朗（Sven Auren, 1906—1985），瑞典记者、作家，代表作有《三色旗飘扬》、《巴黎生活》等。

述的还有一个更隐晦也更有可能发生的故事。

那个英国人，休·珀克伦，是一个精力衰竭的学究单身汉，有一点私人收入，在研究的时候得到一个年轻女裁缝的帮助，她曾参加抵抗运动，德国人在她的前额烙印作为惩罚。

有一段时间他成了她的爱人，而且还想过娶她，把她带回英国。他甚至为此着手做安排，虽然他下意识地知道这个计划注定会无果而终。

结果，那个女孩是恐怖分子团伙的成员，当新的国王结束流放生涯，回来接管被解放的祖国时，她朝其马车下面扔出炸弹，但没有成功。几个小时后，她自杀了。故事的这个部分很令人信服，甚至很感人，但这本书的主题通过故事的氛围得以呈现，而那些跌宕起伏的情节其实并不是很有必要。

这个主题就是像英国这样的繁荣稳定的国家与从来没有实现过政治或经济稳定的国家之间无法弥补的裂痕。两种生活方式之间的鸿沟的体现就是那位很有思想而传统的英国人与那位同样很有思想但不受道德约束、不负责任的女孩之间无果的恋爱——那是一场误解几乎总是不断出现而且显然注定会以悲伤告终的恋爱。

但这本书写得最好的是那些细微的事件。几个饥肠辘辘、道德败坏的孩子之间的对话，一个中年政府官员在寄宿家庭的餐桌上突然乞求再多分他一勺豆子，一个多年在黑市谋生并且几乎失去了国家情怀的英国逃兵——正是通过这些事情，小说传神地表达出了无处不在的悲惨、不安和崩溃。

莫雷利亚不仅遭受贫穷和国内动荡，而且多年来被外国势力占领。那些孩子半是罪犯半是野人，八岁左右就不以为意地沦为娼妓，或许这是外国势力占领最骇人听闻的结果。

从某种程度上说，故事的政治背景语焉不详。里面没有提到在巴尔干国家无处不在的同盟国之间或极权主义国家之间的斗争，也没有提到在现实生活中对休·珀克伦这类执行这么一个不切实际的任务的人展开追踪的宪兵队。

但那种饥饿、紧张、卑鄙斗争和无以言状的恐惧的整体氛围能够恰如其分地表达出来，而平静中和的文风与主题很契合。弗朗西斯·阿斯卡姆（这是一位女作家的笔名吗？）在这本书之前只出版过一本小说，以后他或她再出书值得找来读一读。

相比而言，《挣脱束缚》是一部糟糕的作品，但按照当前的标准并非一无是处。它的主题是：人类在这个星球上已经比原定的时间生存了更久，高度发达的文明曾在二十五万年前存在，但后来都被洪水和其它灾难摧毁。

男主人公在一位精神学家的专业治疗中，被引导着记起了他过去的一段经历，这本书的大部分情节发生在一个由巫师统治的邪恶社会，在那里人被当作祭品，月亮被尊崇为神明。最离奇的巧合是，女主人公那时候还活着，是男主人公的妻子。这个故事要比《火星的公主》要好一些①，但也就仅此而已。

《三色旗飘扬》是一部平平无奇的记叙文，记录了一位瑞典记者在巴黎获得解放后的生活。作为一个中立国人士，作者曾在德

---

① 《火星的公主》是美国作家埃德加·赖斯·布洛斯（Edgar Rice Burroughs）的作品。

国占领下的巴黎城中呆过，遗憾的是，他没有告诉我们那段时期他的经历，而我们对那段时期的了解非常简略。

事实上，他的这部作品几乎就是每一位驻巴黎的记者在那段时期发回国内的小道传闻——煤炭紧缺、物价昂贵、黑市横行、自行车充当的士、美国军队的所作所为、对通敌者的清洗等等。

关于解放后的法国，最有趣的特征就是共产党人、天主教徒和社会主义者的三角政治斗争，从德国人被赶走的那一刻起就进行得如火如荼，但这一方面的内容基本没有提及。作者见证了对贝当和拉沃尔的审判，他对自己所目睹的情况的描写是这本书最精彩的部分。

评安东尼奥·拉莫斯·奥利维拉的《现代西班牙的政治、经济和人民，1808年至1946年》[①]

奥利维拉先生将"现代"这个词和"1808年"这个年份一齐放进了标题，表明了他的主旨。自从西班牙人民起义反抗约瑟夫·波拿巴[②]以来，西班牙经历了种种改变，但问题的根源经历了每一种政权后仍然没有得到解决。而正如奥利维拉先生所说的，那些几乎不胜其数的内战"性质只有一种"。这本书配得起它的书名，有许多章节介绍了有意义的背景信息，并栩栩如生地描绘了历史中的风云人物。1931年的第二共和国到整本书写完了一半才出现，而佛朗哥的叛乱在总共45个章节中只用了7个章节进行描写。

在这本书的前面，奥利维拉先生提到了1814年至1923年间西班牙经历了43场军事政变，11场获得成功。然后他将这段时期的众多政权列成一张表格，以R标识出革命或改革政权，以C标识出反革命或保守政权。革命政权和反革命政权就像白天和黑夜一样有规律地交替出现，而且除了"复辟"时期（1874年至1931年），没有哪一个政权能成功地维持十年以上的统治。这一钟摆式

---

① 刊于1946年11月10日《观察者报》。安东尼奥·拉莫斯·奥利维拉（A Ramos Olivera），情况不详。

② 约瑟夫·波拿巴（Joseph Bonaparte, 1768—1844），拿破仑·波拿巴的哥哥，被册封为那不勒斯、西西里与西班牙国王。

的运动所造成的结果要比未曾中断的专制统治更加糟糕。每一次的改革尝试在几年后都会被推翻，没有哪个拥戴进步的政府能有时间真的将权力掌握在自己手中。因此，西班牙的农业问题这个中心问题一百多年来几乎没有得到过探讨解决。

西班牙是一个农业国，直到不久前，1%的人仍控制着50%的土地。十九世纪初自由党曾经尝试过改革，但实际效果是无地的农业工人数量进一步增加了。奥利维拉先生对西班牙的农业体制进行了有趣的调查。这份调查表明，拥有土地的贵族阶层的主要据点是种植小麦和橄榄的地区。这些人（在该书里始终被称为"寡头统治阶层"）不仅在每一次政治动荡中保住了自己的土地和权力，而且摧残整个国家的经济为自己谋利，打压其它形式的农业，阻止工业的发展。银行家们与贵族阶层和平共处，而投身工业的企业家几乎和工人阶级一样沦为被压迫的阶级。西班牙富饶的矿产要么被忽略无视，要么被外国资本控制。在这种情况下，一个强大而团结的中产阶级无法成长，绝大部分群众都是饥肠辘辘的文盲，要么麻木不仁，要么只会以暴乱的方式表达自己的心声。早在十九世纪三十年代，修道院和教堂就已经开始被人民焚毁。

西班牙左翼运动的特征是无政府主义，它的一个极端是乌托邦主义，另一个极端是盗贼四起。那些"寡头统治阶层"只会以暴力镇压对付不满的群众，而自由派则无所作为，或是因为他们无能为力，或是因为他们害怕红色革命，或是因为令人窒息的思想气氛让他们将精力浪费于反对教权主义这类次要的问题。因此，西班牙的历史继续停滞不前，不时被枪声打断，而政治、军事和经济的权力一直掌握在同样一批人的手里。

奥利维拉先生讲述最近这场内战的章节或许没有这本书的其它部分那么令人满意。它们只是简单地讲述了内战前六个月的情况，从许多方面来说那是最有趣的时期，并且花费了太多的笔墨描写卡萨多①上校的政变，这场政变推翻了内格林②政府，并向敌人投降。奥利维拉先生一直与内格林博士有密切的来往，大度地没有特别强调英国政策在这场战争中所扮演的愚蠢而卑劣的角色，但前面他所提供的英国资本控股的数字道出了真相。这是一本很有价值的书，而且它收集了或许在别的地方很难获取到的关于西班牙工业和农业的信息。

---

① 塞吉斯蒙多·卡萨多·洛佩兹（Segismundo Casado López，1893—1968），西班牙军人，曾担任第二共和国司令。1939 年 3 月 28 日，卡萨多联合右翼政党发动政变，推翻内格林政府，并与佛朗哥进行谈判。3 月 28 日，佛朗哥的军队进入马德里，卡萨多流亡委内瑞拉，直到 1961 年才返回西班牙。
② 胡安·内格林·洛佩兹（Juan Negrín y López，1892—1956），西班牙政治家，西班牙社会主义工人党的领袖，1937 年至 1939 年内战期间担任西班牙共和国总理。

评埃里希·玛利亚·雷马克的《凯旋门》、德里克·吉尔平·巴恩斯的《生命的主人：动物诗选集》、唐纳德·布鲁克的《五位伟大的法国作曲家》[①]

那本著名的《西线无战事》的作者雷马克已经有很多年没有出版过小说了，显然，这段时间里他的水平更进了一步。他不仅抛开了1914年至1918年那场战争的痛苦回忆——那是他大部分早期作品的主题——而且他的手法也改变了，变得更加隐晦微妙，而且带有一种之前不曾有的玩世不恭的感觉。

这一次他描写的不是战争，而是慕尼黑会议前后那段动荡的岁月里那些去国离乡、流落法国的难民的生活。

这则故事有几个互相缠绕的主题——恋爱、谋杀、贫穷、卖淫、思乡——全部都掌控有方，但最有趣的是它们揭露了现代国家严重的非人性化的愚昧。

男主角是一个德国人，自称拉维克（他的真名弗雷森堡直到全书的最后才被揭晓，而且他用了许多个化名，几乎忘记了这个本名），职业是一名外科医生。自从1931年起，他就流落法国，没有

[①] 刊于1946年11月14日《曼彻斯特晚报》。埃里希·玛利亚·雷马克(Erich Maria Remarque, 1898—1970)，德国作家，代表作有《西线无战事》、《凯旋门》等。德里克·吉尔平·巴恩斯(Derek Gilpin Barnes)，情况不详。唐纳德·布鲁克(Donald Brook)，情况不详。

文件也没有身份。

时不时地，他会被逮捕，并被递解到瑞士边境，还被威胁说如果再回来的话，就把他押送回德国。但他总是改名换姓又溜了回去，而法国的警察效率低下，没有认出他，因此没有更糟糕的事情发生，最多只是蹲一两个月的监狱。

但与此同时，他必须活下去。理论上他不能当一名外科医生，即使他有护照和资格证也不行，因为法国政府不承认外国的医科证书。

但实际上他在偷偷地从事外科医生的工作，因为许多法国医生乐意利用一个聪明的外科医生，帮他们进行困难而危险的手术。

冒着出了差错的话会有重罚的危险，拉维克进行了那些手术，雇用他的医生夺走了报酬的大头和荣誉。他的地位之吊诡——或许这是被纳粹政权驱逐的数以百计乃至数以千计的医生的情况——从几个精心构思的事件可以体现出来。

有一次他发现自己在为那个处理难民事务的部长做胆囊手术，拉维克的痛苦在很大程度上就是他造成的——他违心地救了部长的性命。还有一次，他见到一个女人在街上受伤了，给她止血包扎，被围观的群众认出他是一位医生，这使得他再次被捕并被递解出境。

这本书与其说是在讲故事，倒不如说是一篇"报道文学"。

拉维克谈了一场恋爱，但并不是很令人信服。而且他还杀了人，从他的角度看是可信的，但被害人就有点难以令人相信了。1933年在德国的时候，他曾被一名盖世太保酷刑折磨。他决心如果有机会的话一定会进行报复。那个男人时不时会到巴黎探访，最后，拉维克设法抓住了他，然后以冷血而高效的方式谋杀了他。在我们这个年代，很容易相信一个敏感而理智的人会做出这种事情，但很难相信一位盖世太保的高官会像书中所描写得那么傻帽或在没有保护的情况下出行。

但是，这本书的医院描写和对难民生活的反映很有可读性。当然，故事的结尾是战争刚一爆发，拉维克和所有其他反对法西斯主义的难民就统统被关进了法国的集中营。想到八年后那些没有国家的人的问题仍然没有解决就令人难过，或许有用的生命就以同样的方式被浪费掉了。

《生命的主人》里面的诗大部分属于"乔治亚时期"——即1910 年到 1920 年的作品。通读全文之后你会意识到，关于动物几乎没有什么好的作品，至少就韵文诗而言是这样。被选中的诗人有约翰·马斯菲尔德①、西格弗里·萨松、威尔弗雷德·威尔逊·吉布森②、约翰·斯奎尔爵士③、哈罗德·门罗④、约翰·德林沃克⑤、威廉·亨利·戴维斯和戴维·赫伯特·劳伦斯。

有趣的是，劳伦斯的诗与其他人的诗截然不同。作为一位诗

---

① 约翰·爱德华·马斯菲尔德(John Edward Masefield, 1878—1967)，英国作家、诗人，曾获英国桂冠诗人称号，代表作有《午夜的民族》、《快乐的匣子》等。

② 威尔弗雷德·威尔逊·吉布森(Wilfrid Wilson Gibson, 1878—1962)，英国诗人，代表作有《生命之网》等。

③ 约翰·科林斯·斯奎尔(John Collings Squire, 1884—1958)，英国诗人、作家、编辑，代表作有《花语：文学作品的文字与形式》、《反思与回忆》等。

④ 哈罗德·爱德华·门罗(Harold Edward Monro, 1879—1932)，英国诗人，代表作有《黎明之子》、《青年的武装》等。

⑤ 约翰·德林沃克(John Drinkwater, 1882—1937)，英国剧作家，作品多描写英国王室及政治领导人，代表作有《克伦威尔传》、《玛丽·斯图亚特》等。

人，他太草率和随性，没有发挥出自己的最高水平，但无论是写散文还是韵文诗，当他描写动物时，他写出了最好的水平，因为他捕捉到了最根本的真相，那就是动物并不是人。当他看着一头动物时，他会尝试去想象它愚昧的意识是什么样子的，而大部分其他作家要么是在表达"大自然的美"，要么将人的思想植入了动物的脑袋里。

比方说，约翰·高斯华绥写过一首多愁善感的蹩脚诗，里面有这么几行（"他"指代的是人类）：

> 他由于悔恨而日渐憔悴，
> 当他拒绝了使命的召唤，
> 他剪下每一条马尾，
> 雕刻出一头头无助的动物。

不过，这本书制作精美，由凯瑟琳·加德纳小姐创作的木版画要比凸版印刷作品漂亮得多。对于任何有英国式动物情结的人来说，这本书会是一份挺不错的圣诞礼物。

不喜欢音乐的读者会觉得作曲家的生平有趣吗？会的，假如它们都像柏辽兹①的生平那样跌宕起伏的话。需要一个庞大的交响乐团为他的创作服务，因此他总是在为了筹钱而奔波，与批评家和高等艺术学府进行激烈的论战。

---

① 赫克托尔·路易·柏辽兹（Hector Louis Berlioz, 1803—1869），法国作曲家，代表作有《幻想交响曲》、《庄严弥撒》等。

文中写到的其他作曲家——塞扎尔·弗兰克[1]、卡米尔·圣桑[2]、德彪西和莫里斯·拉威尔[3]——则没有那么幸运,但几乎每个人都有阴谋、嫉妒、抵制新理念的蒙昧主义的故事可以讲述。这本书所体现的一件事情是作为一位严肃的音乐家的不利之处——相比作家而言——他们需要仰仗政府的支持,因而受到戕害。它的文风很平易近人,但每一篇文章的最后会对该作曲家的主要作品进行介绍,包括了一些术语细节。

---

① 塞扎尔·奥古斯都·让·古雷莫·胡伯特·弗兰克(César-Auguste-Jean-Guillaume-Hubert Franck,1822—1890),法国音乐家、作曲家。
② 卡米尔·圣桑(Camille Saint-Saëns,1835—1921),法国音乐家、作曲家。
③ 莫里斯·拉威尔(Maurice Ravel,1875—1937),法国音乐家、作曲家。

评汉能·斯瓦弗的《纳尔逊会怎么做?》、雷吉纳德·庞德的《论述》、霍华德·斯布林的《邓克礼报》①

汉能·斯瓦弗先生在书中的第一章就解释了纳尔逊一直是他的英雄之一,因此,当无数海军士兵给他在《人民报》的专栏写信,里面有这样的字句时——"为什么他们不让纳尔逊去死"、"纳尔逊情结毁了我们的生活"和"是时候埋葬纳尔逊,与时俱进了"——他感到很难过。

他决定更深入地了解这个问题。正如他所熟知的,纳尔逊在他那个时代是一位人道的海军司令,他为部下争取权利,并试图改善他们艰苦的生活。他会完全认可现在以他的名义所做的事情吗?

这本书的一部分内容是那些服役的海军士兵的信件,一部分是议会的辩论记录和海军的公告。斯瓦弗先生在他的专栏里提到海军征兵这个问题后,收到了近千封信件,大部分来自普通士兵,也有一小部分来自海军军官,所有的来信都在强调底层官兵

---

① 刊于 1946 年 11 月 21 日《曼彻斯特晚报》。弗雷德里克·查尔斯·汉能·斯瓦弗(Frederick Charles Hannen Swaffer, 1879—1962),英国记者,代表作有《幕后真相》、《昂扬的冒险》等。雷吉纳德·庞德(Reginald Pound),英国作家,代表作有《1914 年,失落的一代》、《世纪的镜子》等。霍华德·斯布林(Howard Spring, 1889—1965),威尔士作家、记者,代表作有《夕阳》、《此时此刻》等。

难以忍受的生活条件。抛开经过一场漫长的战争后自然会有的"不满"情绪不谈，还有那些心怀不满的人要比那些感到满意的人更愿意给报纸写信，它所揭露的事态仍然非常糟糕。

最强烈而且数量最多的投诉是舱房过度拥挤，实际情况就连牲畜的待遇都不如。在一艘新式驱逐舰上——1945 年服役——20 个男人只能在一间"普通人家的客厅"那么大的舱房里吃饭、睡觉和消遣。在另一艘船上，70 个男人住的地方才 30 英尺长 15 英尺宽。还有另一艘船，80 个男人住在 35 英尺长 17 英尺宽的地方，等等等等。

吊床架得很近，水兵们睡觉的时候可以触摸到彼此是司空见惯的事情。洗澡和洗衣设施总是非常糟糕，有时候甚至让人觉得很耻辱。一封接一封的信件提到了肮脏污秽的环境，写信人只能在那里吃饭和睡觉，而与此形成鲜明对比的是军官们的生活场所。

部分程度上，这种过度拥挤的情况是最新的技术发展的结果。船只必须配备雷达和其他设施，它们占据了很大一部分空间，并需要有额外的人手。但是，一封接一封的信件表明普通士兵挤在一起的一部分原因是军官们即使在小型船只上也拥有超越他们所需的宽敞空间。因此，一位低阶军官评价道："如果你说 20 个军官的生活面积要比 50 个士兵的生活面积更大，这么说可没有错。"

岸上的海军军营情况也好不到哪里去。另一方面，相同规模的美国战舰在每一个细节上的情况要好得多。水手们有更宽敞的生活面积，他们不用在睡觉的房间里吃饭，他们睡的是行军床而不是吊床，他们吃得更好，而且他们有良好的洗澡和洗衣服的设施。

小的抱怨有许多，但最主要的不满除了肮脏和拥挤的生活条件之外，是严苛而过时的纪律。军官和士兵之间有一道巨大的社会鸿沟，并通过征募方式拓宽这道鸿沟。一个愚蠢、自私、专制的军官有数不尽的机会做出不公的事情，而士兵几乎没有权力去进行纠正，也没有渠道去反映集体的不满。

显然，一个迫切的需要是让有才华的人更容易脱颖而出，并阻止军官演变成为封闭的阶层，不让他们从小就规划好从事这一职业。

如果不是有官方数字作为支持，斯瓦弗先生或许会被认为是在夸大其词。在战争末期，百分之五十的临时军官自愿继续在海军服役，而只有百分之二不到的士兵愿意留下来。事实上，海军比陆军或空军更难招募到士兵。主要的原因无疑就是斯瓦弗先生所描述的糟糕的生活条件，无论是在船上还是陆上。

这本书只是一本匆忙写成的宣传文章，但它值得被广泛阅读。

庞德先生的日常记录——虽然他的书里没有记载日期，那是1939年至1942年的日志——似乎显得平淡无奇。

庞德先生的职业是记者，战争期间曾为英国广播公司服务，在电台新闻栏目工作过一段时间，那是英国广播公司最成功的节目之一。他还在英国南部的家里目睹了不列颠海战的情形，似乎认识每一个名人，从温斯顿·丘吉尔到詹姆斯·阿盖特[①]，从汤

---

① 詹姆斯·阿盖特(James Agate, 1877—1947)，英国日记作家、批判家，代表作有《马的王国》、《昨日集、今日集》等。

姆·米克斯①到克姆斯利勋爵。

　　这本书写得最好的内容是对已经差不多被遗忘的战时那些细小的烦扰的记录——比方说，在灯火管制中走路撞到灯柱的痛苦经历。但许多事情虽然在杂谈专栏里似乎可以被接受，但并不值得写成一本书。

　　《邓克礼报》（这个书名是一份虚拟的周刊的名字）是一本虽古怪且不可信，但挺有趣味的小说。它的故事发生在十八世纪九十年代，讲述了几个人通过创办廉价报刊从贫民窟里的穷光蛋突然间成为有钱人的故事。

　　它的中心主题是摆脱过去的苦难，但这个主题是通过那些很不可信的事件进行表述的，以一场毫无意义的自杀作为结束。你会觉得斯布林先生真正想要描写的是流行报刊的浪漫（例如《回答》、《花边新闻》等）。如果它不是伪装成一本小说的话，会是一本更好的书。

　　不过，这本书是小说三部曲的第二部，如果你曾经读过第一部《艰难的事实》的话，或许书中的角色会更加真实可信。

---

　　① 托马斯·埃德温·汤姆·米克斯（Thomas Edwin "Tom" Mix，1880—1940），美国电影演员，曾主演很多早期西部牛仔片。

从班格尔飞驰而下[①]

《海伦的宝贝》又来了——它曾经是世界上最畅销的书，单是在大英帝国就有二十间不同的出版社将其盗印。这本书的销量得有好几十万本，甚至好几百万本，作者收到的版税总共却只有40英镑——对任何三十五岁以上的文人来说，实在是难以置信。目前的版本并不令人满意。那是一本廉价的小书，插图和内容可谓风马牛不相及，许多美国式的语言似乎都被删减了，之前的版本中经常收录进去的续篇《别人家的孩子》在这一版中也不见了。但是，看到《海伦的宝贝》重印是一件很开心的事情。近几年来这本书几乎无从寻觅，它是那些在世纪之交出生的人们小时候阅读的美国读物中最好的一部作品。

一个人在童年时所阅读的书或许大部分是烂书或蹩脚的好书，在他的脑海中形成了充满谬误的世界图景，那里有一个个你这辈子时不时会逃到里面去的传说中的国家，有时候甚至在去过所描述的国家之后，印象仍然留存。潘帕斯草原、亚马逊河、太平洋的珊瑚岛、山毛榉和俄式茶壶的俄国土地、贵族与吸血鬼的特兰西瓦尼亚、盖伊·布斯比[②]笔下的中国、杜·莫里

[①] 刊于 1946 年 11 月 22 日《论坛报》。

[②] 盖伊·纽维尔·布斯比（Guy Newell Boothby，1867—1905），澳大利亚作家，代表作有"尼克拉博士"系列。

耶①笔下的巴黎——你可以列出长长的清单。但还有一个我从小就听说的幻想中的国度，名叫美国。如果我念到"美国"这个词的时候停下来，刻意将现实放在一边，回忆童年时对美国的想象，我会看到两幅画面——当然是构想的画面，许多细节已经被忽略了。

其中一幅画面是一个小男孩坐在刷了白灰的石砌的教室里，身穿吊带裤，衬衣上打着补丁，如果是夏天的话他是赤脚的。在教室的角落里有一桶可以喝的水和一把长柄勺。那个小男孩住在一间农舍里，也是石头砌成的，也刷了白灰，是分期付款买来的。他立志要成为总统，但他的任务是把柴火堆给垒满。画面的背景是一本大大的黑色的《圣经》，完全主宰了整幅画面。另一幅画面是一个高大瘦削的男人，一顶不成形状的帽子耷拉着遮住了他的眼睛，他正靠在木栅栏上，削着一根棍子。他的下颚在缓慢地动来动去，没有一刻消停。久久地，他会说出几句很有哲理的话，例如："女人是最平常的家畜，和骡子没什么两样"或"什么都不知道的时候就什么都别做"，但他更经常做的，是从门牙的缝隙间吐出一口烟叶汁。这两幅画面浓缩了我对美国的最初印象。在这两幅画面中——我想第一幅画面代表了新英格兰，第二幅画面代表了美国南方——第一幅画面给我留下的印象更强烈一些。

从这些画面所衍生的书籍中有一些现在还值得严肃阅读，例如《汤姆·索亚历险记》和《汤姆叔叔的小屋》，但最具美国风情的作品得在那些现在已经几乎被遗忘的次要的作品中才能找到。

---

① 乔治·路易斯·帕尔梅拉·布松·杜·莫里耶（George Louis Palmella Busson du Maurier，1834—1896），法裔英国作家、漫画家，代表作有《特丽比》、《社会讽刺漫画》等。

比方说，我不知道有没有人读过《桑尼布鲁克农场的丽贝卡》，这本书流行了很久，被翻拍成电影，由玛丽·璧克馥①担纲主演。苏珊·科里奇②写的《凯蒂》系列（《凯蒂的校园见闻》等）呢？它们虽然是女生的读物，因此很"多愁善感"，但很有异域风情。我想路易莎·梅·艾尔科特③的《小妇人》和《贤妻良母》仍然在断断续续地刊印，当然仍然有一些读者在阅读这两本书。这两本书我童年时都爱读，不过我不是很喜欢这套三部曲的第三本《小男人》。那间模范学校最严重的惩罚就是校长狠狠地揍你一顿，还说什么"打在你身，痛在我心"，我觉得实在是难以接受。

《海伦的宝贝》和《小妇人》基本上属于同一个世界，大概是在同一时间出版。然后是阿特穆斯·沃德④、布雷特·哈特和众多的歌曲、圣诗和民谣，还有描写美国内战的诗歌，如《芭芭拉·弗里奇》（"开枪打死这个头发花白的老头吧，如果你必须这么做的话，但请放过你的国旗。"她说道。）和《田纳西的小吉福德》。还有其他海淫海盗的书，几乎不值得提起，还有杂志上刊登的故事，我只记得老的宅邸总是得还房屋按揭。还有《美丽的乔伊》，美国版的《黑美人》，你可以在六便士的书堆里找到它。我所提到的所有这些书都远远早于 1900 年之前，但那种特别的美国

---

① 玛丽·璧克馥（Mary Pickford, 1892—1979），加拿大电影演员，曾获奥斯卡最佳女主角奖和奥斯卡终身成就奖。

② 苏珊·科里奇（Susan Coolidge）是美国女作家莎拉·乔希·沃斯利（Sarah Chauncey Woolsey, 1835—1905）的笔名，代表作有《凯蒂故事集》、《二八年华》等。

③ 路易莎·梅·艾尔科特（Louisa May Alcott, 1832—1888），美国女作家，代表作有《小妇人》、《贤妻良母》、《小男人》等。

④ 阿特穆斯·沃德（Artemus Ward）是美国作家查尔斯·法拉·勃朗宁（Charles Farrar Browne, 1834—1867）的笔名，代表作有《朴实的商人》、《尤蒂卡的专制暴行》等。

风味仍一直流连到这个世界。比方说，《巴斯特·布朗》[1]的彩色增刊，其至在布斯·塔京顿[2]写于 1910 年左右的《彭罗德》的故事中。或许就连厄尼斯特·汤姆森·瑟顿[3]的动物故事（《我所了解的野生动物》等）也带有这种风味，现在已经不受欢迎了，但对于 1914 年以前出生的孩子们来说催人泪下，就像上一代人孩提时读《误解》一样。

后来，有一首歌让我对美国有了更加准确的了解，这首歌很有名，而且在《苏格兰学生歌谱》中还能找到（我认为）。和别的书一样，这本书现在很难找，我没办法找到一本，只能引用记忆中的一些片段。这首歌的开头是：

> 从班格尔飞驰而下
>
> 火车向东而去，
>
> 车上坐着一个学生，
>
> 一身古铜色的肌肤，
>
> 在缅因州的森林，
>
> 打猎几个星期，
>
> 他蓄着浓密的鬓须、
>
> 络腮胡和八字胡，

---

① 巴斯特·布朗（Buster Brown）是美国漫画家理查德·费尔顿·奥特科特（Richard Felton Outcault）创作的漫画人物形象。

② 布斯·塔京顿（Booth Tarkington，1869—1946），美国作家，曾获普利策奖，代表作有《了不起的安柏森一家》和《爱丽丝·亚当斯》等。

③ 厄尼斯特·汤姆森·瑟顿（Ernest Thompson Seton，1860—1946），苏格兰裔美国作家，美国童军运动的创始人，代表作有《我所了解的野生动物》、《两个小野人》等。

高大瘦削而英俊。

　　之后有一对年迈的夫妇和一个"村姑"，按照书里的描写，是个"娇小的美人"，上了车厢。漫天飞舞着煤灰，不久，一粒煤灰进了那个学生的眼睛，那个村姑帮他弄了出来，引得那对老夫老妻乱嚼舌根。很快，火车驶入了一条长长的隧道，"就像埃及的夜色那般漆黑"。等到火车驶入阳光下的时候，那个村姑满脸绯红，她为什么慌张，原因揭晓了：

　　　　一颗小小的耳环，
　　　　突然出现，
　　　　就在那个讨厌的学生的胡须上！

　　我不知道这首歌是什么时候写的，但那是一列很古老的火车（车厢里没有灯光，而且煤渣飞进眼睛里是很平常的事情）表明那是十九世纪早期的事情。

　　这首歌和《海伦的宝贝》这样的书之间的联系是，首先它们有一种亲切的天真气息——里面的高潮，让你觉得有点惊讶的事情，放在现代的幽默文章里会被打上星号。其次是矫揉造作的文化品位里夹杂着含糊而低俗的语言。《海伦的宝贝》的创作主旨是一本幽默甚至搞笑的书，但自始至终总是冒出"雅致"和"贤淑"这样的词语。它之所以有趣主要是因为那些小小风波发生的背景是有意识的装模作样。"美丽、睿智、安详、有品位的穿着，我没有去理会打情骂俏，也没有去在意身边那个呆滞的时髦女郎，她唤醒了我的每一份爱慕之情"——那个女主角在别处被描写为

"一个身姿绰约、清新优雅、明眸善睐、面容姣好、粉脸含春、善于察言观色的女子"。从"我想您去年冬天在圣·西番雅教堂的展会里布置了鲜花装饰是吗，波顿先生？那真乃最有品位的应季布置了"这样的话中，你瞥见了那个已经消失的世界的美妙风光。虽然有时候它会用"乃"①和其他古语，——用"厅堂"②表示客厅，"寝室"③表示卧室，"真的"④作副词用等等——这本书的"时代感"并不是很鲜明，许多喜欢读这本书的人认为它应该是写于1900年左右。事实上，它成书于1875年，你或许可以从书中的证据推测出来，因为主人公二十八岁，是内战的老兵。

这本书篇幅很短，而且故事很简单。一个年轻的单身汉受姐姐的嘱托帮忙看家和照顾她的两个儿子，一个五岁，一个三岁，让她好跟丈夫去度假半个月。两个孩子几乎把他逼疯了，他们不停地做出种种荒唐的事情：掉进池塘里，把钥匙丢进井里，吃了有毒的东西，拿剃刀刮伤了自己等等，却也帮助他和一个女孩订了婚，"她是一个充满魅力的女孩，我一直远远地爱慕着她有一年的光景"。这些事情就发生于纽约的郊区，在现在看来，那是一个严肃、正式而富有教养的阶层，而且按照当前的概念，他们不像是美国人。在那个阶层，每一个行为都受到礼仪的约束。遇到一辆坐着女士们的马车，而你的帽子却卷边了，那会是一个可怕的灾难；在教堂里和熟人交谈是无礼之举；刚谈恋爱十天就订婚是严重的失检行为。我们习惯于把美国社会想象得更加粗俗、喜欢

---

① 原文是"twas"。
② 原文是"parlour"。
③ 原文是"chamber"。
④ 原文是"real"。

冒险和在文化意义上比我们的社会更加民主。从马克·吐温、惠特曼、布雷特·哈特的作品以及周报里刊登的牛仔和红番的故事中，你会勾勒出一个狂野的无政府主义国度，到处是不受传统约束、不会在一处地方终老的怪人和亡命之徒。当然，这是十九世纪的美国风情画，它已经不复存在，而在人口稠密的东部各州，类似于简·奥斯汀笔下的社会阶层比英国的同一社会阶层存在的时间似乎更长。而且，你会觉得这个社会阶层要比兴起于十九世纪后半叶工业化的新贵要来得好一些。《海伦的孩子》和《小妇人》里的人物或许有点滑稽可笑，但他们没有堕落。他们品性正直，道德高尚，心里怀有不假思索的虔诚。当然，他们每个人星期天早上都去教堂，吃饭前会祈祷，睡觉前会祈祷，给孩子讲述《圣经》里的故事逗他们开心，如果孩子们要听歌他们可能会唱"得胜，得胜，哈利路亚！"①或许这个时期的文学作品轻松而健康精神的一个体现就是死亡可以随意提及。在《海伦的宝贝》的开篇，巴奇和托迪的弟弟"小菲尔"死掉了，有好几处地方还拿他那口"小小的棺材"开涮。一位当代作家在写这么一个故事时会对那口棺材避而不谈。

英国的孩子仍然受到美国电影的影响，但大体上，再也没有人说美国的书籍是最好的儿童读物了。谁会让孩子去读那些彩色"漫画书"时心里不觉得担心呢？在这些漫画书里，邪恶的教授在地下实验室制造原子弹，而超人呼啸着划破云际，机关枪的子弹击中他的胸膛就像豌豆一样掉了下来，金发碧眼的美女被钢铁

---

① "得胜，得胜，哈利路亚"（Glory, glory Hallelujah！）是美国爱国歌曲《共和国战歌》（the Battle Hymn of the Rupublic）的歌词。

机器人或长了五十条腿的恐龙强暴或险遭强暴。超人和《圣经》与柴火堆很不一样。早期的儿童书，或那些孩子们能够读懂的书，不仅天真烂漫，而且带着与生俱来的欢乐，一种轻快的无忧无虑的感觉，那或许是十九世纪的美国所享有的前所未闻的自由和安全的产物。那是看似风马牛不相及的《小妇人》和《密西西比河上的生活》之间的纽带。前一本书描述的是一个顺从、斯文和富有家庭观念和顾家的社会阶层，而后一本书描述了一个疯狂的世界，有强盗、金矿、决斗、酗酒和赌场。但从这两本书里你可以体会到一种隐含的对于未来的信心，一种对自由和机会的信念。

十九世纪的美国是一个富庶空旷的国度，独立于主流世界事件之外，困扰着几乎每一个现代人的两个梦魇：失业的梦魇和国家干预的梦魇还没有出现。那时候的社会分化比今天更明显，有人在挨穷（在《小妇人》中那家人一度困窘到其中一个女儿卖头发给理发师的地步），但不至于像现在一样达到无助感无处不在的地步。每个人都有用武之地，只要你努力工作就肯定能活下去——甚至肯定能发家致富，每个人都相信这一点，而大部分人真的应验了这一点。换句话说，十九世纪的美国文明是鼎盛时期的资本主义文明。内战过后不久，不可避免的衰败开始了。但至少几十年来美国的生活要比欧洲的生活有趣得多——更丰富，更多姿多彩，更多的机会——那个时期的书籍和歌曲有一种朝气蓬勃的天真烂漫的感觉。因此，我觉得，《海伦的宝贝》和其他"轻松"的文学作品的流行，让三四十年前的英国孩子带着对浣熊、土拨鼠、金花鼠、囊地鼠、山核桃、西瓜和其他美国风情不为人熟知的零零碎碎的理论知识长大成人是一件很正常的事情。

《动物农场》乌克兰语版序言[①]

他们让我为《动物农场》的乌克兰语译本撰写序文。我知道我的写作对象是我一无所知的读者，但他们或许也从未有过机会对我有所了解。

在这篇序文中，他们对我的期望最大的可能就是说一说创作《动物农场》的缘由，但我首先想介绍一下我自己和促成我的政治立场的经历。

我于 1903 年在印度出生。我的父亲是当地英国政府的一位官员，我的家庭是由士兵、神职人员、政府官员、教师、律师、医生等人所组成的普通中产阶层的一户寻常人家。我在伊顿公学接受教育，那是英国的公学中最昂贵最势利的一所[②]。但我能去那里上学是因为我获得了奖学金，否则我的父亲肯定供不起我读这么一所学校。

离开学校后（那时候我还不到二十岁），我去了缅甸，加入了印度皇家警察部队。这是一支武警部队，类似于西班牙国民卫队和法国机动卫队的宪兵部队。我服役了五年。这份工作不适合

[①] 发表于 1947 年 3 月。

[②] 原注：这些不是国家公立学校，恰恰相反，是排外、昂贵的高中寄宿学校，彼此间相隔很远。直到不久前它们还几乎只接纳贵族家庭的子弟。十九世纪时，那些暴发户对这些公学趋之若鹜，想把自己的儿子送进里面读书。在这种学校，最大的压力来自体育，要求树立高贵坚强的绅士形象。在这些学校里，伊顿公学特别有名。据威灵顿所说，滑铁卢的胜利是在体育场上决定的。不久之前，绝大部分统治英国的人士都曾经在公学就读。

我，使我痛恨帝国主义，虽然那时候缅甸的民族主义情绪并不是非常强烈，而且英国人与缅甸人之间的关系并非势同水火。1927年休假回英国时，我辞职了，决定当一名作家，但刚开始的时候并不成功。1928年至1929年我住在巴黎，写一些没有人会刊印的短篇和长篇小说（我将它们统统销毁了）。接下来的几年我的生活仅仅足以糊口，有几回还得挨饿。从1934年开始我才得以靠写作获得的报酬活下去。与此同时，有时候我连续好几个月同那些生活在贫民窟最糟糕的区域的穷人和潜在的犯罪分子生活在一起，或到街上乞讨和偷窃。那时候因为没钱我不得不和他们打交道，但后来他们的生活方式让我非常感兴趣。我花了好几个月的时间（这一次很有系统）去研究英国北部矿工的生活条件。直到1930年，我并不认为自己是一位社会主义者。事实上，那时候我还没有明确的政治观点。我支持社会主义更多的是因为我憎恨产业工人中那些比较穷苦的人被欺压的惨状，而不是因为我在理论上赞同计划社会。

1936年我结婚了。几乎就在同一个星期西班牙内战爆发。我和妻子都想去西班牙，为捍卫西班牙政府而战斗。六个月后，我完成了正在创作的那本书后，我们做好了准备。我在西班牙的阿拉贡前线呆了几乎有六个月，直到在韦斯卡，一个法西斯狙击手开枪击穿了我的喉咙。

在这场战争的最初阶段，外国人大体上没有察觉支持西班牙政府的几个政党之间的内部斗争。在一系列机缘巧合之下，我没有像大部分外国人那样加入国际纵队，而是加入了马联工党的民兵部队——而他们是西班牙的托派分子。

于是，在1937年年中，当西班牙政府开始搜捕托派分子时，我们俩发现自己成了被迫害者。我们幸运地活着逃离西班牙，甚至没有被逮捕过一回。我们的许多朋友被枪毙了，其他人在监狱里呆了很久，或就此人间蒸发。

西班牙的这些搜捕与苏联的肃反同时发生，是后者的一个补充。在西班牙和俄国，那些指控的本质（与法西斯分子勾结）都是一样的。就西班牙而言，我有充分的理由相信这些指控都是不实的。体验这一切是宝贵的实际教训，它教会了我极权主义宣传能多么轻易地控制民主国家的开明人士的想法。

我和妻子都看到无辜的人被关进监狱，就因为他们被怀疑有非正统思想。但是，当我们回到英国时，我们发现许多理性而且消息灵通的观察者都相信关于莫斯科审判的最荒诞不经的阴谋、背叛和破坏活动的媒体报道。

我从未去过俄国，我对它的了解仅限于通过阅读书籍和报纸所了解到的内容。即使我有权力，我也不想去干涉苏联的内政。我不会去谴责斯大林和他的党员野蛮专横，不讲民主。很有可能他们这么做是受形势所迫，虽然他们怀有最好的动机。

但是，另一方面，从 1930 年开始，我看不到多少苏联正朝真正的社会主义方向前进的真凭实据。恰恰相反，我惊讶地看到清晰的迹象，表明它正演变成为一个等级森严的社会，比起其他统治阶级，苏联的统治者并没有更多的理由放弃自己的权力。而且，在英国这样的国家，工人和知识分子无法了解到今天的苏联已经根本不是 1917 年时的政权，一部分原因是他们并不想去了解（也就是说，他们想要相信在某个地方，一个真正的社会主义国家确实存在），一部分原因是他们习惯了公共生活的相对自由和节制。

但是，你必须记住，英国并不是一个完全民主的国家。它也是一个资本主义国家，有着惊人的阶级特权和（即使到了现在，虽然战争似乎让人与人之间平等相待）贫富悬殊。但不管怎样，人们在这个国家生活了数百年，没有发生大的冲突，法律相对公平，官方的新闻和数据几乎可以完全相信，而最重要的是，信奉和说出少数派意见不会有生命危险。在这么一个环境里，街头的群众对集中营、大规模的流放、未经审判的逮捕、对媒体的内容审查等等并没有真正的理解。他所读到的关于苏联的一切都被自动地转化成英国的概念，使他天真地接受了极权主义宣传的谎言。直到 1939 年，甚至到了后来，大部分英国人仍无法了解德国纳粹政权的真实本质。这对英国的社会主义运动造成了很大的伤害，并给英国的外交政策带来严重的后果。

从西班牙回来后，我想过写一个故事，这个故事要能让几乎每一个人明白，而且能够很容易地翻译成别的语言。然而，故事的具体细节过了一段时间之后我才有了思绪。有一天（那时候我住在一座小村庄），我看到一个小男孩，大概才十岁，驱赶着一匹拉车的高头大马走在一条小径上，只要那匹马一想转头就鞭打它。这一幕让我想到，如果这些动物能够意识到自己的力量，我们根本无法管束它们，人类压榨动物不就像富人压榨无产者一样吗？

我从动物的角度进行分析。对它们来说，显然人类之间的阶级斗争这一概念根本不切实际，因为只要有必要压榨动物，所有的人类都会联合起来和它们作对。真正的斗争是动物与人类之间的斗争。以这个作为出发点，讲述这个故事就不是什么难事了。直到 1943 年我才动笔，因为我总是在忙碌别的事情，抽不出时间。最后，我加入了几个事件——比方说，德黑兰会议，它就发生在我创作的时候。也就是说，这个故事的主要情节在动笔之前已经在我的心里酝酿了六年。

我不想对这本书做评论，如果它不能证明自己的价值，那它就是失败的作品。但我想强调两点：首先，虽然许多事件取材于实际历史，但我对它们进行了统筹安排，而且改变了它们的时间顺序，为了故事结构的对称，这是必需的。大部分书评家遗漏了第二点，或许是因为我没有予以足够的强调。有几个读者读完这本书后或许会觉得，它的结局是猪与人达成了彻底的和解。那并不是我的想法。恰恰相反，我希望以不和谐的高音作为结束，因为我是在德黑兰会议刚刚开完时写这本书的，每个人都认为苏联和西方达成了可能实现的最好的关系。我个人不相信这一友好的关系会一直持续下去，而事实已经证明我并不是错得很离谱。

我不知道我还需要再说些什么。如果有人对个人细节感兴趣，我得补充说我是一个鳏夫①，有一个快三岁的儿子，以写作为生，自从这场战争开始后就一直从事记者的职业。

我最常供稿的期刊是《论坛报》，一份社会主义政治周刊——大体上说，代表了工党的左翼人士。下面这几部我的作品或许会让普通读者感兴趣（如果这个译本的读者能够找到它们的话）：《缅甸岁月》（一则关于缅甸的故事）、《向加泰罗尼亚致敬》（源于我在西班牙内战的经历）、《批判文章》（大部分是关于当代英国文学的书评，其社会意义大于文学意义）。

----

① 1935 年春天，奥威尔与艾琳·玛乌德·奥沙尼丝（Eileen Maud O'Shaughnessy, 1895—1945）结婚，1945 年 3 月，艾琳因病去世。1949 年 10 月，奥威尔与索尼娅·玛丽·勃朗内尔（Sonia Mary Brownell, 1918—1980）再婚。

李尔王、托尔斯泰与弄人①

托尔斯泰的宣传册是他的著作中最不为人所知的作品，而他对莎士比亚的攻讦②是一篇相当不容易找到的作品，至少其英文译本是这样。因此，或许在我们进行探讨之前我得先对它做概述归纳。

托尔斯泰开篇便说，他这辈子一读莎士比亚就有一种"无法抗拒的反感和厌烦"。托尔斯泰知道文明世界的意见与他相左，他一再尝试阅读莎士比亚的作品，读过了俄文版、英文版和德文版，但是"那些作品总是带给我同样的感觉：厌恶、疲惫和困惑"。在已年届七十五岁的时候，他又通读了一遍莎士比亚全集，包括那几部历史剧。"我的感觉还是一样，而且更加强烈——但这一次我并不觉得困惑，而是坚定不移地明确认为，莎士比亚所享有的不容置疑的伟大作家的荣耀——正是这份荣耀促使当代作家竞相模仿此人，也促使读者和观众在他身上发掘那些纯属子虚乌有的优点，从而扭曲了他们的审美观和伦理观——与所有的谎言一样，其实是一桩大恶。"托尔斯泰还补充道，莎士比亚不仅毫无才华，而且连"一般作家"的水准都达不到。为了证明这一事

---

① 刊于 1947 年 3 月 7 日《辩论》。
② 原注：《论莎士比亚及其戏剧》写于 1903 年，为厄尼斯特·克罗斯比的另一本宣传册《论莎士比亚及工人阶级》作序。

实，他将对《李尔王》进行探讨，通过引用赫兹里特[①]、布兰德斯[②]和其他人的论述，证明《李尔王》这部被公认为莎士比亚最好的作品其实得到了过分的赞誉。

接着，托尔斯泰对《李尔王》的情节进行了阐述，认为每一个情节设置都愚蠢冗长、造作浮夸、不知所云、庸俗乏味，充斥着种种离奇事件、"胡言乱语"、"蹩脚的笑话"、不合时宜、无关主旨、肮脏下流、满是俗套的舞台传统，而且在道德观和审美观上都有瑕疵。李尔王这个角色是剽窃了一部更早的、作者不详的戏剧《莱尔王》后塑造而成的，而后者要比《李尔王》好得多，莎士比亚盗用其创作思路后将其销毁。有必要引用一段文字，表明托尔斯泰是如何进行评论的。他对第三幕第二场（在这一幕中，李尔王和弄人一起站在暴风雨中）做了如下概括：

> 李尔王在荒原徘徊，喃喃说着一些表达内心绝望的话：他希望暴风雨刮得更猛烈一些，（暴风）将他们的面颊吹裂，暴雨将一切淹没，闪电将他的白胡子烧灼，雷鸣将世界扫平，摧毁一切"使人忘恩负义"的罪恶！弄人一直说着更加莫名其妙的话。肯特上场。李尔王说，这场风暴将暴露所有的罪犯，并将他们定罪。他没有认出肯特，肯特则一直劝说他到一间茅舍里避雨。这时弄人说了一个与此情此景毫无关

---

① 威廉·赫兹里特(William Hazlitt，1778—1830)，英国作家、评论家，代表作有《时代的精神》、《艺术的批判》等。

② 乔治·莫里斯·科恩·布兰德斯(Georg Morris Cohen Brandes，1842—1927)，丹麦评论家，对斯堪的纳维亚文学有深远影响，代表作有《十九世纪主流文学》、《当代变革时期的人》。

系的预言，众人离场。

托尔斯泰对《李尔王》的最终评价是，没有哪一个未被催眠的观众——如果真的有这么一个观众的话——能将这个剧本从头读到尾，而不感觉到"反感和厌倦"。其他备受推崇的莎士比亚戏剧，以及那些戏剧化的故事《伯里克利》、《第十二夜》、《暴风雨》、《辛白林》、《特洛伊勒斯与克瑞西达》也好不到哪里去。

评价完《李尔王》之后，托尔斯泰对莎士比亚进行了更具总结性的攻讦。他发现莎士比亚因为曾经当过演员，所以具备一定的创作技巧，除此之外一无是处。他没有刻画人物性格或撰写台词的能力，也没有能力依据情景设置合情合理的行为。他的语言夸张滑稽，千篇一律，总是将自己的奇思怪想通过任何一个刚好写到的角色之口表达出来。而这些想法"全无美感可言"，而他的文笔"根本与艺术和诗歌毫不沾边"。

"无论在你心目中莎士比亚是个怎样的作家，"托尔斯泰总结道，"但他根本称不上一位好作家。"而且，他的观点既无原创性，也无趣味性可言，他的创作倾向还"极端低下，极其不道德"。有趣的是，托尔斯泰的这个最后的评语并不是以莎士比亚的原文作为依据，而是以两位批评家格维努斯[①]和布兰德斯的言论作为依据。根据格维努斯（或者说是托尔斯泰对格维努斯的理解），"莎士比亚教导说……人不应该太善良。"而根据布兰德斯所说："莎士比亚创作原则……就是为达目的可以不择手段。"托尔

---

① 格奥尔格·戈德菲·格维努斯（Georg Gottfried Gervinus，1805—1871），德国作家、历史学家，代表作有《十九世纪的历史》、《论莎士比亚》等。

斯泰则补充了自己的观点：莎士比亚是最卑劣的沙文爱国主义者；但除此之外，他认为格维努斯和布兰德斯都恰如其分而真实地阐明了莎士比亚的人生观。

接着，托尔斯泰花了几段话重述了他在其他地方更加详尽描述过的艺术理论。简而言之，艺术创造需要有庄严的主题、真挚的情怀和高超的技巧。一件伟大的艺术作品必须探讨"对人类生活有重要意义"的题材，必须表达作者真挚的感受，必须运用能达到预期效果的创作技巧。而莎士比亚观点低俗，文风马虎，而且态度一贯很不诚恳，显然应该受到谴责。

但这里就遇到了一个难题。如果莎士比亚真如托尔斯泰所描写的那么不堪，他怎么会如此广受推崇呢？显然，答案只会是某种大众催眠，或"传染性暗示"。整个文明世界都被蒙蔽了，以为莎士比亚是个好作家，甚至连最简单明了的指向相反结论的证明都没有人相信，因为这已经不是在谈论一个理性的观点，而是一件类似于宗教信仰的事情。托尔斯泰说，纵观历史，这种"传染性暗示"的事件总是层出不穷——比方说，十字军东征、寻找炼金术、风靡荷兰的郁金香热等等。他举了一个当代很有典型意义的例子：德雷弗斯案①——无来由地，整个世纪都为了这件案子而群情汹涌。此外还有为了某个新的政治理论或哲学理论而兴起的短暂的狂热浪潮，或者对某位作家、艺术家或科学家的狂热追捧——例如达尔文，他（于 1903 年）"开始被人遗忘"。有时候，一

---

① 德雷弗斯案(the Dreyfus Case)，指 1894 年拥有犹太人血统的法国炮兵上尉阿尔弗雷德·德雷弗斯(Alfred Dreyfus)被指控与德国勾结出卖军事情报。1906 年因为指控没有证据，德雷弗斯被无罪释放，继续在法国军队服役，直至一战结束。

个毫无价值的流行偶像可能会接连几个世纪都很受欢迎，因为"这种狂热恰好与当时社会流行的生活观念，特别是与文学圈子里的生活观念相契合，因此它们得以维持很长一段时间"。莎士比亚的戏剧之所以一直广受推崇，是因为"它们迎合了他的时代和我们的时代那些上流社会人物信仰缺失又道德败坏的精神状态。"

至于莎士比亚是如何开始有名气的，托尔斯泰认为是十八世纪末几个德国教授把莎士比亚"炒作起来的"。他的名字"源于德国，然后再辗转流入英国"。德国人之所以如此抬举莎士比亚，是因为当时根本没有值得一提的德国戏剧，而法国古典文学正开始步入僵化矫情，他们着迷于莎士比亚"机巧的场景推进"，而且觉得他精彩地表达了英国人对于生活的态度。歌德宣称莎士比亚是一位伟大的诗人，之后所有其他文学批评家都跟着鹦鹉学舌，自此那种普遍的痴迷就一直持续至今。结果就是，戏剧的地位遭到进一步贬低——在托尔斯泰谴责当代戏剧时，他也小心翼翼地将自己的剧作列入了批判之列——并进一步腐蚀了主流的道德观。顺理成章地，"莎士比亚的虚名"是一件影响深远的坏事，对此托尔斯泰觉得他有责任与之抗争。

这就是托尔斯泰那份宣传册的主旨。你的第一感觉是，他认为莎士比亚是一个蹩脚作家的这一评价显然是不对的。但问题并不出在这里。事实上，没有人能找到任何证据或论点证明莎士比亚或其他任何作家是"优秀作家"，而且也没有任何方法可以明确地证明——譬如说——华威·迪平①是个"蹩脚作家"。说到底，

---

① 乔治·华威·迪平(George Warwick Deeping, 1877—1950)，英国作家，其作品在二三十年代非常畅销，代表作有《福克斯庄园》、《猫咪》、《十诫》等。

评判一部作品的文学价值只有它能否经得起历史考验这个标准，而这一点反映了大众的意见。像托尔斯泰等人的艺术理论毫无价值，因为他们不仅以主观臆测作为评判的出发点，而且依赖一些含糊暧昧的概念（"真挚"、"重要"等等），而这些概念可以从任何角度进行诠释解读。确切地说，托尔斯泰的攻讦是无法回应的。有趣的问题是：为什么他要这么做？不过，顺带应该说的，他的论述大多软弱无力，而且有失诚恳。接下来我会对他的部分论述进行探讨，不是因为它们无法验证他的主旨，而是因为，可以这么说，它们反映了他内心的恶意。

首先，托尔斯泰对《李尔王》的分析并非如他再三所说的那样"执中而论，不偏不倚"。恰恰相反，他的分析是冗长的歪曲表述。显然，当你为一个没有读过《李尔王》的人总结这部作品时，如果你以这样的方式引用一段重要的话（当考狄莉亚死在李尔王怀中时他所说的话）——"李尔王又一次开始了他那可怕的胡言乱语，听到他那些话你只会感觉到尴尬，就像听到根本没有笑点的笑话一样"——这样根本不是持中而论。而且有许多回，托尔斯泰对他所批评的文本做了些微的变动或渲染，总是以某种方式让情节显得更加复杂和不合情理，或让语言更加夸张。例如，他告诉我们李尔王"逊位根本没有必要，也没有这么做的动机"，其实他逊位的原因（他年事已高，希望不再受国事纷扰）在第一幕中已经点明了。我们看到，就在前文我所引用的章节中，托尔斯泰刻意曲解了一句话，并略微改变了另一句话的意思，使得原本在语境中合情合理的话变成了胡说八道。这些误读从单独一个句子本身来说并非什么大不了的事情，但它们累加起来的效果却夸大了这部戏剧在心理描写上的不连贯性。而且托尔斯泰无法解释为什么莎士比亚的作品在他逝世两百年后（那时候"传染性暗示"尚未兴起）仍在刊印，并仍在舞台上演。他对莎士比亚成名经历的描述纯属猜度，充斥着种种不实言论。再有一点，他的许多指责其实自相矛盾：例如，他指责莎士比亚纯粹只是想取悦观众，"情感并不真挚"，而另一方面又说他总是将自己的想法通过各个角色之口说出来。总的来说，我们感觉不出托尔斯泰的批评是出于真心实意。他根本不可能完全相信自己的主要观点——他不可能相信一个多世纪来整个文明世界都被一个弥天大谎所蒙蔽，而只有他举世独醒。当然，他确实不喜欢莎士比亚，但不喜欢的理由可能和他所声明的不同，或有一部分不同。而这正是他这篇评论文章的有趣之处。

到了这里，你一定会开始揣测。然而，这里可能有一个线索，或者说吧，有一个可能会指向某个线索的问题。那就是：为什么托尔斯泰在三十多部戏剧中单单挑出了《李尔王》作为他的特定目标呢？确实，《李尔王》为人所熟知，而且广受赞誉，可以作为莎士比亚最高水平作品的代表。但是，托尔斯泰的分析是带着敌意的，或许他选择的是自己最不喜欢的作品。他之所以对这部戏剧特别怀恨在心，难道不可能是因为他有意或无意中察觉到《李尔王》的故事和他自己的故事有相似之处吗？但是，从相反的方向去追溯这条线索会比较好——那就是，通过研究《李尔王》本身，以及托尔斯泰没有提及的它所蕴含的品质。

在阅读托尔斯泰的这篇文章时，英文读者首先会注意到的一件事是，它几乎不把莎士比亚当成一位诗人看待，而只是把他看作一位剧作家。他确实受大众欢迎，但这被归结为他懂得舞台艺术的技巧，让聪明的演员获得了发挥的机会。就英语国家而言，这并不是事实。最受莎士比亚爱好者所推崇的几部作品（例如《雅典的泰门》）就很少或从未上演过，而几个最适合上演的作品，例如《仲夏夜之梦》，受推崇的程度是最低的。喜欢莎士比亚的读者首先看重的是他的文笔，"韵律般的文字"。甚至连另一个怀有敌意的批评家萧伯纳也承认莎士比亚的文笔是"不可抗拒的"。托尔斯泰罔顾这一点，似乎没有意识到一首诗对于它的母语读者来说或许有着特殊的价值。但就算一个人站在托尔斯泰的立场，将莎士比亚当作一个外国诗人看待，他仍然可以清楚地看到有什么东西被托尔斯泰遗漏了。诗歌并不仅仅是音韵和联想，一出了自己的语言群体就毫无价值。否则怎么会有一些诗歌，包括一些已死去的语言写成的诗歌，成功地跨越国界呢？显然，像《明天是圣瓦伦丁日》这样的诗不可能有传神的译本，但在莎士比亚的主要作品中，有的内容即使剥离了文字也是可以称之为诗的。托尔斯泰认为《李尔王》作为戏剧不是一部上佳之作的这个看法是对的。它太冗长了，角色和支线情节太多了。有一个坏女儿的角色就已经足够了，而埃德加是一个多余的角色——事实上，如果把格洛斯特和他的两个儿子删掉的话，这出剧或许会达到更高的水平。尽管如此，某种东西，一种模式或只是某种气氛，却在复杂的情节和冗长的描写中流传下来。《李尔王》可以被想象为一出木偶剧、一出默剧、一出芭蕾剧、一连串的画面。它的诗歌或许是最重要的构成部分，是它的故事所固有的，独立于任何词语之外，也不依赖于生动鲜活的描写。

闭上你的眼睛，想象一下《李尔王》，如果可能的话，不要想起任何对话。你看到了什么？我看到的是一个身披黑色长袍、白须白发的威严老人，就像布雷克的画作（有趣的是，长得很像托尔斯泰）里的人走了下来，在暴风雨中徘徊，诅咒着苍天，身边跟着一个白痴和一个疯子。很快，场景一变，那个老人仍然在骂骂咧咧，神志不清，怀里抱着一个死去的女孩，而那个白痴则被吊在背景中的绞刑台上晃荡着。这就是剧本的主要梗概，即便是这样，托尔斯泰还想要把大部分重要成分删掉。他认为暴风雨的设置根本没有必要；至于那个弄人，在他的眼中只是一个乏味烦人的角色，一个说些蹩脚笑话的借口；而考狄莉亚的死在他看来，撕下了这出戏道德的外衣。根据托尔斯泰的观点，之前的《莱尔王》，即莎士比亚改编的那一出戏，比起莎士比亚的作品"结尾更加自然，也更加符合观众的道德要求：高卢人的王国征服了两个姐姐的丈夫，考狄莉亚则没有被杀，而是帮助李尔王重登王位"。

换句话说，这出悲剧本应是一出喜剧或一出情节剧。悲剧的意义是否与对上帝的信仰相一致仍有待商榷，但不管怎样，它与对人的尊严的不信任是格格不入的，与正义不能取胜就会觉得上当受骗的"道德要求"也是格格不入的——当正义**没有**取胜，但读者仍感觉到主人翁要比摧毁他的力量更加高贵时，悲剧就诞生了。或许更重要的是，托尔斯泰认为弄人的出现是毫无意义的事情。那个弄人是整出戏不可或缺的人物。他的作用不仅是酬唱应和，比其他角色说出更有智慧的言论，使得中心主旨更加明确，以此衬托李尔王的癫狂。他的笑话、谜语和顺口溜，以及他没完没了地对李尔王的高尚与愚笨的嘲讽，从单纯的嘲笑到某种忧郁的诗歌（"您抛弃了所有其它的头衔，您与生俱来的头衔"），好像是理性的涓涓细流，贯穿全剧始终，提醒观众尽管不公、残暴、阴谋、欺骗和误解正在舞台上演，但现实的生活正在如常进行。从托尔斯泰对弄人不耐烦的情绪中，你可以了解到他与莎士比亚在更深层面的分歧。他反对莎士比亚戏剧水平的参差不齐、言不及义、离奇情节和夸张的语言，这些意见都不无道理。但是归根结底，或许他最不喜欢的是某种蓬勃的生命力，一种不是从生命的过程中获取快乐，而是对它感兴趣的倾向。如果将托尔斯泰看作是一个道学家在攻诘一位艺术家，这当然是错误的看法。他从未说过艺术本身是邪恶的或毫无意义的，他甚至没有说过文学技巧并不重要这样的话。但在他的晚年，他主要的目标是将人性意识的范围加以限制。一个人的兴趣、一个人对于现实世界和日常斗争的着眼点应该是越少越好，而不是越多越好。文学必须由说教寓言构成，去掉枝末细节，几乎独立于语言而存在。这些说教寓言——这是托尔斯泰与普通的乡愿腐儒的不同之处——本身必须是艺术精品，但必须剔除享乐和好奇。科学也必须摆脱好奇。他认为，科学的任务不是揭示什么，而是指导人类如何生活。历史和政治同样如此。许多问题（例如德雷弗斯案）根本不值得费心去解决，他宁可任其悬而未决。事实上，他的整个"狂热"或"传染性暗示"的理论把十字军东征和荷兰郁金香热联系在一起，揭示出他在主观上认为许多人类活动只不过就像蚂蚁的奔走忙碌一样，无法以理性解释，一点儿也不有趣。显然，他没有耐心去读一位像莎士比亚那样内容混乱，只注重旁支细节的东拉西扯的作家。他的反应就是一个脾气暴躁的老人正因为一个吵吵闹闹的小孩子而烦恼时的反应。"为什么你老是这样上蹿下跳呢？为什么你就不能像我这样静静地坐着呢？"从某种意义上说，这个老人家是对的，但问题是，那个孩子的四肢富于知觉，而这种感觉这个老人家一早就失去了。如果这个老人家知道这种感觉的存在，那只会徒增他的懊恼，要是可以做到的话，他会让小孩子们统统都变得年老力衰。托尔斯泰或许不知道，在读莎士比亚的作品时**他到底错过了什么**，但他知道自己肯定错过了什么，决心让别人也像他那样对其视若不见。本质上他是一个专横而且妄自尊大的人。直到他成年后，他仍然有时候会在盛怒之下殴打仆人，根据他的英文传记作家德里克·利昂①的描述，到后来，"如果有人意见与他相左，稍有得罪他就时常想扇那些人的耳光。"皈依宗教并不一定就能改掉那种臭脾气。事实上，显而易见，获得重生的幻觉可能会使得一个人天生的邪念更加肆无忌惮地滋生，只是形式要更加微妙一些。托尔斯泰能够戒掉肉体施暴，他理解肉体施暴意味着什么，但他无法学会宽容或谦卑。就算一个人对他的其它作品一无所知，也可以从单单这篇宣传文章中了解到他有精神施暴的倾向。

但是，托尔斯泰不仅仅只是想将他无法享有的乐趣从别人身上剥夺掉——他一直在这么做——他与莎士比亚的分歧要比这更加深远。那是对待生活的宗教态度与人文态度之间的分歧。这里我们回到了《李尔王》的中心主题上。托尔斯泰没有提及这个主题，但他相对详细地介绍了故事的情节。

《李尔王》是莎士比亚的戏剧中少数明确地**意有所指**的作品之一。托尔斯泰的抱怨不无道理，许多不入流的文章把莎士比亚吹捧为哲学家、心理学家和"伟大的道德导师"等人物。莎士比亚的思想没有体系，他最严肃的思想都是以间接的形式或在与主旨无关的情况下说出来的。我们不知道在何种程度上他带着"目的

---

① 德里克·刘易斯·利昂(Derrick Lewis Leon, 1908—1944)，英国作家，曾撰写过列夫·托尔斯泰和马塞尔·普鲁斯特的传记。

性”进行创造，甚至不知道有多少归于他名下的作品确实是他写的。在他的十四行诗中他从未把那些戏剧作品归为他成就中的一部分，虽然他确实略带羞涩地提到他的演艺生涯。很有可能，他觉得他的戏剧作品至少有一半只是大杂烩，几乎不去在乎主旨或合理性，只要他能将偷来的材料拼凑起来，能够在舞台上糊弄过去就行了。但是，这并不是事情的全部。首先，正如托尔斯泰本人所指出的，莎士比亚习惯将不必要的总结和反思通过笔下角色之口表述出来。对于一位戏剧家来说这是严重的缺点，但是，这并不符合托尔斯泰对莎士比亚的描述。他认为莎士比亚是个庸俗的、鬻文为生的作家，毫无自己的思想，只是想花最小的力气创造最大的效果。不仅如此，莎士比亚的十几部戏剧作品——大部分创作于 1600 年之后——其内容毋庸置疑有一定的意义，甚至有一定的道德色彩。它们围绕着一个中心主题，有时候可以用一个词进行高度概括。例如，《麦克白》写的是野心，《奥赛罗》写的是嫉妒，《雅典的泰门》写的是金钱。《李尔王》的主题是放弃权力，只有故意视而不见的人才会无法理解莎士比亚所要表达的意思。

李尔王放弃了王位，却又希望每个人继续以事君之礼待他。他不明白如果他放弃了权力，其他人就会利用他的弱点，而雷根和高纳利尔这两个最厚颜无耻的阿谀奉承之徒恰恰就是会和他翻脸的人。当他发现他再也不能像以前那样对别人颐指气使时，他就勃然大怒。托尔斯泰认为这是“奇怪而不自然的”，但事实上这正是李尔王性格的写照。在癫狂和绝望中，李尔王经历了在那种情况中再自然不过的两种心境，虽然其中之一可能是莎士比亚借以表达他自己内心的想法。一种心境是厌恶——李尔王可以说是后悔当了国王，他第一次了解到司法体制和庸俗道德的腐朽。另一种心境是枉然的愤怒，他幻想着对那些有负于他的人进行报复。

> 一千条通红炽热的火舌，发出嘶嘶的响声在他们的身上灼烧！

还有：

> 用毡呢钉在一队马儿的蹄上，
> 倒是一条妙计；我要把它实行一下，
> 悄悄地偷进我那两个女婿的营里，
> 然后我就杀呀，杀呀，杀呀，杀呀！

直到最后，他恢复了清醒，意识到权力、报复和胜利毫无价值：

> 不，不，不，不！让我们到监牢去……
> 我们就在那儿了此残生，
> 在囚牢的四壁里，我们将冷眼看那班奸党
> 随着月亮的圆缺而升沉。

但他意识到这一点时已经太晚了，因为他和考狄莉亚已经注定会死去。这就是整个故事，虽然讲述的过程略显笨拙，但不失为一个很好的故事。

但这不是与托尔斯泰本人的生平很相似吗？没有人会对这一雷同之处视而不见，因为和李尔王一样，托尔斯泰一生中最令人印象深刻的事件就是一桩无来由地放弃巨额财富的举动。在他的晚年，他放弃了他的庄园、爵位和版权，尝试摆脱他的贵族地位，过上农民生活——这一尝试确实是出于真心，但以失败告终。但更深层次的相似在于，托尔斯泰和李尔王一样，是出于错误的动机而如此行事，并没有得到期盼中的结果。托尔斯泰认为，每个人的目标都是获得幸福，而只有服从上帝的意志才能获得幸福。但服从上帝的意志意味着抛弃一切世俗的享受和野心，一心一意为了别人而活。于是，托尔斯泰最终放弃了世间的一切，以为这样做就会让自己更加幸福。但如果说他的晚年生活有一件事可以肯定的话，那就是他**并不**幸福。恰恰相反，他几乎被逼到疯狂的地步，他身边的人不停地迫害他，就因为他抛弃了一切。和李尔王一样，托尔斯泰不是一个谦卑的人，不擅长判断人品。有时候虽然他一副农民装扮，但他会摆出贵族的架子。甚至他的两个被他所信任的孩子最终也和他闹翻了——当然，不会像雷根和高纳利尔那么骇人听闻。托尔斯泰对性欲极端厌恶，这一点和李尔王也很相似。托尔斯泰认为婚姻是"奴役、餍足和厌恶"，意味着必须忍受与"丑陋、肮脏、体臭和褥疮"为伍的生活。这番话与李尔王那段著名的控诉不谋而合：

> 腰带以上是属于天神的，
> 腰带以下是属于魔鬼的；
> 那里是地狱，是黑暗，是硫磺坑，
> 大火熊熊地烧灼着，发出恶臭，消耗殆尽……

虽然托尔斯泰在写这篇关于莎士比亚的文章时并不能预见到这一点，甚至他生命的终结——突然间在没有计划的情况下就逃离家乡，身边只有一个忠心的女儿，在一个陌生的村子的一间茅屋里死去——似乎也与李尔王有着某种幻影般的相似之处。

当然，我们不能认定托尔斯泰意识到他和李尔王的人生如此相似，也不能认为如果向他指明这一点时他会承认。但他对这部戏剧作品的态度一定受到其主题的影响。放弃权力和分发土地应该会令他深有体会。因此，或许莎士比亚在这出戏里所表达的道德观格外令他感到愤怒和不安，而在别的戏剧里则不会这样——例如《麦克白》——后者没有如此紧密地触及他自己的生活。但《李尔王》的道德观到底是什么呢？显然，这部戏剧有两个道德主旨，一个是明言的，另一个是暗示的。

莎士比亚开篇就写明了放弃权力将会招致攻击。这并不是说**每个人**都会和你为敌（由始至终肯特和弄人一直站在李尔王的身边），但很可能**有些人**会这么做。如果你丢掉武器，某个不守规矩的人就会把那些武器捡起来。如果你凑上另一面面颊，你就会挨上另一记更重的耳光。这种事情并不必然发生，但这是意料之中的事情，如果真的发生，你不应该抱怨。也就是说，第二记耳光就是你凑上另一边面颊这一行为的一部分。因此，首先是那个弄臣得出的符合常理的庸俗道德观："不要放弃你的权力，不要将土地拱手让人。"但这里还有另外一个寓意。莎士比亚并没有详细加以表述，而且他是否完全意识到这一点也无关紧要。这个寓意蕴含于故事中，而说到底，故事是他编的，或经过改动以达到他的主旨。那就是："如果你愿意的话，你可以将土地拱手让人，但别指望这么做就会获得幸福。如果你为了别人而活，你就必须

'为了别人而活'，而不要把这当成为自己谋求好处的迂回手段。"

　　显然，这两个结论都不能让托尔斯泰满意。第一个结论表达了普通的、务实的自私心态，而这是他真心想要摆脱的。而第二个结论和他鱼与熊掌二者得兼的愿望不相吻合——那个愿望就是，摧毁他自己的自我中心观念，并借此获得永生。当然，李尔王不是主张利他主义的道德说教。它只是揭示出于自私的原因奉行舍己行为的结果。莎士比亚为人世故，如果非要让他在自己的剧本中选择支持哪一方的话，或许他会站在弄人那一边。但至少他能从全局去看待问题，并从悲剧的层面进行处理。邪恶受到了惩罚，但美德并没有得到报答。莎士比亚后期的悲剧作品中所蕴含的道德观并不是普通意义上的宗教道德，而且肯定与基督教无关。只有两部作品《哈姆雷特》和《奥赛罗》是在基督教时代发生的，即使在这两个剧本中，除了《哈姆雷特》中鬼魂的惨剧之外，根本没有提及能将一切拨乱反正的"来世"。所有的悲剧都从人文主义出发——生命虽然充满悲伤凄苦，但仍然值得活下去，人是高贵的动物——这个信念托尔斯泰在老年时并不认同。

　　托尔斯泰不是圣人，但他非常努力地想成为一个圣人，他对文学作品的评判标准是超越尘世的。重要的是，我们必须明白，圣人与凡人之间的区别是质的区别，而不是程度的区别。也就是说，不能把后者看作是前者的不完美形式。圣人，至少在托尔斯泰心目中的圣人，不会尝试去改善世俗生活，而是要结束它，并以别的事物去取代它。关于这一点，一个明显的表现就是，他宣称独身比婚姻更"崇高"。托尔斯泰表示，如果我们能停止繁衍、战争、斗争和享受，如果我们不仅能洗清自己的罪过，还能将俗世强加在我们身上的一切枷锁解除——包括爱情——那么整个痛苦的过程就会结束，天国就会降临。但一个正常人并不会期盼天国，他希望人世间的生活能继续下去。这并不只是因为他"软弱"、"罪孽深重"、耽于"享受"。大部分人从生活中获得了许多乐趣，但总的来说生活是悲苦的，只有年纪尚轻或无知愚昧的人才会觉得不是这样。在本质上，自私和追求享乐恰恰是基督教的态度。它的目的是摆脱人世间生活痛苦的挣扎，在某种天堂或极乐世界中获得永久的安宁。而人道主义的态度是，斗争必须继续，而死亡是生命的代价。"人必须忍受他们的逝去，就像他们迎来生命一样。成熟就是一切。"——这是一种反基督教的情感。人道主义者和宗教信徒之间似乎达成了休战妥协，但事实上他们的态度是不可调和的：你只能在今生和来生之间做出选择。大部分人如果了解这个问题，会选择今生。他们确实作出了选择，他们继续工作、生育、死去，而不是意气消沉，希望在别的地方获得新的生命。

我们对莎士比亚的宗教信仰所知不多，他的作品很难证明他是否有宗教信仰。但至少他不是圣人，也没有想过成为圣人。他是一个人，从某些方面来说不是什么好人。譬如说，他很喜欢结交达官贵人，以最谄媚的方式巴结他们。当他说出不受欢迎的意见时，他虽谈不上胆小怕事，但也非常审慎小心。他几乎从未让可能会被认为是他本人的角色说出离经叛道或愤世嫉俗的话。在他的所有戏剧中，尖锐的社会批判家，那些不接受已被接受的谬误的人，都是丑角、恶棍、疯子或装疯卖傻歇斯底里的人。在《李尔王》这部戏剧中，这一倾向尤为明显。剧中包含了许多加以掩饰的社会批判——这一点托尔斯泰没有注意到——但这些话都是借那个弄臣、装疯卖傻的埃德加或处于癫狂之中的李尔王之口说出来的。在李尔王清醒的时候，他很少说出睿智的言论。但是，莎士比亚不得不利用这些手段这一事实表明，他的思想有多么广博。他无法控制自己，对几乎每件事都要发表评论，虽然他说出这些话时脸上换了好多张脸谱。要是一位读者专注地读过莎士比亚的话，你很难经过一天而不去引用他的话，因为基本上没有哪个重要的话题他没有探讨过或至少在什么地方提及过。他的思想没有完整的体系，但发人深省。即使是那些点缀于每一部戏剧中的旁枝末节——双关语、谜语、人名、"报道"片段（像《亨利四世》中的脚夫之间的对话）、黄段子、失传民谣的零星片段——都是过剩精力的产物。莎士比亚不是哲学家或科学家，但他很有好奇心，他热爱这个世界和生命的过程——应该强调的是，它与希望享乐和长寿不是一回事。当然，莎士比亚的作品流芳百世并不是因为他的思想品质；要不是因为他是一位诗人的话，恐怕没有人会记得有过这么一位戏剧家。对于我们来说，莎士比亚主要的魅力在于他的语言。莎士比亚本人深深沉迷于文字那种铿锵抑扬的美感，这或许可以从毕斯托尔①的话语中略见端倪。毕斯托尔所说的话大部分是没有意义的废话，但假如读者一行行地去阅读他所说的话，就会发现它们都是用词美妙的诗歌。显然，那些铿锵有力的废话（"让洪水泛滥，让魔鬼为了食物而哀嚎"等等）总是自发地在莎士比亚的脑海中回响，他必须创造出一个半疯不傻的人把这些话说出来。

托尔斯泰的母语不是英语，无法欣赏莎士比亚的诗句，甚至

---

① 毕斯托尔（Pistol）是《亨利五世》中的一个士兵角色。

可能拒绝相信莎士比亚的文字功力不同凡响，这不能怪他。但他还否定了重视诗歌的质感这一理念——也就是说，重视它作为一种音乐形式的价值。如果有人能够向他证明他对莎士比亚的声名崛起的解释是错误的，证明至少在英语世界莎士比亚确实很受欢迎，证明他拥有组合音节并让一代又一代讲英语的民族得到愉悦的能力——所有这些都不会被托尔斯泰看作是莎士比亚的优点，而是他的缺点。它只是另一个暴露莎士比亚和他的崇拜者没有宗教情怀，只看重今生的本质的证据。托尔斯泰会说诗歌的评判标准是它的意义，而诱人的音韵只会让虚妄的意义被读者忽略。在每一个层面上这都是同一个问题——今生与来生之间的斗争，而文字的音韵肯定是属于今生的。

　　与甘地一样，托尔斯泰的人品总是受人质疑。有些人宣称他是个庸俗的伪君子，但他并不是这种人，要不是他每走一步，其身边的人——特别是他的妻子——总是阻挠他的话，或许他会作出更大的自我牺牲。可另一方面，像托尔斯泰这样的人，全盘接受其门徒对他们的评价是很危险的。他们有可能——很可能——只是将某一种形式的自我主义换成了另一种形式的自我主义。托尔斯泰放弃了财富、名气和特权，他拒绝任何形式的暴力，愿意为此承担苦难，但很难相信他摒弃了强迫的原则，或至少是想要强迫别人的欲望。在有的家庭，父亲会对孩子说："如果你再做出那种事情，我就会狠狠地揍你一顿。"而母亲则会眼泪汪汪地把孩子搂在怀里，充满慈爱地喃喃说道："好了，亲爱的，你这么做对得起妈咪吗？"谁会认为第二种方式没有第一种方式那么专制呢？真正重要的区别并不在于暴力与非暴力的区别，而在于有没有权力的欲望。有人相信军队和警察是邪恶的，有些人则相信在某些情况下使用暴力是有必要的，但比起后者，前者更加不宽容，更加严苛。他们不会对别人这么说："你得做这个或那个，否则你就得去坐牢。"但如果可以的话，他们会钻进别人的脑袋里，主宰他的每一个最细微的思想。像和平主义和无政府主义这样的信条表面上似乎暗示着完全放弃权力，其实是在鼓励这种思维习惯。因为如果你接受了一个似乎摆脱了政治肮脏的信条——你自己无法从中获得任何物质上的好处——这肯定就证明你是正确的吗？你越认为自己是正确的，你就会越认为应该强迫别人拥有同样的想法是天经地义的事情。

按照托尔斯泰在他的宣传册里的说法，他从未在莎士比亚身上看到任何优点，总是惊讶地发现他的同胞作家屠格涅夫、费特①等人有不同的观点。我们或许可以肯定在托尔斯泰的灵魂没有得到救赎的时候，他的结论是："你们喜欢莎士比亚——我不喜欢。就这么着吧。"后来，他不再认为世界是由多样性组成的，开始觉得莎士比亚的作品对他本人构成了威胁。人们越是从莎士比亚那里获得乐趣，他们就越不会听从托尔斯泰的劝导。因此，绝对不允许有人欣赏莎士比亚，就好像绝对不允许有人喝酒抽烟那样。确实，托尔斯泰不会以武力去阻止他们。他没有要求警察查禁莎士比亚的所有作品。但只要有可能的话，他就会抹黑莎士比亚。他会尝试进入每一个喜爱莎士比亚的读者的脑海里，以他所能想到的每一种方式去扼杀读者的快乐——就像我在总结他的那本宣传册时所展示的那样——提出自相矛盾甚至有可能并非出于

---

① 阿法纳西·阿法纳西耶维奇·费特（Afanasy Afanasyevich Fet, 1820—1892），俄国诗人，代表作有《万神殿》、《静夜》。

真诚的论点。

　　但说到底，最明显的一件事就是，它根本没有起到什么作用。正如我在前面说过的，你无法对托尔斯泰的文章作出回应，至少在它的主要论点上是这样。你无法通过争辩去捍卫一首诗。它只能通过流传于世为自己辩护，除此无它。如果这个考验成立的话，我认为对莎士比亚的作品的判决一定是"无罪"。和任何作家一样，莎士比亚迟早会被忘却，但不大可能对他作出更加严厉的控诉了。托尔斯泰或许是他那个时代最受推崇的文人，而且他肯定不会是最无能的宣传册执笔人。他倾尽全力对莎士比亚进行诋毁，就像一艘战舰炮火齐鸣一样。结果如何呢？四十年后莎士比亚的地位仍然丝毫未受影响，而诋毁他的尝试却已荡然无存，就只剩下一本书页泛黄的小册子，几乎没有人读过它，要不是托尔斯泰是《战争与和平》和《安娜·卡列尼娜》的作者，他早就被忘得一干二净了。

评勒诺克斯·罗宾逊编撰的
《格里高利夫人的日志》^①

　　格里高利女士是爱尔兰文艺复兴的中心人物之一。想到她就会想到叶芝和艾比剧院^②，就像你听到"九十年代"时就会至少想起比亚兹莱和《黄皮书》一样。但她的名字所唤起的联想并不都是美好的。值得一提的是，在《尤利西斯》中，她还是一个令人记忆深刻的嘲讽对象，因为虽然这本书很残酷和另类，但它确实以更真切的眼光去了解这个不幸的、心地善良的老女人。在《尤利西斯》中，乔伊斯让巴克·穆里甘说道："朗沃丝真是太让人恶心了……你写了关于那个老巫婆格里高利的那些东西。噢，你这个该上宗教法庭的醉醺醺的犹太耶稣会士！她给你找了一份文职工作，然后你就对她百般奉承。你就不能像叶芝那样吗？"

　　叶芝和其他人对她到底有什么样的想法呢？她只是一个受人奉承和利用的老傻瓜吗？显然，事情没有这么不堪，而且在她的晚年，她总是绞尽脑汁地在张罗房租和赋税，乘巴士来来去去，

---

① 刊于 1947 年 4 月 19 日《纽约客》。斯图亚特·勒诺克斯·罗宾逊（Stuart Lennox Robinson，1886—1958），爱尔兰剧作家、诗人，代表作有《爱国者》、《梦想者》等。伊莎贝拉·奥古斯塔·格里高利（Isabella Augusta Gregory，1852—1932），爱尔兰女剧作家、民俗学家，艾比剧院的创始人之一，曾担任艾比剧院的经理，支持爱尔兰民族主义运动和文艺活动。
② 艾比剧院（the Abbey Theatre），1904 年建于爱尔兰首府都柏林，1951 年焚于火灾。是 20 世纪初爱尔兰文艺运动的主要阵地。由格里高利夫人、叶芝和爱德华·马丁共同创建。

午饭吃的是面包、黄油和茶——她根本不值得去敲诈。但乔伊斯的用词或许在讽刺手法的层面上是成立的，而这种事情对于那些开明的贵族来说总是在某种程度上是成立的；作为艺术家的赞助人，特别是在这件事情上，除了阶级差异之外，还有人种、宗教和文化的区别。

奥古斯塔·格里高利（她出嫁前姓珀斯）生于爱尔兰的一个拥有土地的贵族之家——那些人生活在摇摇欲坠的宅邸里，有成群的仆人，穿着时髦的服装鱼贯经过郊野。而且，部分是因为贫穷和偏僻，他们喝的是干红葡萄酒，说话时带着十八世纪引用贺拉斯的优雅，他们的英国同仁已经不这么做了。他们称自己是爱尔兰人，是英国最头疼的政治敌人。但他们大体都是新教徒，正如他们的名字所展现的，大部分来自英国。勒诺克斯·罗宾逊编撰的《格里高利夫人的日志》由麦克米兰出版社出版，覆盖了从1916 年到 1930 年共十四年的光阴，涉及非常广阔的话题，有一些是非常琐碎的题材。罗宾逊先生以或许是最合适的体系将日志进行重新编排，取最主要的六个主题，然后围绕这些主题将条目进行罗列；因此，你会一遍又一遍地遇到同样的日期。这些主题中最重要的是库勒庄园（就是叶芝所歌颂的郊野，格里高利夫人从她的丈夫那里继承下来的）、艾比剧院、恐怖时期①、内战和关于休吉·雷恩②爵士的画作收藏的冗长而复杂的斗争。在大部分内容里，格里高利女士与英国政府进行斗争，但自始至终，以间接而

---

① 恐怖时期（the Terror），指 1916 年 4 月 24 日至 29 日，爱尔兰独立分子在都柏林发动起义，被英国政府以武力镇压，随后英国政府展开搜捕，约有三千多人被逮捕并接受审问。

② 休吉·珀西·雷恩（Hugh Percy Lane, 1875—1915），爱尔兰画家、收藏家，都柏林现代艺术画廊的创建人。

下意识的方式，她在与土生土长的爱尔兰人进行斗争——她热爱他们，为他们奔走，却一点儿也不像他们。

格里高利夫人的立场摇摆在艰难时期暴露无遗。她同情土地革命，准备将土地卖给政府，在库勒庄园当一名佃农。她与丈夫是善良的地主，但这并不能阻止农民们经常在她日益减少的土地周边徘徊，将庄园里的小树砍倒，偷走她准备捐出来的水果和以要求"捐献"的方式勒索。她站在他们一方，但他们并不把她当自己人。看着她挣扎于政治和情感之间让人感到很心酸。她赞同将大庄园拆分，却又希望保住心爱的家宅和田园留给自己的儿孙。就连她对黑棕军团①的恐惧，对1919年英国政府故意放纵的盗劫行径也带着阶级感情的色彩。当听到15位自卫队的军官志愿参军时，格里高利夫人说道："我想说……绅士将就此绝迹。"她在英国的报刊上撰写文章谴责黑棕军团，但是——再次，为了孙子们着想——她没有署名，因为她不想库勒庄园被焚毁。

格里高利夫人的儿子罗伯特在第一次世界大战时为英国政府服役，在意大利遇害。即使经过了复活节起义，她似乎仍然觉得送孙子去哈罗公学读书和驳斥萧伯纳以捍卫英国的公学体制是天经地义的事情。在政治上，她总是维护爱尔兰，反对英国——甚至在某种程度上，维护共和党人，反对自由政府——但本能和学养将她拉往另一个方向。至于艾比剧院，它抗争的对象是爱尔兰天主教徒的道德拘谨和伪善。当奥卡西②的《北斗七星》第一次上

---

① 黑棕军团(the Black and Tans)，1920年由温斯顿·丘吉尔提倡建立的临时治安部队，协助维持爱尔兰的稳定局面。
② 肖恩·奥卡西(Sean O'Casey，1880—1964)，爱尔兰剧作家、社会主义者，代表作有《一个枪手的故事》、《出发吧》等。

演时，观众们想上舞台发泄，因为舞台上演着国民军①的成员扛着他们的旗帜走进一间酒吧。观众们还反对角色里面加入了一名妓女，理由是都柏林没有妓女。从争取雷恩爵士的画作这件事情上可以看出在多大程度上，格里高利夫人愿意将自己的事业放在一边，以及她与英国的上流社会有着多么紧密的联系。她的侄子休吉·雷恩爵士收藏了许多极为珍贵的画作，在遗嘱里将它们留给了伦敦的国家美术馆。后来，在卢西塔尼亚号②沉没之际，他在遇难前增加了一则附注，将它们留给了都柏林。显然，他的意思是将它们送到都柏林，但附注没有证人，因此没有合法性，结果英国政府得到了大部分画作。格里高利夫人在经历了种种公共和私人的灾难的时候，仍多年在伦敦四处奔走——一个衣衫褴褛的老妇拎着一把滴着雨水的伞，但因为家族的关系能让众多大人物听她倾诉。她并不在意他们的政治色彩，只要他们能帮她一把，找回雷恩的画作。她甚至想过去找英国王室，别人告诉她"国王做不了主……或许王后能够帮上忙"。最奇怪的是，最大力帮助她的英国政治家是反动歹毒的联合主义者爱德华·卡尔森爵士③，是他在 1912 年武装乌尔斯特志愿军④，并在

---

① 爱尔兰国民军（the Irish Citizen Army），由爱尔兰民族主义运动的领袖詹姆斯·拉尔金、詹姆斯·康纳利和杰克·怀特创建的志愿军，曾参与 1916 年的复活节起义。

② 卢西塔尼亚号（Lusitania），英国豪华邮轮，于 1915 年 5 月 7 日在爱尔兰外海被德国潜艇击沉，共 1 198 人死亡，其中包括 198 名美国人，是促成美国参加一战的导火索。

③ 爱德华·亨利·卡尔森（Edward Henry Carson，1854—1935），爱尔兰联合主义者，曾担任爱尔兰联盟和乌尔斯特联合党的领导人。

④ 乌尔斯特志愿军（the Ulster Volunteers），创建于 1912 年，是北爱尔兰地区亲英国政府的地方武装，抵制爱尔兰自治运动。

1916 年指控凯斯门特①。

格里高利夫人几乎认识或见过英国和爱尔兰文坛的每一位作家，而且认识许多其他领域的杰出人士，她的日记中有许多关于萧伯纳、叶芝、吉卜林、克斯格雷夫②、德·瓦勒拉③、迈克尔·科林斯④和其他人的详实的轶闻。她自己本人几乎从未写过机趣或让人了解内情的评论，但她给人的感觉是一个好的观察者和忠于事实的记者。比方说，她对约翰·迪伦⑤评论复活节起义的记述或许具有真正的历史价值。在开始写日记的时候，这些日记只是描写了她丰富多彩的一生的末段。她生于 1852 年，1880 年结婚，嫁给一个比自己年纪大许多的男人。开始写日记的时候，她的丈夫已经辞世 25 年，而儿子在两年后死去，关于艾比剧院最艰苦的斗争已经结束，英国和爱尔兰达成体面和解的机会已经消逝。她的一生很勇敢，而且或许很有意义。没有她，叶芝或许不会写出那么多作品，奥卡西可能永远默默无闻。1930 年她 78 岁，罹患乳癌，钱财无多，但她大体上还是感到很满意："很久以前我就说过，我希望能活到理查德的 21 岁生日。明天就是他的生日了……

---

① 罗杰·戴维·凯斯门特(Roger David Casement, 1864—1916)，爱尔兰民族主义者、政治活动家，爱尔兰独立运动精神领袖之一，因倡导爱尔兰独立被英国政府以叛国罪起诉，被判处罪名成立并处死。

② 威廉·托马斯·克斯格雷夫(William Thomas Cosgrave, 1880—1965)，爱尔兰政治家，曾担任爱尔兰临时政府主席，1922 年至 1932 年担任爱尔兰自由邦的总理。

③ 伊蒙·德·瓦勒拉(Éamon de Valera, 1882—1975)，爱尔兰民族主义者、政治家，爱尔兰宪法起草人之一，曾于 1959 年至 1973 担任爱尔兰第三任总统。

④ 迈克尔·科林斯(Míchal Collins, 1890—1922)，爱尔兰民族主义者、政治家，曾担任爱尔兰临时政府主席和爱尔兰国民军总司令。

⑤ 约翰·迪伦(John Dillon, 1851—1927)，爱尔兰政治家，长期担任爱尔兰地区议员(属英国下议院议员)。

和罗伯特的成年礼比起来就差远了。那时候家族的亲人们聚在一起享受盛宴，为那些佃农起舞——库勒庄园不再是我们的了。但地主的日子已经过去了，这样子更好。不过我希望我们的血脉能在我死后关注这个曾经是我们的家园的地方，让它一直开放。"

但是，没有人能让库勒庄园一直开放下去，因为格里高利夫人死后，它就被捣毁了。她出生的地方——罗克斯伯勒庄园——在几年前局势"动荡不安"时已经被焚毁了。从那时起，盎格鲁—爱尔兰贵族就不复存在或成为了化石，政府收紧了对他们的控制，爱尔兰的文学运动没有实现它的承诺。制造它的张力已经被消除，格雷高利夫人所代表的那类特别的人——认同被征服民族的征服者——不再发挥任何作用。

评毕福理奇勋爵的《印度对他们的召唤》[①]

这本关于毕福理奇勋爵双亲的传记的大体内容正如他所说的，是对他们的品格的探讨，但对于大部分读者而言，或许它的价值更在于它描写了从印度兵变[②]到吉卜林的《来自群山的朴素传说》的那段已经被遗忘的岁月。

毕福理奇夫妇亨利与安妮特两人都出身中产商人阶层，亨利是苏格兰人，而安妮特出生于约克夏。两人并非出身大英帝国传统殖民家庭或与之有联系，而是怀着对东方浓厚的兴趣来到印度的。亨利在 1857 年进入印度政府，是最早的一批"竞争者"[③]之一。他是苏格兰知识分子的典范，奉行不可知论，性情温和但思想激进，而且富于理想，但在政坛中不会钻营逢迎以获得成功。终其一生，他似乎从未屈从于外部压力，而且他对印度的观点在当时并不受欢迎。他知道印度尚未能取得独立，但他认为英国统治的目标应该是"为其自行退出做好准备"，而实现这个目标的第一步——行政统治的本土化——应该大幅度加速推进。

---

① 刊于 1948 年 2 月 1 日《观察者报》。
② 印度兵变(the mutiny)，指 1857 年 5 月 10 日至 1858 年 6 月 20 日间以印度土兵为主力的反对东印度公司殖民统治的印度民族起义，之后由英国政府接替东印度公司实施对印度的殖民统治。
③ "竞争者"(competition wallah)指的是那些通过考试而不是通过关系进入印度行政部门的人，该考试制度于 1856 年创立。"wallah"是乌尔都语的后缀，相当于英语中的"-er"(者)。

在一代人之前，这些观点在麦考利①看来似乎合情合理，而一代人之后，亨利·毕福理奇所倡导的许多事情即将发生。但从1858年至1893年他在职期间，英印关系并不友好。在英国内部，帝国主义情绪正步入僵化，对"土著"妄自尊大的态度成为义不容辞的责任，而开凿苏伊士运河或许是最根本的原因。英国至印度的旅程变得便捷轻松，在印度的英国妇女数量迅速增加，欧洲人第一次能够形成他们自己的、独立排外的"纯白人"社区。另一方面，民族主义运动开始变得尖锐。亨利·毕福理奇支持不受欢迎的改革，撰写不谨慎的杂志文章，使自己被视为一个持危险观点的不受待见的人物。结果，他迟迟未能获得晋升，终其一生大部分时间都在瘟疫横行的恒河三角洲从事低级职务。

他的妻子安妮特是他的精神伴侣，但她的思想演变则非常不同。她受印度资助来到这里管理一所为孟加拉女孩创立的学校，一开始的时候她满怀支持印度人的热情，比她的丈夫更加热心，但后来她一改立场，几乎可以被称为保守派，一部分原因是她很反感印度人对待妇女的态度。当她晚年回到英国时，她还担任反对妇女参与选举的全国妇联的地方秘书。

退休之后，两人度过了几乎可以被称为第二人生的三十五年，从事繁重的文字工作。安妮特翻译波斯童话，六十岁的时候学习土耳其语。亨利花了二十年的时间翻译阿克巴大帝②的波斯

---

① 托马斯·巴宾顿·麦考利（Thomas Babington Macaulay，1800—1859），英国历史学家、政治家，代表作有《英国史》、《论马基雅弗利》等。

② 阿布尔-法斯·贾拉尔·乌-丁·穆罕默德·阿克巴（Abu'l-Fath Jalal ud-din Muhammad Akbar，1542—1605），印度莫卧儿王朝第三任皇帝，在位期间统一印度，提倡宗教宽容，缔造了莫卧儿王朝的黄金时期。

史。安妮特晚年耳聋，两人只能通过文字进行交流。1929 年两人先后逝世，时间相差几个月。除了一些好照片之外，这本书还有一份很有趣的年表，罗列了八十年代一户驻印度英国人家庭确切的构成。从这份年表里你会了解到为什么毕福理奇一家——夫妻两人和三个孩子，按照欧洲人的标准过着很节俭的生活——会有三十九个仆人。

评肯尼思·威廉姆森的《大西洋群岛》①

从肯尼思·威廉姆森先生的照片判断，法罗群岛几乎没有长树。它们是火山岛，陡峭的悬崖从乌云密布风暴猛烈的海洋直耸而起，可耕种的土地非常狭窄，农民们甚至无法使用犁，只能用一种笨拙的、没有手柄的铁锹进行一切耕种活动。除了渔业之外，他们没有天然的财富。但是，当英国周边的大部分岛群人口锐减时，这些岛屿尽管更加贫瘠荒芜，过去一百年里人口却翻了两番。

或许一部分原因是法罗岛人一直保持着自耕农的身份，没有地主阶级，没有非常悬殊的财富差距。岛屿的大部分面积都以原始的带状系统进行耕种，土地由集体拥有。威廉姆森先生在战争期间驻守法罗群岛几年，发现法罗人是坚强纯朴的民族，但绝非没有教养的人，因为当地的学校很好，而且一部分孩子被送到丹麦完成教育。他们是纯正的维京人后裔，仍然说着古老的挪威方言，只有在官方场合才不情愿地使用丹麦语。岛上还有民间传说的片段（有一个关于海豹妻子的故事，似乎带有爱尔兰色彩），原来的凯尔特居民似乎没有留下任何痕迹。

当地的饮食主要由鲸鱼肉和海鸟肉构成，由此就可以了解到

---

① 刊于 1948 年 2 月 29 日《观察者报》。肯尼思·威廉姆森（Kenneth Williamson，1914—1977），英国鸟类学家、作家，代表作有《天高任鸟飞》、《大西洋群岛：法罗群岛的生活及风景》等。

这些岛屿有多么贫穷。由于土地贫瘠，而且夏天气温很低，种粮食的收益很低，主要的庄稼是干草和土豆，这意味着没有多少牛羊能够过冬。除了像腊肉一样风干的羊肉之外，岛民们必须从海里获取肉类食物。每年的鲸鱼大屠杀——它们被成群地驱赶到首府托尔斯港，然后用钩镰将其屠宰，垂死挣扎的它们将海水染成了红色——是一个重要的活动，而捕猎海鸟则更加重要。法罗人不仅吃其他地方的人也吃的塘鹅，还吃海雀、海鸥、鸬鹚和海鹦鹉。威廉姆森先生对法罗人的饮食充满热情，但他所描写的大部分菜式读起来有点让人毛骨悚然，其基调似乎就是鱼肉和肥肉配以甜酱。

法罗人非常好客。威廉姆森先生写道，任何陌生人到了一间农舍都会被认为饥肠辘辘，主人会提供丰富的饮食。当人家给你煮海鹦鹉肉配草莓酱的时候，要接受美意肯定有点困难。

法罗人没有强烈的民族主义情感，只有极少数岛民反对在战争期间由英国人占领岛屿。而且，贯穿这场战争的始终，法罗人是我们最可靠的渔业供应者，一度曾供应英国四分之三的需求。在1940年和1941年的黑暗时刻，当冰岛的渔船在没有空中掩护的情况下拒绝出海，而英国无法满足其要求时，法罗人的那些小船来来去去，它们唯一的武装就是每艘船配备一挺布朗式轻机枪。它们遭受轰炸，被机关枪扫射，遇到水雷陷阱，甚至被鱼雷袭击。但他们也挣了不少钱，并将这笔钱用于更新捕鱼船队，认为与英国的贸易仍将继续。从某个权威的渠道你会了解到，他们是不会失望的。

评诺伯特·卡斯特雷的《我的洞穴》，罗伯特·洛克·格拉汉姆·艾文译本[①]

英国有多少人能够不翻阅字典就知道"spelaeology"（洞穴学）这个词与洞穴有关呢？或许知道的人不多，因为洞窟冒险虽然在奔宁山脉一带颇有一些重度爱好者，但一直不是热门的消遣活动。就连洞窟学家所说的像"虹吸口"和"猫耳洞"这样的行话，在英语里也没有完全对应的词语。

法国则是另外一番景象。那里有很多洞窟，特别是比利牛斯山和多尔多涅地区。有的洞窟在地下延绵很长的距离，不过法国的洞穴没有的里雅斯特附近的那个那么庞大，那个洞穴足以容纳罗马的圣彼得大教堂，穹顶和整体结构都可以轻松放进去。在你开始探索某个大型洞窟之前，你通常得顺着一个垂直的壶穴攀登，或者说下落到 1 000 或 2 000 英尺的深度。到了底部，你或许会发现一条地下河流，可以坐着橡皮筏顺流直下数英里之远。但你总是得爬着走——通常用的是"匍匐前进"这个专业术语，意思就是像蚯蚓那样蠕动前行——顺着宽仅容身的空隙往下走，身下是湿滑的泥土或锋利的石笋。

[①] 刊于 1948 年 3 月 14 日《观察者报》。诺伯特·卡斯特雷（Norbert Casteret，1897—1987），法国洞穴学家、冒险家、作家，代表作有《我的洞穴》、《十年的地底生活》等。罗伯特·洛克·格拉汉姆·艾文（Robert Lock Graham Irving，1877—1969），英国登山家、作家，代表作有《阿尔卑斯山之春》、《山峰会带来宁静》等。

大部分行程只能在漆黑一片中进行，因为所有的照明设施都不易携带，而且容易被水弄坏。一次满怀希望的探索总是会因为遇到虹吸口而中断。虹吸口指的是一处洞窟的顶部下陷到流经洞窟的河流的表面以下。要穿过虹吸口只能潜入水里，但下去之前没有人能预先知道岩壁没水的深度是几英尺还是五十码。

　　卡斯特雷先生是资深的洞窟学家，他自然坚持认为他所选择的这项休闲活动很有科学性，而且具有实用价值。它探索到了新的重要水资源，让我们了解到许多关于旧石器时代人类的情况，还增加了我们对蝙蝠习性的了解。但从他对这项探险活动的描述来看，显然真正的洞窟学家并不会去考虑任何功利的事情，而是出于神秘的冲动，想要到尽可能深的地下去，到人类从未踏足的地方去。这些地方有的遍布奇形怪状、如同大教堂支柱的钟乳石，美得令人瞠目结舌，就像卡斯特雷先生的书里那些照片所展现的那样。但在那些比较容易抵达的洞窟里，情况非常糟糕，那里有臭气熏天的蝙蝠群和叫人无法喜爱的动物，虽然卡斯特雷先生热情地为它们辩护。

　　探索洞窟的设备非常精密机巧。用钢缆做成的梯子一码长才大概三盎司重，能载人的橡皮艇排气后可以放进背囊里。要进行极深的探索，洞窟学家得绑在降落伞背带上，然后用一根绳子吊着降落下去，上面连着电话。他们穿的衣服非常重要，不仅是因为它应该保暖，而且更重要的是它不能被卡住。有不止一位洞窟学家在尝试挤过一个狭窄的猫耳洞时因为衣服被卡住而活活饿死。当然，还有其他危险，更不用提艰苦的环境——比方说，游过水温只有零下一二度的地下河流。但是，人类对快乐有不同的理解，洞窟探险并不比登山更加危险或更加艰苦，而且或许更有用处。这本书的所有相片都是用镁光灯在极其恶劣的条件下拍出来的，拍得都非常不错。

评詹姆斯·拉弗林编辑的《先锋文学：
美国的十年实验性写作》[①]

　　国与国之间的文学交流仍然远远称不上活跃，即使在没有政治阻碍的国家之间也是如此。前不久一位书评家在一份法国评论周刊上说，据他所知，自1939年以来，美国没有诞生任何新的作家。由于我们不需要依赖翻译，因此更加了解那边的情况，但即使如此，确实大部分美国年轻一代的作家只是偶尔在杂志投稿才被英国的读者们所认识。只有少数几个人的作品以书籍的形式在英国出版。詹姆斯·拉弗林先生的这本关于近期美国诗歌散文的选集《先锋文学》因此很有意义，但正如他自己承认的，它并不具有完全的代表性。

　　当然，一本这样的选集的意图并不是全面地描绘美国的文坛景象。拉弗林先生明确地表明他只考察实验性质的"非商业"写作，大部分内容是出自像《凯尼恩评论》和《党派评论》这样的杂志，或出自他自己的年度杂录《新方向》。即使如此，挑选出来的作品并不是那么有趣，因为它所包含的几乎全部都是"原创性"作品——即诗歌与故事——而过去十年来许多最好、最生动的美国作品是出自文学批评家和政治随笔作家之手。一本基于"短篇

[①] 刊于1948年4月17日《时代文学增刊》。詹姆斯·拉弗林（James Laughlin，1914—1997），美国诗人、文学评论家，代表作有《在另一个国度》、《光明之屋》等。

评论"的选集不会错过莱昂内尔·特里尔林①、德威特·麦克唐纳②、克里蒙特·格林堡③和尼古拉·基亚拉蒙特④——你甚至还会想到埃德蒙德·威尔逊⑤、玛丽·麦卡锡⑥和索尔·贝娄⑦。但是，这本书确实向英国读者介绍了几位年轻作家，他们原本应该更加出名的——比方说，保罗·古德曼⑧、卡尔·夏皮罗⑨、德尔莫尔·舒瓦茨⑩和兰德尔·贾雷尔⑪。当然，还有许多"成名"作家的文稿（威廉·卡洛斯·威廉姆斯⑫、卡明斯⑬、亨利·米勒和

① 莱昂内尔·特里尔林（Lionel Trilling，1905—1975），美国文学评论家、作家，代表作有《人在旅途》、《弗洛伊德与我们的文化的危机》等。
② 德威特·麦克唐纳（Dwight Macdonald，1906—1982），美国作家，编辑，代表作有《人民的责任：关于战争罪的散文》、《我们看不见的穷人》等。
③ 克里蒙特·格林堡（Clement Greenberg，1909—1994），美国作家、美术评论家，代表作有《本土美学：对艺术与品味的观察》、《艺术与文化》等。
④ 尼古拉·基亚拉蒙特（Nicola Chiaromonte，1905—1972），意大利作家，代表作有《有思想的蠕虫》、《历史的吊诡：司汤达、托尔斯泰、帕斯捷尔纳克与其他作家》等。
⑤ 埃德蒙德·威尔逊（Edmund Wilson，1895—1972），美国作家、评论家，代表作有《三重思想家：文学主题十二讲》、《四十年代文学纪实》。
⑥ 玛丽·麦卡锡（Mary McCarthy，1912—1989），美国女作家、文学批评家，代表作有《绿洲》、《冷眼以对》等。
⑦ 索尔·贝娄（Saul Bellow，1915—2005），加拿大裔美国作家，曾获1976年诺贝尔文学奖，代表作有《洪堡的礼物》、《晃晃悠悠的男人》等。
⑧ 保罗·古德曼（Paul Goodman，1911—1972），美国作家、剧作家，代表作有《文学的结构》、《帝国之城》等。
⑨ 卡尔·杰·夏皮罗（Karl Jay Shapiro，1913—2000），美国诗人，代表作有《捍卫无知》、《诗人的审判》等。
⑩ 德尔莫尔·舒瓦茨（Delmore Schwartz，1913—1966），美国诗人、作家，代表作有《世界就是一场婚礼》、《最后的和失去的诗歌》等。
⑪ 兰德尔·贾雷尔（Randall Jarrell，1914—1965），美国诗人、文学评论家，代表作有《动物之家》、《失去的世界》等。
⑫ 威廉·卡洛斯·威廉姆斯（William Carlos Williams，1883—1963），美国诗人，代表作有《农夫的女儿》、《帕格尼之旅》等。
⑬ 爱德华·伊斯特林·卡明斯（Edward Estlin Cummings，1894—1962），美国诗人、画家，代表作有《巨大的房间》、《郁金香与烟囱》等。

其他人），甚至有老一辈作家如埃兹拉·庞德和格特鲁德·斯泰因[①]的作品。

这本书所展现的一个事实就是，美国的文学知识分子仍然在很大程度上处于守势。作家是一个被追捕的异端这种感觉很明显，而所谓的那庄严的"先锋文学"与存在于英国的流行文学决然不同。但当你阅读拉弗林先生的序言和后面的文章时，你不禁会注意到，这种孤立的感觉在很大程度上是没有道理的。首先，"先锋文学"和"商业化"显然是有重叠的，甚至很难区分开来。这本书里有几则故事，尤其是杰克·琼斯[②]、罗伯特·劳利[③]和田纳西·威廉姆斯[④]的作品，很适合在发行量很大的杂志上刊登。此外，美国文学过去十年或十五年来是否具备拉弗林先生所声称的"实验性"品质值得怀疑。在那个时期，文学作品的创作主题无疑得到了拓展，但并没有多少技术创新可言。而且令人吃惊的是，散文没有得到多少关注，而且它全方位地容忍丑陋和马虎的写作。甚至在韵文诗方面，自从奥登之后，甚至自从艾略特之后就没有什么真正的创新者，奥登和他的同伴坦言他们从艾略特身上获益良多。

近些年的英国散文作家中，没有人能像乔伊斯那样把玩文字；另一方面，没有人像海明威那样刻意地简化语言。至于那种

---

① 格特鲁德·斯泰因(Gertrude Stein，1874—1946)，美国女作家、诗人，代表作有《每个人的自传》、《世界是圆的》等。

② 杰克·琼斯(Jack Jones)，信息不详。

③ 罗伯特·劳利(Robert Lowry，1826—1899)，美国作家、圣诗作者，代表作有《圣殿之歌》、《快乐的歌声》等。

④ 托马斯·拉尼尔·田纳西·威廉姆斯(Thomas Lanier Tennessee Williams，1911—1983)，美国作家、剧作家，代表作有《欲望号街车》、《热铁皮屋顶上的猫》等。

由康拉德、劳伦斯或福斯特所写的韵律齐整的"诗歌式"散文，如今已经没有人尝试了。最近一位刻意创作有韵律感的散文的作家是亨利·米勒，他的第一部作品发表于1935年，那时候他已经不算年轻了。关于拉弗林先生的选集中那些散文作家，有一点很突出，那就是，他们的文风都很相似，当他们以土话进行创作时除外。以那位无政府主义者保罗·古德曼为例，他的故事主题很特别，但他的处理手法却非常保守。那些故事也是一样——主题没办法不落窠臼。这些作者包括卡普兰①和约翰·贝里曼②。如今没有人能写出一本像麦克斯·毕尔邦③的《圣诞节的花环》那样的书了。作者个体之间的差别，至少表面上的差别，已经很不明显了。然而，当代文章对于散文技巧不感兴趣，也有其好的一面：没有"风格"的作者不会尝试去以矫揉造作的方式创作。这一点在选集中的一位作者身上体现得最为明显，那就是祖娜·巴恩斯④，她似乎无可救药地受到了拉伯雷或乔伊斯的影响。

这本选集的诗作水平参差不齐，或许原本可以有更好的选择。例如，兰德尔·贾雷尔被选入了五首诗，包括那首很不错的《在普鲁士的森林露营》，但他的短篇杰作《炮楼的炮手》以及那句难忘的结尾"在我死后，他们用水管将我从塔楼里冲出去"却没有被收录进去。或许这本书里最好的一首诗是卡明斯写的。他是个让人觉得厌烦的作家，一部分原因是他大量地采用没有意义

---

① 卡普兰（H. J. Kaplan），信息不详。
② 约翰·贝里曼（John Berryman，1914—1972），美国诗人、学者，代表作有《梦中之歌》、《被剥夺财产的人》等。
③ 亨利·马克西米兰·毕尔邦（Henry Maximilian Beerbohm，1872—1956），英国作家、漫画家，代表作有《快乐的伪君子》、《朱莱卡·多布森》等。
④ 祖娜·巴恩斯（Djuna Barnes，1892—1982），美国女作家，代表作有《阿尔玛纳克的女士们》、《字母表里的动物》等。

的排版手法，另一部分原因是他不肯消停的坏脾气很快就引起了读者的应激反应，但他在遣词用字方面很有才华（比方说，他描写苏俄的一句话经常被引用——"孩童般的一齐高喊口号的王国"），在他最好的作品中，他能写出行云流水的整洁诗句。在这本选集中，他的才华在一首称颂奥拉夫的短诗中得到了最高的体现，奥拉夫是一位因为良心的谴责而拒服兵役的人，略有胡乱拼凑的《斯特鲁威尔皮特丛书》①的气质。他先是描写奥拉夫落入了军方的手中，遭受了几乎无法诉诸笔端的酷刑，然后：

> 一位长官，听取了他的审判，
>
> 将这个黄皮肤的杂种
>
> 关进了地牢，他在那里死去。
>
> 基督啊（无限仁慈的主）
>
> 我祈祷看到
>
> 奥拉夫获得胜利，因为
>
> 除非数字在撒谎，
>
> 否则他比我更勇敢，比你更英俊。

在这本选集中，最好的诗歌，几乎无一例外，都将普通的文章写成韵律诗的格式。许多"自由诗"只是将散文以随心所欲的长度变成一行行的诗句，有时候进行了精心的编排，将第一个单词在页面上挪来挪去，显然是遵循着视觉效果和韵律一样重要的

---

① 斯特鲁威尔皮特丛书（Struwwelpeter）：德国儿童图画书系列，由海因里希·霍夫曼（Heinrich Hoffmann）最初执笔。

文学理论。如果你将这些所谓的诗作重新编排成散文的格式，它们和散文其实没有什么不同，只有一部分在主题方面与散文有所区别。列举几个例子就够了：

> 那是寒冷的一天。我们埋葬了猫咪，然后在后院点着火柴，将猫窝给烧掉。那些跳蚤逃到土里，火焰在寒风中熄灭。（威廉·卡洛斯·威廉姆斯）
>
> 那个老家伙放下他的啤酒——小子，他说道（一个女孩来到我们的桌旁，以基督之名央求我们请她喝一杯），小子，我告诉你，一件没有人讲述过的事情。（肯尼斯·帕岑①）

肯尼斯·雷克斯洛斯②的长诗《凤凰与乌龟》如果重新编排的话读起来就是一篇散文，但它或许应该被归入不同的类别。比方说，像下面这一段诗：

> 制度就是工具，
>
> 因为它提供分子过程
>
> 欺骗性的凭证。
>
> 价值就是反思，
>
> 令人满意的嗜好。
>
> 张力的正式一面，

---

① 肯尼斯·帕岑（Kenneth Patchen, 1911—1972），美国诗人、作家，代表作有《黑暗的国度》、《沉睡者醒来》等。
② 肯尼斯·雷克斯洛斯（Kenneth Rexroth, 1905—1982），美国诗人、作家，代表作有《世俗智慧的艺术》、《龙与独角兽》等。

来自于革命，

事实上，是过度的专业化、增生和巨化症。

它不是普通意义上的韵文诗，但或许不是单单因为马虎应付，而是因为源自埃兹拉·庞德或中国诗歌翻译的观念，认为诗歌可以包括没有任何韵律的铿锵的阐述。这种创作手法的缺点是，它不仅牺牲了韵文的韵律感，而且失去了它帮助记忆的功能。正是有了耳熟能详的节奏和韵脚，韵文与散文才得以区别开来，成为不同的创作体裁。过去三四十年来产生了大量的"自由体"韵文，但只有一小部分能以耳熟能详的形式流传下来，就像在散文里不可能保持节奏一样。在英国和美国，摆脱传统的韵文形式兴起的主要原因是，英语在尾韵方面特别贫乏，上世纪九十年代的诗人已经清楚地意识到这一缺点，有一段话写道：

从奥斯汀追溯到乔叟，

我揉着疲倦的眼睛，

但我从来没有遇到过，

有与"爱"押韵的新词。

这一缺点自然而然地慢慢累积沉淀，到了乔治亚时代，它引发了不堪忍受的陈腐和矫揉造作。而出路就是，完全或部分地放弃韵律，或通过二重韵和使用俚语及俗语，而这在以前被认为是难登大雅之堂的，但能让可用的韵脚有所增加。但是，这并没有消除对于韵脚的需求，要真的有什么结果的话，这一需求反而增加了。事实上，成功的无韵诗——比方说，奥登的《西班牙》或艾略特的许多章节——通常都配上强烈的重音和没有抑扬顿挫的格律。你甚至可以从这本选集中看到，近来有一种回归传统的诗节形式的趋势，但总是带着一种"自由体"韵文的邋遢的感觉。例如，卡尔·夏皮罗在创作其实是民歌体裁的诗歌时非常成功，他的作品《烟火》：

> 在更新世的花园里，我们就像爱丽丝一样流连，
> 在那里，种子将茎秆送到天堂，从豆荚里迸发，
> 一朵蓝色的花在远处飘荡，打开它的花蕾，
> 掉落在尘土中，轻轻点头，然后枯萎。
> 毛茸茸的狼蛛在柔软的叶片上爬行，
> 百合花的花瓣在爬山虎丛中绽放，
> 花粉直冲月亮，在她的下方，
> 是一颗颗星星和悲伤的沉睡者!

这本选集中最好的短篇小说当数约翰·贝里曼的《想象中的犹太人》，描写了一个年轻人去参加一个政治会议。他是一个大度慷慨的青年，厌恶反犹主义思想，然后由于阴差阳错被误会是一个犹太人，从而突然间对犹太问题有了更加深入的了解。保罗·古德曼的故事《一场纪念仪式》据说发生在"合理的体制在我们的时代建立不久之后"——也就是说，经过无政府主义革命之后——故事热情洋溢地尝试对快乐进行描述，迄今为止没有其他作家能比得上。卡普兰的稍长一些的故事《伊斯兰信徒》属于那种你想说展现了高超的才华，但不能肯定它在描写什么的作

品。格奥格·曼恩①对共产主义的讽刺文章《布尔什维克官僚阿泽夫·威斯迈尔》要是篇幅只有十几页而不是将近五十页的话，原本会是很有趣的作品。选集中有亨利·米勒的《南回归线》的长篇节选。就像作者的所有早期作品一样，里面不乏精妙的章节，但要是从没有那么夸张的《北回归线》中挑选一章的话会更好一些，《北回归线》是亨利·米勒的杰作，仍然是一本非常罕见的书。它是如此成功，以至于所有国家的警察都在追踪封杀它。

除了文章之外，这本《选集》还收录了两组拍得不错但算不上特别突出的摄影作品。其中一组是由沃尔克·伊文斯拍摄的，由詹姆斯·阿格利②为南方的植棉农民写了一则"报道"。另一组由赖特·莫里斯拍摄，有建筑的照片，大部分是废墟，每一张都配了以散文诗形式写成的长篇说明。这些说明本身并不出色，但这个想法很好，或许会有很多跟风之作。这本书的另外一大亮点是拉弗林先生编撰的萨缪尔·格林堡的诗歌选集，他是一个犹太青年，父母出身贫寒，他在1918年就去世了，还不到二十岁。那都是些奇怪的诗，通篇都有拼写错误，而且有一些新的词汇，有时候就像是还有待完成的手稿，而不像是业已完成的作品，但它们展现了充沛的力量。通过平行比较，拉弗林先生表明哈特·克莱因③从格林堡那里借鉴了许多诗句，但没有予以承认。

不管怎样，这本书很有用处，介绍了大约五十位美国作家，其中有超过一半英国人并不了解或了解不多。但如果它能明确地

---

① 格奥格·曼恩(Georg Mann)，信息不详。
② 詹姆斯·鲁福斯·阿格利(James Rufus Agee，1909—1955)，美国诗人、作家，代表作有《一起家族死亡事件》、《流浪汉的新世界》。
③ 哈罗德·哈特·克莱因(Harold Hart Crane, 1899—1932)，美国诗人，代表作有《白色的建筑物》、《桥梁》等。

为英国读者进行编撰的话，它本可以编得更好。事实上，它是一本面向美国的作品，显然是一页页地审查过后才被接纳进英国的（亨利·米勒最喜欢用的动词被辛苦地以手工形式涂黑，这种情况一连出现了五十页），可能会给英国读者造成不平衡的印象。应该再次强调的是，美国的写作在目前更加优秀的领域是文学批评和政治及社会散文。这无疑在很大程度上是因为在美国金钱更多，纸张更多，闲暇更多。那些杂志要厚一些，"主角们"有钱一些，而最重要的是，知识分子虽然遭受冤屈，数量依然多得足以组成自己的共同体。严肃的长篇探讨已经在英国绝迹，但在美国仍然存在，比方说，关于要不要支持那场已经结束的战争的探讨，或围绕着詹姆斯·伯恩汉姆或范·威克·布鲁克斯①的理念进行争论，诞生了比《先锋文学》的许多内容更值得重印也更有代表性的作品。另外，这本书因为它既不是毫不妥协的"高端读物"，也不是对当代美国文学的全面剖析而遭受戕害。它遗漏了几位美国最好的作家，原因是他们不是"先锋作家"；与此同时，它收录了凯伊·布伊尔②和威廉·萨罗扬③的作品。它还收录了一两篇纯粹的垃圾——但或许这是任何编撰当代作家的大部头选集所无法避免的。鹰隼出版社的编辑们值得为他们的勤勉而得到赞许，但下一次他们应该更懂得如何选择材料，网罗的范围要更广一些。

---

① 范·威克·布鲁克斯（Van Wyck Brooks，1886—1963），美国文学评论家、历史学家，代表作有《论今日之文学》、《自信的年代》等。
② 凯伊·布伊尔（Kay Boyle，1902—1992），美国女作家，代表作有《雪崩》、《白夜》等。
③ 威廉·萨罗扬（William Saroyan，1908—1981），美国作家，代表作有《我叫阿拉姆》、《人间喜剧》等。

评奥斯卡·王尔德的
《社会主义下的人的灵魂》[①]

奥斯卡·王尔德的作品如今又有许多回到了舞台和银幕上，我想提醒一句，他的作品并不只有《莎乐美》和《温德米尔夫人》。举例来说，王尔德的《社会主义下的人的灵魂》大概在60年前初版，已经不堪卒读。王尔德本人并不是活跃的社会主义者，但他是一个很有同情心和观察力的知识分子，虽然他的预言并没有实现，它们却没有随着时间的推移而变得无关紧要。

王尔德眼中的社会主义，或许是那个时候许多文笔没有他那么晓畅的人共同的想法，充满了乌托邦和无政府主义的色彩。他说废除私有财产将使得人的全面发展成为可能，并让我们摆脱"可怜地为他人而活的无奈"。到了社会主义的将来，不仅不会有贫困和动荡，而且不会有苦役、疾病、丑陋和将心思浪费在尔虞我诈之上。

痛苦将不再重要——事实上，人类在历史上将第一次能够通过享受而不是通过苦难去实现自己的个性。犯罪将会消失，因为再也不用因为经济上的原因去犯罪。国家将不再实施统治，只是作为一个分配必需品的机构而存在。所有讨厌的工作将由机器完成，每个人都可以完全自由地选择自己的工作和属于自己的生活

---

① 刊于 1948 年 5 月 9 日《观察者报》。

方式。事实上，世界将到处是艺术家，每个人都以自己心目中的最佳方式在追求完美。

如今这些乐观的预测读起来让人觉得心里不好受。当然，王尔德意识到社会主义运动有极权主义的倾向，但他不相信这种倾向会占得上风。他以先知的口吻俏皮地写道："我不认为如今会有社会主义者严肃地倡导由一位视察专员每天早上走进家家户户了解每个市民是否起床并从事八个小时的体力劳动。"——不幸的是，这正是无数的现代社会主义者会倡导的事情。显然，有什么事情出错了。凭借着经济集体所有制，社会主义正以60年前几乎被认为不可能的速度征服整个世界，然而，乌托邦，具体地说是王尔德的乌托邦，却没有离我们更近。那么，到底是哪里出了差错？

如果你仔细分析的话，你就会看到王尔德提出了两个普遍但未被证实的设想。其一是这个世界是极其富足的，只是苦于分配不均。他似乎在说，将百万富翁和十字街头清道夫的财富进行平均分配，那么每个人都可以有充足的物质供应。直到俄国革命之前，这一观念依然广泛传播——"朱门酒肉臭，路有冻死骨"这句话被挂在嘴边——但事实并非如此，它之所以存在是因为社会主义总是把高度发达的西方国家想象得太美好，忽略了亚洲和非洲可怕的贫穷。事实上，放眼整个世界，问题不是如何分配财富，而是如何提高生产力，没有这一点作为基础，经济上的平等只会意味着普遍的贫困。

其次，王尔德认为将所有讨厌的工作交给机器去完成是一件简单的事情。他说机器是我们的新奴隶，这是一个很有诱惑性的比喻，但会造成误导，因为有许多工作——大体上说，任何需要高度灵活性的工作——是机器无法完成的。在实际操作中，即使在最高度机械化的国家，许多枯燥和累人的工作仍得由人去做，虽然他们很不情愿。但这直接意味着劳动分工、固定工时、工资差别和王尔德所痛恨的所有严格控制。王尔德心目中的社会主义只能在比当前的社会富裕得多，而且技术上先进得多的社会才能实现。废除私有财产本身并不能将食物送进人的口中。它只是过渡时期的第一步，而这一时期注定会非常辛苦、艰难和漫长。

　　但这并不是说王尔德是完全错误的。过渡时期的痛苦是它所制造的那个令人难以忍受的前景似乎会是永恒。已经在苏俄发生的事情看上去就是这样。一个原本只是用于有限目的的专政体制固定了下来，社会主义被视为集中营和秘密警察的同义词。因此，王尔德的预言和其它类似的作品——如《来自乌托邦的消息》——体现了它们的价值。它们或许在呼唤不可能发生的事情，而且它们或许——因为乌托邦必然体现了它自身的时代的美学理念——有时候似乎"过时"又可笑，但它们至少超越了为买食物而排队和党派争执的时代，重申了社会主义运动业已几乎被遗忘的建立大同世界的初衷。

乔治·基辛[①]

　　在原子弹的阴影笼罩之下很难带着自信去谈论进步。但是，要是我们假设十年内我们还不至于被炸成碎片的话，有很多理由认为当前的时代要比过去的时代好得多，而乔治·基辛的小说就是理由之一。要是基辛还在世的话，他要比萧伯纳年轻一些，但他所描写的伦敦已经几乎像狄更斯笔下的伦敦一样遥远。那是八十年代的伦敦，浓雾笼罩，点的是煤气灯，满城是醉酒的清教徒，服饰、建筑和家具达到了丑陋的极点。一户十口人的工人家庭住在单间是几乎很平常的事情。大体上，基辛没有描写最贫穷的情况，但当你读到他对下层中产阶级的凄苦生活忠实的描写时，你一定会觉得我们已经大大改善了那个黑礼服和金钱统治的世界，而那只不过是六十年前的情景。

　　基辛的每一部作品——他临终前所写的一两部作品除外——都有令人难忘的章节。第一次接触他的作品的读者最好从《五十年庆那年》开始读。然而，很遗憾的是，他的两部次要的作品得以耗费纸张重印，而他那些应该为人所记住的作品却有很多年根本无从寻觅。比方说，《古怪的女人》已经彻底停印了。我手头有一本，是1914年那场战争前卖得很火的那种脏兮兮的红色封皮廉价版，但这是我见过或听说过的唯一版本。基辛的杰作《新格拉

---

① 成文于1948年5月至8月。

布街》我一直买不到，是从公共图书馆那堆带着汤汁印渍的旧书里借阅的，《人民》也是，还有《阴间地狱》和一两本其他作品。据我所知，只有《亨利·莱克罗夫的私人文件》、评论狄更斯的那本书评和《一个生命的早晨》在近期付梓。不过，现在重印的两部作品都值得好好读一读，尤其是《五十年庆那年》，更加阴郁黯淡，因此更具个人特色。

在他的序言里，威廉·普罗默①先生写道："大体上说，基辛的小说就是关于金钱和女人的。"而麦芬尼·伊文斯小姐②在《漩涡》的序言里也写了类似的话。我觉得，你或许可以把定义再扩大一些，说基辛的小说是对以体面为名义的自我折磨的抗议。基辛是一个书呆子，或许也是一个过于斯文的男人，热爱古典事物，发现自己被困在一个烟雾缭绕的、冰冷的清教徒国度，如果没有厚厚的一沓钱摆在自己和外部世界之间，根本别想过得舒服。在他的愤怒和牢骚后面是他认识到维多利亚晚期英国生活的悲惨在很大程度上是根本没有必要的。那种肮脏、那种愚昧、那种丑陋、那种性饥渴、那种鬼鬼祟祟的纵情声色、那种庸俗、那种粗鄙、那种吹毛求疵——这些事情都没有必要出现，因为它们是清教徒主义的残余，而清教徒主义不再是维系社会结构的支柱。人们原本可以在不降低效率的前提下过上很快乐的生活，但他们却选择了过着悲惨的日子，制造出毫无意义的禁忌用于吓唬自己。金钱是一个困扰，不仅是因为没有钱你就会挨饿，更重要

---

① 威廉·查尔斯·弗兰克丁·普罗默（William Charles Franklyn Plomer，1903—1973），南非裔英国作家，代表作有《西塞尔·罗德斯》、《侵略者》等。
② 麦芬尼·伊文斯(Myfanwy Evans)：情况不详。

的是，除非你有很多钱——比方说吧，300 英镑一年——社会是不会让你体面地生活下去的，甚至会让你不得安宁。女人是一个困扰，因为她们比男人更相信禁忌，即使在她们不体面时也仍然受体面的束缚。因此，金钱和女人是社会对勇敢的人和聪明的人进行报复的两件工具。基辛很愿意自己和别人能有更多的钱，但他对我们现在所说的社会公平并不是很感兴趣。他并不推崇工人阶级，也不信奉民主。他不想为人民大众鼓与呼，而是为那些在野蛮人中茕茕孑立的出众而敏锐的人代言。

《古怪的女人》里每一个主要角色的生活都被毁掉了，因为钱太少了，或因为大半辈子过去了才挣到钱，或遭到明显荒诞不经却不容质疑的社会习俗的压迫。一个老处女过着毫无意义的酗酒生活，一个年轻漂亮的女孩嫁给年纪足以当她父亲的老头儿，一个苦苦挣扎的学校老师一再推迟与情人的婚礼，直到两人都成了枯萎的中年男女，一个心地善良的男人忍受妻子的絮絮叨叨直至死去，一个特别聪明和富有活力的男人错过了结一次冒险的婚姻的机会而一辈子都结不了婚——每一个悲剧最终都归因于对社会准则的接受，或没有足够多的钱绕开它。在《一个生命的早晨》中，一个诚实而有才华的男人遭到了毁灭和死亡的命运，因为在一个大城市里走动不戴礼帽是不行的。他的帽子在乘火车的时候被风刮出了窗外，他又没有钱另外买一顶，只能挪用老板的钱，从而引发了一系列灾难。这是一个很有趣的例子，表明观念的改变能突然间让原本十分强大的禁忌成为滑稽的事情。如果你今天不知怎地丢掉了裤子，或许你也会挪用公款，而不是穿着内裤到处走。八十年代的帽子似乎是非常必要的东西。事实上，不过就在三四十年前，没戴帽子的人走在街上是会被人嘘的。接着，出于不明的原因，不戴帽子成为体面的事情，到了今天基辛所讲述的那一幕悲剧——在当时的情景下是可以理解的——变成了不可能发生的事情。

　　基辛的作品令人印象最深刻的是《新格拉布街》。对于一个职业作家来说，它还是一部令人难过而丧气的作品，因为它除了讲述其他事情之外，还谈到了那个令人恐惧不安的职业病——江郎才尽。确实，突然间失去了创作能力的作家数量并不多，但那是一种随时可能发生于任何人身上的灾难，就像性无能一样。当然，基辛将它与他惯用的主题——金钱、社会准则的压力和女人的愚蠢——联系在一起。

　　埃德温·雷尔顿，一个年轻的小说家——出版了一本侥幸成功的小说，刚刚辞掉了一份文职工作——娶了一个迷人而且似乎很聪慧的女孩子，她自己有点收入。在这里，还有其他一两处地方，基辛说了一些现在听来似乎很奇怪的言论——他说一个受过教育却又没有钱的人很难娶到老婆。雷尔顿做到了，但他的朋友就没有那么成功了，他住在阁楼里，靠当收入微薄的补习先生维持生计，只能理所当然地接受独身。基辛表示，如果他能娶到一个老婆，那只会是一个来自贫民窟的没有受过教育的女孩。精致而敏感的女人无法面对贫穷。这里你又注意到那个时代与我们这个时代的差异。基辛在他的所有作品中都暗示聪明的女人是非常稀有的动物，如果你希望娶一个既聪明又漂亮的女人，根据众所周知的算术定理，选择就更加有限，这无疑是对的。这就好比是你只能在白化病患者中作出选择，而且还是左撇子的白化病患者。但基辛对他那位可憎的女主人公的描写，以及他对笔下其他女性角色的描写，让人觉得在那个年代女人对精致、文雅乃至智慧的理解与优裕的社会地位和昂贵的物质生活是分不开的。作家愿意与之结婚的女人就是那种一想到住在阁楼里就会退缩的女人。基辛在写《新格拉布街》时，那或许就是实情，但我认为，今天的情况可以说并非如此。

雷尔顿婚后不久就发现妻子是一个傻兮兮的势利女人，那种认为"艺术品味"只不过是社会竞争力的掩饰的女人。她嫁给一个小说家，以为他会一夜成名，然后她可以夫荣妻贵。雷尔顿是一个典型的基辛笔下的主人公，一个刻苦、不善交际而一无是处的男人。他陷入了一个矫情而昂贵的世界，知道自己永远没办法保持自我的本性，立刻丧失了勇气。当然，他的妻子根本不明白文学创作到底是怎么一回事。有一个章节写得很可怕——至少对那些鬻文为生的人来说很可怕——她计算一天能写多少页书，然后算出自己的老公一年能写出多少本小说，然后得出这么一个结论：写书并不是一份很辛苦的职业。与此同时，雷尔顿被吓呆了。日复一日，他坐在书桌前，什么事情也没有发生，什么也写不出来。最后，在恐慌中他写出了一堆废话，而出版社因为雷尔顿的前一本书获得了成功，将信将疑地接受了投稿。除此之外他再也写不出任何可以出版的东西了。他完蛋了。

令人绝望的事情是，如果他能回去当一个小职员，当一个单身汉的话，他就会好起来。那个老于世故、娶了雷尔顿的遗孀的记者对他作出了恰如其分的评价，说他如果过着单身生活，每两年就能写出一本好书。但是，他当然不能回归独身。他不能重操旧业，不能安于靠妻子的钱生活：通过妻子而起作用的公众舆论逼得他江郎才尽，最后进了坟墓。书里面的其他文学人物绝大多数也好不到哪里去，困扰着他们的麻烦在今天依然还是那样。但至少书里所着重描写的灾难在今天不大可能以同样的情形发生，或为了同样的原因而发生。很有可能，雷尔顿的妻子不会那么愚蠢，而且如果她实在是让他觉得日子没法过了，或许他就会一走了之，没有那么多顾虑。在《漩涡》中有一个类似的女人，名字叫做阿尔玛·弗洛辛汉姆。与之相对比，在《五十年庆那年》里有三位弗兰奇小姐，她们代表了新兴的下层中产阶级——根据基辛的描写，这个阶层得到了金钱和权力，却没办法将其善用，都是一帮极其粗俗、吵闹、精明而道德败坏的人。乍一看，基辛笔下那些"贤淑高贵"的女人和"没有淑女风范"的女人似乎很不一样，甚至是截然相反的两种动物，这似乎否定了他所暗示的对女性大体上的谴责。然而，将她们联系在一起的纽带就是，她们都是目光短浅的可悲人物。就连《古怪的女人》里像洛姐那样活泼而聪明的女人（是新女性中一个有趣的早期标本）也无法进行抽象思维，无法摆脱现成标准的窠臼。基辛似乎打心眼里认为女人是天生的弱者。他希望她们受到更好的教育，但另一方面他又不希望她们获得自由，不然她们一定会不当地使用自由。大体上，在他的书里最好的女人都是那些隐忍的、持家有道的角色。

我非常希望基辛的作品全集能够在纸张充裕的时候出版。他有几本作品我没有读过，因为一直找不到，不幸的是，里面包括《生于放逐》，据说是他最好的作品。但光靠《新格拉布街》、《人民》和《古怪的女人》这几本书，我已经可以说英国没几位小说家比他更优秀了。这话或许说得有点武断，但如果你思考一下小说的意义就不会这么觉得了。"小说"一词通常用于指代任何种类的故事——《金驴》、《安娜·卡列尼娜》、《堂·吉诃德》、《即兴诗人》、《包法利夫人》、《所罗门王的宝藏》或任何你喜欢的作品——但它还有一个狭隘一些的定义，指代十九世纪之前几乎未曾存在、主要在俄国和法国兴盛的文学体裁。在这个意义上，小说指的是一个试图描述可信的人物形象的故事，不一定非得使用自然主义的手法，但要展现他们在日常动机的支配下如何行动，而不只是经历一连串不太可能发生的冒险。一本符合这一定义的真正的小说至少包括两个角色，或许更多，对他们的内心世界以同样程度的合理性进行描写——这实际上就排除了以第一人称进行描写的小说。如果你认可这一定义，那么小说明显不是英国擅长的艺术形式。那些通常被捧为"伟大的英国小说家"的作家要么不是真正的小说家，要么并非英国人。基辛所描写的不是奇闻异事或滑稽喜剧或政治文章，他感兴趣的是作为个体的人——事实上，他能带着同情心去描写几种不同的动机，从它们的冲突之中编出一个可信的故事，这使他在英国作家中显得不同寻常。

当然，在他想象的情景和人物中，并没有很多通常被称为美的东西，而在他的作品的字里行间，诗情画意的描写就更少了。事实上，他的文笔总是让人觉得难受，下面有几个例子：

> 她的思想总是会迷失于禁区而遭致惩罚，无论她下了多么坚定的决心，要坚持肉体的冷漠。（《漩涡》）
> 没有受过教育的英国女人在服装打扮上的愚笨是一个无以复加的事实。（《五十年庆那年》）

但是，他不会犯那些真正严重的错误。他的意图总是很明确，他从不"为了追求效果而写作"，他知道如何在朗诵和对话中保持平衡，如何让对话听起来可信，而不至于与对话前后的文体格格不入。比他缺乏文采要严重得多的毛病是他的经验范围的狭小。他只熟悉少数社会层面，虽然他对人物所背负的环境压力的理解非常鲜活生动，但他似乎对政治和经济的力量了解甚少。他的世界观有一点倾向反动，但这只是因为他缺乏远见而并非出于恶意。他被迫与工人阶级生活在一起，认为他们都是些野蛮人，而他这么说只不过是出于诚实。他不知道如果能给予他们机会的话，他们也能成为有教养的人。但说到底你对小说家的要求不是要他作出预言，而基辛的一部分魅力就在于，虽然他那个时代让他很不受待见，但他却确凿无疑地属于那个时代。

英国作家中与基辛最接近的似乎是和他生活在同一时代，或者说大致上同一时代的马克·鲁瑟福德[1]。如果你简单地归纳他们的突出特征，这两个人似乎很不一样。马克·鲁瑟福德的作品比基辛少一些，不像基辛那样是个纯粹的小说家，他的文笔要好得多，他的作品很难辨认出属于哪个特定的时代，他奉行改革社会的思想，而最重要的是，他是一个清教徒。但他们之间有一种令人难忘的相似之处，或许可以通过一件事情得以解释，那就是，他们俩都缺少英国作家的致命伤——"幽默感"。两人都带着消沉的意气和孤独的气质。当然，基辛的作品中不乏有趣的章节，但他的创作目的不是引人发笑。最重要的是，他没有撰写闹剧的冲动。他对所有的主人公都抱以多少严肃的态度，至少试图表示同情。任何小说都不可避免地包括了一些次要角色，他们或许只是滑稽可笑，或者被人带着纯粹的敌意加以审视，但小说创

---

[1] 马克·鲁瑟福德（Mark Rutherford）是威廉·霍尔·怀特（William Hale White, 1831—1913）的笔名，英国作家，代表作有《解脱》、《坦纳街的革命》等。

作中有所谓"持中而论"这一品质，而比起大部分英国作家，基辛的态度要更加不偏不倚。他没有非常强烈的道德宗旨，这是他的一个优点。当然，他对自己所生活的社会的丑陋、空虚和残酷有着深刻的厌恶，但他关心的是描述社会，而不是改变社会。他的作品里总是没有一个能被斥为反角的人物。即使出现了一个反角，也总是没有得到报应。在描写性事时，考虑到他进行创作的年代，基辛的描写出奇地直白。他并没有写些诲淫诲盗的东西，或对性滥交表示认同。只不过他愿意面对事实。英国小说有一条不成文的法则，小说的男女主人公在结婚前应该保持贞洁，这一法则在他的作品中被抛到一边，几乎是自菲尔丁以来的第一人。

和十九世纪中期以后的大多数英国作家一样，基辛想象不出还有什么比当一位作家或有闲的绅士更值得念想的前途。知识分子和下里巴人的鸿沟已经形成，一个有能力创作严肃小说的人再也没有办法想象自己完全满足于商人、士兵、政治家或别的什么职业的生活。至少在意识层面上基辛并没有想要成为他那种作家。他的理想让人觉得很悲哀，那就是：有过得去的收入，住在郊区一座舒服的小房子里，最好不要结婚，他可以徜徉在书堆里，特别是希腊文和拉丁文典籍。要不是他在获得牛津大学奖学金后因为个人的浪荡行为而被抓进监狱，他原本可能实现这一理想的。结果，他一生都在从事在他眼中是苦工的工作中度过，当他最终可以不用争分夺秒地进行创作时，他立刻就亡故了，年仅四十五岁。赫伯特·乔治·威尔斯在他的《自传试验》中形容他的死是他的生命的一部分。他在 1880 年到 1900 年间所创作的那二十部左右的小说是他为了争取过上优裕生活的心血之作，而他从未能享受上那种生活，就算他能得到那种生活，或许他也无法将其好好地利用，因为很难相信他的气质真的适合过学术研究的生活。或许他的才华迟早会自然而然地吸引他进行小说写作。如果不是这样的话，我们必须感激他在年轻时做的那件荒唐事，这件事让他离开了舒舒服服的中产阶级生涯，迫使他成为庸俗、贫穷和失败的记录者。

评珍·波顿的《一位巫师的全盛时期》①

丹尼尔·但格拉斯·霍姆②是勃朗宁③的作品《斯拉奇先生》的原型。他是唯一从未被揭穿真面目的灵媒师——确切地说，是"形体"灵媒师。他的一生声名显赫，围绕着他诞生了不少文学作品。沙皇亚历山大二世、尤金尼亚皇后④、普鲁士国王和一帮英国贵族死心塌地地相信他，就连作家和科学家，像拉斯金⑤、巴尔沃-立顿⑥、萨克雷、威廉·克鲁克斯爵士⑦、伊丽莎白·勃朗宁⑧和哈里特·伊丽莎白·比彻·斯托都很信任他。霍姆有过不计其数的漂浮于空中的记载，通常都是横着飘过，还能以看不见

---

① 刊于 1948 年 6 月 6 日《观察者报》。

② 丹尼尔·但格拉斯·霍姆(Daniel Dunglas Home，1833—1886)，苏格兰灵媒师，在维多利亚时期名噪一时，但也引发了众多争议。

③ 罗伯特·勃朗宁(Robert Browning，1812—1889)，英国作家，代表作有《葡语十四行诗》、《戒指与书》等。

④ 尤金尼亚皇后(Empress Eugénie，1853—1871)，法兰西第三帝国拿破仑三世的皇后。

⑤ 约翰·拉斯金(John Ruskin，1819—1900)，英国作家、诗人、画家、思想家，代表作有《现代画家》、《建筑学的诗艺》等。

⑥ 爱德华·乔治·厄尔·巴尔沃-立顿(Edward George Earle Lytton Bulwer-Lytton，1803—1873)，英国诗人、作家，代表作有《尤金·阿拉姆》、《庞贝古城的最后日子》等。

⑦ 威廉·克鲁克斯(William Crookes，1832—1919)，英国物理学家、化学家，是铊元素的发现和命名者。其研制的阴极射线管为 1895 年 X 射线的发现和 1897 年电子的发现提供了基本实验条件。

⑧ 伊丽莎白·巴雷特·勃朗宁(Elizabeth Barrett Browning，1806—1861)及其丈夫罗伯特·勃朗宁(Robert Browning，1812—1889)，广受尊敬的英国文坛伉俪，

的手隔空弹奏乐器，不用接触就让沉重的家具像芭蕾舞者那样穿过房间。只有一回有人能出示证据说他是在耍把戏，但情况颇有疑点。

而且，没有人知道霍姆的私生活，这表明他是一个心机深沉的骗子。他热衷与上流社会交往，和两个有钱的女人结过婚，而这在一部分程度上是由他的灵媒活动促成的，但他并不是一个唯利是图的人。他会接受像珠宝首饰这样的昂贵礼品，但他拒绝金钱，而且他不会听从别人的命令去"表演"。他嘲笑其他灵媒师是"见不得人的通灵师"并揭穿一些所谓的"显灵"的把戏，得罪了他们。虽然他有几个死敌，比如说罗伯特·勃朗宁，他与其他人的关系，以及他在生活中的言行举止，很难让人相信他是一个庸俗的骗子。

但是——这一点珍·波顿小姐没有着重强调——这一定是一场骗局。许多关于霍姆的故事根本不足为信，而由于每件事似乎都是在光天化日之下发生的，让人觉得更不可信。霍姆不像其他"形体"灵媒师，他是在大庭广众之下完成了最令人瞠目结舌的奇迹，而且它们大部分是魔术师在没有事先准备的情况下做不到的事情。比方说，威廉·霍威特①，《超自然的历史》的作者，声称曾经见过一张桌子从地上升起来，然后翻转过来，直到顶部与地面垂直，上面那个花瓶仍然保持在原位，似乎它是粘在上面的一样。然后这张桌子飘到了隔壁房间，漂浮在另一张桌子上面。显然，这种事情不可能真的发生。除非有其他记载下来的例证，

---

① 威廉·霍威特(William Howitt，1792—1879)，英国历史学家、作家，代表作有《殖民地与基督教》、《人民之子》等。

否则你是不会相信这些事情的，而且自从霍姆之后就没有任何灵媒师被报道过能成功做到这些事情。但你将霍姆所施行的超自然现象斥为"谎言"或"纯属想象"并无济于事。因为，说到底，为什么那些理智而且声名卓著的人会串通起来说一些让人觉得可笑的故事呢？你只能得出这么一个结论：无论霍姆是有心还是无意，他拥有某种催眠力量，能让人群产生幻觉。

波顿小姐几乎没有对这个问题进行探讨。这本书大致上是一本传记，她只是描述了霍姆生平的故事，几乎没有进行评论，甚至没有反驳他是一个骗子的指控。已故的哈利·普莱斯①先生的序言并没有对这个问题作进一步的阐述，但他透露了一个有价值的提示，将霍姆列为"恶作剧的灵媒"。霍姆的全盛时期是六十年代和七十年代，并没有在如今所谓的实验条件下进行表演，而且参加他的通灵仪式的那些人早就死了，但通过研究保留的记录，仍有可能对他的魔术的本质有更多的了解。

他最负盛名的壮举——如果它真的发生的话，确实很了不起——是从三楼的一个窗户飘出去，然后从旁边的窗户飘进来。有两位目击证人对这件事进行了非常详细的描述，但贝奇霍夫·罗伯茨②先生在他那本关于通灵术的书中对其进行了分析，指出其有很多自相矛盾之处。波顿小姐的书读起来很有趣，内容详实，而且介绍了其他信息来源，但它最需要做的是对霍姆赖以成名的

① 哈利·普莱斯(Harry Price，1881—1948)，英国精神研究学者、作家，曾揭穿许多灵媒师和通灵师的真面目，代表作有《灵媒的真相》、《追寻真相》等。

② 卡尔·埃里克·贝奇霍夫·罗伯茨(Carl Eric Bechhofer Roberts，1894—1949)，英国记者、作家，代表作有《通灵术的真相》、《美国的文学复兴》等。

证据进行批判性的分析——通灵术现象就像恶作剧的鬼把戏一样，本身并不有趣。有趣的是为什么这些人会被诱导去相信它们，或许灵媒师的这种模式能对我们有所启示。

评奥斯波特·西特韦尔的《美妙的早晨》[①]

接连不断的战争就像连绵的山脉，横亘在我们与过去之间，自传成为了一种恋古癖。任何一个年过四旬的人都记得一些就像锁子甲和贞操带那样过时的东西。许多人缅怀地说，在1914年你可以不带护照就环游世界，或许就只有俄国去不了。但当我回首往事时，让我更感到惊讶的是在那个时候你能走进一间单车店——普通的单车店，甚至不需要是五金店——买到左轮手枪和子弹，不会遭到盘问。显然，我们再也不会有那样的社会氛围了。当奥斯波特·西特韦尔爵士怀着遗憾描写"1914年前"时，他的情感不能以"反动"来形容。反动意味着想要回到过去的努力，虽然这个世界或许会被推回到1938年的模式，但重回爱德华时代或复兴阿尔比教派[②]都是不可能的事情了。

读过他的自传前两卷的读者会发现奥斯波特·西特韦尔的早年可谓命运多舛。他的父亲，乔治·西特韦尔爵士，是一个很难打交道的人，一个误入歧途的建筑天才，花了昂贵的代价在浮夸的建筑蓝图上，这些建筑蓝图甚至要改变风景地貌和修筑人工

---

① 刊于1948年7月《艾德菲报》。奥斯波特·西特韦尔（Osbert Sitwell，1892—1969），英国作家，代表作有《失去自我的男人》、《西奈山的奇迹》等。

② 阿尔比教派（Albigensianism），又称卡特里教派（Catharism），是中世纪兴盛于法国南部阿尔比城的基督教派别。后被罗马天主教会宣布为异端，遭到异端裁判所的暴力镇压而最终消亡。

湖，结果湖水渗入了下面的煤矿，引发了没完没了的官司——你得考虑到，那时奥斯波特·西特韦尔才十九岁，一周只有一先令的零花钱。老西特韦尔爵士甚至不肯去解救落入放高利贷者之手的老婆。除了建筑之外，他主要的人生目的——或许并非纯粹出于恶意，却是一个漫长的恶作剧——就是强迫身边的每一个人去做他或她最不喜欢的事情。众所周知，奥斯波特讨厌马匹，却被送进了骑兵营，然后逃到掷弹兵近卫团，然后当他在近卫团里似乎呆得很开心的时候，被安排了一份在斯卡保罗的镇政府办公室上班的工作，这是发生在他二十岁时被强迫练字（为了改善他的手写字体）之后的事情。战争拯救了他，但他的弟弟和姐姐也受到了同样的对待。但不管怎样，战前的那几年他过得很开心，享受着作为一个富家公子的特殊地位——或许，他觉得那时候的英国生活有着一种再也无法恢复的快乐有其道理。

在近卫团里的生活是快乐的，因为它意味着驻扎在伦敦，而这意味着剧院、音乐和画廊。奥斯波特那帮军官哥们儿都是有教养而且宽容的人，他的上校甚至同意他与穿着列兵制服的雅各布·爱泼斯坦①去咖啡厅。那是卡比亚平②和俄国芭蕾舞的年代，是英国对音乐与绘画的严肃兴趣方兴未艾的年代，也是拉格泰姆③和探戈、戴着灰色高礼帽的恶棍、游艇和莲步裙的时代，是自古罗马帝国早期之后全世界仅见的挥霍财富的时代。维多利亚时期的清教徒主义最终分崩离析，金钱从四面八方涌入，现在与特

---

① 雅各布·爱泼斯坦（Jacob Epstein，1880—1959），美裔英国雕塑家，参加过一战，作品以前卫大胆而著称，在当时引起了许多争议。
② 费奥多·伊万诺维奇·卡比亚平（Feodor Ivanovich Chapiapin，1873—1938），俄国歌剧演唱家。
③ 拉格泰姆（Ragtimr），流行于19世纪末20世纪初的美式音乐。

权地位不可分割的罪恶感还没有形成。巴尼·巴纳托[1]和威廉·惠特利[2]爵士被视为模仿的典范，不仅有钱就是美德，而且还得显得有钱。伦敦的生活就是无休止的周而复始的娱乐，其规模前所未有，而且现在也会让人觉得不可思议：

> 一座房子里请一支乐队再也不够了，得有两支，甚至三支。电风扇在巨大的冰块上旋转，上面覆盖着成堆的绣球花，就像停泊着出征塞西拉岛的三桅帆船的海滩。以前从来没有这么多鲜花摆设……欧洲从未见到过堆积如山的四季常有的蜜桃、无花果、油桃和草莓，从雾气缭绕的玻璃棚里被运送过来。香槟酒瓶在餐具柜上堆积如山……各个种族中只有穷人才不得入座，就连外国人也能进去，只要他们有钱。

还有乡村别墅的生活，里面有成队的仆人。奥斯波特讨厌马匹，不擅长打猎，但他喜欢去狩猎，虽然（或许也正是因为）他从未打到过什么猎物。他与一个如今已经绝迹的那种乖戾的猎场老看守——他自认是家族的家臣——相处得很好，在猎场里能够享有相当大的自由。

当然，如果你碰巧不属于享受香槟和温室草莓的世界，1914年前的生活会很难过。即使到了今天，经过两场杀人如麻的战争，全世界的体力工人或许过上了从物质上说比以前好一些的生

---

① 巴尼·巴纳托（Barney Barnato，1851—1897），英国大亨，南非的钻石和黄金大王。

② 威廉·惠特利（William Whiteley，1831—1907），英国企业家，是惠特利百货公司的创始人。

活。而在英国，工人们的生活确实改善了。但是，到了第三次世界大战之后，这一次是用原子弹干架，情况还会是这样吗？或者说，再经过五十年的土壤流失和能源挥霍，情况还会是这样吗？而且，在1914年之前，那时候的人很幸运，不知道战争即将到来；或者说，即使知道，他们也没有预见到它会是怎样的情形。奥斯波特爵士所描写的，只不过是那时候的生活对于享有特权的少数人来说很好玩，就像任何读过《轰炸之前》的人所知道的，他将整个时代的低俗和怪诞描写得栩栩如生。他在这本书中所暗示的政治观点似乎是温和的自由主义。他写道："在那些日子里，他们受到了本不应有的尊崇，而现在则受到并不应有的羞辱。"但是，在1914年的金色盛夏，他尽情享受着财富，而且能诚实地说出来。

如今有一个广为流传的观念，认为对于过去的缅怀在本质上是邪恶的。显然，一个人应该永远生活在当下，每一分钟都在消除记忆，如果他会想起过去，那只是为了感谢上帝，让我们比以前活得更好。在我看来，这种想法就好像是思想的整容，其背后的动机是对于老去的一种势利的恐惧。一个人应该意识到人不可能无限地发展，尤其是一个作家，如果他批判否定其早年的经历，他就抛弃了他的传统。缅怀"战前"（我是说另一场战争之前）的失乐园从很多方面来说是可悲的不幸，但从其它方面来说，它又是一个优势。每一代人都有他们自己的经历和智慧，虽然知识上的进步确实存在，因此一个时代的思想有时候要比之前时代的思想更加睿智——尽管如此，一个人如果坚持他的早期思想，而不是徒劳无功地想要"与时俱进"，他就更有希望写出一本好书。贴近你的时代很重要，这包括了诚实地面对你的社会出身。

在三十年代，我们看到文学界整整一代人，至少是一代人里面最出类拔萃的精英，要么伪装成无产阶级，要么沉溺于公开的自我憎恨，只因他们不是无产阶级。就算他们能够保持这一态度（如今他们要么逃到了美国，要么在英国广播公司或文化委员会谋得了差事，数量之多令人吃惊），那也是愚蠢的态度，因为他们的资产阶级出身是无法改变的。奥斯波特·西特韦尔爵士的功劳在于他从不伪装自己是别的什么出身：他是上流阶层的成员，他的文风中流露出愉快轻松的姿态。这只能是锦衣玉食的生活的产物。凭借着回忆，他忠实地记录了自己的所喜所恶，这是需要道德勇气的。要以带着优越感的嘲讽姿态去描写伊顿公学或掷弹兵近卫团，暗示自己从小就有了开明的思想是多么容易的事情，但事实上，上一代人中没有哪一个养尊处优的人拥有开明的思想。又或者，以防御性的姿态试图去为他所生活的世界的不公平与不平等辩护也是很容易做到的事情，但他并没有这么做。这三卷书（《左手，右手》、《深红色的树》和《美妙的清晨》）虽然描写的范围很窄，却可以被列为我们这个时代最好的自传之一。

评罗伊·詹金斯的《艾德礼先生：一本未竟的传记》[①]

当你描写一个在生的人时，特别是一个你愿意接受他的领导的政治家时，要保持批判的态度并不容易。但是，这本非正式的或半正式的传记有着正确的英雄崇拜的态度；与此同时，它体现了艾德礼先生朴实无华的品质，这些品质帮助他在艰难时期站稳脚跟，并比许多更有才华的人拥有更长的政治生命。

艾德礼先生在 1922 年第一次赢得利姆豪斯的议席，但他与立法机构的联系早在 40 年前就开始了，并且几乎从未中断。他最早进入立法会是作为公学代表团的业余助手，那时候他仍然是一名坚定的保守党人。他告诉我们在牛津大学的时候他曾经崇拜那些"强势而无情的统治者"并"怀有极端的保守党思想"。但是，一年后，鉴于他在伦敦东区的见闻，他成为独立工党和费边社的成员，很快他就成为一名活跃的宣传作家和街头演讲者。

在一部分程度上，正是因为与同一个选区的长期联系，他才得以成为 1931 年的灾难中少数能够保住议席的工党议员之一。正是工党的凋零使他得以一展才华，不然的话他可能根本没有机会

---

① 刊于 1948 年 7 月 4 日《观察者报》。罗伊·哈里斯·詹金斯（Roy Harris Jenkins, 1920—2003），英国政治家、作家，曾历任英国内政大臣、财政大臣、欧盟主席等职务，曾撰写了多位历史名人的传记，如《丘吉尔》、《罗斯福》等。

出头。但是，正如詹金斯先生所着重强调的，他能成为工党的议会领袖并不只是出于兰斯伯利①辞职的偶然。这件事必须得到工党的首肯，是艾德礼先生的能力得到证明的结果。即使在他是反对党领袖的时候，如果工党能够赢得下一次的大选，他也不被看好是最有希望成为首相的人。但是，在战争年间，虽然他身处保守党首相的副手这个尴尬的位置，自然而然地，他在党内时不时会有点非议，但他的声望与日俱隆。

詹金斯先生总是为艾德礼先生的政治判断进行辩护，但并非一成不变。当然，他在战前抵制要求成立人民阵线的鼓噪，这是非常正确的，因为人民阵线只会削弱工党，而不会给选举带来什么好处。另一方面，英国要求对德国立场强硬却又反对重新武装，这种自相矛盾的政策在整个欧洲造成了不良影响，他必须为此承担一部分责任。不幸的是，詹金斯先生选择了讲述到1945年大选为止。这并不像表面看上去的那样是一个重大的转折点，因为工党现在所面临的困难一部分在它执政的两三年前就已经形成了。或许在战争已经明确将取得胜利的情况下，工党没有摆脱联合执政，要怪的是它自己。如果它那么做了，它就可以避免承受雅尔塔和约和波茨坦和约的后果，有机会在某些问题上表明自己的立场，而这些问题后来在竞选中被含糊带过或篡改。

这本书对艾德礼先生在海利布里迪的童年生活和牛津大学的大学生活作了相当完整的描述。你会清楚地了解到作为板球选手，他是一个蹩脚的击球手和投球手，却是一个优秀的外野手。

---

① 乔治·兰斯伯利（George Lansbury, 1859—1940），英国工党政治家，曾担任工党领袖，《每日先驱报》创建人之一，代表作有《你对贫穷的贡献》、《俄国见闻》等。

那些相片拍得平平无奇，但奇怪的是，它们验证了《每日邮报》的言论——那是在他成为工党领袖时所说的话——艾德礼先生的头形和列宁的一模一样。

评格雷厄姆·格林的《物质的心》[①]

　　过去几十年来，相当一部分杰出的小说是天主教徒的作品，它们甚至可以被称为天主教小说。出现这种情况的一个原因是，除了今生与来世的冲突之外，还有神性和美好的冲突是那些没有宗教信仰的普通作家所无法利用却能带来成果的主题。格雷厄姆·格林曾经在《权力与荣耀》一书中成功地运用过这一主题，在《布莱顿硬糖》中又运用过一回，但这一次是否成功则有待证实。他最新的作品《物质的心》（维京出版社），礼貌地说，并非他最好的作品之一，让人感觉结构死板，那些熟悉的冲突就像一则代数方程式那样被加以刻意安排，根本没有照顾到心理活动的合理性。

　　下面是故事的梗概：时间是 1942 年，地点是西非的英国殖民地，没有给出名字，但或许是黄金海岸[②]。一位名叫斯科比的少校，他是警察局副局长和皈依天主教的信徒，在一艘葡萄牙轮船的船长室里找到了一封印着德国地址的信件。这封信是私人信件，完全没有危害，但斯科比的职责是将它交给上司。不过，他很同情那位葡萄牙船长，将信件销毁了，没有透露这件事。按照书里的解释，斯科比是一个很有良心的好人。他不喝酒，不收受

----

① 刊于 1948 年 7 月 17 日《纽约客》。
② 黄金海岸（the Gold Coast）是非洲加纳的旧称。

贿赂,不包养黑人情人或浸淫于官场的勾当。事实上,由于他的正直不阿,所有人都讨厌他,就像义人阿里斯提德①。他对那个葡萄牙船长的一念之仁是他第一次行为失检。之后,他的生活变成了一个以"噢,我们的生活有如一团乱麻"为主题的寓言,每一次都是他的好心使他走上歪路。他爱上了一个从被鱼雷击中的船上救出来的女孩,而一开始时对她只是抱以同情。他继续这场恋爱,大部分原因是出于责任感,因为如果抛弃那个女孩的话,她会心碎的。他还对妻子隐瞒了关于这个女孩的事情,为的是不让她感到嫉妒。因为他决定继续进行通奸,他没有去做告解,为了消除妻子的疑惑,他欺骗她说自己去做过告解。由于他于德有亏,在接受圣餐礼时,他的内心感到极度恐惧。此外还有其它旁枝末节的故事,全部都是以同样的方式发生的,到最后斯科比决定,为这一不可原谅的罪孽赎罪的唯一方式就是自杀。他不能让自己的死给别人惹麻烦,因此,他得精心安排,让它看上去是一场事故。碰巧的是,他笨拙地暴露了一个细节,大家都知道他是自杀的。该书的结尾是一位天主教神父暗示或许斯科比并不会遭到谴责,其教义的内容有点可疑。但是,斯科比感到绝望。他是个百分之百坚强的白人,却因为纯粹的君子风度而被逼到走投无路的地步。

　　我并没有夸张歪曲故事的情节。即使它以现实主义的细节作为掩饰,正如我说过的,其内容依然很滑稽可笑。最明显的谬误就是斯科比的动机,他以为它们可以被人所理解,因此没有对他

---

① 阿里斯提德(Aristides,前530—前468),古希腊雅典城邦政治家,为人正直不阿,富于荣誉感,曾被古希腊历史学家希罗多德与哲学家柏拉图称为"雅典最值得尊敬的人"。

的行为进行充分的解释。另一个出现的问题是：为什么这个故事的背景被安排在西非？除了有一个角色是叙利亚贸易商之外，整个故事也可以发生在伦敦的郊区。那些非洲人只是偶尔被提及的背景角色，而一直存在于斯科比脑海里的事情——黑人与白人的仇视和抵制当地民族主义运动的斗争——根本没有被提起过。事实上，虽然我们对他的思想有细致的了解，他似乎却很少想到自己的工作，就算有也只是一些非常琐碎的事情。他从来没有考虑过战争，虽然当时是 1942 年。他所感兴趣的就是自己渐渐沦落。这种情况在殖民地是不可能出现的，在《布莱顿硬糖》中也出现了这一不合理性，这是将神学上的问题硬加在普通人身上的必然结果。

    这本书的中心思想是，当一个犯错的天主教信徒要比当一个拥有美德的异教徒更好一些，更高尚一些。格雷厄姆·格林或许会引用马里坦[①]对莱昂·布洛伊[②]的评论："世上只有一种悲伤——那就是无法成为圣人。"这本书的扉页引用了佩吉[③]的一句话，宣称这个罪人"在内心深处是一个基督徒"，除了圣人之外，比任何人都更了解基督教的教义。所有这些言语包含着非常恐怖的暗示，认为普通人的正直根本毫无价值，任何一种罪孽并不比其它罪孽更糟糕，或可以这么去理解。此外，格林先生的态度不可能不让人感到某种势利，在这本书里有，在他的其他从清晰的

---

① 雅克·马里坦(Jacques Maritain，1882—1973)，法国天主教神学家，复兴中世纪基督教神父托马斯·阿奎那的神学理念，是《人权普世宣言》的起草人之一。
② 莱昂·布洛伊(Léon Bloy，1846—1917)，法国作家，代表作有《绝望》、《穷人的血》等。
③ 查尔斯·佩吉(Charles Péguy，1873—1914)，法国诗人、作家，代表作有《神秘的希望之门》、《夏娃》等。

天主教徒的观念出发而写成的书里也有。他似乎拥有自波德莱尔以降广为流传的观念，那就是：成为罪人自有其高贵之处。地狱似乎是高档的夜总会俱乐部，其大门只对天主教徒敞开，因为其他人，那些不信奉天主教的人，太愚昧无知，无法成为罪人，只能像野兽那样步入毁灭。它们精心地告诉我们天主教信徒并不比其他人优越，他们甚至或许要比其他人更糟糕，因为他们面临着更大的诱惑。事实上，在法国和英国的当代天主教小说里，加入坏神父，至少是不合格的神父是流行的写法，这是自布朗神父①之后的一个转变。（我觉得年轻的天主教作家的主要目标之一就是不去模仿切斯特顿。）但自始至终——纵使他们酗酒、纵欲、犯罪或遭到谴责——那些天主教徒保持着他们的优越感，因为只有他们能够区分善恶。顺便提一句，《物质的心》和格林先生的大部分其它作品都认定出了天主教会，没有人对基督教的教义有最基本的了解。

在我看来，这种描写拥有神性的罪人的狂热很肤浅，在它的下面或许隐含着信仰渐渐式微这一事实，因为当人们真的相信地狱的存在时，他们不是很喜欢外在优雅的姿态。更重要的是将神学思想套在血与肉上的尝试产生了心理上的荒谬。在《权力与荣耀》中，今生与来世的价值之间的斗争让人觉得信服，因为它并不是在一个人的内心里发生的。一方面，书中的那个神父在某种层面上是一个可怜虫，但他坚信自己的神性力量，这使他成为一个英雄人物。另一方面，书中的那个中尉代表了人类的公正和物

---

① 布朗神父是英国作家吉尔伯特·基思·切斯特顿（Gilbert Keith Chesterton）笔下的人物。

质的进步，也不失为一个有自己风格的英雄人物。他们或许能够彼此尊重，但无法彼此了解。不管怎样，那个神父并没有被赋予非常复杂的思想。而在《布莱顿硬糖》中，故事的主要情节令人难以置信，因为它的设定是最愚昧鲁钝的人也能拥有深刻的思想，只需要接受天主教徒的教育就可以了。平基，那个跑马场的恶棍，是撒旦的化身，而他那个思想更加狭隘的女朋友居然明白，甚至指出了"对与错"和"善与恶"之间的区别。比方说，在莫里亚克①的《特蕾莎》的故事中，精神上的冲突并没有高度的合理性，因为它并没有假装特蕾莎是一个普通人。她是被选中的灵魂，艰辛而漫长地追求救赎，就像一个病人在精神病医生的沙发上长伸一个懒腰那样。举一个反面的例子，伊夫林·沃的《故园风雨后》虽然有种种不合情理之处——这在一部分程度上是因为这本书是以第一人称写成的——但它仍是一部成功的作品，因为故事的情景本身是正常的。那些信奉天主教的角色会遇到现实的问题，当内容涉及他们的宗教信仰时，并没有突然间跳跃到一个不同的智力层面。斯科比不让人觉得可信，因为他的正邪两部分无法相容。如果他会陷入书中所描写的那个困境，早在多年前他就应该已经堕落了。如果他真的觉得通奸是道德犯罪的话，他就不会一直进行下去；如果他一直通奸的话，他的罪恶感就不会那么重。如果他相信有地狱，他就不会只是为了照顾几个神经兮兮的女人的感情而甘冒下地狱的风险。你或许可以补充说，如果他真的是像书里所写的那种人——也就是说，一个性格特征是对造

①　弗朗索瓦·查尔斯·莫里亚克（François Charles Mauriac，1885—1970），法国作家，曾获 1952 年诺贝尔文学奖，代表作有《血与肉》、《夜的尽头》等。

成痛苦怀有恐惧的男人——他就根本不会在殖民地的警察部队里任职。

　　还有其他不合理的地方，有些是由于格林先生处理恋爱的手法。每一个小说家都有自己的惯用手法，就像爱德华·摩根·福斯特总是会让小说里的角色在没有充足理由的情况下猝死一样，在格雷厄姆·格林的小说里，他总是让人们一见面就上床，而这么做并没有给双方带来明显的快乐。这种行为通常是可信的，但在《物质的心》里，从故事的主旨考虑，它的效果是削弱了一个本应很强烈的动机。再一次，里面出现了那个或许无法避免的常见错误：他把每个人都写得太有修养了。斯科比少校不仅是一位神学家；他的妻子被描写成一个几乎彻底的傻瓜，却在阅读诗歌；而那个被国安部门派遣监视斯科比的侦探甚至会写诗。这里你所遇到的情况是，对于大部分当代作家来说，要想象一个不是作家的人的心理历程不是一件容易的事情。

　　当你记起在别的作品中他对非洲的描写是多么令人叫绝时，你不禁会想，格林先生应该以战时他在非洲的经历去写这本书，却没有这么做，实在令人觉得遗憾。事实上，这本书的背景定于非洲，但故事几乎都是在一个狭小的白人社区里进行的，给人一种不足为道的感觉。然而，你不能过于吹毛求疵。看到格林先生在沉默良久后再次写书实在是一件愉快的事情，而且，在战后的英国，一个小说家写出一本小说已经是一件了不起的事情了。不管怎样，格林先生没有像许多人那样因为战争时期沾染的习惯就此一蹶不振。但你或许希望他的下一本书能写不同的主题；如果不是的话，他至少会记得，看破红尘虽然能让人进入天堂，却并不足以让人写出一本小说。

评休·金斯米尔的《迟来的黎明》 [①]

这四篇故事由休·金斯米尔先生最初出版于1924年，内容都是幻想故事，其中两篇以未来作为背景。事实上，其中一篇设想的背景就是现在。设置在这个时间并没有特别的理由，但有趣的是，构成背景的公众事件并不比现实中所发生的事情更加荒唐或恐怖。

有两篇故事只是讽刺短文，但其中一篇——《世界末日》，描写了一颗将摧毁一切的彗星并没有依时降临——内容非常有趣。另外两篇更有分量的故事是《W.J.》和《威廉·莎士比亚的归来》。《W.J.》是一篇人物研究，虽然以滑稽的手法对一位神经过敏的天才进行描写，但读来很是感人。这位天才准备写出世界上最伟大的作品，却从来没有开始动笔。《威廉·莎士比亚的归来》虽然情节复杂而且几乎可以说很有可信度，但其实是一篇深入探讨莎士比亚作品的文学评论。

故事讲述了一位科学家发明了一种让死者复活的方法，于是莎士比亚在1943年死而复生，活了大概六个星期。他从未公开露面——事实上，他复活后一直躲起来，避开两位打对台戏的报业老板的纠缠，他们都想利用莎士比亚为自己捞点好处。在隐居时莎士比亚读到了批评家对他的评论，并撰写了关于他的作品的意

---

① 刊于1948年7月18日《观察者报》。

义的一篇长文——当然，这就给了金斯米尔先生发言的机会。

这个时候很难不记起已故的洛根·皮尔索·史密斯[①]说过的话："所有莎士比亚的评论家说到底都是疯子。"无论一个人的思想一开始时是多么开放，最终他似乎都不可能不去提出一个包罗万象的理论，就连莎士比亚的无心之语也可以套入这个理论中。这一倾向最糟糕的莫过于对哈姆雷特的"诠释"。譬如说，哈姆雷特在戏剧开始之前就已经引诱了奥菲莉娅；他对母亲有一种病态的执着；他其实是一个假扮男子的女人；他是一个疯子；他是莎士比亚的儿子；他是埃塞克斯伯爵。

金斯米尔先生并不至于如此夸张，但你会觉得莎士比亚在一定程度上被加以扭曲以切合先入为主的想法。金斯米尔先生认为，爱与权力或成功之间的斗争贯穿莎士比亚的作品始终，这在不同时期的戏剧里都有体现，而这对应着莎士比亚生平的起起落落。这个理论被加以精心构建，但金斯米尔先生在处理文字时偶尔会略显武断。举一个例子，《黑女士》这首诗（她被认为是玛丽·菲顿[②]）被认为怀着惆怅哀伤的基调，因为有"her mourning eyes"[③]这么一句描写，但在这首十四行诗的语境里，"mourning"的意思只是黑色。另一方面，他围绕福斯塔夫和莎士比亚对他的态度这个难题的探讨（他希望我们认同福斯塔夫还是可恨的哈尔王子呢？）写得非常精彩。

[①] 洛根·皮尔索·史密斯（Logan Pearsall Smith，1865—1946），英国作家、文学批判家，代表作有《词汇与成语》、《难以忘怀的年头》等。

[②] 玛丽·菲顿（Mary Fitton，1578—1647），英国伊丽莎白女王的侍女，据传闻与彭布罗克伯爵威廉·赫伯特有染，有文学评论家认为她是莎士比亚诗作中提到的"黑女士"的原型。

[③] mourning 有"哀伤"、"服丧"之意。

这些故事，尤其是《世界末日》，体现了二十年前那种相对轻松随意的心态。我希望出版社能够多再版几部金斯米尔先生的早期作品。

评巴林顿·朱利安·沃伦·希尔的《伊顿杂忆》[①]

当你在 1948 年得知伊顿公学比起它在 1918 年的时候几乎没有改变时，很难辨别清楚你是感到钦佩还是难过。如果从希尔先生的书中照片能看出什么改变的话，那就是现在孩子们都不戴帽子了，因为高礼帽很紧缺，真是让人难过。除此之外，他们的衣服是一样的，其他事情也没有改变。6 月 4 日仍然放烟花，在河上划船，墙球比赛仍然在泥沼中举办，学生们接受鞭笞的高台仍在那儿，有一小块在高中部遭受轰炸时被炸掉了，但仍然可以使用。

希尔先生说一位新西兰的空军军官在战争期间来到英国，写信给他，希望他介绍伊顿公学和它的教育体制。这个问题太大了，一封信没办法解释清楚。希尔先生转而对伊顿公学的日常生活进行描述，并附上许多相片和几张雕刻的拓本。这本书文笔优美，而且内容详实，但不可避免地——事实上几乎是无意识地——对一种很有可能将会消失的教育方式做了哀悼。

最后希尔先生平静地说，伊顿公学无疑将随着岁月的流逝而改变。但他希望改变是自发的，而且不会太快。另外他指出，作

[①] 刊于 1948 年 8 月 1 日《观察者报》。巴林顿·朱利安·沃伦·希尔（Barrington Julian Warren Hill，1915—1985），英国作家，曾在伊顿公学任教多年，代表作有《伊顿杂忆》、《伊顿公学历史》等。

为活力的标志，战后有更多的人愿意支付高昂的学费。但不幸的是，除了父母的态度之外，还有其他问题牵涉其中。无论当我们的教育体制在重组时那些名牌公学会发生什么，伊顿仍然以现在的形式继续存在下去是几乎不可能的事情，因为它所提供的培训原本针对的是拥有土地的贵族，而在 1939 年之前这就已经不合时宜了。高礼帽、燕尾服、成群的小猎犬、迷彩西装、仍然刻着历任首相名字的书桌，当它们仍代表了某种令人肃然起敬的优雅时有其魅力和作用。而在一个破败的民主国家，它们只是讨厌的东西，就像拿破仑的大部队的辎重，满载着大厨和理发师，在色当大败时堵塞了道路。

　　另一方面，伊顿公学或许会作为一座学校继续下去。它有很理想的教学环境。它有堂皇的大楼和操场，而且，除非它最后被斯洛吞并，它周围的风景很漂亮。而且它有一大优点，在希尔先生的这本书中得以淋漓尽致地体现，那就是宽容而文明的气氛，使每个男生都能依照自己的个性成长。或许原因就是，作为一座非常有钱的学校，它请得起数目庞大的员工，这意味着老师们不会过度辛劳，而且伊顿公学在一定程度上摆脱了阿诺德博士①进行的公学改革，保留了属于十八世纪乃至中世纪的氛围。不管怎样，无论它以后会如何，它的一些传统值得缅怀。不过，这本书的价格实在是贵得有些离谱②。

---

① 托马斯·阿诺德(Dr. Thomas Arnald，1795—1842)，英国教育家、历史学家，曾担任著名的拉格比公学(Rugby School)校长及牛津大学特级客座教授。

② 这本书的价格是 1 英镑 10 先令。

评巴拉钱德拉·拉扬编撰的
《作为思想家的小说家》①

　　一本书是否应该取名为《作为思想家的小说家》似乎很值得商榷，除非它有明确的目的，要将小说当作思想的载体进行研究。事实上，这本"文集"有超过三分之一的内容(它是《焦点》的第四期，确切来说这不是一本期刊，而是一本每年出版一期的书籍)与题目无关。它的主要内容是六篇关于当代英国和法国小说家的文章，分别由四位作家执笔，而且筛选时显然没有什么规划。在这六篇文章中，德里克·斯坦利·萨维奇②先生探讨了奥尔德斯·赫胥黎和伊夫林·沃的作品，杰弗里·赫尔曼·班托克先生③探讨了克里斯朵夫·伊舍伍德和利奥波德·汉密尔顿·迈尔斯④的作品，托马斯·古德⑤先生探讨了让·保罗·萨特的作品，华莱士·福尔利⑥先生探讨了弗朗索瓦·莫里亚克的作品。此外

---

① 刊于 1948 年 8 月 7 日《时代文学增刊》匿名发表。巴拉钱德拉·拉扬(Barachandra Rajan, 1920—2009)，印度诗人、学者，代表作有《黑舞者》、《失乐园与十七世纪的文学》等。

② 德里克·斯坦利·萨维奇(Derek Stanley Savage, 1917—2007)，英国评论家、和平主义者，代表作有《自足的乡村生活》、《秋天的世界》等。

③ 杰弗里·赫尔曼·班托克(Geoffrey Herman Bantock, 1914—1997)，英国教育家，代表作有《工业社会的教育》、《教育、文化与情感》等。

④ 利奥波德·汉密尔顿·迈尔斯(Leopold Hamilton Myers, 1881—1944)，英国作家、诗人，代表作有《根与花》、《远近》等。

⑤ 托马斯·古德(Thomas Good)，情况不详。

⑥ 华莱士·福尔利(Wallace Fowlie, 1908—1998)，美国文学评论家，代表作有《小丑与天使：当代法国文学研究》、《超现实主义的时代》等。

书里还有一篇文章——虽然它与小说或小说家无关，却对几个早前提出的问题有着间接的影响——是由哈利·列温①先生执笔的文学批评，内容是关于詹姆斯·乔伊斯的名作。

萨维奇先生有两个不是很对等的贡献。第一个是对奥尔德斯·赫胥黎先生从《铬黄》之后的作品（出于某个原因，那篇早期的精彩短篇《地狱的边缘》没有被提起）进行了相当中肯的研究，并得出或许正确的结论：赫胥黎先生的神秘和平主义只是一种基于虚无感的死亡愿望。正如萨维奇先生所指出的，赫胥黎先生在他最早的作品中就暗示了他的最终立场，而戴维·赫伯特·劳伦斯的教导对他并没有产生永久的影响。另一方面，关于伊夫林·沃的那篇文章则有失偏颇，而且会对那些还没有读过被探讨的书目的人造成误导。萨维奇先生一开始的时候将沃先生与东施效颦的小丑进行比较，认为作者最突出的特征是"不成熟"，并拒绝从其它角度对他进行探讨，甚至没有提到沃先生皈依了天主教。而在对他的作品进行严肃的探讨时，这显然是不能忽略的。在《故园风雨后》中，萨维奇先生只看到了对青春岁月的缅怀，似乎并没有注意到这本书的主题是普通人的道义与天主教的善恶观之间的冲突。

华莱士·福尔利先生对莫里亚克的研究也有以偏概全的缺点，因为他完全只关注莫里亚克的早期作品，并没有提到《特雷泽·德斯克洛》或《法利赛女人》。但是，他正确地着重指出莫里亚克在本质上是一位天主教小说家这一事实——也就是说，他的

---

① 哈利·图克曼·列温（Harry Tuchman Levin, 1912—1994），美国文学批评家，比较文学理论家，代表作有《花花公子与大煞风景，漫谈戏剧理论与实践》。

主题有别于一位新教徒的主题——或许相关的事实就是"他写不出善良正直的角色"。托马斯·古德先生评述萨特先生的文章与其说是批判，倒不如说是对他的普及介绍，至少在英国，很多人都在谈论萨特，却很少有人去阅读他的作品。作为存在主义的杰出人物，当然，萨特必须由其他哲学家进行评判，但作为一位小说家和政治散文家，他给人的印象是——古德先生并没有消除这一点——在纸上记录思想的过程而不是结果，在写了许多页热烈的精神活动之后，以平淡无奇的内容作为结束。杰弗里·赫尔曼·班托克先生的两篇文章中，那篇关于利奥波德·汉密尔顿·迈尔斯的文章更加富于好感——或许过了头。迈尔斯是一个可爱的人，一位精致而谨慎的作家，但他缺少活力，但班托克先生似乎虔诚到拿他和爱德华·摩根·福斯特先生相提并论的地步。在另外一篇文章中，班托克先生对伊舍伍德先生的评价是"算得上是一位思想家"，实际上就是在说他并不是思想家。他承认伊舍伍德的作品的可读性，却似乎低估了那份并非任何作家都天生拥有的能力。

这本书的中间部分是爱德华·伊斯特林·卡明斯先生、克里福德·科林斯①先生和其他人的几首不是很突出的诗。最后三篇文章都是由美国作家执笔。哈利·列温先生的《文学作为一种制度》对泰纳②提出并由马克思主义者加以发展的"社会批判理论"进行了研究，根据这个理论，文学是环境的产物。他提出传统和师承同等重要，它们使得文学能够沿着自己的脉络进行演变，而

---

① 克里福德·科林斯(Clifford Collins)，情况不详。
② 希波吕武·阿道夫·泰纳(Hippolyte Adolphe Taine，1828—1893)，法国历史学家，代表作有《艺术的哲学》、《英国文学的历史》等。

并不一定反映当时的社会环境。安德鲁斯·万宁①先生对美国当代的文学活动进行了一次迅速的调查，从《党派评论》到幽默连环画，最后是亚瑟·米兹纳先生②写的一则很没意思的短篇《无心睡眠》，讲的是一位被低估了的诗人。

---

① 安德鲁斯·万宁（Andrews Wanning），情况不详。
② 亚瑟·米兹纳（Arthur Mizener，1907—1988），英国文学评论家，代表作有《欢乐之家》、《当代短篇小说集》等。

评乔治·伍德科克的《作家与政治》[①]

"任何诚实的艺术家，"乔治·伍德科克写道，"都是一个煽动者、一个无政府主义者、一个纵火犯。"这番大胆的宣言可以被当成他这本书的基调。这是一本散文集，内容芜杂，主旨各异，缺乏共性，却总是回到那个痛苦的，而且——在今天看来似乎是这样——几乎无法解决的难题：文学与社会之间的关系。

开篇的文章对这个问题进行了直接的表述。在我们这个时代，一位严肃的作家无法像在十九世纪那样无视政治。政治事件深切地影响着他，而且他清楚地知道他那似乎属于个人的思想其实是社会环境的产物这个事实。因此，他就像过去二十年来许多作家所做的那样，尝试直接投身政治，却发现他来到一个思想诚实被认为是一种罪行的世界里。如果他循规蹈矩，他就毁灭了自己作为作家的身份；而如果他拒绝这么做的话，他会被斥为叛徒。这迫使他只能当一名业余作家，或更糟糕的是，在两种态度之间摇摆不定。伍德科克先生认为，只有接受无政府自由主义，作家才能在不失去自身诚实的情况下在政治上有所作为。他成功地表明无政府主义与稀里糊涂的乌托邦主义不是一回事。但是，他没有完全实现揭示无政府主义只是另一个主义，所有的运动都

---

① 刊于 1948 年 8 月 22 日《观察者报》。乔治·伍德科克（George Woodcock，1912—1995），加拿大作家，代表作有《印度的侧面：旅行札记》、《沙漠中的洞窟》。

意味着思想接近的群体的卷入这个目标。

接着是另一篇关于政治造神运动的文章，接着是三篇关于革命思想家的研究，这三位思想家的作品在英国的知名度与其实际地位并不相符。他们是蒲鲁东，法国社会主义运动的发起人之一；赫尔岑，巴枯宁的朋友和资助人；还有克鲁泡特金，身兼生物学家和社会学家，他富于创造性和务实的思想使他成为最具说服力的无政府主义作家之一。之后是关于一系列当代作家的文章——席隆、科斯勒、格雷厄姆·格林等人①——大部分人都很像，既有"左倾思想"又对正统共产主义持敌视态度。席隆几乎得到了伍德科克先生的完全赞同，但他对格雷厄姆·格林也颇有好感——虽然格林是一位天主教徒，却似乎天生是无政府主义者。科斯勒被加以谴责，因为他在《深夜的窃贼》中似乎改变了立场，这本书原谅了之前他在《正午的黑暗》中抨击的极权主义方式。

在其它文章中有一篇讲述了社会学研究——一个很有趣的题材，但篇幅太短了，因为伍德科克先生几乎只对复兴时期的赞美诗感兴趣，没有探讨中世纪的拉丁文赞美诗和它们的译本，也没有对那些有文学价值的现代赞美诗（比方说亨利·纽曼②的作品）进行探讨。

---

① 第七章的内容探讨的就是奥威尔的作品。
② 约翰·亨利·纽曼（John Henry Newman，1801—1890），英国宗教人士，十九世纪牛津运动的领导人之一，代表作有《英国圣人列传》、《宗教谬误的形成》等。

评埃德温·贝里·伯尔甘的《小说与世界的困局》[①]

在这本对当代小说的相当详尽的研究的开头，伯尔甘先生宣称"小说在现代世界的重要性再怎么强调都不为过"，并补充说在我们这个时代，主流的文学形式是散文而不是诗，因为共同文化不复存在。在共同文化中，大部分词语对于每个人来说拥有大体相同的意思。因此，诗歌必须运用的某种简约手法只有一小群人才能理解。所有的写作都必须进行解释，在小说里可以这么做，但如果在写诗时这么做，它就会变成一篇散文。因此，文学只有以小说的形式才能走近大众。或许这种情况在美国比在其它更加同质化的国家，比如说法国或英国更符合真实情况，但不管怎样，本世纪出版的优秀诗歌数量非常少，而有许多小说家被视为严肃的思想家，而且他们很受欢迎，拥有很大的影响。即使是纯粹的社会学研究，尽可能地忽略文学品质，也是很有价值的。

不幸的是，伯尔甘先生用的并不是社会学的方式，而是政治学的方式。事实上，他对小说家的要求是"现实社会主义"，不过他的思想很宽容，认为以其它指导思想写成的小说也有能让我

---

① 刊于 1948 年 10 月 2 日《时代文学增刊》，匿名发表。埃德温·贝里·伯尔甘(Edwin Berry Burgum, 1894—1979)，英国评论家，代表作有《小说与世界的困境》、《新的文学批评》等。

们了解个中症结的价值。他考察了大约十五位作家，其中有近一半是欧洲人，他们包括普罗斯特、乔伊斯、卡夫卡和另外三四位作家。美国作家有格特鲁德·斯泰因[①]、海明威、福克纳、萨罗扬、斯坦贝克[②]、德莱塞、托马斯·沃尔夫[③]和理查德·赖特。章节的标题——《弗朗兹·卡夫卡与信仰的崩溃》、《理查德·赖特的〈本土的太阳〉中的民主承诺》等等——充分体现了伯尔甘先生的态度。他承认像普鲁斯特或乔伊斯这样的作家是优秀的艺术家，但他们的作品的价值体现在它们是资产阶级腐朽没落的例证。最好的作家是"进步"作家。

大体上这听起来似乎很有道理，但当伯尔甘先生一谈到具体作品时就站不住脚了。他热情洋溢地称赞斯坦贝克先生的《愤怒的葡萄》和黑人小说家理查德·赖特先生。赖特先生确实是一位很有天分和活跃的作家，但和他同时代的作家里起码有几十位作家能和他相提并论。显然，伯尔甘先生单单把他挑出来是因为他是黑人，而且同情共产主义。《愤怒的葡萄》是一部优秀作品，因为斯坦贝克先生在罗斯福新政改革的激励下思想很乐观，这本书是罗斯福新政的一个副产品。在几篇文章中，事实似乎被扭曲或记错以迎合理论。关于奥尔德斯·赫胥黎先生的那篇文章里有几个错误，而且伯尔甘先生对《针锋相对》的解读一部分程度上是基于他记错的一个情节。但总的来

---

① 格特鲁德·斯泰因(Gertrude Stein, 1874—1946)，美国女作家、诗人，代表作有《每个人的自传》、《世界是圆的》等。
② 约翰·恩斯特·斯坦贝克(John Ernst Steinbeck, 1902—1968)，美国作家，曾获1962年诺贝尔文学奖，代表作有《愤怒的葡萄》、《伊甸园之东》等。
③ 托马斯·克雷顿·沃尔夫(Thomas Clayton Wolfe, 1900—1938)，代表作有《迷茫的孩子》、《时间与河流》等。

说，读者会觉得虽然本世纪的许多最好的作家确实从某种意义上说是堕落的，但一个小说家或一个评论家除了对进步和民主的信仰之外，还需要有别的品质。

评路易斯·费舍尔的《甘地与斯大林》[①]

"以自由作为支点，"路易斯·费舍尔先生写道，"并以个人的力量作为杠杆，甘地在努力撬动这个地球。"当然，这句话听起来很了不起，但是，因为它显然是一个政治理念的基础，你会很想问："如果甘地没有了支点，他将何去何从？"

事实上，这个问题从来没有得到清晰的回答，而这戕害了这本书的价值。费舍尔先生的论点概括起来很简单：俄国是对世界和平的威胁，必须加以制止。我们西方各国，只有让民主体制有效运作才能成功地抵抗俄国。而要让民主体制有效运作，就要遵循甘地的教导。关于头两个前提没有什么异议，而且费舍尔先生为阐述这两个前提作了有益的工作。他以生动的纪实报道反对斯大林政权，以他在俄国的长期个人经历作为证明，而且他正确地指出英国人民还没有清醒意识到的事情：那就是，俄国与西方之间的斗争或许取决于有色人种的态度。目前我们正在输掉亚洲和非洲的战斗，要赢下这场战斗需要态度的改变，而这在可预见的范围内还没有发生。但是，引用甘地去支持一个反极权主义的"进步"纲领是不合逻辑的推论。

事实上，甘地的政治手段几乎完全不适应当前的形势，因为这些手段依赖于公关宣传。正如费舍尔先生所承认的，甘地从未

---

① 刊于 1948 年 10 月 10 日《观察者报》。

与极权主义政权打过交道。他对付的是一个旧式的不坚定的专制体制，它对他相当仁义，还允许他采取每一步行动时都能向世界呼吁。

很难想象他的绝食和不服从等斗争策略能够应用在一个政敌会人间蒸发和群众从来无法听到政府不希望他们听到的内容的国度。而且，当费舍尔先生告诉我们要遵循甘地的教导时，他似乎并不是想说我们真的应该遵循甘地的教导。他希望阻止俄国帝国主义的扩张，如果可以的话，以非暴力的方式，如果有必要的话，用暴力方式也可以。而甘地的中心信条是：即使遭受失败也绝对不能使用暴力。当有人问他对德国的犹太人作何评论时，甘地的回答是：他们应该大规模自杀，以此"唤醒世界"——这个回答似乎令费舍尔先生也感到尴尬。费舍尔先生的大部分政治结论是任何心怀善意的人都能够衷心认同的，但他尝试将这些结论归因于甘地似乎是基于个人崇拜，而不是真正的认同。

评让-保罗·萨特的《反犹人士的写照》，埃里克·德·马乌尼译本[①]

反犹主义显然是一个需要进行严肃研究的主题，但这似乎在短期内是不可能做到的事情。问题在于，只要反犹主义简单地被视为一种不体面的失常，几乎是一种罪行，任何稍懂文墨的听过这个词的人都自然会声称自己不受反犹主义的影响，结果就是，关于反犹主义的书籍通常总是往眼里揉沙子。萨特先生的这本书也不例外。它成文于1944年，那是欧洲大陆解放后自命正义地搜捕卖国贼的动荡的年代。

萨特先生在开头告诉我们反犹主义并没有理性的基础，在一个没有阶级的社会里它将不复存在，与此同时或许可以通过教育和宣传与之进行抗争。这些结论本身不值一提，虽然得到许多赞誉，却没有多少内容对主题进行真正的探讨，也没有值得提及的实际证据。

这本书严肃地告诉我们工人阶级几乎不知道什么是反犹主义。那是资产阶级的弊病，而我们的所有罪恶都由"小资产阶级"作为替罪羊。在资产阶级里面，并没有多少科学家和工程师有反犹思想。人们以继承的文化去界定民族性，以地域去界定财

---

① 刊于1948年11月7日《观察者报》。埃里克·德·马乌尼(Erik de Mauny，1920—1997)，英国记者、作家，曾是英国广播公司在二十世纪六十年代驻莫斯科的第一位通讯记者。

富，真是很奇怪。

为什么这些人会挑选犹太人而不是其他受害者，萨特先生并没有进行探讨，只是在一处地方提到了那个非常暧昧的古老的理论，那就是犹太人遭人痛恨是因为他们把耶稣钉上了十字架。他没有尝试将反犹主义和那些明显有关联的现象，比如说，肤色歧视，联系在一起。

萨特先生的错误论述一部分体现在他的标题上。在整本书里他似乎在暗示"那些"反犹人士，在整本书里他似乎在暗示总是同样一帮人在反对犹太人，一眼就可以看出来，也就是说，一直都是这帮人在捣鬼。事实上，只要稍微观察一下就可以发现反犹主义的传播极为广泛，并不局限于某一个阶级，而且最糟糕的是，它的存在是时断时续的。

但这些事实并不与萨特先生的原子化的社会理论相吻合。他就差没说出没有共同的人类，只有不同种类的人，比方说"那些"工人和"那些"资产阶级，就像昆虫那样可以分门别类。另一种类似于昆虫的生物是"那些"犹太人，似乎总是可以通过其样貌辨别出来。确实，有两种犹太人，"纯正的犹太人"，他们想要一直保持犹太人的身份，还有那些"不纯正的犹太人"，他们想要与其他民族同化。但无论是哪一种犹太人，他们都不是人。在当前的历史阶段，如果他想要让自己与其他民族同化，他就错了，如果我们想要忽略他的民族出身，那我们就错了。他应该住进犹太人的社区，而不是一个普通的英国人、法国人或其他什么人，而是一个犹太人。

可以看出这种态度本身就很危险，接近于反犹主义。任何种族歧视都是神经衰弱症，通过争论能否将其消除或助长其气焰尚未可知，但这种书所能达到的效果，如果它们真能起到效果的话，或许只会使得反犹主义比以前更加兴盛。对反犹主义进行严肃讨论的第一步是不再认为它是一种犯罪。与此同时，少一点谈论"那些"犹太人或"那些"反犹分子，把他们当成与我们不一样的生物，这样做会比较好。

评艾略特的《对文化定义的注释》[①]

在他的新书《对文化定义的注释》里，托马斯·斯特恩斯·艾略特争辩说，一个真正的文明社会需要一个阶级体制作为它的基础的一部分。当然，他只是在说反话。他并不是在说有什么方式能够建立一个高度发达的文明。他只是在说这么一个文明在缺乏某些条件的情况下不大可能获得发展，而阶级区别就是条件之一。

这番话勾勒了一番阴沉的景象，因为一方面，几乎可以肯定旧的阶级差别即将消亡，另一方面，艾略特先生的论证至少在表面上是成立的。

他的论述的主旨是，只有一小撮人达到了文明的最高层次——或许是某个社会阶层，或许是某个地域群体——他们在漫长的时间里能使传统臻于完美。在所有的文化影响中，最重要的就是家庭。当大部分人认为在自己出身的社会阶层里度过一生是天经地义的事情时，对家庭的忠诚是最强烈的。而且，由于没有前例可以观察，我们不知道一个没有阶级的社会将会是怎样的。我们只知道，由于劳动分工仍将存在，统治阶级将会被"精英阶层"所取代，这个名词是艾略特先生从已故的卡尔·曼海姆[②]那里

---

① 刊于 1948 年 11 月 28 日《观察者报》。
② 卡尔·曼海姆（Karl Mannheim, 1893—1947），德国社会学家，代表作有《思维的结构》、《意识形式与乌托邦》。

借用的，而且显然他并不喜欢这一说法。精英们将进行规划、组织和管理，他们能否像过去的某些社会阶级那样成为文化的守护者和传承者，艾略特先生表示怀疑，或许这是有道理的。

和以往一样，艾略特先生坚持认为传统并不意味着膜拜过去。恰恰相反，传统只有在发展的情况下才拥有生命力。一个阶层能保存文化，是因为它本身是一个有机的改变中的事物。但有趣的是，艾略特先生在这里忽略了本来或许能是他最强有力的论述。那就是，一个由精英领导的没有阶级的社会或许会很快僵化，原因很简单，因为它的统治者能挑选他们的继任者，而且总是倾向于选择与他们相似的人。

继承制度——艾略特先生或许会争辩说——的优点是不稳定。它一定会是这样，因为权力总是移交给没有能力去掌控它或将其用于他们的父辈无意进行的目标的下一代。很难想象会有哪个组织采取继承制而能像采取继任制的天主教会那样历经长久而不至于发生大的改变。至少可以想象另一个采取继承制的组织——俄国共产党——会有相似的历史。如果它僵化为一个阶级，某些观察家认为这种情况已经在发生，接着它就会发生改变，和以往一样演变出不同的阶级。但如果它继续从社会的各个阶层吸纳成员，然后将他们的思想塑造成它想要的样子，那么它或许将一代代地传承下去，几乎不会发生什么改变。在贵族统治的社会里，古怪反常的贵族阶层是熟悉的形象，但古怪反常的政委则非常罕有。

虽然艾略特先生没有通过这一点进行争辩，但他确实提出，即使是阶级之间的仇视在大体上也会为社会带来富有成效的结果。这一观点或许也是正确的。但是，纵观整本书，你一直会有一种什么地方不对劲的感觉，而他自己也察觉到了这一点。事实上，阶级特权，比如说奴隶制，已经无法为其开脱。它与艾略特先生似乎认同的某些道德前提是相悖的，尽管在思想上他或许对这些道德前提并不认同。

在整本书里，可以注意到，他是持抵御性的态度。当阶级区别被坚信不疑时，没有人认为有必要以社会公平或效率的方式去使之调和。统治阶级的优越性被认为是不言自明的，不管怎样，现存的秩序是上帝的意旨。身败名裂的沉默的弥尔顿是一个悲伤的例子，但在今生并非无可弥补。

但是，这绝对不是艾略特先生所表达的意思。他说他喜欢看到阶级和精英的并存。对于普通人来说，在命中注定的社会阶层上度过一生是很平常的事情，但另一方面，必须让合适的人去从事合适的工作。说出这番话的时候，他似乎完全暴露了自己的全盘思想。因为如果阶级区别本身是好事，那么，相比较而言，浪费才华，或高层的碌碌无为，都不是什么重要的事情。社会上的那些未能找到自己合适位置的人，不应该被引导向上流动或向下流动，而是应该学会满足于自己的位置。

艾略特先生并没有这么说，事实上，我们这个时代很少有人会这么说。这么说在道德上太咄咄逼人了。因此，艾略特先生或许并不像我们的父辈那样相信阶级区别，对它的认同只是从反面出发。也就是说，他不明白任何值得存在的文明能在一个消除了社会背景区别或地域出身区别的社会存在下去。

很难对此作出任何正面的回答。从所有的方面看，各个地方的旧的社会区别开始消失，因为它们的经济基础开始被摧毁。或许新的阶级正在出现，或许我们正看到一个真的没有阶级的社会正在到来，而艾略特先生认为那将是一个没有文化的社会。或许他是对的，但在几处地方他的悲观情绪似乎被夸大了。他说道："我们可以肯定地认为，我们的时代正在衰落，比起50年前，文化的标准下降了，人类活动的方方面面都可以证明这一点。"

当你想到好莱坞电影或原子弹，这番话似乎是正确的，但如果你想到1898年的衣服和建筑或那时候伦敦东区的失业体力工人过着怎样的生活时，你就会觉得事实并非如此。不管怎样，正如艾略特先生本人一开始所承认的，我们不能通过有意识的行动去逆转当前的趋势。文化不是制造出来的，它们是自发生长的。寄希望于没有阶级的社会能自发诞生文化是太过分的事情吗？在贬低我们的时代，认为它无可救药之前，是不是应该想一想，时光倒转三百年的话，马修·阿诺德、斯威夫特与莎士比亚都认为他们生活在一个衰落的年代。

评莱纳德·拉塞尔与尼古拉斯·宾利编撰的《英国漫画册》[①]

　　人们都承认英国漫画的笔触技法水平在 1850 年后就下降了，但这本刚刚出版的漫画选集表明过去十五年来英国漫画的水平有了很大的提高。即使现在罗兰森[②]或克鲁克襄已经不在人世，有楼尔[③]、吉尔斯[④]、尼古拉斯·宾利、罗兰德·瑟尔塞尔[⑤]和奥斯伯特·兰卡斯特[⑥]在进行创作，情况并不是那么糟糕。

　　这本选集从一个世纪前的作品开始，那时候独立的"笑话图片"正开始出现。不幸的是，那个时候为了照顾新的大部分是女性的公众群体，英国的幽默正被"净化"。譬如说，拿腾尼尔[⑦]和

---

① 刊于 1949 年 1 月 2 日《观察者报》。莱纳德·拉塞尔（Leonard Russell），情况不详。尼古拉斯·克莱里休·宾利（Nicolas Clerihew Bentley，1907—1978），英国漫画家，以幽默漫画见长。

② 托马斯·罗兰森（Thomas Rowlandson，1756—1827），英国画家、幽默漫画作家。

③ 亚历山大·塞西尔·楼尔（David Alexander Cecil Low，1891—1963），新西兰漫画家，长期定居英国进行创作。

④ 罗兰德·"卡尔"·吉尔斯（Ronald "Carl" Giles，1916—1995），英国画家、漫画家。

⑤ 罗兰德·威廉·福德汉姆·瑟尔塞尔（Ronald William Fordham Searle，1920—2011），英国画家、漫画家。

⑥ 奥斯伯特·兰卡斯特（Osbert Lancaster，1908—1986），英国漫画集，曾担任《每日快报》漫画专栏的作者。

⑦ 约翰·腾尼尔（John Tenniel，1820—1914），英国漫画家，曾担任《潘趣》杂志政治漫画主笔逾 50 年。

查尔斯·基恩①甚至爱德华·利尔与"菲兹"②和克鲁克襄进行比较是一件让人感到难过的事情。事实上，拉塞尔与宾利先生在十九世纪中后期所能找到的最好的漫画是一位无名氏的明信片画家画的讽刺醉酒的题材。

八十年代和九十年代的主流画家是乔治·杜·莫里耶③和同一流派的其他画家，他们画的都是自然笔触的白描，再配上一则笑话，而如果这些笑话内容有趣的话，其实根本不需要配图。此外还有菲尔·梅④、马克西米兰·比尔邦⑤爵士（不过他最好的作品出现在 20 年后）和两位才华横溢的法国人卡兰·德亚奇⑥和戈德弗罗伊⑦，他们被介绍进来是因为他们影响了英国的漫画技法。

从 1900 年到 1930 年是一段非常糟糕的时期。所幸的是还有马克西米兰·比尔邦爵士的讽刺漫画，以及乔治·贝尔彻⑧的作品，与其说他是一个漫画家，倒不如说他是一位社会历史学家。除此之外，那个时候几乎全部所谓的漫画要么是柔弱的自然主义手法的作品，要么在展现傻帽的滑稽，就像那时候的壳牌石油

---

① 查尔斯·萨缪尔·基恩（Charles Samuel Keene，1823—1891），英国艺术家、插画家。
② 哈布洛特·奈特·勃朗宁（Hablot Knight Browne，1815—1882），笔名"菲兹"（Phiz），曾为狄更斯的作品绘制插画。
③ 乔治·路易斯·帕尔梅拉·布松·杜·莫里耶（George Louis Palmella Busson du Maurier，1834—1896），法裔英国作家、漫画家，代表作有《特丽比》、《社会讽刺漫画》等。
④ 菲尔·梅（Phil May，1864—1903），英国画家、漫画家。
⑤ 亨利·马克西米兰·比尔邦（Henry Maximilian Beerbohm，1872—1956），英国作家、漫画家，代表作有《快乐的伪君子》、《朱莱卡·多布森》等。
⑥ 卡兰·德亚奇（Caran d'Ache，1858—1909），法国画家、漫画家。
⑦ 路易斯·戈德弗罗伊·贾丁（Louis Godefroy Jadin，1805—1882），法国画家、漫画家。
⑧ 乔治·弗雷德里克·亚瑟·贝尔彻（George Frederick Arthur Belcher，1875—1947），英国画家、漫画家。

广告。

这类漫画仍是主流，但自从三十年代起，"美国笑话"已经被移植过来。没有人会再认为每一个阅读杂志的人都是上流或中产阶级的成员，害怕被迫思考，而且大家都认为一幅漫画应该本身有趣，而且应该不需要进一步的解释就能表达它的含义。宾利先生的《穿过曲棍球场的伐木亚马逊人》几乎不需要在下面写着："通行，格维尼思！"而兰卡斯特先生的双联版进化史漫画没有介绍，也不需要介绍。但是，维多利亚时期那些长长的说明文字确实自有其魅力。在像萨克雷这样的作家的笔下，它有时候自身就成为一件艺术小精品，这种情况可以再次出现，就像多米尼克·贝文·温德汉姆·刘易斯[①]先生几年前在与托波尔斯基[②]先生合作出版的一本书[③]里所展现的那样。

要评论一本选集很难不提出一些批评意见。楼尔和马克西米兰·比尔邦爵士的最佳作品没有被选入。萨克雷没有得到应有的篇幅，而介绍利奇时如果采用他为苏迪斯画的插图而不是他给《潘趣》的供稿会比较好。这本书还介绍了广告和连环漫画，那为什么不包括海滨度假地的明信片呢？但这是一本结构平衡的选集，最倦怠的读者在阅读的时候也会哈哈大笑几回。

[①] 多米尼克·贝文·温德汉姆·刘易斯（Dominic Bevan Wyndham Lewis，1891—1969），英国作家，罗马天主教徒，曾担任《每日邮报》的文学编辑。

[②] 菲利克斯·托波尔斯基（Feliks Topolski，1907—1989），波兰裔英国画家、漫画家。

[③] 指《伦敦的风景》，由菲利克斯·托波尔斯基插图，由温德汉姆·刘易斯作序和撰写注解。

评弗兰克·雷蒙德·里维斯的《伟大的传统》①

里维斯博士的这本书的副标题是《乔治·艾略特、亨利·詹姆斯、约瑟夫·康拉德》，大部分内容是对这三位作家的探讨。此外还有一篇关于狄更斯的《艰难时世》的短文，以及一篇序文，在里面里维斯博士试图将他选择的这几位作家统一起来，但不是很令人信服。

英国似乎只有四位"伟大的"小说家，就是上面提到的三位和简·奥斯汀，在这本书里没有对她进行深入的探讨。在现代作家里，可以说只有戴维·赫伯特·劳伦斯延续了传统。其他被正面提及的作家有彼科克②、艾米莉·勃朗特③和西奥多·弗朗西斯·鲍维斯④，而菲尔丁、哈代和乔伊斯被承认有才，却不是好的作家。剩下的英国小说家不仅作品低劣，而且应该被加以谴责——至少这就是你得出的印象。

这本书最好的文章是对康拉德的评述。它做到了评论作品通

---

① 刊于1949年2月6日《观察者报》。弗兰克·雷蒙德·里维斯（Frank Raymond Leavis, 1895—1978），英国文学批判家，代表作有《伟大的传统》、《英国诗歌的新坐标》等。

② 托马斯·拉弗·彼科克（Thomas Love Peacock, 1785—1866），英国作家、诗人，代表作有《修道院的梦魇》、《雪莱回忆录》等。

③ 艾米莉·简·勃朗特（Emily Jane Brontë, 1818—1848），英国女作家、诗人，代表作有《呼啸山庄》。

④ 西奥多·弗朗西斯·鲍维斯（Theodore Francis Powys, 1875—1953），英国作家，代表作有《两个窃贼》、《亚当神父》等。

常能够做到的事情——即它引起了对于某一个有被忽视危险的作家的关注。在一个每一本小说都被认为带有某个地域特征的时代，康拉德被贴上了"海洋作家"的标签，他一直无法摆脱这个标签，而他所写的优秀政治小说直到今天仍没有受到关注。他被记住的作品是《吉姆爷》，而不是《密探》和《在西方人的眼中》，这些作品不仅比当时英国作家的手法更加成熟，而且拥有康拉德很少能够做到的结构上的美。他最好的作品在他生前大部分被忽视，仍然需要进行宣传，而里维斯博士的文章将会起到一定的作用。那篇关于狄更斯的文章或许也能为《艰难时世》争取到新的读者，这本一流的小说总是被忠实的读者拒绝，原因是"不像狄更斯的风格"。

但"传统"到底是什么时候开始的就说不准了。显然，里维斯博士所选择的这四位"伟大作家"并没有展现出某种延续性。有两位并不是英国人，其中一位，康拉德，受到的是法国和俄国的文学作品的影响。你会觉得里维斯博士最想做的是让读者对这几位"伟大作家"产生敬意，并去鄙夷其他作家。你应该读得出他似乎总是一只眼睛关注着价值的天平，就像一个酒鬼每喝一口酒就会在心里提醒自己酒的价格。

而且他的文风很随意，总是会突然间用上非正式的表达（譬如说，用"isn't"代替"is not"等等）。你似乎听到一个声音在断断续续地说道："记住，孩子，我也曾经年轻过。"虽然孩子们知道这番话是真的，但他们并不觉得安心。他们仍然能够听到冷冰冰的教袍摩擦发出的沙沙声，他们也知道桌子下面藏着一根教鞭，稍一激怒就会劈头盖脸地打过来。譬如说，被逮到阅读乔治·摩尔的作品会被处六鞭之刑。阅读斯特恩、特罗洛普的作品也一样，或许还有夏洛蒂·勃朗特。萨克雷的作品可以阅读的只有《名利场》，但其它作品就不行。菲尔丁或许可以在假期阅读，只要你记住他绝对不是"伟大作家"就行了。另一方面，在阅读班扬①、笛福或狄更斯的作品时（除了《艰难时世》之外），重要的是记住他们并不是小说家。

如果里维斯博士不去崇拜西奥多·弗朗西斯·鲍维斯的话。或许你能更加接受他的指导。但是，他的三篇主要文章进行了有意义的阐述，特别是当他忘记了与其他批评家的争执的时候，特别是与戴维·塞西尔爵士的争执。但一本谈论英国小说的作品至少应该提到斯莫利特、苏迪斯、萨缪尔·巴特勒、马克·鲁瑟福德和乔治·基辛，难道不是吗？

---

① 约翰·班扬(John Bunyan，1628—1688)，英国基督教作家、布道家，作品《天路历程》是著名的基督教寓言文学出版物。

评伊夫林·沃的《斯科特-金的现代欧洲》[①]

伊夫林·沃先生的新书《至爱》是对美国文明的抨击，而且绝非出于善意，但在《斯科特-金的现代欧洲》里，他表明自己对欧洲故乡同样毫不留情。美国崇拜僵尸，而欧洲则盛产僵尸，这似乎是他所表达的内容。这两本书在某种意义上互相补充，但《斯科特-金的现代欧洲》显然没有另一本写得好。

这本书很像《憨第德》，或许就是想要成为现代版的《憨第德》，不同之处在于男主人公一开始就是个中年人。书里暗示如今只有中年人才有顾虑或理想：年轻人生来都冷漠无情。斯科特-金四十三岁，"略微秃顶，而且稍显臃肿"，是格兰切斯特公学的资深古典科目教师，那是一所受人尊敬但没什么人想读的公学。他是一个不受重视的小人物，缅怀赞美过去，是一个纯粹的学术热爱者，与他所认为的堕落的现代教育进行斗争，却节节败退。

这本书告诉我们，"呆子"是形容他的绰号。他的兴趣是研究一个比他更呆的名叫贝洛留斯的诗人，他活跃于十七世纪哈布斯堡王朝的一个行省，现在是独立的纽崔利亚共和国。

有一天一大早斯科特-金就收到一份邀请去探访纽崔利亚，它正为贝洛留斯逝世三百周年举行庆祝。那是1946年多雨的夏天——一个艰苦的夏天——斯科特-金想到了蒜香美食和一瓶瓶的

① 刊于1949年2月20日《纽约时报书评》。

红酒。他接受了邀请，但心里隐约觉得它可能是一场骗局。

任何读过沃的作品的人这时都会预料到斯科特-金将会迎来不愉快的冒险，而他的想法是对的。纽崔利亚是南斯拉夫和希腊的结合体，由一位"元帅"进行统治，那里有司空见惯的密探、盗贼、为仪式而举行的盛宴和关于青春与进步的演讲。贝洛留斯的纪念活动其实是一场骗局，目的是让游客拥戴那位元帅的政权。他们上钩了，后来才知道他们被其它国家视为"法西斯禽兽"。然后纽崔利亚的热情突然间消失了。

有的游客被杀了，其他人被困住了，无法逃离这个国家。飞机只有贵宾才能乘坐，以其他途径离开纽崔利亚意味着好几周甚至好几个月缠着大使馆和领事馆。经过一番历险——沃先生对此没有过多着墨，因为它们对于一本轻松的小说来说太痛苦了——斯科特-金最后光着身子被关进了巴勒斯坦的非法犹太移民集中营里。

回到格兰切斯特公学，回到划痕累累的书桌和阴风阵阵的走廊，校长难过地告诉他古典学者的职位越来越少，并提议他应该以更加与时俱进的方式去教授古典知识。

"父母不再关心培养'完整的人'了。他们希望自己的孩子能在现代世界里找到工作。你不能去责怪他们，不是吗？"

"噢，不，"斯科特-金回答，"我当然会责怪他们。"

后来他补充道："我认为让一个孩子去适应这个现代世界是非常邪恶的事情。"当校长反驳说这是非常短视的观点时，斯科特-金却说："我认为这才是最有远见的观点。"

值得注意的是，最后这番话是很严肃的。这本书很短，并不比一则短篇小说长多少，而且笔触非常轻松，但它有明确的政治意义。它希望我们了解到现代世界已经陷入疯狂，可以肯定在不久的将来就会自行崩溃。尝试去理解它或与它达成妥协是毫无意义的自甘堕落。在即将到来的动荡中，你可以坚守住道德准则，甚至牢记贺瑞斯的几首颂歌或欧里庇得斯的合唱曲，它们比所谓的"启蒙"更有意义。

这种观点自有其合理之处，但是你必须对"无知是福"这样的话保持警惕。过去五十年来，在欧洲斯科特-金所代表的那种顽固的无知态度促使了沃先生所嘲讽的情况的发生。革命在专制国家发生，而不是在自由的国度，沃先生没有理解这一事实的含义，不仅使他的政治视野受到局限，也使他的故事失去了一部分意义。

斯科特-金的观点，或者说他的观点，是保守党人的观点——也就是说，不相信进步，拒绝区别对待不同的对进步的看法——而且他没有兴趣去了解敌人不可避免地导致内容有点敷衍了事。比方说，将纽崔利亚描写成一个右翼独裁体制国家，却又赋予了它左翼独裁体制的大部分特征。沃先生似乎在说："在共产主义和法西斯主义之间别无选择。"但这两个信条并不是同一回事。而且，如果沃先生对所谓的"人民民主体制"不是那么轻蔑，愿意去了解它具体是如何运作的，或许他对纽崔利亚那些勾心斗角的官员的描写能更有启示意义。

这是一本很有可读性的书，但它缺少政治讽刺作品应有的热忱。你能够接受斯科特-金对现代世界的判断，甚至或许能够认同他的观点：古典教育是防止疯狂的最佳方式，但你仍会觉得如果他能偶尔去翻阅一本六便士的马克思主义宣传册，他将能更有效地与现代世界进行斗争。

为埃兹拉·庞德颁奖[①]

颁奖是一种公众行为，总是会有许多困难。当颁发的是文学奖时，不仅会遇到文学评判方面的所有困难，而且由于这个奖项的公共性质，评委们既是文学评论家，同时又是公民这个事实使得情况变得更加复杂。

波林根基金会最近宣布年度各个奖项中的第一个奖项波林根诗歌奖颁发给了埃兹拉·庞德，他的《比萨诗篇》被评为1948年出版的最佳诗集。评委们是国会图书馆美国文学的研究员，其中有托马斯·斯特恩斯·艾略特、威斯坦·休·奥登、艾伦·泰特[②]、罗伯特·潘·沃伦[③]、凯瑟琳·安妮·波特[④]和罗伯特·罗威尔[⑤]。在颁奖的公开宣言中，评委们告诉我们，他们知道选中庞德会引起反对，他们简短的宣言暗示他们已经仔细地考虑到这些反对意见，并以类似于对一条基本原则的声明作为结束。

[①] 刊于1949年5月《党派评论》。

[②] 约翰·奥利·艾伦·泰特（John Orley Allen Tate，1899—1979），美国诗人、作家，代表作有《冬天的海》、《绝望的魔鬼》等。

[③] 罗伯特·潘·沃伦（Robert Penn Warren，1905—1989），美国诗人、作家，代表作有《所有人皆是国王的臣民》、《在天堂的门口》等。

[④] 凯瑟琳·安妮·波特（Katherine Anne Porter，1890—1980），美国记者、作家，代表作有《中午的美酒》、《一船傻瓜》等。

[⑤] 罗伯特·斯宾塞·罗威尔（Robert Spence Lowell，1917—1977），美国诗人，代表作有《生命的研究》、《旧时的荣耀》等。

让评奖为诗歌成就以外的因素所左右决定将会毁灭该奖项的意义，并会在原则上否定对价值的客观感受，而它是任何文明社会的基石。

我们唯一的兴趣就是坚持对这一原则的应用……

这一番话背后的情怀似乎冠冕堂皇。有几位作家受邀对这一奖项发表评论，乔治·奥威尔正是其中之一。他们的评论被刊登在《党派评论》的五月刊上，下面是奥威尔的回应：

我认为如果波林根基金会认为庞德的诗作是本年度的最佳作品，那么他们为庞德颁发这个奖项是对的，但是，我也认为你应该记住庞德所做过的事情，不能因为他获得了一个文学奖，就认为他的理念也变得高尚体面起来。

由于公众普遍对同盟国的战争宣传感到厌烦，一直以来——事实上，早在战争结束前——就有一种倾向认为庞德"并非真的"是法西斯分子和反犹主义者，他以和平主义者的立场反对战争，而且他的政治活动只是局限于战争那几年。不久前我看到一份美国期刊说庞德只是在他"心智迷乱"的时候在罗马电台上做广播节目，还说（我想是同一份期刊）是意大利政府威胁了他的亲人，逼迫他进行广播宣传。所有这些都是不实之词。从二十年代起庞德就是墨索里尼的狂热追随者，而且从来不隐瞒这一点。他为莫斯利的评论杂志《英联邦季刊》撰稿，并在战前就接受了罗马政府授予的教授身份。我得说，他的热情主要都倾注于意大利式的法西斯主义上面。他似乎并不是热情的纳粹支持者或俄国的反对者，他真正隐藏的动机是对英国、美国和"犹太人"的仇恨。他的广播很让人倒胃口。我记得在至少一篇报道中，他对屠杀东欧的犹太人表示赞同，并"警告"美国的犹太人他们很快就会大难临头。这些广播——我没有收听它们，只是在英国广播电台的监听报告中读过——我并不觉得是出自一个疯子的手笔。巧合的是，有人告诉我，庞德会拿腔拿调地用他平时不会说的美国腔进行广播——无疑，他是想向那些孤立主义者示好和利用反英情绪。

这些都不是反对将波林根奖颁发给庞德的理由。这件事如果发生在某些特定时刻，或许会显得不合时宜——比方说，当犹太人真的在毒气室里被杀害时——但我并不认为此刻存在这样的问题。但由于评委们已经选择了"为艺术而艺术"的立场，也就是说，将美的品质与良知截然分开，那就至少让我们将它们分开，不因为他是一位优秀作家而原谅他的政治生涯。他或许是一位好作家（我必须承认，我自己总是认为他是一个极其虚伪的作家），但他试图通过他的作品传播的思想都是邪恶的，我觉得评委们在为他颁奖时应该说得更坚定一些。

评温斯顿·丘吉尔的《他们最美好的时刻》[1]

对于一个仍有政治前途的政治家来说，要透露他所知道的一切是很困难的。在政坛里，人到五十岁仍资历尚浅，到了七十五岁才算人到中年。任何没有蒙受耻辱的人当然应该会觉得自己仍前途无量。比方说，像齐亚诺[2]的日记这么一本书，如果作者仍有良好声名的话，或许是不会出版的。但说句公道话，温斯顿·丘吉尔分批出版的政治回忆录一直都很有水准，不仅态度坦诚，而且文笔不错。丘吉尔多方面的才华包括撰写新闻的能力，对文学怀有真挚的情感，而且思维活跃，很有好奇心，对具体事实和动机分析很感兴趣，有时候包括他自己的动机。

大体上，丘吉尔的作品不像出自一个公众名人的手笔，更像是普通人。当然，他当前的这本书有些章节给人的感觉就像是进行选举演讲，但它也表明他很愿意坦承自己的错误。

这本书是整个系列的第二卷，讲述了从德国开始入侵法国到1940年末这一时期。因此它的主要事件是法国的沦陷、德国人对英国的空袭、美国的逐步参战、德国潜艇战的升级和北非长期抗战的开始。这本书内容详实，每一环节都引用了演讲和信函的节

---

① 刊于 1949 年 5 月 14 日《新领导者》（纽约）。

② 吉安·加莱亚佐·齐亚诺（Gian Galeazzo Ciano, 1903—1944），意大利政治家，墨索里尼的女婿，曾担任二战时意大利的外交部长。1944 年 1 月由于纳粹德国的压力，齐亚诺被枪毙。

选，虽然这导致了大量的内容重复，但借此读者能对他当时的所思所言和实际发生的事情进行比较。

正如他本人所承认的，丘吉尔低估了战争技术的改变所带来的影响，但当战事在1940年爆发时，他立刻作出了反应。他的伟大成就是在敦刻尔克大撤退的时候就知道法国战败了，英国虽然表面上已经战败，但并没有战败。这个判断不只是出于好勇斗狠，而是基于对形势的合理判断。

德国人能够迅速取得战争胜利的唯一方式是征服英伦群岛，而要征服英伦群岛，他们必须登陆，这意味着掌握英吉利海峡的制海权。因此，丘吉尔坚定地拒绝将整支英国空军投入法国战区。这是个艰难的抉择，在当时激起了强烈不满，或许削弱了雷诺①对抗法国政府内部失败主义者的立场，但它是正确的战略。不可或缺的二十五个飞行中队被留在英国，击退了入侵的威胁。早在那一年结束之前，英国就顺利摆脱危险，能将大炮、坦克和人员从英国调派到埃及前线。德国人仍然可以靠潜艇战或轰炸战胜英国，但那将会耗时数年之久，而且与此同时，这场战争应该会继续蔓延。

当然，丘吉尔知道美国迟早会参战，但当时他几乎没有想到最终会有百万美军来到欧洲。他甚至在1940年的时候就预见到德国或许会进攻俄国，而且他准确地算计到佛朗哥在这场战争中不会站在轴心国一方，无论他许下什么承诺。他还看到武装巴勒斯坦的犹太人和在阿比西尼亚挑起叛乱的重要性。他也有判断失误

----

① 保罗·雷诺(Paul Reynaud, 1878—1966)，法国政治家，曾担任第三共和国总理，法国沦陷后拒绝与德国人合作，被囚禁于德国，战后获释。

的时候，这主要是因为他对"布尔什维克主义"一视同仁的仇恨，以至于忽略政治上的区别。

他坦诚地说，当他派斯塔福德·克里普斯爵士以大使的身份去莫斯科时，他并没有意识到苏共厌恶工党比厌恶保守党人更甚。事实上，英国的保守党似乎没有人意识到这个简单的事实，直到1945年工党政府的成立。而没有意识到这一点在部分程度上导致了西班牙内战时期英国采取了错误的政策。

丘吉尔对墨索里尼的态度虽然或许没有影响到1940年的事件进程，但也是基于错误的算计。他曾经崇拜墨索里尼，说他是"对抗布尔什维克主义的堡垒"，相信有可能以贿赂的方式将意大利拉出轴心国团伙。他坦言自己不会在阿比西尼亚这样的问题上与墨索里尼争执。当意大利参战时，丘吉尔当然没有丝毫退让，但如果英国保守党能够早十年意识到意大利的法西斯主义并不是保守主义的另一种形式，其本质一定是对英国持仇视态度，局势或许会有所好转。

《他们最美好的时刻》最有趣的一个章节讲述了拿英国在西印度群岛的基地交换美国的驱逐舰。丘吉尔和罗斯福之间的信件往来是对民主政治的嘲讽。罗斯福知道英国拥有驱逐舰对美国有好处，而丘吉尔也知道美国拥有这些基地对英国并没有坏处——而是有好处。但是，除了法律和制度上的困难之外，要让这些船只易手少不了一番讨价还价。

大选在即，罗斯福得一面注意那些孤立主义者，装出努力讨价还价的样子；一面还要保证即使英国战败，英国的舰队也绝不会落入德国人的手中。当然，提出这么一个条件是愚蠢的。可以肯定，丘吉尔不会将舰队拱手相让，但另一方面，如果德国人征服了英国，他们会成立一个傀儡政府，而丘吉尔将无力约束他们的行动。因此，他无法对这个要求作出坚定的承诺，因此谈判被一拖再拖。要立刻达成协议，一个方法就是从全体英国人民那里得到保证，包括战舰的船员。但奇怪的是，丘吉尔似乎不愿意公开这些事实。他说让人们知道英国离战败有多么接近是非常危险的事情——或许在这段时期，他只有这么一次低估了群众的士气。

这本书以1940年黑暗的冬天作为结束，当时沙漠战场意外地获得胜利，俘虏了大批意大利战俘，却被轰炸伦敦和越来越多的海船被击沉的噩耗所抵消。你在阅读的时候不可避免地会不时浮现出这么一个想法："丘吉尔拥有多大说话的自由呢？"因为这些回忆录的重头戏一定还在后面，我们都等着丘吉尔来告诉我们（如果他决定告诉我们的话）在德黑兰和雅尔塔到底发生了什么事情，在那里制定的政策是他本人首肯的还是出于罗斯福的强迫。但不管怎样，这本书和前面几本书的基调表明，在合适的时机他将会告诉我们比迄今为止所揭示的更多的真相。

无论1940年是不是其他人最美妙的时刻，它肯定是丘吉尔最美妙的时刻。无论你对他有多么大的意见，无论你对他和他的政党没能赢得1945年的选举感到多么庆幸，你会崇拜他的勇气、宽容和温文，这些都体现于哪怕是这么正式的回忆录中，比起《我的早期生涯》它并没有揭露过多的个人隐私。英国人普遍拒绝他的政策，但他们总是很喜欢他，从那些关于他的故事就可以了解。无疑，这些故事有很多是杜撰的，有时候根本不能刊印出来，但它们流传广泛。比方说，在敦刻尔克大撤退时，当丘吉尔作了他那番经常被引用的战争演讲时，有传闻说，录下来准备广播的内容其实是："我们将在海滩上战斗，我们将在街道上战斗……我们会朝这帮狗娘养的扔燃烧瓶，这就是我们要干的。"当然，英国广播公司的内容审查员在合适的时机将拇指摁在了按钮上。你或许会觉得这则故事不是真的，但在当时大家都觉得它应该是真的。人们觉得这是对这位幽默而坚强的老人很得体的恭维，他们不会接受他担任和平时期的领袖①，但在危难时刻，他们觉得他会是他们的代表。

---

① 丘吉尔后来于 1951 年至 1955 年担任英国首相。

评赫斯凯茨·皮尔森的《狄更斯：他的性格、戏剧与生涯》[①]

　　文人总是不适合当传记的主角，特别是狄更斯这种一早就取得了成功的人。狄更斯一生最具冒险意义和最戏剧性的部分是他25岁之前的时候。之后他那旺盛的精力——事实上旺盛得惊人——几乎都花在了写作和演讲上，并从事与文学有关的活动，像编辑杂志和与出版商争执。而且，他的中年生活几乎一路顺风，而成功大体上说没有失败那么有趣。赫斯凯茨·皮尔森还写过王尔德和萧伯纳的传记，他努力将这个故事写得很有可读性，并提供了关于约翰·福斯特、萨克雷、威廉·科林斯和其他与狄更斯同一时代的作家详实的内容，这些都是从其它地方很难了解到的。

　　关于狄更斯的书要么强烈"支持"他，要么强烈"反对"他，而皮尔森先生属于"支持"的一派。只要有可能，他就会支持狄更斯，不仅反对他的出版商（狄更斯喜欢用这句话形容他们："癞痢头的秃鹫"），而且还反对他的家人、形形色色的同事和时不时与他争吵的论敌。但是，即使皮尔森先生对狄更斯抱以热烈的同情，这也无法掩盖狄更斯是一个很难相处的人这个事实。而且他

---

① 刊于1949年5月15日《纽约时报书评》。爱德华·赫斯凯茨·吉本斯·皮尔森（Edward Hesketh Gibbons Pearson，1887—1964），英国剧场导演、作家，曾撰写莎士比亚、狄更斯、萧伯纳等文化名人的传记。

私底下的品质和他在作品中的品质差距之大比大部分作家的情况更甚。

他是个以自我为中心而且虚荣的人，一刻也不肯消停，在金钱上很慷慨，但感情上很自私，是一个不体贴而且感情不忠的丈夫，此外——虽然皮尔森先生没有这么说——或许是一个专制而且不体谅人意的父亲。如果要为他辩护，只能说如果他对家人不像一位暴君的话，他根本无法完成那么大的工作量。虽然从某种程度上说他没有长大，他的文学个性却得到了发展，比皮尔森先生对几部小说的短评所体现的更加明显。

狄更斯生于一个中产阶级的中下阶层家庭，和那个时候无数类似的家庭一样，其社会地位和经济地位都在提升。他的父亲是一个管家的儿子，在海军财务部从事一份待遇优厚的文职工作，即使被关进监狱也能继续领到工资。他是个自负、慷慨、挥霍无度的人，在他儿子的小说里以米考伯先生和约翰·杜利特(一个更具伤害力的人物)的形象出现。1824年，他的债主把他送进了马歇尔希监狱，小狄更斯当时大约12岁，到一间鞋油仓库工作，情况就像他在《大卫·科波菲尔》里面所描写的那样。

但这段只有六个月长的插曲对狄更斯的伤害极深，直到中年的时候，他甚至对妻子隐瞒这件事。他真的挨穷的经历似乎只有两年。15岁的时候他就辍学了，进了一家律师事务所，但后来投身新闻业，并很快就成为一名优秀的记者。他开始尝试写作，所写的每一部作品都能带来金钱。30岁的时候他就已经是一位富有的知名小说作家，在美国进行了成功的巡回宣传，美国人为《小耐儿》哭得死去活来，愿意为狄更斯做任何事情，但就是不愿意为他的作品支付版税。

首次美国之行让他创作了《马丁·瞿述伟》中那些描写美国的章节，那是狄更斯的作品中唯一有失公允的嘲讽，而他对整个民族发起抨击也只有这么一回。无疑，没有支付版税是问题的根源，但除此之外还有其他缘由，而且并非全是单方面的问题，因为我们了解到狄更斯张扬的举止和艳俗的服装（比方说：猩红色的马甲配苹果绿的裤子）给波士顿人带来了不好的印象。可以理解，美国公众对《马丁·瞿述伟》感到不悦，但狄更斯很快就被原谅了，而时隔二十五年后，他的第二次美国之旅得到了更热烈的欢迎。

狄更斯的一生有大量的时间花在了旅行上，但主要是为了寻找安静的地方进行创作。人到中年的他除了写作，最重大的事件就是婚姻破裂。他很年轻的时候就仓促结婚，而在一大家子姐妹中，他偏偏就选上了最不适合他的女人。这件事在《大卫·科波菲尔》里面有所体现，那个漂亮而傻气的朵拉就是狄更斯的妻子凯瑟琳，而圣洁的艾格妮丝就是他的小姨子乔治安娜。狄更斯与乔治安娜之间从未传出直接的暧昧关系，但她渐渐地取代了姐姐在狄更斯心目中的地位。

她在狄更斯家里住了很多年，一力操持家务，并充当狄更斯的精神伴侣，而头脑愚笨的凯瑟琳则生养了十个孩子，搞得自己精疲力尽。最后，狄更斯将妻子赶出家门——当然，给她留下了每年 600 英镑的年金——并在报纸上刊登启事，为这件很不地道的事情辩护。或许在此之前女演员埃伦·特南已经成了他的情妇，当然，他否认了这一点。她生了一个孩子，但夭折了。《远大前程》中的埃丝特拉·普罗维斯、《我们共同的朋友》中的贝拉·薇尔芙和《埃德温·德鲁德》中的赫琳娜·兰德莉斯都被认为是她的写照。乔治安娜仍然是狄更斯的管家，直到他去世。

在他人生的最后十年，狄更斯只写出了两本完整的小说，一部分原因是到了这时他已经几乎将公共朗诵变成了第二职业。他总是为舞台表演感到心醉神迷，而且他有很了不起的模仿能力和朗诵能力——与其说那是朗诵，倒不如说是在表演——似乎与他的作品一样精彩。不幸的是，它们消耗了他大量的精力，与此同时，也刺激他越来越渴望在公众面前露脸。在他的第二次美国之行中，他从未回绝过一次约见，身体又虚弱得无法进食，靠兴奋剂勉力维持。

皮尔森先生认为，狄更斯决定在剧目中增加谋杀南希的一幕（在《雾都孤儿》一书中）无异于自杀。这一幕——非常恐怖，每次演出时观众中晕过去的人最多达到了二十个——使得狄更斯精疲力竭，但他仍坚持每次都演这一场戏。1870年，在一个平常的早上工作二十四小时后，年仅58岁的他倒下了，如此突然，接着去世了。虽然他曾明确地表示反对，他的遗体仍被葬在了威斯敏斯特大教堂。尽管一直被那些"癞痢头的秃鹫"纠缠，他还是留下了9万英镑的遗产，并且多年来一直过着奢华的生活，并养活了一大家子，还能提携许多穷亲戚。

没有一本传记能令人满意地记述狄更斯的生平。福斯特的"正传"不堪卒读，而且遗漏了许多重要的事情。乌娜·康斯坦丝·波普-轩尼诗[①]的传记内容丰富而且立意公允，但它依序对每本小说进行总结却没有成功。休·金斯米尔的传记或许是描写狄更斯的作品中最好的，但它是坚定的"批评派"，或许会对那些不

---

① 乌娜·康斯坦丝·波普-轩尼诗（Una Constance Pope-Hennessy，1876—1949），英国女作家，作品多为传记，代表作有《爱伦·坡》、《查尔斯·狄更斯》等。

熟悉狄更斯作品的读者造成误导。

皮尔森先生的书比上面这几本书更加"受欢迎"。它的角度很正确，而且成功地阐述了狄更斯作品的改变和他生活的改变这二者之间的关系。作为一位批评家，皮尔森先生或许不如一位传记作家那么可靠。他喜欢狄更斯描写流浪汉的题材，而且似乎严重低估了他后期的小说，甚至将《远大前程》说成是一部一定程度上失败的作品。

或许，你应该警惕他将狄更斯描述得太美好的倾向。例如，狄更斯无情地讽刺他的朋友，而皮尔森先生似乎轻易地原谅了他，说不要指望天才会有好的人品。你会希望了解狄更斯如何对待自己的孩子，还有他那个微不足道、几乎无影无踪的妻子。但是，大体上，这是一本详略得当而且可读性非常高的书，或许任何人都会感兴趣，包括那些只是对狄更斯的小说略有所闻的人。